教育部人文社会科学重点研究基地
重大项目

海外汉学与中国文论

· 英美卷 ·

黄卓越 主编

北京师范大学出版集团
北京师范大学出版社

总　序

以"海外汉学与中国文论"作为项目的标题，即已显示出我们对研究范围与目标的大致限定。讲得更明确一些，也就是对海外学者的中国古典文论研究的一种再研究。鉴于近年来国内学界对与此相关的话题表现出的日益递进的兴趣，本课题意在通过知识学上的追踪，比较全面地展示出该领域的历史进程，及穿梭与流动其间的各种大小论题、已取得的主要成就等，并冀望借此推进与之相关的研究。

诚然，正如我们已看到的，题目中所示的"汉学"与"文论"这样的术语并非含义十分确定并可直接使用的概念，而是长期以来便存在着判说上的分歧，进而涉及在具体的学术操作过程中如何把握话题边界等的问题，并不能模糊处之，绕行不顾。选择怎样的一种命名，或赋予这些命名何种意义，不仅要求充分考虑指涉对象的属性，而且也取决于研究者的认知与态度。有鉴于此，我们也希望在进入文本的全面展示之前，首先为业已择定的几个关键概念的使用清理出一条能够容身的通道，以便在下一步的研究中不再为因之带来的歧解或疑惑所纠缠。

一、为什么是"汉学"？

目前我们习惯上使用的"汉学"一语，译自英语"Sinology"。虽然"Sinology"在早期还不是一个涵盖世界各地区同类研究的称谓，但20世纪之后，随着西方汉学日益成为国际学界关注的重心，它也遂逐渐演变为一个流行语词，甚至也为东亚地区的学者所受纳。仅就这一概念本身而言，如果将之译成"汉学"，那么至少还会涉及两个不甚明了的问题：一是在西语的语境中，"Sinology"这一概念在最初主要反映了怎样一种意识，并在后来发生了哪些变化？二是为什么在起初便将这一西语名词对译成了"汉学"，而不是译作"中国学"或其他术语，以至于造成了目前的各种争议？如果我们能对这两个问题有所解答，并梳理出一个可供理解与认同的思路，进而在其间（中外两种表述）寻找到某些合适的对应点，那么也就可以对这一概念的使用做出限定性的解释，使我们的研究取得一个合理展开的框架。

总起来看，海外对中国的研究进程因地区之间的差异而有迟早之别。例如，日本与韩国的研究便先于欧美等其他地区，甚至可以溯至唐代或唐以前。然而，正如目前学界一般所认同的，如将"Sinology"或"汉学"这一近代以来出现的称谓视作一种学科性的标记，则对之起源的考察大致有两个可供参照的依据：一是于正式的大学体制内设立相应教席的情况；二是"Sinology"这一示范性概念的提出与确立。关于专业教学席位的设立，一般都会追溯自法国在 1814 年于法兰西学院建立的"汉语及鞑靼—满族语语言文学教席"（La Chaire de langues et literatures chinoises et tartars-mandchoues），随后英（1837）、俄（1837）、荷（1875）、美（1877）、德（1909）等国的大学也相继开设了类似的以讲授与研究汉语（或中国境内其他语种）及其文献为主的教席。[1] 后来的学者在述及各国汉学史的发生时，往往会将这些事件作为"Sinology"（汉学）正式确立的标志，似乎并没有存在太多的疑义。

关于"Sinology"这一术语的缘起，据德国学者傅海波（Herbert Franke）的考订，1838 年首先在法文中出现的是"sinologist"（汉学家），用以指称一种专门化的职业，但尚不属于对学科的命名。[2] 作为学科性

---

[1] 各国首设教席的时间是参考各种资料后获取的，然也由于学者们对此教席上的理解（究竟何种算是正式的）并不完全一致，因此也可能存在出入。

[2] 参见 Herbert Franke, "In Search of China: Some General Remarks on the History of European Sinology", Ming Wilson & John Cayley（eds.）, *Europe Studies China*, London, Han-Shan Tang, 1995.

概念的"Sinology"的流行，另据当时资料的反映，当在19世纪六七十年代。① 尤其是70年代出现在英文版《中国评论》上的几篇文章，即发表于1873年第1期上的欧德理(Ernest John Eitel)撰写的《业余汉学》(Amateur Sinology)②，同年第3期上以"J. C."之名发表的《汉学是一种科学吗》(Is Sinology A Science)③，已明确地将"Sinology"当作学科的用语加以讨论，从而也刺激与加速了这一概念的传播。从欧德理等人所述及的内容看，其中一个关键点在于，将已然出现的专业汉学与此前的所谓"业余汉学"区分开来，并通过后缀"-ology"使之成为一门在学术体制内能够翘首立足的"学科"。正如1876年《中国评论》刊载的一篇题为"汉学或汉学家"("Sinology"or"Sinologist")的小文所述，经过将法文的"sinologue"移换为英文的"sinologist"，研究中国的专家也就可与在其他学科中的专家如"语文学家"(philologist)、"埃及学家"(Egyptologist)、"鸟类学家"(ornithologist)等齐肩而立。④ 由此可知，在当时，Sinology也是为对这一领域的研究进行学科性归化而提出来的一个概念(同时也带有某种排他性⑤)，因而与在大学中设置专业教席的行为是具有同等意义的，它们共同催生了一门新的学科。

从研究的范畴上看，尤其从所设教席的名称上便可知悉，这些教席基本上是以讲授与研究语言文学为主的。例如，法兰西学院的教席冠以的是"语言文学"，英国早期几个大学所设的教席也冠以类似的名目，如伦敦大学学院、伦敦国王学院所设的教席是"professor in Chinese language and literature"，牛津与剑桥大学等所设的教席称为"professor of Chinese"，其他诸国初设的教席名称大多与之类似，这也与其时欧洲的

---

① 参见 Robert C. Childers，"'Sinology' or 'Sinologist'"，*The China Review*，Vol. 4，No. 5，1876，p. 331.
② E. J. Eitel，"Amateur Sinology"，*The China Review*，Vol. 2，No. 1，1873，pp. 1-8.
③ J. C.，"Is Sinology A Science"，*The China Review*，Vol. 2，No. 3，1873，pp. 169-173.
④ 参见 Robert C. Childers，"'Sinology' or 'Sinologist'"，*The China Review*，Vol. 4，No. 5，1876，p. 331.
⑤ 很明显，"业余汉学"这个称谓带有某种藐视的含义，故也有一些学者提议，可将"Sinology"确立以前的汉学称为"前汉学"(protosinology)。

东方学研究传统与习则,以及大学基础教育的特点等有密切的关系。当然,我们对"语言"与"文学"的概念仍应当做更为宽泛的理解。例如,所谓的"语言"并非单指词汇、语法等的研究,而是更需要从"philology"(语文学)的意义上来知解。① 所谓的"文学"(或"中文"),事实上涵括了各种杂多性文类在内的书写文献,毕竟当时在西方也还没有出现现代意义上的"文学"概念。正因如此,后来的学者往往多倾向于将"Sinology"视为一种基于传统语言文献的研究类型。

当然,尽管对形式化标志(教席与名称)的描绘是有意义的,但落实到具体的研究实践中,情况要复杂得多。在"中国学"这一学科概念正式确立之前,或者说在被笼统地概称为"Sinology"的时代,我们也务须注意到几种混杂或边界并不确定的现象。一是尽管汉语文献的确已成为此期研究的主要对象,但跨语种的研究始终存在于"Sinology"这一名目下,这当然也与"Sino-"的指称范围有关。② 19世纪前(即"前汉学"时期)的来华传教士,如张诚、白晋、钱德明等人,兼擅几种中国境内语言的事例似不必多提,即便是法国的第一个汉学教席也是取鞑靼语、满语与汉语并置设位的,座主雷慕沙(Abel Rémusat)及其哲嗣儒莲(Stanislas Julien)等人的著述均反映出对多语系的熟练掌握,而19世纪至20世纪前半期,擅长数种境内(周边)语种的汉学家更是大有人在③,并均被归在"Sinolo-

---

① 这既与其时的 Sinology 主要建立在语文学(philology)与文献研究的基础上,同时也与19世纪西方学院系统中的东方学-印欧、闪米特语言学的分科意识有关。19世纪相关的代表性著作,可参见 Joseph Edkins,*China's Place in Philologu*:*An attempt to Show that the Language of Europe and Asia Have a Common Origin*,Trubner & Co.,1871. 关于philology 在19世纪时的含义及后来语义的缩减与变化,则可参见 René Wellek & Austin Warre,*Theory of Literature*,Third Edition,Harcourt,Brace & World,1956,p. 38.

② "Sino-"的词源近于"Sin""Sinae"等,而对后面这些名称的考订可见卫三畏的著述,尽管会以汉族为主体,但均属对总体上的中国区域的一个称名。参见 S. Wells Williams,*The MiddleKindow*,New York,Charles Scribner's Sons,1883,pp. 2-4.

③ 此处需要注意的是,因为这些研究多仍投射到对中国的研究中,因此大多数当时的研究者,并没有将自己多语种的研究划分为"汉学""满学""蒙古学""藏""西夏学"等不同的学科区域。中国境内由多少数民族语言形成的所谓"××学"的独持性及与汉学的分限,始终都是含糊不清的。

gy"的名目之下，而不是单指汉语文献的研究。二是跨时段的研究，这是指在对传统古典文献的研究之外，海外对中国国情的研究也不乏其著，这在下文还会提及。三是跨体制的研究，即便是在强势性的"专业汉学"概念初步确立之后，所谓的"业余汉学"也并未由此消失，而是仍然在相当长的一个时期占有重要的地位，有些成果还达到了很高的学术水准。这种趋势至少延续到20世纪30年代。既然如此，"Sinology"尽管会被赋予一个相对集中的含义，但同时也会呈示出边界的模糊性。尤其是因为存在着跨语种（同时也是跨种族）研究的现象，当我们将"Sinology"转译为"汉学"这一看似含有确定族性特征，在范畴上也更为狭隘的对应语时，的确很难不遭人诟病，并使这一译名从一开始便带上了难以遽然消弭的歧义。[1] 以故，后来也有学者提出当用"中国学"这一称谓来弥补中译"汉学"一语的不足。

关于另一相关概念，即"中国学"的称谓，日本近代以来有"东洋学""支那学"等提法，在研究范围上涵摄古今。其中，至少"支那学"是可对应于"中国学"的。"支那学"的出现固然反映出了日本学界试图更新旧有中国研究模式的某种意识，然而从概念上讲，"支那"的称名与西语中的"Sinae""China"等实出同源，因此在民国时期的中国学界，也有用"支那学"这一术语来对译或界说欧洲汉学的，并非为日本学界所独持。[2] 再就是，如果能够将之视为一种相对特殊的研究模式，其在方法上实也受当

---

[1] 关于使用"汉学"来对称国外的研究，日本学者高田时雄在「國際漢學の出現と漢學の變容」一文中认为，可能最初与王韬在《法国儒莲传》中将儒莲的《汉文指南》（Syntaxe Nouvelle de La Langue Chinoise）误译为《汉学指南》有关。原文见「中國—社會と文化」，第17號，18～24页，2002。但我认为，将这一事件确定为"汉学"通行的依据，会有偶证之嫌。"汉学"之通行更有可能是受到日本等用名的影响，因为日本（包括韩国）在早期都习惯用"汉学"或"汉文学"来称呼对中国古籍的研究，这也是从他者的位置出发对中国研究的一种表达，并多集中在汉语文献上。而在中国国内，约至20世纪20年代以后，用"汉学"指称海外研究的说法也已逐渐流行，至20世纪40年代则愈趋普遍，并出现了莫东寅的综合性著述《汉学发达史》。

[2] 可参见陆侃如：《欧洲的"支那学"家》，《河北省立女师学院周刊》第244期，1937；沙睍：《法国支那学小史》，《新月》第9期，1929；耶捷：《德国支那学的现状》，《文学年报》，1937，等。

时欧洲汉学的影响。①

与之同时，中国学界在 20 世纪 40 年代之前，也存在常用"中国学"指称海外同类研究的现象。在多数情况下，与当时措用的"汉学"概念之间并无严格的区分。然对于西方出现的"Chinese Studies"，国内后来多直译为"中国学"，并一般将之归功于第二次世界大战后以费正清为代表的"美国学派"的发明，视其为一种新范式的开端，并以为可借此更替具有欧洲传统特色的"Sinology"的治学模式。毫无疑问，"Chinese Studies"的出现所带来的学术转型是可以通过梳理勾勒出来的，但是如果限于笼统的判识，也会引起一些误解。譬如说，一是所谓的将中国的研究从汉民族扩展至对整个"国家"地域的囊括。这点其实在我们以上描述 20 世纪 40 年代之前"Sinology"的概况时已有辨析，并非为新的范式所独据，而早期费氏等人在研究中所凭借的也主要限于汉语文献（甚至于不比"Sinology"的研究范围更广）。二是所谓的开始将对当代中国的政治、经济、社会等纳入研究的视野之中。这其实也如上所述，是 19 世纪西人中国研究本有的范畴。勿论那些大量印行的旨在描述与研究中国政体、商贸、交通、农业、外事等的著述，即便是在 19 世纪来华人士所办的外文期刊，如《中国丛报》《中国评论》《皇家亚洲文会会刊》等中，也可窥知西人对这些实践领域或"现场性知识"所持的广泛兴趣了。以此而言，要想将"Chinese Studies"与"Sinology"做一时段与内涵上的分明切割，是存在一定困难的。美国战后新兴的中国学的最主要贡献，或更在于其将对近代以来中国社会诸面向的研究明确地移植进学科的体制之中，从而打破了以传统文献研究为主要旨趣的"Sinology"在体制内长期称雄的格局，而这也正好接应了当时在美国兴起的社会科学理论（既称为"科学"，又称为"理论"），并借此而获得了一些新的探索工具。

即使如此，我们也需要再次注意到，"中国学"（特指以美国学派为发

---

① 此处也可参见梁绳祎早年所撰《外国汉学研究概观》："日人自昔输入中国文化，言学术者以汉和分科。近所谓'支那学'者，其名称畴范均译自西文。"（参见《国学丛刊》第 5 册，1941）由此可知，其当时仍受西方"汉学"的影响，而非"中国学"的影响。

端的)这一范型的最初构建便是携有强烈的实用化动机的,又多偏向于在特定的"国家"利益框架下选择课题,从而带有"国情"研究,甚至于新殖民研究的一些特点。① 早期日本著名中国研究专家,如白鸟库吉、内藤湖南等的所谓"中国学"研究同样未能免脱这一路径,并非就可以不加分析地完全称之为一种"科学"的研究。当然,"中国学"也一直处于自身的模式转换之中,因此我们也需要进一步关注这一连续体在不同时期,尤其是当代所发生的各种重大变动。② 与之同时,虽然"中国学"所造成的影响已于今天为各国学者所认同与步趋,但并不等于说"Sinology"就随之而消隐至历史的深处,尤其在人文学科中,不仅这一命名仍然为当代许多学者频繁使用,而且如做细致的窥察,也能见其自身在所谓的"中国学"范畴以外,仍然沿着原有轨道往下强劲延伸的比较清晰的脉络,并在经历了多次理念上的涤荡与方法论上的扩充之后,延续到了今日。就此而言,在比较确定的层次上,也可将赓续至今的以传统语言文献资料为基础的有关中国的研究,继续称作"Sinology"。③ 当然,有时它也会与"Chinese Studies"的治学模式含混地交叠在一起,尤其是在一些史学研究领域中。

由上述可知,"Sinology"这一命名,至少会与"Chinese Studies"、中译语的"汉学"、中译语的"中国学"这三个概念存在意义上的纠葛关系,四者之间均很难直接对应,尽管语义上的缝隙仍有大小之别。中国学者也曾于这一问题上多有分辨,并提出过一些建设性的意见。但是就目前

---

① 对此新殖民话语模式的一种透彻分析,也可参见 Tani E. Barlow, "Colonialism's Career in Postwar China Studies", *Positions: East Asia Cultures Critique*, Vol. 1, No. 1, 1993.

② 前一阶段已发生的变化,可参见黄宗智:《三十年来美国研究中国近现代史(兼及明清史)的概况》,载《中国史研究动态》,1980(9)。该文已将之厘为三个阶段。

③ 关于"Sinology"的名称与含义变化,汉学家中许多人都发表过自己的看法。举例而言,瑞典学者罗多弼(Torbjorn Loden)在《面向新世纪的中国研究》一文中认为,汉学这一名称的界义范围是有变化的,可宽可窄。参见萧俊明:《北欧中国学追述(上)》,载《国外社会科学》,2005(5)。又如德国学者德林(Ole Dörning)在《处在文化主义和全球十字路口的汉学》中认为,我们可以根据不同情况使用"Chinese Studies"与"Sinology"这两个不同的概念,而"Sinology"是可以在一种特殊的语境中被继续使用的。参见马汉茂等:《德国汉学:历史、发展、人物与视角》,52~53页,郑州,大象出版社,2005。

来看，还无法达成统一的认识。撇开那些望文生义的判断，这多少也是由概念史本身的复杂性所造成的。在此情形之下，相对而言，也按照惯例，将"Sinology"译成"汉学"，并与"Chinese Studies"或中译的"中国学"有所区别，仍是一种较为可取的方式。在这样一种分疏之下，鉴于本项目所针对的是海外学者的中国传统文论研究，而海外的这一研究针对的又是汉语言典籍（不涉及中国境内的其他语种），因此即便是从狭义"汉学"的角度看，也不会超出其定义的边界，不至于引起太多的误解。再就是，本项目涉及的这段学术史，除了依实际情况会将20世纪以来的研究作为重点，也会溯自之前海外学者对中国文论的一些研究情况。至少在早期的语境中，西方的这一类研究尚处在"Sinology"的概念时段之中，因此以"汉学"来指称之也是更为妥帖的。这也如同即便我们允许用"中国学"这一术语统称其后发生的学术活动，但用之表述20世纪前的研究，无疑还是甚为别扭的。

二、什么样的"文论"？

"文论"这一概念同样带有较大的不确定性，既因为"文学"与"文论"的语义均处于历史变动之中，也因为对"文论"的理解也会因人而异，有不同的解说。

"文学"概念的变化似不需要在此详加讨论了，而"文论"概念的变化，如不是限于目前既有的名称，而是从更大的学科谱系上来看，就中国而言，根据我们的考察，大体经历了以下几个命说的阶段。第一阶段是古典言说时期，学者也略称之为"诗文评"。这一名称行用于晚明焦竑《国史经籍志》、祁承㸁《澹生堂藏书目》，后被《四库全书总目提要》列为集部中一支目之后，使得过去散布在分类学系统之外的各种诗话、文则、品评、论著、题解等，均有了统一归属，尽管收录难免有显庞杂，然也大致显示了试图为传统相关领域划分与确定畛域的某种意识。第二阶段是现代言说时期，以陈钟凡1927年的《中国文学批评史》为公认的标志，始而通用"批评（史）"的命名，后如郭绍虞、罗根泽、朱东润、方孝岳、傅庚生等民国时期该领域最有代表性的学者也均是以这一概念来冠名自己的著作的。"批评"的术语似延续了古典言说时期的部分含义,但正如陈钟凡所述,实源于西语中的"批评"①,因此在使用中也必然会注入西方批评学的主要理念,比如对松散的知识进行系统化、学理化的归纳与整合,在"批评"概念的统一观照与指导下将来自各文类的、更为多样的文学批评史料纳入其中,同时排除那些在诗话等中的非文学性史料②,以现代的思维方式重新梳理与评述传统知识对象等,由此将批评史打造成有自身逻辑体系的新的学科范型。第三个阶段大约从20世纪40年代萌蘖并历经一较长过渡,至80年代初而最终确立了以"文论"("文学理论")为导向性话语的当代言说系统。③"文论"或"文学理论"遂成为学科命名的核心语词,这也与西方同一领域中所发生的概念转换趋势衔接。与此理论性的冲动相关,一方面是大量哲学、美学的论说被援入体系的构建中,甚至于将之作为支撑整个体系性论说的"基础";另一方面是不断地从相关史料中寻绎与抽取理论化的要素,使之满足于抽象思辨的需要。受其影响,该期对传统对象的研究一般也都会以"文论史"的概念来命名。相对于批评史而言,"文论"的概念也会带有更强的意义上的受控性与排他性,从而使过去被包括在"批评史"范畴中的许多史料内容,进而被删汰至言说系统以外。

由以上梳理可知,文论或文论史概念的确立,并非就是沿批评与批评史的概念顺势以下,可与此前的言说模式无缝对接,而是包含新的企图,即从批评史的概念中分出,并通过扩大与批评史之间的裂隙,对原有的学科进行再疆域化的重建。关于这点,中西学者都有较为明确的认

---

① 参见陈钟凡:《中国文学批评史》,5页,南京,江苏文艺出版社,2008。
② 这种意识也见于朱自清评罗根泽的一段论述:"靠了文学批评这把明镜,照清楚诗文评的面目。诗文评里有一部分与文学批评无干,得清算出去;这是将文学批评还给文学批评,是第一步。"朱自清:《诗文评的发展》,见《朱自清全集》(三),25页,南京,江苏教育出版社,1996。
③ 对这一过渡情况的描述与探讨,可参见黄卓越:《批评史、文论史及其他》,见《黄卓越思想史与批评学论文集》,1~17页,北京,北京语言大学出版社,2012。

识，并曾为此提出过一套解释性的框架。罗根泽在20世纪40年代出版的《中国文学批评史》"绪言"中，以为从更完整的视野上看，西语的"criticism"不应当像此前国人所理解的只有"裁判"的意思，而是应当扩大至包含批评理论与文学理论。若当如此，我们也就有了狭义与广义两套关于批评的界说，而广义的界说是能够将狭义的界说涵容在内的。① 以此而复审中国传统的文学批评，总体而言，当将之视为广义性的，即偏重于理论的造诣。以故，若循名质实，便应当将"批评"二字改为"评论"。②很显然，罗根泽的这一论述已经开始有意地突出"理论"的向度，但为遵循旧例，仍选择了"批评"的概念命其所著。

在西方，对后期汉学中的文学研究产生较大影响的有韦勒克、艾布拉姆斯等人所做的分疏。这自然也与此期西方开始从前期的各种"批评"转向热衷于"理论"的趋势密切相关。在1949年出版的《文学理论》(Theory of Literature)一书中，韦勒克即将"文学理论"看作一种区别于"文学批评"的智力形态，并认为在文学研究的大区域内，"将文学理论、文学批评与文学史三者加以区分，是至为重要的"③。他后来撰写的《文学理论、文学批评和文学史》(Literary Theory, Criticism and History)一文，再次重申了理论的重要性，认为尽管理论的构建也需要争取到批评的辅助，但换一个视角看，"批评家的意见、等级的划分和判断也由于他的理论而得到支持、证实和发展"④。为此，他将理论视为隐藏在批评背后的另一套关联性原则，认为理论具有统摄批评的作用。艾布拉姆斯的观点与韦勒克相近，但他在这一问题上的着力点是试图阐明"所有的批评都预

---

① 参见罗根泽：《周秦两汉文学批评史》，3～6页，上海，商务印书馆，民国33年(1944)。罗著《中国文学批评史》最初由人文书店梓行于1934年，只有一个简短的"绪言"，未全面论述其对"批评"与"批评史"的意见。后所见长篇绪言则始刊于1944年重梓本，然其时是以分卷形式出版的，该书正题为"周秦两汉文学批评史"，副题曰"中国文学批评史第一分册"。
② 参见罗根泽：《周秦两汉文学批评史》，8～10页。
③ René Wellek & Austin Warre, Theory of Literature, p.39.
④ René Wellek, Concepts of Criticism, Yale University Press, 1963. [美]雷内·韦勒克：《批评的概念》，5页，北京，中国美术学院出版社，1999。

设了理论"①，即前辈所完成的各种批评著述，都是隐含某种理论结构的。以故，我们也可以借助理论来重新勾勒出这些批评活动的特征，或统一称之为"批评理论"，从而进一步将理论的价值安置在批评之上。沿着这一思路，我们可以看到，20世纪70年代，刘若愚在撰述其声名甚显的《中国文学理论》(Chinese Theories of Literature)一书，并演述其著作的构架时便明确表示同时参照了韦勒克与艾布拉姆斯的学说，以为可根据韦勒克的建议，在传统通行的两分法的基础上（文学史与文学批评），再将文学批评分割为实际的批评与理论的批评两大部分，从而构成一个三分法的解说框架。② 根据艾布拉姆斯的意见，"将隐含在中国批评家著作中的文学理论提取出来"，以形成"更有系统、更完整的分析"③，这也是他将自己的论著取名为"文学理论"而不是"文学批评"的主要理由。与刘若愚发布以上论述差不多同时，在西方汉学的多个领域中出现了以理论为研究旨趣的强劲趋势。无独有偶，中国国内的研究也开始迈入一个以大写的"文论"为标榜的时代。

然从历史的进程来看，"文论"（文学理论、文学理论史）主要是迟延性的概念，并非可以涵括从起始至终结，以致永久不变的全称性定义。在历史系谱中曾经出现的每一个定义，不仅均显示了其在分类学上的特殊设定，而且也指向各有所不同的话语实践。尽管某种"理论性"也许会像一条隐线那样穿梭于诸如"诗文评"或"文学批评"的历史言说中，以致我们可以将之提取出来，并权用"文论"的概念去统观这段更长的历史，然也如上已述，这种"理论性"依然是被不同的意识、材料与规则等组合在多种有所差异的赋名活动中的，由此也造成了意义的延宕。这也要求我们能以更开放的姿态怀拥时间之流推向我们的各种特殊的"历史时刻"，及在此思想的流动过程中发生的各种表述。这既指原发性的中国文论，

---

① ［美］M. H. 艾布拉姆斯：《艺术理论化何用?》，见《以文行事：艾布拉姆斯精选集》，47页，南京，译林出版社，2010。而这样一种鲜明的主张，在其1953年撰述《镜与灯：浪漫主义文论及批评传统》时即已形成，并在后来一再强调与补充说明之。

② 参见［美］刘若愚：《中国文学理论》，1～2页，南京，江苏教育书版社，2006。

③ 参见［美］刘若愚：《中国文学理论》，5页。

又指汉学谱系中对中国文论的研究。

此外，从研究的实况看，大约20世纪90年代伊始，无论是中国国内学界还是国际汉学界，在相关领域中又出现了一些新的变化。以中国国内为例，像"文学思想史""文学观念史""文化诗学"等概念的相继提出，均意在避开原先"文论"概念所划定的区域而绕道以进，其中也涉及如何在多重场域中重新勘定文论边界等问题。在新的研究理念中，这些场域被看作或是可由思想史，或是可由观念史与文化史等形构的，它们当然也是被以不同的理解方式建立起来的。如果我们承认有"文学思想"(literary thought)或"文学观念"(literary idea)或"文学文化"(literary culture)等更具统合性的场域的存在，那么也意味着借助这些视域的探索，是可以重组引起定义的关联性法则的。其中之一，比如，也可以到文学史及其作品中寻找各种"理论"的条理。事实上，我们也很难想象绝大部分文学制品的生产是可以不受某种诗学观、文论观的影响而独立形成的。文学史与批评史、文论史的展开也是一个相互提供"意识"的过程，因而至少在文学作品中会隐含有关文学的思想、观念与文化理念等。① 甚至也有这样一种情况，如宇文所安曾指出的，曹丕的《论文》、欧阳修的《六一诗话》，以及陆机的《文赋》、司空图的《二十四诗品》本身便是文学作品。② 按照这样一种理解，我们也就可以突破以批评史或文论史"原典"为限的分界，将从文学史文本中"发现文论"的研究一并纳入文论研究的范围。再有一种新的趋势，便是当学者们试图用某种理论去审视传统的文献资源时，也有可能以这种方式重构规则性解释，即将历史资源再理

---

① 关于这点，前已为马修·阿诺德所述，参见 Matthew Arnold, " The Function of Criticism at the Present Time", *Essays by Matthew Arnold*, London, Humphrey Milford, Oxford University Press, 1925. 宇文所安对之也有解释，如谓："每一伟大作品皆暗含某种诗学，它总是以这种或那种方式与某一明确说出的诗学相关(如果该文明已形成了某种诗学的话)，这种关系也会成为该诗作的一部分。"另一方面，又谓："文学作品和文学思想之间绝非一种简单的关系，而是一种始终充满张力的关系。"Stephen Owen, *Readings in Chinese Literary Thought*, Harvard University Press, 1992, p. 4. 也可参见［美］宇文所安：《中国文论：英译与评论》，"中译本序"，2～3页，上海，上海社会科学出版社，2003.

② 参见［美］宇文所安：《中国文论：英译与评论》，12～13页。

论化或再文论化。这里涉及的理论可以是文学研究系统中的新批评、叙事学等，也可以是某些文化理论，如性别理论、书写理论、媒介理论、翻译理论等。后者之所以能够被移植入文学或文论的研究中，是因为存在一个"文本"（"文"）的中介，而文本又可被视为是某种"想象性"构造的产物。这种"建构文论"的方式在习惯了实证模式的眼睛中或许显得有些异类，但其实有一大批中国传统文论也是据此形成的。其结果是使得文化理论与文学理论的边界变得愈益模糊。

正是由于这些新的学理观的出现，"文论"的本质主义假设受到了来自于多方的挑战。在20世纪90年代之后的汉学领域中，为严格的学科化方式所界定的文论研究已经开始渐次退位，由此也打开了一个重新识别与定义文论的协议空间。一方面是文论愈益被置于其所产生的各种场域、语境之中予以考察，另一方面是对理论的诉求也在发生变化，从而将我们带入了一个以后理论或后文论为主要言述特征的时代。或许，我们可以称之为文论研究的"第四期"。既然如此，同时也是兼顾整个概念史的演变历程，便有必要调整我们对"文论"的界说，以便将更为多样的实验包含在项目的实施之中。为了遵循概念使用上的习惯，当然仍旧可以取用"文论"这一术语，但我们所意指的已经不是那个狭义的、为第三阶段言说而单独确认的"文论"，而是包容此前或此后的各种话语实践，并可以以多层次方式加以展示的广义的"文论"。尽管根据实际的情况，前者仍然会是一个被关注的焦点。

而正是在疏通以上两大概念的前提下，我们才有可能从容地从事下一步工作。

三、附带的说明

本课题初议之时，即幸获教育部重点研究基地北京师范大学文艺学研究中心的大力支持，并经申报列入部属重大科研项目之中。我们希望在一个全景式的视域下展现出海外中国文论研究的丰富面相，并为之设计出三个研究单元：欧洲卷、东亚卷、英美卷，分别由方维规教授、张哲俊教授与我担纲主持，在统一拟定的框架下各行其职，分身入流。

就几大区域对中国传统文论研究的史实来看，东亚（主要是日本与韩国）无疑是最早涉足其中的。中国、日本与韩国等均处在东亚文化交流圈中，这种地域上的就近性给日、韩等地对中国文论的研究提供了先行条件。即便是在20世纪之后，东亚诸国的研究出现了一些融入国际的趋势，但仍然会受其内部学术惯力的影响与制约，形成独具特色的谱系。随后出现的是近代欧洲汉学及其对中国文学、文论的研究，将这一大的地理板块视为一个整体，也是常见的，似无须多加论证。但不同国家的学术研究以及知识形态会受到自身语言、机制等方面的规定性限制，多保留自身的一些特点，并呈现出多系脉并发的路径。英国的汉学与文论研究，从主要的方面看，最初是嵌入欧洲这一知识与文化共同体之中的，特殊性并不是特别明显，然而由于20世纪之后北美汉学的崛起，两地在语言上的一致及由此引起的频繁沟通，遂为后者部分地裹挟。从一个粗略的框架上看，也可将两地区的研究共置梳理。以上即我们进行各卷划分与内部调配的主要根据。与之同时，正因各大区域之间在文论研究方面存在差异（加之也为避免与国内一些已有研究的重复），各分卷主编在设计编写规划时，也会有自己的一些考虑，在步调上并非完全一致。当然，本书的撰写也受到一些客观条件，尤其是语种上的约束，尽管我们也邀请到了目前在意大利、德国、法国与韩国等地的一些学者参与项目撰写，却也无法将所有地区与国家的研究都囊括于内，不过遗缺的部分是有限的。

汉学研究作为一种"他者"对中国的研究，即便是在一般性知识组织的层面上，也会与中国的本土性研究有所不同，甚至差异颇大，也正因此，给我们带来的启发必将是十分丰富的。关于这点，中国国内学者已有大量阐述，可略而不论。然而，如果对这一学术形态做更深入的思考，则又会触及文化与知识"身份"的问题。有一道几乎是与生俱来的，首先是身体上然后是观念上的界分，规定了这些异域的学者在对"中国"这一外部客体加以观望时所采取的态度。在许多情况下，这些态度会潜伏于意识深处，需要借助自反性追踪才有可能被发现。而我们对之所做的研究也不出例外，等于是从"界"的另一端，再次观望或凝视异方的他者，由此成为另一重意义上的，也是附加在前一个他者之上的他者。像这样一些研究，要想彻底担保自身的正确性与权威性，并为对方所认可，显然存在一定困难。即使是在貌似严整的知识性梳理中，也免不了会带入某种主体的习性。但是，如果将理解作为一种前提，那么两个"他者"之间也可能产生一种目光的对流，在逐渐克服陌生感与区隔感之后，于交错的互视中取得一些会意的融通。这，或许也是本项目期望获取的另外一点效果吧！是以为记。

黄卓越

凡 例

一、本卷为"海外汉学与中国文论"总体项目之一。按语种所在区域划分，当题为"英语世界"的中国文论研究。然就实际情况而言，除英、美之外，其他英语国家的相关研究因数量稀少，可大致不计，故仍将考察的范围集中在英美地区。虽云"英美"，又实以北美的研究为主，这也是根据其所占比重而言。另有个别港台及其他地区学者著作的英文译本或英语写作在英美地区有一定的影响，也随带提及，但不被作为重点研究的对象。

二、本卷作者依撰写的章节顺序排列，依次为黄卓越、任增强、张道建、徐宝锋、张万民。各负其责的章节为——黄卓越：第一编，总述（第一章、第二章）；任增强：第二编第一部分（第三章至第六章）；张道建：第二编第二部分（第七章至第十三章）；徐宝锋：第三编（第十四章、第十五章）；张万民：第四编（第十六章、第十七章）。其中，第十四章第三节"汉诗文字特征论"亦为任增强所撰。

三、本卷的目标，主要为多层次地展示英美地区中国文论研究的总貌，故相应地设计为几个组成板块。第一编"总述"部分描述与概论其历史演进过程及形成的几大学术范型；第二编以中国文论的时代线索为依据，逐章绍述英美汉学研究的成就；第三编择选出该领域中最有代表性的一些理论话题与使用方法予以重点分析，深化理解；第四编为对中国文论著作英译的介绍与评说。这种布局方法有时也难以避免所述内容（比如某某人物的观点）的绝不重复，然各编的叙述视角是有差异的，为避免重复过多，我们在叙述中也做了一些技术上的回避。

四、本卷的文内夹注与页脚注释均按统一的体例,如首次出现西语人名或文章、著作、术语、关键词等时,一律以加括弧的方式标出原文。然因考虑到整书篇幅过长、查检不便等,因此又以每位作者的撰写篇幅为一大的单元,在文内自出首注。而有些常见的专门用词,也可不循此例。

五、脚注中的英文著作及刊物的注释,均按相关规范标示。例如,出版机构为国际著名者,或属大学出版社,一般已为业内人士所广知,不再列出所在城市,比如对"Columbia University Press"(哥伦比亚大学出版社),不再列出所在城市"New York"(纽约),以避累赘。而一些相对较为生僻的出版机构,则仍然标出所在城市。

六、本卷最后由李晓萌做了技术上的规范与统合,并根据内文出现的人名编有"中西文人名对照表"。

目 录

第一编 总述：英语世界中国文论研究概貌

第一章 从文学史研究到文论研究 3
一、英国的端绪：20世纪前的研究 3
二、北美的文论研究：一条渐次成型的轨迹 12
三、余论 27

第二章 分期与范型 29
一、蛰伏期：泛用主义的范型 29
二、分治期：科学主义的范型 38
三、新变期：文化研究等的间入 73

第二编 以时代为线索的考察

第三章 英美汉学界的先秦文学思想研究 119
一、儒家文学思想研究 120
二、道家美学与文学思想研究 144

第四章 英美汉学界的两汉文学思想研究 157
一、对司马相如及扬雄汉赋思想的论述 158

二、《诗大序》的研究：四种类型　　163
　　三、围绕司马迁、班固、王充等人展开的论述　　180

第五章　英美汉学界的魏晋六朝文学思想研究　　**184**
　　一、谱系梳理与总体特征概观　　184
　　二、曹丕、阮籍与嵇康研究　　191
　　三、《文赋》研究　　195
　　四、多重的聚焦：《文心雕龙》研究　　204
　　五、另一个兴趣点：《诗品》研究　　222
　　六、对该期其他批评家的研究　　227

第六章　英美汉学界的唐代文学思想研究　　**235**
　　一、唐代实用主义文学观研究　　235
　　二、对两部诗论经典的研究：《诗式》与《二十四诗品》　　238
　　三、唐代古文理论研究　　240
　　四、唐诗意象与抒情特征研究　　252

第七章　英美汉学界的两宋词论研究　　**264**
　　一、"词论"研究的类型　　264
　　二、对几部词学著述的研究　　267

第八章　英美汉学界的两宋文论研究　　**278**
　　一、《斯文》：对宋代文学思想的研究　　278
　　二、欧阳修文论思想研究　　283
　　三、苏轼文学思想研究　　286
　　四、黄庭坚文学思想研究　　290

第九章　英美汉学界的宋元"诗话"研究　　**294**
　　一、《沧浪诗话》研究　　295

二、《六一诗话》研究 305
三、魏世德的元好问研究 309

第十章　英美汉学界的明清文论研究　313

一、复古主义、唐顺之及其他 315
二、晚期研究的重点：公安派文论 321
三、解读袁枚：施吉瑞的研究 330
四、王夫之文学思想研究 337

第十一章　英美汉学界的中国小说理论研究　346

一、比较研究与中国小说理论的建构 347
二、对小说与历史关系的研究 352
三、对作为批评概念的"奇"的研究 356

第十二章　更深的开掘：中国小说戏曲评点研究　358

一、热点：金圣叹评点研究 359
二、对其他评点家的研究 363
三、对"评点"的总体性研究 368

第十三章　偏于冷僻的领域：中国戏剧理论研究　373

一、"完备"的戏剧理论：困境与创新 375
二、戏剧创作诸要素研究 379
三、中西戏剧比较研究 382

第三编　以话题与方法为主的考察

第十四章　中国文论研究话题类型　387

一、形上差异论 387

二、抒情传统论　　　　　　　　　　　　　　　409
　　三、汉诗文字特征论　　　　　　　　　　　　446
　　四、叙事理论　　　　　　　　　　　　　　　476
　　五、性别理论　　　　　　　　　　　　　　　492

第十五章　中国文论研究方法例说　　　　　　　513
　　一、对"文"的形式主义强调　　　　　　　　514
　　二、新批评的解读路径　　　　　　　　　　　520
　　三、结构主义方法的措用　　　　　　　　　　537

第四编　中国文论的英译

第十六章　中国文论英译概况　　　　　　　　　547

第十七章　中国文论英译评析　　　　　　　　　565
　　一、先秦两汉时期的文论英译　　　　　　　　565
　　二、魏晋南北朝时期的文论英译　　　　　　　578
　　三、隋唐五代时期的文论英译　　　　　　　　611
　　四、宋金元时期的文论英译　　　　　　　　　621
　　五、明清时期的文论英译　　　　　　　　　　632

中西文人名对照表　　　　　　　　　　　　　　644

第一编

总述：英语世界中国文论研究概貌

第一章　从文学史研究到文论研究

英语世界对中国古代文论的介述始于19世纪初，经约二百年的发展与积累，相关研究已可用"蔚为大观"称之。揆其总体进程，初期还只是被包含在文学研究/文学史研究的框架中，而文学史研究在很长时期内也并未被视作独立的学科，只是被裹挟在更大的汉学研究范畴之中，这些都决定了早期对中国文论关注的有限性及其可能呈现的一些特点。20世纪50年代之后，文学史研究始从汉学中分化出来，文论研究也受到更多瞩目，并进而在20世纪70年代中期从文学史研究中脱胎而出，走向昌荣。虽然到目前为止，尚不能以"学科"称之，但也已渐次形成了独特的言说谱系。对文论研究演变史的考查，首先便应当关注其形成的路径，即其作为一种言说的形态与谱系是如何及在怎样的语境中构型出来，并最终被视为一种确定的知识范型去加以凝视与表述的。

一、英国的端绪：20世纪前的研究

英语国家对中国文学的介述始于英国，这与英国在作为殖民帝国的时间坐标上的位置有关。虽然一些中国典籍在17—18世纪已传入英伦，但几乎无人能够阅读。19世纪初，大批来自英国的传教士、外交官员、商人与旅行者进入中国。他们不仅带回了许多关于中国的信息与图书资料，也开始加强对汉语文学、中国知识与社会状况的关注，并出现了一个"前汉学"时代。① 这一时期对中国的介绍与研究基本上还是以自发、零散的形式来表现的,最初的那些研究者并没有固定的学科专业职称,几乎都是"业余汉学"(amateur sinology)专家,研究所用的图书与资料也多依赖于自己的收集②,马礼逊(Robert Morrison)、小斯当东(George Thomas Staunton)、德庇时(John Francis Davis)、艾约瑟(Joseph Edkins)、金斯密(Thomas William Kingsmill)、伟烈亚力(Alexander Wylie)、理雅各(James Legge)、威妥玛(Thomas Wade)等无不如是。早期的这种自发性研究往往具有初阶性,偏向于资料的编辑与情况的描绘,除了少量撰述以外大多较为表浅。但也有一些好处,即不受某一专业的规训与限制,可以将中国学作为整体来观照与研究,而这种特征,直至20世纪中叶,也一直影响着英国汉学的基本间架与研究向路。

随着汉学课程及汉学教授职位的设置,亚洲学/汉学研究机构的建立和专业性研究刊物的创办,英国汉学始被纳入组织化与建制化的程序之中。1825年成立的伦敦东方语言学校(London Oriental Institution)是英国国内第一所教授汉语的学校。1837年,伦敦大学学院设立了首个由牧师基德(Rev. Samuel Kidd)担任的汉学教席(professor in Chinese language and literature)。1845年,伦敦国王学院始设与伦敦大学学院同名的汉学教席。1875年,牛津大学设立汉学教授席位(professor of Chinese),并荐著名汉学家理雅各出任此职。1888年,剑桥大学以选举的方式产生了第一位汉学教授(professor of Chinese)威妥玛。大学教席的设立标志着专业化汉学的出现,从而将汉学研究推向了新的轨道。当然,还不能高估这些教席在早期汉学研究中所起的作用,更不能断言在大学体制以外就不存在汉学研究。事实上,在一个很长的时期中,两种轨道依然并存,

---

① 德庇时在19世纪初曾曰:"中国文学在英国的发展几乎完全是本世纪的事……直到上(18)世纪末,还找不到一个懂汉语的英国人。"John Francis Davis, "The Rise and Progress of Chinese Literature in England", *Chinese Miscellanies*, *A Collection of Essays and Notes*, London, John Murray, 1865, p. 50.

② 关于这一叙述,可参见 Michael Loewe(鲁惟一), "The Origins and Growth of Chinese Studies in the U. K", *European Association of Chinese Studies*, No. 7, 1998.

即自发性研究与体制性研究平行发展的状态。19 世纪初至 20 世纪早期的那些著名汉学家,基本上仍是在学术体制外成长起来的,在获得较高成就之后才受聘担任大学教授的职位,甚至直到 1920 年,牛津大学在聘选第三任汉学教授时,还是相中了此前长期在中国底层从事传教活动并有丰富著述的"业余学者"苏慧廉(William Edward Soothill)。① 再者,从早期汉学教席的名称上看,所谓的"professor in Chinese language and literature"或"professor of Chinese"虽然是依据基础教学的规划来设计的,但并非狭义的学科称谓。除了当时的"文学"概念与后世狭义的文学概念有别以外(可见后文),另如 19 世纪至 20 世纪初荣膺此教席的著名学者道格斯(Robert Kennaway Douglas)、理雅各、威妥玛、翟理斯(Herbert Allen Giles)、苏慧廉、庄延龄(Edward Harper Parker)等,主要成就虽与汉语研究有关,但并不局限于中国文学研究,而是均有广泛的学科兴趣与造诣(又以汉语研究、辞典及目录编纂、宗教学、政治学与文明史研究等为主)。一部分汉学家翻译了一些文学经籍或写过文学研究方面的著作,但那也仅是他们全部"汉学"研究成果中的很小一部分。

当然,从总体上看,英国早期的汉学框架中也出现过许多涉及中国文学的文章。例如,1832 年创刊的《中国丛报》(*The Chinese Repository*)、1858 年创刊的《皇家亚洲文会北华支会会刊》(*Journal of the North China Branch of the Royal Asiatic Society*)、1872 年创刊的《中国评论》(*China Review or Notes and Queries on the Far East*)等,均有此类载文②,其中又以作品翻译与对文学史的简介为主,这也与此期汉学研究的大体水准是相当的。在大约整个 19 世纪,以著作形式对中国文学进行集中与系统论述(并以此为题)的出版物主要有以下几种,即德庇时的《汉

---

① 对苏慧廉生平的详细研究,参见沈迦:《寻找·苏慧廉》,北京,新星出版社,2013。
② 参见上海图书馆:《皇家亚洲文会北华支会会刊》,上海,上海科学技术文献出版社,2013。另如《中国丛报》(*Chinese Repository*,1832—1851)和《教务杂志》(*The Chinese Recorder and Missionary Journal*,1867—1941)等传教士期刊,也有一些相关文章。

文诗解》(*Poeseos Sinicae Commentarii*：*The Poetry of the Chinese*，1830)①，苏谋事(James Summers)的《中国语言与文学讲稿》(*Lecture on the Chinese Language and Literature*，1853)，道格斯的《中国语言与文学》(*The Language and Literature of China*，1875)，伟烈亚力的《中国文学纪略》(*Notes on Chinese Literature*，1867)，1901年出版的翟理斯的《中国文学史》(*A History of Chinese Literature*)②。我们也可从中一窥此期英国汉学界中国文学研究的基本概况。从各杂志的载文来看，麦都思(Walter Henry Medhurst)在1875年发表于《中国评论》的《中国诗歌》(Chinese Poetry)一文，在研究中国诗学方面也达到了一定的深度。以上几位撰者均属英国汉学史上的名家。

德庇时无疑是早期对中国文学肆力最多的学者，除几种泛义的中国研究著述以外，他翻译与编辑了数种通俗文学(如小说与戏剧)作品，并在这些选本的引言部分阐述了自己对中国文学的看法，其中又尤对汉字与汉诗的构成特征有深入的探究。例如，在《中国小说》(*Chinese Novels*)③一书的引言中，他居然撇开小说问题，长段地论述汉字字符的特点及声韵反切之学。其《汉文诗解》刊发于1830年，是英国汉学史上首次评述中国诗学的专著。该书分为两大部分，第一部分主要讨论诗律(versification)，也就是"在诗行、对句与段落中通行的特殊规则，以及这些要素是如何促成汉诗旋律与节奏的"；第二部分讨论"一般意义上的汉诗的风格与精神，其意象与情感的特征，并通过参比欧洲文学中采用的区分与命名

---

① 此原为发表在1830年的 *Transactions of the Royal Asiatic Society* 上的一篇长文，后以单行本形式于1870年修订重版。

② 翟理斯的《中国文学史》是19世纪末开始撰写的，故权列于此。

③ John Francis Davis，*Chinese Novels*，*Translated from The Originals*，London，John Murray，1822. 该书本为有关中国小说等的选集，然在书前有50页的长序"Observations on the Language and Literature"。这篇长序除介绍中国小说的特征之外，还在后半部分论述了汉语语法的问题，其中也多涉及马礼逊有关汉语音韵学的论述，并提到沈约的"四声说"。另，德庇时同期关于汉字字符的研究也见"Eugraphia Sinensis，or，The Art of Writing the Chinese Character with Correctness"，*Transactions of the Royal Asiatic Society*，Vol. 1，1827.

法(nomenclature),对中国文学做出精确的分类"①。为了理解汉诗诗律的特征,德庇时从汉诗的发声(sounds)、声调(tones or accents)、诗节与音步(poetical numbers or measure)、规律性停顿(pause)、尾韵(terminal rhymes)、句子的对应法(parallelism of couplets)六个方面展开了较为详细的探讨。值得注意的,是他对"对应法"(parallelism)概念的解释。此概念原为英国著名语言学家罗斯(Bishop Robert Lowth)在研究希伯来圣诗的诗律时总结出来的,并以为可以更细地分化为"同义对应"(parallels synonymous)、"对反对应"(parallels antithetic)、"综合对应"(parallels synthetic)三种类型。德庇时借此解释汉诗及其与欧诗的异同,以为没有一种语言能够像中文那样对之有透彻的贯彻,并以此形成一种特殊的美感。②从总体面貌上看,《汉文诗解》是一部从汉语构成法的角度探讨中国诗学的理论性著作,虽然也译出了一些汉诗,但这些并不是主要的,而是作为诗学理论的附证间入其中的。同时,为了更有效地解释汉诗的规律,德庇时在著述中大量地采用了比较的方式,取欧洲诗歌,当然更多的是英国诗歌的作法与汉诗进行对比。因此,该书也可被看作英美汉学领域中首部比较诗学的著作。在涉及中国诗艺的特征时,作者尽管没有引用传统的中国文论说辞,基本上是从个人研读中国诗歌的体会中概括出来的,但这些概括却又没有停留在文学史的层次上,而是触及了那些潜藏在文本之中的组构性观念,因此达到了一定的理论深度。德庇时从汉语特征入手的诗解对英美汉学中的文论研究具有持续性的影响,并形成了持久的传统。就近而言,麦都思那篇出色的论文,在以英国诗人雪莱《为诗一辩》等提出的原则来阐明中西诗歌在表达诗与现实、情感关系上的一致性之后,即几乎是用德庇时的"对应法"切入对汉诗特征的解释,

---

① 参见 John Francis Davis, *Poeseos Sinicae Commentarii: The Poetry of the Chinese*, Reprinted, London, Asher and Co., 1870, p.1.

② 参见 John Francis Davis, *Poeseos Sinicae Commentarii: The Poetry of the Chinese*, pp. 25-28.

同时也做了一些更为丰富的论证。①

苏谋事是一位自学成才的学者，后担任伦敦国王学院第二任汉学教授，也是庄延龄的老师。他的《中国语言与文学讲稿》当是其在国王学院的课程讲义，大部分篇幅放在对汉语构成规则的说明上，意在为汉语初学者提供入门的向导。而将语言作为东方学研究之起点与基础的路向，也是当时十分流行的述学模式。苏谋事详细分析了汉字的构成，即它的单音节词（monosyllabic）与象形文字（hieroglyphic）特征，并认为由此构成了汉字与欧洲文字的重要区别。既然如此，"要想深入一种语言的精神中，发现它的美感，领悟当地人在聆听此种语言时的感受，那么就有必要接受本土化的教育"②。书末，撰者以"四部"为框架，简单地介绍了中国"文学"（the literature of China）的概貌，并十分简略地述及中国的通俗文学（light literature）与苏东坡、李白等中国文学家。道格斯是继苏谋事之后出任国王学院汉学教席的第三任教授，他的《中国语言与文学》一书的副标题为"Two Lectures Delivered at the Royal Institution of Great Britain"，可知与苏谋事的《中国语言与文学讲稿》一样，出自课程讲义，并在结构安排上近似。第一讲介绍"中国的语言"，涉及汉字的特殊构造；第二讲讲述"中国的文学"，篇幅要远多于苏谋事的著述，并取之与欧洲的文学做了广泛的比较，显示出一些独特的洞见。其所谓的"文学"概念也与苏谋事近同，包含整个"四部"的范围（另再稍附加上戏剧与小说），尤其是提出儒家早期经籍（"五经"与"四书"），即"圣书"（sacred books），是中国"民族文学的一个主干"（the mainspring of the national literature）③，从特殊的角度表达了他对中国文学的看法。

伟烈亚力以擅长文献著称，著有《来华新教传教士传记与书目》（*Me-

---

① 参见 Water Henry Medhurst, "Chinese Poetry", *The China Review*, Vol. 4, No. 1, July, 1875.

② James Summers, *Lecture on the Chinese Language and Literature*, London, John W. Parker and Son, 1853, p. 11.

③ Robert Kennaway Douglas, *The Language and Literature of China*, London, Trübner & Company, 1875, p. 76.

morial of Protestant Missionaries to the China，1867)等。他的《中国文学纪略》是汉学史上以目录学形式出现的一部名著，全书分为四章，分别介绍了中国的古代经书、史籍、哲学著述与"纯文学"(belles letters)的典籍，也正好合于四部的编排。书前有总述，然后是抄录书目并做出简注。颇值得注意的是，该书出现了"纯文学"的概念，当与泛义的文学概念有所区别。其实中国传统目录学中的"集部"并不等同于纯文学，因此还是存在概念上不对位之处①，其绍介也只能扩展至所谓的纯文学之外。另一比较特殊之处是伟烈亚力还为"诗文评"(Critiques on Poetry and Literature)单列出一节，并在节前撰有一段简要的评释，以为早期的中国文学创作是自由与自然的，而后逐渐形成了某种"惯则"(conventional form)，进而发展为一种严密与有限定性的常规与诗法，成为一些著述所谈论的主题，并被称为"诗文评"。虽然这些评述在目前看来更多地带有遗物的价值(antiquarian value)，但可以借此理解中国诗人的创作，因此也是重要的。② 上述一段论述，可看作英语世界对中国文论最早的概念化表述。但在接下来的篇幅中，伟烈亚力仅仅是从四库总目中摘录了一些书目而已。从其(因为受篇幅限制)首先著录《文心雕龙》，但却跳过钟嵘的《诗品》、司空图的《二十四诗品》、欧阳修的《六一诗话》等作品，而直接续介陈师道的《后山诗话》来看，他对这一领域其实也并没有太多研究。

翟理斯长期担任涉华外事官员，著述范围很广，对中国文学的介述仅是其兴趣的一部分。③ 史称其著为首部文学史，这不仅在于其书的标

---

① 伟烈亚力事实上也注意到了这一问题，因此在介绍这一部分时解释道："Chinese Literature Termed 集 Tscih, may be not inaptly designated Belles-lettres, including the various classes of polite literature, poetry and analytical works." A. Wylie, *Notes on Chinese Literature*, first edited in 1867; Reprinted in Shanghai, The American Presbyterian Mission Press, 1912, p. 225.

② 参见 A. Wylie, *Notes on Chinese Literature*, pp. 243-244.

③ 选编与翻译文学之外，翟理斯其他方面的著述还有 *Chinese Sketches*(1876)，*Freemasonry in China*(1880)，*Remains of Lao Tzu*(1886)，*Chuang Tzu: Mystic, Moralist and Social Reformer*(1889)，*A Chinese-English Dictionary*(1892)，*An Introduction to the History of Chinese Pictorial Art*(1905)，*China and the Manchus*(1912)等 20 多种，可见其绝非以文学研究为专长。

题首次以"文学史"命名,也在于它呈示的章节容载了一个有序演进的文学史的完整框架(从远古至近代共八章),涵括了甚为丰富的内容,克服了零散性、随意性,使得知识的系统化程度有了很大的提高。次则,不再将文学史的绍介作为汉语教学的附证性说明,而是将文学史作为独立演化的系统予以论述。与之同时,不像苏谋事、道格斯等人那样主要以儒藏的编排方式来安置文学的归属,过度夸大儒学对文学的包容功能,而是充分地注意到老庄学派、佛教思想以及民间通俗文学在中国文学史进程中的重要地位,甚至以为其与前者形成了某种冲突性的关系,为此而将中国文学史构建为一个更为多元化的书写系统。当然,翟理斯关于文学的界义仍比较宽泛①,文学批评及其与文学史的互动也不在他的视野之中,即便述及那些有丰富文论撰述的作者如王充、韩愈、苏轼时,也不曾稍稍顾及他们的文学思想。值得一提的是,在介绍唐代文学时,翟理斯却花费了较大的篇幅,将司空图的《二十四诗品》全部译成了英文,并认为这部作品"在批评家的视野中占据比较高的位置"②。虽然翟理斯仍然是将司空图之作当作诗歌而不是诗论看待的③,然后来的中国学者一般都还是将他的翻译之举视为撰者对中国文论西传所做的重要贡献。

19世纪,英国汉学界对中国文学研究的情况大致如上,其中,我们可以注意到几个要点。首先,对中国文学知识了解的冲动只是早期汉学家整体汉学认知框架中的一小部分,被包含在大汉学的系统之中,尚未形成独立的学科意识与取向,介绍的许多内容也多带有选择的偶然性。而且他们所谓的"literature"主要是一个泛文学的概念,这当然也会影响其对学科知识的界认。其次,他们对中国文学的研究多从汉语文字与音

---

① 翟理斯对"文学"的概念有些分疏,比如以"miscellaneous literature""classical and general literature"两个概念来概括不同的品类,但是"四书""五经"等仍在其列目中;又如一些更为泛化的著述,如法医学著作、《本草纲目》和《农政全书》等,均有专节介绍,可见其文学概念仍比较混杂,这与当时英人对文学概念的理解直接相关。参见 Herbert Allen Giles, *A History of Chinese Literature*, New York and London, 1901.

② Herbert Allen Giles, *A History of Chinese Literature*, p.179.

③ 此后出现的,如 L. Cranmer-Ryng(1909)、J. L. French(1932)、C. M. Candlin(1933)等人的译文,也都是将之作为诗而非诗论。

韵的角度入手，这与早期汉学家的入门法径及实用取向有关，以至于对文论（中国文学观念）的一些察知也集中在这一维度上，而缺少其他方面的开拓。最后，虽然中国文学自孔子以后即很难排除批评意识对书写的影响，文学史始终是与批评史的活动相伴的，但是在英国早期汉学家的文学史介述中，很少涉及这一层面。他们中的若干人虽也曾通过文学史及对作品的阅读与分析，对中国的文学观念进行了一些发微与阐述（已在前文中梳理出来），在某种意义上也带有"文论"的成分，但对更为理论化的批评学言述却甚少触及。就此而言，即便是从宽泛的角度看，此阶段对中国文论的认知尚处在十分懵懂的潜伏阶段，萌动的蓓蕾被包裹在意义泛化的文学史苞片中，尚未绽放。

20世纪，随着学院制的扩充与研究手段的精密化，英国的汉学有了递进性的发展，并出现了一批鸿学硕儒。在文学研究方面，著名者有从事综合汉学而兼及文学研究的翟林奈（Lionel Giles）、阿瑟·韦利（Arthur Waley）、修中诚（Ernest Richard Hughes）、杜德桥（Glen Dudbridge）等，也有专治文学翻译与研究的霍克斯（David Hawkes）等。然而由前现代奠定的研究模式对后期英国汉学仍具明显影响，综合研究始终占据着强势的地位，使得文学研究只能在此大格局的狭缝中生存。这种窘况既使文论研究难以受到关注，同时也因理论思维的匮乏，加之方法的滞后等，使文学史研究多流于表象的梳理与考订，缺乏更多的阐释层次。在整个20世纪中，英国方面可举出的文论研究实例很少[1]，甚至如修中诚所撰的《文学创作法：陆机的〈文赋〉》（*The Art of Letters：Lu Chi's Wen Fu*，1951），也还是他最后赴美教学之后的产物。这也导致有些颇富潜力的学者转教美国，如白之（Cyril Birch）、韩南（Patrick Dewes Hannan）等，并在后来也都被纳入美国（而非英国）汉学家的名录谱系之中。与20世纪中期后大放其晔的北美汉学界的中国文论研究相比，英国

---

[1] 其中，鲍瑟尔（V. W. W. S. Purcell）、麦大维（David L. McMullen）等算是比较难得的名家。鲍瑟尔的《中国诗歌精神》（*The Spirit of Chinese Poetry：An Original Essay*，1929）一书，以文字拆解法的方式理解汉诗的审美特征，颇多理论独见。麦大维以研究古文运动著称，有一系列著述，并影响到后来的美国学者包弼德等人的研究。

方面的研究的确有显单薄，由此我们也需要将视线转向北美（并在必要时连带英国）。

二、北美的文论研究：一条渐次成型的轨迹

将英国与北美作为一个相互关联的汉学整体来考察是很正常的，这首先是因为两大区域所使用的语言是一致的，信息的传播不需要任何翻译手段的中转，同时也在于历史上延续下来的两地在族性文化上的相近度及其他多方面的紧密联系。具体地看，英、美两国在华的传教事业（对汉学有重大的影响）从一开始就是以互助的方式展开的，即便如 1832 年面世的《中国丛报》，也是由美国传教士裨治文（Elijah Coleman Bridgman）在英人马礼逊的指导与支持下创办的。[①] 白瑞华（Roswell S. Britton）在对该刊 20 年间的供稿者的考察中甚至发现："杂志撰者的名单其实就是一份当年在华英美汉学家的名单"[②]。两地的密切关系也见于学院式研究中，从一开始，英美学者之间就已相互参阅与援引对方的成果，在这个特殊的空间中，似乎并没有任何可以介意的屏障。两地学术成员的相互资学与职位流动也是常事，可举较近的几例说明之。例如，对费正清（John Fairbank）确立其"中国学"研究方向产生最大影响的两位重要人物便是当时在美国做访问学者的英国教授韦伯斯特（Charles K. Webster），与费氏赴牛津就学期间对其直接指导的霍斯·贝洛·马士（Hoses Ballou Morse）[③]；儒莲奖获得者、美国著名汉学家德效骞（Homer Hasenflug Dubs）在 1947 年被聘任为牛津大学汉学教授，遂进入英国汉学家名录；

---

① 英美两国来华传教活动的联系，也可参见王立新：《美国传教士与晚清中国现代化》，159～170 页，天津，天津人民出版社，2008。裨治文之来华，本来是被美部会招聘至中国协助马礼逊工作的，参见［美］雷孜智：《千禧年的感召：美国第一位来华新教传教士裨治文传》，47 页，桂林，广西师范大学出版社，2008。

② Roswell S. Britton, *The Chinese Periodical Press*, 1800-1921, Taibei, Ch'eng-wen Publishing Company, 1933, pp. 28-20.

③ 参见［加］保罗·埃文斯：《费正清看中国》，10～18 页，上海，上海人民出版社，1995。

中国文学研究名家韦利的学生白之、韩南在 20 世纪 60 年代都从伦敦大学亚非学院去了美国执教。当然，这些也仅仅是一些例说，两地汉学与中国文学研究等的交流在实际情况中还要密切得多。

　　美国作为新兴的殖民帝国，与中国的接触比英国晚。这也决定了其汉学起步会落在英国之后。当然，更为重要的是，诚如一些学者已指出的，在 19 世纪，甚至直到第二次世界大战之前，美国的汉学更多的是效仿英国发展起来的，这反映在汉学的基本构架、思路与方法等方面。加之许多重要的汉语文献已被英人迻译为英语，也为美国学人提供了很大的便利。以此而言，至少在 19 世纪，美国汉学在文学史译介等方面没有太多可述者。以中国文学为专题的著述目前可见的仅有传教士露密士（Augustus Ward Loomis）所撰的《孔子与中国经典：中国文学读本》（Confucius and The Chinese Classics: On Readings in Chinese Literature，1882）①。此书前两章介绍儒家的史书及"四书"，第三章介绍了十几种儒家书写的文体（含短文、碑志、谚语、格言等）。从今天的角度来看，其大致可归为一种专题性介绍。此外值得一提的还有卫三畏（Samuel Wells Williams）在《中国总论》（The Middle Kindom，1848）中所设的"中国的雅文学"一节，以"四部"为名逐节分述，并列举了欧洲学者尤其是德庇时对汉文诗歌、小说与戏剧的英译情况。丁韪良（William Martin）兼涉文学的汉学著述有《中国人：他们的教育、哲学与文学》（The Chinese: Their Education, Philosophy, and Litters，1881）②、《中国知识，或中国的知识阶层》（The Lore of Cathay, or The Intellect of China，1901）③。两书有一些共同之处，即均将笔墨集中在对传统中国知识体系的介述上，并将文学作为整个体系的一部分。这与丁韪良长期担任同文

---

　　① A. W. Loomis, Confucius and The Chinese Classics: On Readings in Chinese Literature, San Francisco, A. Roman, Agent, Publisher; Boston, Lee and Shepard, 1882.
　　② William Martin, The Chinese: Their Education, Philosophy, and Litters, New York, Harper & Brothers, 1881.
　　③ William Martin, The Lore of Cathay, or The Intellect of China, New York and Chicago, Fleming H. Revell Company, 1901.

馆与京师大学堂西学总教席的职务有密切的关系,由此他又称这些文字为"Hanlin Papers"(翰林文集)。丁氏两书的文学介述部分有许多重复之处,并多聚焦于对各种书写文体(如诗歌、散文、书信、寓言等)的分类描述上,目的是使西人对中国文学书写有初步的了解。比较特殊的是丁韪良的叙述有三处提到了孔子的诗学观①,也可看作美国汉学对中国文论的最初援引。从中也可见,无论是卫三畏还是丁韪良,他们对中国文学的介述都是被安置在整个大汉学谱系之中的,并没有显示出对文学的独立关怀,因此也不可能进行深入与专业化的研究,这与早期英国汉学的知识取向是基本一致的。

　　文学史与文论史(广义的)之间存在紧密的互涉关系。但从发生的意义上看,后者对前者的依附更为显著。这是因为文学批评与理论的思维客体便是文学活动,无文学的活动,也就无所谓有关文学的批评与理论。与之同时,文学作品是普遍可赏的,而文学批评与理论则属于更为智识化的活动及对深层规则的解释,有赖于更为专业化的投注。也正因此,几乎所有民族对异国文学的了解均是从文学史(作品)入手的,走在对批评与理论的研究之先。在汉学发展的早期,英美对中国文学一般知识的获取尚处初步的阶段,自然也很难对之做更进一步的要求。就此而言,对文论史的关注,首先有待于文学史研究的展开、成熟与深化,而这进而又有待于文学史研究能够从大汉学的框架中分化出来,借此获得更为明晰的学科界认,并趋之而入能够精耕细作的专业化轨道。当然,从北美的情况来看,中国文学史研究在20世纪的繁兴,既与一般的规律或趋势有关,比如汉学(东方学)作为一种研究类型受到国家机制(包括民间基

---

　　① 这三处参见 William Martin, *The Lore of Cathay, or The Intellect of China*. "兴于诗,立于礼,成于乐",丁译为 "Let Poetry … be the beginning, manners the middle, and music the finish", p.76。"诗三百,一言以蔽之,曰:思无邪",丁译为 "of these three hundred odes, There is not one that departs from the purity of thought", p.78。"白圭之玷,尚可磨也。斯言之玷,不可为也",此原为《大雅·抑》中诗句,被丁氏看作孔子的观点,译为 "A speck upon your ivory fan/You soon may wipe away/ But stains upon the heart or tongue/Remain, alas, for aye", p.78。

金会)的重视与扶持,文学学科的建立及文学研究成为民族教育体系中至关重要的部分等;同时又有一些特殊的助因,比如本地文学创作对中国文学资源的吁求,数量可观的华裔学者的介入,加强了与中国香港和台湾地区、东南亚中国学研究的互动等。正是这些条件综合在一起,促成了中国文学研究在北美的勃兴。

需要在此对美国创作界对中国文学资源的吁求做点解释。这种吁求主要集中在对汉语诗歌的引介与摹创上,出现过以"东方精神的入侵"为话题的两次浪潮,即 20 世纪初发端的以庞德(Ezra Pound)、洛威尔(Amy Lowell)、陶友白(Witter Bynner,宾纳)等为代表的"意象主义"(Imagism)运动,与 20 世纪 50 年代中期开始的以威廉斯(William Carlos Williams)、雷克斯洛思(Kenneth Rexroth,王红公)、斯奈德(Gary Snyder)等为代表的"旧金山文艺复兴"(San Francisco Renaissance)运动。其中,威廉斯跨越了两拨浪潮。

两次汉诗推进运动通过译诗、论诗与仿诗等,在美国诗坛造成了很大的影响,已有学者对之做出详尽的讨论,可暂且不论。[①] 然而扩展地看,这两次运动也对美国汉学界产生了直接或间接的影响,需要做出重估。首先,两次运动翻译了大批的汉诗(也包括学院派的译诗),展示了中国文学奇迹般的创造力,丰富了中国文学史的知识谱系。这当然也会在一定程度上催发与提升北美场域的文学史研究意识。从随后的研究来看,美国汉学界的文学研究多集中在诗学领域,也可看作与受到两次汉诗运动的感染与启发有关,甚至表现为对汉诗运动的一种侧面接应(当然

---

① 对两次汉诗运动的深入研究可参见 Huang Yunte(黄运特),*Transpacific Displacement*: *Ethnograph*,*Translation*,*and Intertextual Travel in Twentieth-Century American Literture*,University of California Press,2002。其他相关的研究,较近的可参见 Qian Zhaoming(钱兆明),*Orientalism and Modernism*:*The Legacy of China in Pound and Williams*,Duke University Press,1995;Robert Kern(罗伯特·科恩),*Orientalism*,*Modernism*,*and the American Poem*,Cambridge University Press,1996。中文著述可参见赵毅衡:《诗神远游——中国如何改变了美国现代诗》,上海,上海译文出版社,2003;钟玲:《美国诗与中国梦:美国现代诗里的中国文化模式》,桂林,广西师范大学出版社,2003。这些研究突出强调了意象派东方主义运动对美国文学版图的重建。

还有其他原因)。汉诗运动推崇的那些诗人,如陆机、陶潜、王维、李白、白居易、元稹、寒山、苏轼、杜甫等,也恰是后来美国汉学界选择研究的重点人物,并在较长时期内成为英语世界拟构中国传统诗史的参照标准之一。其次,汉诗运动将对中国诗歌的理解集中在具有突出审美特征的文字意象(前一波)、禅道诗境(后一波)上,也对汉学界文学观念的转换有一定的影响,即相比过去对文学谱系的宽泛把握而更收缩了文学的界义范围(也与美国20世纪初以后的文学观念转换恰好合辙),使"纯文学"的概念能够逐步从泛义文学的概念中游离出来,直至确立牢固的地位。最后,无论是意象派诗人还是禅道派诗人,都从自己的经验出发"读"出了汉诗中所蕴含的诗学内涵,并用偏于感性的方式对之做出了提炼与总结,如庞德的"表意文字法"(ideogramic method)等。这些虽然还属于"文学观念"的范畴,但为汉诗诗学理论的建构提供了重要的参照,并启发汉学界沿此对中国文论做进一步的探究。关于后一点,最为明显的例证是在第一波浪潮期间,张彭春(Peng Chung Chang)受美国著名批评家斯宾加恩(Joel Elias Spingarn)的约请,翻译出了严羽《沧浪诗话》中的两小节,这也是因为严羽这部著作的思想取向被看作与汉诗运动的理念是相吻合的。① 尽管,此时对文论的涉入还是属于附带性的。汉学研究界受到了汉诗运动直接影响,这方面可举的例子非常多。例如,著名的陶诗与文论研究者海陶玮(James Robert Hightower)便是因年轻时受庞德英译汉诗的感染才决定选习汉学的;汉学教授华兹生(Burton Watson)在20世纪60年代译出了在第二波运动中被推为桂冠诗人的寒山的百首诗歌②,1951年译注陆机《文赋》(Rhymeprose on Literature:The *W'en-fu* of Lu Chi)③;20世纪60年代撰写出《〈诗品〉作者考》的方志彤(Achilles Fang),

---

① 参见 Joel Elias Spingarn,"Foreword to Tsang-Lang Discourse on Poetry",*The Dial Magazine*,Vol. 73,No. 3,1922,pp. 271-274.

② 参见 Burton Watson,*Cold Mountain:100 Poems by the Tang Poet Han-Shan*,New York,Grove Press,1962.

③ 参见 *Harvard Journal of Asiatic Studies*,Vol. 13,1951. 另载 John L. Bishop (ed.),*Studies in Chinese Literature*,Harvard University Press,1965.

第一章　从文学史研究到文论研究　　　　　　　　　　　　　　　　　　　　　17

博士论文写的就是庞德①；叶维廉(Wai-Lim Yip)不仅是第二波运动的亲身参与者，也专门撰写了《艾兹拉·庞德的〈神州集〉》(*Ezra Pound's Cathay*)②一书。这也带动了他对与运动趣旨相一致的中国文论研究。大而言之，20世纪70年代以后，汉学家热衷的汉字"意象"研究、汉字声律说研究等，同样是在承应早期意象主义叙述（并引入了新批评等理论）的基础上发展起来的。如此等等，不一而足。

　　第二次世界大战之后，美国的汉学/中国学研究开始升温，不仅摆脱了欧洲传统汉学的影响，而且经过一段时期的积累之后取代欧洲成为国际汉学的中心，中国文学研究作为一个专业方向也初步得以确立。刘若愚(James J. Y. Liu)1975年发表的《西方的中国文学研究：当前的发展，流行的趋势与未来的展望》(The Study of Chinese Literature in the West：Recent Developments, Current Trends, Future Prospects)一文，曾对20世纪60年代以来出现的汉学发展景观做了描绘，其中包括专家学者、出版物与会议等大量增加，英语成为主要的工作介体。就具体的情况来看，首先，研究范围扩大了，从早期的以诗、赋、古文、骈文为代表的古典诗文，扩展到三千年来的各类文体，原先被忽略的词、散曲、杂剧、文论都被纳入了研究的视野。其次，也是非常关键的一点，是中国文学研究已逐步构型为一门独立的学科，不再隶属于传统汉学。③ 关于后面一点，经我们考察，在1975年之前，北美地区的文学研究名家除少数几位，他如华兹生、海陶玮、陈世骧(Shih-Hsiang Chen)、白之、夏志清

---

　　① 也可参见方志彤发表的其他相关文章。Achilles Fang, "Ferollosa and Pound", *Harvard Journal of Asiatic Studies*, Vol. 20, No. 1-2, 1957.

　　② Wai-Lim Yip, *Ezra Pound's Cathay*, Princeton University Press, 1969.

　　③ 参见James J. Y. Liu, "The Study of Chinese Literature in the West：Recent Developments, Current Trends, Future Prospects", *The Journal of Asian Studies*, Vol. 35, No. 1, 1975, pp. 21-30. 对大汉学概念的质疑，更早可溯至1964年《亚洲研究》根据题为"Chinese Studies and the Disciplines"的研讨会所发的一组文章，共7篇，其中列文森(Joseph R. Levenson)就发表意见，认为把无所不包的汉学作为一研究领域的做法源于西方中心主义的观念，而现在已过于陈旧。参见Joseph R. Levenson, "The Humanistic Disciplines：Will Sinology Do?", *The Journal of Asian Studies*, Vol. 23, No. 4, 1964, pp. 507-512.

(Hsia Chih-ching)等，及声名初显的韩南、刘若愚、叶维廉等人，均将文学作为毕生研究的专业目标。这一趋势在1975年之后就更为凸显了，学科细化的进程已成为研究常态，学科发展的驱力大大加强。为此，在20世纪60年代，学界也出现了数种较大跨度的专门研究(如华兹生的三种著作①)，及用英文撰写的文学通史类著述与研究辑本。从20世纪60年代出版的三种文学通史②即可看出，尽管叙述上还比较表浅，但其梳理均已明确地集中在狭义"文学"的概念上，与早期英人的文学史撰述理念已有较大区别。

也正是在学科独立与文学史研究升温趋势的带动下，北美的中国文学批评研究也开始被纳入研究的日程，当然也可将此视作文学史研究深化的副产品。这也因早期进入该领域的学者基本上都是从文学史研究起步而兼治批评史的，甚至包括后来以文论史研究鸣世的刘若愚等人。据涂经诒(Tu Ching-I)回顾，大约从20世纪50年代开始，中国文学批评的研究受到学界的重视，出现了一些重要译著与论著。③ 这个判断无疑是正确的。就翻译来看，典型的文论著作，如陆机《文赋》、钟嵘《二十四诗品》、刘勰《文心雕龙》、司空图《二十四诗品》等均在此期被译成英文(有

---

① 这三种著作，指 *Early Chinese Literature*, Columbia University Press, 1962; *Chinese Lyricism: Shih Poetry from the Second Century to the Twelfth Century*, Columbia University Press, 1971; *Chinese Rhyme Prose: Poems in the Fu Form from the Han and Six Dynasties Periods*, Columbia University Press, 1971.

② 现所见20世纪60年代出版的文学通史为三种，即 Shou-yi Ch'en(陈绶颐), *Chinese Literature: A Historical Introduction*, New York, Ronald Press, 1961; Lai Ming(赖明), *A History of Chinese Literature*, New York, John day Co., 1964; Wu-chi Liu(柳无忌), *An introduction to Chinese Literature*, Indiana University Press, 1966. 另外，海陶玮《中国文学论：梗概与书目》也可列入同类书中，参见 James Robert Hightower, *Topics in Chinese Literature: Outlines and Bibliographies*, Cambridge, Harvard University Press, 1950. 最为著名的文学编集有 Cyril Birch and Donald Keene(eds.), *An Anthology of Chinese Literature*, New York, Grove Press, 1965; Vol.2, 1972.

③ 参见涂经诒：《中国传统文学批评》，见王晓路：《北美汉学界的中国文学思想研究》，成都，巴蜀书社，2008。

的还有多个译本），并有了相当一批与之相关的专门性评述与研讨。① 在 20 世纪 60 年代以前，海陶玮、陈世骧、方志彤等人的文论研究也已达到一定的深度。20 世纪 60 年代之后（至 1975 年），除了原来的研究者继续在这一领域上耕耘，新的研究者也开始涌入这一伍列。此期专著还甚少见，但论文数量已大为增多，涉及批评原典、批评家、批评观念与概念等方方面面。另一新的现象是出现了以中国文论研究为题的博士论文，英国方面也有介入。② 这些早期的学位论文中比较重要的有麦大维（David L. McMullen）的《元结与早期古文运动》（Yuan Chieh and the Early Kuwen Movement，1968）、黄兆杰（Wong Sui-kit）的《中国文学批评中的"情"》（Ch'ing in Chinese Literary Criticism，1969）、林理彰（Richard John Lynn）的《传统与综合：诗人与批评家王士禛》（Tradition and Synthesis：Wang Shih-chen as Poet and Critic，1971)等。后来这些人都成为英语世界中国文论研究的中坚。从 1971 年开始，台湾地区淡江大学创刊国际性的英文版《淡江评论》（Tamkang Review），也为此期美英汉学家（尤其是华裔学者）拓展了刊发文学研究论文的空间，其中就有不少重要的批评史研究论文发布于此。通过检索其 1971—1975 年的目录，可知陈世骧、刘若愚、叶维廉、黄兆杰等华裔汉学家的一批标志性成果即首刊于此。

在此之际，另外一种情况需要注意，宇文所安（Stephen Owen）1995 年在《唐研究》（Tang Studies）上发表的纪念傅汉思（Hans Frankel）的文章，认为 20 世纪 60 年代是美国中国文学研究产生根本性嬗变的时期，而傅汉思在其中起到了相当大的作用。因为"他使他的学生们认识到，这个领域除了重要的汉学家之外，是由欧洲和美国的主要文学批评家和理论家所构成的"③。在这一叙述中，我们见到了一个触目的字眼——"理

---

① 关于此期各种批评原典的翻译与研究，近年来已多为中国学者所介绍，可参见各种撰述，不再赘引。

② 例如，麦大维、黄兆杰都在英国获博士学位，然当时各地的英语文论研究实已融入美国的主流，并形成了国际环流的大语境。

③ 田晓菲：《关于北美中古文学研究之现状的总结与反思》，见张海惠：《北美中国学：研究概述与文献资源》，606 页，北京，中华书局，2010。

论"。其实早先的批评史研究本身也是面对理论的，那么宇文所安说的这一理论必有所指，即用西方理论的方法来研究中国的文学、文论等。① 如实地追溯这一进程，20世纪60年代中期后发生的一些理论转向主要还是用某些西方文论来诠解具体的文学史与批评史文本。例如，傅汉思1964年撰写的《曹植诗十五首：一个新的尝试》(Fifteen Poems by Ts'ao Chin: An Attempt at a New Approach)，即已尝试摆脱以"生平和人品"论诗的旧套，将新批评的概念与方法用于解释文本。② 在其1976年出版的《梅花与宫闱佳丽》(The Flowering Plum and the Palace Lady: Interpretations of Chinese Poetry)中，这种用法得到了更为广泛的推进。在小说研究领域，韩南也在20世纪60年代做过一些有限度的尝试，比如在《中国早期短篇小说：一种批评理论概观》(The Early Chinese Short Story: A Critical Theory in Outline)③一文中，即以"全知视角"(cards-on-the-table omniscience)、"选择性全知视角"(Selective omniscience)等叙事学概念论析中国传统小说的"叙述语态"。用各种西方理论话语分析文本的做法，至20世纪70年代开始蔓延于文学研究界，高友工(Yu-kung Kao)与梅祖麟(Tsu-Lin Mei)在1971年合撰的《唐诗的句法、用字与意象》(Syntax, Diction, and Imagery in T'ang Poetry)④一文中，已能

---

① 对于以西释中的合法性或必然性，宇文所安在随后的著作中也做了论述与强调，参见 Stephen Owen, *Traditional Chinese Poetry and Poetics: Omen of the World*, The University of Wisconsin Press, 1985, p.56.
② 参见田晓菲：《关于北美中古文学研究之现状的总结与反思》，见张海惠：《北美中国学：研究概述与文献资源》，610页。
③ Patrick Dewes Hannan, "The Early Chinese Short Story: A Critical Theory in Outline", *Harvard Journal of Asiatic Studies*, Vol.27, 1967. 另收入 Andrew H. Plaks(ed.), *Chinese Narrative: Critical and Theoretical Essays*, Princeton University Press, 1977, pp.323-324.
④ Yu-kung Kao and Tsu-Lin Mei, "Syntax, Diction, and Imagery in T'ang Poetry", *Harvard Journal of Asiatic Studies*, Vol.31, 1971. 后来高友工与梅祖麟又合撰一文，用雅各布森等人的理论对唐诗的规则有扩展式的讨论。参见 Yu-kung Kao and Tsu-Lin Mei, "Meaning, Metaphor, and Allusion in T'ang Poetry", *Harvard Journal of Asiatic Studies*, Vol.38, No.2, 1978.

熟稔地用符号学、结构主义语义学及新批评等大量西学方法来分析唐诗，进而从形式层面厘定出了中英诗歌之间的差异，产生出一种令人着迷的效果，并昭示了一种新的研究路径。在此以后，像新批评惯用的"悖论"（paradox）、"反讽"（irony）、"谬误"（fallacy）、"含混"（ambiguity）、"张力"（tension）、"修辞"（rhetoric）等术语，大规模地进驻汉语诗学的研究领域，而有些看似相对旧一些的术语也经重释之后被纳入新的"细读"体系中，并被用于汉诗的研究。例如，余宝琳（Pauline Yu）便基本上是通过借助一组西方文学批评的用语，如"寓言"（allegory）、"象征"（symble）、"意象"（image）、"隐喻"（metaphor）、"抒情诗"（lyric）等，构建起一套中西比较的论述系统的。在小说研究中，浦安迪（Andrew H. Plaks）、倪豪士（William H. Nienhauser, Jr.）、王靖宇（John Ching-yu Wang）等都曾使用结构主义与叙事学的方法研究中国文学，由此在美国汉学界形成了一种颇具特征与持久不衰的研究路向。

  在一个总体性的面向理论（或文论）的趋势中，可以总结出几种方式。第一种是已述的将中国文学批评与理论的著述、人物、术语、思潮等作为对象的研究（包括译介），可简称为"理论的研究"，主要为20世纪50年代之后出现的一种文论研究方式。并以"以史为证"作为其主要的方法（这是我的概括），在汉学界也笼统称之为"传记式批评"（biographical criticism），一般又多将之称为"批评史"研究。第二种是约在20世纪60年代中后期出现的，援用西方文论具体诠解中国文学史与批评史的研究方式，可简称为"理论的诠释"（已如上述）。第三种是在进行较大规模的综合之后，从一种理论及一套概念的框架入手来建构中国文论的体系，这种方式主要兴盛于20世纪70年代中期，可以称之为"理论的建构"。当然在实际的运作中，有时第二、第三这两种方式（甚至第一、第二两种方式）间也存在界限不明之处，交叉的情况时有发生。这与思维及理论的放收跨度有关。20世纪70年代中期以后，北美文论的发展呈现出三种路径并行的发展之势。就时序上来看，上述的这一前后交替进程也显示了文论研究日趋"理论化"的轨迹。我们注意到涂经诒在归纳这些模式时，还加上了一项"文类研究"(genre theory)①。这也是汉学界在 20 世纪 60 年代之后经常述及的。文类学固然也属于中国文论的一部分,如从曹丕至挚虞、刘勰、萧统,再至明代的吴讷、徐师曾、许学夷等人形成了一个特殊的描述系统。针对原典的分析常可纳入第一种模式,即"理论的研究"中有些文类研究只是在面对文学作品时有一个初步的划分雏形,则可归入文学史的研究中,除非是专对文类进行理论上的辨析或构造,才可归属至后两种研究模式之内(如倪豪士的研究)。因此,将之看作文论研究中一种特例可能更为合适。同时所谓的"比较文论",也会存在于这三种研究模式中,并可做另外层次上的安排。

第三种研究方式即"理论的建构",或称"再理论化"的工程,以刘若愚《中国文学理论》(*Chinese Theories of Literature*)的出版作为标志,因此也可将 1975 年看作第三种范式的确立之年。当然并非此前就没有尝试的迹象,甚至刘氏本人在 20 世纪 60 年代出版的《中国诗学》(*The Art of Chinese Poetry*)已初步透露了某种综合构建的意识,但是只有到《中国文学理论》出版以后,才算是有了定型化的范本。② 为将自己的研究构造成一种名副其实的"理论",刘若愚首先从已有的西方文论中选择了两套论述的框架,作为搭建整体性言说的基础,这也就是韦勒克的三分说与艾布拉姆斯的四分法。韦勒克的三分说,即认为可将所有的文学研究分为

---

① 参见涂经诒:《中国传统文学批评》,见王晓路:《北美汉学界的中国文学思想研究》,25 页。

② 《中国诗学》出版于 1962 年,然在此后 13 年间,刘若愚出版的三本著作都仍属于对文学史的具体研究,如《中国游侠》(*The Chinese Knight-errant*, 1967)、《李商隐诗歌》(*The Poetry of Li Shang-yin*, 1969)、《北宋主要抒情词人》(*Major Lyricists of the Northern Sung*, 1974)。在此之后,刘氏即转向专治文论了。虽然《中国诗学》一书也有一定的影响,比如倪豪士在《美国的中国传统诗歌研究》中即将之视为 20 世纪 60 年代后美国汉诗研究启动的试水之作,但李又安在 1968 年提到该书时,却以为该书并没有在当时起到引领文论研究的作用。倪文参见 William H. Nienhauser, Jr., "Studies of Traditional Chinese Poetry in the U.S., 1952-1996", *Asian Culture (Asian-Pacific Culture) Quarterly*, Vol. XXV, No. 4, 1997, pp. 27-28; 李又安文参见 Adele Austin Richett, "Technical Terms in Chinese Literary Criticism", *Literature East and West*, Vol. XII, Nos. 2, 3, 4, 1968, pp. 141-147. 分析可知,后文的这一判断应当是确切的。

文学史、文学批评与文学理论三种类型，将文学批评看作"实际批评"，而将文学理论看作对更为抽象的一般性原理与规则的研究。① 尽管刘若愚认为文学理论也有赖于文学史与文学批评的成果，但属于更高层面上的研究。有鉴于过去的批评史研究多满足于事实的叙述，而缺乏系统的阐释，因此他希望能通过自己的工作构建出一套具有整体囊括性，同时也对"世界性的文学理论"有所贡献的中国文论体系。② 艾布拉姆斯的四分法属于在已经分疏出来的"文学理论"的大概念之下建立的既能对文学的基本要素加以区分，又能给予相互联系之解说的一套学说。这些基本要素包括宇宙、作家、作品、读者，并相应地对称于四种理论，即模仿理论、实用理论、表现理论与客观理论。考虑到中西文论之间的异同，刘若愚在经过调整之后将之改造为六种理论，即形上论、决定论、表现论、技巧论、审美论与实用论。③ 全书之后的论述也就围绕此六论展开（并以更为丰富的西方文论作为附证），从而最终"结构"出一个逻辑完备、转承优雅的有关中国文论的巨型体系。而根据刘若愚采用的韦勒克的三分法，那么文论研究也就不再被视为文学史研究之下的一个隶属话题，而是与文学史研究具有平行位置的分支学科。这个命题非常重要，即反映了其欲将文论研究从一种混沌不分的文学研究或文学史研究的大格局中区分出来的明确意识。尽管在美国的文学研究场域中，这种学科划分的提法很难获得体制上的支持，但仍颇具观念上的革命性和创新性。

　　刘若愚的研究主要集中在诗学领域。他采用的方法也与一般理论构造的方式相似，即将宜用的史料从原来的生成语境中抽取出来，分别纳入预设的理论网构中，以一套经过精心设置的概念来带动与统合整个叙述。尽管这一工程很难被仿效，但是作为一种具有时代特征的范式性冲

---

① 参见[美]刘若愚：《中国文学理论》，1页。
② 参见[美]刘若愚：《中国文学理论》，3页。
③ 参见[美]刘若愚：《中国文学理论》，12～15、18页。汉学界对艾布拉姆斯理论的汲用，不限于刘若愚，并且他的书也注明了此前尚有吉布斯（Gibbs，1970）、林理彰（Lynn，1971）、波拉德（Pollard，1973）与王靖宇（John Wang，1972）的研究，也可看出当时英美汉学界关注整体阐释理论的一般性趋势。然刘氏对之做了创造性的修改，并且用之更为广泛。

动，必然也会伴随更多的实践，带来扩延的趋势。比如在叙事文学领域，便有浦安迪在20世纪70年代中期以后所做的各种尝试，其所构造出的"叙事理论"模式，通过持续地援用多种西方批评理论（原型理论、结构主义、叙事理论与小说修辞学等），来探察中国叙事文的一般性构成特点，从而在早期小说研究者，如韩南、白之、毕晓普（John L. Bishop）、夏志清等人所惯用的实证主义模式之外，转换出了一条研究新路。① 王靖宇也在1975年提出："有必要建立一个叙事文的抽象类别或者说叙事文模式。它不是建立在每一种类之上，而是适用于所有的种类。"② 这个"模式"后来又被概括为"一个有世界性的叙事学"（同于刘若愚的命说）③。在比较诗学领域，则有叶维廉的"模子"（models）说，以原型论为基础并设置出各种概念分层，旨在借助一套新的解释原则为中西诗学之融通提供一揽子解决的方案。④ 高友工在完成唐诗的概念化研究之后，甚至对"文学理论"的概念有所放弃（因其偏于形而下），而用更为抽象化、哲学化的"美学"概念来命名与打理自己的学说，遂将陈世骧早期基于文字与具体文本考查而提出的"抒情传统"（Lyrical tradition）演绎为一种带有普遍规则性、文化全涵性、历史贯通性与精神超越性的"抒情美学"（Lyric Aesthetics）大体系。或如其自云，是一种带有更大整合性的"统一

---

① 浦安迪早期的相关论文有："Towards A Critical Theory of Chinese Narrative"，Andrew H. Plaks(ed.)，*Chinese Narrative：Critical and Theoretical Essays*；"The Problem of Structure in Chinese Narrative"，*Tamkang Review*，Vol. 6，1975；"Conceptual Models in Chinese Narrative Theory"，*Journal of Chinese Philosophy*，Vol. 4，1977；"Issues in Chinese Narrative Theory in the Perspective of the Western Tradition"，*PTL：Journal of Poetics and Literary Theory*，No. 2，1977. 另，《中国叙事学》也可看作他对自己叙事理论的一个总结，参见[美]浦安迪：《中国叙事学》，北京，北京大学出版社，1996。

② John Ching-yu Wang，"The Nature of Chinese Narrative：A Preliminary Statement on Methodology"，*Tamkang Review*，Vol. 5，No. 2/Vol. 7，No. 1，1975，p. 230.

③ 参见[美]王靖宇：《中国早期叙事文研究》，2页，上海，上海古籍出版社，2003。

④ 参见 Wai-Lim Yip，"The Use of 'Models' in East—West Comparative Literature"，*Tamkang Review*，Vol. 6，No. 2/Vol. 7，No. 1，1975. 后收入 *Diffusion of Distances*，Berkeley，University of California Press，1993，为比较常见的版本。然此思想为叶氏从20世纪70年代到90年代连续阐释，遂构成更大的体系，故也需参照其他著述理解之。

理论"(Unified theory)①，也是"可以放之四海而皆准"的理论。② 此间其他用"美学"概念来运演中国文论的事例也甚为多见，如更为年轻的苏源熙(Haun Saussy)、艾朗诺(Ronald Egan)、蔡宗齐(Zong-qi Cai)等。③

根据刘若愚的学科分类，不仅是理论，而且还有"批评"，均当从更大的文学研究(文学史研究)的笼统覆盖下分立出来，因此"批评"/"批评史"的概念也是此后经常被用于文论言述的一个术语。两个概念之间有时是互容的，有时则分界而述。但就趋势而言，我们更应关注理论意识的强势出线。在1975年前后，"理论"的概念开始频繁地被用于文论的叙述，许多文章的标题都措用了"理论"的字眼。④ 这种影响也见于一些选集的编订。例如，宇文所安1992年出版的影响甚广的《中国文学思想读本》(Reading in Chinese Literary Thought)，该书虽然批评了刘若愚等以"观念史"(history of ideas)为标目从文本中抽取概念以自创体系的做法⑤，但其文集的选目也依然集中在几种理论化程度偏高的古典文本上，明显地是以"理论"而非"批评"来鉴别文本的价值。在仅以专节入选的八位文论家的文本中，就有叶燮的《原诗》，并以为该作在中国文

---

① 参见 Yu-kung Kao,"Chinese Lyric Aesthetics", *Words and Images：Chinese Poetry, Calligraphy, and Painting*, ed. Murck, Alfreda and Wen C. Fong, Princeton University Press, 1991, p.48.

② 参见[美]高友工：《美典：中国文学研究论集》，90～91页，北京，生活·读书·新知三联书店，2008。

③ 参见 Haun Saussy, *The Problem of a Chinese Aesthetic*, Stanford University Press, 1993；Ronald Egan, *The Problem of Beauty：Aesthetic Thought and Pursuits in Northern Song Dynasty China*, Harvard University Press, 2006；Zong-qi Cai(ed.), *Chinese Aesthetics：The Ordering of Literature, the Arts and the Universe in the Six Dynasties*, University of Hawai'i Press, 2004.

④ 我们对1975年前后用"理论"术语命名的著述有一个统计，考虑到过于繁复，故未列入文中。总起来看，1975年之前，只有很少几种著述冠以"理论"之目，而多以"批评"或"批评史"的概念称之。1975年后，以"理论"术语为标题的著述陡然增多，并呈现甚密。其中的连缀式名称又有"critical theory""poetic theory""narrative theory""theory of novel""theory of prose""theory of literature""literary theory"等，不一而足。当然，"批评"这一术语的使用仍然比较频繁。

⑤ 参见[美]宇文所安：《中国文论：英译与评论》，"中译本序"，1页。

论史上继《文心雕龙》之后,"第一次严肃尝试提出一套全面系统的诗学"①。与此观念相对应,过去在原发性批评史上罕被论及的专著《文心雕龙》,不仅成为汉学研究的第一大热门,探者如云(与中国此期的情况也相一致)②,而且其地位也被提升到压倒其他一切批评性言述的高度。例如,高友工在《中国抒情美学》的长文中认为,中国文学批评的进步是与对理论兴趣的增长联系在一起的,并终至《文心雕龙》完成了对"总体文学理论"(total theory of literature)的建构。"确切而论,《文心雕龙》是中国文学理论史上第一部纪念碑式的作品,讽刺的是,也是最后一部作品。"③而该作的力量,源于其试图从总体上处理文学现象的勃勃雄心。早期与高友工合作撰文的梅祖麟,在一篇回忆文章中,也提到他们在 20 世纪 70 年代进入文论研究时,最为崇尚的两部中西著作分别是刘勰的《文心雕龙》与弗莱的《批评的解剖》,并均以"体大思精"称之。④ 进而,《文心雕龙》也被作为一种最高的标准用以反思、评判中国文论批评形态之不足,其中加拿大学者叶嘉莹(Florence Chia-ying Yeh)的论述就很有代表性。在 20 世纪 70 年代完成的《王国维及其文学批评》一书中,她即认为:"除了一部《文心雕龙》略具规模纲领之外,自刘氏以后一千多年以来,也竟没有一部更像样的具有理论体系的专门著作出现",其他都属"体例驳杂"之作。⑤ 探其原因,最终可归于中国传统中缺乏西方固有的理论思辨能力与习惯。即便如刘氏之作,其能成为体系化的煌煌巨著,也还是因于作者受到了外来佛典思维的影响,而其不足,如批评术语的"意念模糊"等,则与其本土性的习惯思维有关。由此推论,王国维的诗

---

① 参见[美]宇文所安:《中国文论:英译与评论》,547 页。
② 如宇文所安所说:"二十五年前,中国学者的《文心雕龙》著作书目提要只需要一页的篇幅,如今,一份最基本的书目提要几乎可以装满一本不太厚的书。"[美]宇文所安:《中国文论:英译与评论》,"中译本序",1 页。由此也可见学界对体系性理论模式的热情。
③ Yu-kung Kao, "Chinese Lyric Aesthetics", *Words and Images:Chinese Poetry, Calligraphy, and Painting*, ed. Murck, Alfreda and Wen C. Fong, p. 64.
④ 参见[美]梅祖麟:《序》,见[美]高友工:《美典:中国文学研究论集》,4 页。
⑤ 参见[加]叶嘉莹:《迦陵文集》(二),114 页,石家庄,河北教育出版社,1997。

论同样呈现出优劣二分的特征。① 而叶嘉莹最终的结论，则是期盼中国学者能积极借用西方理论的精密工具，打造出本土的文论经典。这种西方逻辑化与体系化文论优越于中国感知化、随机化文论的观念，稍后也在宇文所安等人的论述中得到了高调响应。②

三、余论

借助以上的追溯，我们大致可对中国文论研究在英美的展开历程有一个概览。这个历程由两大进阶构成，从外部来看，表现为从大汉学至文学史研究，再至文论史研究的进阶；从文论研究内部看，则又表现为从"理论的研究"至"理论的诠释"，再至"理论的建构"的进阶。两大进阶又共同刻绘出一条文论独立与"理论"自身不断攀升的运行弧线，从而展示出在英美汉学语境中中国文论言说谱系逐渐构型的历史。当然，这种单线式的描述仅是就一种趋势而言的，并不代表实际场景的全貌，也并不等于在某一阶段，比如说在第三阶段上就不存在前两种模式的研究。各种模式仍然有自己展开的进路，并一同构成了 20 世纪 70 年代之后的文论繁荣。与之同时，批评或理论从文学史中彻底分化出来的提法也只是一种理念的倡导而已，实际的情况更为含混与多样。此外，既然在英美的学术建制中从未出现过"文学理论"这样一种学科安排（像中国那样），那么文论研究与文学史研究兼治的情况也是普遍地存在于多数学者身上的，文论研究始终只是作为一种独特的"话域"而非独立的"学科"处身于文学研究的范畴之中。

英美文论研究界的理论阐释与理论建构活动经历二十多年之后，至

---

① 参见［加］叶嘉莹：《迦陵文集》（二），302~303 页。
② 例如，宇文所安认为，当代汉学对《文心雕龙》《原诗》的重新估价，当归功于西方诗学的观念，即"推崇全面系统的批评论著"，而《原诗》也将"引导西方读者认识传统中中国诗学的最后和最深奥的发展阶段，并让他们得以观察：如果该传统把兴趣主要集中到对诗歌理论基础的考察上，那么它的关注中心和术语将会怎样协调起来。"［美］宇文所安：《中国文论：英译与评论》，528 页。

20世纪90年代中期已趋降衰,这与该模式在学理上存在的各种局限及整个北美的学术风气转向皆有关系,后者主要表现为以"文化研究"(Cultural Studies)为代表的各种新探索在近年的涌现。这也已为许多汉学家所述及,遗憾的是国内反应还略显迟缓,因此在介述时难免出现夸大20世纪70年代至90年代研究的现象。当然,这并不意味着此前的理论探索是不重要的,而是应当看到,每一种探索均有自身的价值与历史的必然性。同样,也不意味着理论是没有意义的,只是目前的研究所依据的是一种新的理论形态及被语境的论证有力限定的探索。[1] 限于篇幅,关于这一新的趋势对文论研究带来的影响,只能允我在下一节做更为详细的梳理。

---

[1] 关于文化研究的"语境"问题,参见美国新历史主义的相关叙述。美国学者格罗斯伯格也曾将"文化研究"称为一种"激进语境主义"(radical contextualism or contextuality),参见 Lawrence Grossberg, "Cultural Studies: What's in a Name?", *Bringing It All Back Home: On Cultural Studies*, Durham and London, Duke University Press, 1997. 另外,田晓菲的回顾文章也提到当前汉学界在转向文化研究时对语境的积极关注,参见田晓菲:《关于北美中古文学研究之现状的总结与反思》,见张海惠:《北美中国学:研究概述与文献资源》,610、616页。

第二章 分期与范型

英美国家对传统中国文论的频繁关注始于 20 世纪 50 年代，此后成就显著。然而从更长的历史进程来看，19 世纪开始就有一些"朦胧的一瞥"，或在不同程度与角度上涉及文论的若干内容，甚至也对后来的研究产生过如果不是直接的，也会是背景性的影响。如果将其完整的经历均纳入考察之中，那么根据某些划分的依据，便可将自早期迄今的英美国家中国文论研究概述为三个大的时期。与之相应，我们也尝试将三个时期的研究归为三种范型，尽管事实上的情况要丰富与复杂得多。截流式的归纳主要是一种权宜之计，然由此我们可以不再停留在对表象的散漫捕捉上，而是可以借助这些梳理发现这一话域系统的逻辑生长结构、运动态势，及各范型的组构方式、内在动力等。

一、蛰伏期：泛用主义的范型

这是指 19 世纪初至 20 世纪 50 年代的文论研究，当然这一时期也发生了一些变化（甚至断裂），并呈现出向第二大时期过渡的迹象。由此，也可以 20 世纪初划界，将其再区分出两个不同的阶段。言其为蛰伏期，首先是因为该期对中国文论的关注还相当稀缺，汉学界也未将稀见的这些散评视为文论（文学批评）材料，同时，也在于已出现的那些可以在广义层面上称谓的文论，基本上也都还是在文学史/文学作品研究的框架中完成的，即汉学家通过对文学作品的阅读，从中提炼出了一些带有规则性的理论叙述。虽然目前我们也将之纳入广义的文论("文学观念")的研究范畴,但从当时的研究意识而言,仍属于面对文学史的一种行为,属于文学史研究/文学研究的一个组成部分。也正因此,对这一时期(尤其是 20 世纪之前)文论的考察,有必要先将之置于文学史研究的格局中进行。

蛰伏期尤其是 19 世纪的英美中国文论研究的范型,可用"泛用主义"一语加以概括。这主要表现在对文学概念界义使用的泛化,与大至汉学研究小至文学研究的实用化取向。关于"文学"的概念,首位入华传教士马礼逊最初编辑的汉译作品集《中华之晷:中国通俗文学译作》(*Horae Sinicae: Translation From the Popular Literature of the Chinese*,1812)的书名便使用了这一术语,然而内文所选的却是《三字经》、"四书"、佛道故事的片段及一些书信范例,几乎未见现代意义上所界定的文学素材。① 德庇时后来在《中国文学在英国的兴起与发展》(The Rise and Progress of Chinese Literature in England,1865)一文中也提到马礼逊曾将其另一种作为"中国文学"(Chinese Literature)指南的汇编,取名为"从文献学角度观察中国"(View of China for Philological Purposes),然而书中记录的却是地理学与年代学等内容。② 可见,早期汉学家心目中的"文学"指意是很广泛的,囊括了各种文字读本。在同一篇文章中,德庇时事实上也试图对宽泛的"文学"定义做出一个粗略的内部划分,他认为:"以下在述及对中国文学的早期翻译时,我们可以粗略地做出两种分类,一是经典与历史类,包括他们的圣书;二是纯文学(belles-lettres),或是戏剧、诗歌、罗曼司与小说。"③由此可知,在 19 世纪的英国人那里,尽管

---

① 参见 Robert Morrison, *Horae Sinicae: Translation From the Popular Literature of the Chinese*, London, Black and Parry, 1812.

② 参见 John Francis Davis, "The Rise and Progress of Chinese Literature in England", *Chinese Miscellanies, A Collection of Essays and Notes*, p. 57. 也可参见马礼逊的原件:Robert Morrison, *A View of China for Philological Purposes*, Macao, Printed at the Honorable The East India Company's Press, 1817.

③ John Francis Davis, "The Rise and Progress of Chinese Literature in England", *Chinese Miscellanies*, p. 62.

并不是没有纯文学的概念，但它也并非后来严格确定的"文学"概念，只是大文学概念之下的一个分类而已。当然，这种内部分类也可视为德庇时的一个自我主张，实际情况可能还要混杂一些。例如，在上述文章或其他汉学家的著述中都还有"通俗文学"（popular literature）、"休闲文学"（light-literature）等概念，而一般又是将那些道德格言、谚语、说教文章片段置放于通俗文学的范畴之中的，很难遽然将之纳入德庇时前述的两大分类中。而这种混杂性的出现，或者部分与中国古代的知识分类表达方式有关。① 其他如翟理斯，又有别的内部分类的方式，在其所著《中国文学史》中将文学分为"miscellaneous literature"（杂文学）、"classical and general literature"（经典与一般文学）等。在19世纪汉学家那里，关于"文学"（literature）的最为通用，可能也是最具涵括性的对应性概念就是"文献"了。例如，马礼逊所用的"philology"（语言文献）一语，也是欧洲汉学所认定的一个基础元素，在更多的情况下，汉学家还是用"book"一词来替说之的。② 对"literature"概念含义的这一把握也构成了后来出现的几种专著，如苏谋事、道格斯、伟烈亚力，甚至翟理斯等叙述文学的一般框架，反映出了早期汉学家的基本文学观。分析其原因，这不仅仅是因为当时英人对文学的认知本来如此③，也与传统中国文学对"文"及自身知识系统的理解有关，后面一点在20世纪70年代后汉学家讨论"文"的界义时也有述及。④ 只是至20世纪初以庞德为首的汉诗运动，将关注点聚焦于感受性的诗歌，并影响到汉学的研究之后，纯文学的概念才逐渐从文献性的文学概念中分化出来，在文学的命名系统中上升至一个具有较强排斥性甚至至高无匹的位置。

---

① 明胡应麟《少室山房笔丛》卷二九，也将家规、世范、劝善、省心等文字列入"小说"名义之下。其他分类混杂的情况就更多了，不再一一列举。

② 最为彻底的例证见于翟理斯的《中国文学史》，该书共按时代分8章，每章的标题都用"Book"一词来统说。

③ 关于20世纪时"literature"的意义，及此概念的演变史，可参见Peter Widdowson, *Literature*, Routledge, 1998.

④ 参见[美]刘若愚：《中国文学理论》，"'文'的各种涵义"，8～11页。

另则，这种泛用主义也表现在早期汉学家对中国文学知识的过于泛化的实用主义取向上。这里所说的实用性大致可从两个方面来予以审检，首先，是对中国文学的了解一般往往会被看作有利于更好地研习汉语的一种手段。从上述这些涉及"文学"的著作的常规性编排中即可看出，文学的介述都是紧跟在语言的介述之后的。这是因为在撰者看来，文学文本是进一步研习汉语的最佳辅助材料之一，甚至于以传教士为主体的、以语言学为基础的汉语研究，除了被看作是为掌握必不可缺的交际方式之外，则也常被视为论证《圣经》同源说的一种最为有效的佐证。① 其次，对中国文学知识的掌握也是理解其国情与民情的重要途径。然而无论是学习语言还是文学，其背后的驱动力则是为了服务于一种更为宽泛的殖民目的，而这种叙述几乎成了 19 世纪汉学家在其著述之始解释汉学研究之意义的常例性格套。例如，德庇时为其《中国杂论》(*Chinese Miscellanies*)一书所撰的序言，首先便提到自己所做的有关中国的研究，是与英国近期在军事与商贸上的成功密切相关的。鉴于英国对东方的兴趣正在日益增长，这些研究便可提供一些有关中国的讯息。② 苏谋事在《中国语言与文学讲稿》的开篇也与德庇时所论相类，即认为随着英国的征服活动，中国已经成为带来"普遍消费与巨大商机"的国度，因此，从各个目标上讲，都应当引起人们探索的兴趣③，而他撰写这本书也是为了辅助

---

① 此种论述最有代表性的可参见艾约瑟的《中国在语文学上的地位》，Joseph Edkins, *China's Place in Philology, An Attempt to Show that The Languages of Europe and Asia Have A Common Origin*, London, Trübner & Co., 1871. 另持相同观点的还有金丝密等，Thomas William Kingsmill, "The Aryan Origin of the Chinese", *China Review*, Vol. 2, No. 1, 1873；Thomas William Kingsmill, "The Mythical Origin of the Chow or Djow Dynasty, as set Forth in the Shoo-king", *Journal of the North China Branch of the Royal Asiatic Society*, Vol. vii, 1871 & 1872.

② 参见 John Francis Davis, *Chinese Miscellanies, A Collection of Essays and Notes*, p. iii. 另在"Observations on the Language and Literature"一文中，德庇时更为详细地讨论了学习汉语文学、中国知识对英国商务活动等的重要意义。参见 John Francis Davis, *Chinese Novels, Translated from The Originals*, pp. 1-9.

③ 参见 James Summers, *Lecture on the Chinese language and literature*, p. 3.

第二章 分期与范型

于这样一个大的目标。甚至于在中西关系上持较为温和的态度的理雅各，在其被聘为牛津大学中文教授讲席的《就职演讲》(Inaugural Lecture: On the Constituting of a Chinese Chair in the University of Oxford)①中，也不惜笔墨地谈论学习与研究中文为英国殖民规划可能带来的利益。如此等等，不一而足。从上可知，早期英美对中国文学等的介述与研究虽然也保留了大量客观的成分，但是却受到其实用目的的内在限制，即并未将之作为纯粹的知识学对象，这也必然会制约他们对中国文学的完整理解及深入探索。关于这点，尽管在19世纪70年代之后已经发生了一些渐次的变化，即出现了所谓的从"业余汉学"向"职业汉学"的转向②，但是并没有从根本上改变这一基本趋势。后期的英国汉学家，如阿瑟·韦利、巴雷特(Timothy Hugh Barrett)等，均对这一问题做过深刻的批评与反思，以为正是这种实用性的动机(即"实用汉学")最终造成了英国汉学的致命局限。③当然，20世纪初，美国的汉诗运动已经以翻转的方式看待中国文学，削减了附加在中国文学引入中的殖民主义意图，但是一些主要的倡导者[如费诺罗萨(Ernest Fenollosa)、庞德等]仍然还是将其作为创作上可供汲用与摹仿的对象，与学理性的学科研究宗旨尚存在一定的间距。

尽管这样，早期英国汉学对中国文学及其观念的研究也涉及诸方面的话题，并以此维持着一些学理性的相对平衡。这些话题中最具研究力度并初具理论雏形的，便是在研究汉诗时提出的汉字诗律说。分而论之，这一论述主要包含两个方面，即字符(character)研究与诗律(versification)研

---

① James Legge, *Inaugural Lecture: On the Constituting of a Chinese Chair in the University of Oxford*, Oxford and London, James Parker and Co., 1876.

② 这个提法在初期最有影响的表述，见于欧德理1872年发表的同名文章。Ernest John Eitel, "Amateur Sinology", *China Review*, Vol.2, No.1, 1973, pp.1-8. 对这种转换过程的富有卓见的论述参见 Norman J. Girardot, *The Victorian Translation of China: James Legge's Oriental Pilgrimage*, University of California Press, Ltd., 2002, Chapter 2, pp.122-191.

③ 参见 Timothy Hugh Barrett, *Singular Listlessness: A Short History of Chinese Books and British Scholars*, London, Wellsweep, 1988. "Singular Listlessness"一语则源自 John Francis Davis, *Chinese Novels, Translated from The Originals*, p.2.

究，并均建立在对汉语语言的研究基础之上。两方面的研究又含有一些更小的层次，有时会独立进行，有时也存在某种交叉。英人对汉语词汇与语法的研究初有马什曼(Joshua Marshman)的《中国言法》(*Elements of Chinese Grammar*，1814)①、马礼逊的《通用汉言之法》(*A Grammar of the Chinese Language*，1815)，但最早从汉语规则入手探讨汉语诗学的要算德庇时的《汉文诗解》。德氏此书对决定声韵效果的诗律各组成要素做了集中的探讨，并广泛涉及汉诗的多种门类，如曲、辞赋、格言诗(maxim)等，试图从中发现构成汉诗美学的主要的形式特点。德庇时之后，道格斯的《中国语言与文学》一书也在广泛的讨论中述及汉语字符与句法等问题，尤从"句法"(syntax)的角度阐释了中国诗歌的表达效果。按照道格斯的语言理论，在解释一种文学之前，均有必要从其所依附的语言入手。因为文学的主要特征是在不同的语言中体现的，所以需要通过"语言结构"追寻汉诗的组成原则。打个比喻来说，"句中的字词就像是制陶工手心中的一片粘土"②。在古希腊与罗马的诗歌中，我们可以发现最佳的表现效果，这是因为其语言具有曲折变化(inflexion)的特征，语词在句中的位置是灵活的，从而能够带来充满活力与优雅的韵律；而汉诗的语法则是刻板的，"没有一个词语能够从决定性的位置中移动"③。当然，道格斯认为这一局限是可以适当超越的，比如中国作家具有丰富的想象力，因此其诗歌依然能够带来某种美感。总起来看，这一阶段的研究偏重于从以拼音文字为基础而形成的西方语言学的背景出发，解释

---

① Joshua Marshman, *Elements of Chinese Grammar*, Printed at the Mission Press, 1814. 有国内学者将该书译为"汉语语法要素"，然其原书出版时在书面上印有"中国言法"四字，当从其原名。

② Robert Kennaway Douglas, *The language and literature of China*, p. 60.

③ Robert Kennaway Douglas, *The language and literature of China*, p. 61. 数年后，道格斯又撰《华语鉴》一书，对汉字的来源、"六书"法及汉语语法有扩展性的论述，尤其是从西方语言学的各种词性概念出发，分析了汉语的词汇，可结合之而了解道格斯的整体汉语研究思想。参见 Robert Kennaway Douglas, *A Chinese Manual: Comprising A Condensed Grammar with Idiomatic Phrases and Dialogues*, London, W. H. Allan & Son, 1889.

汉诗的内在规则，从而也易于从一种预设的角度对汉诗韵律做出负面的评价。而这一点，也在理雅各的《就职演讲》及翟理斯的创辟之作《中国文学史》一书中得到了认同式的响应。例如，理雅各一方面肯定了汉语文学具有表达思想丰富性的可能，并可以与英语形成对译关系，但又以为汉语的单音节特点及没有格、数、性、语态、语气、时态的修饰与限定等，使之在表述上有显刻板。① 翟理斯的观点同样强调了道格斯所述的因声调与字数的严格规定，汉诗的制作无法臻于婉曲多变的境界。② 20 世纪初，秉承这一持论的，在英国汉学界还有阿瑟·韦利等人。③

从 20 世纪初开始，借助于美国诗坛中出现的"中国热"，诗学的立足点发生了逆转，但诗论家与汉学家们并没有放弃语言的视角，而是继续沿着这条路线做了更为广泛的探索。根据时间前后排列，这些后继者有费诺罗萨、庞德、艾斯珂（Florence Wheelock Ayscough）、洛威尔、鲍瑟尔（V. W. W. S. Purcell）等，由此形成一条由大致相似的关注点组合起来的批评与研究系脉，即从语言形式的角度探究汉诗的美感来源。关于这点，费诺罗萨在《作为诗歌介质的汉语书写文字》（The Chinese Writing Character as A Medium for Poetry）中就谈到其研究的主旨："……是诗歌而不是语言，然而诗歌的根基在语言。既然在语言的研究中发现，比如像汉语在它的书写字符上与我们的语言形式有如此大的差异，那么就有必要探索这些组织诗歌的普遍的形式要素是怎样获益于这些合适的营养的。"④ 这一表述与道格斯所述大体一致。总起来看，后来的研究者对 19 世纪汉学家的汉语诗论是既有承继又有转换的。这种承继主要表现在仍然是将语言分析作为汉诗研究的出发点，不仅后来被阐述的若干议题

---

① 参见 James Legge，*Inaugural Lecture：On the Constituting of a Chinese Chair in the University of Oxford*，p. 21.

② 参见 Herbert Allen Giles，*A History of Chinese Literature*，pp. 144-145.

③ 韦利之论，可参见其为《汉诗 170 首》所撰导言。Arthur David Waley，*A Hundred and Seventy Chinese Poems*，London，Constable and Company Ltd，1918.

④ Ezra Pound，*Instigations of Ezra Pound：Together with an Essay on the Chinese Writing Character By Ernest Fenollosa*，New York，Boni and Liveright，1920，p. 360.

（如汉字造字法等）在前期也有涉及①，而且从费诺罗萨的论述来看，其对前期汉学家的语法理论也是甚为熟悉的。② 当然，转换是更为主要的，这首先表现在将汉诗探讨的中心从对声律等的研究转向了对字符形态的关注。例如，费诺罗萨论及汉诗时即认为："它的根基是记录自然运动的一种生动的速写图画"③，或称"思想的图画"(the thought picture)④。尽管汉字是有声韵的，并且有从图画象形而至表意指示(ideograph)的发展经历，但却始终是建立在由眼睛的"看"所能达及的对象范围中，因此也是一种更为接近"自然"及其律动的语言，与抽象化的拼音文字需要隔层去理会事物的作用与意义是有区别及高低之分的。也正是从这一立论出发，费诺罗萨对前代语言学研究中，如道格斯等人的句法诗学做了颠覆性的解释，以为那是一种过时的"中世纪的逻辑学"(logic of the middle ages)、"中世纪逻辑学的暴政"(tyranny of medieval logic)，其意是将依附于自然运动的汉字意象中固有的、活跃的、生长的力量强行压迫到形式

---

① 例如，关于汉字的字形特点与若干造字方式，苏谋事、道格斯等在自己的论述中即有展示，两人都详细论述过汉字最基本的特点是单音节词(monosyllabic)与象形文字(hieroglyphic)。苏谋事的论述参见 James Summers, *Lecture on the Chinese language and literature*, pp. 6-7, 9-10. 道格斯的论述参见 Robert Kennaway Douglas, *The language and literature of China*, pp. 10, 15, 59. 另外，道格斯对"六书"也有详释，参见上书 17～20 页。后来的艾斯珂，循费诺罗萨对汉诗的语言特征的详析，可参见 Florence Wheelock Asycough, *A Chinese Mirror: Being Reflections of the Reality behind Appearances*, Boston, Houghton Mifflin, 1925. Florence Ayscough and Amy Lawrence Lowell, *Fir-Flower Tablets*, Boston, Houghton Mifflin, 1921; Reprinted 1926, "Introduction" by Florence Ayscough.

② 例如，费诺罗萨在谈到自己的研究时就指出，此前已有德庇时、理雅各、德理文、翟理斯等人的研究。参见 Ezra Pound, *Instigations of Ezra Pound: Together with an Essay on the Chinese Writing Character By Ernest Fenollosa*, p. 359. 更重要的是，他又明确地，甚至常常指出，其研究是建立在对前代语言学者对汉诗的曲解与贬低的翻转式思考上的，因此对先行者做了多方面的批驳。有关意象派诗论与 19 世纪英美汉语语言学关系的较为透彻的论述，也可参见 Robert Kern, *Orientalism, Modernism, and the American Poem*, Cambridge University Press, 1996.

③ Ezra Pound, *Instigations of Ezra Pound: Together with an Essay on the Chinese Writing Character By Ernest Fenollosa*, p. 362.

④ Ezra Pound, *Instigations of Ezra Pound: Together with an Essay on the Chinese Writing Character By Ernest Fenollosa*, p. 363.

第二章　分期与范型

主义的语言学模式中。① 与意象派运动相关,后来的汉诗评论者大体上也是沿着费诺罗萨的思考路径前行的。尽管他们在论述中也没有彻底地去声韵化②,但却已将研究的重心与肯定点从前期对声韵与句法的偏好有力地转移到对字符与意象的解析上,这无疑也是一种对早期汉学家以西方语言为评判标准的"语音中心主义"诗论的观念祛魅。当然,关于这一问题的讨论并未就此结束,还将在20世纪50年代后的文论研究中有新的回应。

至于第一时期在方法论模式的建立方面,除了语言学的模式以外,进而可概述者有二:一是基本上采用了以史料论证为主的朴学方法,二是比较视野的使用。比较的方法或视野是所有的汉学研究都不可避免的。这也是由研究者的他者身份所决定的,故可看作汉学研究的常法,又可分为暗比与明比。暗比往往出自一种内在的直觉意识,但为了更明确地阐明异域性知识的特点,此期汉学家也频繁地使用明比的手段。然而20世纪两代汉学家(或前期英国汉学家与后期美国汉学家)在使用比较方法时又有立足点上的差异。简而言之,前段的汉学家通常都基于欧洲优越论的观念,将自己看作文明的化身或代理人,而中国则是文明的教化之地,因此在大的方面树立了一个"文明"与"落后"

---

① 参见 Ezra Pound, *Instigations of Ezra Pound: Together with an Essay on the Chinese Writing Character By Ernest Fenollosa*, pp. 365-366, 371-372, 380. 后来的学者如刘若愚,多指责费诺罗萨不知"六书"等,所以对汉字构成多有曲解,参见 J. Y. Lu James, *The Art of Chinese Poetry*, The University of Chicago Press, 1962, pp. 3, 6, 18. 然从费氏的叙述看,其对前期如道格斯等人的汉语语法(包括"六书")的论述却是很熟悉的,只是不想遵循此严格的"逻辑"来解释汉字与汉诗,故有意颠覆之。由此可见,刘若愚此论尚显轻率,并未察知费诺罗萨的用心。继费诺罗萨之后,鲍瑟尔在《中国艺术精神》中也花了大量的笔墨讨论"六书",参见 V. W. W. S. Purcell, *The Spirit of Chinese Poetry*, Singapore, Kelly & Walsh Lid, 1929.

② 关于汉诗的声韵问题,各家持论仍有些区别。例如,费诺罗萨以为,汉诗是通过"陪音"弥补其声乐感的不足的;庞德以为汉诗的音韵有自己的特长;而稍后的鲍瑟尔则认为,汉诗虽然是一种有声调的语言,但不仅阻碍了悦耳与丰富效果的发挥,而且几乎不能被看作有音律之美。

的思维框架，以此作为比较的基准。这点首先会反映在当时的比较语言学与比较宗教学的层面上，其次当然也会扩及对中国文学的研究与判断。这在德庇时、苏谋事、道格斯、伟烈亚力等人身上，均有充分的体现。① 如分域而论，这种惯性思维表现为在诗学研究领域中，一般都会以西方的语音与语法标准来裁决中国诗学，而在叙述学领域中，又常常会以西方的伦理观（尤其是基督教的伦理观）作为评判中国小说主题优劣的依据。② 20世纪之后，后一阶段的汉学家则因"西方的没落"思想的蔓延，试图突破原有思维框架，将东方诗学视为拯救文明堕落的源泉之一，由此而开辟出一条中西比较的新路。

二、分治期：科学主义的范型

20世纪五六十年代以来，英美国家对中国文论的研究进入一个新的时期。将20世纪五六十年代至大约20世纪80年代末的这一较长时段称为"分治期"，主要原因在于文论研究逐渐从前一时期的泛用主义模式，即目标上的实用性与学科上的泛化论中分化出来，形成了相对独立的言述分支。从英美的情况来看，这一相对独立的进程在一定程度上也受到了两次汉诗运动对"纯诗"的追求的影响，但更重要的还是英美学术体制中出现的学科分化趋势。将文学研究从大汉学的框架中

---

① 这一论断在德庇时《中国杂著》的序言中即已奠定，他认为英国与欧洲其他国家结成的同盟对中国的入侵是"文明反对野蛮"之战。参见 John Francis Davis, *Chinese Miscellanies, A Collection of Essays and Notes*, p. iv. 其他汉学家的后续之论基本上没有离开这一基点，繁不赘引。

② 这点也同样很明显地体现在德庇时的小说评述中，比如在《中国小说》序言中，他强调了所翻译的故事，都是"以欧洲的标准来选择的"，而中国小说中呈现的大量伦理观念对于西方人的宗教理念来说，往往是令人厌恶的，那些佛道之说也是反基督教的。参见 John Francis Davis, *Chinese Novels, Translated from The Originals*. pp. 12-19. 其他如在19世纪的《中国丛报》《教务杂志》上，从一些传教士所写的评述中国小说文章中，也能见到上述思想特征。

移出，也促成了文论研究的繁兴，使其成为一个可为学者们独立标榜的领域。与之相关，"中国文论"不再只是蛰伏在文学史/文学作品研究中的一个"观念式"的对象，而是以独立的形态闯入了学者的视野。学者因此知道了历史上固然地存在一个"批评史"（"文学理论"）的显性系脉，它与文学史之间长期以来就是以互动的方式呈现的，并且也是可以作为一个独特的话题予以关注的。尽管在初期，这种意识还比较模糊，但后来便愈益明晰，并与对"文学观念"等的研究一同汇入了此期文论史研究的壮大洪流。

另外一方面，专业化也体现出对一种"学术中立"理念的确认上。关于这点，尽管如一些学者所述，战后美国以费正清为代表的"中国学"的兴起，促成了中国研究全面地倒向国策化与实用化，但也存在另一方面的情况，即即便在社会科学研究领域中（包括史学的社会科学化进程），学术中立及追求对象客观性的理念也正在形成；而人文学科（汉学）研究的路径不仅与以国策化为取向的费正清开辟的研究路向有别，同时也在积极寻找一种尽可能地摆脱主观性判断的学理化出路。正是与这种趋势相一致，至少，科学主义作为一种思维方式，成了此期文学研究领域最为通行的主导性观念。科学主义包括真实性预设与方法论措用两个方面。从预设观念来看，学术研究首先被看作一种求真或"求取真理"的活动，并相信只要是按照严密的论证程序，历史的真实性是能够从幽暗之处浮升出来，并被把握于掌上的。因此，这一时期的研究在方法论上比之于第一时期的随意与疏阔，明显地更趋于规范与细密，在实证技巧与理论阐释等方面都获得了较大的进展。当然文学研究的方法论还是有别于社会科学的，因此在大的科学主义模式之中，或者说是在下一个层次上，该期的所谓科学化特征又主要表现在文本分析手段的改进上。而实证主义、新批评与结构主义等方法论模式在文学研究界的流行，也都起到了推波助澜的作用，这在下文还会述及。

分治期的研究极大地推动了文论研究的繁盛，开创与建立了多套话题模式（研究类型），下面择其凸显者分述之。

(一)原典研究

在整个泛用主义时期,英美汉学界对中国文论原典的介绍寥寥无几,而自20世纪50年代以来,不仅大量原典被发掘出来,而且进行了比较充分的评注与研究。此处所述的原典,首先是指处于显性状态的批评史或文论史著述,也包括与批评史相关的其他各种历史文本。这一类型的研究既是该期文论研究的基础,同时也是收获最为显著的一个领域,其中又以采取实证的方法为主。即便是在批评话语被不断提升为更一般化理论的趋势下,这类研究也依然保持着旺盛的研究活力。

1951年,修中诚、方志彤分别将陆机《文赋》翻译成英文出版。紧随其后,1953年,陈世骧重译与评说《文赋》的小册子问世[1],正式揭开了英语世界对中国文论原典译介与研究的序幕。其后,大小不一的各种文论著作与篇章被陆续译出,甚至成为密集性研究的参本。与之同时,也出现了几种影响较大的综合性辑录、翻译或分析批评史原典的选本,如黄兆杰的《早期中国文学批评》(Early Chinese literary criticism)[2]、宇文所安的《中国文学思想读本》。在叙事领域中,陆大伟(David L. Rolston)于1990年编著的《中国小说读法》(How to Read Chinese Novel)[3],系统地编译了古代小说批评的一些文本,并附以自己的评析。批评家个体的研究也是该期的一个重点,许多后期被看作未有经典性文论著述问世的文学家,如黄庭坚、元好问、何景明、袁宏道、袁枚、冯梦龙、金圣叹

---

[1] 参见 Shih-Hsiang Chen, *Essay on Literature*: *Written by the Third century Chinese Poet Lu Chi*, Portland, Maine, The Anthoensen Press, 1953. 据陈国球考证,陈世骧最初译出《文赋》是在1948年,发表于该年出版的《北京大学五十周年纪念论文集》上,后来才在美国以单行本的形式问世。参见陈国球:《"抒情传统论"以前:陈世骧与中国现代文学及政治》,载《现代中文学刊》,2009(6)。

[2] Wong Sui-Kit(ed.), *Early Chinese Literary Criticism*, Hong Kong, Joint Publishing Company, 1983. With a preface by David Hawkes.

[3] David L. Rolston, *How to Read the Chinese Novel*, Princeton University Press, 1990. 陆大伟随后又对这些评论做了更为系统化的研究,可参见 David L. Rolsto, *Traditional Chinese Fiction and Fiction Commentary*: *Reading and Writing Between the Lines*, Stanford University Press, 1997.

等人的批评思想,也均有针对性较强的研究专著出版。① 以论文(博士论文)方式对某一批评家做专题研究的数量就相当之大了,而大量的批评思想研究又是与文学史个体研究融合在一起的。更有宽度的一些研究则涉及群体性的活动与思潮等,也是众多学术性论文讨论的对象。其中,已出版的专著有麦大维对唐代古文运动的研究、包弼德(Peter K. Bol)对唐宋古文运动的研究等②,均为甚具功力之作。对批评文本中的术语研究,比较早的可见之于李又安(Adele Austin Richett)在 20 世纪 60 年代所做的探讨与倡导③。术语翻译既是文论研究中不可逾越的,同时也涉及许多难点,包括这些术语在中国文本语境中使用时常出现的随意性、多义性与感悟式表述,以及中英用语之间固有的不对应、中西文化之差异等。这些问题在后来也成为许多学者所讨论的重要话题,并往往紧扣对文论原典的理解展开。随着研究的深入,这一领域也取得了丰富的成果。综合起来看,以上的这些研究组合成了中国文论研究的一个最为基础也最为重要的知识系谱,极大地丰富了英美汉学界对中国文论的史实性认知。由于在本书后面的章节中,我们会有对此类研究的详细介述,在此暂不做展开。

---

① 黄庭坚研究有 Liu David Palumbo, *The Poetics of Appropriation: The Literary Theory and Practice of Huang Tingjian*, Stanford University Press, 1993. 元好问研究有 John Timothy Wixted, *Poems on Poetry: Literary Criticism by Yuan Hao-wen*, Wiesbaden, Franz Steiner, 1982. 何景明研究有 Daniel Bryant, *The Great Recreation: Ho Ching-ming and His World*, Brill Academic Pub, 2008. 袁宏道研究有 Chih-ping Chou, *Yuan Hong-tao and the Kung-an School*, Cambridge University Press, 1988. 袁枚研究有 Jerry D. Schmidt, *Harmony Garden: The Life and Literary Criticism, and Poetry of Yuan Mei*, Routledge, 2003. 冯梦龙研究有 Yang Shuhui, *Appropriation and Representation: Feng Menglong and the Chinese Vernacular Story*, University of Michigan Press, 1998. 金圣叹研究有 Wang John Ching-yu, *Chin Sheng-t'an*, Twayne Publishers, 1972. 以上并不包括对某一批评家重复研究的著作,以及单篇论文。

② David L. McMullen, *Literary and Historical Criticism in the Early Ku-wen Movement*, Cambridge University Press, 1969; David L. McMullen, *State and Scholars in T'ang China*, Cambridge University Press, 1988; Peter K. Bol, *Intellectual Transition in T'ang and Sung China*, Stanford University Press, 1992.

③ 参见 Adele Austin Richett, "Technical Terms in Chinese Literary Criticism", *Literature East and West*, Vol. XII, No. 2, 3, 4, 1968.

(二)文类(理论)研究

　　文类研究由于经常跨越文学史与文论研究两个区域,因此不是一个特别容易定位的研究类型。然而在英美汉学界,许多学者仍将之归入文论研究范围内,但也有强弱不同的认定。例如,涂经诒在对文论研究几大模式所做的归纳中,基本上是从强认定的角度出发①,而宇文所安则从"理论"的概念出发,对之做了一个弱认定。② 考虑到这些不同意见,我们的梳理当然也需要有所取择,相对偏向于那些靠近理论方面所做的研究。

　　文类(genre)问题之提出,最初是基于研究细化的要求,及文类称谓在中西之间存在一定差异的事实。比如在中国原初的术语系谱中,小说、传奇、话本等均各有指称的对象,并且无统一的归说。德庇时在 19 世纪初引述斯当东(Sir G. Staunton)对中国"通俗文学"(popular literature)的评论时,也称:"(中国的戏剧)缺乏能够展现生活与习惯有趣画面的完美梗概。在他们的 novels 与 romances 中,这点则是为充分的细节填满的。"③句中所用的"novels"与"romances"(德庇时文中均如此分用)原为西方 18 世纪对散体叙事文学的一种分类法,也为后来的汉学家长期沿用④,然是否适宜于中国传统小说的分类习惯则一直是受到质疑的。又比如用英语统称的"poetry",是否可以与中国本土的诗歌概念对称也存在一些问题。关于这点,在 20 世纪早些时候,江亢虎(Kang-hu Kiang)

---

　　① 参见[美]涂经诒:《中国传统文学批评》,见王晓路:《北美汉学界的中国文学思想研究》,25～26 页。

　　② 宇文所安在一条注解中称,"文学思想"的概念包括文学理论、诗学和批评,"但文学分类学被放到边缘位置"。参见[美]宇文所安:《中国文论:英译与评论》,16 页。但在宇文所安的原文中,"分类学"用的是"taxonomies"这个词,而不是"genre"。参见 Stephen Owen, *Readings in Chinese Literary Thought*, p. 597.

　　③ John Francis Davis, *Chinese Novels*, *Translated from The Originals*, p. 10.

　　④ 仅以 19 世纪末为例,如理雅各所为之文,也仍用此区分性的概念,参见 James Legge, "The Late Appearance of Romances and Novels in the Literature of China", *The Journal of Royal Asiatic Society*, Oct., 1893.

第二章　分期与范型　　　　　　　　　　　　　　　　　　　　　　　　　　43

在为《群玉山头》(*The Jade Mountain*，与陶友白合编)①汉诗集所撰的序文中即有质疑，认为中国的"韵文"包含诗、词、曲、赋、民谣等一系列文类，因此"poetry"实际上等同于中国的韵文，而不是狭义上的"诗"。可知，他已意识到在异域介绍中国文学时会存在文类分辨的问题。

　　20世纪50年代后，哈佛大学教授海陶玮发表《〈文选〉与文类理论》(The Wen-hsüan and Genre Theory)一文。他认为："文类的概念，潜藏在所有的批评之下。一个好的批评家如同一个胜任的作家，总是会有意识或无意识地知晓一个给定的文类是合适的中介(appropriate vehicle)。"②海陶玮比较系统地提出了文类批评研究的重要性，从而首次将对文类的考察正式纳入汉学研究的议程。通过对《汉书·艺文志》、曹丕《典论·论文》、陆机《文赋》与挚虞《文章流别集》等著述中文类观念演变的扒梳，海陶玮追溯了传统文类史的演变，并对萧统《文选序》中提到的各种文类均提供了详细的资料考订，其研究可谓已达相当的深度。1967年，由谢迪克(Harold Shadick)主持，首次中国文学文类的专题会议在百慕大群岛举办。这也可看作美国汉学研究界正式启动文类研究的一次集体举动，当然也受到了其时北美批评理论界风气的显著影响。③ 遗憾的是，由于资金方面的困难，会议文集一直拖到1974年才出版④，因此一般仍然是以

---

　　① Witter Bynner and Kiang Kang-hu, *The Jade Mountain*, *A Chinese Anthology*: *Being Three Hundred Poems of The T'ang Dynasty*, New York, Knopf, Inc. 1929.

　　② James Robert Hightower, "The Wen-hsüan and Gener Theory", *Harvard Journal of Asiatic Studies*, Vol. 20, 1957. 后收入 John L. Bishop(ed.), *Studies in Chinese Literature*, Harvard University Press, 1965, p. 142.

　　③ 20世纪50年代，既有在批评理论中开始风靡北美的，如以R. S. Crane与Elder Olson等新古典主义(Neo-classicism)为代表的文类研究，又有诺思洛普·弗莱(Northrop Frye)在其《批评的解剖》中通过实例而展示出的文类研究的特殊魅力。此时，在新批评圈内，对文类研究也颇存争议，尽管维姆萨特(W. K. Wimsatt)等人对文类研究表示出一种不在意的态度，然韦勒克力荐之，并声称"诸文类史的研究无疑是文学史研究中最有前途的领域"。参见René Wellek and Austia Warren, *Theory of Literature*, New York, Harcourt, Brace and Company, 1942, Reprinted, 1949, p. 273.

　　④ Cyril Birch(ed.), *Studies in Chinese Literary Genres*, "Acknowledgments", University of California, 1974.

散篇论文发表的时间来确认实际的影响。其中,陈世骧所撰《〈诗经〉:在中国文学史与诗学里的文类意义》(The Shih-ching: Its Generic Significance in Chinese Literary History and Poetics)早在 1969 年就发表了。该文考察了《诗经》作为一种典范的中国文类的历史转化过程(即按"颂""雅""风"的时间顺序进行),并从心理发生、文本修辞的意义上论证了"兴"作为其中一大类的基本特征,为此而将"抒情"(lyric)视为中国诗歌的内核与诗学批评的主旨(又如在《诗大序》等中),同时将其与西方早期的两大主流文类史诗(epic)与戏剧(drama)进行了对比,最终得出中国诗学的本质乃偏重于抒情,而西方诗学的本质则偏重于叙事的结论。① 陈世骧的论述,尤其是其作为依据的,对三大文类的划分说明参照的仍是亚里士多德《诗学》中的标尺,并未涉及中国文类内部的分体考订及 17 世纪后西方出现的更为多样化的文类实践,而是偏重在从大的、模糊的意义上标识中西文类及其批评的差异,因此其影响主要还是落在比较诗学方面。1968 年,罗郁正(Irving Yucheng Lo)发表《中国诗的风格与视境》(Style and Vision in Chinese Poetry)②,指出有必要将中国文学批评中容易混淆的"文类"与"风格"两概念辨析开来。这一论述对于后来的文类研究也有一定的提示意义。

  20 世纪 70 年代初,文类研究在北美汉学界渐趋兴盛,其中于广义的诗学领域中有所造诣者可举傅汉思与柯润璞(James I. Crump)等。傅汉思的《乐府诗》(Yüeh-fǔ Poetry)一文,从文类区分意识出发,讨论了郭茂倩《乐府诗集》对乐府 12 门类的划分意识,并根据海陶玮曾建议的可将乐府归为赞歌(hymns)与民谣(ballads)的提法,对这两种体例的文类特征

---

  ① 参见 Shih-Hsiang Chen,"The Shih-ching: Its Generic Significance in Chinese Literary History and Poetics",*Bulletin of History and Philology*,Vol. xxxix,1969. 后来此文被白之编入《中国文类研究》。
  ② Irving Yucheng Lo,"Style and Vision in Chinese Poetry: An Inquiry into its Appollonian and Dionysian Dimensions",*Tsing Hua Journal of Chinese Studies*,Vol. 7,No. 1,1968.

做了详细的讨论。① 柯润璞的论文《曲及其批评家》(The Ch'ü and Its Critics)②对"曲"这一常易引起混乱的名称做了文类学的辨析,并分述了戏曲、套曲与小曲等不同文类所载负的心态特征。值得一提的是,匈牙利学者杜克义(Ferenc Tökei)此时也出版了研究刘勰及其之前中国文类批评的专著《中国 3 至 6 世纪的文类理论》(Genre Theory in China in the 3rd-6th Centuries,1971)③,对北美的研究也有一定的影响。此后,康达维(David R. Knechtges)于 20 世纪 80 年代初,在其雄心勃勃的萧统《文选》英译版序言中,也对《文选》之前的整个文类批评与编纂的历史做了细致的探索,并认为总集编纂(general collection,与"single genre"有别)在 3 世纪以后的出现,是与批评家甄别文学类别的意识的增长密切相关的。④ 词的文类学研究起步相对较晚,但孙康宜(Kang-i Sun Chang)的力作《词与文类研究》(The Evolution of Chinese Tz'u Poetry: From Late T'ang to Northern Sung,1980)⑤则以广泛的包容性从文类的一般体式与时区移位的关系,及体式与风格的关系等入手,对词的文类形式进行了文学史层面上的梳理,从而弥补了这一领域研究的一些欠缺。

相对而言,叙事文类的研究仍是文类研究中的重点。早期,在这一领域中最有影响的是韩南 1967 年发表的长篇论文《中国早期短篇小说:

---

① 参见 Hans H. Frankel,"Yüeh-fu Poetry",Cyril Birch(ed.),Studies in Chinese Literary Genres. 其关于乐府文类的研究也可参见 Ching-hsien Wan(王靖献),"3. Forms and Genres: The Development of Han and Wei Yueh-fu as a High Literary Genre",Lin Shuen-fu and Stephen Owen(eds.),The Vitality of the Lyric Voice: Shih Poetry from the Late Han to T'ang,Princeton University Press,1986.

② James I. Crump,"The Ch'ü and Its Critics",Literature East and West,Vol. xvi,No. 3,1972.

③ Ferenc Tökei,Genre Theory in China in the 3rd-6th Centuries: Liu Hsieh's Theory on Poetic Genres,Akadémiai Kiadó,1971.

④ 参见 David R. Knechtges,Wen Xuan or Selections of Refined Literature,"Introduction",Princeton University Press,1982,pp. 1-4,21-52.

⑤ Kang-i Sun Chang,The Evolution of Chinese Tz'u Poetry: From Late T'ang to Northern Sung,Princeton University Press,1980. 后以中文出版时改名为"词与文类研究",作者也在序中说明此书的撰写受到了文类研究的影响。参见[美]孙康宜:《词与文类研究》,北京,北京大学出版社,2004.

一种批评理论概观》。该文从中国"文学"定义的多样性入手，认为应当将中国文学视为复数的概念。如果从传播的角度看，中国文学存在"口传文学"(oral literature)、"知性文学"(recognized literature)与"白话文学"(vernacular literature)等文类上的区别，对应着不同的文化，同时也对应着不同的作者与读者身份。韩南进而将"小说"(novel)这一概念做了分化处理，先是分疏为两大文类，即文言传奇与白话小说，然后又在白话小说的范围内进行更细的分类。作者将"叙述法"(narritive method)视为文类划分的重要依据，但又认为文类不是一成不变的，而是因重组、融合等原因常常处在移位之中，需要诉诸细致的划分与定义，以便对文类的变化有更清晰的认知。① 此文不仅理论性与实证性俱强，而且也展示出了文类研究在解决问题上的有效性。受此影响，北美学界始对文类研究予以更多关注，在20世纪六七十年代，比较有代表性的有夏志清与马幼垣(Yau-woon Ma)的研究。夏志清在1968年发表的《军事传奇：一种中国小说文类》(The Military Romance：A Genre of Chinese Fiction)②，马幼垣在1975年发表的《中国历史小说：主题与内容纲要》(The Chinese Historical Novel：An Outline of Themes and Contexts)③，都分辨了古文与传奇之间的关系。在此以后，对小说的文类系统做出重要研究的还有倪豪士、浦安迪、王靖宇等人。倪豪士在其《〈文苑英华〉中"传"的结构研究》(A Structural Reading of the Chuan in the Weng-yüan Ying-hua)一文中，突出强调了"文类"研究的重要性，并提出不一定要借助于原有的名称，而是以结构分析的方法厘定考察中国传统叙述文类，通过"类码"

---

① 参见 Patrick Dewes Hannan，"The Early Chinese Short Story：A Critical Theory in Outline"，*Harvard Journal of Asiatic Studies*，Vol. 27，1967. 也可参见 Cyril Birch(ed.)，*Studies in Chinese Literary Gen*res，pp. 299-338.

② Hsia Chih-ching，"The Military Romance：A Genre of Chinese Fiction"，Translated from *Ch'un wen-hsüeh*(台北)，Vol. 3，No. 13，1968. 原以中文发表，后译成英文，刊于白之所编《中国文类研究》中。

③ Y. W. Ma，"The Chinese Historical Novel：An Outline of Themes and Contexts"，*Journal of Asian Studies*，Vol. 34，No. 2，1975.

(generic code)建立起一套小说评判标准的主张。① 叙事文类的研究中的另一个重要问题，是历史书写与文学书写两种文类之间的关系。稍先，浦安迪与马幼垣等人的研究已颇涉于此，20世纪80年代之后，倪豪士、余国藩(Anthony-C. Yu)等人均对之有集中的探讨。② 也正是在这种理念的综合推动下，哥伦比亚大学出版社于2001年推出了以文类形式编排，并由多位学者合撰的大型著作《中国文学史》(*The Columbia History of Chinese Literature*)③。

经过20多年的探索，英语世界的文类研究取得了较大的成就，尤其提示了一种形式(即文本的内部组织方式)研究的重要性。当然，细析之，虽然也有对批评史原典的阐述与梳理，但更多的成果呈现为一种对文学史进行概括之后形成的规则性、理论性描述(有些也兼及与批评原典的对释)，故而偏属于泛文论研究的范围。当然，从方法论上看，这种融合式的研究是非常有必要的，因为只有通过文论话语与文学史实践的互证，才能有效与完整地观察文类构成与理解的双重形态。比较国内普遍使用"文体"这一含糊的术语来处理文类的情况，汉学界对"genre"这一概念的使用确有很多长处，并为我们今后的研究指出一条可行的向路。④

---

① 参见 William H. Nienhauser, Jr., "A Structural Reading of the Chuan in the Wengyüan Ying-hua", *Journal of Asian Studies*, Vol. 36, No. 3, 1977, pp. 443-456. 可参见[美]倪豪士:《传记与小说：唐代文学比较论集》，北京，中华书局，2007。倪豪士认为，这些类码包括五个分项，即叙事法(narration)、模子(mode)、风格(style)、结构(structure)、意涵(meaning)。按，由于笼统的中国"小说"中类别名称的确立有较大的随机性，因此重新立名的建议也有一定的合理性。

② 参见 Anthony-C. Yu, "History, Fiction and the Reading of Chinese Narrative", *Chinese Literature: Essays, Article, Review*, Vol. 10, No. 1/2, 1988。

③ Victor H. Mair, *The Columbia History of Chinese Literature*, Columbia University Press, 2001. 第一章为"原基"(foundations)，此后依诗歌、散文、小说、戏剧四门类排列，终章为通俗文学。

④ 关于"文体"这一概念在与"文类"这一概念相比时的不足，孙康宜、宇文所安等人都有讨论，参见[美]孙康宜:《词与文类研究》，2页；[美]宇文所安:《中国文论：英译与评论》，3页。另，国内学者周发祥也有辨析，并认为以后最好不要用文体这样含糊不清的词语。参见周发祥:《西方文论与中国文学》，286~288页，南京，江苏教育出版社，1997。

(三)"抒情传统"

英语国家的"抒情传统"说肇始于陈世骧从 20 世纪 50 年代末至 70 年代的一系列论述，其中部分文章在译成汉语后编入中文版《陈世骧文存》①中。从学科角度上看，陈世骧对中国抒情传统的论证与演绎主要依据三方面的资源，即字源学考订、批评史论述与文学史本文。以其对批评史原典的关瞩来看，比如在论证抒情发生的两个核心概念"诗"与"兴"时，就广为征引了《诗大序》及与之相关联的《尧典》《左传》《礼记》等文献，以及后人如陆机、刘勰、钟嵘、孔颖达、朱熹的诗论。通过三种资料来源的扒梳与整合，陈世骧确证了在中国文学谱系中已然存在的一个发达的、占据主流地位的抒情传统。"抒情"这一概念在陈世骧的论述中包含两层含义，首先是指一种确定的文类，其次是指作品中呈示的心理内涵。陈氏认为至少在戏剧与小说出现之前，抒情诗是中国长期以来几乎唯一与最具代表性的书写文类。虽然目前国内与海外学界多认为"抒情诗"(lyric)的研究是陈世骧的一个独创，但从概念本身来看，这一命说也有两方面的来源可寻。一是从中晚明以来，尤其是"五四"文学革新以来，"抒情诗"就一直作为中国文论的鲜明主题出现在大量的论述之中；二是在西方，自 19 世纪以来，至 20 世纪上半期(也包括后来的"新批评"等)，以"抒情诗"为概念单位所展开的研究也已相当繁多，尤其是 20 世纪 50 年代在美国文论界出现与流行的新古典主义(Neo-classicism)，也颇涉亚里士多德所述的三大古典文类之间的关系。② 当然，要想确切地判定这些来源或影响也是困难的，至少从陈世骧本人看来，他的这一发现可以

---

① 陈世骧：《陈世骧文存》，沈阳，辽宁教育出版社，1998。该集收入了集中论述抒情传统的三篇论文，即《中国的抒情传统》(1971)、《中国诗字之原始观念试论》(1959)、《原兴：兼论中国文学特质》(1969)。但是，仍有些论述同一主题的英文原作并未辑入。

② 这一在 20 世纪 50 年代之后甚为流行的"新古典主义"，也称"芝加哥学派"，最初即以亚里士多德的三分法(戏剧、史诗与抒情诗)为其文类理论展开之起点。参见 R. S. Crane, *The Languages of Criticism and the structure of Poetry*, University of Toronto Press, 1953. 需要指出，陈世骧理论的西方渊源一直为学术界所忽视，反而更多地是被连接到中国的新文学传统中，故至少从理论缘起上看，有些瞄错了靶心。

昭示出一个多为过去的研究所忽视的文论谱系，并借此与西方以叙事（史诗与戏剧）为主导的文学批评传统区分开来，及在对二者的比较中显示出中国文学的傲人成就。

在陈世骧稍后，用抒情诗的概念来讨论中国诗歌的有华兹生教授1971 年出版的《中国抒情诗：2 世纪至 12 世纪的诗歌》（*Chinese Lyricism： Shih Poetry from the Second Century to the Twelfth Century*），想必也受到陈世骧著述的一些影响。黄兆杰 1969 年在留英期间撰成的博士论文《中国文学批评中的"情"》（*Ch'ing in Chinese Literary Criticism*），也可看作对抒情说的一种呼应。另，刘若愚 1971 年发表《柳永的抒情词》（Lyrics of Liu Yung）①，1974 年撰《北宋主要抒情词人》（*Major Lyricists of the Northern Sung*）②，并于同年发表《抒情词的文学品质》（Some Literary Qualities of the Lyric Tz'u）③等，也均以抒情诗的概念处理研究对象。其中，值得注意的是称谓使用上的一点变化，即用"抒情词"替换了传统（包括欧洲汉学界）沿用的"词"（Tz'u）这一术语，后来竟相沿成习。而对抒情论述最强有力的接续，为高友工的研究。在《文学研究的美学问题》一文中，高友工谈及："'抒情'从我们以前的讨论中看，已说明它并不是一个传统上的'体类'概念……广义的定义涵盖了整个文化史中某一个人的'意识形态'，包括他们的'价值''理想'，以及他们具体表现这种'意识'的方式。"④可知高友工在此领域试图努力的方向也就是摆脱与超越陈世骧限于文类意义上的抒情叙述框架，而将此概念扩展至对整个中国艺术史乃至文化史的认定，由此重构解释中国文化总体特征的系统理论。在高友工同时或稍后，对"抒情"的阐释已蔓延至北美文论研究界，林顺夫（Shuen-fu Lin）撰有《中国抒情传统的转变：姜夔与南宋词》

---

① James J. Y. Liu，"Lyrics of Liu Yung"，*Tamkang Review*，Vol. 1，No. 2，1971.
② James J. Y. Liu，*Major Lyricists of the Northern Sung*，Princeton University，1974.
③ James J. Y. Liu，"Some Literary Qualities of the Lyric Tz'u"，Cyril Birch（ed.），*Studies in Chinese Literary Gen*res，pp. 133-153.
④ ［美］高友工：《美典：中国文学研究论集》，83 页。

(*The Transformation of the Chinese Lyrical Tradition*：*Chiang K'uei and Southern Sung Tz'u Poetry*)①，并与宇文所安合作出版了《抒情诗的生命力：从后汉至唐的诗歌》(*The Vitality of the Lyric Voice*：*Shih Poetry from the Late Han to T'ang*，1986)②，白润德(Daniel Bryant)撰写了《南唐抒情词人冯延巳与李煜》(*Lyric Poet of Southern T'ang*：*Feng Yen-ssu and Li Yü*)③，孙康宜撰有《抒情与描写：六朝诗歌概论》(*Six Dynasties Poetry*)④，均是从具体的时段、文类或作家入手，阐述与印证抒情传统之绵延与嬗变。他如宇文所安、费维廉(Craig Fisk)、余宝琳等，虽未撰有这一主题的专著，但也在自己的论述中将抒情标举为中国文学批评的一种检测标杆。费维廉在其为《印第安纳中国古典文学指南》所撰的"文学批评"条目中论及《文心雕龙》与钟嵘《诗品》时，便认为："《文心雕龙》是一部比较保守的批评学论著，这与它出现在文学与非文学的界限还不是那么清晰分开的时代有关，这使它将经典看作文学。在这一方面，钟嵘的《诗品》由于将自己的论述仅限定在抒情诗(lyric)的批评上，因而更具现代意义。"⑤余宝琳在中西比较层面上，也取陈世骧的说法为典例，认为中西文论之间存在的一个重大差异即早期对抒情诗的认识。抒情诗作品在柏拉图与亚里士多德的理论表述中未被给予任何地位，后来虽然西方也出现了抒情理论，但与中国诗学批评在"预设观念"(underlying assumption)上仍有很大的出入，即西方诗论会受到摹仿与叙事

---

① Shuen-fu Lin, *The Transformation of the Chinese Lyrical Tradition*：*Chiang K'uei and Southern Sung Tz'u Poetry*, Princeton University Press, 1978.

② 宇文所安早期所撰《中国古典诗歌与诗学：世界的征兆》一书，讨论中国诗所使用的概念也集中在"Lyric"上。参见 Stephen Owen, *Traditional Chinese Poetry and Poetics*：*Omen of the World*, The University of Wisconsin Press, 1985.

③ Daniel Bryant, *Lyric Poet of Southern T'ang*：*Feng Yen-ssu*, 903-960 *and Li Yu* 937-978, Vancouber University of British Columbia Press, 1982. 较晚的著述还可参见 David R. McCraw, *Chinese Lyricists of the Seventeenth Century*, University of Hawai'i Press, 1990.

④ Kang-i Sun Chang, *Six Dynasties Poetry*, Princeton University Press, 1986.

⑤ Craig Fisk, "Literary Criticism", William H. Nienhauser, Jr. (ed.), *The Indiana Companion to Traditional Chinese Literature*, Indiana University Press, 1986, p. 52.

概念的牵累，无法直接展开。余宝琳由此证明中国的抒情批评要高于西方。① 余宝琳此后还主持编辑了《宋代抒情词的表述》(Voice of the Song Lyric in China)②，以见其对抒情叙述所做的某种接应。在加拿大，叶嘉莹在《钟嵘〈诗品〉评诗之理论标准及其实践》《中国古典诗歌中形象与情意之关系例说》《谈古典诗歌中兴发感动之特质与吟诵之传统》等文章中，将陈世骧业已标举的"兴发"概念视为中国古典诗歌的"主要之特质""基本生命力"。稍晚一些的孙筑瑾(Cecile Chu-chin Sun)也在专著《龙口之珠：中国诗歌中景与情的探求》(Pearl from the Dragon's Mouth: Evocation of Feeling and Scene in Chinese Poetry)及系列文章中，对中国传统的"情景"说进行了详细的阐解，开拓出解释抒情经验的新话域。③ 此外，也有学者试图将抒情的概念引向叙事文学的研究。④

目前中国大陆与中国港台地区学术界也已对北美由陈世骧开辟的抒情传统理论进行了一些梳理，并将之置于现代性诉求的向度上，视为连接早期大陆与后来台湾地区学术与思想的一条主要环线，在此暂且不展开述说。国内也有学者对抒情传统的学理性误差提出了批评，这些都是中肯的。当然，进一步的研究也应充分考虑到潜藏在这一话语模式之下的文化政治指向，即这一话语的提出，在特定的历史背景中，一是基于对20世纪50年代之后大陆与台湾地区的政治控制，因此希望借复古的

---

① 参见 Pauline Yu, "Alienation Effects: Comparative Literature and the Chinese Tradition", Clayton Koelb and Susan Noakes(eds.), *The Comparative Perspective on Literature*, Cornell University, 1988. 更详细的论述可参见其 *The Reading of Imagery in the Chinese Poetic Tradition*.

② Pauline Yu(ed.), *Voice of the Song Lyric in China*, University of California Press, 1994. 其中也收入余宝琳《宋代抒情词及其经典》(Song Lyrics and the Canon: A Look at Anthologies of Tz'u)一文。

③ 参见 Cecile Chu-chin Sun, *Pearl from the Dragon's Mouth: Evocation of Feeling and Scene in Chinese Poetry*, Center for Chinese Studies, the University of Michigan, 1995; "Comparing Chinese and English Lyrics: The Correlative Mode of Presentation", *Tamkang Review*, Vol. 14, No. 1, 2, 3, 4, 1983.

④ 较早的论述参见 Yu-kung Kao, "Lyric Vision in Chinese Narrative: A Reading of Hunglou Meng and Ju-lin Wai-shi", Andrew H. Plaks(ed.), *Chinese Narrative: Critical and Theoretical Essays*. 此文最初是为1974年在普林斯顿大学召开的"中国叙事理论"会议准备的稿件。

方式传递出一种去政治化的，同时也是人性与审美的关怀；二是在全球化未降之前，通过强化民族文化的优越性，质疑与挑战长期形成的西方中心主义话语霸权。从这一角度来看，抒情传统也是继北美的两次汉诗运动之后，由第三世界学者祭起的，为凸显民族文学的优越性而采用的又一种话语策略。只有将这些更广的意义考虑在内，而不是单纯局限于实证主义的史料对证，才有可能理解其隐在的指涉，及为何这场理论的运动会在遥远的异域吸引众多流散学人的视线。

(四)汉字诗律(汉诗形态)论

从汉字诗律角度切入中国诗学研究，是英美文学研究中最具悠久传统的学术路径，由19世纪的德庇时等人首启。至20世纪初，费诺罗萨等人又有新的创辟。有别于汉学界盛行的文类研究与抒情传统研究，汉字诗律说更紧扣汉诗构形的内在形态，从这一层面上勘发中国诗歌的美感特征与效果。毫无疑问，19世纪以来的各种相关研究，特别是费诺罗萨等人的汉字意象说及美国的两次汉诗运动对这一时期的学者影响甚大。另外，由于专门学科的陆续建立，这一时期的研究主要是在学院制系统中展开的，研究手段自然会比20世纪初期的那批"业余汉学家"更趋缜密。特别是在20世纪60年代之后，随着新批评、结构主义语义学等新的西方批评理论的引入，也为之增添了新的解析工具，从而使后来者的研究着上了更多的科学主义色彩。分疏地看，这一研究基本上是沿着两条路径前行的，一是以文字意象为主的研究，一是以声律句法为主的研究。

20世纪60年代初，承续费诺罗萨等人的文字/意象之路，并有所拓展的是麦克雷什(Archibald Macleish)与麦克诺顿(William McNaughton)的研究。麦克雷什早期追随庞德加入意象诗创作，是三次普利策奖的荣膺者。其《诗艺》(Ars Poetica)一首中写道："一首诗应哑然可触/像一种圆润的果物，/笨拙/像老硬币与大拇指，/沉默如长了青苔的窗沿上/一块衣袖磨秃的石头/一首诗应无语/像鸟飞"。他以意象派仿汉诗的表现手法，传递出了自己对诗歌的理解。在1960年出版的《诗歌与经验》(Poetry and Experience)一书中，他讨论了汉诗的字符、声音与意象的

第二章 分期与范型

表现力，尤对汉诗"意象"（images）有细致的阐述，以为汉诗的"可视性"（visible）要高于任何欧洲诗歌，并具有时间上联动的鲜明呈示感及情境交融的特征。麦克雷什推崇陆机《文赋》的诗学思想，认为汉诗不像西方诗歌追求个人情感效果的直呈，而是在天人合一思想的引导下，更为关注人与自然的感应关系。① 为此，我们也可将麦克雷什的思想看作后来余宝琳的中西意象差别论与孙筑谨的汉诗"情景"说的某种先声。耶鲁大学教授麦克诺顿于1963年发表《混合意象：〈诗经〉诗学》（The Composite Images: Shy Jing Poetics）② 一文，从多个角度，如时间转换（time shift）、情感复合（emotional complex）、认知复合（intellectual complex）与移形（transmutation）等方面，探讨了"混合意象"在汉诗中的整体表达效果，极大地丰富了汉字意象说的论述谱系。而相对于前二者，哥伦比亚大学教授华兹生对汉诗的研究更偏向于从历史展开的层面上考订意象形态的变化。在其所撰述的《中国抒情诗：2世纪至12世纪的诗歌》（*Chinese Lyricism: Shih Poetry from the Second Century to the Twelfth Century*）一书中，华兹生以"自然意象"（nature imagery）为坐标，考察了它从《诗经》而至唐诗的变更过程，认为作为中国最早的一部诗歌总集，《诗经》使用的汉语语词多为特指性意象（specific imagery），而少泛称性语词（general term）。然从《楚辞》开始，意象抽象化的趋势出现了。至唐诗，自然意象的驱用已大多介于高度抽象与高度具体之间。为对之有一确实的论证，华兹生对《唐诗三百首》进行了抽样统计，即以统计的方法来考订意象使用的频率特点等，而意象能见度的高低也被其视作一种对中国诗学历史演化的验证规则。③ 相比20世纪上半叶，庞德、艾斯珂、洛威

---

① 参见 Archibald Macleish, *Poetry and Experience*, Boston, Houghton Mifflin Company, 1960, p. 7.

② William McNaughton, "The Composite Images: Shy Jing Poetics", *Journal of the American Oriental Society*, Vol. 83, No. 1, 1963. 此后，该文被编入麦克诺顿的论集《诗经》（*The Book of Songs*, New York, Twayne Publishers, 1971）。

③ 更详尽的介绍参见任增强的博士学位论文《何为汉诗？——英美汉学家眼中的中国诗性》，第三章第四节，北京，北京语言大学，2011。

尔、鲍瑟尔等人以"拆字"的方法理解汉诗的意象，20世纪50年代后的研究已转向对汉字意象的整体效果考察。

相对于麦克雷什、华兹生等人的工作，另一些学者对意象的研究则更趋于理论化的解释。文论家刘若愚早年出版的《中国诗学》(The Art of Chinese Poetry)，已开始涉及汉字的特征，汉诗的声律、语法、意象与各种修辞手段（如典故、引注与词源），并在解说中援用了理查兹(I. A. Richards)与燕卜逊(William Empson)等新批评先驱的言述。从其宣示与行文看，该书的撰述似存与费诺罗萨诗论对话及构建新说的明确目的，比如批评费诺罗萨一脉在汉字构造理解上的谬误，对汉诗音韵学的遗弃等。虽然这种批评，尤其是对费氏等人不顾汉诗声律的批评，采用的是简单的遮蔽法（同时也未能辨识其语境）①，但毕竟注意到了这一失坠多年的话题。在此思想引导下，刘若愚也对汉诗诸体的声律（及"对应法"）做了概述性的探讨。② 当然，最值得一提的还是他对汉诗意象的研究。刘氏的分析同样是建立在对汉字属性之分析上的，也对前期汉学家有关意象的论述有所借鉴。例如，将意象的具体性与抽象性视为检验汉诗品质的一个标准（自华兹生），将意象的指喻层次分为"图像"(iconographic)层与"隐喻"(metaphoric)层（自费诺罗萨）等。但他最具推进性的成果则是对汉诗意象的分类，如在最基础的层面上先划分出单纯意象(mono-imagery)与复合意象(compound imagery)，进而在复合意象中又细分出四类，即并置意象、比喻意象、替代意象与转借意象。刘若愚认为，可借之加深对汉诗的理解并比较中西意象措用的差异。③

刘氏之后，对汉诗意象做出系统与深度阐述的，当属余宝琳在20世

---

① 关于对此看法的一种纠正性研究，也可参见 Zong-qi Cai, Configurations of Comparative Poetics: Three Perspectives on Western and Chinese Literary Criticism, University of Hawai'i Press, 2002.

② 参见 James J. Y. Liu, The Art of Chinese Poetry, Part I, Chapter 3, "Auditory Effects of Chinese and The Bases of Versification", pp. 20-38; Part Ⅲ, Chapter 4, "Antithesis", pp. 146-150.

③ 参见 James J. Y. Liu, The Art of Chinese Poetry, Part Ⅲ, Chapter 2, "Imagery and Symbolism", pp. 101-130.

第二章 分期与范型

纪80年代后期出版的《中国诗歌传统的意象解读》(*The Reading of Imagery in the Chinese Poetic Tradition*)一书,这也是余氏平生致力最深的一部著述。根据已形成的一贯理路,余宝琳的研究也是从对术语的界认及批评史传统的溯讨开始的,即首先梳理出中西对"意象"解释的不同路径与表述差异,然后借助对中国传统诗歌创作与诗学诠释史的互证,勾勒出汉诗意象的最基本特征。尽管任何一种概念史的研究均难以脱免简约论的嫌疑,然值得肯定的是,本书对中国意象批评理论系谱所做的完整描述,在北美汉学界毕竟属于一种筚路蓝缕的工作,以此也证明了在中国传统中甚为发达的评说(commentary)系统对文学思想的某种导向性作用。而批评与创作的互证,对于较为全面地解释中国文学观念的生成脉理也是完全必要的。其次,有别于此前学者往往局限于对意象的形式研究,余宝琳更将中西意象观的差异置于更具深度的,即对"文化前设"(cultural presuppositions)的考察上①,为此而使其论述能够落脚在一种更为丰厚的历史积壤之上。而这种研究,也使得原来基于汉字的意象批评,转化为与汉字特征并未有太多关联的,同时也是相对独立的意象研究。

下面来看第二条路径上的探索。相较于一些单纯的意象研究,傅汉思、宇文所安、高友工、梅祖麟对汉诗形态的研究也有同于刘若愚处,即更带有综合解释的趋向,除了仍注重意象的考察,也将句法、修辞与声韵等一并纳入研究的框架。诸人的情况有所区别,但因又均受当时已经流行的雅各布森语言诗学与新批评的影响,而偏重于从组织结构,甚至于声律章法上来探讨汉诗的形式特征。从某种意义上看,对声律说的重新提掇不仅意味着对新的西方形式主义研究的接纳,而且指示出了汉诗研究的新的方向,或也可视为是对早期德庇时、道格斯等人的论述路径的一种远距离接应。傅汉思的代表作《梅花与宫闱佳丽》一书对大量的古诗进行了解析,然组织与统合其分析的却是一整套理论化话语,也包

---

① "文化前设"概念的使用,参见 Pauline Yu, *The Reading of Imagery in the Chinese Poetic Tradition*, "Preface", p. ix, x. 差不多等于作者于他处所说的"cosmology"。

括对批评史原始材料的使用。关于自己的研究特点,傅汉思自述曰:"对于诗歌的形式与非形式结构都给予了同样密切的关注,我将它们既视为巧妙组织起来的完整统一的有机体,又看作语言艺术的精致和谐的创造物。结构在声音、语法和意义这三个层面上相互协调地同时发挥作用。"①由此可知,关键的还是这个"结构"。傅汉思并不避讳他在某些方面所使用的新批评等现代形式主义的方法,他的目的也正是欲借助这些技术手段,对以结构或者说是"诗律"作为"有机整体"的各组合要素进行结合意义的分析。②该书有两章是专门讨论"对应法"(parallelism)概念的,与德庇时的论述有异曲同工之妙。此后,宇文所安在对初唐与盛唐诗的研究中,也颇涉"结构"的概念,并认为就结构与具体创作的关系而言,差不多等于"语言"(language)与"言语"(oral)的关系。因此,"阅读诗歌必须懂得它的'语言',不仅指诗歌与其他口头的、书面的形式共用的广义语言,而且指它的结构语言"③。既然如此,那么也可以将诗歌看作由各种惯例、标准及法则组成的"狭小的符号系统",通过了解这个封闭与自足系统的构成法则,人们便可以晓达其他要素是在怎样一种预先埋设的规范中产生层出不穷的表现力的。在进一步的探索中,宇文所安更是把对应法视为近体诗"语法"的基本规则,并认为这种语言层次上的对应法使用实根基于中国人固有的宇宙观。④ 当然,在宇文所安看来,形式的熟练掌握并不必然造就佳作,仅仅依赖语法上的工匠式努力是不

---

① [美]傅汉思:《梅花与宫闱佳丽》,"前言",2页,北京,生活·读书·新知三联书店,2010。
② "诗律"也是新批评研究的一个重点,如维姆萨特1972年出版的《诗律:主要语言类型》(*Versification: Major Language Types*),即收入傅汉思《古汉语》一文。
③ [美]宇文所安:《初唐诗》,323页,北京,生活·读书·新知三联书店,2004。
④ 对对应法更详细的论述,参见 Stephen Owen, *Traditional Chinese Poetry and Poetics: Omen of the World*, Chapter 3, "An Uncreated Universe: Cosmogony, Concepts, and Couplets", pp.78-107. 此期汉学家对对应法之重要性的解释依据,也可追溯至从索绪尔至雅各布森、列维-施特劳斯、格雷马斯等结构主义者对"二元对立模式"的解释,他们均将之作为语言"结构"的一种基本构成法则。参见 Terence Hawkes, *Structuralism and Semiotics*, University of California Press, 1977。

够的，唐诗的成功还是应当归功于一种新的结构上的平衡，及能够将之与充满世界体验的隐喻或象征的高度融合与对应起来。① 对于这一问题的理解，正如我们所见，还将在高友工的研究中再次重现。

高友工固然在《中国语言文学对诗歌的影响》一文中也注意到了汉字在字形上的独特性，即作为"表意文字"，对汉诗独特表现力的关键影响②，但是，就诗歌来看，他认为汉字的音韵及其组合方式尤其体现出汉诗的美感。基于律诗（近体诗）恰好是一种在声律基础上构造出来的最为典型的汉诗模式，创造出了一种超乎寻常的诗学空间，因此，有必要将汉诗的研究集中在对律诗声律这一"潜含的美学"规则的探讨上。在早期与梅祖麟合撰的《唐诗的句法、用字与意象》(Syntax, Diction, and Imagery in T'ang Poetry)一文中，他们也借用了新批评的话语，将诗歌形式分为大的"骨架"(structure)与小的"肌理"(texture)两个部分，并对组合肌理的三个要素，即句法、用字、意象是怎样被组织进一个统一体中的方式做了细致的研究。这种尝试也被他们看作一个自我包容的小型研究(self-contained miniature)模式。③ 在其后高、梅合撰的《唐诗的语意、隐喻和典故》(Meaning, Metaphor, and Allusion in T'ang Poetry)一文中，则又将阐述的重点转移至考察某种原则不仅在局部，而且也在整个诗篇范围内聚合各种要素的情况，即将研究扩至对整体结构功能的探察，并更为明确地将"对称性"(equivalence)视为包容与调和汉诗各种

---

① 参见［美］宇文所安：《盛唐诗》，北京，生活·读书·新知三联书店，2004。另，《初唐诗》附有《宫体诗的"语法"》《声律格式》二文。

② 参见［美］高友工：《美典：中国文学研究论集》，179～216 页。

③ 参见 Yu-kung Kao and Tsu-Lin Mei, "Syntax, Diction, and Imagery in T'ang Poetry", *Harvard Journal of Asiatic Studies*, Vol. 31, 1971, p. 51. 按，偏向于"肌理"研究的取径似与兰色姆的思想合拍，兰氏虽提出了"骨架—肌理"共同构成一首诗的本体，然却又以为诗歌表现能力主要体现在肌理而非骨架上。参见 John Crowe Ransom, "Criticism as Pure Speculation", Morton Dauwen Zabel(ed.), *Literary Opinion in America*, *Essays Illustrating the Status, Methods, and Problems of Criticism in the United States in the Twentieth Century*, New York, Harper & Brothers, 1951. 新批评其他成员并不赞同其说，故又有"有机整体"及张力关系等表述。几年后，高友工、梅祖麟的关注点也有所调整。

要素的基本法则。① 这个"对称法"也可视为德庇时"对应法"的另一种表述。如果说以上论述尚属共时性角度的研究，那么在《律诗美学》(The Aesthetics of "Regulated Verse")一文中，高友工则开始尝试将律诗的形式置于一种渐次构型的历时流程，考察了从古诗十九首至杜甫声律说的整个发展历史，从而也避免了此前汉学家多停留在某一被选择的形态上进行抽象叙述的不足。在该文中，高友工将"对应法"视为律诗构成的核心部件，即将之视为在汉诗形式范畴上处于最高层次的组合原则，认为先是有了早期的对仗，然后在永明时期又将平仄声调组合进声律之中，逐渐地使对应模式变得更为复杂与完备。② 即其所谓"从此对称原则出发，均衡与流动、应与对、静与动等因素被细致地加以调配，以取得最佳的效果"③。进而言之，这种声律形态又是与意义形态相配合的，即律诗所建立的是"能够容纳多种声音模块的对称性结构，足以与空间性的心灵图式相匹配"④。从这些描述可以见出，在高友工等人的研究中，汉诗的意象已不再单单是由汉字的规定性所引起并可独立论证的（像以前学者所述的那样），而是与句法、措辞、隐喻、典故等一起受到了整个以对称原则组织起来的声律结构的支配，而这与结构主义与新批评的"有机整体"说的提法也恰好吻合。同时，如果回到抒情理论，那么声律不仅是情感"内化"的产物，及与活泼的情感之间有某种对应的关系，而且诗人也往往通

---

① 参见 Yu-kung Kao and Tsu-Lin Mei, "Meaning, Metaphor, and Allusion in T'ang Poetry", *Harvard Journal of Asiatic Studies*, Vol. 38, No. 2, 1978.

② 关于永明时期梵文音韵对律诗声调确立的影响，最初是德庇时提到的。与高友工同时，梅祖麟、梅维恒等人也在着力研究，参见 Tsu-Lin Mei, "Tones and Prosody in Middle Chinese and The Origin of The Rising Tone", *Harvard Journal of Asiatic Studies* Vol. 30, 1970; Victor H. Mair and Tsu-Lin Mei, "The Sanskrit Origins of Recent Style Prosody", *Harvard Journal of Asiatic Studies*, Vol. 51, No. 2, 1991.

③ Yu-kung Kao, "The Aesthetics of 'Regulated Verse'", Lin Shuen-fu and Stephen Owen(eds.), *The Vitality of the Lyric Voice: Shih Poetry from the Late Han to T'ang*. 也可参见[美]高友工:《律诗美学》,见乐黛云、陈珏:《北美中国古典文学研究名家十年文选》,78 页,南京,江苏人民出版社,1996。

④ Yu-kung Kao, "Chinese Lyric Aesthetics", *Words and Images: Chinese Poetry, Calligraphy, and Painting*, p. 72.

过"顿悟的时刻",使形式的使用获取一种深邃的内涵。为此,声律说与表现说也就可以接通在同一条逻辑论证线上,尽管这种论证看起来还十分勉强。①

高氏前后,浦安迪等人对"对应法"仍有补充性的,或是更为扩展性的论述。例如,增添了诸如"半对句""伪对句""隐形对句"的叙述范畴,将之扩延到对中国传统戏曲、小说内部结构布局的论证②,对此谱系的精化与完善也有特殊的贡献。另外,也有一些从更技术化的,同时也是语言学角度出发,对汉诗声律的研究。例如,1980年《中国语言学报》(*Journal of Chinese Linguistics*)即刊出一组此类文章,其中有葛瑞汉(Angus Charles Graham)的《律诗的声调结构》(Structure and License in Chinese Regulated Verse)、施文林(Wayne Schlepp)的《浅说"拍板"》(Tentative Remarks on Chinese Metrics)、罗梧伟(Ove Lorentz)的《中国律诗音调格式的冲突》(The Conflicting Tone Patterns of Chinese Regulated Verse)等。③ 这既可看作对一般趋势的某种呼应,又表明对汉诗声律的研究将会向更为细化的支脉延伸。但就整体来看,后来的研究毕竟也难以超出前述的格局。与之同时,随着形式主义诗论内在驱力的普遍回落,及以"文化研究"等为名的新的研究态势在美国的强势兴起,对文字声律说的探讨也日益被挤向边缘。

(五)比较文论

比较的视野几乎是每一种汉学研究所共有的,贯穿于整个汉学研究的历史,只有显晦的区别而已。总起来看,在西方汉学领域中,显

---

① 其实形式惯则与作品所表达的主题、蕴含与材料等之间关系,并非如此简单,依赖"内化""对应"等概念仍是比较机械的解释。关于此问题的另一种,也是更为融洽的解说,可参童庆炳教授的"内容与形式相互征服"之论,参见童庆炳:《文体与文体的创造》,昆明,云南人民出版社,1994。

② 参见 Andrew H. Plaks, "Where the Lines Meets: Parallelism in Chinese and Western Literature", *Chinese Literature: Essays, Articles, Review*, Vol. 10, No. 1/2, 1988, pp. 43-60.

③ 参见 *Journal of Chinese Linguistics*, Vol. 8, No. 1, 1980.

在性的比较研究主要有三种情况。一是中西文学间的比较，有时也会带入概括性较强的论述，从而备有一些理论的意识，比如意象派诗学。二是中西文学批评之间的比较，往往依赖于文论史研究实践的展开，明显地属于文论研究的一部分。三是试图在大的框架下构建出一种中西比较的批评理论，并常常会兼及前两项研究。下文主要关注的是后两类研究。

斯宾加恩于 1922 年在《日晷》上发表的意在推荐张彭春所译《沧浪诗话》的文章《〈沧浪诗话〉导言》（Foreword to Tsang-Lang Discourse on Poetry），或可看作英语学界在该期初涉中外文学批评比较研究的第一篇论文，而斯宾加恩在文中也称这个译本是"中国文学批评在英语国家出现的首个例证"[1]。在斯宾加恩看来，这一在 13 世纪即已写出的诗话的重要性，在于严羽所提出的"妙悟"一说，具有预见性地与西方当代世界最为先进的艺术观念达成了一致，即将"美是自身存在的理由"纳入艺术理解的核心。这也类似于克罗齐所说的"直觉"。当然作为更早的探索，如意大利人罗斯塔尼（Rostagni），就在对希腊诗学文献的整理中发现一位叫菲洛德穆（Philodemus）的伊壁鸠鲁派学者所持的看法，便与后来影响整个西方的贺拉斯的"寓教于乐"观相反。此外，斯里兰卡学者阿兰达·库马拉斯瓦米（Ananda Coomaraswamy）也有相似之论。但是这些论述都不算充分，而中国人尽管在当时受及印度佛教的影响，却放弃了其"逻辑上的赠品"，"以自己特有的方式将佛教精神遗产运用到艺术的批评中"[2]。严羽妙悟说的特点在于，"将诗歌与习得、哲学、科学、宣传、修辞等区别开来，去处理人的基本感情、欢叫与叹息的旋律，基本上与'事物的推理''书本''观点''词语'无关"[3]。当然，在斯宾加恩看来，这种对诗艺

---

[1] Joel Elias Spingarn, "Foreword to Tsang-Lang Discourse on Poetry", *The Dial Magazine*, Vol. 73, No. 3, 1922, p. 271.

[2] Joel Elias Spingarn, "Foreword to Tsang-Lang Discourse on Poetry", *The Dial Magazine*, Vol. 73, No. 3, 1922, p. 272.

[3] Joel Elias Spingarn, "Foreword to Tsang-Lang Discourse on Poetry", *The Dial Magazine*, Vol. 73, No. 3, 1922, p. 272.

第二章　分期与范型　　　　　　　　　　　　　　　　　　　　　　　　　　61

所含神秘性的论述仍然与克罗齐将直觉仅仅看作心灵活动的第一个阶段，而将思想看作心灵发展更高阶段的、偏重于"逻辑分析"的论述很不一样，因此是一种外在于西方的文论传统，有重要的参考价值。① 虽然，无论是张彭春对严羽诗话的选译，还是斯宾加恩的比较性阐述，均带有较为突出的为我所用的意图，篇幅也比较短小，但毕竟开了中西诗论比较的先河。

　　20 世纪 50 年代之后，随着中国文论在英语地区的被发现，比较诗学研究也作为汉学研究的一个重要侧面被移入日程。在这个起步点上，尤其值得一提的是修中诚于 1951 年出版的《文学创作法：陆机的〈文赋〉》，这也是 20 世纪以来英美学界第一本探索中国文论的精构之作。该书的另一个副标题为"翻译与比较研究"（A Translation and Comparative Studies），表明了作者试图将对一种批评模式的探索置于中西比较视野中的明确意识。陆机的这一名篇，也被修中诚誉为"中国历史上首部，同时也是其中最伟大的系统性批评著作之一"②。关于撰写此书的动机，据修中诚自述，与其 1943 年至昆明，在清华大学担任客座教授期间受到中国学者的影响与鼓励有关③，也在于陆机的诗歌批评话语对于重新检讨英国自身的当代问题具有重要的启迪意义。在他看来，陆机提供的"相同的问题楔子是可以嵌入我们西方文学观念的缺口中的"④。为此，曾在清华大学担任外籍教友的理查兹在为该书所做的序言中，也引陆机的"操斧伐柯，虽取则不远"⑤，以表明东方思想是有益于西方智性生活之更新的，从而也决定了比较的视野会在这部著作的构思中占有重要的位置。尽管

---

　　①　参见 Joel Elias Spingarn, "Foreword to Tsang-Lang Discourse on Poetry", *The Dial Magazine*, Vol. 73, No. 3, 1922, pp. 272-273.

　　②　Ernest Richard Hughes, *The Art of Letters*, New York, Bollingen Found Inc., 1951, p. 92.

　　③　参见 Ernest Richard Hughes, *The Art of Letters*, Preface, pp. xii-xiii.

　　④　Ernest Richard Hughes, *The Art of Letters*, pp. 197-198.

　　⑤　理查兹的原话为："The Western world could owe as much to this 'axe grasped to cut an axe-handle' as to any thing in its own tradition of literary criticism."I. A. Richards, *The Art of Letters*, Forenote, p. x.

这仍然是一项围绕陆机及其所撰《文赋》所进行的研究，但是比较视野的运用却无处不在，并大致包括两个主要方面的内容。首先，是大量随文而显示出的细密比较。以插入书中的西方资料而言，涉及从古希腊柏拉图、亚里士多德到当代的艾略特、赫伯特·里德(Herbert Read)等人的论述。这些材料往往带有说明性的功能，以便借此使西方的读者更易理解所示材料的异同。其次，则是总论性质的，最重要的一个问题是如何理解"理性"(reason)及其在文学创作中的地位。在西方，对理性问题的讨论不仅在当时被置于文化论争的核心，而且也渗透到了文学的论争之中。这包括或以理性来分疏文明的高低，从而将西方文明置于东方文明之上，或以为文学创作有赖于直觉与情感，借此将文学与科学区分开来，由此而引申出对西方文明的反思，不一而足。通过对陆机《文赋》的阐述，修中诚试图对上述问题做出自己的解答。在他看来，在陆机那里，同时也通过对陆机之前的中国艺术传统的追索，我们可以看到的是，一方面中国的文学与艺术并不缺乏理性的思维，另一方面陆机所主张的文学书写原是一种受到理性控制的艺术，同时也如何将理性与情感更好地协调起来的艺术——这些看法更为符合文学创作的实际状况。① 此外，书中也通过对中国诗史的翔实追讨，提出了"抒情诗"的传统是如何一步步地战胜早期国家主义与非个人性书写的；通过对描写方式的对比，指出了中西文学在基本的宇宙论预设上就存在差异，即"在西方哲学思维的传统倾向中，一定会将超越性联系到'上帝'与'永存者'，因而不能欣赏事实本身"②。中国人的思维则属于另外一种，认为世界是由曲直、明暗等直接感知的对象组成的。而以上两个议题，也均在20世纪六七十年代以来的北美汉学界获得了积极的回响与进一步的展开。

20世纪70年代之后，由早期发展出的"平行式"比较研究日趋盛行，从个案间的比较研究，中经一些过渡，直至体系化的抽象演绎，各呈缤

---

① 此类叙述贯穿全文，然我们也有必要注意，修中诚在概括中国诗学书写时所强调的"double-harness"的概念，即一种"双行式"的思维，在文类意义上表述时也可译作"骈文"；泛义上可指诗与科学、直觉与情感、东方与西方等的并行和融通。

② Ernest Richard Hughes, *The Art of Letters*, p. 88.

第二章　分期与范型　　　　　　　　　　　　　　　　　　　　　　63

纷，荦荦可观，难以尽述。① 撮其大端，则有两大话题的讨论最为引人瞩目，其分别出现于诗学领域与叙事学领域，并均集中在对中西文学观念基本模式的对比性论述上。虽然两大领域话题的指向有所区别，但使用的理论范畴及获取的结论却有相近之处。汉学家们试图从较为宏大的思维入手，同时兼容批评学与文学史的材料，借此构造出一种中西比较的论述框架。

在诗学领域中，刘若愚的研究始终包含对中西两大批评谱系进行比较分析的意识。从早期所撰的《中国诗学》到 20 世纪 80 年代后期出版的《语言—悖论—诗学：一种中国观》(*Language-Paradox-Poetics：A Chinese Perspective*)②，两书均表现出他从语言及其表达形式之属性的角度勘探中西文学观念之异同的努力。然其最受瞩目的研究仍属 20 世纪 70 年代付梓的《中国文学理论》一书。在这一著作中，为建立其所自榜的"世界性的文学理论"基础，并依据他所勾描出的文学活动循环作用的图谱，刘若愚对比了中国文论中的"形上理论"与西方的模仿理论，以及中西方在象征理论、现象学理论，表现理论、技巧理论、审美理论等运用上的异同。受到其理论出发点（建立一种"世界性的文学理论"）与文学活动四要素划分的限定，刘若愚的比较偏重于对相同点的揭示，同时又采取了散点分述的方式。就后者而言，尽管他也会在行文中对一些散点之间可能发生的关联有所解释，但是事实上并未形成一个最终的也就是归一性的结论。从话题的承续性，也从中西批评话语的差异性上来看，在对中国"形上理论"与西方模仿理论的对比一节中，作者指出中西之间固然存在一些差别，模仿说所面对的"'理念'被认为存在于某种超出世界以及艺术家心灵的地方，可是在形上理论中，'道'遍在于自然万物中"③。通过

---

①　泛而论之，也可包括中西翻译理论中所呈示的比较研究。这方面比较有代表性的后期论著，可举例的有 Eugene Chen Ouyang, *The Transparent Eye：Reflection on Translation, Chinese Literature, and Comparative Poetics*, University of Hawai'i Press, 1993.

②　据原书的封面，其中文书名实为"语言与诗"。参见 James J. Y. Liu, *Language-Paradox-Poetics：A Chinese Perspective*, Princeton University Press, 1988.

③　[美]刘若愚：《中国文学理论》，72 页。

对锡德尼与刘勰的两段批评言论的对比,刘若愚看出儒家学者与基督教人文主义者之间的差异,即"对刘勰而言,语言是人类心灵的自然显示,这本身也是宇宙之道的自然显示;对锡德尼而言,语言与理性都是上帝赋予人类的天赋"①。在对中国诗学理论特征的描述中,刘若愚用"自然"一词归纳其属性,以表明与西方诗学传统是有区别的。这实际上也是从19世纪汉学家对汉语文字特征("象形")的负面确认,至20世纪意象派诗论及修中诚直感诗学对中国语言文学的正面肯定共同措用的一个核心观念。当然,刘若愚对中西差异,也还是做了一些限定,比如以为这并不全然等于中国传统诗学中就完全不存在模仿的观念,也不等于西方就没有形上理论或非模仿说等。与之同时,中西又都另有其他更为丰富的批评观念,这也是无法为模仿与自然的这套用语所涵盖的。

20世纪80年代以来,关于"模仿"与"自然"相对的命题,却在另外一些汉学家那里获得更为积极的讨论,并演变成颇具影响力的话题系脉。不同程度涉入此话题的学者较多,尤以宇文所安、余宝琳为突出的代表。宇文所安对其所做的较为系统的论述见于1985年出版的《中国传统诗歌与诗学》一书,进而在90年代初出版的《中国文学思想读本》中获得了结合具体批评文本的,同时也是更为广泛的释证(如在陆机、刘勰、王夫之、叶燮等文本的分析中)。在前书中,通过对杜甫的《旅夜书怀》与华兹华斯的《在威斯敏斯特大桥上》二诗的比较,宇文所安以为可以发现两种截然不同的关于文学本质的观念,即西方的理论认为文学是对和我们真实相遇的世界背后的"理念"/"原型"的隔层模拟,然而在中国的诗学传统中,"诗歌通常被假定为是非虚构性的,表述也是绝对真实的。意义不是通过文本指向于其他东西的隐喻活动而被展现的"②。中西之间的这一根本性差异,也可通过各自据有的虚构与非虚构、隐喻与指实、创造("制

---

① [美]刘若愚:《中国文学理论》,73页。
② Stephen Owen, *Traditional Chinese Poetry and Poetics: Omen of the World*, p. 34.

作")与显现等概念性差异而得到切实的证明。① 从语言的角度看,在有关"文"的解释中,中国会将自己的文字(书写)看作一种对自然的直接图绘,而西方的语言则是建立在与自然相分离的拼音系统上的。② 从解读的角度来看,中国批评理论所指出的是一条"透明"之路,而西方诗学则从古希腊学者那里发展出一种隔离性的隐喻之说③,解释便意味着需要穿越一道由神谕设置的"未知之幕"。

余宝琳的《中国诗歌传统的意象解读》一书,虽然重点在于对中国意象论演变及其特征的揭示,但正如其在序言中所提到的,本书所论述的主题也与宇文氏的《中国传统诗歌与诗学》相交切,因此必然涉及对中西诗学最为根本性预设的探讨。④ 与宇文所安有所区别的是,余宝琳将自己对中国诗学观研究的出发点定位在《诗大序》所演绎的"情感表现论"(expressive-affective conception),而不是前者所主张的写实论上,并将"诗言志""诗缘情""感物说"等批评理论挂连到同一个言说系统之中,以此表明中国人的观念是内外互系性的,是一元论的,即其所谓"本土的中国哲学传统基本上赞同一元论的宇宙观;宇宙的规则或'道'也许会超出任何的个别现象,但是它是整体地内在于世界的,并不存在一个超越及优越于这一世界,或不同于物理存在的至上王国。真正的现实不是超自然的,而是在此地与当下。进而,在这个世界中,基础的通感均发生在

---

① 隐喻的概念虽然也在此前被余宝琳、高友工等用以解释中国传统诗学,但是宇文所安以为,真正意义上的西方隐喻概念,或他所认定的隐喻概念,则主要是指一种整体性的隔层指涉,因此与模仿论有密切的关系。参见 Stephen Owen, *Traditional Chinese Poetry and Poetics: Omen of the World*, pp. 56-57, 292-293.

② 参见 Stephen Owen, *Traditional Chinese Poetry and Poetics: Omen of the World*, pp. 78-82.

③ 参见 Stephen Owen, *Traditional Chinese Poetry and Poetics: Omen of the World*, p. 62.

④ 据余宝琳自述,在写作此书时,她并没有受到宇文所安上书的影响,因此可谓英雄所见略同。她也提到,本书的立论更多是建立在自己 20 世纪 80 年代初所发表的两篇论文的基础上,即"Metaphor and Chinese Poetry", *Chinese Literature: Essays, Article, Review*, 3.2, July, 1981;"Allegory, Allegoresis, and the Classic of Poetry", *Harvard Journal of Asiatic Studies*, 43.2, Dec., 1983.

宇宙模式及其运行与人类文化之间"①。这也导致中西方在诗歌评注学上的一些区别，比如儒家在注释《诗经》的时候，对其合法性认定的唯一途径便是到历史上寻找根据，西方的学者则会试图证明古希腊的神话是如何包含某种哲学与宗教意义的。中国学者关注的是诗歌的现实价值，而非西方学者心目中的形而上真理。② 就此而言，虽然余宝琳采用的是一种情感论论证路向，但结论却与宇文所安大体一致，可谓殊途而同归。

由上可知，宇文所安与余宝琳的比较模式已有别于刘若愚，即基本上放弃了从类同的角度阐述中西的假说，而将差异置于问题考察的中心。这也意味着，他们会从一个相对简化的，也就是归一论的逻辑上，展开中西诗学之间的对比，从一种基于某种"支配性论断"的差异出发来推衍出其他一些差异。从同构论转向差异论，与论者高度的理论自觉意识有关，同时也是这一时期的汉学，包括比较哲学、比较史学等研究所达成的一种共识。柯文（Paul A. Cohen）在20世纪70年代已提出"中国中心观"及"内部取向"的概念，而以中国互系式一元论相较于西方主客二元论的对说方式，也出现在安乐哲（Roger T. Ames）、郝大维（David L. Hall）等人更一般性的讨论中。③ 从学理的角度看，虽然以西解中的方式在汉学家处几乎难以避免，然而从一种趋势上看，由于差异论强调了不同文化在接触之前的自生长状态、固有的整体不可分割性、价值的不可参比性等，由此将尊重"语境"的理念引入新的研究之中④，并为此转换了以潜在的时间性与价值的可对比性尺度来比附不同地域文化特征，

---

① 参见 Pauline Yu, *The Reading of Imagery in the Chinese Poetic Tradition*, p. 32.
② 参见 Pauline Yu, *The Reading of Imagery in the Chinese Poetic Tradition*, p. 80.
③ 思想史研究方面的这一转型，可参见葛瑞汉对史华兹（Benjamin I. Schwartz）"相似论"的批评。A. C. Graham, "Review of Benjamin I. Schwartz's *The World of Thought in Ancient China*", *Times Literary Supplement*, 18, July, 1986. 对这一领域更广泛变化的揭示可参见黄卓越：《后儒学之途：转向与谱系》，载《清华大学学报（哲学社会科学版）》，2009(3)。
④ 这一关于"语境"的论述，参见 Yu Pauline, "Alienation Effects: Comparative Literature and the Chinese Tradition", Clayton Koebl and Susan Noakes(eds.), *The Comparative Perspective Literature*, Cornell University Press, 1988, pp. 162-175. 当然，此处偏重于强调的是一种为某种确定的世界观（"world view"）所规定的整体文化语境，并非具体的历史语境。

及以文化之优劣的观念作为评估、选汰文学经验的前现代视角。欧阳桢（Eugene Chen Ouyang）在后来所撰的《诗学中的两极模式》（Polar Paradigms in Poetics）①一文中，也对此做了某些阐述，可视为对差异论思潮所做的主动接应。

在叙事学研究的领域中，于19世纪初即已始研究中国小说的德庇时便携有一些比较的思路。20世纪中期以后，一些汉学家，如毕晓普、夏志清等人，往往偏向于从一些西方的理念出发对比中西小说，并对中国小说取贬抑的态度。② 从20世纪70年代中期开始，英语世界对中西叙事比较的研究有了进一步的发展，学者们的论述涉及对中西有关"叙事"与"小说"的定义、批评的方法等的比较。但最具影响力的仍是关于中西小说话语在"虚构"（与"写实"）问题上有何异同的探讨。从某种意义上看，这也形成了与这一时期诗学研究在话题上的某种呼应。稍早，韩南20世纪60年代所撰《中国早期短篇小说：一种批评理论概观》一文，已将中国的白话小说与意大利、西班牙早期的短篇小说进行了平行对比，认为两者看似有许多相同之处，比如《十日谈》也有说话人的"入话"与开场白、情节类似等，但意大利故事很少像中国小说那样指出特定的时间、地点、确定人物的姓氏、身份等。③ 这其实也是一个有关小说是否依据真实性，或有所参照的历史根据的问题。此后，在北美汉学界，中西小说对比研究的很大一部分成果也是建立在对虚构与非虚构、模仿与非模仿等对立概念的判说上的，并较多关注小说与历史的关系，由此形成了北美叙事批评运

---

① Eugene Chen Ouyang, "Polar Paradigms in Poetics: Chinese and Western Literary Premises", Cornelia Moore and Raymond Moody(eds.), *Comparative Literature: East and West*, University of Hawai'i Press, 1989. 同期发表的相似观点，也可参见 Sun Cecile Chuchin(孙筑谨), "Problem of Perspective in Chinese-Western Comparative Literature Studies", *Canadian Review of Comparative Literature*, Vol. 13, No. 4, 1986.

② 例如，John L. Bishop, "Some Limitations of Chinese Fiction", *The Far Eastern Quarterly*, Vol. 15, No. 2, 1956.［美］夏志清：《中国古典小说史论》，"导论"，南昌，江西人民出版社，2001。另外，也可以从白之主编的论文集《中国文类研究》收录的一些论文中，见出贬抑说与肯定说——两种不同的评价观的交锋。

③ 参见 Patrick Dewes Hannan, "The Early Chinese Short Story: A Critical Theory in Outline", Cyril Birch(ed.), *Studies in Chinese Literary Genres*, p. 309.

行的一个重要趋向。当然,这方面的研究也不一定都采用两两对应的平行比较方式,在许多情况下则是以西方文论中的流行概念及理论模式来解释,甚至重构中国的叙述学体系的,即使用一种我们所说的"理论嵌入式比较"。借助于以上两个方面,北美地区的汉学家们确立了一套颇具时代话语特征,并富有阐释魅力的中西叙事比较理论。相比之下,在价值取向上也与20世纪70年代之前的研究有明显的不同,即更多地会以差异面特征为强调的重点,将差异的历史合理性作为研究的前提首先肯定下来。

20世纪70年代中期以后,浦安迪发表《走向一种中国叙事的批评理论》(Towards A Critical Theory of Chinese Narrative)、《中国长篇"小说"与西方小说:一种类型学再考》(Full-length Hsiao-shuo and the Western Novel: A Generic Reappraisal)等文章,出版《〈红楼梦〉的原型与隐寓》(Archetype and Allegory in "Dream of the Red Chamber")一书,开始在一个大的更为理论化的论域内梳理与讨论中西"叙事"的异同问题。通过对中西叙事一般形态、演变历程的考察,浦安迪认为中西小说及其批评之间的确存在一些可比的共性,可以挪用西方的术语,如"叙事""小说"等,观察中国传统小说,但在另一方面仍然无法泯除二者本有的重大差异。这种差异首先表现在,依据亚里士多德的表述,西方的叙事始终是与"模仿"的概念密切相关的,由此而将"虚构"看作叙事活动中的核心要素,并影响到近代以来的西方小说及其理论(如弗莱)。但是在中国叙事与相关的批评活动中,对历史的重视却占据了十分重要的地位,以至于"任何对中国叙事属性的理论探索,都必须在出发点上便承认历史编纂学(historiography),也就是在总体的文化总量中'历史主义'的巨大重要性。事实上,怎样去界义中国文学中的叙事概念,可以归结为在中国的传统文明之中,是否的确存在两种主要的形式——历史编纂学与小说——的内在通约性"①。从评注学上来看,不仅那些为明清时期评者(如金圣叹)所选评的文本混合了两种文类,而且传统的各种目录归类,

---

① Andrew H. Plaks, "Towards A Critical Theory of Chinese Narrative", Andrew H. Plaks(ed.), *Chinese Narrative: Critical and Theoretical Essays*, p. 311.

如"四部"的系统，均可以轻松地穿越小说与历史的界限，在分类学上形成广泛的交切。① 大量的事实可以证明，在中国的语境中，虚构与真实两大概念并无十分明确的类型界限，小说描写脱离对历史的依附并引入以个人为中心的叙事，则是比较后来的事。关于中西叙事的这一根源性区别，也可借助西方文论史上十分关键的一个概念，即"隐寓"来试测之。在浦安迪看来，"我们在西方的语境中谈论隐寓，意指双层文学世界的创造（即对本体论二元宇宙的模仿）。它们是通过将叙事的想象与行为（作者的小说）投射到假象的结构模式层面来实现的"②。然而，如果将这一概念置于对中国小说的考察中，则显然是不合适的，有张冠李戴之嫌。

与浦安迪同期，尤其是在 20 世纪 80 年代，马幼垣、倪豪士、余国藩等人也从一些不同的方面入手，探讨了中国小说与历史的关系，对此话题有进一步的开拓。③ 与之同时，王靖宇与倪豪士等人则以史学文献为据，论证了人们心目中所谓的中国"历史编纂学"，其实也与小说一样

---

① 为此，浦安迪还举出一些类目加以说明，比如"传"，包含了"左传""列传""传奇""水浒传""儿女英雄传"等；"志"，包含了"志怪""夷坚志""荡寇志""东周列国志"等；甚至于"记"，包括了"史记""西游记"等。由此可证，叙述的谱系容纳了非常广泛多样的书写类型。参见 Andrew H. Plaks, "Towards A Critical Theory of Chinese Narrative", Andrew H. Plaks (ed.), *Chinese Narrative：Critical and Theoretical Essays*, p. 312.

② Andrew H. Plaks, *Archetype and Allegory in "Dream of the Red Chamber"*, Princeton University Press, 1976, p. 93.

③ 有关此论题的讨论，参见 Henri Maspero, "Historical Romance in History", Frank A. Kierman, Jr., tr., *China in Antiquity*, University of Massachusetts Press, 1978；Yau-woon Ma, "Fact and Fantasy in T'ang Tales", *Chinese Literature：Essays, Articles, Reviews*, Vol. 2, 1980；David Johnson, " Epic and History In Early China：The Matter of Wu Tzu Hsu", *Journal of Asian Studies*, Vol. 40, No. 2, 1981；David Derwei Wang, " Fictional History/ Historical Fiction", *Studies in Language and Literature* I, 1985；Anthony-C. Yu, "History, Fiction and the Reading of Chinese Narrative", *Chinese Literature：Essays, Articles, Reviews*, Vol. 10, No. 1/2, 1988. 另，1980 年出版的一个英文论集也曾涉及此话题，其中有 William H. Nienhauser, Jr., " Some Preliminary Remarks on Fiction, The Classical Tradition and Society in Late Ninth-century China"；Winston L. Y. Yang, " The Literary Transformation of Historical Figures in the San-kou Chih yen-y", Winston L. K. Yang and Curtis P. Adkins(eds.), *Critical Essays on Chinese Fiction*, Hong Kong, The Chinese University Press, 1980.

带有明显的"制作"或"虚构"的成分①,试图用此证明中西叙事之间存在的异同。这固然也与受到美国学者海登·怀特(Hayden White)"元历史"理论的影响有一定的关系,两位学者也都在自己的著作中引用了怀特的论述作为对上述观点的佐证。20 世纪 90 年代之后,新生代华裔汉学家鲁晓鹏(Sheldon Hsiao-peng Lu)出版了《从史实性到虚构性:中国叙事诗学》(*From Historicity to Fictionality*:*The Chinese Poetics of Narrative*)②,大约依照浦安迪早期的论述线索,在中西话语比较的前提下,全面深入地阐释了中国叙事学话语构成的历史特征,即对主导性的历史阐释模式的高度依附,及这一现象产生的原因,并认为这也是中国叙事学有别于亚里士多德所开辟的西方叙事学的关键所在。鲁晓鹏认为,这种强势性历史主义观念在小说创作中的松动,大致可追溯至唐传奇的出现。但是一种独立的小说批评话语的出现,则还是都要等到明清时期。这一路径展示出中国叙事话语从对史实依赖过渡到了对"虚构性"偏爱的历史进程。鲁晓鹏之后,在北美汉学界,对这一话题的讨论仍嗣有余响③,从而也证明了以上问题的提出绝不是偶然的,而是会在中西叙事学比较的系谱中占据相当重要的位置。

对上述五个议题的介述,尽管尚不能涵盖第二时期英美地区文论研究的全貌,比如支脉稍小一些的现象学文论、道家文论研究等,因受篇

---

① 参见 John Ching-yu Wang, "Early Chinese Narrative:The Tso-Chuan as Example", Andrew H. Plaks(ed.), *Chinese Narrative*:*Critical and Theoretical Essays*。王靖宇在此即倾向于从"文学"的角度分析《左传》,并对这种看法做了理论上的解释。倪豪士关于"制作"的论述也直指《国语》《战国策》等,参见 William H. Nienhauser, Jr., "The Origins of Chinese Fiction", *Monumenta Serica*, Vol. 38, 1988-89。倪豪士另外讨论小说与历史关系的论文,参见"A Structural Reading of the Chuan in the Weng-yüan Ying-hua", *Journal of Asian Studies*, Vol. 36, No. 3, 1977; "Literature as a Source for Traditional History:The Case of Ouyang Chan", *Chinese Literature*:*Essays, Articles, Reviews*, Vol. 12, 1990。

② Sheldon Hsiao-peng Lu, *From Historicity to Fictionality*, *The Chinese Poetics of Narrative*, Stanford University Press, 1994.

③ 参见 Shi Liang, *Reconstructing the Historical Discourse of Traditional Chinese Fiction*, The Edwin Mellen Press, 2002; Gu Ming Dong, *Chinese Theories of Fiction*:*A Non-Western Narrative System*, State University of New York Press, 2006.

幅限制未加以描述，然也勾勒出了一个大致的轮廓。从中，我们可以见到这一时期文论研究关注的重心，及与其他地区文论研究在思考模式上的差异。而戏剧理论、散文理论等，在本期研究中则处于比较疲弱的状态。[①] 由于海外的汉学研究并非按照严密的计划或规划来组织的，学者个人的兴趣与小范围内形成的一些氛围都会决定话题的生产的特征，加之汉学研究人员的不足，不可能要求其在所有方面都能有所贡献，为我们提供富有启发性的成果。

总起来看，这一时期的研究比之上一阶段的汉学，有几个明显的观念与方法上的特点可以提炼出来一述。我将之主要归纳为四个方面，即科范主义、文本主义、审美主义与人文主义，这可被视为这一时期的研究中具有内构性与主导性的"潜话语"。这个"主义"的提法，并不包含肯定与否定的含义，只是借此而指替一种带有较强聚合性的观念方式。

科范主义的确立，与整个西方学科的进展有关，从而使这一时期的汉学终于摆脱了 20 世纪中前期由"业余汉学"或"准业余汉学"主导研究的状况，以至于在实证方法、学理逻辑及表述格式等方面均始趋向于一种严格的程序操作。

文本主义，在这里主要指以文本的内部分析为主要工作模式的做法。比如说，这种研究一般都会以文本为意义评判的起点与终点，崇信文本提供的"本来意义"，并集中关注文本的含义、语词、风格、结构、肌理、意象、手法等，而未曾将文本视为建构的产物，也没有兼顾生产与流通等环节给文本制作有可能带来的各种影响，因此也无法将文本意义的生成合适地插入一种事实存在的、更大的循环系统之中予以考认。新批评与结构主义盛行之时，有的学者甚至提出要"摆脱'以生平和人品'论诗的

[①] 参见 Milena Dolezelová-Velingerová(米列娜)，Graham Senders(孙广仁)所撰《中国古代小说和戏剧理论》一文的解说，其中提道："小说和戏剧的理论长期处于人们对诗歌偏好的阴影之中，诗歌被认为是中国文学不可逾越的文学样式。"(王晓路：《北美汉学界的中国文学思想研究》，"附录二"，709 页)对于刘若愚的中国文论体系建构中出现的小说与戏剧理论阙如的情况，刘氏曾解释为是"因为戏剧和小说，在中国相当晚期才发展成为完整的文学类型"([美]刘若愚：《中国文学理论》，19 页)，这显然无法令人信服。

旧套"(傅汉思)①,尽管这一方法论选择相对于早期的外部实证研究也体现了一种理念上的进步。细察式文本研究的效果无疑是明显的,一方面,它使技术主义在学术场域中的运用变得空前纯熟;另一方面,则相应地也会压缩与简化知识生产与创造的空间。

以审美主义而论,它主要表现为这一时期的研究已有效地从过去泛文学的观念中抽离出来,进而过渡到一种对"纯文学"对象的研究(尽管不是全部)。从上下文的意义来看,这一转向明显受到20世纪后渐次展开的各种西方文学观念与文论思想(各种形式主义批评流派、美学流派等)的影响,同时也可看作一种世界性的变化。例如,此期盛行的抒情传统研究,汉字与诸形式的美学研究,对魏晋以降(尤其是六朝)文学批评与文学观念的大力提掇,在有些研究中表现出来的对儒家诗学的苛责,及对道家美学的赞赏(但放弃了道家美学的政治维度),都显示了审美主义作为强势性的观念力量对汉学研究的渗透。在这一趋势下,鉴赏程度或审美性会被看作对象选择与评判的主要甚至唯一尺度。从原初混成一体的大量文学作品中被剥离出来的少量"经典",往往会被看作美学证明的专利,"文学"被共同的无意识限定为一些优选作品的刻意排列,而不是其实际发生的历史。这与国内同期的研究状况也大致一致。

从更为开阔的意义上看,也可以将审美主义包含在人文主义的理念之中。例如,抒情传统的提出,既源自审美学上的认定,同时也是因其包蕴了对"人"的价值、人性价值的肯定,借此可以证明在中国文明传统中自古以来就存在人道主义、人性尊严的光亮。再如,即便是对新批评方法的援用,也同样可在其中发现审美主义、技术主义与旧人文主义的互融。在许多汉学分析的文本中,我们的确也感受到学者在其中透露的对中国审美人生、古典人性的由衷赏叹。这已大大有别于传教士汉学期间,研究者对中国文化与文学所取的贬抑姿态。当然,以上我们所做的

---

① 田晓菲:《关于北美中国中古文学研究之现状的总结与反思》,见张海惠:《北美中国学:研究概述与文献资源》,610页。

也只是一种粗略的概括,在此以外的情况并非没有,受篇幅的限制,只能举其大端而论之。

三、新变期:文化研究等的间入

大约在 20 世纪 90 年代初,英美国家,尤其是北美的汉学研究又出现了一重嬗变。诚如华裔汉学家李峰(Li Feng)所述:"当我们回顾过去这十年究竟发生了什么的时候,忽然发现自己已置身于一个与 80 年代甚至 90 年代早期截然不同的学术环境之中。"① 概而论之,至少有几个方面的思想,即后结构主义、文化研究、新文化史与新历史主义(文化诗学)等对汉学研究的递相羼入,使范型的转型成为可能,由此使英美汉学与作为更大背景的国际知识与理论格局在新一轮的转换中紧密地勾连在了一起。

有关于此,许多学者都做过解说。比如孙康宜在 20 世纪 90 年代初便提到西方"十多年来文学批评界虽走过了'后结构主义''解构主义''后现代主义',乃至今日的'新历史主义'"②。当然,这种风气影响到汉学研究还是要晚一些,并有一个渐次加强的过渡。尽管以上提及的数种潮流仍有自身独立行进的走向与影响的范围,不可概而论之,但相对于其他思潮,文化研究对学科改造的重要性,以及其汇聚各种思潮的能力尤显突出。

1993 年,在美国的比较文学界,由伯恩海默(Charles Bernheimer)执笔的学会报告即已提出,随着国际学术已然发生的重大转型,比较文学应当顺应时势,积极汲用文化研究的成果,在研究中加大对多元文化、政治、性别、阶级、种族、文化传播等维度的考量。③ 其报告不仅传递

---

① 李峰:《早期中国研究及其考古学基础——全球化时代的新观察》,见张海惠:《北美中国学:研究概述与文献资源》,62 页。
② [美]孙康宜:《词与文类研究》,"中文版序",2 页。
③ 参见 Charles Bernheimer, "The Bernheimer Report, 1993: Comparative Literature at the Turn of the Century: American Comparative Literature Association Report on Professional Studies", 1993.

出了对近期研究趋势的敏锐反应，也宣示了一种朝向未来的研究姿态。在整个20世纪90年代，提出用文化研究等改造汉学的呼声可谓不绝如缕，成为学术界振聋发聩的强音。华裔学者王庚武(Gungwu Wang)在20世纪90年代发表了《范式转型与亚洲观点：对研究与教学的影响》(Shifting Paradigms and Asian Perspectives：Implication for Research and Teaching)[①]一文，从大的视角上归纳出了当前影响亚洲学研究的六种西方输入式模式，其中几种便属文化研究范畴。以研究现代文学擅长的学者李欧梵(Leo Ou-fan Lee)也在其著述中多次述及文化研究对美国汉学的影响，如在《徘徊在现代与后现代之间》一书中设专节论述文化史与文化研究，在《未完成的现代性》一书中设专节讨论"文化研究理论与中国现代文学"。[②] 当然，"文化研究"在精确的意义上，也有相对确定的意义边界，及与另一近邻概念"文化理论"之间于叠合关系中存在固有沟隙，与稍后出现的新文化史、新历史主义也不尽相同。因此，我们在面对具体的研究时，也应当分疏不同模式与方法各自所属的脉理。然在不甚计较的表述中(学界也常如此)，似也可权且将之视为一个融会了各种后学科思想，并以对"文化"的分析为核心目标的概念统称，或如学界经常概述的，将这一总的趋势称作一种"文化转向"。正是在这一新的理论视野的导引之下，我们可以发现，在传统文学与文学批评研究的领域中，那些曾经在20世纪七八十年代活跃的学者差不多至20世纪90年代，已自觉地进行研究方位的调整。与之同时，新一代的学者也以不同寻常的姿态涌至汉学研究的前台，一同改写着汉学研究的图谱。

在这一时期，文学研究除了关注新的研究理论及方法以外，在学科的定位上也出现了一些变化：一方面是跨学科的研究成为一种常态，另一方面是文论研究与文学史研究的界限已日趋模糊。在这种情况下，学

---

① Gungwu Wang, "Shifting Paradigms and Asian Perspectives：Implication for Research and Teaching", Syed Alatas(ed.), *Reflection on Alternative Discourse From Southeast Asia*, Singapore, Centre for Advanced Studies, 1998.

② 参见李欧梵：《徘徊在现代和后现代之间》，台北，正中书局，1996；李欧梵：《未完成的现代性》，北京，北京大学出版社，2005。

者们多偏向于从一些问题或话题的角度切入研究，或以"文化"的观念统合自己的研究，从而将一些文学事实与判断等包含其中，而不是过于计较何为批评、何为创作，在这些界义上做谨小慎微的防御，尤其是放弃了20世纪70年代中期以来的，以一种具有高度抽象性的"中国文学理论"的概念俯视与框构研究的思路。这种学术策略上发生的重大变化，使得文学史与文学批评、文学理论之间的界限，文化与文学的界限变得更为模糊。尽管习惯上所称的"文论研究"仍有旧迹可循，但从者寥寥。在更多的情况下，即如果还可将之作为一种学术经验加以描述的话，大约可指两种情况。一是那种内在地带有某种明显的文化理论倾向，并指向"文学"，甚至是更泛化的"文本"的研究。这已不同于过去那种直接面向批评性话语史料的研究，而是在对特定话题的阐述中，通过新理论的援入使"文论"再次"赋形"。或如苏源熙所述，是"从历史文献中抽绎出文学理论"[1]。二是在重新设立的话题框架下（这个话题框架多会超出文学的范畴），将固有的批评性话语史料作为"例证"纳入其间。如此一来，原有的文论也就很难被视为具有独立学科属性的素材，而是成为多种论证材料中的一种。与之相应，由于受到新话题的牵引与调动，许多过去长期淹埋在文档深处，同时又处于更为泛化状态的批评性（评论性）话语史料，也就大量地被发掘出来了。

鉴于英美汉学界20世纪90年代出现的这一重大转向在目前仍处于进行时态，而且也鲜有学者做过系统的梳理，因此也给我们在学术史层面上的把握带来了较大的困难，不可能对之做出面面俱到的介述与分析。下文作为尝试性的探索，从中选择并勾勒了几种比较显明的话题模式，以示对这种转型的一种确认。同时，根据"泛文论"倾向的出现及其特点，这些话题的选择也自然会超出那种传统意义上严格规范的学科界限。

---

[1] Haun Saussy, *The Problem of A Chinese Aesthetic*, Stanford University Press, 1993, p.2. 中文版参见[美]苏源熙：《中国美学问题》，南京，江苏人民出版社，2009。

(一)性别理论研究

从概念上看,性别研究(Gender Studies)尽管比女性主义批评(Feminist Criticism)所指要广一些,但由于使用上的习惯,常常也多以后者指称前者,或两者替换使用,从更为抽象的角度入手的相关论述,可称为"性别理论"(Gender Theory)。在汉学研究范围内,另一个相关的名称"妇女研究"(Women Studies),虽然也受到一些学者(尤其是历史学专家)的推荐,企图以示研究的客观性,但由于后期这方面的研究多受20世纪下半叶以来女性主义批评的影响,从而显示出明显的话语构建特征,因此仍可将之归至女性主义或性别研究的范畴中。[1] 从西方学术,尤其是英美学术的总体走势来看,作为一种框架性的描述,一般认为20世纪50年代以来,至少发生过三次女性主义浪潮,因此尚不能将所谓的女性主义都限定在文化研究的范围内来确认。但另一方面,文化研究也对20世纪70年代之后的英美女性主义批评影响甚大,以至于其在性别维度上的研究也常被视为文化研究三个主要向度之一,笼统地归入后者的话语体系之中。如此看来,至少,对英语世界汉学领域中的女性主义研究的定位有可能出现两种分类,即既可将之看作一种独立的研究,又可将之设置为广义文化研究的一个分支。

---

[1] 关于"妇女"这一概念的话语建构属性问题,参见 Tani E. Barlow, "Theorizing Woman: Funǚ, Guojia, Jiating", Angela Zito and Tabi Barlow(eds.), *Body, Subject and Power*, University of Chicago Press, 1994, pp.253-289. 高彦颐也循此而对"妇女"(women)与"女性"(femininity)的概念做了辨识,参见 Dorothy Ko, *Teacher of the Inner Chambers: Women and Culture in Seventeenth-Century China*, Stanford University Press, 1994. 中文版参见[美]高彦颐:《闺塾师:明末清初江南的才女文化》,"中文版序",南京,江苏人民出版社,2005。也可参见[美]孙康宜:《女性主义者论中国现代性》,载《明报月刊》,1996(5)。但无论这些概念在西方的语境中出现了什么问题,至少可以说,当今的妇女研究几乎不可能保持某种客观性而又不受到女性主义的影响。因此,尽管"妇女"的概念依然可以保留,但"妇女史"或"妇女研究"这类概念则难以作为一种学科范型而继续成立。西方关于"women"一词的论争,也可参见 Chandra Talpade Mohanty, "Under Western Eyes: Feminist Scholarship and Colonial Discourses", *Feminist Review*, Vol.30, pp.61-88; Judith Butler, *Gender Trouble: Feminism and the Subversion of Identity*, Routledge, 1990, p.148.

第二章　分期与范型　　　　　　　　　　　　　　　　　　　　　　　　　77

　　这种新型的女性主义研究在汉学界的兴起，似可追溯到 20 世纪 80 年代中后期，至 20 世纪 90 年代中期则已在理念上渐趋成熟与相对定型。像后来对美英汉学界中国传统女性研究产生示范性影响的一些学者，如伊沛霞（Patricia Ebrey）、费侠莉（Charlotte Furth）、高彦颐（Dorothy Ko）、曼素恩（Susan Mann）、白馥兰（Francesca Bray）、孙康宜等人的初期著作差不多都在这一时期陆续问世。毫无疑问，这批学者对中国传统女性群体的研究有各自关注的领域，涉及社会史、医学史、家庭史、风尚史、文学史、身体史等多个方面，并表现出了多学科交叉的特点。与之同时，虽然在一些认识上存在若干分歧，但是她们的研究又都传递出了一些相对一致的观念，呈示出向后知识批评转向的比较强烈的自觉意识。[1] 大致而言，一是表现出对普遍性话语的不满，试图从对中国传统女性的研究入手，提供一幅与西方女性世界有很大区别的多样化图幅，以证明文化生态的多样性。二是在比较充分地兼顾对自然、经济与政治等复杂因素的考察的同时，将"文化"对性别与身体的建构作用置于观察与分析的核心。[2] 她们也都采用了女性主义文化研究所普遍使用的，带有话语因变量属性的"社会性别"（gender）概念，来整合与操作自己的研

---

[1]　20 世纪 90 年代初期，从多学科角度研究中国性别的结集中，有几种尤其值得关注，如 Christina K. Gilmartin, Gail Hershatter, Lisa Rofel and Tyrene White (eds.), *Engendering China: Women, Culture and the State*, Harvard University Press, 1994; Angela Zito and Tabi Barlow (eds.), *Body, Subject and Power*, University of Chicago Press, 1994。后者尤其表明了从"文化研究"视域出发所做的一种尝试性探索，尽管所选论文未必都聚焦于女性。另有 Jose Ignacio Cabezon (ed.), *Buddhism, Sexuality, and Gender*, State University of New York Press, 1992. 该书在佛学研究的过程中提出了新的观察立场，即女性自我意识的特殊存在，而这在过去的研究中常常是被忽视的。20 世纪 90 年代中期以后，尤其是 21 世纪以来，各种与性别研究相关的论文集被大量出版，不再于此详列。

[2]　例如，费侠莉在其对女性身体的论述中，尽管认为有些自然的、生理的属性是不可略去的，但总起来看，对身体的认识均由不同的文化建构，并可为中国传统中的阴阳学说、社会理论等充分证实，而且传统中医的宇宙论框架也建于其上。因此，从文化隐喻与话语实践的角度来理解中国人对女性及其身体的看法，也将展示出当前研究的一种新路径。参见 Charlotte Furth, *A Flourishing Yin: Gender in China's Medical History (960-1665)*, University of California Press, 1999, pp. 1-17, 310-312.

究理路。① 三是从研究的效果上看,将性别问题置于中国传统语境中,可以得出若干重要的结论:一是从宇宙论角度发现的男女同体,及与之承应的从社会论角度发现的男女伴侣模式②;二是在这些学者看来,女性在中国传统社会中并非全然属于过去所认为的"受虐"的对象,而且也是具有某种主体的"能动性"(agency),或话语协商与微部抵抗能力的群体。③ 由于女性被看作既生活在男性话语所规定的秩序中,同时又从自己独特的角度参与历史的建构,因此,通过凸显她们在社会生活中的构成作用(尤其是明清时期),也将改写一种由男性视角所完全主导的中国史的整体面貌。无论以上著作的研究对象是否直接与文学表征有关,它们提出的这些基本理念均具标杆性的意义,并对此后性别史研究的展开产生了重大的影响。

20世纪90年代初中期,偏向于从女性主义话语角度切入文学研究,并且较有代表性的学者有高彦颐、魏爱莲(Ellen Widmer)、孙康宜、曼素恩、李惠仪(Wai-yee Li)、马克梦(Keith McMahon)等。随着一批新的成果的发表,及新的研究观念在相互切磋的管道之间的快速流动,一些组合性的运作也开始出现,并有力地推动了这一领域中思想的聚合与扩散。1993年,以魏爱莲与孙康宜为首的学者,在耶鲁大学召开了"中国明清时期的妇女与文学研究会议"(Women and literature in Ming-Qing China Coference),会议的论文后在1997年结集为《中华帝国晚期的女性书写》(Writing Women in Late Imperial China)④正式出版。如果说这次

---

① 对"社会性别"较为全面的阐述,参见 Dorothy Ko 的 Teacher of the Inner Chambers: Women and Culture in Seventeenth-Century, China 第一部分,以及 Susan Mann 的 Precious Record: Women in China's Long Eighteen Century 中的"Introduction"部分及第二章"Gender"等。
② 关于男女互补与阴阳同体(androgynous body)等在哲学上所做的论证,参见费侠莉在 A Flourishing Yin: Gender in China's Medical History(960-1665)一书中的阐述。
③ 关于对受虐论的比较激烈的批评,参见高彦颐在 Teacher of the Inner Chambers: Women and Culture in Seventeenth-Century, China 中的论述;而对 agency,即"能动性"或"行动者"的强调,尤可参见尹沛霞在 The Inner Quarters: Marriage and lives of Chinese Women in the Sung Period 中的论述。
④ Ellen Widmer and Kang-i Sun Chang(eds.), Writing Women in Late Imperial China, Stanford University Press, 1997.

会议涉及的人群面还比较广的话，那么在2006年于哈佛大学举办，由方秀洁(Grace S. Fang)、魏爱莲发起的题为"由现代视角看传统中国女性"(Traditional Chinese Women Through a Modern Lens)的学术会议，则将视角集中在对闺秀文集的研究上，偏向于对文本的文化研究。

与之同时，学者们也开始注重对女性书写材料的搜集与编选，孙康宜还特意为此撰写了《明清女诗人选集及其采辑策略》(Ming-Qing Anthologies of Women's Poetry and Their Selection Strategies，1992)一文，较为全面地梳理了以明清女诗人为主的各种编集，其后又与苏源熙合编了《中国历代女诗人选集》(Women Writers of Traditionl China：An Anthology of Poetry and Criticism)[1]一书。这些搜集与整理的范围逐年扩大，已相当周全，也包括了那些从"男性的凝视"出发进行记录与整理的女性素材。在后期则又出现了伊维德(Wilt Idema)与管佩达(Beata Grant)主编的有关女性书写的《彤管：中华帝国的书写女性》(The Red Brush：Writing Women of Imperial China，2004)，收录范围超出了此前美国汉学界集中关注的女性诗词，而扩展至女性的散文作品、故事、书信、戏剧、弹词、宗教文献等多种材料，并提供了史传性解释与评注，试图借此展示更为多样化的女性生存与书写的面貌。[2] 此外，近年为季家珍(Joan Judge)等主编的《超越楷模：重读中国女性传记》(Beyond Exemplar Tales：Women's Biography in Chinese History)[3]，收录了曼素恩、贺萧(Gail Hershatter)等十几位美国汉学家对女性传记的发掘成果，包括对烈女贤媛、碑铭小说、史外遗本、口述历史等史料的整理与研究，

---

[1] Kang-i Sun Chang and Haun Saussy(eds.), *Women Writers of Traditional China：An Anthology of Poetry and Criticism*, Stanford University Press, 1999.

[2] 关于《彤管：中华帝国的书写女性》一书在编纂理念上的这一特点，参见编者在该书的"Introduction"中所做的陈述。Wilt Idema and Beata Grant(eds.), *The Red Brush：Writing Women of Imperial China*, Harvard University East Asia Center, 2004, pp. 2-4.

[3] Joan Judge and Hu Ying(eds.), *Beyond Exemplar Tales：Women's Biography in Chinese History*, Global, Area and International Archive, University of California Press, 2011.

也有特殊的意义。女性书写史料的大规模开发，不仅为深入的研究提供了帮助，而且通过建立一种新的叙述谱系，对过去公认的所谓"经典"范畴提出了挑战，使得长期处于哑声状态的"边缘性"书写被重新纳入文学研究的中心。①

在这些史料的开掘中，大量与女性书写相关的文论得以浮现，并受到关注。例如，孙康宜与苏源熙合编的《中国历代女诗人选集》，就包含"诗"与"批评"两大部分，批评部分又分疏出"女性批评家与诗人"的评论与"男性批评家与诗人"的评论，大约占140页的篇幅。② 孙氏早期所撰《明清女诗人选集及其采辑策略》一文也很注重相关的评论。在介绍各种女性结集时，几乎在每条之下，她均会不失时机地摘引出附于书中的序言、评注等，以此标示、印证选家的编辑理念。在介述《众香词》时，孙康宜引用了吴绮序言中用"女性特质"来解释词的文类特征的言说，认为这也是女性更偏爱于词作，及能够写出好词的主要原因。在介绍钟惺选辑的《名媛诗归》时，孙康宜不仅有意提示该书对每首诗都有短评，更指出钟惺所撰的序言当为明代男性学者对女性作品认识的最佳范例。当然，源于女性的诸种评论也同样值得关注，因为"她们在序跋中所展示的大量引文及诠释无异为一种提升女性书写的'自我铭刻'(self-inscription)"③。茂林·罗伯森(Maureen Robertson)所撰《变换主体：序言与诗中的性别与自我铭记》(Changing the Subject：Gender and Self-Inscription in Authors' Pref-

---

① 这个问题的提出也包含重写文学史的自觉意识，相关解释参见 Kang-i Sun Chang, "Ming-Qing Anthologies of Women's Poetry and Their Selection Strategies"，*The Gest Library Journal*，Vol. 5，No. 2，1992. 然在"经典化"的问题上，方秀洁却另有看法。她认为在明中后期的文学语境中，编辑与出版女性文集的热情是由多种因素促成的，并不意味着就此存在使女性文学经典化的明显意识，参见 Grace S. Fong, "Gender and the Failure of Canonization：Anthologizing Women's Poetry in the Late Ming"，*Chinese Literature：Essays，Articles，Reviews(CLEAR)*，Vol. 26，2004，pp. 129-149.

② 孙康宜后来也曾解释道："由于发掘的文本材料太多，我们只精选了120多位才女的佳作，全书近900页，有1/6的篇幅我们用来翻译介绍有关妇女文学创作的中国传统理论和评论，男女评论家各半。"[美]孙康宜：《孙康宜自选集：古典文学的现代观》，312页，上海，上海译文出版社，2013。

③ [美]孙康宜：《耶鲁·性别与文化》，216页，上海，上海文艺出版社，2000。

aces and shi Poetry)①一文，即对这一主题做了深入的阐释。

与之相随，各种相关的文论概念也被重新提取出来并获得了阐述。其中，"情"的概念最为引人瞩目。高彦颐即在《闺塾师》一书中设有专节，讨论"情"在中晚明文论中形成的过程，及这一概念是如何在男性的带动下贯穿到女性文学批评中去的，也包括男女在感受与评述"情"的含义时出现的一些差异。作为一种具例，高氏详细论析了在对《牡丹亭》一剧的接受过程中，许多女性受众是如何饱含激情地参与到对"情"的评说之中的。这不仅可以以《吴吴山三妇合评牡丹亭还魂记》这一记录文本为证，高彦颐还发现："大量明清女性发表过对《牡丹亭》的评论"，并几乎不约而同地一致将"情"的价值置于首要的位置，而由此产生的文学阅读与批评实践，也促成了在实际情感生活中女性对平等与合作式的两性关系的重新认识。② 孙康宜则积极地评价了钟惺对"清"这一传统文论范畴的阐述，认为钟惺明确地用"清"的范畴来概括女性诗歌的特点，可谓深契于女性与生俱来的性情特点。③ 而在另一篇论文《从文学批评里的"经典论"看明清才女诗歌的经典化》中，孙康宜更对"清"的范畴做了文论史上的系统梳理，指出在钟惺那里，由于将对传统文论对"清"的解说转接到了对女性特质及其诗词的评价上，因此造成了一种意义的移位，可谓颇具只眼。④ 也有学者提出，只有

---

① Maureen Robertson, "Changing the Subject: Gender and Self-Inscription in Authors' Prefaces and shi Poetry", Ellen Widmer and Kang-i Sun Chang(eds.), *Writing Women in Late Imperial China*.

② 参见 Dorothy Ko, *Teacher of the Inner Chambers: Women and Culture in Seventeenth-Century, China*, pp. 78-89。许多学者也从另外的角度阐述了"情"的概念在晚明女性文论观中的地位，参见 Kang-i Sun Chang, *The Late Ming Poet Ch'en Tzu-lung: Crises of Love and Loyalism*, Yale University Press, 1991.

③ 参见 Kang-i Sun Chang, "Ming-Qing Anthologies of Women's Poetry and Their Selection Strategies"。该文通过陈子龙与柳如是的诗词交往，阐明了"艳情"所包含的情与忠的关系。

④ 参见[美]孙康宜:《耶鲁·性别与文化》，207~223页。高彦颐将钟惺视为"女性诗人的最为热心的倡导者"，并用较长篇幅对其"清"的概念做过分析。不过她又认为，钟惺的这种论述，即"好诗＝清物＝女人"的公式，也会导致对女性的一种封闭性认知。参见 Dorothy Ko, *Teacher of the Inner Chambers: Women and Culture in Seventeenth-Century, China*, pp. 61-71.

将明清时期女性写作力量的获取放到传统儒家关于"文"的语境中去考量，才有可能理解受过教育的那些女性是在哪里重新定位自己的。① 另如方秀洁等人，则提出有必要将晚明女性书写批评置于当时的主流文学批评语境中加以识别，认为明中后期两个阶段（1550—1560 和 1620—1630）出现的女性诗歌选本并不是孤立的现象。借助于对隐含其中的批评与编辑思想的分析，可以发现，其与同时期的两大批评思潮，即前期的复古主义文论、后期的反复古主义文论（性灵派）均存在观念上的相应关系。由此可见，主导性文论思想及其转换均会显在或潜在地辐射到女性选集的编辑理念上。② 很明显，以上所有这些论述的展开绝不等于对 20 世纪 90 年代以前的文论研究理路的重沓。如果没有女性主义的问题框架，不仅不可能出现对这一新的文论空间的开拓，同时也不可能出现对这些史料的富有新意的探索。

全面地回顾这一阶段性别研究的成果，毫无疑问，我们可以发现，在女性书写的范围中，更多的研究还是集中在跨语域的领域，即在抹去创作与批评的界限（甚至于文学与文化的界限等）的情况下进行的。换言之，是以女性主义的某一问题域或理论为出发点，重新寻求及组织探索的进路的。在这样一种思想的指导下，学者们大量地取用了新近出现的文化研究与文化理论的资源，诸如权力与协商、文化资本与社会再生产、日常生活与消费娱乐、身份特征与文化建构、意识形态与表征模式、结构与能动性、话语策略与经典解构、公共空间与私性领域、阶级与性别等概念与理论话语，频繁与密集地将其织入关于女性文化文学分析的纹路中，以至于铸成了一种全然不同于以往的研究范型。这也是一个颇富魅力的话题，许多学者均参与其中，并贡献了十分丰富的成果。如取其大端来看，我们也能大致察知包含在这一研究中的一套

---

① 参见 Susan Mann, *Precious Record: Women in China's Long Eighteen Century*, p. 226.

② 参见 Grace S. Fong, "Gender and the Failure of Canonization: Anthologizing Women's Poetry in the Late Ming", *Chinese Literature: Essays, Articles, Reviews*(CLEAR), Vol. 26, 2004, pp. 129-149.

写作策略与目标,及对固有的现代性话语,即那种将中国女性想当然地视为传统制度受害者的观念进行祛魅的强烈冲动。就后一点而言,尽管研究者之间仍存在某些意见上的分歧①,但无论是认为男女之间属于互补型、伙伴型关系,还是支配性结构中的差异性关系等,均赋予了传统女性某种积极的历史能动性,肯定了她们在日常生活与文艺生活中所展露的丰富才性与智慧。而这点,也被学者们看作对普遍性西方话语模式的一种偏离,甚至抵制。或如孙康宜所说,这也是"中西文化研究的差异"②。如此而言,对中国女性文学及其批评思想的深入研究,不仅会比较全面地改变与提升中国妇女史研究的面貌,也会给西方的批评理论带来某些重要的启示。③

(二)传播理论的援入

在电子媒介诞生与普及之前,传统的文本传播方式主要是依赖纸本,或更早的简帛、金石刻本等介质进行的,至于落实到生产与接受等环节,又可具体分解为抄写(刻录)、出版(编辑与印刷等)、流通、阅读等活动

---

① 例如,孙康宜更偏向于强调中国传统中的男女一直分享并认同着"共同的文化",两性处在文化上的互动关系之中。参见[美]孙康宜:《孙康宜自选集:古典文学的现代观》,304~310页。而高彦颐则认为,我们不能否认存在一个男性占统治地位的性别体系,但妇女也仍然有可能通过与这一体制的合作或博弈,创造出一个自由行动的空间,从而赋予自身以意义、安慰与尊严。参见 Dorothy Ko, *Teacher of the Inner Chambers*: *Women and Culture in Seventeenth-Century, China*, pp. 8-9. 白馥兰则认为,可以认同高彦颐通过对精英女性展示而表达出的自主性观点,但也有必要跨越阶级的界限,去探索在更广阔的技术与生产等领域内传统妇女与男权秩序之间的关系。参见 Francesca Bray, *Technology and Gender*: *Fabrics of Power in Late Imperial China*, University of California Press, 1997. 而其他学者的持论也有些微的差异,需要谨慎待之。

② [美]孙康宜:《孙康宜自选集:古典文学的现代观》,20页。当然,关于这个问题也要分开来看。一方面,这些论点的确冲击了长期以来以西方传统汉学(也包括中国"五四"启蒙话语)为主导的性别观;另一方面,其实反对前期过于强盛的"受虐"理论、"差异"理论("二分法")的观念,在20世纪90年代之后已逐渐成为英美女性主义文化研究的一种流行话语,也有将之称为"后女性主义文化批评"的。因此单就理论的层面来看,它并没有太多地超出西方话语的范畴,对中国语境的研究中所产生的话语特殊性的认定,似乎还需要对比此种情况再做出更深入的说明。

③ 参见[美]孙康宜:《孙康宜自选集:古典文学的现代观》,21页。

单元。在过去的文学研究中，因为主要采用的是带有某种封闭性的文本分析的方法，因此对其他诸环节的作用大体是忽略不计的。过去中外学界也有中国版本学、印刷术等的研究，并将之看作独立的学科分支。但是传统的版本学研究注重的是版本的样式、文字的准确性等书面要素，并未将之置于生产、流通及与社会互动的流程中加以考察。对中国印刷术的研究在英语国家汉学界也续有其人，比如早期美国汉学家卡特（Thomas Francis Carter）所撰的《中国印刷术的发明及其西传》（*The Invention of Printing in China and its Spread Westward*）①，就是第一部系统考察该领域的专著，在国际学界影响甚大。其后，专治中国印刷术并成就突出的有钱存训（Tsien Tsuen-hsuin）等。钱氏不仅受邀为李约瑟（Joseph Needham）主编的《中国科技史》撰写了有关造纸与印刷术的一章，而且也出版了大量有关于此的著述。更后一些的杜希德（Denis Twichett，崔瑞德）等人的研究，则同样显示出在实证意识指导下的某种努力。② 这些研究多倾向于将印刷史仅视为一种物质技术上的表现，而未将之置于更大的传播文化的语境中加以考量。③

　　从传播的角度介入中国各种传统文本、书籍、图版等制作与流传的研究，大约发生在 20 世纪 90 年代之后。这首先与媒介的进展、传播对当代社会生活及全球信息流通等产生的巨大影响有关。与之接应，随着新的传播理论的兴起，学界对各种文化与文本制品的认识开始改变。尽管从不同视角出发而展开的传播研究所选择的立足点与切入侧面有所区别，但大体上均会认同整体"循环"（circuit）系统对文本的影响这一看法，即文本不再被看作孤立的现象，而是在传播的循环系统中产生与构造其

---

① Thomas Francis Carter, *The Invention of Printing in China and its Spread Westward*, Columbia University Press, 1925. 这也是英语世界汉学研究的名著，1955 年，该书由富路特（Luther Carrington Goodrich，也译傅路特等）详细校订增补后，于纽约再版。
② 参见 Denis Twitchett, *Printing and Publishing in Medieval China*, London, The Wynkyn de Worde Society, 1983.
③ 关于对新旧学术范型所做的反思，也可参见[美]周绍明：《书籍的社会史：中华帝国晚期的书籍与士人文化》，"中文版序"，北京，北京大学出版社，2009。

意义，或使意义发生某种移位，因此有必要从传播的过程重新考察认定文本及其意义的生成状况。鉴于文化研究从一开始就将媒介视为主要的研究方向，不仅将循环论有力地纳入自己的研究系统①，而且也提供了一整套将"文化"与"社会"相结合的分析模式，并能够将对传播技术、图书贸易市场、大众消费、阅读反馈等的考察作为分析文化变迁的一个补充性或对话性视角，因而在20世纪下半叶的传播与媒介研究中占据着十分重要的地位，备受学界的青睐。而其也与20世纪70年代后在法国及美国等地相继出现的阅读史、书籍史、印刷史研究一起，共同推动着这一思潮的蔓延。②

就英语国家的汉学研究而言，20世纪90年代以来，因受到传播理论与"文化转向"的启发，其关注点有了新的调整，所涉包括跨国文本的流通与对中国历史上文化传播现象的研究。③ 以后者为例，包筠雅（Cynthia Joanne Brokaw）、魏爱莲、贾晋珠（Lucille Chia）、周启荣（Kai-wing Chow）、苏珊·切尔尼雅克（Susan Cherniack）等人，均在20世纪90年代中期即投身于中土文本与书籍的传播史研究。1996年，美国《明清研究》（Late Imperial China，又有其他称名）杂志设立的特刊"晚期中华帝

---

① 文化研究对之论述很多，可参见斯图亚特·霍尔所撰《编码/解码》一文，及霍尔为所编《表征：文化表征与意指实践》一书撰写的绪论。Stuart Hall, "Encoding and Decoding in the Media Discourse", Birmingham, CCCS, *stencilled paper*, No. 7, 1973; Stuart Hall (ed.), *Representation: Cultural Representations and Signifying Practices*, SAGE Publications, 1997.

② 关于来自西方学界，尤其是法国学界对书籍、印刷等研究的影响，参见 Cynthia Joanne Brokaw（包筠雅），"Publishing, Society and Culture in Pre-modern China: The Evolution of Print Culture", *International Journal of Asian Studies*, 2, 1, 2005, pp. 139-140. 其中，日本的相关研究也对美国汉学产生过一定的影响。关于"书籍史""印刷文化""出版史"等提法，梅尔清（Tobie Meyer-Fong）曾撰文认为，在中文的语境中，这些概念之间"精确的界线仍然没有令人满意的定义"，然而都引出了"交流循环"（Communication Circuit）的概念，从而极大地扩展了研究的社会文化视野。参见［美］梅尔清：《印刷的世界：书籍、出版文化和中华帝国晚期的文化》，载《史林》，2008(4)。

③ 对跨国文本流通的研究，包括对来华传教士翻译与著述文本的西传、西方19世纪初以来印刷工艺输入对中国传播业的影响、早期美国意象主义运动引发的东方文本的跨太平洋移位等的研究，其中有些也颇涉文本与文论问题，限于篇幅，暂搁置不述。

国的出版与印刷文化"(Publishing and the Print Culture in Late Imperial China)收入了罗杰·夏蒂埃(Roger Chartier)、贾晋珠、包筠雅、卜正民(Timothy Brook)、周启荣、白恺思(Chtherine M. Bell)撰写的 6 篇文章①,可看作北美汉学家引入新的视角,并借助集体的力量来推动传播学研究的起锚之举。1998 年,包筠雅牵头举办了一次以出版传播为主题的会议。许多与这一议题研究相关的学者都参与其内,进一步推动了该领域的进展(稍有遗憾的是,这次会议的论文集直到 2005 年才正式面世)。② 在此之后,各种精深的研究叠相生发,触及与之相关的诸多层面,以英语写作并陆续出版的代表性著作有贾晋珠的《印刷的利润:福建建阳的商业出版者(11 世纪至 17 世纪)》(*Printing for Profit: The Commercial Pulishers of Jianyang, Fujian*[11*th-17th Centuries*])③,周启荣的《中国近代早期的出版、文化与权力》(*Publishing, Culture, and Power in Early Modern China*)④,周绍明(Joseph P. Mcdermott)的《书籍的社会史:中华帝国晚期的书籍与士人文化》(*A Social History of the Chinese Book: Books and Literati Culture in Late Imperial China*)⑤,包筠雅的《文化贸易:清代至民国时期四堡的书籍交易》(*Com-*

---

① 参见 *Late Imperial China*,Vol. 17,No. 1,1996. 除一篇译自法国学者夏蒂埃所撰的序言之外,其他北美汉学家的文章均是对中国本土书籍传播等的具体研究,如贾晋珠的"The Development of the Jiangyang Book Trade",包筠雅的"Commercial Publishing in Late Imperia,China:The Zou and Ma family Businesses of Sibao, Fujian",卜正民的"Edifying Knowledge:The Building of School Libraries in Ming China",周启荣的"Writing for Success Printing, Examinations, and Intellectual Change in Late Ming Ching",白恺思的"'A Precious Raft to Save the World':The Interaction of Scriptural Traditions and Printing in a Chinese Morality Book"。

② 参见 Cynthia J, Brokaw and Kai-wing Chou(eds.), *Printing and Book Culture in Late Imperial China*,University of California Press,2005. 包筠雅在此领域的研究所起的导引性作用值得注意,其理论见解参见该书所载论文 "On the History of the Book in China"。

③ Lucille Chia, *Printing for Profit: The Commercial Publishers of Jianyang, Fujian*[11*th-17th Centuries*], Cambridge, Harvard University Asia Center, 2002.

④ Kai-wing Chow, *Publishing, Culture, and Power in Early Modern China*, Stanford University Press, 2004.

⑤ Joseph P. Mcdermott, *A Social History of the Chinese Book: Books and Literati Culture in Late Imperial China*, Hong Kong University Press, 2006.

第二章　分期与范型　　　　　　　　　　　　　　　　　　　　　　　　　　87

merce in Culture：The Sibao Book in the Qing and Republican Periods）①，英国学者蒂莫西·巴雷特（Timothy Hugh Barrett）的《发现印刷术的女人》（The Women Who Discovered Printing）②等。也有一些学者，如芮哲非（Christopher A. Reed）、季家珍等人，更将注意力集中于对近现代以来的书籍与报刊等传播介质的勘察③，马兰安（Anne Mclaren）、包筠雅等人对传播环节的后端，即阅读经验与"阅读大众"做了饶有意味的探索。④ 尽管这些研究相当注重实证方法的采用，考据功夫做得很细，由此而发掘出了大量曾被掩蔽的史实，但以这些学者所采用的叙述框架来看，已非所谓的客观研究能够涵括，而是不同程度地表现出较强的理论意识，即借助于文化研究及传播理论的一些新观念来重构史实，树立起阐释的新方向。这也多在作者为自己著作所撰的序言及一些相关论文中做过交代。

　　这种渐次展开的思路，当然会波及一般意义上的文学研究，并进而

---

① Cynthia Joanne Brokaw，Commerce in Culture：The Sibao Book in the Qing and Republican Periods，Cambridge，Harvard University Asia Center，2007.

② Timothy H. Barrett，The Women Who Discovered Printing，Yale University Press，2008.

③ 参见 Christopher A. Reed（芮哲非），Gutenberg in Shanghai：Chinese Print Capitalism，1876-1937，The University of British Columbia Press，2004. 该书曾获第四届亚洲学者大会（the International Convention of Asian Scholars）"最佳亚洲人文科学研究奖"。季家珍在这方面发表了大量论文，并有专著《印刷与政治：时报与晚清政治改革中的文化问题》（Print and politics：'Shibao' and the Culture of Reforming Late Qing China，Stanford University Press，1996)等。目前，芮哲非正与方秀洁等人共同主持一个重大项目"中国通俗报刊研究的新路径：性别与文化生产"（A New Approach to the Popular Press in China：Gender and Cultural Production，1904-1937）。另如对传教士与近代中国出版业之间关系的研究、女性身份重构与近代报刊关系的研究，以及新兴媒介与近代大众政治关系的研究等，近年均受到汉学界的积极关注。

④ 包筠雅的论文见 Cynthia J, Brokaw，"Reading the Best-Sellers of the Nineteenth Century：Commercial Publications from Sibo"，Cynthia J, Brokaw and Kai-wing Chou(eds.)，Printing and Book Culture in Late Imperial China. 马兰安关于阅读与读者的论文有 Anne Mclaren，"Constructing New Reading Publics in Late Ming China"，ibid；著作有 Anne E Mclaren，Chinese Popular Culture and Ming Chantefables，Leiden，Brill，2001. 当然，涉及阅读问题的研究还有许多，如何谷理、魏爱莲、周启荣等人所做的研究。

影响文论阐释的方向。从文本传播的意义上看,一方面,鉴于"文学"概念在传统语境中的泛化状况,因此有时不易将之从各种混杂的文本或文类中区分出来;另一方面,文学的传播一直也是明清以来出版的大宗,并很深地介入到整个出版、印制与阅读等活动过程中。既然如此,上述的这些著作也多将文学传播的内容包含在内。当然,从现代的学科界义来看,也可做适当的分疏。由此可以看到,在 20 世纪 90 年代之后的美英汉学中,在"文学"这一名义下所进行的研究也是十分丰富的,并与整个思潮相一致,表现出了以新的理论视野梳理文学经验的取向。其中,高彦颐便是最早涉入这一话题的学者。在 1994 年出版的《闺塾师》中,她就在首章大篇幅地探讨了晚明以来出现的繁荣的出版业对构成"阅读大众"所起的作用及二者的互动关系,从而将女性读者与作者彼时的激增、"才女文化"及文学交际圈的构成,置于这样一个大的背景中来考量,由此摆脱了传统的就文本分析文本的旧式。在此之后,将"文学"置于传播方式中予以探察的各种研究开始蔚兴,萨进德(Stuart H. Sargent)在 20 世纪 90 年代中期从手写、印刷技术等出发对宋词特征所做的探索即为一例。① 魏爱莲也是较早关注文学与传播关系的学者,撰有大量这方面的论文,如《杭州和苏州的还读斋:17 世纪出版活动研究》(The Huangduzhai of Hangzhou and Suzhou: A Study in Seventeenth Century Publishing)②。她的近著《红颜与书籍:中国 19 世纪妇女与小说》(The Beauty and the Book: Women and Fiction in Nineteenth-Century China),从其擅长的女性主义研究入手,结合对几种小说(包括弹词)创作、接受、传播的分

---

① 参见 Stuart H. Sargent, "Context of the Song Lyric in Sung Times: Communication Technology, Social Change, Morality", Pauline Yu(ed.), *Voice of the Song Lyric in China*, pp. 226-256.

② Ellen Widmer, "The Huangduzhai of Hangzhou and Suzhou: A Study in Seventeenth Century Publishing", *Harvard Journal of Asiatic Studies*, Vol. 56, No. 1, 1996. 译成中文的论文有[美]魏爱莲:《缺乏机械化的现代性:鸦片战争前夕小说形态的改变》(Modernization without Mechanization: The Changing Shape of Fiction on the Eve of the Opium War), 载《浙江大学学报(人文社会科学版)》, 2010(2)。

第二章　分期与范型

析，考察了17—19世纪女性作者与读者、印刷文化之间的关系。① 儒莲奖获得者何谷理（Robert E. Hegel）撰有《中华帝国晚期插图小说的阅读》（*The Beauty and the Book*：*Women and Fiction in Nineteenth-Century China*）②，从一个新的角度重构了清代小说文本的生产与阅读的意义。何谷理对小说插图的研究也明显受到当时流行的"视觉文化研究"的影响，柯律格（Craig Clunas）等人都曾从这一理论基点出发，探索各类出版物中出现的图文现象与商业消费之间的关系等。③ 而上述周启荣的著作，虽然标题显示的是对一般出版状况的讨论，但这种状况事实上又被他界定为一种"文学的公共空间"（literary public sphere）、"文学社会"（literary societies）、"文学文化生产"（the production literary culture）的场域。④ 这种把握当然也是与当时相当泛化的文学观念对接的，而作者也正是在这一语义范畴下来讨论晚明时期日益扩张的商业出版、文学精英群体与帝国国家政治权力之间的对话与协商关系的。另如叶凯蒂（Catherine Vance Yeh）等人的研究，也涉及晚近以来的同类话题，即新兴媒介报纸、杂志、广告等对文学场域的重塑⑤，不一而足。

---

① 参见 Ellen Widmer，*The Beauty and the Book*：*Women and Fiction in Nineteenth-Century China*，Harvard University Asia Center，2006.
② Robert E. Hegel，*Reading Illustrated Fiction in Late Imperial China*，Stanford University Press，1998.
③ 柯律格这方面的研究，参见 Craig Clunas，*Pictures and Visuality in Early Modern China*，London，Reaktion Books，1997，中文版参见［英］柯律格：《明代的图像与视觉性》，北京，北京大学出版社，2011；Craig Clunas，*Empire of Great Brightness*：*Visual and Material Cultures of Ming China*，*1368-1644*，London，Reaktion books，2007. 另一种与此论题相关的有意思的著作是 Hsiao Li-ling（萧丽玲）所撰《永存现今的过去：万历年间的插图、戏剧与阅读》（*The Eternal Present of the Past*：*Illustration*，*Theater*，*and Reading in the Wanli Period*，1573-1619，Leiden，Brill，2007）。两书均涉及晚明时期的阅读经验问题。
④ 对这些概念的论述，参见 Kai-wing Chow，*Publishing*，*Culture*，*and Power in Early Modern China*，"Introduction"，"Conclusion"。
⑤ 参见 Catherine Vance Yeh，*Shanghai Love*：*Courtesans*，*Intellectuals*，*and Entertainment Culture*，1950-1910，University of Washington，2006. 中文版参见［美］叶凯蒂：《上海·爱：名妓、知识分子和娱乐文化（1850～1910）》，北京，生活·读书·新知三联书店，2012。

除了汉学家密集投视的明清时代，即为他们充分概念化了的所谓"中华帝国晚期"之外，唐宋及更早时代的文学传播特点，尤其是"前印刷时代"的"写本文化"（Manuscript Culture，"手抄本文化"）现象也引起了一些学者的关注。其中，宇文所安的一些讨论起到了引领风气的作用。在他看来，在印刷术发明或普及之前，口传与抄写是记录下创作的主要手段，但是由于无法判断"原本"的形态，因此异文与变体事实上便是文本的常貌，文本也因而不是一劳永逸的事实，而是始终处于流动状态中的。① 沿着这样的思路，不少学者对抄本现象做了深入的阐释与发掘，比如田晓菲（Tian Xiaofei）所撰的《尘几录：陶渊明与手抄本文化研究》（*Tao yuanming & Manuscript Culture：The Record of a Dusty Table*）②、倪健（Christopher M. B. Nugent）所撰的《发于言，载于纸：唐代中国的诗歌制作与流播》（*Manifest in Word, Written on Paper：Producing and Circulating Poetry in Tang Dynasty China*）③等，均是近年问世的该方面研究的力作。它们借助具体的研究阐发了由手抄本文化引起的大量理论问题，从而对既有的文学史研究模式形成了不可回避的冲击。④

从以上绍述可以看到，汉学界对文学的理解被再次理论化了，即借助于传播理论，同时也是文化研究理论所提供的新的视角，将"文学"置于更大的流通场域中，从而视之为由一条持续循环的活动链建构的产物，而不是像前一阶段那样提前地将文学文本假想为封闭的、不可变动的意

---

① 宇文所安对这一问题的论述见于多种材料，一个比较集中的解释，参见［美］宇文所安：《中国早期古典诗歌的生成》，"序言"，北京，生活・读书・新知三联书店，2012。另，也可见其"Manuscript Legacy of the Tang：The Case of Literature"，*Harvard Journal of Asiatic Syudies*，Vol. 67，No. 2，2007。

② Tian Xiaofei，*Tao yuanming & Manuscript Culture：The Record of a Dusty Table*，University of Washington Press，2005. 中文版可参见田晓菲：《尘几录：陶渊明与手抄本文化研究》，北京，中华书局，2007。

③ Christopher M. B. Nugent，*Manifest in Word, Written on Paper：Producing and Circulating Poetry in Tang Dynasty China*，Harvard University Asia Center，2011。

④ 也可参见艾文岚对唐传奇不同版本的比较研究等，如 Sarah M. Allen，"Tales Retold：Narrative Variation in a Tang Story"，*Harvard Journal of Asiatic Syudies*，Vol. 66，No. 1，2006。

义之源。随着这种视野的展开，也必然会涉及诸如文化工业、印刷资本主义、意识形态、技术制度、社会身份、阶级分层、阅读大众、殖民旅行等一系列文化研究的理论分析概念。所有这些都与某种确定的"观念史"一起，被看作在文学的"制造"过程中有着超乎寻常的意义与作用。当然，这也将有别于一般性的理论阐释。汉学研究主要还是将这些理论融合在对史实的考察之中，将理论与史实安置于相互证明、相互生成的关系中的。

另一方面，大量的批评性或评述性话语史料也被重新调动出来，置于话题的演绎与论证过程中。这大致可以分为几种情况。第一种情况是，在新的传播话题下将某一确定的文论题材作为直接研究的对象。在近期的英语出版物中，王宇根（Wang Yugen）所撰《万卷：黄庭坚与北宋晚期诗学中的阅读与写作》(Ten Thousand Scrolls: Reading and Writing in Poetics of Huang Tingjian and the Late Northern Song)①大致可归入此类。该书围绕宋代印刷术对阅读与写作的影响，对黄庭坚的"诗法"论进行了新的探索。撰者以为，黄氏的诗学主张其实是基于印刷术导致的书籍的大量增长而提出来的一个新的问题。

第二种情况是，围绕传播的主题所进行的研究虽然不是一个整体对应的文论对象，但却是将文论——在传统的语境中事实上更可称为各种"评论"性的语言——视为文化传播的一个相当核心的塑造功能来加以处理，周启荣所著的《中国近代早期的出版、文化与权力》即属此类研究的典范之作。在这部著作中，周启荣在审视新一代文人的写作与出版的过程中，集中探索了作为晚明商业出版物的多样化"评注"（commentaries，主要是针对"四书集注"的）是如何对官方钦定的解释形成挑战的。他认为正是这些"副文本"（paratext）的大量生产，并成为科举考试中炙手可热的用书，改变了主导意识形态的解释方向；进而，也由于职业批评家在晚明时期的兴起及参与到各种民间出版之中，尤其是通过撰写序言、评注、

---

① Wang Yugen, *Ten Thousand Scrolls: Reading and Writing in Poetics of Huang Tingjian and the Late Northern Song*, Harvard University Asia Center, 2011.

点评等，促使文学权威逐步从政治中心转移到由商业市场所构建的社会空间。周启荣由此认为，过去的文学史与批评史研究尽管都积极地讨论过明中期以后的各种文学批评流派，如复古派、公安派、竟陵派、唐宋派等，但同时又都忽视了这些流派与文学领袖在科举考试与商业出版中扮演的重要角色。通过新一轮的考察（有专门的列表说明），我们可以发现，随着时代的推移（从嘉靖到万历后），不仅批评家参与出版的频率在不断提高，而且不同的批评流派也会在很大程度上主导当时的大众出版趣味，并对科考的技术、风格与思想等的取向起到显在的引领作用。①

第三种情况是，在对文学传播的某一话题的研究中，评论性或批评性的史料多数是作为一种论证的依据被引述的。这些评述性话语源于各种诗话、序跋、题记、凡例（编辑体例说明）、文章、评注、批注（行间注和页下注）、评点、哲学著作，甚至于诗文与史著等。② 这些做法在上引的汉学新著中是十分普遍的，以至于常与对文学史文本的考察一起，共同支撑起一个相对完整的话题叙述。但是这些混成性的评论或批评话语的使用一般都不是现成获取的，而是由于新话题的出现，才使得大量非常见性的，甚至非标准化的批评性史料得以被重新发现，并围绕一个新的论述重心被拢聚在一起。另有一种情况虽然不一定必然与批评性史料密切相关（当然也会涉及），但也值得一提。这便是对隐藏在某类文本生产活动中的观念模式所进行的研究。这些观念模式也可称为"编辑方针""编辑理念"等，是由各种批评意识组成的。既然如此，通过对这些编辑

---

① 关于对"副文本"的考察，参见《中国近代早期的出版、文化与权力》第三章，对职业文学批评家在一般出版市场与科举出版市场中的作用的考察，可参见上书第四章，但交叉论述的情况也很常见。

② 梅尔清在对英语国家 20 年来的印刷史研究的综述中也注意到其他一些表现。例如，她发现一些研究图版的汉学家们也会关注图文间的关系，这些与图像共生的文字也属于批注的范畴。他如马兰安在"Constructing New Reading Publics in Late Ming China"一文中，借助对序言与点评在修辞性用语方面的变化来考察大众阅读社会的形成过程。[美]梅尔清：《印刷的世界：书籍、出版文化和中华帝国晚期的文化》，载《史林》，2008(4)。

思想与策略等的剖析，便可揭示出蕴藉其中的特定时期与编者的批评观。① 当然，如果从规范化的文论概念出发，这种研究所包含的理论取向相对要弱一些，如田晓菲的所撰《尘几录》。

总起来看，并借助以上这些描述，我们似乎又再一次遭遇同样的问题，即文论是怎样在当代的研究进程中被重新表达与塑形的。至少我们所能看到的是，"文论"这一自20世纪60年代开始成为一代时尚的概念，在这一逐渐成型化的新研究模式中，已经变得越来越不确定了。这与整个后学科、后理论试图消弭各种人为强化的界限的理路或趋势，也有所关联。

当然，目前对明清时期传播状况的研究也还是存在一些缺口，这是因为学者们更多地将目光投诸更为机制化的印刷与出版等环节。而事实上，除了那些整体性较强，同时也便于成书的文本（尤其是小说戏曲、科举指南、史学著作等）之外，许多在思想史、文学史、批评史上产生重大影响的篇章（如书信、赠序、志铭、题记、论文，以及许多诗歌等），在一开始仍是多以单篇与零散的手写方式出现的，故也常常在较小的规模中被传看。正如我们所知，大量的微文本（小型篇章）均是在撰者晚岁或去世之后才被结集并印刷成册的。这也可称之为"机制化之前的传播形态"。因此也需要相对顾及此类文本的传播特点，将它的流播落实到对更为具体的时地等要素的考察，不只是笼统地将印刷与出版文化视为"传播帝国"的唯一形式，以致忽视这一时期文化生产与循环的多层次性。

（三）书写理论

"书写"（writing），虽然是一个再平常不过的用语，但将之作为一个理论命题予以聚焦性的阐述，进而在植入大量新的含义后被整合至当代主流知识话语之中，当首先归功于法国文化理论学派的工作。早期学者

---

① 国内学者对这一问题在理论上所做的一些阐释，可参见王兵：《清人选清诗与清代诗学》序，黄卓越撰，北京，中国社会科学出版社，2011。

巴特、德里达、德·赛都（Michel de Certeau）等人，均在自己的著作中对"书写"（écriture）做了超出常义之外的解释，并视之为一种能够对思想史、观念史施予重大影响的编码活动。仅以上述学者的论述来看，大致而言，至少包含三种有所差异的思考方向：一是将书写视为一种携有根源性意义的、形式化伦理的表征方式（巴特）；二是用书写来对指与表音意识形态相别的一种更具心灵自主性的铭记方式（德里达）；三是将书写看作被以特定的方式组装起来，从而也会给外部世界秩序的运行予以赋权的"神话"模式（德·赛都）。虽然这几个方面的用义有所不同，但又均在各自的论述中将书写这一概念涂抹上了鲜明的"文化政治"底色。这固然与法国 20 世纪中叶伊始的理论风尚有密切的关系。

与之相随，书写的概念被快速地接引至诸如民族志、后殖民等自反性研究之中，也渗入了此期在各领域中出现的向识字史、写作史、印刷史、阅读史、书籍史、翻译史等转向的潮流中。以后者为例，夏蒂埃、威廉·哈里斯（William Harris）、罗萨琳德·托马斯（Rosalind Thomas）、亨利·马丁（Henri-Jesn Martin）、布莱恩·斯托克（Brian Stock）、沃尔特·奥恩（Walter Ong）等人，在对西方古典与中世纪等时期相关活动与事件的考察中，便颇涉"书写"的概念，由此而渐次垦拓出新的研究空间。

就以上而言，尚能发现一个从理论向历史楔入的步骤，即以理论为先导，逐渐渗透到历史研究的多个分支领域。而理论与历史的接合又形成了互为受益的效果，恰如后来发生的一系列事实所显示的，在理论神启式地点亮了历史的探寻之路时，历史也在大幅度地修订、充实、改装着理论的法则，并以无穷延异的方式为书写的概念填充丰厚的含义。

正是受到以上这些趋势的影响，在当代英语世界，尤其是美国的汉学领域中，约自 20 世纪 90 年代初始，以"书写"为名的著述乍然增多，尤其是将这一概念挪用、结合到对中国传统文献与文本的考察中，试图借助于这一新的概念化工具重新诠解中国文化构成的特征。相对于 20 世纪 90 年代以来随"文化转向"而出现的其他新的研究多集中在"晚期中华帝国"的历史变迁，以探索独特的现代性展开进程，汉学界对书写史的研究则一般多偏向于以"早期中国"（Early China）为主要的分析对象，并试图凭借这一与西方世界有着较大差异的历史语境,从异文化的起源处来重新鉴别书写的功能与特点,扩充对书写含义的多样化认识。

当然,如从中国的传统表述来看,书写的概念其实早已有之。诸如泛义上的"文"也属书写概念的题中之意,或倒过来看也一样,因此,也可在此意义上将之归入文论史的论述范畴。书写研究与文论研究的关系,也可从"书写"与另一文论概念,即"文本"之间难以驳分的关系中得到明证,因为我们在绝大多数情况下的确无法脱离文本而讨论书写。关于这点,艾布拉姆斯等人所编纂的《文学术语辞典》,便是将"text and writing"放置在同一个词条中来注解的。[①] 这自然与受到新的学术走势的影响有关,从而不仅印证了文本与书写两概念实际存在的某种孪生关系,进而也将文本化(textualization)看作书写的一个操持过程与结果。而取"书写"与"文本"的并置,也就打开了文本理论原有的设限,更新了文本研究的含义。在这个意义上,书写或为其带动的文本的概念均具有跨文类的属性,已不再为狭义的文学概念所限定,因此也可为文化人类学、新史学等研究所共享。而对之的探索或理论描述也就自然与具有更大包容性的文化理论交融在了一起,并导向一种泛文论的趋向。[②]

从总体过程来看,后知识语境下的书写与书写史研究,一方面会不断地征用各种当代文化理论,如文化传播学、解构主义、权力理论、新历史主义等成果,以扩展自己的话语容量;另一方面在美国汉学中,一个比较明显的趋势则是会承继那些传统学科研究的轨迹,比如接续

[①] 参见 Meyer Howard Abrams and Geoffrey Galt Harpham(eds.), *A Glossary of Literary Terms*, Wadsworth Publishing, 2009, pp. 364-365.

[②] 关于这点,参见克利福德、马库斯的《写文化:民族志的诗学与政治学》一书的多处论述。克利福德和马库斯认为,如果将人类学成果看作一种"写作"("文本化")的话,那么,毫无疑问,它势必会借助于当代文学批评的基本话语。马库斯还提到,这种"文学理论"的一个主要驱力,"便是将文学批评转化进一种具有更大包容面的文化批评"。参见 James Clifford and George E. Marcus(eds.), *Writing Culture: The Poetics and Politics of Ethnography*, University of California, 1986, p. 262. 关于历史学研究的文论化或泛文论化取向,参见林恩·亨特的论述(Lynn Hunt, *The New Cultural History*, "Introduction", University of California, 1989, pp. 1-22)。

长期以来汉学领域中有关中西比较语言学、文字学等的研究与话题论争，并将传统文献学、注释学、版本学，当然也包括将狭义文学与狭义史学研究等学科发展中原有的议题兼容在内，进而通过将历史重新概念化的方式，引申出一个新的，同时也是边界并不十分确定的学术话域。当这些研究共同簇拥与纠缠在书写的概念之中，或机遇性地与书写的概念发生邂逅之时，我们似乎也看到了某种向"大汉学"回返的征兆。就特定的学科而言，在这一潮流的冲击之下，20世纪90年代之前通行的那种专门化的文论研究已陷入更深的危机之中，并逐渐地撤离到人们的视线之外。

这无疑是一个值得关注的现象。基于此，本文希望以此概念为聚焦的中心，从近年汉学研究浮现的多种研究材料中抽绎出一些近似的议题，并通过较为系统的梳理，呈现出在书写的名义或意识下所展开的新的努力。

1."文本"与"权威"

从总的趋势来看，在书写或书写史的话域之中，尚难确定是谁铲出了最初的那把新土，我们宁愿将之看作一个渐次性递进的过程。其中，尤其需要关注的还是在传统学科研究中发展起来的某些意识，有时也会为下一步的探索搭建出渡越的津梁。就较早的情况而言，值得一提的是鲍则岳（William G. Boltz）的研究。鲍则岳1994年出版了《中国书写体系的起源与早期的发展》（*The Origin and Early Development of the Chinese Writing System*）一书，其标题已明确地将"书写"的概念囊括其中，尽管内文看似主要讨论汉字的早期情况，但意图却是将汉字视为书写的呈示方式来加以思考的，并非受限于传统语言学的研究范围。这项研究当然是基于大量的实证性考察，但仍裹挟了一些明显的理论上的冲动，呈现出向新范式移进的痕迹。其中，至少有两个方向的论述具有示范性意义。一是，汉字的书写属性究竟是否可归为"表意性"（ideographic）的范畴，从而可将这一前殖民时期十分流行，并争论不休的命题重新置于后殖民的言说语境中加以重估。① 从后来的研究看，这一视角也辐射到了相继发生的口语与书写语关系的历史争论上，并与这些争论一起激发了从语言、字词等所谓的"语文学"(phiology)的角度重新考察汉语书写问题的热情。二是，也是更具启发意义的是，鲍则岳将汉语书写变化的一个重要参照点置于秦汉时代，提出了秦汉时代其实是汉字同时也是汉语书写被重构(reformation)，进而被标准化(standarization)的关键时期。"《说文解字》便是在秦始皇时期帝国的政治统一之后，由李斯启动的为了使书写标准化而施行的正字法改革的终极成果。"②虽然还不能孤立地来看待这一问题，但汉字的标准化毕竟透露出秦帝国所实施的统一化努力的一个基本方向③，由此而使这一重塑活动镌刻上了国家权力意志的鲜明属性。这样的推理路线，自然将"内部研究"与"外部研究"再次挂连到一起。④

---

① 有关于此，鲍则岳表示他偏向于杜邦索(Peter S. Du Ponceau)与卜弼德(Peter A. Boodberg)的看法，认为将汉语仅仅看作以"观看"为主、与声音无关的图像表意文字是一种幼稚的看法，而赞同汉字与其他任何语言一样，只是一个呈示声音的图标设置，是视觉、听觉与意义的组合体。据杜邦索的看法，从形态上看，中文与西方拼音文字的区别在于，前者使用的是"Characters"(字符)，而后者使用的则是"letter"(字母)。参见 William G. Boltz, *The Origin and Early Development of the Chinese Writing System*, American Oriental Society, 1994, pp. 1-9. 杜邦索对汉字的论述可参见其《汉字的字符及其特征》(*A Dissetation on the Nature and Character of the Chinese System of Writing*, 1838)一书。与杜邦索、卜弼德意见一致的还有德范克(John DeFrancis)，参见 John DeFrancis, *The Chinese Language: Fact and Fantacy*, University of Hawai'i Press, 1984. 鲍则岳曾专门撰文推重德范克此著。从话语的设置上看，鲍则岳似并未明确涉入后殖民主义问题的讨论，但正如康奈利在评论鲍则岳的研究时所指出的，普遍主义的语言理论以及语文学与当时的欧洲殖民主义是有关联的，参见 Christopher Leigh Connery, *The Empire of the Text: Writing and Authority in Early Imperial China*, Lanham, Rowman & Littlefield Publisher, Inc., 1998, pp. 33-34.

② William G. Boltz, *The Origin and Early Development of the Chinese Writing System*, p. 156.

③ 参见 William G. Boltz, *The Origin and Early Development of the Chinese Writing System*, p. 157.

④ 这也是鲍则岳自觉设置的两个主要分析层次，前者关及"物质材料"(material)，后者关及语言本体(linguistic)。参见 William G. Boltz, *The Origin and Early Development of the Chinese Writing System*, pp. 9-10.

对文本"权威"或权力作用的考察,在鲍氏后来的论述中也是相当重要的一个维度①,并且引起了汉学界的积极关注。在 20 世纪 90 年代最后几年出现的两部著作,几乎不约而同地将"书写"与"权威"的概念标目在书名中,即 1998 年出版的由康奈利(Christopher Leigh Connery)撰写的《文本的帝国:早期中华帝国的书写与权威》(*The Empire of the Text: Writing and Authority in Early Imperial China*),1999 年为陆威仪(Mark Edward Lewis)撰写并出版的《早期中国的书写与权威》(*Writing and Authority in Early China*)。由此,我们也可以看到这一时期书写史研究的一种观念走向。

陆威仪在 20 世纪 90 年代初撰有《早期中国的合法暴力》(*Sanctioned Violence in Early China*)②一书,提及中国战国时期发生的权威过渡或转换的问题,即所谓的"弓箭到文本的历史",以为这是与从以世袭为基础的血缘契约而至以法律为约束的国家体制演化相一致的过程,进而导向一种身体仪式的"文本化"。但是作者并未对"文本"的概念进行必要的分析、限定与展开。③ 此后,或是受到新的学术理念的影响,陆威仪开始将自己的研究投聚于对文本演变与政治作用的关系上,随后出版的《早期中国的书写与权威》一书即在此方面所做的一项较大规模的实践。陆威仪对研究的目标先有一个限定,即关注的仅是在国家与社会层面上如何制造与运演权力的那些文本类型,在这一可控的范围内检测各种群体所扮演的角色。在他看来,目前西方有关书写与权力的理论,基本上都可用于对战国时期"权威转换"的观察。通过对诸文本及其用义与功能的探索,

---

① 尽管这一提法在英美汉学界并非鲍则岳首创,但由于其突显式的阐述,及对决定文字与书写变化的内在构成的深入揭示,因此从西方当代的汉学研究系脉上看,仍有特定的意义。

② Mark Edward Lewis, *Sanctioned Violence in Early China*, State University of New York Press, 1900.

③ 关于这个问题的评论,参见 Christopher Leigh Connery, *The Empire of the Text: Writing and Authority in Early Imperial China*, pp. 10-11.

第二章　分期与范型

人们可以发现，这一时期书写的一个最为重要的作用，便是在文本中创造出一个"平行的现实"，并声称这是一个完整的世界。① 随着秦汉时期国家统一，在"前帝制时期"被普遍信赖的征战原则与思想独立传统均遭到明显的削弱，书写上的一致性至汉武帝时期达到了巅峰。从书写者身份位置的替换看，此时出现了一种兼具官僚与教师双重身份的，同时也为体制所收编的新一代精英。一方面因为经济上的依附，另一方面也多少出于内心的真诚，"国家"成为他们进行文本书写的最为权威与卓著的样式，而学术性的书写也开始沦为制造财富与名望的机器。陆威仪的研究涉及多种文类，如行政文献、诗赋杂文、哲学论著、史学著述、政治散论、历法舆图、百科全书等，而这些也都可以用泛义的"文学"或"文学文化"的概念加以括述。② 这一共名当然有独特的意义，除了含有对传统的有关"文学"的概念的重新调用之外，更在于就作者看来，这些文类尽管体例不一，然而却通过书写（"去自然化"），共同为构制出一个史无前例、包罗万象并跨越多个世纪的"世界帝国"提供了想象性认知。同时，这也是一种反事实性的模式。③ 陆威仪最后还引用了博尔赫斯小说中关于"Uqbar"的描绘来说明他的寄意，即汉代书写所建构的这段历史，就像在一部冒名的百科全书中才能查阅到的虚幻之地"乌克巴尔"一样，不过是一个假想性的"文本之梦"。④ 陆威仪的论说也隐在地涉及对文学与史学两种传统设定的书写边界的质疑，因此也与其他学者在另一分支话题上所展开的问题串联到一起。很显然，后一方面的讨论在北美汉学界

---

① 参见 Mark Edward Lewis, *Writing and Authority in Early China*, State University of New York Press, 1999, pp. 3-4.

② 参见 Mark Edward Lewis, *Writing and Auhtority in Early China*, p. 361. 这个概念的使用也可参见陆威仪《早期中华帝国：秦与汉》(Mark Edward Lewis, *The Early Chinese Empires: Qin and Han*, Harvard University Press, 2007)第九章中有关"文学"的描述。

③ 需要指出，这样一种观念明显受到了德·赛都关于"书写神话"思想的影响，同时也与海登·怀特的后现代历史叙述学的见解趋同。德·赛都的论述，参见 Michel de Certeau, L'écriture de L'histoire, Gallimard, Chapter 1, 1975.

④ 参见 Mark Edward Lewis, *Writing and Autority in Early China*, pp. 363-365.

一直也是很活跃的。① 另如史嘉柏（Daivd Schaberg）在其所撰的《模式化的过去：早期中国历史编纂学中的形式与思想》(*A Patterned Past: Form and Thought in Early Chinese Historiography*，2001)以及其他一些文章中，也阐述了类似的看法，并对早年在抒情传统研究中提出的直呈式结论进行了质疑。②

康奈利的著作，聚思于一种政治表象的构建方式，不仅涉及对西方当代书写史/文本史研究多种著述的评价，更涉及对多种后理论资源的借鉴。书名中揭出的"权威"一语，按其所述，大致类似于"霸权"（霍尔）、"权力"（福柯）的概念，也可与"意识形态"（阿尔都塞）的概念相互替指③，甚至也可用"主体性"的概念附述之。而作者也是怀有这种高度的理论意识谋划自己的著作的，故比之于陆威仪一书，会更多地在叙述中凸显被有意强化了的文论色彩。康奈利的研究同样集中在秦汉书写方式转型的问题上，然仍与陆威仪主要从国家权力变更、政治身份移位的角度考察这一转型有所不同，康奈利更倾向于将文本书写看作帝国权威构成的一个逆向性的动因。关于这点，著者认为可从多个角度加以论证。首要的当然是作为书写介质的统一化。例如，现在所说的"文言文"(literary Sinitic)便是秦汉帝国文化一体化政治的产物之一，除了字形以外，文言文也包含一整套词汇、句法、文类（子类）等的规范性习则。很显然，文言文的词语并不是与体验所试图表达的对象相应的，然而其书写规则却预

---

① 这方面稍早的讨论也可参见王靖宇、倪豪士等人关于中国叙事"虚构化"的论述，后期的研究注入了更新的理论视野，其讨论也更整体化了。有些论述也可参见 Christina Shuttleworth Kraus(ed.), *The Limits of Historiography: Genre and Narritive in Ancient Historical Texts*, Leiden, Brill, 1999.

② 参见 Daivd Schaberg, *A Patterned Past: Form and Thought in Early Chinese Historiography*, Harvard University Asia Center, 2001; Daivd Schaberg, "Song and Historical Imagination in Early China", *Harvard Journal of Asiatic Studies*, Vol. 59, No. 2, 1999. 与史嘉柏等人的观点相近，柯马丁(Martin Kern)也有一些关于历史的诗学性建构的讨论，参见［德］柯马丁：《汉史之诗：〈史记〉、〈汉书〉叙事中的诗歌含义》，载《中国典籍与文化》，2007(3)。

③ 对阿尔都塞与福柯理论的阐释，参见 Christopher Leigh Connery, *The Empire of the Text: Writing and Authority in Early Imperial China*, pp. 24-27.

第二章　分期与范型

先提示了表达的内容，因而带有法典性与强制性的效果。① 尽管秦汉在大一统的威权格局中也保留了自战国时期延续而来的地方传统的多样性，比如存在各种口语与方言，但是在书写语言之中，目前唯一被发现使用的却仅仅是文言文。其次是汉代出现了为官方意志所主导的，同时也是高度发达的编辑系统，以致我们能够看到在对经典的构造与意义转化的背后，实际上会存在一套特定的叙述法则与特殊的意识形态，以权威的方式指导着其他各种书写活动（比如"纯文学"的书写②）。从传播的视野上看，帝国的实践便常常依赖于这种文本的循环，使得权威自身能够在这组文本转换的线路上获得授权，并借此造成一种"文本整体性"的效果。以同样的逻辑推断，汉代的"士"阶层虽然也可看作由社会地位构成，并且是文本书写的主体，但是由于他们对文本官僚政体的隶属，因此还是更适合将之看作文本政体(textual regime)的一种"效果"(effect)。③ 如此一来，在过去的文学研究中流行的所谓社会与政治对主体具有决定性意义的主张，便由于插入了一个新的中介而发生了程序上的偏转，即更偏向于被认为是文本的权威（及生产这些文本的机制）构建出了作者所谓的主体性。与之相关，康奈利也会不断强调："文本性并不是一个表征社会的工具，它自身便是表征的权威。"④因此有必要超越传统认为的"它是那样"的解释，而取向一种"去自然化"的解释。

　　上述学者聚焦的这一"权威"论题，还将在这一时期有关书写的其他研究中被不断触及。这些研究自然依托于丰富的史料，所涉议题也不限

---

① 在它处，康奈利又写道："我希望强调一下我的观点，即文言文的文本权威性并不在于它是某种说出'真实'的语言，而是它作为语言学上的权威，是通过组成元素的相系方式，内在地被构造出来的。"Christopher Leigh Connery, *The Empire of the Text*: *Writing and Authority in Early Imperial China*, p. 19.

② 关于"纯文学"的书写，参见 Christopher Leigh Connery, *The Empire of the Text*: *Writing and Authority in Early Imperial China*, pp. 141-170.

③ 参见 Christopher Leigh Connery, *The Empire of the Text*: *Writing and Authority in Early Imperial China*, pp. 99-107.

④ Christopher Leigh Connery, *The Empire of the Text*: *Writing and Authority in Early Imperial China*, p. 14.

于以上的简短绍述。但在这些颇富新见,并且也将有重大开拓意义的阐述中,也存在一些无论是学理上还是实证上均难以牢固立足的纰漏。康奈利与陆威仪的相通点,在于不管他们曾经有过多少补充性的说明,均很明显地将"早期中国"做"整体抽象主义"(totalizing abstractions)的架构,也就是从一种被整体打造过的理论假设出发去拢聚史实,并最终获取一种自我循环式的结论。① 就此而言,也可以将此类研究看作后理论驱动下的一种结构主义尝试,或后殖民批评语境下所做的另类东方主义的冒险。② 此外,还有一些问题也需提出来辨明,即所谓的"文本帝国"的提法,也就是将文本看作权威建构的几乎是最为重要的介质。尽管,两汉时期留存的文本数量较大,与其他古老的文明的"废墟"性相比,中华文明依然有赖于它的"文本"性而始终能够保持历史记忆的延续性。③ 但是这些文本的实际流动状况,以至于与影响权力塑形的作用,并非如上已述。这是因为,在纸张尚未发明,并主要是以竹木简为书写的物质前提的情况下,备份(尤其是大的备份)的制作必然是十分困难的。同时,大量首次书写而成的文本更是仅为皇室或官方据有,或仅滞留在少数私人的手中,无法成为广泛传播的读本。就目前所能发现的两汉时期的版本来看,许多文本往往也只是留下了一个或数个备份,而且多为后人重新录制。这些都是需要考虑的因素。为此,我们应再次重视口述语言在信息传递以及政治构型中的特殊意义,以免过度放大书写的功能。④

---

① 具体而言,陆威仪的研究就没有更多考虑到文献资料本身带有的事实与虚构的复杂性,以及其间显露的无数细密与重大的缝隙。在康奈尔的研究中,则多存在一些为其不证自明的要素,比如为凸显其所述统合性与文本整体性的主题而略去了对不同类型的书写士人群体之间差异性,以及士与宫廷权威之间在意识形态选择上的差异性等的考察;与之同时,也没有将权力本身进行内部的分层,以至于简化了"权威"的概念。

② 对过度理论化的批评,参见[德]柯马丁:《学术领域的界定——北美中国早期文学研究概况》,见张海惠:《北美中国学:研究概述与文献资源》,583页。

③ 参见 Christopher Leigh Connery, *The Empire of the Text*:*Writing and Authority in Early Imperial China*, p. 4.

④ 后来的汉学家对此问题也有反思,参见 Michael Nylan(戴梅可), "Textual Authority in Pre-Han and Han", *Early China*, Vol. 25, 2000; Martin Kern, "Feature: Writing and Authority in Early China, By Mark Edward Lewis", *China Review International*, Vol. 7, 2000.

2. 注释学研究

除了上述情况以外，另有几种与书写相关的研究也颇值关注，其一便是对"注释体"（注疏体，commentary，exegesis）/注释学的研究。注释学在当代频获学界青睐，当然首先与解释学，特别是解构主义提供的新的解码理论有关，由此成为一种甚为迷人的视角，并出现了"中国解释学"这样一种提法。而注释学之所以能置于书写的范畴之下，是因为它与其他书写活动一样均基于同一种介质，甚至于往往被嵌入正本书写之内，并一般会被看作正文书写的附属品，因此也类同于"副文本"的概念。过去对注释的研究多偏重于论证其与正本之间的从属关系，因此也不甚将之作为一种特殊的文类看待，而新的研究则更多地有意识地发现其与正文之间的缝隙与驳离，以及如何以另类书写的方式移动经典的意义，由此而大大地增强了该文类的独立性。与之同时，尽管直接面对的仍然是"文本"，但一些新的研究却注入了"再次书写"的意识，与书写史的研究产生了微妙或难以割舍的关联。

在一个宽泛的区域内，叶维廉等人的研究也可归入此中[①]，并相应地会对同一话题下的其他研究有所影响。而具体地落实到"注释"这一环节，北美汉学界中较早的研究可溯自余宝琳20世纪80年代后期出版的《中国诗歌传统的意象解读》一书。20世纪90年代，又出现了范佐伦（Steven Van Zoeren）的《诗与人格：中国传统中的阅读、注释与阐释学》（*Poetry and Personality: Reading, Exegesis, and Hermeneutics in Traditional China*，1991）、韩德森（John B. Henderson）的《经文、正典和注释》（*Scripture, Canon and Commentary: A Comparison of Confucian and Western Exegesis*，1991），以及苏源熙的《中国美学问题》（*The Problem of a Chinese Aesthetic*，1993）等著作。世纪之交出现了韩大伟（David B. Honey）所著的《顶礼膜拜：汉学先驱与古典汉语文献学的发展》（*Incense at the Altar: Pioneering Sinologists and the Development*

[①] 叶维廉对其研究主要集中在"传释"学的阐述上，参见叶维廉：《中国诗学》，北京，生活·读书·新知三联书店，1992。

of Classical Chinese Philology，2001)，周启荣等编纂的旨在从长时期的历史阶段阐述经典注释流动性的《想象的分界：变动中的儒家教义、文本与阐释学》(*Imagining Boundaries*：*Changing Confucian Doctrines*，*Text*，*and Hermencutics*)①，涂经诒主编的从西方阐释学角度出发处理儒释道等经典解释的论文集《经典与解释：中国文化中的阐释学传统》(*Classics and Interpretation*：*The Hermeneutic Traditions in Chinese Culture*)②，余宝琳等编辑的试图参与对几种古典文本解读与注释的《文词之路：早期中国阅读文本的书写》(*Ways with Words*：*Writing about Reading Texts from Eealy China*)③等，其后的研究则更有细化与扩大化的趋势。④

从方法论视野看，余宝琳早先的著作还仅涉及对一些注释(《毛诗》的序注)的研究，也尚未涉足更新的理论视野。范佐伦的著作则明确提出，要用阐释学这一源自西方的文论概念与方法来研究中国传统的注释学，但又认为其所定义的阐释学不同于西方早期至海德格尔、伽达默尔等人的阐释理论，这也是由中国阐释学(或"经学"，"Classics studies")自有的特点决定的，因为后者的核心是将"经典"视为一种具有普遍性和终极意义的权威性文本，其解读的目的是内化地造就与经籍意义相一致的人格。以《诗经》解释学为例(尤其是毛诗学派的注释)，解经学的宗旨即体现在

---

① Kai-wing Chow，On-cho Ng，and John B. Henderson(eds.)，*Imagining Boundaries*：*Changing Confucian Doctrines*，*Text*，*and Hermeneutics*，State University of New York Press，1999.

② Tu Ching-I(ed.)，*Classics and Interpretation*：*The Hermeneutic Traditions in Chinese Culture*，New Brunswick，Transaction Publishers，2000. 涂经诒稍后编辑出版的同类著作还有：Tu Ching-I(ed.)，*Interpratation and Intellectual Change*：*Chinese Hermeneutics in Historical Perspective*，New Brunswick，Transaction Publishers，2004.

③ Pauline Yu，Peter Bol，Stephen Owen，and Willard Peterson(eds.)，*Ways with Words*：*Writing about Reading Texts from Early China*，University of California Press，2000.

④ 此后的研究，也可参见 John Makeham，*Transmitters and Creators*：*Chinese Commentators and Commentaries on the Analects*，Harvard University Asia Center，2004；Gu Ming Dong，*Chinese Theories of Reading and Writing*：*A Route to Hermeneutics and Open Poetics*，State University New York Press，2005. 此外，还有大量论文。

"诗言志"这一核心表述上。具体而言,"志"是一个固定在文本中的,并且单一与不变的中心意义,但对它的解释又是丰富的,会随社会场景的变动而发生变化。① 以此来看,虽然也需要关注意义的变动,然而从中国注经学中呈现出的理论方式看,其又与"解构理论"(deconstructive theories)的旨向似无甚关联。

韩德森的著作处理的是儒家经籍中正典与注释的关系,尤其偏重于"注释是如何面向经典的"②这一问题,特别是它们制造了什么样的假设,以及是怎样处理与经典文本所存在的冲突与矛盾等成分的。为了更有说服力地讨论这一问题,韩德森选取了中国儒家以外,印度吠檀多、犹太教、基督教(《圣经》)、希腊(《荷马史诗》)与伊斯兰教五个不同的正典与注释传统加以比较,认为其间存在共同的基本假设与诠释策略,同时又因这些假设与策略存在应用方式上的差异而有分岔。③ 在他看来,尽管注释会与原典存在意义上的通达,但是几乎所有的注释又都会基于一种假设而介入对经典的读解中,必然造成与经典含义之间的某种剥离,而这也将是我们重新研究儒家经典学的一个基本出发点。④ 从上可见,韩德森的研究显然已经比范佐伦更递进了一步,即更强调注释学所带来的对原初经典的解构性功效。既然注释活动是一种再书写,那么意义的延异便会发生在文本间的传递与交接之处,从而使原典的确定性无法着落。这与此期在手抄本文化研究中提出的问题也较为相似。而韩德森这种以全球史视野为坐标,从而对多种文明注释传统进行比较研

---

① 参见 Steven Van Zoeren, *Poetry and Personality: Reading, Exegesis, and Hermeneutics in Traditional China*, Stanford University Press, 1991, pp. 11-13. 对"诗言志"这一概念的进一步研究,也可参见苏源熙在《中国美学问题》中的描述,亦引用了范氏之说。

② John B. Henderson, *Scripture, Canon and Commentary: A Comparison of Confucian and Western Exegesis*, Princeton University Press, 1991, p. 4.

③ 这种大跨度的比较研究,也可参见 John B. Henderson, *The Construction of Orthodoxy and Heresy: Neo-Confucian, Islamic, Jewish, and Early Christian Patterns*, State University of New York Press, 1998.

④ 中国学者对韩德森该书的初步介绍,参见陈钢:《文献学与汉学史的写作——兼评韩大伟〈顶礼膜拜:汉学先驱与古典汉语文献学的发展〉》,载《世界汉学》。2005(1)。

究的方式，后来在韩大伟那里又有了结合汉学史经历所做的更为绵密的展开。① 这无疑也将是未来汉学研究与比较文论中的一种颇值得借鉴的路径。

苏源熙《中国美学问题》设定了一些明确的论辩对象，首先集中在对20世纪90年代之前余宝琳、宇文所安等人对中西文论二元差异（真实与虚构、模仿与非模仿）的固化性解释上，并通过对"隐寓"（allegory）这一概念的辨析，建立起了一种新的跨文化理解的模式。苏源熙选取的主要文本是毛诗的评注（诗序与注释），并在一开始就表明其思路中携入了保罗·德曼、雅克·德里达与杰弗里·哈特曼等解构主义大师的深刻影响。他不是沿过去学者的旧径，即总是试图通过寻找各种文本论据以求得一个真实与自然的"中国"，而是有意地避开对真实性的质询，去发现在那些文本书写过程中所使用的修辞手法与若隐若现的修辞策略，以及它们如何决定了后来的人们对原典的理解。在苏源熙看来，相对一个"自然"存在的文本的观念，我们毋宁将这些评注视为用"非自然"的方式改变语义的"操作"（work）②，也就是通过人为的诠释置换原有的意义。由此再来看毛诗的评注。尽管后来的学者都以为评注者用特定的意识形态对《诗经》进行了过分的同时也是不合原义的曲解，但是这在评注者自己那里事实上并不是一个问题，问题出在后来的人们如何看待其评注的态度上。以苏源熙的视角来看，注释的本义，具体而言即我们所说的毛诗的评注，主要的目的是要将原初的文本进行"主题化"的操作，借之塑造一个守礼的理想之"王"，从而生产出一个合理的"帝国"的概念。因此，对评注的判断就不应当局限于它离真实性有多远的距离，而是需要在将"言意"剥离开来的前提下，首先关注它是如何运用"隐寓"等修辞性手法来达到诠释之效验的。如果我们不反对这样一种解释的存在，对真实性的辨认也就转化为一个"美学"上的问题，或一个伦理上的问题。继以毛诗的评注

---

① 参见 David B. Honey, *Incense at the Altar: Pioneering Sinologists and the Development of Classical Chinese Philology*, New Haven, American Oriental Society, 2001.

② 参见 Haun Saussy, *The Problem of A Chinese Aesthetic*, pp. 119-120.

为例，具有最终申诉权的便是作为"元美学"(meta-aesthetic)的"礼"。①于此情况之下，苏源熙所得出的结论与陆威仪、康奈利的论述是可以相互链接的(比如文本权威的想象性建构)。正是这种延续不息的对经典的重新注释，使得原典的意义，甚至于"中国"这样的概念的所属意义被不断地延宕，而不是像余宝琳等人那样将之固化在一个基础主义的概念上。

在此之后，苏源熙仍主要将中国传统书写与评注问题，包括早期汉学以来"他者"的评注史及汉语书写语文学作为研究聚焦点之一，出版了《话语的长城与文化中国的他者历验》(*Great Walls of Discourse and Other Adventures in Cultural China*)②一书，并与其他学者一起合编《汉字字形：书写中国》(*Sinographies：Writing China*)③，形成了一套较为成型的有关中国书写的多层次研究的言述模式④，可与其时其他一些汉学家在汉语书写史范围内所做的研究形成一种叉合性的互动。

3. 在"历史"中书写

以下的话题，几乎均被归在了由北美汉学界所发明的"早期中国"这一带有"全史性"的学术命名中⑤，以至于恰如柯马丁(Martin Kern)所述，近年来急剧加速的学科跨域进程，使明晰地区分原有的学科界限变得很

---

① 参见 Haun Saussy, *The Problem of A Chinese Aesthetic*, p. 103.

② Haun Saussy, *Great Walls of Discourse and Other Adventures in Cultural China*, Harvard University Asia Center and Harvard University Press, 2001.

③ Eric Hayot, Haun Saussy, and Steven G. Yao(eds.), *Sinographies：Writing China*, University of Minnesota Press, 2007.

④ 另有苏源熙据耶鲁大学图书馆藏件而辑录整理的费诺罗萨数种著作的完整集子《作为诗歌介质的汉语书写文字》，也可看作其同类兴趣工作的一种延伸。参见 Huan Saussy, Jonathan Stalling and Lucas Klein(eds.), *The Chinese Writing Character as a Medium for Poetry：A Critical Edition*, Fordham University Press, 2008.

⑤ 学界一般认为，该名称因吉德炜(David N. Keightley)1975 年创刊的同名杂志 *Early China* 而始定型，指称由夏商周而至秦汉统一性集权帝国的建立这一历史过程，并为此能够将早期各纷乱的时代及其命名涵括在一起考察。其后限并不一定十分确定，也有延至东汉末或佛教传入时期的，尤其偏于战国至秦汉这一集权政体形成的历史阶段。对"早期中国"概念的分辨性解释，参见 Martin Kern(ed.), *Text and Ritual in Early China*, " Introduction", University of Washington Press, 2005, p. XXVI.

困难。以文学为例,"严格地说,可以游离于早期中国研究的体系之外,并且可以清楚界定的'早期中国文学'是不存在的"①。这种现象也已为上述研究所证明。

　　此外,则是在这一命名之中,近来两种趋势的激发已将"早期中国"的研究推向了一个新的同时也是前程叵测的境地。这两种趋势,一是中国考古学在最近几十年的重大发现,二是在另外一些研究领域,如在经典学(包括各分支)、宗教学、圣经研究、近东研究或欧洲中世纪文学研究等之中所产生的新的学术向路。② 从前者看,中外学者之间多有沟通与交流,并围绕着出土文献的发现一起举办过数次国际性的研讨会,在欧美多国也均涌现出一批以简帛文献等为专治方向的学者。③ 从后者看,汉学领域也明显地受到了当代西学各路研究的影响(也可从许多汉学著述的引述中见出)。然而最为突出的,并与本命题相关的现象之一,便是围绕"文本"这一概念展开的多种探索。"文本"的概念在这一确定层面上处理的首先也是一种"文献",但已不同于旧的文献学概念,而是同时也被转义为文论意义上的"文本",被看作一个有所建构的对象;当然也不同于传统思想史、文学史等在进行内部自足式分析时所认定的意义载体,而是在被"书写"这一命题重新照亮与激活的新的叙述范畴,即将文本置于一种在书写"行为"的导向上所产生的对象中,更偏重从符号生产与传

---

　　① 对于此问题,柯马丁的进一步阐释也值得重视。他认为,"广义的文学包括各种形式的文本",尽管也可以借用现代狭义的文学概念来梳理早期的文本材料,但是文学的形式性要素又始终存在于各类差异很大的文本中。由此可见,"作为最狭隘或最纯粹意义上的文学,即现代意义上的'文学艺术',并不适用于任何早期中国的文本,同样也不适用于其他的古代文明的文本。"参见[德]柯马丁:《学术领域的界定——北美中国早期文学(先秦两汉)研究概况》,见张海惠:《北美中国学:研究概述与文献资源》,571 页。
　　② 参见 Martin Kern(ed.),*Text and Ritual in Early China*, " Introduction", p. Ⅶ.
　　③ 这一研究当然也不限于北美或其他英语地区,比如欧洲即在 2000 年创建了"欧洲中国写本研究协会"(European Association for the Study of Chinese Manuscripts)。柯马丁也曾谈到正在与欧洲汉学家共同编撰《早期中国手写文献:文本、背景及方法论》(*Early Chinese Manuscripts: Texts, Contexts, Methods*),除了两名美国学者,其他编纂者均来自欧洲。参见盛韵:《柯马丁谈欧美汉学格局》,载《东方早报》,2012-04-01。此外,日本学者这一方面的研究成果也经常被美英学者引述。

播方式、书写的物质前提、被书写注入与表征的权力观念等视角对文本予以重新检审，及由此而与泛义的文论研究联系在一起。这也使得撰者在这些著作中论述"文本"的时候，惯例性地用"书写"的概念替指文本被"操作"的活动状态。尽管"早期中国"研究所包容的范围要更为广泛一些，然贴近书写/文本话题所展开的各种研究却担当了"发掘机"的作用，使各种理念上的创新能够在此沟渠中有序地流出。这也涉及几个不同的面向，我们将在下文有选择性地介绍几例。

其一，是关于文本/文献的不确定性问题的讨论。文本的不确定性，也是与早期文献的生产与传播的特征密切相关的。这又大致主要包括两方面的研究及从中得出的结论。一是认为文献在物质表现层面上就呈示出了一种不稳定性。二十多年来地下文献的大规模发现，使早期书写的本原状态，或者说是物质性得以比较充分地显露出来。这在仅仅倚仗于后世通行刻印本进行研究的年代几乎是不可想象。通过中外学者的密集考订，已可充分地证明早期文本在抄写、编排等方面存在诸种差异，进而也造成了文本表述的多样性与意义的流变。这首先与早期书写条件的匮乏，因而意义的传递主要还是与口头的传播有密切的关系，而口头传播下来的文本又总会因人而异。除了手抄的方式以外，在当时也不存在其他书写手段，这也使得每一次书写都是自我单元化的，因此我们也无法确证哪一文本是最初的，或最为可靠的。加之，在秦汉之前，汉字及其书写形式也未曾有任何标准化的规定，这当然也会使文献之间呈现出微巨不同的差异。[①]

二是文献制度的变化也会使同一文本之间出现微妙或明显的差别。

[①] 此类考订与论述甚多，以英语出版物的形式结集的论文集有：Edward L. Shaughnessy (ed.), *The New Sources of Early Chinese History: An Introduction to the Reading of Inscriptions and Manuscripts*, University of California Inst of East, 1997; Sarah Allan and Crispin Williams(eds.), *The Guodian Laozi: Proceedings of the International Conference*, Dartmouth College, University of California Inst of East Asian Studies, 1998; Constance A. Cook and John Major(eds.), *Defining Chu: Image and Reality in Ancient China*, University of Hawai'i Press, 1999. 对此问题比较集中的解说，也可参见 Edward L. Shaughnessy, *Rewriting Early Chinese Texts*, State University of New York Press, 2006.

这可借助传世文献与出土文献之间的对比予以发现。① 关于这一问题，一些汉学家认为既与秦汉时期对汉字的改型与统一有关，又与"西汉时期重塑中国书面文化传统的努力"有关。夏含夷（Edward L. Shaughnessy）等人就认为，司马谈、司马迁父子的书写方式（文学书写抑或历史书写）规范即在某种程度上决定了后人对上古史的理解。更有甚者，则因于刘向、刘歆父子对秘府文献的系统性重造（以今文重录，并删汰、改编原本，重新分目等），造成了一大批与原初文献面目大异的所谓"定本"，而我们后来所见的所谓先秦文献主要依据于此。② 再如鲍则岳的研究，通过对出土文献与传世文献各自的结体方式的对比指出，两者不仅在字句与内容上有差异，而且内部的构成秩序也存在明显的差异。早期的文本往往多由小的片段组成，在后来才以特定的方式及根据某种意图被组合在了一起，形成我们目前所见到的这种"混成"（composite）式的集子，即"文学化的类散文式文本"（literary essay-like texts），或称为经典集（classical corpus），又最后在刘向、刘歆父子的重构性活动中得以定型。③ 也有学者在具体某一文本的研究中，借助对地下发掘文献（郭店楚简与上博简）与现存《诗经》（毛诗）一些片段与引述的细致对比，认为在《诗经》被经典化以前，这一整体化的文本其实并不存在，文句与意义也因使用的差异而未曾确定。④ 尽管近年来不同领域，如文献学、考古学、文字学、

---

① 关于这些工作，也可参见白牧之（E. Bruce Brooks）、白妙子（A. Taeko Brooks）等人创建的"战国经典研究小组"（Warring State Working Group，中译也称"辩古堂"）所做的大量工作，代表作有：E. Bruce Brooks and A. Taeko Brooks, *The Original Analects: Sayings of Confucius and His Successors*, Columbia University Press, 1998.

② 参见［美］夏含夷：《重写中国古代文献》，"导论"，2～3页，上海，上海古籍出版社，2012。

③ 参见 William G. Boltz, "The Composite Nature of Early Chinese Texts", Martin Kern(ed.), *Text and Ritual in Early China*, pp. 50-78.

④ 参见 Martin Kern, "The Odes in Excavated Manuscripts", Martin Kern(ed.), *Text and Ritual in Early China*, pp. 149-193. 在更大范围内，尤其是从"儒学"被经典化的角度讨论这一问题的，参见戴梅可（Michael Nylan）、齐思敏（Mark Csikszentmihalyi）等人的研究。Michael Nylan, *The Five "Confucian" Classics*, Yale University Press, 2001；Mark Csikszentmihalyi, *Material Virtue: Ethics and the Body in Early China*, Brill, 2004.

文学史研究等方面的中外学者等，均参与了以上讨论，对大量的秦汉之前的文本均做了重新考订①，然汉学家们的研究明显地偏向于对文本及其意义做"不稳定性"的解释，及企图将研究的结果做某种再理论化的尝试。如果考虑到在书写这一话题下存在于英美学界的一个更大的语境，这自然也是与文化理论的一般性讨论与接受的进程具有步调上的一致性。在这样一种言述方式下，"原典"（原始文本）的假象似乎也就不攻自破了，对"经典"（一种确定的、可信赖的权威文本）的解构也由此成为某种可能。②

其二，是有关文本构型问题的研究。虽然在该名目下的研究几乎很难不带有结构主义等旧文论模式的影响，比如柯马丁在其精心结撰的《秦始皇石刻：早期中国的文本与仪式》（*The Stele Inscriptions of Ch'in Shih-huang：Text and Ritual in Eealy Chinese Imperial Representation*）一书中对石刻文本篇章所做的考析，即认为从对早期一批跨度较大的青铜铭文、石磬铭文以及秦始皇石刻铭文等的对比分析看，可以发现这些文本之间在韵律、修辞、用语、格式与意识形态等方面均存在高度的相似性，因此可判定该文类的内在的模式具有明显的因袭性特征。他并没有将自己的研究停留于此，而是进而探讨形成这种一致性的操作机制，比如"仪式"的表演模式，口述的形式是如何平行化地、在历史的演进过程中被嵌入后续的书写化机制之中的，等等，由此而开辟出重新理解书写/文本的一个新的探索维度。③

这种研究思路也延伸到后来的一些汉学著述中。柯马丁在为《剑桥中国文学史》所撰的篇章中，即以《诗经》的四句式为例，考察了从西周青铜器上的铭文格式向《诗经》格式转化的规律，并认为两者所保持的这种结

---

① 这一工作涉及《论语》《老子》《墨子》《诗经》《尚书》等具体文本，因范围较广，在此不再细加列举。
② 参见[美]夏含夷：《重写中国古代文献》，210～217 页。另从"哲学"文本的角度对战国时期多种书写文献的历史移动问题做出更为集中研究的，有 Dirk Meyer（麦迪），*Philosophy on Bamboo：Text and the Production of Meaning in Early China*，Brill，2012。
③ 参见 Martin Kern，*The Stele Inscriptions of Ch'in Shih-huang：Text and Ritual in Early Chinese Imperial Representation*，New Haven，American Oriental Society，2000。

构与规范上的一致性也源自更早的先民仪式语境以及对历史记忆的某种复现。① 与之同时，一些集体性的文集，如柯马丁编辑的《中国早期的文本与仪式》(Text and Ritual in Early China)、艾尔曼(Benjamin A. Elman)等编辑的《治国经纶与经典学习：周代的仪式》(State craft and Classical Learning: The Rituals of Zhou in East Asian History)② 等，均不同程度地演绎或呼应了上述看法。《中国早期的文本与仪式》一书是 2000 年在普林斯顿大学召开的一次同名会议所递交的论文的汇编，尽管收入的篇章并不全是围绕这一主题进行的，但也大致反映出了当时学者对这一议题的思考进程。在诸多学者看来，同时也可以确定地认为，早期文本的书写有与仪式活动互相建构的特征，或从仪式到文本，或从文本到仪式，其内在的结构具有互通性的关联，故也可以取之做相互的印证。从文本的角度来看仪式，尽管不应将所有早期的汉语书写归之于仪式的需求，但是通过观察可以发现，至少大部分的书写都呈示出了仪式化文本的征象。③ 甚至于在第二级的层面上，比如在那些经典文本总是被置于墓穴之中的现象上，也能晓知仪式与文本的又一层关联。④ 从仪式的角度看文本，二者具有一种共生性的关系，就好像是文本被引入了仪式性的活动，使仪式带有一种程式化、神圣化文本演示(perfomance)的属性。⑤ 总起来看，早期最为宽泛的"文"的概念包含仪式与文本的双重含义，两者混溶一体，都具有视觉化展示的含义，并且与政体威权、历史记忆等诉求密切相关。直到公元前 1 世纪左右，"文"才主要

---

① 参见[美]孙康宜、宇文所安：《剑桥中国文学史》(上)，42～43 页，北京，生活·读书·新知三联书店，2013。
② Benjamin A. Elman and Martin A. Kern(eds.), *State Craft and Classical Learning: The Rituals of Zhou in East Asian History*, Brill, 2009.
③ 参见 Martin Kern(ed.), *Text and Ritual in Early China*, "Introduction", p. X.
④ 参见 Michael Nylan(戴梅可)，"Toward an Archaeology of Writing: Text, Ritual, and the Culture of Public Display in the Classical Period"，Martin Kern(ed.), *Text and Ritual in Early China*, p. 8.
⑤ 参见 Martin Kern(ed.), *Text and Ritual in Early China*, "Introduction", p. XII.

用来指称"书写",这也象征着从仪式性向文本性表达的整体迁移。① 当然,对这些总体化阐述的认识,也会落实到具体的案例分析中。柯马丁对《诗经》文本等所做的一系列分析就颇富代表性。他如罗泰(Lothar von Falkenhausen)对"错金鄂君启铜节"文字及书写样式的分析,阐明了这一书写是如何介入早期王权仪式演示系统的;根茨(Joachim Gentz)对《公羊传》深层书写结构与解经策略的分析,证明了这一文本背后潜伏的仪式化演示的意图;史嘉伯通过始于东方朔的汉代劝诫文体之用于宫廷表演情况的分析,试图证明弄臣的"解码性游戏"(game of decoding)所具有的特殊的仪式化效果;白瑞旭(Kenneth E. Brashier)以东汉时期石刻铭文为例,指出这种书写方式是如何仿制早期诗歌中的历史记忆仪式的,等等。②

如果说对前一种现象,即文本不稳定的研究主要偏向于在物质与技术介质的层面上解决文本意义延宕的问题,那么对文本的仪式化、程序化的研究则希望从内部为书写体制的确立寻找到某种稳定性的根源,两者代表了书写史研究的不同层面。当然,在研究者看来,这种体制上的稳定性也并不是自我封闭的,或"形式主义化"的,而是仍然可与外部沟通,从而与"非文本性"(非书写性)的社会政治活动方式构成结构性内嵌与影响等有关。毫无疑问,这些研究会对我们未来的文论研究带来重要的启发。当然,这种文本与仪式之间间接性对应的思考方式,也可能会引起某种拟测性推理的嫌疑,比如过度放大对应性的逻辑。再一需要提醒的是,在取用这些中心概念的时候,似也有必要适当区别"仪式化"与"程式化"两种构式在意义上实际存有的某些差别。

通观20世纪90年代以来英美汉学界的新面相,有几个方面的突出变化也还需要再做勾描。首先,是旧有的"文学"界义发生了变化,越来越趋于模糊与难辨,或与其他学科边界互渗,或为新的理念所重造,比

---

① 参见[德]柯马丁:《早期中国文学:开端至西汉》,见[美]孙康宜、宇文所安:《剑桥中国文学史》(上),32页。

② 以上诸文均载于柯马丁所编 *Text and Ritual in Early China*。

如可与书写、文本、想象、符号、表征等更为宽泛的概念化含义相替指（从而也更接近于早期的"文"的概念）。在这种情况之下，也就是在旧的、现代性意义上的文学概念业已沦陷之际，狭义的文论的概念自然也难保其可固守的边界。它的合法化命名不再取决于习惯性的默认，而是更多地取决于研究者对之的态度。在更多的情况下，它则是在被重新概念化之后用以指称一种更为泛化意义上的，可涵盖如书写、文本、想象、符号、表征等活动或事件的理论化陈述。也正因此，顺便说一句，这也再一次证明了，文论(literary theory)的概念也能为文学研究以外，如人类文化学、历史学等学科的研究者所共享。随着"文化转向"趋势的急速展开，那些与旧有的文学和文论研究有所关联的各种研究，也差不多被纳入"文化"的研究范畴。例如，这些研究多会以文化的某一话题、问题为出发点，进而将狭义上的文学与文论作为论证的对象或引述的材料裹挟于内。20世纪中期以来，在学科细化浪潮中出现的，以文学为己业的汉学家身份也在发生悄然的转变，即朝向一种能够兼具更宽泛领域的学者的身份靠拢。就此而言，汉学研究的面貌在整体上也开始呈现出一种向19世纪"大汉学"回返的趋势。

其次，从方法论模式来看，两种意识，即理论与场域的意识都得到了前所未有的强化。在这一时期研究中，一方面，是对新的理论的兴趣愈加浓厚，随着哲学降为理论的趋势，大量新的文化理论与文化研究理论被用于对现象的观察，若加重一点来看，便往往是理论建构的冲动支配着一些研究活动；而放轻一点来看，则会在对材料的梳理中贯穿理论的发现与发明。另一方面，文论材料不再被看作可以任意抽取的那些条理，而是需要在多重语境（文学史、历史、文化史、政治史、知识史等）中加以确证的"观念"，对文论的研究也就与对具体的文本实践、历史实践等的研究交融在了一起，原来被一而再地抽象出来观察的"文论"获得了具身化的形貌。

最后，从研究的目标来看，这一时期的汉学多非将对传统中国诸方面的研究视为过去那种相对封闭式的"汉学研究"或"区域研究"，而是怀有更大的抱负，即试图由对中国的研究培育与发展出一批为国际知识界

第二章 分期与范型

共同关注的话题，参与到全球学术工程的对话之中，由此而对新的国际知识共同体的建构有所贡献。而这当然也隐示着"被看"对象的大幅度转换，即这些成果在撰写之初就不是仅仅为提交给研习中国的学者观看的，而是希望同时也能引起更大区域内学者的兴趣与关注。既然这样，汉学研究或汉学的文论研究的自我定位也悄然间发生了一些重要的变化，从区域研究演变为一种超区域的学术模态。结合以上这些现象，似乎也可用"新汉学"这样的术语对覆盖其下的各种分支研究做出新的定义。

第二编

以时代为线索的考察

第三章　英美汉学界的先秦文学思想研究

西方世界对中国先秦时期的儒道学说关注颇早。耶稣会士利玛窦（Matteo Ricci），在1593年就把"四书"译成了拉丁文。1691年，由拉丁文转译的《论语》英译本出现了。约在18世纪中叶，《老子》亦被翻译成拉丁文。但长期以来，海外学者大都仅仅从思想史与文化史的角度对儒道思想加以审视，并有心关注孔孟老庄等在文学思想方面的言述。尽管零星的叙述依然能够觅得，如英国早期汉学家翟理斯21世纪初所撰《中国文学史》（*A History of Chinese Literature*）①，曾译介了《论语》《孟子》和《老子》中的部分章节，略涉及孔子对《诗经》的道德政治解读。然而这毕竟属于一些偶然性的发现，当然也远不足以形成一种系统化的学术架构。经过半个多世纪的积累，英美汉学，尤其是美国汉学如今已经发展为国际汉学的中心，其对儒学思想、道家思想的研究尤为积极，并多有创辟，由此也会涉及对儒道文学观的勘察。加之，文学史研究领域亦有由对纯文学的兴趣而向理论研究过渡的趋向，从而使得一部分汉学家将视野投诸作为中国古典文论源头的先秦儒道思想。此进程大致始于20世纪70年代，近年来稍盛。虽然专门性的著述仍不多见，一些重要的阐述还间杂于文论史通述及对儒道思想的一般性探索中，但也构成了虽不算整齐但却有着自身特色的言述系列。

---

① Herbert Allen Giles, *A History of the Chinese Literature*, New York, D. Appleton and Company, 1901.

一、儒家文学思想研究

北美地区及英国汉学界对先秦儒家文学思想的研究，集中于孔子、孟子、荀子等儒家代表人物的文学批评思想，偶尔也涉及他们的一些美学思想。

(一)孔子文学思想研究

随着海外对儒学典籍的译介与对儒家哲学思想的研究，儒家文学批评与文学思想也引起了诸多汉学家的瞩目，目前所见研究成果以北美为盛。大致看来，北美地区与英国关于孔子文学思想的研究，有如下路向：或是由专门化的文学批评理论角度的切入，如刘若愚的《中国文学理论》(Chinese Theories of Literature)、费维廉的《中国文学批评的相异性》(Alterity of Chinese Literature in its Critical Context)、宇文所安的专著《中国文学思想读本》(Readings in Chinese Literary Thought)，柯马丁的《新出土文献与中国早期诗学》(Early Chinese Poetic in the Light of Recently Excavated Manuscript)和孙广仁(Graham Martin Sanders)的《遣词：中国传统中的诗歌能力观》(Words Well Put: Vision of Poetic Competence in the Chinese Tradition)；或是在对儒家教育思想的勘察中，夹杂对文学思想的探讨，如海伦娜·万(Helena Wan)的博士论文《孔子的教育思想》(The Educational Thought of Confucius)；或者是在对儒学、中国传统阐释学的研究中，涉及对儒家文学思想的言说，如雷蒙德·道森(Raymond Dawson)的《孔子》(Confucius)，范佐伦的《诗与人格：中国传统中的阅读、注释与阐释学》(Poetry and Personality: Reading, Exegesis, and Hermeneutics in Traditional China)，郝大维与安乐哲的《孔子哲学思微》(Thinking Through Confucius)等。

以上研究主要围绕两大问题展开：一是孔子的诗教观和礼乐观，或探讨孔子对《诗经》的评论，或分析《论语》中孔子有关礼乐的言论；二是关于孔子的认识论或者思维方式与其文学思想的关系。下面可按照上述两大向度，对各观点加以介述。

1. 论孔子的诗教观和礼乐观

刘若愚在《中国文学理论》一书中将孔子对《诗经》的评论归为"实用理论"。所谓"实用理论"，乃基于文学是达到政治、社会、道德或教育目的之手段的观念。这一思想在中国传统批评中是最具影响力的。[①]孔子在各种场合中对诗的评论，虽然向来也有不同的解释，但均被各种不同诗论视为至上权威。对此，刘若愚采用摘录句评的方式，将《论语》中所记载的关于诗的评论单独摘出，并予以讨论。

"《诗》三百，一言以蔽之，曰：'思无邪'。"刘氏认为，这一评语明显地表示出对诗的道德内容和影响在实用方面的关切。[②]"兴于诗，立于礼，成于乐。"刘氏认为，"兴"可以译为"inspire"，或"begin"（开始），或"exalt"（高扬），意在描述自我修养的程序，而所关切的是诗的实际效果。"诵《诗》三百，授之以政，不达；使于四方，不能专对。虽多，亦奚以为？"刘氏认为，这段指的是孔子那个时代常见的一种风气，亦即引用《诗经》的句子时常也会断章取义，用以暗示一个人在外交或国事场合所抱持的意图。这段话所含的极端实用的态度也是毋待证明的。

"小子何莫学夫诗？诗可以兴，可以观，可以群，可以怨。迩之事父，远之事君；多识于鸟兽草木之名。"刘氏认为这是孔子关于诗所发表的最完整的意见，也是最有问题的，因为对大部分的关键字都没有解释。从起句"何莫学夫诗"来判断，刘若愚认为孔子是从读者的观点，而非从诗人的观点来论诗的。此外，"可以"一词也表示孔子所关切的是诗的功用，而非是诗的起源或性质。接着，刘氏对孔子这段话中的"兴观群怨"逐一进行了解释。刘氏以为，对于"兴"的解释可分为两派：一派将"兴"解释为"唤起""激发"或"激起"，另一派把它当作专门术语（三种修辞手段之一）。在前者中，有的认为"激发"或"激起"的对象是情感，有的认为是道德意向或情怀。对此，刘氏认为，孔子意指为何几乎是无法确定的：

---

① 参见［美］刘若愚：《中国文学理论》，160页。
② 参见［美］刘若愚：《中国文学理论》，164页。

若是前者，那么他对诗的认识，似乎有一部分是审美的；若是后者，那么他的看法就完全是实用的。刘氏也不太赞成把"兴"看作专门术语。

"观"也有诸如"观风俗之兴衰""观政治之得失""自我观照""观民情""观宇宙万物"以及"视所引之诗句以观其人"等多种解释，不能很好地确定其准确含义。① 但总起来看，刘氏认为，就孔子的一般兴趣以及对诗的其他评论来看，很可能他所指的是对一个人的观察具有实际帮助者（不论是关于社会道德和习俗，或关于个人的品格），而不是自我观照或观照宇宙的手段。对于"群"，刘氏认为其字面意义是"群众"或"群体"，在此可能是指作为社交成就的优雅谈吐。这一解释，得到前面所引"不学诗，无以言"这句话的支持。刘氏指出，这个字被赋予道德家的解释："群居相切磋"。但是不管是哪一种情形，孔子主要关心的仍然是实用层面。②"怨"，刘氏认为孔子所意指的可能是：一个人可以借着"吟咏"适当的诗句而消除怨情，然则位于底层的诗观可以说部分是审美的（就着重诗的立即感情效果而言），部分是实用的（就具有实用目的之观点而言）。

总之，刘若愚认为孔子的文学观念主要还是实用性的；当然孔子也注意到了文学的情感效果和审美特质，但这些对他而言，是次于文学的道德和社会功用的。若以对孔子一般思想的研究来看，将其文学思想归纳为一种实用诗学，并未有什么新颖之处。但如果考虑到北美汉学界长期以来受英美新批评影响，而偏向于注重中国诗学的超功利与审美特征，那么对这一模式特征的观瞩与阐明，也有某种纠偏的作用。

颇值一提的是，围绕孔子的诗学观，海外汉学界在20世纪七八十年代曾形成"潜性论争"的局面。华裔汉学家陈世骧在1971年为"美国亚洲学会年会比较文学组"所作的开幕发言《中国的抒情传统》中，曾提及孔子谈诗的可兴、可怨、可观、可群。他认为："对于仲尼而言，诗的目的在于'言志'，在于倾吐心中的渴望、意念或抱负。所以仲尼着重的是情的

---

① 参见［美］刘若愚：《中国文学理论》，167页。
② 参见［美］刘若愚：《中国文学理论》，167页。

流露。"①而以英文写作的法国汉学家侯思孟（Donald Holzman）却否认了孔子作为文学批评家的地位，认为孔子没有视文学为审美经验，而是注重文学实用的一面。② 他认为散见于《论语》的有关《诗经》的评论是社会学意义上的论说，而非文学性的；而且，孔子纵容对《诗经》的有意曲解，以便用它来做道德标签。芝加哥大学费维廉针对侯思孟对孔子实用主义文学观的诘难提出了不同的看法，认为侯氏对孔子的批评过于苛刻。费氏说，孔子用前代的文化遗产以教育王公子弟，《诗经》对孔子而言不是缅怀过去的挽歌，而是其思想的当下言说以及施教的典籍。中国古时有在社交场合引《诗》的传统，而孔子正生活在这一传统的没落期。故此，侯氏批评孔子未将诗歌视为艺术的做法是毫无意义的。③ 费氏进一步分析说，《论语》所关注的基本问题是"文与质"（cultivatedness and substance）的关系。对孔子来说，"文"本身绝不是目的，优秀的文学作品应该同君子一样，必须文质彬彬。孔子的思想对后来中国文学的主题，乃至历代批评家对文学风格与文学史的态度，都产生了重大而深远的影响。

此次关于孔子文学思想之论争，焦点集中于审美抑或实用的问题。陈世骧有意彰显孔子对诗歌情本体的关注，实为论证其所谓的中国不同于西方叙事传统的"抒情道统"，援孔子为己张目。侯思孟与陈世骧的观点恰相抵牾，以为孔子论诗乃纯粹实用主义的，称不上是文学批评。可见，侯氏是以非功利化的审美标准作为文学批评的单一尺度的，以此考量孔子诗学当然有失公允。相对于陈、侯较为情绪化的言说，费维廉的论说显得相对冷静与客观一些。他结合中国春秋时期的历史语境，指出了孔子实用诗学的生成动因。

汉学界的这场"潜性论争"似给我们诸多启示。由于中国文论家身份、

---

① 陈世骧：《陈世骧文存》，5页。

② 参见 Donald Holzman, "Confucius and the Literary Criticism in Ancient China", Adele Austin Richett (ed.), *Chinese Approaches to Literature from Confucius to Liang Ch'I-chao*, Princeton University Press, 1978, p.9.

③ 参见 Craig Fisk, "Alterity of Chinese Literature", *Chinese Literature: Essays, Articles, Reviews*, No.2, 1980, p.90.

发展道路与在社会生活中的地位与西方存在巨大差异，依据不同文学体系价值观对文学批评等问题的判读往往看法相异。不同国家与民族研究者的交流与对话，并不一定能使各种看法趋向一致，而且也不应以一种价值观屈从于另一种价值观为代价来寻求这种统一。

但实际上，在 20 世纪 80 年代，如仅限于对孔子文学思想的研究，"实用论"的界认显然是占上风的，海伦娜·万、雷蒙德·道森亦持此说。

海伦娜·万在博士论文《孔子的教育思想》中探讨了孔子的诗教观（poetry education）和乐教观（music education）。孔子赋予诗歌以重要的教育功能。子曰："小子何莫学夫诗？诗可以兴，可以观，可以群，可以怨。迩之事父，远之事君；多识于鸟兽草木之名。"在此，孔子指出诗歌是彼此交流的工具，是常识性知识的宝库，又是表达情感的渠道。海伦娜·万认为在诗歌的所有功用中，孔子最为重视其情感教育功能，这表现在"兴于诗，立于礼，成于乐"的提法中。从中可见，诗歌可以使人的感受与情感得以适当的宣泄，使之趋于缓和并向合乎规范的方向发展。①为保证诗歌给人以积极的影响，就必须审慎选择供阅读和欣赏的作品。据说孔子删定《诗经》，并评价说"《诗》三百，一言以蔽之，曰：'思无邪'（have no twisty thoughts）"。在孔子看来，《诗经》具有道德教化的社会功能，有助于净化与唤起情感。海伦娜·万指出，诗歌在孔子生活的时代有着重要的社会和政治功能。《左传》中就有关于在外交场合赋诗酬酢以表达思想、体察他人动机的记载，这是一种重要而又微妙的交流方式。这也就是孔子为何要敦促儿子伯鱼学习《诗》，"不学诗，无以言"。海伦娜·万说，在孔子所处时期的《诗经》集子中，有很多关于人伦关系的赞歌。《关雎》赞美夫妇间的亲密关系，孔子评价说"《关雎》乐而不淫，哀而不伤"；还有"唐棣之华"感华以讽兄弟；"采采芣苢"，美草以乐有子。总之，海伦娜·万认为，在孔子看来，诗歌是知识的源泉，可以丰富人的经验，同时也能使人在道德、智力等层面上获得提升。

---

① 参见 Helena Wan, "The Educational Thought of Confucius", Ph. D Dissertation, Loyola University of Chicago, 1980, p. 190.

紧接着，海伦娜·万谈到孔子的乐教：乐与诗不分，因为在孔子生活的时代，诗歌是被谱曲用以吟唱的。乐与礼有联系，在于乐是为礼仪伴奏的。和诗一样，乐在情感教育中也发挥着重要的作用，乐的教育功能在于培养道德品性，促进情感的和谐。孔子认为应该对过剩的情感进行疏导和调和，而非粗暴地加以清除；而好的音乐就可以产生这种效果，所谓"成于乐"，即音乐有助于人格的完善。孔子本人就是音乐爱好者，同时也是音乐鉴赏家。他认为好的音乐可以给他带来愉悦，以至"三月不知肉味"。《论语》中记载孔子评《韶》"尽美矣，又尽善也"，《武》"尽美矣，未尽善也"。孔子将音乐与德育紧密地联系在一起，他说："乐其可知也：始作，翕如也；从之，纯如也，皦如也，绎如也，以成。"最后海伦娜·万发挥说，意识到音乐对情感和感受的教化与规训功能，孔子或许提倡以音乐为媒介来普及教育，他极有可能赞同国家对音乐的审查制度，禁止一切腐蚀青年人思想的有害音乐。例如，孔子"放郑声"，就是因为郑国的音乐淫秽。① 海伦娜·万的论证的特点在于，不是直接地将孔子的诗学主张纳入对道德政治的证明中，而是通过情感教育这个中介，指出其中灌注的儒家人格建构的实用主义目的。

雷蒙德·道森的《孔子》是绍介孔子生平学说的一部论著，其中也探讨了孔子的诗教观和礼乐观。他分析说，《诗经》作为一部诗歌集，早在孔子之前就已经被普遍视为文学遗产，孔子删定《诗》三百的说法是不可信的。② 原因有二，首先，《诗经》是由荀子倡导纳入儒家教育科目的，在西汉时期才被尊为儒家经典；其次，由于孔子被奉为圣人，以至于人们过分夸大了孔子在经典传统确立过程中的作用。《诗经》收录了民歌与祭祀的颂歌，代表了周代文学的最高成就。对于《诗经》，孔子所关注的并非其审美趣味，而是实用目的。③ 雷蒙德·道森进一步分析说，孔子说的"小子何莫学夫诗"，表明孔子认为诗歌可以丰富人的感性，使其更

---

① 参见 Helena Wan, "The Educational Thought of Confucius", p. 194.
② 参见 Raymond Dawson, *Confucius*, New York, Hill & WangPub, 1981, p. 21.
③ 参见 Raymond Dawson, *Confucius*, p. 22.

好地履行社会职责。此外，学诗的最终目的是为了出仕。例如，孔子说："诵《诗》三百，授之以政，不达；使于四方，不能专对。虽多，亦奚以为？"这表明如果不是用以行政和外交，就算能吟诵也是毫无用处的。正如陈汉生（Chad Hansen）所说："中国哲人，特别是儒家一派都是实干家、政治家。"①对于通晓《诗》有助于从政的原因，雷蒙德·道森认为主要在于《诗》可以作为外交活动的润滑剂，语词可以从具体语境中剥离出来，被言说者赋予其他任何意义。这种做法在孔子生活的时代是被普遍认可的②，也可以从孔子论《诗》中看出。雷蒙德·道森举例说，《诗经》中的"如切如磋，如琢如磨"本是用以比喻年轻的情人形体如玉般优美，但出于教育目的，该句必须被予以更富有道德性的阐释，故此在《论语》中引用时，被用来指培养道德修养，而其表示"形体优美"的原义也就荡然无存了。雷蒙德·道森说，《论语》对《诗经》进行有意的误读，使之成为道德的标签，子贡就因对《诗经》的这种重新阐发而得到了孔子的首肯。这种解读法使语义彻底发生改变。例如，"思无邪"本是对马的描述，"无邪"在其原初语境中指的是马负重而日行千里，"从不突然转弯"；"思"也非"思想"的意思，在《诗经》中是一个感叹词。雷蒙德·道森认为孔子对《诗经》的阐释很有意思，不仅在于他的这种误读方式，而且在于由此产生的结果：对"思无邪"的解读明确表明孔子视《诗经》为道德教化的工具书，于是在汉代，一方面为了保证《诗经》"经典"的地位，更为重要的是《诗经》被认为是由孔子删定的，《诗经》中的诸多爱情诗被予以了更为庄重的阐释，被认为是表现儒家伦理中的臣子对君王忠诚的隐寓（allusions），而非对男女传情的描述。

此外，雷蒙德·道森还论及了孔子的礼乐观。《论语》中有多处与音乐有关的记载。孔子本人据说非常喜欢音乐，《论语》中说他抚琴而歌。雷蒙德·道森说，在汉语中，"欣赏"（enjoy）与"音乐"都写作"乐"，"赏

---

① Chad Hansen, "Chinese Language, Chinese Philosophy and Truth", *Journal of Asian Studies*, Vol. XIV, No. 3, 1985, p. 491.

② 参见 Raymond Dawson, *Confucius*, p. 22.

乐"(enjoy music)与"享乐"(enjoy enjoyments)都作"乐乐"。道森解释说,《孟子》中就有这样的用法。一位国君向孟子陈说其由喜好音乐而产生的焦虑,因为他只好当时的流行音乐而不好古乐。针对这一情况,孟子说,国君只要能做到与民"乐乐",至于喜好何种音乐并不重要。

雷蒙德·道森指出,中国古人已充分认识到音乐能给人带来愉悦并对人的情感产生强烈的影响,而且除了娱乐之外,音乐还有更为重要的价值。音乐通常与"礼"联系在一起,即所谓的礼乐舞一体。音乐被认为同礼一样,有助于维持宇宙的和谐。①伴礼之乐的巨大影响尤其体现在一些重要的节令时节,如冬至或夏至。《汉书》中就有冬至奏乐的记载。冬至时分开始从"阴"向"阳"过渡,人们认为音乐可以推动这一转变。音乐由此在中国古代具有深远的意义。孔子在齐闻《韶》,竟"三月不知肉味",赞叹道:"不图为乐之至于斯也。"对此,雷蒙德·道森解释说,《韶》乐对孔子产生了非同寻常的影响,这并不意味着孔子完全沉浸于音乐的审美愉悦中,孔子所看重的乃《韶》乐的道德教化功能。《韶》,为舜时的音乐,赞美舜以德受禅于尧,因为舜的统治使得天地间和谐融洽,与音乐的境界是一致的。天人合一的观念使音乐在个体生活中变得非常重要。通过好的音乐,国君可以在百姓中培育出和谐与美德。礼乐并用,有助于改造和完善人性。故此,孔子说:"兴于诗,立于礼,成于乐。"音乐以其中立的、神奇的、与天地宇宙相系联的特质使人心归于太和。由此可见,道森的论述又在一个更广的知识与思想论证的层面上支持了海伦娜·万的观点。

借此我们也能隐约地看到,20世纪七八十年代北美汉学界对孔子文学思想的研治或是以西方的标尺来加以截取,在方法论上有时会存在"以西解中"的歧误;或是停留于"实用"与"审美"、"功利"与"抒情"的二元对峙,解释的尺度仍较为单一,以至于有时不能充分考虑到它的多重"混杂性"。

进入20世纪90年代,随着新一代汉学家的出现,孔子文学思想受到更多的关注。这或许意味着北美汉学界研究趣味的某种转向。而在研

---

① 参见 Raymond Dawson, *Confucius*, p. 35.

究理念上，后继者同样有所推进，纠正了前期或"抒情"或"实用"的"过度概括"之偏，由宏观上的定性转为对细部的多向度稽查，尤为注重在中国传统诗论语域中对孔子文学思想意蕴的深层探讨，以及新方法论的运用。其中最值得一提的，有范佐伦、柯马丁与孙广仁等人的研究。

二十余年来，美国学者陆续展开中国传统阐释学的研究，范佐伦的专著《诗与人格：中国传统中的阅读、注释和阐释学》可被视为其中的一部代表作。范佐伦在该书中动态地梳理了《论语》中孔子论《诗》的三个阶段，并在具体分析《论语》中引《诗》、评《诗》的现象后，认为《论语》对《诗经》的评论如依时间为序可寻到一条清晰的线索，即将《诗经》依次视为音乐、修辞和学习的对象。①

《论语》的早期语段视《诗经》为伴礼之乐，这比较典型地体现出孔子对早期传统的关注。《论语·八佾》记载：三家者以《雍》彻。子曰："相维辟公，天子穆穆，奚取于三家之堂？"孟孙、叔孙、季孙三家是当时鲁国的权臣，操纵着整个国家的政权。他们祭祖僭用周天子的祭礼，在祭祀祖庙以后，唱着《雍》这首天子祭祖时唱的歌撤出祭品。在此，孔子强烈抗议《雍》在祭礼中的不恰当使用。尽管他提到了《诗经》中的某些话，但是很明显，他的意图不在于阐释文本或表明《诗经》是教学资源。孔子在此关注的是三家大夫在祭祖时奏《雍》之不合礼数。还有一次是季氏在庭院中摆出八佾之舞，这些让孔子很是感伤。对礼的关注还体现在《论语·子罕》中，子曰："吾自卫反鲁，然后乐正，雅颂各得其所。"范佐伦认为，虽然孔子更为关心的是保留与维持周礼，但他也以一种"审美"的方式欣赏《诗经》的音乐。② 例如，子曰："《关雎》乐而不淫，哀而不伤。"范氏认为在这里，孔子指的是《关雎》的音乐性而非语言内容。原因有二，一是，《论语》中凡提到《诗经》某首诗歌的题目，所谈及的要么是《诗经》的音乐表演，要么是其音乐性。例如，子曰："师挚之始，《关雎》之乱，洋洋乎

---

① 参见 Steven Van Zoeren, *Poetry and Personality*: *Reading*, *Exegesis*, *and Hermeneutics in Traditional China*, Stanford University Press, 1991, p. 48.

② 参见 Steven Van Zoeren, *Poetry and Personality*: *Reading*, *Exegesis*, *and Hermeneutics in Traditional China*, p. 30.

盈耳哉!"二是,孔子在概括《关雎》特点时,所用的人格与道德修养的字眼与音乐而非与《诗经》文本相关联。子谓《韶》"尽美矣,又尽善也",谓《武》"尽美矣,未尽善也",都可以说明这一点。

《论语》的中期语段则偏向于将《诗经》作为"前文本"(pre-text)。在这部分中,孔子及其弟子不再关注《诗经》的音乐品格,而是运用《诗经》中的诗句来修饰言谈,规劝教导。于是,《诗经》中的个别诗句从具体语境中被剥离出来,用以传达与其原意无关的其他观点。例如,子贡曰:"贫而无谄,富而无骄,何如?"子曰:"可也,未若贫而乐,富而好礼者也。"子贡曰:"'如切如磋,如琢如磨',其斯之谓与?"子曰:"赐也,始可与言《诗》已矣,告诸往而知来者。"在原初语境中,"如切如磋,如琢如磨"用来形容一位贵族情人的优美与文雅,与子贡所理解的道德修为的无止境毫无关系。尽管孔子说"始可与言《诗》已矣",其实是子贡对《诗经》的恰当引用而非注释得到了孔子的肯定。尽管对《诗经》的关注角度已由音乐转到语言,但此时《诗经》仍是"前文本",还未成为孔门弟子学习的课程,即构成"强意义文本"(text in the strong sense)。所谓"强意义文本",即稳定的文本,为某种学说文化之重点,是研究与阐释的对象。晚期语段方视《诗经》为"强意义文本",其中提及《诗经》是儒家的必修课,孔子提倡门生对《诗经》的学习。范佐伦认为在晚期语段中,有关孔子提倡学习《诗经》的最著名的一段是:"小子何莫学夫诗?诗可以兴,可以观,可以群,可以怨。迩之事父,远之事君;多识于鸟兽草木之名。"对此,范佐伦分析认为,首先,孔子提出了《诗经》的四项功能。兴,指的是通过恰当地引用《诗经》作为道德教育的素材来激起一种道德感。其他三种功能与《左传》中诵《诗》的神话有关。在这一神话中,诵《诗》可以坚定团结人们(群),表达失落与愤恨(怨),还可以观察说《诗》者的意图、性格与动机。此外,学生还会学到"鸟兽草木之名",还可用以侍奉父母与君主。[①]

[①] 参见 Steven Van Zoeren, *Poetry and Personality: Reading, Exegesis, and Hermeneutics in Traditional China*, p. 45.

紧接着，范氏分析了《诗经》身份在《论语》中发生演变的原因。南方的管弦音乐以更繁复的节奏与旋律对北方节奏简单的打击乐形成了冲击，这导致原本作为《诗经》存在理由的音乐逐步退出历史舞台，《诗经》只好作为言语文本而存在。继而，《诗经》逐渐被作为优美措辞的集锦而广泛用于优雅的谈话中，或被作为言说志向的"前文本"。最后，迫于学派争鸣的压力，某一派的学说需要有稳定而权威的表述，《诗经》则恰恰可以作为这样一种学说的载体，因此《诗经》成为儒家研读的对象，并最终成为"强意义文本"。

西方学者研究中国的阐释学著作，有助于阅读传统《诗经》文本和了解各诗篇之意涵，而孔子诗论无疑为《诗经》创构出一个重要维度。在此，范佐伦从历时性的视角出发，动态地揭示出孔子说《诗》的三阶段：一为复礼兴乐，一为应对辞令，一为教科书之用，较为全面地细致分析了《论语》中孔子论诗的内涵演变。

除研究视角外，20世纪90年代以来，北美汉学家对孔子文学思想的研治，在方法论上也颇有特别之处。例如，普林斯顿大学柯马丁教授的"二重证据"法，加拿大汉学家孙广仁对结构主义方法的运用。

柯马丁《新出土文献与中国早期诗学》一文探讨了新出土的《孔子诗论》(Confucius's Discussion of the Odes)。柯马丁运用"二重证据法"，通过地下发现之新材料与纸上之材料的互相比勘释证，解析孔子论诗对"情感"与"实用"的兼顾。

新出土的上博简《孔子诗论》共29片，有一千多字。柯马丁认为这一文献虽为断片但是意义重大，包含了《诗经》流传的最早文献证据以及对《诗经》的评价与讨论。① 柯马丁说，对《关雎》乃至整部《国风》的阐释起初有三家观点不同于《诗大序》。刘安在《离骚传》中认为《国风》"好色而不淫"，《论语》中说《关雎》乐而不淫，哀而不伤"。这些观点代表了早期对

---

① 参见 Martin Kern, "Early Chinese Poetic in the Light of Recently Excavated Manuscripts", Olga Lomová(ed.), *Recarving the Dragon: Understanding Poetics*, Prague, The Karolinum Press, 2003, p. 28.

《关雎》乃至《国风》的理解，即一方面指出了这些诗歌所表达的情感，另一方面又将这些诗作视为对情感泛滥的警示，努力在情欲与道德之间保持一种张力。此外，韩诗、齐诗、鲁诗"三家"也认为《关雎》直指好色，"好色伐性短年"（cuts into one's nature and shorten one's years），最终会导致亡国。柯马丁解释说，以上三种阐释均认为《关雎》旨在批评，而非如《诗大序》所谓的赞美后妃之德。这三种对《关雎》的早期理解在上博简《孔子诗论》中得到了支持与呼应。① 10号竹简说："《关雎》以色喻于礼。"11号竹简补充说："《关雎》之改，则其思益矣。"第12号竹简又反问道："反内于礼，不亦能改乎？"14号竹简最后补充说："其四章则愉矣，以琴瑟之悦，嬉好色忨，以钟鼓之乐……"柯马丁说，这种阐释不同于《诗大序》所谓的《关雎》美后妃之德，亦不同于依据现代标准将其视为妥帖而无害的婚歌。② 如此，通过"二重证据"法，柯马丁发现，孔子论诗注重诗之本体，着重诗义在于"言志"，在于人之情感，看重诗对人心灵的陶冶。当诗本身涉及历史时，孔子便在真实的基础上，将具有审美意象的诗引向道德的理想境界，强调诗的政治教化作用是潜移默化的。而从汉代开始的中国阐释学，以人格教化为中心，以史证《诗》，教条式地将儒学观念生硬地灌注进诗篇中，寻章摘句，牵强附会，严重抹杀了诗歌的文学特征与艺术感染力。"而从出土的文献，如《孔子诗论》来讨论早期诗歌的不同接受与解读，借此可以再斟酌我们对这些早期诗作的构成、流传、解读和社会文化地位的基本假设。"③

柯马丁在一次访谈中指出："欧洲的学术里有相当强的语文学传统，德国尤其如此。所以编出土文献方面的书，如果找美国学者，结果肯定

---

① 参见 Martin Kern, "Early Chinese Poetic in the Light of Recently Excavated Manuscripts", *Recarving the Dragon：Understanding Poetics*, p. 55.
② 参见 Martin Kern, "Early Chinese Poetic in the Light of Recently Excavated Manuscripts", *Recarving the Dragon：Understanding Poetics*, p. 56.
③ Martin Kern, "Early Chinese Poetic in the Light of Recently Excavated Manuscripts", *Recarving the Dragon：Understanding Poetics*, p. 72.

不一样。这是不同的学术传统带来的结果。"①柯马丁作为德国人，深受欧洲汉学传统熏陶，他的早期中国文学研究以集中于语文学和历史学分析为标志，很大程度上没有受到最新西方文学理论的影响。而"在 20 世纪 60 年代到 80 年代之间出现的比较文学学者和结构主义者对这一研究领域的推动，反映了用西方的模式和思维范式来研究中国文学的愿望"②，身处北美汉学界的孙广仁，便是运用结构主义方法来解读孔子诗学的。

　　加拿大汉学家孙广仁是北美地区较有影响力的汉学家，在中国古典文学研究方面颇有造诣。他曾与另一位汉学家米列娜（Milena Doleželová-Velingerová）合作，为《约翰霍普金斯文学理论与批评指南》（*The Johns Hopkins Guide to Literary Theory & Criticism*）撰写长篇词条，介述中国古代的小说和戏曲理论。在专著《遣词：中国传统的诗歌能力观》中，孙氏拈出"诗歌能力"（poetic competence）和"文化能力"（cultural competence）两个概念对中国先秦、两汉、南朝以及唐代的诗学思想进行了结构主义式梳理与考察。孙广仁对先秦诗学的考释，是以孔子的诗学观为审视对象的。

　　"能力"一词，较早可见于美国语言学家乔姆斯基所谓的"语言能力"。乔氏基于"能力"与"述行"（performance）这一组对立概念，对规则和行为的区别做了最佳表述，这对术语与索绪尔的"语言"与"言语"恰好对应。具体说来，"语言能力"即"通过一套规则或规范系统，对那些在这个系统中运用自如者所无意识掌握了的知识，给予明确的再现。他们无须意识到这些规则，而且在大多数情况下，的确也并不意识到这些规则，因为真正掌握语言能力，通常意味着对这些规则的直觉的把握，在产生行为和理解的过程中，这些规则并不显现。可是，这又并不等于说规则就不存在：掌握意味着一种系统的能力"③。语言使用者因具备了一套内化的

---

　　① 盛韵：《柯马丁：更多了解其他古文明才能更清楚古中国》，载《东方早报》，2012-04-01。
　　② ［德］柯马丁：《学术领域的界定——北美中国早期文学（先秦两汉）研究概况》，见张海惠：《北美中国学：研究概述文献资源》，583 页。
　　③ ［美］乔纳森·卡勒：《结构主义诗学》，31 页，北京，中国社会科学出版社，1991。

语法才可以进行语言的交流与意义的解读，同样，儒家在解读《诗经》时，需要事先对诗歌话语如何发挥作用做到心中有数，知晓从文本中寻找什么。故而，就需要具备当时的文化知识，熟悉诗歌表达和解读的程式，具备一种已经被内化的文化规则。孙广仁说，孔子并没有提出新的学说，他更多的是在解释一套业已存在的做法。这说明孔子正是对春秋时期诗歌的程式了然于胸，"述而不作"。孙广仁引入结构主义的分析方法，以"诗歌能力"来界认孔子对《诗经》的阐述与发明，正中鹄的。

孙广仁指出，"诗歌能力"指的是某个人以诗歌话语作为手段来影响其他人的态度与行为，以达到某种预期目的的能力。[①]"文化能力"指的是操控传统的能力。儒家作为传统主义者，宣称他们具有某种操控力，这种操控力并非被动接受，而是将过去的知识应用于当下的情境以产生预期的结果。春秋时期礼崩乐坏，儒家必须在过去的理想与并不理想的当下现实之间加以调和。他们面对没落时代的种种丑陋与罪恶，不停地上下求索着美好的未来。这要求他们必须在适当的时刻，面对适当的人而付诸行动。对时间和受众的考虑使得儒家成为某种执行者，他们必须即兴对《诗经》中的诗句加以发挥，以强有力地影响他们的听众。从某种意义上说，儒家隐隐意识到文化的断裂与缺失，那曾经的世界已无法坚持自己的权力，儒家的"文化能力"就在于如何通过对过去残迹的操习使那个世界得以复苏。在《论语》中，据说孔子曾敦促他的儿子认真学习《诗经》，因为"不学诗，无以言"；在其他场合，他还说对于"使于四方不能专对"的人来说，学习《诗经》是毫无用处的。孙广仁分析说，为了激励弟子学习《诗经》，孔子列举出了这一"文化能力"所包含的种种益处。但是仅仅知晓还是远远不够的，必须要懂得如何适时地加以运用。[②]《论语》记载，子贡曰："贫而无谄，富而无骄，何如？"子曰："可也，未若贫而乐、富而好礼者也。"子贡曰："'如切如磋，如琢如磨'，其斯之谓与？"子

---

① 参见 Graham Martin Sanders，*Words Well Put：Vision of Poetic Competence in the Chinese Tradition*，Cambridge，Harvard University Press，2006，p. 6.

② 参见 Graham Martin Sanders，*Words Well Put：Vision of Poetic Competence in the Chinese Tradition*，p. 25.

曰："赐也，始可与言《诗》已矣，告诸往而知来者。"子贡受到孔子的嘉许并非是单单因为他会背诵《诗经》，而是能够引《诗经》中的诗句给所讨论话题的症结以比喻性的表述，即道德观念对人的塑造就如同雕琢玉石一般。孔子说"始可与言《诗》已矣"，表明在孔子看来，仅仅会背诵还不够，必须要会应用。当孔子说"告诸往而知来者"时，他是在表扬子贡，因为子贡能够将知识适时、适当地应用于当下情境，表现出了"文化能力"。在《论语》中，孔子被描绘成两种角色：一是"文化能力"的完美体现者，在讨论中能够自如地运用所获得的知识；二是"文化能力"的传授者，孔子非常欣赏弟子们通过刻苦努力来获取知识并应用于实践。① 孙广仁最后总结说，孔子并没有提出新的学说，他更多的是在解释一套业已存在的做法，以期有助于个人获得社会声誉和仕途的成功。

孙广仁在此引入结构主义的分析方法，而此种方法旨在探寻支配系统进行活动的法则。故此，孙氏拈出"诗歌能力"与"文化能力"这两个词，其意不在于"实用"或"抒情"，而在寻绎孔子说《诗》时所遵循的文化语法规则。这一潜隐习则的发现，为孔子评诗之种种表象提供了解释性的支撑结构。

2. 认识论或思维方式及其影响

除了对孔子诗学思想内涵的探讨之外，孔子论《诗》的思维方式或认识论也引起了一些美国汉学家的重视。对此思维或认识模式的探讨直接影响到对这一中国诗学传统及其运思模式的把握，从而将之运用到对中西比较的历史与对文明史反思的议程中。

美国汉学家郝大维与安乐哲，"把孔子树立为摆脱西方人对超验的长期依赖的后现代主义的楷模"②。他们在后现代语境中对西方理性主义的思维模式加以审视与反思，认为这一西方思维模式导致了事实—价值—理论—实践的相互脱离，而孔子"学(learning)、思(reflecting)、知(real-

---

① 参见 Graham Martin Sanders, *Words Well Put: Vision of Poetic Competence in the Chinese Tradition*, p. 26.

② ［英］葛瑞汉：《论道者：中国古代哲学论辩》，39页，北京，中国社会科学出版社，2003。

izing)、信(living up to one's words)"的思维方式可以作为批判西方传统思维模式的一种参鉴。

　　郝大维、安乐哲在《孔子哲学思微》一书中认为，孔子思想中所谓的"学"，是指直接知晓的过程，而不是以概念作为中介的客观事实的知识。在"学"和"闻"的联系中，"学"通过同"教"的互相作用和互相交流，从而具有领会和体现文化传统的意义。而"思"，又是对某些既定的东西加以批判和评价。孔子一方面强调个人占有文化传统，又认为要获得并接受现存的意义就必须进行思考。因为要想使这些意义尽量合适并扩展到人们所处的环境中，创造性思考就是必不可少的，所以人们必须创造性地充分利用现有的文化，使之适合自己的环境和时代，从而形成一种结构。只有通过这个结构，人才能实现自己。观点和说明观点的文字不应当仅是学究式的和理论的，而且应当成为促进行动的力量，具有实在的操作性。[①] 孔子的"知"，最好在"使之真实"的意义上将它译为"实现"(to realize)。在中国文献中，"知"通"智"，表明理论和实践的不可分离。"知"强调将来的事件有各种可能性，过去和现在形成了将来事件的环境；将来事件在现有的环境中产生并为这种环境所决定。另外，"知"勾勒出将来的轮廓，引起了人们的向往，使他们投入创造将来的活动中。"信"是孔子的又一个重要概念。从根本上说，"信"是可操作的，是全心全意地实践一个人的允诺，是建立"友谊"赢得大众持续支持的必要条件。但是不能就此推出，有了"信"就能使人臻于完善。"信"一般被看作一种积极的品质，但它究竟怎样，尚赖于"信"的内容。孔子在区分三种层次的"士"时，甚至把"信"看作第三层也是最底层的德行。最后，"信"和"义"之间还有一种重要的关系。在孔子那里，"义"是一个绝对的概念，是人类自身美学的、道德的和理性的意义的本源。"义"要求说明、展示和实现个人的意义。如果一个人履行了他的诺言，那么，他就使自己成为世界的意义的源泉，其他人也就可以借此认识、传播这种意义。

---

　　① 参见 David L. Hall and Roger T. Ames, *Thinking through Confucius*, Albany, State University of New York Press, 1987, p.48.

由郝大维、安乐哲的论述可以看出，中国传统的基本思维模式以一体性为基础，不存在严格的超越以及由其涵衍的分离。对于孔子来说，没有理由，或者说没有任何一种真正的倾向要接受分离的后果。一体观念是一种更合意的价值，在中国文化中无处不在。这一思维模式也延伸到孔子对文学的认知。

在郝大维、安乐哲看来，孔子对《诗经》的解读与其"学、思、知、信"的思维方式相一致。首先，《诗经》是文化价值的载体，包含了大量的有关文化传统的宝贵资料，为现代社会提供了根和源，成为社会的稳定因素。其次，《诗经》作为一部艺术作品，展示出精美的言辞。《诗经》是词汇的宝库，能改善人们口头和书面的表达技巧，为组织和表达人类的经验提供了一种丰富的媒介。最后，在春秋时期的政治斗争中，《诗经》又是一部以隐晦方式触及敏感问题的重要著作，对外交官或者未来的政治家而言，熟谙《诗经》中的兴、比方式是很重要的。但是人们在学习《诗经》时又不能不思不问。孔子说"兴于诗，立于礼，成于乐"，认为《诗经》不仅是供人学习的历史资料，而且是创造性思维的重要源泉。《诗经》激发人们修身养性，发挥创造性和想象力，达到博学的境界，借以增强社会责任感。我们不应把《诗经》看作供人效仿的、有德者对道德规范的说明，而应视其为人的、社会的、政治的、经验的可信结构，是批判的反思和创造性的改编物，是当时道德的、美学的、社会团体的框架。《诗经》的主要目的不是认同、界定和告知，而是参与并最终改造一切。[①]《论语》在援引《诗经》时，常常对原意做出新的解释，以适应孔子当时的情况。例如，当子夏描绘一个美貌的宫女，表示内在美比外在美更为重要时，孔子听了很高兴。子夏问曰："巧笑倩兮，美目盼兮，素以为绚兮。何谓也？"子曰："绘事后素。"曰："礼后乎？"子曰："起予者商也！始可与言《诗》已矣。"另一次，孔子赞扬子贡能举一反三，增进修养。子贡曰："贫而无谄，富而无骄，何如？"子曰："可也，未若贫而乐，富而好礼者也。"子贡曰："'如切如磋，如琢如磨'，其斯之谓与？"子曰："赐也，

---

① 参见 David L. Hall and Roger T. Ames, *Thinking through Confucius*, p.64.

始可与言《诗》已矣,告诸往而知来者。"郝大维与安乐哲认为这段话说出了"学""思"和"知"三者的关系:既要熟谙经典,又要创造性地把握经典的原意,对原意加以发挥,以适合期望的目的和将来。① 在孔子对《诗经》的领会和创造性的说明中,我们可以看到"学"和"思"之间的相互作用加深了对经典原文的理解,并能促进个人的转变。这样,《诗经》就为人们领会旧意义提供了源泉,并为人们表现新意义提供了工具,成为认知的必由之路。孔子对《诗经》的运用为其认识论提供了一个十分贴切的例证。

西方文化的基本思维模式以分离为基础,由严格的超越所涵衍的分离,支配了西方的哲学思辨,催生了科学优于文学、理性优于言语、认知优于情感的霸权观念。郝、安从后现代哲学与思维的角度出发,通过思想考古,层层剖析出孔子"学、思、知、信"的一体式思维,以此批判西方传统思维模式,也意在揭示盎格鲁—欧洲哲学家与新儒家在解说孔子时所产生的误读,对我们重新理解孔子诗学观点的运思模式具有很大的参考意义。

美国汉学家、哈佛大学的宇文所安教授是当前西方汉学界知名的中国古典文学研究专家,著有《中国文学思想读本》。全书从文本细读出发,在对中西文论的双向阐发中,以"他者"的视角对中国文论进行了深入理解和重新建构。在第一章开篇,他指出了孔子认识事物的"三级系列"问题,认为正是孔子这一迥异于西方的特殊认识论构成了中国文学思想的重要起点。

宇文所安探讨了《论语•为政》中的"子曰:'视其所以,观其所由,察其所安,人焉廋哉?人焉廋哉?'"他认为,"孔子此段话涉及一个特殊的认识论问题"②,值得充分关注。不同于西方模仿说或再现说中的二元意义结构,孔子提出认识事物的三级系列:不是从"存在""理念"等不变之物出发,而是从"人"出发,先去观察一个人是怎么回事,再看何以如此,最后还要考查这个人安顿于何处,从而找出他的目的、动机和所求。实际上,孔子的本意是指,通过观察分辨一个人外在的言行,人们可以

---

① 参见 David L. Hall and Roger T. Ames, *Thinking through Confucius*, p. 66.
② Stephen Owen, *Readings in Chinese Literary Thought*, Cambridge, Harvard University Press, 1992, p. 19.

窥见其内心的真实。这里指出的是如何认识一个人的道德品质的问题，与文学思想并无直接关联，但宇文所安却独具只眼，认为孔子此段话虽未直接论及文学，但却包含了一种理解和阐释文学的程式与方法，而且其中包含的认知模式对后世的文学思想产生了颇大的影响。孔子的认知模式显然不是西方意义上的"认识论"问题。古希腊哲学为西方人认识世界开辟出一条思路，认为在现实世界之上须有所超越，从而达到更为真实而恒常之理念世界。在此假设下发展而来的，便是具体与抽象、现象与本质的二元对立。与西方在对立超越中寻求真实的认知模式不同，中国哲学传统基本上持一元论的宇宙观。宇宙原理，或曰"道"，是完全内在于现实世界的，而且不存在任何超越性的物质存在。中国古人并未设定一个高于现实层面的抽象世界，而是更多地在现实世界和经验中追求真理。正是在对绝对真理的认知与把握上存在的差异，决定了中西方所采取的方式具有不同的意义。宇文所安说，孔子在此所提出的问题关系到如何在具体情境中识别"仁"（the good），而不是认识"仁"的概念。中国文学思想正是围绕"知"的问题发展起来，这是"知人""知世"的"知"。"知"的问题取决于多种层面的隐藏。它引发了一种特殊的解释学，意在揭示认识言行的种种复杂的前提的解释学。中国的文学思想就建立在这种解释学之上，正如西方文学思想建基于"诗学"（即就诗歌的制作来讨论"诗"是什么）。中国传统诗学产生于中国人对这种解释学的关注，而西方文学解释学则产生于它的"诗学"。① 正因为上述两种出发点，中西文学思想也就分道扬镳了。

(二)孟子美学及文学思想研究

孟子在西方世界的影响力要远逊于孔子，葛瑞汉便曾指出"大多数孟子的西方解读者把他想象成一个雄辩的教师和贫乏的哲学家"②。《孟子》

---

① 参见 Stephen Owen, *Readings in Chinese Literary Thought*, p. 22.
② ［英］葛瑞汉：《孟子人性理论的背景》，见［美］江文思、安乐哲：《孟子心性之学》，36 页，北京，社会科学文献出版社，2005。

一书的译本不是很多，关于孟子美学及文学思想的研究成果也是寥寥可数。杜维明（Wei-ming Tu）《孟子思想中人的观念：中国美学阐释》(The Idea of the Human Mencian Thought: An Approach to Chinese Aesthetics)围绕孟子的道德修养观展开，旨在解释孟子的人文精神对中国美学的影响。虽然杜氏侧重从美学角度的阐发，但对我们理解孟子的文学思想也颇有助益。再者，汉学家对孟子若干重要文论命题的解析，如施友忠（Vincent Yu-chung Shih）《文心雕龙：中国文学中的思想与形式研究》(The Literary Mind and the Carving of Dragons: A Study of Thought and Pattern in Chinese Literature)探讨了孟子的"以意逆志"说、"知人论世"说和"养气"说；宇文所安《中国文学思想读本》分析了孟子的"知言"理论、"以意逆志"说和"知人论世"说。

1. 孟子的人文精神与美学思想

杜维明在《孟子思想中人的观念：中国美学阐释》一文中探讨了孟子的自我修养（self-cultivation）观念对中国艺术理论的影响。杜氏围绕孟子思想中的"道、身、心、神"四个范畴展开，其目的一是探讨古典儒学，特别是孟子关于人的思想，二是以上述四个范畴作为理解中国美学思想的关钥。①

"道"（the Tao），作为人的行为准则，在孟子的思想中不仅得到充分的体现，而且是他全部思想的基础。孟子所谓的"道"不是一个静止的范畴，而是一个动态发展、永无止境的进程，是通过学习使一个自私的自我转变为一个具有能知能爱的自我的完整过程。"身"（the body）在儒家那里，经常是一个带着特定含义的词汇。这一词汇隐含着自我的更为内在的意义，指的是自我修行的胚基，而"六艺"是陶冶自我的手段。在孟子思想中，那种通过礼、乐、射、御、书、数"六艺"的修行来完善自身的人，可以创造出自身的真和美。倘若说"身"是表达一种时空观念存

---

① 参见 Wei-ming Tu, "The Idea of the Human Mencian Thought: An Approach to Chinese Aesthetics", Susan Bush and Christian Murck (eds.), *Theories of the Arts in China*, Princeton University Press, 1983, pp. 57-58.

在的概念,那么与"身"相比,"心"(the heart)所呈现出来的一个明显特征就是超越时空。在孟子看来,学习是一个"求其放心"的过程,而研习"六艺"是为"存心"。所谓"存心"便是牢牢地保持人心能动的和不断开拓的状态,以洞悉圣人以及我们自己心中的真与美,达到"上下与天地同流"的"大体"境界。孟子将那些实现着自我的伟大转换的人称为"圣",而将那超出我们理解的"圣"称为"神"(the spiritual)。因此可以看出,"神"如同善、真、美一样都象征着人潜在的完美状态。而通过对浩然之气的修养,以开发与激活人体与人心内部的、能够将自我发展与天地融为一体的潜能,使人性能够参与天地的转化和发展的过程,最终达到与天地同在的境界。

上述这种自我完善的方法在杜维明看来,为中国艺术确立了一个深厚的人文主义基础。孟子用其人道的定义去影响美学观念,将人体和渗透于人的结构中的感知能力作为定义"美的观念"的主要参照点。① 美就像是人身上不断生长着的所有善与真的品质一样,是作为一种激励标准而存在的。美从经验着的自我和为人所感知的对象之间的相互作用中陶冶人之情趣,不论在艺术创作或审美过程中,文字仅仅只是承载"道"与"意"的,而内在的体验、心灵的乐趣或转换的精神才是美的真正根基。② 如此,通过对孟子饶有兴味的解读,杜氏用几个与身体有关的术语描绘出自我修行的几个阶段,认为艺术既是修身修性的途径,又是其外在的表现,故而中国艺术有着深厚的人文根基。

2. 关于孟子的若干文论命题

施友忠在《文心雕龙:中国文学中的思想与形式研究》序言中认为,虽然孟子保留并发展了孔子的说教主义,但是他的理想主义与神秘的学问使得他能够采取灵活的态度来对待一些文学问题。他主张以开明的姿态来阐释《诗经》,说:"说者不以文害辞,不以辞害志。以意逆志,是为

---

① 参见 Wei-ming Tu, "The Idea of the Human Mencian Thought: An Approach to Chinese Aesthetics", *Theories of the Arts in China*, p. 69.

② 参见 Wei-ming Tu, "The Idea of the Human Mencian Thought: An Approach to Chinese Aesthetics", *Theories of the Arts in China*, p. 71.

第三章　英美汉学界的先秦文学思想研究　　　　　　　　　　　　　　141

得之。"这种较为自由的阐释，在施友忠看来是一种纯粹直觉或主观的判断，是十分冒险的妄加猜测，反映出评论者的主观印象。但施友忠又认为这种主观判断并非一无是处。在批评刚出现的时候，诚实的看法本身就是一大贡献。① 当然，另一方面，孟子又主张不能孤立地解读作品，必须结合作者的生平与所处的时代语境，即"颂其诗，读其书，不知其人可乎？是以论其世也"。这在一定程度上缓和了他的主观印象式批评方法。但最终施氏还是坚称，即便历史维度的引入也很难平衡主观、印象式批评者的观点。

相对而言，施友忠认为"养气说"是孟子对中国文学批评的更为重要的贡献。"气"在孟子那里具有浓厚的伦理色彩。② 孟子说："其为气也，至大至刚，以直养而无害，则塞于天地之间。其为气也，配义与道；无是，馁也。是集义所生者，非义袭而取之也。"可见，"气"代表的是经由道德修养所获得的道德品质。在论"养气"时，孟子还谈到了"知言"。"敢问夫子恶乎长？"曰："我知言，我善养吾浩然之气。"施氏认为，这其中就有一些文学意味。"浩然之气"是君子的特征，是一种道德勇气。这种勇气形之于言辞，言语就变得合乎情理，产生势如破竹的力量，赋予文学诸如雄浑、劲健、豪放等风格。在后来的发展中，"气"的内涵逐渐扩大，不仅含有最初单纯的道德意义，还增添了美学的意义，成为中国文学批评史上品评作家才能及作品的重要标尺。③

宇文所安在《中国文学思想读本》中，对孟子的"知言"理论也提出了自己的看法。"何谓知言？"曰："诐辞知其所蔽，淫辞知其所陷，邪辞知其所离，遁词知其所穷。"对此，宇文所安认为孟子所谓的"知言"并不是

---

①　参见 Vincent Yu-chung Shih, *The Literary Mind and the Carving of Dragons: A Study of Thought and Pattern in Chinese Literature*, Hong Kong, Chinese University Press, 1983, p. xiii.

②　参见 Vincent Yu-chung Shih, *The Literary Mind and the Carving of Dragons: A Study of Thought and Pattern in Chinese Literature*, p. xiii.

③　参见 Vincent Yu-chung Shih, *The Literary Mind and the Carving of Dragons: A Study of Thought and Pattern in Chinese Literature*, p. xiv.

指简单地理解一段话的意思,当然更不是仅仅再现说话者说这段话的意思。孟子所说的"知言"是理解一段话彰显了说话者的何种意图,又使什么得以澄明。更为重要的是,说话者所说的是不自觉的,或许根本就不是其原意的表露。① 在此,宇文所安格外注意到孟子对中国文学思想的引导方向。他说,在西方语境中,"member of an audience"中的"member"暗示"集体"(the collective body)才是完整的有机体;文本所予以的接受期待不能由某个读者实现。而孟子的"知言"刻画了一种迥然有别的读者原型,这种读者并不是在单纯地寻求一种独一无二的体验模式,而是试图理解另一个人。以此为起点发展起来的文学艺术,如果某一文本强烈触动了读者的情感,原因在作者及其时代,而与读者与文本的封闭关系无涉。即使一个文本虽经千万人之手,但它永远都只找一个人,即一个"知言"的人。②

《孟子·万章上》载:"咸丘蒙曰:'舜之不臣尧,则吾即得闻命矣。《诗》云:"普天之下,莫非王土;率土之滨,莫非王臣。"而舜既为天子矣,敢问瞽瞍之非臣,如何?'曰:'是诗也,非是之谓也;劳于王事而不得养父母也。曰:'此莫非王事,我读贤劳也。'故说诗者,不以文害辞,不以辞害志。以意逆志,是为得之。"宇文所安解释说,在孟子看来,《诗经》中"普天之下,莫非王土;率土之滨,莫非王臣"的意思是由原因赋予的。意义是从某个具体的条件中产生的,孟子考虑的是"其所由"。孟子强调,任何一般意义都离不开具体意图的参与,所以必须把这段话理解为与产生这段话的那个具体条件的一种关系。宇文所安说,孟子不仅批评了因不考虑整体而误解部分的错误倾向,更为重要的是,宣告了中国语言和文学传统理论中的一个核心假定:动机和具体的起因是意义的一个不可分割的组成部分。在这里,孟子假定文学语言与普通语言不同。更有意味的是,"辞"被视为"文"与"志"的中介。按照孟子的描述,解释的诸阶段是"志"在语言中的显现过程的镜像,那么充分实现了的就是

---

① 参见 Stephen Owen, *Readings in Chinese Literary Thought*, p. 22.
② 参见 Stephen Owen, *Readings in Chinese Literary Thought*, p. 24.

"文"而非"志"。宇文氏认为这是后来活跃在该传统中的一个重要的雏形，即所谓的"文"指的是有文采的语言和书面语，是语言的完满的、最终的形式，而非普通语言的一种定形或变形。宇文氏接着解释说，在"辞"之前是"志"。通过仔细阅读，我们发现的不是"意义"而是"志"，即"怀抱"。"志"是一种心意状态，语言通常所具有的各种可能的意义，无论字面的还是比喻的，都归属于它。同时，"志"又不局限于这些意义。《诗》的语言不指向"被说的东西"，甚至也不指向"想说的东西"。毋宁说，语言指向说了的东西、想说的东西，与说话人为什么说这个、为什么想说这个两者间的关系。宇文氏接着解释说，符号/意义的那种朴素符号学模式在中西文化中都存在过。西方知性的传统没有彻底逃避这一模式，而是不断加工发展它。在中国，符号理论被更加高级的模式取代了，这个模式就是"志"。"志"把动机和情境与符号的纯规范运作结合了起来。从表面来看，这似乎是以心理学代替语言学，实际上则体现出这样一种认识：如果不通过某种心理和处在某种具体条件下，任何语言都是不可能产生的。

对于《孟子·万章下》中"颂其诗，读其书，不知其人，可乎？是以论其世也"所包含的"知人论世"说，宇文所安也给出了自己的解释。他认为在理解文本和理解他人这两种能力之间形成了一个解释的循环：我们借助某些文本来理解他人，但该文本只有借助对他人的理解才是可理解的。读者和作者之间的关系最终是一种社会关系。阅读被放置在一个社会关系的等级序列之中，它与在一个小社群中与他人交友只有程度上而没有本质上的差别。最后，宇文所安指出，我们阅读古人不是为了从他们那里获得什么知识或智慧，而是为了"知其人"。而这种"知"只能是来自对他们的生活语境的理解。这种生活语境是从其他文本中建立起来的。"知"可以靠阅读这些文本来获得，但这样的"知"与那个人是分不开的。在这里，文学的基础在于一种伦理欲，既是社会性的，又是社交性的。

(三) 荀子文学思想研究

荀子是继孔孟之后儒家思想的又一重要代表人物，但其著作《荀子》

在西方没有像《论语》《孟子》那样受到翻译者的重视,对其文学思想的讨论也更为寥落。施友忠的《文心雕龙:中国文学中的思想与形式研究》,探讨了荀子的实用主义文论观与创作心理论。

施友忠认为,与孟子相比,荀子的文学观更加具有实用性。[①] 对他来说,文学存在的唯一合法性在于它的有用性。这一观点最初见于孔子,在实用主义的墨家那里得到进一步强化。施氏说,尽管荀子关注社会行为的原则和产生社会和谐的途径与方法,但他也注意到了文学的某些价值,如对人性格的美化作用。只是问题在于荀子所谓的"文学"还不是我们现在所理解的文学,而是"学问"(learning)的统称。文学与学问之间畛域的模糊或许是作为纯文学起点的诗歌逐渐承担起道德教化重任的原因之一,而荀子更是处处援引《诗经》来表达他的道德观点。

在施友忠看来,虽然荀子是一个自然主义的哲学家,但他对创作活动的根源与本质却有着深刻的见地,并对创作心理有着合理的阐释。[②] 通过引证荀子论"乐"的一段话,施氏解释说,荀子认为音乐的功能在于调整人的情感使之和谐。这种内在的和谐首先为社会和谐奠定基础,然后再经由"礼"而使社会和谐得以实现。而"礼"指的是社会行为,是"乐"的内在原则的外化。由于音乐与诗歌之间有着密切的关系,荀子的乐论对后来的诗学产生了巨大的影响。

二、道家美学与文学思想研究

以老子和庄子为代表的道家形成了与以孔子和孟子为代表的儒家并驾齐驱的局面:儒家关注文学与道德、政治的关系,道家重在探寻文学的审美特性。有关老庄文学思想的研究成果,包括:白璧德(Irving Babbitt)在《卢梭与浪漫主义》(*Rousseau and Romanticism*)一书比较集中地探

---

① 参见 Vincent Yu-chung Shih, *The Literary Mind and the Carving of Dragons: A Study of Thought and Pattern in Chinese Literature*, p. xiv.

② 参见 Vincent Yu-chung Shih, *The Literary Mind and the Carving of Dragons: A Study of Thought and Pattern in Chinese Literature*, p. xiv.

讨了中国的道家思想,点出了道家思想与中国文学的关联;丁乃通(Nai-tung Ting)在《老子:语义学家兼诗人》(Laotzu: Semanticist and Poet)一文中探讨老子的言意观及其对中国文学的启示;刘若愚在《中国文学理论》中将老庄思想视为中国文学理论中直观自然以及与道合一观念的起源,并将庄子文学思想与杜夫海纳等人的现象学理论进行比较;施友忠在《文心雕龙:中国文学中的思想与形式研究》的序言中探讨了道家的言意观与《庄子》中"神"的观念;米乐山(Lucin Miller)在《玄学与神秘主义》(Metaphysics and Mysticism)一文中,围绕"语词分析"(word-analysis)与"语词事件"(word-event)的语言并置来阐发《庄子》文本的文学特征;宇文所安在《中国文学思想读本》中分析了庄子的言意观;叶维廉的《道家美学与西方文化》探讨了老庄的言意观与美学思想。

以上研究成果可分为两大类:第一类为对道家美学与文学批评思想内涵所进行的阐发研究,第二类是具体对《老子》或《庄子》中的言意关系及文学观点进行的专门研究。下面,我们按照上述两大类展开介绍。

(一)美国汉学家论道家美学

先秦道家美学思想只是在 20 世纪初才引起了美国学者的注意,美国学界关于先秦道家美学思想研究的代表学者有白璧德、刘若愚、施友忠、叶维廉。他们或从中西比较的角度,或由全球化视角出发,对中国先秦道家美学思想进行了多维度的阐发。

1. 白璧德与施友忠的论述

早在 20 世纪初,美国新人文主义代表人物白璧德在《卢梭与浪漫主义》一书中,即以"中国的原初主义"为题,较为简要地介绍了中国先秦时期的道家思想,点出了道家美学与西方浪漫主义之间的精神关联。[1]

白璧德说:"或许在过去与以卢梭为唯一核心人物的浪漫主义运动最

---

[1] 参见 Irving Babbitt, *Rousseau and Romanticism*, with a New Introduction by Claes G. Ryn, New Jersey, Transaction Publishers, 1991, p. xix.《卢梭与浪漫主义》一书出版于 1919 年,1991 年再版,本节相关引文均出自 1991 年版本。

为接近的就是中国早期的道教运动了。"①白璧德把对道家的考察限定于公元前550年至公元前200年,认为区区数千字的《老子》基本倾向是原初主义的,并用华兹华斯的"明智的被动"(wise passiveness)来概括《老子》的精神内涵。他进一步分析说,道家所指向的归一显然是泛神论的变种。这种归一可以通过消除差异、肯定矛盾的同一性来达到,并且鼓励回归本原,回归自然状态与素朴生活。在道家看来,人从自然状态陷入了人为技巧中,必须重返原初。白璧德还注意到,在《庄子》中这一自然主义与原初主义的学说获得了充分发展。他说,无论是在东方还是西方,几乎没有人像庄子那样以放浪不羁的态度对待生活。他嘲弄孔子,借助自然之名来攻击孔子的人文摹仿学说。他赞美无意识,哪怕它是从自我陶醉中获得的。而且,他还赞美美好心灵和德行。

在白璧德看来,庄子运用了相似的卢梭在《论艺术与科学》和《论人类不平等的起源》中的思维模式,以追寻人类从自然到人为技巧的堕落。在庄子和道家看来,那些反自然的纯粹习俗性的东西不仅包括科学艺术以及区分好坏趣味的意图,还有政府、治国术、美德与道德标准。此外,白璧德还提到了庄子所谓的"天籁",认为这种音乐在其全部神秘性与魔力中反映了自然无限的创造过程,非常接近"原初音乐"。白璧德从对卢梭的浪漫主义与西方的近现代艺术之关系模式的论述中,推演出道家思想与中国艺术之间亦应该存在类似的关联。白璧德认为:"道家具有丰富的想象力,并且是沿着浪漫主义的方向行进的。我们不应该忽略道家对李白以及唐代其他放浪不羁、嗜酒如命的诗人的影响,而且还要注意到道家学说与当时正在兴起的山水画派的关系。"②关于道家思想与中国美学的关系,白璧德虽未深入展开,但毕竟已敏锐地察觉到了,并对后来者有所启发。

道家美学思想也引起了华裔汉学家施友忠的关注。他认为弥漫于庄子著作中的超验神秘主义最终落实为"神"(the spiritual or divine)这一美

---

① Irving Babbitt, *Rousseau and Romanticism*, p. 395.
② Irving Babbitt, *Rousseau and Romanticism*, p. 397.

学观念。"神"的最高境界有时被描述为"纯经验界",有时也被称为"气"。① 庄子借庖丁之口说:"方今之时,臣以神遇而不以目视,官知止而神欲行……故其然也。"又通过颜回之口说:"回问:'敢问心斋。'仲尼曰:'若一志,无听之以耳而听之以心;无听之以心而听之以气。听止于耳,心止于符。气也者,虚而待物者也。唯道集虚,虚者,心斋也。'"庄子与孟子一样,均视神秘体验为自我修养的最高目的,但他们达及这一终极目标的途径却不尽相同。庄子公开指责儒家的伦理观,采取的是直觉与神秘的方法。"纯粹经验"是一种超越感官与理智的状态,在这一状态中,人忘却了整个世界以及自身的存在,在顿悟中感受到与宇宙万物的合一。这就是庄子的神秘主义,也是其关于至高境界的看法。在将这一"神"的观念应用于创作的过程中,庄子提出了另一个同样神秘与超验的看法,即认为无须着力的创造性来自对"道"的透彻了悟与理解。这一点,庄子在"庖丁解牛""轮扁斫轮"等寓言中有所论及。在庄子看来,这一艺术创作过程只可意会,难以言传。

最后,施友忠归结说,通过对包括语言在内的一切成规的公开指责,庄子不仅向当时衡量文学价值的基本标准提出了挑战,而且预示了后来新的艺术观与审美趣味的诞生。如果说孔子为中国传统的文学批评奠定了伦理基础,庄子则唤醒了对文学批评来说更为重要的审美感知。并且,"神"的观念引发了对文学高度神秘与印象式的阐释,这种阐释方法在中国文学批评史上扮演了与"神"这一观念同样重要的角色。②

2. 道家美学与现象学美学的比较

刘若愚将道家思想作为中国文学理论中直观自然以及与道合一观念的起源,并拿庄子美学思想与杜夫海纳等人的现象学理论加以比较。

刘氏在此提出"形上理论"的概念。所谓"形上理论",即认为文学是

---

① 参见 Vincent Yu-chung Shih, *The Literary Mind and the Carving of Dragons: A Study of Thought and Pattern in Chinese Literature*, p. xv.

② 参见 Vincent Yu-chung Shih, *The Literary Mind and the Carving of Dragons: A Study of Thought and Pattern in Chinese Literature*, p. xvi.

宇宙原理的显示。① 文学的形上概念提出了两个问题：作者如何了解"道"，以及作者如何在作品中显示"道"。刘若愚认为，形上概念经过进一步的发展和修正，产生了新的理论。一个主要的发展是：对于作者了解自然之道，并与之合一的这种兴趣逐渐增加，而这种发展的起源就在老庄那里。

刘氏认为，在《老子》中有两句话是关于如何了解"道"的。一是"涤除玄览，能无疵乎"。意思是说，人应该除去心中理性的知识，而以直觉关照自然之道。另一句为"致虚静，守静笃；万物并作，吾以观其复"。在此，"虚"（emptiness）也表示从心中除去理性的知识这种观念，而"复"指万物归复其本性。这种虚心静观自然的观念，在《庄子》中有更为完全的表现。在刘若愚看来，《庄子》对中国人的艺术感受性的影响，比其他任何一部书都深远。《庄子》是关于哲学的，却启示了若干世纪的诗人、艺术家和批评家，使他们从静观自然而达到与道合一这种观念中获得了充沛的灵感。刘氏举例说，《庄子》中的"堕而形体，吐而聪明，伦与物忘，大同乎涬溟""忘乎物，忘乎天，其名为忘己。忘己之人，是谓入于天"，说明当一个人达到忘我时，不再感觉到主观意识与客观现实之间的间隔，而与自然万物合一，"游乎天地之一气"。失去自我而与自然合一，是称"物化"（transforming with things）。刘氏接着指出，为了达及此种化境，人必须实行《庄子》中所谓的"心斋"（mind's abstinence）。"无听之以耳，而听之以志；无听之以心，而听之以气。听止于耳，心止于符。气也者虚而待物者也。唯道集虚，虚者心斋也。"刘氏解释说，《庄子》在此区分了三种认知方式。最下的方式是"听之以耳"，或感官知觉。居中是"听之以心"，指的是概念思考，因为心止于"符"，"符"的意思为"符节"（tally），刘氏将其解释为"外物与概念之符合"。最高的认知方式则是"听之以气"。刘氏将"气"视为直觉的认识。刘氏进一步指出，这种直觉的认识并非与生俱来，而是经过长期的专心致志和自我修养才能获得的。《庄子》中就有很多寓言说明了这一点。例如，庖丁于十九年解牛的经验中，不再以目视而以神遇，但遇到复杂关节时，仍得凝神，动刀甚缓。另一

---

① 参见［美］刘若愚：《中国文学理论》，20页。

则寓言讲一个木匠斋戒数日，忘却财禄和毁誉，甚至他的形体，然后入山林观树木，选择一树，制成钟架。

最后，刘若愚将《庄子》与《孟子》中关于直觉认识的概念进行了比较。《孟子》中所主张的理论是所有人都有是非的直觉认识，而《庄子》中对直觉认识的概念没有这种道德的含义。《庄子》中用"气"和"神"所表示的是"精神"，或一个人借以了悟"道"的那种直觉的、超理性的能力，是形而上的；《孟子》则认为"气"是"体之充"的一种生命力，是"集义所生者"，是心理生理学和伦理的。

为了进一步说明中国文学理论中的形上理论，刘若愚将之与杜夫海纳等人的现象学理论进行了比较，其中有一部分涉及现象学理论与庄子美学思想的比较。

杜氏关于宇宙、艺术家与艺术作品间相互关系的概念，更类似于中国的形上观：他也认为艺术家既非有意识地模仿自然，亦非以纯粹无意识和非自愿的方式显示它的意义。在艺术家的天职中，自愿与非自愿之间并没有矛盾，正如艺术家的主观和他所显示的世界真理之间没有矛盾一样。杜氏肯定主体与客体的一致，以及"知觉"与"知觉对象"，或者"内在经验"与"经验世界"的不可分。刘若愚指出，杜氏与中国形上批评家的这种相似性，来自现象学与庄子派道家的一个基本的相似。①

首先，《庄子》中说"天地与我并生，而万物与我为一"。其次，正像现象学家提出超越主客的"存在"而消除了主客二分法，道家也提出了超越自然与人类的"道"而消除了同样的二分法。现象学家在形而上学层面是中立的，而中国的形上批评家却有着或显或隐的形上假定。针对这一点，可否对二者加以比附？刘若愚认为是完全可以的。因为一方面，作为现象学批评家的杜夫海纳，的确提出某些形上主张，虽然并未声称这些主张是绝对的真理；另一方面，影响到大多数中国形上理论的庄子哲学在形而上学层面也是中立的。接着，刘氏举出"庄周梦蝶"的故事，进一步分析说，庄子像胡塞尔一样将世界放入"括号"中，他既没有肯定也

---

① 参见[美]刘若愚：《中国文学理论》，88页。

没有否定他本身或蝴蝶的现实，而是将判断悬置于两者之上。刘氏说，这种判断的中止，胡塞尔称之为"epokhe"，类似于《庄子》中的"心斋"。二者都有根据感官知觉而产生的"自然立场"的中止，而且两者都指向对事物之要素的直觉把握。

胡塞尔与庄子之间的主要差异在于：胡塞尔的"超越的现象学上的简化"与"关于要素的简化"是故意的和有方法可循的，庄子的"听之以气"却是神秘的。刘氏指出，尽管现象学家与道家有种种差别，但是二者都不依赖于原始的直觉，而意求达到摒弃经验知识以后，进入被称为"二度直觉"（second intuition）的状态，或者是对没有主客之分的思考前和概念前的意识状态的再度发现。在梅洛-庞蒂看来，胡塞尔的本质要素注定带回所有活生生的经验关系，正像渔夫的网从海底拖回颤动的鱼和海草一样。这与庄子所用的隐喻相同："得鱼忘筌""得意忘言"。刘氏认为梅洛-庞蒂所说的，在原始意识的沉默中所能看见的，不仅是语言的意义，而且是事物的意义，其中所谓的"意义"与《庄子》中的"意"是一样的。如此，刘氏对语言的矛盾性进行了重新解释。他认为，语言是诗人寻求表达概念前，即语言前的意识状态的手段。在这种意识状态中，主体与客体、"我"与"世界"是一体的，可是他一旦说话，就立即造成分离。① 这也就是为什么现象学家所谓语言将人系于世界，又将人与世界分开；《庄子》所谓"万物与我为一"，并说："既已为一矣，且得有言乎？既已谓之一矣，且得无言乎？一与言为二，二与一为三，自此以往，巧历不能得，而况其几乎？"

3. 叶维廉的道家美学研究

美籍华裔学者叶维廉对道家的言意观与美学思想有着更为集中的探讨。20世纪70年代，叶氏"模子"理论的提出奠定了他在比较诗学的地位。由此，他开始了颇具东方情怀的理论研究，对道家语言观及其美学进行了深入开掘。可以说，叶氏对道家语言与道家美学的研究是其"模子"理论的逻辑延伸，而其"模子"理论的提出又是在美国汉学界"中国中心观"的学术语境中产生的。

---

① 参见［美］刘若愚：《中国文学理论》，91页。

第三章 英美汉学界的先秦文学思想研究

20世纪70年代前的美国汉学界为"冲击—回应"模式所笼罩。"冲击—回应"模式是费正清提出的观点，是一种以西方人的价值观来认识东方的研究模式。它把西方资本主义社会比作一个动态的社会，而把中国说成是一个长期以来处于停滞状态的传统社会，认为中国不具备发展的内动力，只有经过西方的冲击，才能摆脱困境，取得进步。①然而，20世纪60年代末，越战引发了美国人对其价值体系、政治道德优越性的怀疑与反省，促使学者们对费正清的"冲击—回应"模式进行反思与批判。费正清的学生柯文出版了一部总结费正清以来美国中国学发展进程的著作，题为《在中国发现历史：中国中心观在美国的兴起》(Discovering History in China: American Historical Writing on the Recent Chinese Past)，提出了"中国中心观"，对美国中国学的宏观和微观研究产生了革命性的影响。"中国中心观"强调在从事中国问题研究时不可盲目地把欧美价值观搬到中国，必须消除种族偏见，建立非殖民化的中国观，从中国本身的环境出发来研究中国。美国汉学研究的方法随之一变。

美国汉学研究中的"中国中心观"研究模式在美国的中国古代文论研究领域影响也颇大。不同于白璧德的比附性考察以及刘若愚的比较研究，叶维廉对老庄美学思想的阐发是以其文化模子寻根法为前提而进行的。叶氏指出，所有的心智活动，不论其在创作上或是在学理的推演上，以及最终的判断上，都有意无意地以某种"模子"为基点。"模子"的选择以及应用的方式和所持的态度，在一个批评家手中有可能引发相当狭隘的结果。文化交流并不是以一个既定的形态去征服另一个文化的形态，而是在互相尊重的态度下，对双方本身的形态做寻根式的了解。② 据此，叶维廉认为，对中国这个"模子"的忽视，以及硬加西方"模子"所产生的歪曲，必须由东西方的比较文学学者做重新寻根式的探讨，始可得其真貌。其对道家美学的阐发，便是寻此思路展开的。

---

① 陈君静：《大洋彼岸的回声：美国中国史研究历史考察》，79页，北京，中国社会科学出版社，2003。

② 参见叶维廉：《寻求跨中西文化的共同文学规律——叶维廉比较文学论文选》，24页，北京，北京大学出版社，1987。

叶维廉说，道家美学指的是从《老子》《庄子》激发出来的观物感物的独特方式和表达策略。① 老庄所写的原先都不是美学论文，而是针对商周以来的名制而发的一些感想。名为名分的应用，是一种语言的解析活动，即为了巩固权力而圈定范围，为了统治的方便而把主从关系的阶级、身份等进行概念化、条理化处置，所谓的君臣、父子、夫妇的尊卑即是。道家认为这些特权的分配、尊卑关系的制定完全是为了某种政治利益而发明的，是一种语言的建构，至于每个人生下来作为自然体存在的本真则受到偏限与歪曲。道家对语言的质疑，对语言与权力关系的重新考虑，完全是出自对这种人性危机的警觉。所以说道家精神的投向既是美学的，又是政治的。

道家对语言的政治批判同时打开了更大的哲学、美学的思域。叶维廉说，道家认识到宇宙现象、自然万物以及人际经验存在和演化生成的全部过程是无穷尽的，而且持续不断地推向我们无法预知和界定的"整体性"。当使用语言、概念这些框限性的工具时，我们就失去了和具体现象生成活动的接触。整体的自然界完全是自生、自律、自化、自成的，而人只是万象中的一体，是有限的，不应将人视为万物的主宰与宇宙秩序的赋予者。要重视物我无碍、自由兴发的原真状态，了悟人在万物运作中应有的位置。人既然只是万千存在物之一，我们就没有理由给人以特权去类分和分解天机。② 所谓主体—客体、主—奴的从属关系都是表面的人为的区分，主体和客体、意识和自然互补互认互显。人应和着物，物应和着人。紧接着，叶氏指出避免用人的主观来主宰物象形义的另一含义就是"以物观物"。叶氏说，"所谓'以物观物'的态度，在我们有了通明的了悟之际，应该包括后面的一些情况，即不把'我'放在主位——物不因'我'始得存在，各物自有其内在的生命活动和旋律来肯定自身为'物'之真；'真'不是来自我，物在我们命名之前便拥有其'存在'、其'美'、其'真'（我们不一定要知道某花的名字才可以说花真美）。所以主

---

① 参见叶维廉：《道家美学与西方文化》，1页，北京，北京大学出版社，2002。
② 参见叶维廉：《道家美学与西方文化》，2页。

客之分是虚假的;物既客亦主,我既主亦客。彼此能自由换位,主客(意识与世界)互相交参、补衬和映照,物我相应,物物相应,贯彻万象。我们可以由这个角度看去,也可以由那个角度看回来,亦即说,可以'此时'由'此地'看,也可以'彼时'由'彼地'看,此时此地彼时彼地皆不必用因果律来串联。我们可以定向走入物象,但我们也可以背向从物象走出来;在这个我们可以自由活动的空间里,距离方向都是似是而非似非而是。"①可以说,以物观物是消解了自己知识的虚以待物,是摆脱了一切功利是非之心的审美的境界。这种境界,庄子称之为"心斋""坐忘""虚静"。诗人依着万物各自内在的枢机、内在的生命明澈地显现;认同万物也可以是怀抱万物,所以有一种独特的和谐与亲切,使他们保持本来的姿势、势态、形现、演化。由是,明白万物自放中人所占的位置,人便由滔滔欲言的自我转向无言独化的自然万物。道家美学就是要以自然现象未被理念歪曲的,也是涌发呈现的方式去接受、感应、呈现自然,这一直是中国文学艺术最高的美学理想,即"求自然,得天趣"。

叶维廉的研究借助于文化模子寻根法,不仅探得道家美学之原貌,而且揭示出其应对全球化时代文化危机的独特价值。正如乐黛云在《道家美学与西方文化》的序言中所指出的,他"从全球化的现状出发,将保护文化生态的问题提高到保护自然生态的高度来进行考察"②。叶维廉认为,目前覆盖全球的"文化工业"就是通过物化、商品化来规划和宰制文化,即将利益的诉求转移到文化领域,大量复制单调划一的产品。在此过程中,人的价值被减缩为商品的交换价值,人的本性受到异化,自然生态遭到了破坏,而且不同文化特有的生命情调和文化空间也消失殆尽。在这样的人文焦灼中,叶维廉返回中国道家美学,认为道家的"去语障解心因",能够消除语言的霸权,让自然回复其本样的兴观,唤起物我之间的互参、互补、互认、互显,获得活泼泼整体生命的印证,以使文化生态、自然生态切实得到保护。

---

① 叶维廉:《叶维廉文集》(一),142页,合肥,安徽教育出版社,2002。
② 叶维廉:《道家美学与西方文化》,1页。

叶维廉对道家美学做寻根探源式的清理，揭示出道家美学的独特意涵，并以之为反思全球化进程中出现的工具理性、物化、人性单面化诸多弊病提供了一个中国视角。

(二)老庄言意观及文学思想研究

除美学思想外，道家对言意关系的认识，及与之相关的对文学的启示也引发了汉学家的探讨。丁乃通、米乐山等人，对此均提出了自己的看法。

西伊利诺斯大学的丁乃通在《老子：语义学家兼诗人》一文中探讨老子的言意观。丁氏分析说，《老子》开篇就通过"道可道，非常道；名可名，非常名"表明了鲜明的姿态，即语言无法充分表达真理，在末篇中又以"信言不美，美言不信；善者不辩，辩者不善"进一步加以强调。可以说，《老子》全书始终贯穿着这一基调。老子对语言保持着清醒的认识，他将语言视为人们为区分、思考周围世界而发明的象征符号，而现实世界又是复杂多变的，所以语言并非总是可靠的。① 意识到语言的不足，老子采用了模糊、简短而又富有包孕性与启迪性的言说方式，诉诸直觉与想象，借助于意象、机智醒目的谚语以及饱含深情的言语来表达自己的观点，这无疑给后来的中国文学与绘画带来了灵感。②

米乐山在《玄学与神秘主义》一文中将《未知疑云》(The Cloud of Unkowing)与《庄子》这两部著作进行了比较研究。《未知疑云》是一部写于14世纪末的宗教祷告经典，据说由一名英国神甫为刚入门的神职人员所作，旨在探讨如何经由冥思而与上帝沟通的问题。③

---

① 参见 Nai-tung Ting, "Laotzu: Semanticist and Poet", *Literature East & West*, 14, 1970, pp. 212-213.

② 参见 Nai-tung Ting, "Laotzu: Semanticist and Poet", *Literature East & West*, 14, 1970, p. 244.

③ 参见 Lucin Miller, "Metaphysics and Mysticism", *The Chinese Text: Studies in Comparative Literature*, Ying-Hsiung Chou (ed.), Hong Kong, The Chinese University Press, 1986, p. 96.

通过对比，米乐山发现二者关注的问题并非形而上学，而是人的经验，探讨的问题是超验的终极现实如何在文学中被感知与表达。① 二者都认为语言作为人工制品无法辨明终极存在，而文字也只不过是指"月"之指而非"月"，语言对精神经验的建构需依赖于既非逻辑又有一定逻辑性的文学经验，即通过米乐山所谓的"语词分析"与"语词事件"的语言并置。② "语词分析"是分析性、逻辑性的语言，是用来解释、界定概念，对素材加以区分和归类的。而"语词事件"指的是原初的、古老的、直觉的、直接的、体验性的语言，用以通过读者对文学事件的认同来建构一种精神经验。《未知疑云》与《庄子》的语言均介于语词分析与语词事件两极之间。米乐山认为，对这两种语言使用情况的分析，有助于我们理解基督教与道家经典的文学特征。这里我们单看米乐山对《庄子》中语词分析与语词事件并置的论述。

在《庄子》中，语言与现实的关系通过类比的方式呈现出来。"荃者所以在鱼，得鱼而忘荃。蹄者所以在兔，得兔而忘蹄。言者所以在意，得意而忘言。"在此，语言只不过是表达"意义"或"思想"的工具。《逍遥游》说："名者，实之宾也。"在以上两个例子中，语言只不过是一种实用的工具，是"蹄"（snare）或"宾"（guest）。米乐山又引《齐物论》"夫言非吹也。言者有言，其所言者特未定也。果有言邪？其未尝有言邪？其以为异于鷇音，亦有辩乎？其无辩乎"，分析说，在此段中，语言的整个功能、语言的意义与意蕴均受到了质疑，人类的语言如同雏鸟的鸣叫般微不足道。《齐物论》又通过多重否定的方式表明了语言的局限性与不精确性。例如："有始也者，有未始有始也者，有未始有夫未始有始也者。有有也者，有无也者，有未始有无也者，有未始有夫未始有无也者。俄而有无矣，而未知有无之果孰有孰无也。今我则已有谓矣，而未知吾所谓之其果有谓乎，其果无谓乎？"米乐山指出，《庄子》通过正反相对的陈述与否定之否定的

---

① 参见 Lucin Miller, "Metaphysics and Mysticism", *The Chinese Text: Studies in Comparative Literature*, p. 107.

② 参见 Lucin Miller, "Metaphysics and Mysticism", *The Chinese Text: Studies in Comparative Literature*, p. 108.

方式戳穿了既有范畴的荒谬性，直接嘲讽了逻辑分类。① 对于《庄子》中的语词事件，米乐山认为其不在于攻击知性的局限性与揭示分类的荒谬性，而是通过对表现于寓言与悖论中的现实直接性直觉，来把握和唤醒一个沉睡的世界。② 正如《齐物论》中所说，人皆在梦中，随着时光的流逝，将会有"大觉"。我们沉睡未醒而不知有一个更高层次的现实存在，但终会意识到一切只不过是一场大梦。

---

① 参见 Lucin Miller, "Metaphysics and Mysticism", *The Chinese Text：Studies in Comparative Literature*，p. 112.

② 参见 Lucin Miller, "Metaphysics and Mysticism", *The Chinese Text：Studies in Comparative Literature*，p. 115.

第四章　英美汉学界的两汉文学思想研究

　　两汉时期的文学思想亦是英美汉学界，尤其是北美汉学界的一个关注点，相关研究成果虽不是十分丰厚，但也有可圈点之处。对两汉文学思想较早有所意识的当属哈佛大学著名汉学家海陶玮教授的《中国文学论题：纲要与书目》(*Topics in Chinese Literature：Outlines and Bibliographies*)。在该书中，海陶玮对两汉时期重要文论思想脉络进行了勾勒。其后陆续出现了一些研究成果，诸如康达维的《汉赋：扬雄赋研究》(*The Han Phapsody：A Study of the Fu of Yang Hsiung*)、吉布斯(Donald Arthur Gibbs)的《艾布拉姆斯艺术四要素与中国古代文论》(*Abrams' Four Artistic Co-ordinates Applied to Literary Theory in Early China*)、柯马丁的《西汉美学与赋之起源》(*Western Han Aesthetics and the Genesis of the Fu*)等。其他一些汉学家，如施友忠、刘若愚、范佐伦、宇文所安、苏源熙、陈世骧，对汉代学思想亦有所触及。具体看来，北美汉学家对两汉文学思想的研究集中于两大问题。一是对汉赋批评思想的探察，主要针对司马相如《赋心》及扬雄的论赋，如康达维的《汉赋：扬雄赋研究》、普林斯顿大学柯马丁的研究论文《西汉美学与赋之起源》。此外，施友忠在《文心雕龙：中国文学中的思想与形式研究》中、刘若愚在《中国文学理论》中，对此问题亦有所涉及。二是对《诗大序》的多维度解读，如唐纳德·A.吉布斯、刘若愚运用美国文论家艾布拉姆斯的四要素说，对《诗大序》所做的阐释；范佐伦等对《诗大序》中重要术语的阐发；宇文所安与苏源熙探讨《诗大序》对《乐记》中文艺思想的继承与发展问题；陈世骧从字源学角度对"诗"字加以寻绎，揭示出《诗大序》对诗歌抒情性的关注。另外，需要指出的是，两汉时期著名的史学家、哲学家，如司马迁、班固、王充等人对文学的看法也引起了孙广仁、缪文杰等人的注意。

一、对司马相如及扬雄汉赋思想的论述

中国西汉时期出现了政治经济的"大一统"局面，在文化上"罢黜百家，独尊儒术"，用儒家学说来统一思想。在统治者的提倡下，这一时期出现了一种新文体——汉赋。美国汉学界对于中国西汉时期文学思想的研究主要集中于辞赋家司马相如、辞赋家兼批评家扬雄对汉赋的认识与批评上。下面拟历时性地对汉学家相关代表性研究成果做一清理，并尝试对其研究略加评析。

(一)"赋心"研究

在美国汉学界，较早关注司马相如汉赋创作思想的是华裔汉学家施友忠。在《文心雕龙：中国文学中的思想与形式研究》的导言中，施友忠将司马相如对赋这一文体的认识根植于西汉时期的文学生态语域中加以勘查。施氏以为汉赋的出现为文学理论相对贫瘠的西汉时期吹来了一阵清风。汉武帝时，董仲舒提出"罢黜百家，独尊儒术"，窒息了个体的批判与独创精神。然而，批评反思的缺席并不意味着文学创作的萧疏。在楚辞的影响下，这一时期出现了一种曲调优美、追求高度修饰性的新文体——赋。赋的产生促成了一种有别于"学问"的"文学"观。[1] 丰富的创作经验是理解文学本质的重要条件，司马相如的"赋心"就说明了这一点。司马氏说："合纂组以成文，列锦绣而为质，一经

---

[1] 参见 Vincent Yu-chung Shih, *The Literary Mind and the Carving of Dragons: A Study of Thought and Pattern in Chinese Literature*, p. xvii.

一纬，一宫一商，此赋之迹也。赋家之心，苞括宇宙，总揽人物，斯乃得之于内，不可得而传。"施友忠认为在"得之于内，不可得而传"这一点上，司马相如与庄子之间存在一种精神共同性①，这后来又在曹丕的"气"的观念中得以表达。

在此，施友忠将历史脉络的勾勒与逻辑关系的梳理有效地结合起来，将作为文学本原的曹丕之"气"与庄子之"神"构成了一个流脉谱系，并创见性地将庄子的文学思想作为曹丕之"气"的历史逻辑起点，将司马相如对赋的本质的认知视为由庄子到曹丕过渡过程中的重要一环。施友忠对此虽未展开论述，但提出的观点无疑颇有创建。

上述司马相如论赋的引文出自《西京杂记》，该书的成书年代和作者尚有争议。结合《西京杂记》包含的文论观点，美国华裔汉学家刘若愚认为，从作为辞赋家的司马相如的具体作品来判断，可能是司马氏所说的。进而刘若愚运用西方文论对此进行了阐发，认为司马相如的"赋心"说体现了"审美兼技巧概念"②。也就是说，它一方面强调文学的感官之美，而在另一方面则凸显达到这种美的手段技巧。通过对美国学者艾布拉姆斯《镜与灯》中艺术创作四要素理论的借鉴与改造，刘氏将中国古代文学理论分成形而上的、决定的、表现的、技巧的、审美的和实用的六类。其中所谓的"审美的理论"，即"认为文学是美言丽句的文章"，"描述文学作品的美以及它给予读者的乐趣"。③刘氏加工、援用西方现代文论的观念与术语对司马相如《赋心》中的批评观念给予现代性阐发，赋予后者新的义涵。这种比附性解释虽有时显得生硬，但也不失为实现古代文论话语向现代转换的可资参考的途径。

(二)扬雄汉赋批评思想研究

施友忠的《文心雕龙：中国文学中的思想与形式研究》的导言涉及对

---

① 参见 Vincent Yu-chung Shih, *The Literary Mind and the Carving of Dragons: A Study of Thought and Pattern in Chinese Literature*, p. xvii.
② [美]刘若愚：《中国文学理论》，153 页。
③ [美]刘若愚：《中国文学理论》，150 页。

扬雄汉赋批评思想的认识。施氏认为，扬雄是古典主义的倡导者。作为大儒、辞赋家与学者型的批评家，扬雄早年曾热情赞颂司马相如的辞赋，为司马氏的创作才能所折服，认为司马氏之赋"不似人间来"。扬雄非但是司马相如的崇拜者，还效法其风格。施友忠认为此时的扬雄似乎能够欣赏纯粹的美与单纯的愉悦，这说明扬雄意识到不可界定的直觉或者视界是所有艺术的来源。他将司马的赋说成是"神化"，表明他认为天才是生成的而非学成的。①

然而后来扬雄对辞赋的态度发生了极大的转变。在扬雄的传记中，他被称作一个"好古"之人。施友忠认为，"好古"表明了扬雄最终所要拥护与坚持的批评立场。② 在《法言》中，扬雄不仅悔其少作，而且批评司马相如之赋"文丽用寡"。他仿照《周易》与《老子》而作《太玄》，仿《论语》而作《法言》，无不写得奇崛奥衍。热衷于卖弄学问使扬雄受到了同代以及后代人的揶揄。例如，刘歆说他的作品"吾恐后人用覆酱瓿"；苏轼说扬雄"以艰深之词，文浅易之说"。施友忠认为，古典主义思想对扬雄文学批评的影响是明显的。③ 在此，施氏用文本细读的方法来加以论证。

文本细读是 20 世纪英美新批评派的一个主张，主要是对文本的语言、结构等因素审读与评论。它要求关注文本本身的细节问题，对文本做深度介入。施友忠通过对扬雄一系列批评话语的细读发现，首先，扬雄视孔子为一切灵感的源泉。扬雄说："好书而不要诸仲尼，书肆也；好说而不要诸仲尼，说铃也。"他还说："'山陉之蹊，不可胜由矣；向墙之户，不可胜入矣。'曰：'恶由入？'曰：'孔氏。孔氏者，户也。'"其次，扬雄视儒家经典为一切智慧的源泉。扬雄说："说天者莫辩乎《易》，说事者莫辩乎《书》，说志者莫辩乎《诗》，说理者莫辩乎《春秋》。"进而，通过

---

① 参见 Vincent Yu-chung Shih, *The Literary Mind and the Carving of Dragons: A Study of Thought and Pattern in Chinese Literature*, p. xix.

② 参见 Vincent Yu-chung Shih, *The Literary Mind and the Carving of Dragons: A Study of Thought and Pattern in Chinese Literature*, p. xix.

③ 参见 Vincent Yu-chung Shih, *The Literary Mind and the Carving of Dragons: A Study of Thought and Pattern in Chinese Literature*, p. xix.

宣称"书不经，非书也；言不经，非言也。言、书不经，多多赘矣"，扬雄明确地将古典主义的批评标准放大为一套放诸四海的教条，限制了后来很长一段时间内作家与批评者的创造力。

然后，施友忠又引入比较的视角，将扬雄比作西方的斯卡利杰（J. J. Scaliger）、约翰逊（Samuel Johnson）与蒲柏（Alexander Pope）。与彼西人一样，扬雄亦成功地通过吸收经典，使古典意识及与之产生的古典文学趣味在后世思想中得以植入和强化。在上述西方批评家中，斯卡利杰是文艺复兴时期的法国古典主义学者，著有《诗论》；约翰逊为英国古典主义批评家，文学批评代表作为《莎士比亚戏剧集序言》；蒲柏是18世纪英国最伟大的诗人，认为古希腊、古罗马的诗歌是最优秀的艺术典范，并遵循这种古典主义的原则进行文学创作。固然，施友忠并未就西方古典主义者与扬雄之间的文学思想做深入之比较与探究，但毕竟体现出一种中西比较的意识，虽只言片语却也颇能引发进一步的思考。其后，柯马丁对扬雄批评思想进行了颇为周衍的研究。

普林斯顿大学的柯马丁教授在《西汉美学与赋之起源》中，将扬雄对于汉赋的批评进行了时代语境的还原，试图恢复汉赋批评的原有面目。"赋"是两汉时期最盛行的文体，扬雄认为赋之目的在于"风"（indirect admonition），然而由于"推类"和"极丽靡之辞"而走向了原意的反面。结果是，受众沉溺于华美绮丽而忽略了其中所包含的道德教化信息。于是辞藻遮蔽了实质，"赋劝而不止，明矣"。赋，在扬雄看来只是供人娱乐的工具，毫无道德力量，与宫廷俳优的表演无异。扬雄对汉赋的评价成为不刊之论，左右了数千年来人们对汉赋的认识。为此，柯马丁指出，问题在于"人们一味追随扬雄有关赋的看法，未曾考虑到扬雄评赋的本初语境"[①]。

西汉末年，中国的政治文化领域出现了一场深刻的思想转型，影响波及政治、文化、礼仪等各方面。柯马丁认为公元前30年之后的一段时

---

① Martin Kern, "Western Han Aesthetics and the Genesis of the Fu", *Harvard Journal of Asiatic Studies*, Vol. 63, No. 11, 2003, p. 387.

间,是中国文化史上的一个重要转折期。人们开始重新推崇古典主义,古典主义思潮遍及整个文化领域。从宫廷文学到国家的大型祭祀,这种思潮的出现是对汉武帝时期奢华铺张的一次反拨。扬雄正是这场思想运动的重要倡导者。扬雄提倡礼仪的节制与适度,主张恢复前帝国的古典主义文化,并批评汉武帝的统治导致了道德、文化的倒退。而赋又是汉武帝时期宫廷文化的主要表征,如此看来,扬雄对汉赋的批评就并非一种疏离的、去功利性的行为,而是在利益驱使下采取的话语策略,试图以此介入当时的文化变革。如此可见,"现有的关于汉赋的评价即便不是对赋的完全扭曲,也严重损害了赋的声誉"①。

在此论证基础上,柯马丁对赋的特征及与之连带的批评机制进行了考察。他说扬雄对赋的批评与刘向、刘歆对文本所进行的制度化分类有关,而文类(genre)观念的出现又与西汉时期书面文本的出现以及对其的收集、校对与编目有涉。② 在此之前,西汉的诗学是由前帝国的政治修辞与宗教符咒构成的,此二者又转化为文学表征。这些表征本质上是自我指涉的,以宫廷为场所,以统治者为中心。赋的作者和表演者仅因他们的艺术而被认可,艺术本身并不能给他们带来"宫廷俳优"之外的任何官职。赋基本上是用来歌功颂德的,具有很强的娱乐性,同时也为道德教化服务,但是"它并不具有后来扬雄等人强加于赋的狭义的政治批评功能"③。它假定描绘、表演、唤起联想与对快乐的体验最终会带来道德洞见与转变,这一美学原则规约了赋的发展以及当时对《诗经》的阐释。柯马丁说作为一门表演艺术,汉赋不是用来读的而是用来听的。整个西汉时期,吟诵文化决定了文本的呈现与接受。出土的以及流传下来的战国末期和西汉时期的文本,尤其是诗歌文本提供了大量的证据,说明这两

---

① Martin Kern, "Western Han Aesthetics and the Genesis of the Fu", *Harvard Journal of Asiatic Studies*, Vol. 63, No. 11, 2003, p. 388.

② 参见 Martin Kern, "Western Han Aesthetics and the Genesis of the Fu", *Harvard Journal of Asiatic Studies*, Vol. 63, No. 11, 2003, p. 434.

③ Martin Kern, "Western Han Aesthetics and the Genesis of the Fu", *Harvard Journal of Asiatic Studies*, Vol. 63, No. 11, 2003, p. 435.

个时期拼写标准化并不健全。后来或许是出于方便记忆或备案的需要，赋才以书面的形式出现，并被归类与编目。直到西汉末年，比如在扬雄那里，读赋才开始成为赋的习惯性接受方式。

柯马丁总结说，赋不是一个含义明确的文类，亦非直接干预政治的工具，其作者也并非有影响力的政治建言者。① 赋是西汉宫廷文化中最普遍的文学现象，形式多样，融娱乐、颂扬、谲谏于一身。而且最近出土的文献表明，赋有一套业已存在的阐释话语系统。但是扬雄出于服务当时帝国需要的现实考量，对赋进行了来自意识形态的化约与宰制，从而使赋的阐释传统偏离了西汉早期的阐释轨道。

二、《诗大序》的研究：四种类型

作为中国文学批评史上的一部重要文献，《诗大序》在美国受到了汉学家的关注与高度评价，早在20世纪50年代初，海陶玮就对其做出评判，认为："在由卫宏所作的《诗大序》中，出现了有关诗歌的定义，'诗者，志之所之也'，而且《诗大序》中有关诗歌教化功能的表述也为中国传统文学理论奠定了最初的基石。"②总体观之，美国汉学界《诗大序》研究可分为四种类型：第一类是吉布斯与刘若愚运用艾布拉姆斯艺术四要素理论剖析《诗大序》，第二类是范佐伦与宇文所安对《诗大序》中重要文论术语的阐释，第三类是以宇文所安、苏源熙为代表的关于《诗大序》与《乐记》承继关系的探讨，第四类是以陈世骧为代表的从字源学角度对《诗大序》中抒情论的探察。

（一）艾布拉姆斯理论视阈中的《诗大序》

对于《诗大序》，美国汉学家吉布斯与刘若愚均曾运用艾布拉姆斯提

---

① 参见 Martin Kern, "Western Han Aesthetics and the Genesis of the Fu", *Harvard Journal of Asiatic Studies*, Vol. 63, No. 11, 2003, p. 436.

② James Robert Hightower, *Topics in Chinese Literature: Outlines and Bibliographies*, Cambridge, Harvard University Press, 1953, p. 42.

出的艺术四要素分析法来加以审视。

唐纳德·A. 吉布斯在《艾布拉姆斯艺术四要素与中国古代文论》一文中，认为凭借对欧洲文学传统的了解，艾布拉姆斯提出在一部作品中，总的说来会有四种起作用的因素：摹仿因素（艺术是一种摹仿）、实用因素（作品对鉴赏者发生的影响）、表现因素（艺术是艺术家内心世界的外现）、客观因素（将艺术品看作一个自足的统一体，由自在关系着的各个部分组成，因而只能用自身的存在形式所固有的标准加以检验）。① 借助这种简明概括的准则，我们可以确定某项批评的实质是什么，而批评家的假设又是什么。

吉布斯认为，《诗大序》是提纲挈领地概括先秦儒家文学思想的经典之作，仅在这一篇诗论中就包含了艾布拉姆斯总结的四种要素中的三种②，即表现因素、实用因素和摹仿因素。

诗者，志之所之也。在心为志，发言为诗。

情动于中而形于言。言之不足，故嗟叹之。嗟叹之不足，故永歌之。永歌之不足，不知手之舞之足之蹈之也。

情发于声，声成文谓之音。治世之音安以乐，其政和；乱世之音怨以怒，其政乖；亡国之音哀以思，其民困。

第一段话定下了"表现说"的基调，成为后来中国文学批评的主要模式。第二段讲的是艺术家对表现冲动的调节，以及一部作品是如何通过"逐步满足的阶段"（E. B. 布鲁克斯）创作出来的。第三段表明，未经调节的表现冲动就变成了一种旋律，而且准确地体现了作者的心境。这就是所谓的"音"，在这里，强调的重点发生了有趣的变化。既然诗歌被看作诗人内心世界的表现，那么将这个原则推而广之，落实到某一群人共同

---

① 参见［美］唐纳德·A. 吉布斯：《阿布拉姆斯艺术四要素与中国古代文论》，见［美］张隆溪：《比较文学译文集》，205页，北京，北京大学出版社，1982。

② 参见［美］唐纳德·A. 吉布斯：《阿布拉姆斯艺术四要素与中国古代文论》，见［美］张隆溪：《比较文学译文集》，209页。

的歌声或旋律上,就会表现出这一群人的"内心世界"。吉布斯说,这是中国的一种传统:朝廷的官员巡游全国,采集民歌,再把这些民歌作为朝廷研究世风民情的依据,用于检验施政的效果。于是,作为诗歌起因的表现因素,就被用来服务于诗歌的实用目的了。

吉布斯接着论述道,《诗大序》里紧接着的几段话,则使论者的实用主义倾向完全掩盖了表现倾向,不过其后又体现出表现说[①]:

故正得失,动天地,感鬼神,莫近乎于诗。
先王以是经夫妇,成孝敬,厚人伦,美教化,移风俗。
至于王道衰,礼义废,政教失,国异政,家殊俗,而《变风》《变雅》作矣。
国史明乎得失之迹,伤人伦之废,哀刑政之苛,吟咏性情以风其上,达于事迹而怀其旧俗者也。
故《变风》发乎情,止乎礼义。发乎情,民之性也;止乎礼义,先王之泽也。

由上可以看到,中国传统中,诗歌往往承担了一种重大的政治作用:用诗歌的形式进行劝谕——这就是上文所说的有目的地表现哀怨。最后三段话似乎是为某些诗篇辩护,但辩护者显然采用了表现说:乱世产生的诗歌必定反映出乱世的特征;而在统治者振兴世风之后,这种诗歌就不复出现了。由此,吉布斯发现,中国最古的文论思想中包含这样一些基本观点:"表现是诗歌的起因;由表现而产生的诗歌要为治理国家服务;诗歌能够揭示诗人的内心或性情(孟子著作中能找到明显的例证),推而广之,诗歌能够揭示产生出诗歌的人群所处社会的状态。"[②]这些分别对应艾布拉姆斯的理论中的"表现说""实用说"与"摹仿说"。

[①] 参见[美]唐纳德·A.吉布斯:《阿布拉姆斯艺术四要素与中国古代文论》,见[美]张隆溪:《比较文学译文集》,210页。
[②] [美]唐纳德·A.吉布斯:《阿布拉姆斯艺术四要素与中国古代文论》,见[美]张隆溪:《比较文学译文集》,210页。

刘若愚认为《诗大序》中有决定概念和表现概念，但也含有强烈的实用宣言。而且《诗大序》的作者试图"将诗的表现概念与决定概念和实用概念互相调和的这种意图并没有成功"①。

在刘若愚看来，决定论的概念，正像形而上概念和模仿概念，主要集中在宇宙与作家之间的关系上，它与形而上概念的不同则在于它将宇宙视为人类社会，而不是普遍存在的道。与模仿概念不同的是，它认定作家对宇宙的关系是不自觉的显示，而不是有意识的模仿。决定论的文学观念与类似的音乐观念具有密切的关系。《乐记》就认为音乐能反映一国的政治状况："治世之音安以乐，其政和；乱世之音怨以怒，其政乖；亡国之音哀以思，其民困。"同样的话也出现于《诗大序》中。刘若愚认为，这是《诗大序》的作者卫宏"将字句取自《乐记》，应用于诗而不加更改，因为'音'字也可以指诗"②。《诗大序》对后世文学思想的巨大影响确定了上面的引文所含的决定观的恒久性。《诗大序》进而主张，诗随社会的变化而变化，即所谓"至于王道衰，礼仪废，政教失，国异政，家殊俗，而变风变雅作矣"。由于"变"字时常隐含脱离正常甚至灾变的意思，这段话也就暗示了反常的时代往往会产生反常的文学，而在危机的时代也是不可能产生正常的文学的。这些观念在儒家学者郑玄的《诗谱序》中有所发展。郑玄根据时代先后，区分了"正经"与"变雅"，前者包括在周朝早期贤君统治下写的诗，后者产生于"王道"衰微之后暴君或昏君的统治之下。如此，所谓"正"与"变"的对照，在社会上与文学上的表现都很明显，而且社会的正常或反常一般都会决定文学的正常或反常，这是《诗大序》对决定论的基本表述。

接着，刘若愚转到对《诗大序》中的表现理论的探讨。他说，在分析作家与作品之关系，或者说艺术过程的表现理论时，常会出现对表现对象认定不一的情况。比如或认为是出于普遍的人类情感，或认为是出于个人的性格，或认为是出于个人的天赋或感受性等，而将文学，尤其是

---

① ［美］刘若愚：《中国文学理论》，181 页。
② ［美］刘若愚：《中国文学理论》，94 页。

诗视为普遍的人类情感的自然表现。这种有关古诗起源的理论，可以称为原初主义。古代中国的原初主义诗观结晶于"诗言志"这句话中——字面意思是说"诗以言语表达心愿/心意"①。按照传统的说法，这个简洁而且可能是同语反复的诗的定义出自《尚书》，即传说中的圣人舜所说的"诗言志，歌永言，声依永，律和声"。对"诗言志"加以细述，最著名的见于《诗大序》。"诗者，志之所之也。在心为志，发言为诗。情动于中而形于言；言之不足，故嗟叹之；嗟叹之不足，故永歌之；永歌之不足，不知手之舞之，足之蹈之也。"刘若愚指出，虽然对这个"志"字可以有不同的理解，可是它仍然很清楚地强调了感情的自然表现，因而可将之视为原初主义诗观的经典例子。

《诗大序》还含有一些强烈的实用宣言。一方面，它从统治者的角度规定出诗歌的政治功用："故正得失，动天地，感鬼神，莫近于诗。先王以是经夫妇，成孝敬，厚人伦，美教化，移风俗。"另一方面，它也从臣民的角度描述出诗歌的政治功用，比如将"风"解释为《诗经》中诗的三个主要类别之一："上以风化下，下以风刺上；主文而谲谏，言之者无罪，闻之者足以戒，故曰风。"

由此，刘若愚指出《诗大序》在逻辑上存在一些矛盾。一方面，《诗大序》作为汉代文学批评的一个范本，表现了对诗歌最为完整的理解；但另一方面，它也呈现出一些明显的不合理推论。②"诗者，志之所之也。在心为志，发言为诗。情动于中而形于言；言之不足，故嗟叹之；嗟叹之不足，故永歌之；永歌之不足，不知手之舞之，足之蹈之也。情发于声，声成文谓之音。治世之音安以乐，其政和；乱世之音怨以怒，其政乖；亡国之音哀以思，其民困。故正得失，动天地，感鬼神，莫近乎于诗。先王以是经夫妇，成孝敬，厚人伦，美教化，移风俗。"刘若愚认为，《诗大序》在最初三句宣称了某种表现概念之后，在下一句言及声之"文"时，又自觉不自觉地引入了审美的元素；接着在以"治世之音"开始的句子中，

---

① ［美］刘若愚：《中国文学理论》，101页。
② 参见［美］刘若愚：《中国文学理论》，179页。

表现出某种决定概念之后，又于"故正得失"这段的最后一节转入实用概念。尽管"故"字用得很机巧，可是对于个人感情的自然表现如何以及为何一定会反映政治状况，或者如何以及为何这种表现能达到道德、社会和政治的目的，却并没有给予有逻辑性的解释。①若要接受这整段的意思，我们不得不假定：除了政治状况所产生的感情以外，没有别种人类的感情，而所有如此产生的感情，必然是道德的、有助于改善政治状况的。我们也不得不限制自己提出这样的问题：是否所有感情的自然表现，都能以某种方法获得可以称为音乐性的声调的"文"？

而且这些不合逻辑之处，并没有在《诗大序》的其余部分获得解决。刘氏进一步指出，《诗大序》的作者说过，王道没落之后，"变风""变雅"兴起，进而"国史明乎得失之迹，伤人伦之废，哀刑政之苛，吟咏性情以风其上，达于事迹而怀其旧俗者也。故《变风》发乎情，止乎礼仪。发乎情，民之性也；止乎礼仪，先王之泽也"。就此来看，将诗的表现概念、决定概念和实用概念互相调和的意图并没有取得成功。为何是这样的呢？刘若愚认为可从两个方面来看，第一，在"吟咏性情"与"发乎情，民之性也"的陈述之间，有着逻辑上的脱钩之处。第二，即使我们接受注疏家孔颖达的解释，认为作者的意思不是国史在诗中表现其本身的性情，而是说他们采集了表现人民情感的诗歌，可人民情感的表现是否一定"止乎礼仪"呢？

(二)《诗大序》中的重要术语

范佐伦在《诗与人格：中国传统中的阅读、注释与阐释学》中，认为《毛诗序》或通常所称的《诗大序》，既是《诗经》阐释学的最初篇章，又是后来阐释世俗诗歌、经典和一般性作品的起点。如果说整个西方哲学是对柏拉图的一个注脚，那么，"中国阐释学思想绝大部分都是对《诗大序》的一种评注"②。

---

① 参见[美]刘若愚：《中国文学理论》，180页。
② Steven Van Zoeren, *Poetry and Personality: Reading, Exegesis, and Hermeneutics in Traditional China*, Stanford University Press, 1991, p.81.

范佐伦从《诗大序》成型的体制语境入手，对《诗大序》中的"风"（airs）、"志"（the aim）等重要术语以及"情与志"的关系进行了探讨。从背景上看，汉武帝时，为适应"独尊儒术"的需要，出现了注经的今文派（New Text）与古文派（Old Text）。具体到《诗经》上，今文有三家，即齐、鲁、韩。毛诗为古文派，终汉之世未立于学官。但到郑玄为毛诗作笺以后，毛诗一度盛行。之后三家诗相继消亡，毛诗则一直流传至今。

先来看"风"。范佐伦指出，这个词本指自然界之风，但是很早就被赋予了各种喻义。《论语》中就有"君子之德风"的记载。在中国战国时期和中世纪，一种看法很流行，即认为君王应该对臣民施以强有力的说教，以影响他们的行为和品性，而非诉诸胁迫和惩罚。这种教化对臣民的影响力如同风过草偃。在这一用法中，"风"常与"教"（teaching）或"化"（transformation）连用，如"风教"（suasive teaching）、"风化"（suasive transformation）。此外，"风"也指喻"刺上"。这是《诗经》作者往往出于安全与谨慎的考虑，为避免冒犯君王而使用的一种间接话语。这一间接的诗歌话语，价值在于它具有在情感与潜意识的层面打动听众的力量，所以"风"又可以被称为"感动"。

关于"志"。范佐伦认为"诗者，志之所之也。在心为志，发言为诗"是《诗大序》中最著名的一段论述。[①] 至于"志"的含义，范佐伦认为可有两种理解。一种是广义上的《左传》或《论语》中的"非阐释学"用法。在《左传》中，"志"指的是获取领土或者保卫政权的一种世俗指向；《论语》中的"志"主要指的是规范和引导人之行为的道德志趣。"志"的世俗与道德维度通常属于同一人格构成的不同方面，表露出人内心深处的关切。从狭义上来看，"志"是一定的表达背后的"语言意图"。"志"也是一定的表达背后的动机，出于安全或谨慎的考虑而无法直陈。"志"的这层意义极其类似于英文中的"intention"（意图）。在此，"志"不是诗人人格的一种持久特征，而是一种具体的语言意图——或"褒"或"讽"。范氏认为，"志"

[①] 参见 Steven Van Zoeren, *Poetry and Personality: Reading, Exegesis, and Hermeneutics in Traditional China*, p.104.

的以上两种含义又有相互交叉的倾向，所谓的狭义的"语言意图"，也体现出人格的投射。

关于"情"与"志"的关系，范氏认为最简单的理解就是二者是同一的。①《诗经》典型地表现出合乎规范的道德态度或反应：因治世而乐，因乱世而忧，这些俱是强烈情感的自然流露，往往无法以日常语言来表达。同样，"志"的表达也是自然的，无法用技巧或数字计算来调控。例如，"诗者，志之所之也。在心为志，发言为诗"，表明《诗》与"志"是一个整体，"志"完美地融于《诗》中；同样，"志"与人格也是统一的，《诗》的作者所禁不住要表达的总是他们的所作所为、他们的真实感受。然而从另一个角度来看，范氏说，中国阐释学的核心问题不是如何理解文本，而是如何被文本所影响。具体到《诗经》，即认为《诗经》具有打动和影响读者的力量。从这一角度来审视志与情的关系，我们就会发现二者不尽相同但又紧密系联。②范氏引用《左传》和《孟子》中的相关言论分析说，"气"是心理和机体能量的源泉，与"情"关系密切，《左传》就认为"六气"产生了"爱、恨、喜、怒、哀、乐"六种情感。《孟子》认为，"志"乃"气之帅"，志之所至，气随；但反过来，"气"也可以影响和改变"志"。这样，真实的"志"与情感本质处于一种张力之中，"志"影响与改变着"情"，而"志"又以"情"为支撑，代表着"情"。③

宇文所安亦曾指出，在传统中国关于诗歌性质和功能的表述中，为《诗经》所做的"大序"是最具权威性的。④ 其原因不仅在于，迄东汉至宋，学《诗》者皆以《诗大序》为首要的参本，而且《诗大序》的关注点和术语也成为后期诗歌理论和诗学所发挥的依据。宇文所安也对《诗大序》的作者

---

① 参见 Steven Van Zoeren，*Poetry and Personality：Reading，Exegesis，and Hermeneutics in Traditional China*，p. 110.
② 参见 Steven Van Zoeren，*Poetry and Personality：Reading，Exegesis，and Hermeneutics in Traditional China*，p. 112.
③ 参见 Steven Van Zoeren，*Poetry and Personality：Reading，Exegesis，and Hermeneutics in Traditional China*，p. 114.
④ 参见［美］宇文所安：《中国文论：英译与评论》，38页。

做了考辨。在他看来,自古以来,不少人认为"大序"是孔子的嫡传弟子子夏所作,继而视其为《诗经》学的一个未断的传统,这一传统甚至还可追溯到孔子本人。另一更为学术化、更具有怀疑精神的传统则认为,"大序"是公元1世纪的学者卫宏所作。但宇文所安指出,将"赋"的概念(除非指它的本意"铺陈")用在"大序"上,大概会犯时代性错误;不如说《诗大序》是若干共享"真理"的一个松散组合,这些真理在口耳相传的过程中不断得到重新表述;后来落定为文字,成为现在的"大序"。也可以说,那个落定为文字的时刻正处于其传递阶段从表述转化为注疏之际。宇文所安继而也对《诗大序》"六义"中的"风""兴""赋""比"做出了自己的解释。

关于"风",宇文认为,其基本意义是自然之"风",也用于指《诗经》四部分中的第一部分《国风》。借助草木在风的吹拂下干枯、复生、再干枯这样一个隐喻,"风"也指"影响"。"风",还适用于当地习惯或社会习俗(也许是作为"影响"或"气流"的一个延伸,"风"也指某一社群发挥社会影响力的方式,或社会影响由权威阶层施之于社群的方式)。最后,"风"还与"讽"有关,这两个词有时可以互相替代,"讽"即"批评",也属于一种"影响"。对于《关雎》在这一段的开场,"风"的这些丰富的语义内容是不可或缺的。"关雎,后妃之德也,风之始也",这个说法具有若干层面。① 首先,它点明《关雎》是《诗经》十五国风的第一首诗。其次,它告诉我们《关雎》是"风"的影响过程之始。在这个意义上,"风"也是暗含在《诗经》结构中的一个道德教育计划,《诗经》的结构则是其删定者孔子所赋予的。最后一个层面是它的历史指涉,即该诗体现了文王之风以及周王朝的历史所彰显的道德教化过程之始。"赋",是一切非比喻的铺陈。②如果在"赋"中,说话人描述了一条急流,那么读者就认为确实存在一条急流,也许是诗里的说话人必须穿越的一条急流。对说话人的内心状态所做的描述、叙述和解释也属于"赋"。"比"则意味着诗歌的核心形象是明喻或隐喻,读者一见到"比"就能知道其中包含的比喻。宇文所安说,

---

① 参见[美]宇文所安:《中国文论:英译与评论》,39页。
② 参见[美]宇文所安:《中国文论:英译与评论》,46页。

在"六义"中，传统理论家和现代学者最关注"兴"。"兴"是形象，主要功能不是指意，而是某种情感或情绪的扰动："兴"不是指那种情绪，而是发动它。① 所以，"兴"这个词的真正意义不是一种修辞性比喻。而且，"兴"的优势地位可以部分解释传统中国之所以没有发展出见之于西方修辞中的那种复杂的分类系统。相反，它发展出一套情绪分类系统以及与每一种情绪相关的情境和环境范畴。正因为有作为整体心理状态之显现的语言概念，所以就有情绪语汇；正如有作为符号和指涉的语言概念，所以就有西方的图示和比喻修辞法。

(三)《诗大序》与《乐记》的关系

宇文所安探讨了《乐记》与《诗大序》的关系。《礼记》成于西汉时期，是中国战国和汉代以来儒家文本的一个杂录，其中《乐记》一篇讨论音乐之起源、功能以及乐与礼的关系。该文中的大量资料后来稍有改动，又见于司马迁《史记》中的《乐书》。在这两部书中，我们皆可以发现若干后来被组织到《诗大序》中的材料。对于《诗大序》所依据的心理内容，它们已有更详细的论述。《乐记》和《诗大序》都关注情感的非自觉表现和情感与道德规范之间的调节问题。由"国史"创作的"变风"是非自觉的产物，但又没有超出得体的规范。同理，"礼"是找到了规范和制约形式的人的情感的自然表达。于是，"乐"和"礼"在仪式中的作用就被巧妙地区分开来了："礼"区分出在人与人的关系中的不同角色，而"乐"可以克服这些区分，使参与者合为一体。对"凡音者，生人之心者也。情动于中，故形于声，声成文，谓之音。是故治世之音安以乐，其政和；乱世之音怨以怒，其政乖；亡国之音哀以思，其民困。声音之道与政通矣"一段，宇文所安认为，其与《诗大序》的说法非常相近：情感于内，形于言；情发为声，声成文，谓之"音"。此外，二者还另有一些相同之处，如论述音乐的性质，及对产生音乐的那个时代的社会状况与关

---

① 参见［美］宇文所安：《中国文论：英译与评论》，46页。

系的看法。①

宇文所安对《乐记》中关于礼与乐的关系也做了一定深度的研究。《乐记》说："是故先王之制礼乐，人为之节；衰麻哭泣，所以节丧纪也；钟鼓干戚，所以和安乐也；昏姻冠笄，所以别男女也；射乡食飨，所以正交接也。礼节民心，乐和民声，政以行之，刑以防之，礼乐刑政，四达而不悖，则王道备矣。""乐者为同，礼者为异。同则相亲，异则相敬。乐胜则流，礼胜则离。合情饰貌者，礼乐之事也。礼义立，则贵贱等矣；乐文同，则上下和矣；好恶著，则贤不肖别矣；刑禁暴，爵举贤，则政均矣。仁以爱人，义以正之，如此，则民治行矣。"对此，宇文所安指出："如果荀子一派的儒家思想试图控制危险的力量，那么，汉代儒家则试图让两种对立的力量保持平衡。"②"礼"确定社会关系中的各个功能，因而它是一种区分系统。不过，作为区分系统，"礼"容易使人们四分五裂，彼此对立。"乐"能为礼仪的所有参与者所共享，所以有了"乐"，"礼"的危险性就被削弱了。"乐"使人们感到像是一个统一体。可是统一的冲动又威胁到区分，所以，又需要"礼"来制衡。《乐记》又说："大乐必易，大礼必简。乐至则无怨，礼至则不争。揖让而治天下者，礼乐之谓也。暴民不作，诸侯宾服，兵革不试，五刑不用，百姓无患，天子不怒，如此，则乐达矣。四海之内，合父子之亲，明长幼之序，以敬天子，如此，则礼行矣。"又说："大乐与天地同和，大礼与天地同节。和故百物不失，节故祀天祭地。明则有礼乐，幽则有鬼神。如此，则四海之内，合敬同爱矣。礼者殊事合敬者也，乐者异文合爱者也。礼乐之情同，故明王以相沿也；故事与时并，名与功谐。"对此，宇文所安解释说，这个欢天喜地的儒家的社会观——借助礼乐，使整个社会与人的天性和宇宙的天性保持和谐——看似与文学没有直接的关系，但是它为"真情实感与形式的一致"这种文学兴趣提供了必要的基础，由此也使这个兴趣点始终贯穿在中国文学思想史中。

---

① 参见[美]宇文所安：《中国文论：英译与评论》，53页。
② [美]宇文所安：《中国文论：英译与评论》，57页。

苏源熙也在《中国美学问题》(The Problem of A Chinese Aesthetic)中对《诗大序》进行了高度评价,并探讨了其与《乐记》的继承与发展关系。

苏氏认为:"尽管《诗大序》的作者至今尚无定论,但这并未影响其在文学创作史和评论史上的地位。"①6世纪的《文选》就将《诗大序》全文收录在内,并将之视为"序"这一文体的一种范例。就诗学研究而言,《诗大序》不仅规定了何为经典,而且是系统研究《诗经》的篇什,影响深远。苏氏认为《诗大序》的立足点是主观论与自我表现论的,是"中国诗学中关于语言充足性的经典阐述,也是诗歌表现—情感说的最著名的宣言"②。《诗大序》所呈示的诸如艺术心理—表现理论,艺术对社会的教化功用之说,对诗人特殊社会地位的论说,对文体和修辞类型的分类等,都体现出表现论的显明特征。

苏源熙尤其注意到了《诗大序》与《乐记》这两个文本之间差异与相似的关系。作为音乐的理论与作为诗歌阐释的理论,它们之间的差异会在很多微妙的地方体现出来。在苏源熙看来,《诗大序》所创立的诸多主题中最为重要的是"表现说",可以使很多分散的主题串联在一起。通过对文本的细读,苏氏认为"在心为志"的"志"指的是和用诗传统中的"诗言志"大相径庭的作者之"志"。《诗大序》的意图不在于阐释"志",而是引人瞩目地将"言"放到了最重要的位置,这一点也将《诗大序》与之前时代的文本清晰地区分开来。

落实到具体的研究中,通过对《乐记》中的相似段落与《诗大序》的比较,苏氏发现,以"言"(speech)来替代"声"(sound)是《诗大序》甚为显明的一个特点,这也表明了《大序》中存在一种试图通过自己的阐释替代所有从过去的音乐学说中引用出来的话语,而将自己定位在一部诗学作品上的意图。音乐要讨论的是"声"与"乐",诗歌的主题却是"言"与"词"。正是因为诗歌与音乐的属性不同,在一个完整的术语发生过程中,"《诗大序》的阐述是建立在从情到言的嗟叹,再到歌与舞蹈的每一过程之连贯

---

① Haun Saussy, *The Problem of a Chinese Aesthetic*, Stanford University Press, 1993, p. 75.
② Haun Saussy, *The Problem of a Chinese Aesthetic*, p. 84.

的基础上的,而《乐记》则致力于区分它们"①。区分的目的在于从声到乐的每一个特定的阶段,都被看作是与不同的社会阶层、文化阶层相对应的,由此而认为道德品质和音乐特性之间存在一种转化与同一的关系。这是《乐记》中反复出现的主题。《诗大序》则致力于建立从志到舞蹈各个过程中的某种统一,因此也意在对"志"与"言"之间有可能产生的巨大缝隙进行弥合。这从一个侧面证明了诗歌理论和音乐理论所处理的对象之间的差异。"声"这个词的变化很典型地说明了这两个文本之间的关系:《诗大序》发现,"声"是一个有用的联结者,但并不将之视为有着单独意义的载体,而"《诗大序》能将其与《乐记》所关注的内容加以融合的唯一方式,就是在这一基因谱系上走得更远,并且采用了道德的立场。这种立场也是为由古代的礼仪主义所激发的所有美学理论所共有的"②。

《诗大序》对《乐记》的革新之处,还在于它"使诗歌成为各阶层互相教育的手段"③。所谓"上以风化下,下以风刺上",这一革新的核心是让"下"成为衡量社会主动精神的尺度。正如有论者所指出的,"苏源熙在此处想要表达的,显然是他从《诗大序》中看到的'民本'之处,这一点和《乐记》对于五音以及社会各个阶层的区分是不一样的。诗歌在这种阐释理论中,和'政务'密切联系在了一起"④。《诗大序》举出的例子,"说明从诗歌到对政府的回声之间的路径是双向的"⑤。此外,苏源熙还谈到了上述两文本之间的相同之处,认为"《毛诗序》与《乐记》的共同源头为荀子的哲学理论"⑥。荀子认为人性本恶,需要用"礼"进行规训,并给出了一种可供遵循的原则。荀子美学的第一条就是文学教育的重要性,目的

---

① Haun Saussy, *The Problem of a Chinese Aesthetic*, p. 88.
② Haun Saussy, *The Problem of a Chinese Aesthetic*, pp. 90-91.
③ Haun Saussy, *The Problem of a Chinese Aesthetic*, p. 92.
④ 邓建华:《苏源熙的中国文学思想研究》,见王晓路:《北美汉学界的中国文学思想研究》,551 页。
⑤ Haun Saussy, *The Problem of a Chinese Aesthetic*, p. 91.
⑥ Haun Saussy, *The Problem of a Chinese Aesthetic*, p. 101.

就在于通过诗教普及礼仪思想，改善人性。理解了荀子的学说，就会明白《乐记》和《毛诗序》所要坚持的理论立场，它们的中心就是"性恶论"和"礼"。

（四）字源与抒情：陈世骧说"诗"

华裔美国汉学家陈世骧早年就读于北京大学，于1941年远赴美国哥伦比亚大学深造中西文学理论，后长期在加州大学伯克利分校从事中国语言文学的教学和研究工作，于中国古典诗歌研究用力尤勤。逝世后，门生杨牧将其遗著整理编定为《陈世骧文存》，于1972年由台湾地区志文出版社出版，后又于1998年在辽宁教育出版社刊行。陈世骧与大多数华裔汉学家相仿，深受中西两种文化的熏陶和滋养，既具有深厚的中学基础，又精通西方文学理论，在长期生活的西方学术环境中，形成了独到的观察中国古典诗歌的视角。陈氏经由"诗"字的字源考，对汉诗抒情性进行了细密的考证。他考察了初始"诗"字是如何得形立义及对后世所发生的种种影响，其中便涉及对《诗大序》的审读。

首先，陈世骧从字源角度探求"诗"字更为原始之结体。陈世骧沿用王筠、戴果恒以及今人杨树达成说，"䛐是古文，从㞢声"，进一步分析说，㞢在甲骨文和金文中有诸多形式，其形都是象足或者说象足着地，但却有两个截然相反的意义：一是"止"，停的意思；二是"之"，去的意思。对此，陈氏提出两种看法，一是将其作为实用中的一个字看，二是将其作为文字史上的远古语根看。就实用而言，大概自古就是可由缀文上下以辨其义，或读声随义之高下疾徐稍别其音，用稍广则更异其声形，于是便生出"之"和"止"两个大不相同的字来。但若是把一字而原可以作为两个相反意义的"㞢"作为远古的一个字根，而看由此孳演出的另一个，代表更高级繁复观念的"䛐"字，则可见一方面这个新字属于和字根全不相同的更高范畴，但另一方面在这一更高的意义中却又包含这些成分，与其字根有着相像之处。也就是说，"带着其远祖一字相反的二义，却又升腾起来，把这二义的矛盾进到一个升华的统一，而成一个繁复的多面的富于机动性的意象"①。

　　以上，是陈世骧关于"诗"字之抒情特质在公元前的最初应用所进行的考察。陈氏认为在随后出现的典籍中，"诗"字的这种情形更为明显。陈氏首先从《诗大序》中关于"诗"的定义论起。《诗大序》说："诗者，志之所之也。在心为志，发言为诗。"陈氏强调说，《大序》虽成于汉人之手，为卫宏所编，但必有远古师承。更引人注意的是，《大序》出现在公元1世纪左右，正是上承《凡将篇》，并是《方言》《说文》产生，文字学、字源学最初发展的时期。所以《诗大序》这几句话，就诗学思想而言，似乎司空见惯，但为"诗"字的字源，正可重新给我们以极大的启示："㞢字为原有相反两意的字根，到这里在訨的既成观念中，升华后又隐微地潜伏着；以至在此下定义时，又须用两面相反的话说，以足其意。"②这里说"诗"是"志之所之"，紧接着又说"在心为志，发言为诗"，很显然，一方面映出"㞢"有"之"的根源，而此"之"为"向往"之意；另一方面又认为其为"在心"，则"在"即又映出"止在"之情。另外，陈氏认为，《尧典》中的"诗言志"，《左传》中的"诗以言志"，大概是《诗大序》以及《说文》中将"诗""志""言"三字紧连为训的渊源。但即便在《左传》中，它也有"志以发言""志以定言"的说法。这虽然不是像后来那样有意识地为"诗"字下定义，也可见在春秋时期人的意识中一提到与"诗"字密切相关的"志"字，一方面便说"发"而指"发动"，另一方面又有时说"定"，指"定立"，这就含蓄地显示出"㞢"的"之""止"的相反两义。

　　陈氏总结说，从春秋到汉代，论及诗，无论是议其体，还是道其用，往往是执其两端，相反以相成。他们说到"訨"即联想到"志"，这两个字从结构看来，一为"言"旁，一属"心"部，但是源于同一个字根"㞢"。在远古大概有一时期，"诗"与"志"是可以通用的，但是到《左传》时，这两个字的用法已经比较清楚地分别开来了。虽有时稍见混通，但也只是一些残存的迹象。"志"和"诗"，虽然同属于一个字根，但却逐渐区别开来。

---

① 陈世骧：《陈世骧文存》，15 页。
② 陈世骧：《陈世骧文存》，18 页。

在此，陈氏发现，在所能追溯到的古音中，也见本同而末异，"志"为"tieg"，而"诗"为"sieg"。但陈氏也注意到，"志"和"诗"字比起来，"虽同是两个高级范畴观念这样升腾出来的，而各有所远肖其祖，但二字定型之后，所加成分不同，音变亦各不相同，便终非一事"①。这也正如英文中的"intention"和"attention"，虽然字根相同，并且二者的机动性和观念范畴等级相同，但最终是两码事。

以上，陈氏主要侧重点为"诗"字的原始，但因在中国传统中"诗"与"志"往往纠结在一起，故而对二者进行了辨析。但由此亦可看出，"诗"与"志"之所以发生纠缠是因为"诗"字的字根所含的两面性，后人定义便不得不用两面相反相成的话语加以表述。缘于汉字造形的方便，"诗"有"言"字的偏旁，由"㞢"字根，得到加"言"的"䛇"字体。将"诗"视为语言而有别于音乐舞蹈的艺术，是长期经验酝酿的结果。但是公元前8世纪之后，"诗"字虽通用而有所特指，但在经验中使用时，又感觉只说明它"言"的属性毕竟是外在的一面；而恰巧又有一个和"诗"字同根意近的"志"字，从"心"，指"内"，于是便内外相成，所指之事便混通而成"诗"之通体，既是蕴止于内心的深情至意，又是宣发于外的好语言了。

这样，从"诗"字之字源角度切入，陈世骧对《诗大序》开宗明义的一段进行了颇有新意的阐发。"诗者，志之所之也。在心为志，发言为诗。情动于中而形于言、言之不足，故嗟叹之，故永歌之、永歌之不足，不知手之舞之，足之蹈之也。"陈氏以为，该段开端两句对定义了"诗"，将"志""心""言"相连而论。这虽然不是有意地表述字根，甚至作者心中都未必有字根的意识，但是"诗""志"根系株连，"心""言"偏旁意义内外相属，在观念中和使用上由来已久，所以在此还有明显的原始传统的迹象。即由"㞢"的字根相反相成之义，升腾出两个高级观念范畴，指心意则为"志"，特指其为言则谓"诗"，而这二者一表一里，一而二，二而一。陈氏认为，由《诗大序》中的后一段话可以发现，"诗"字是如何得根于"㞢"

---

① 陈世骧：《陈世骧文存》，20 页。

的。一个字源，穷根追本，最终达到一个最原始的实物意象。"㞢"字的甲骨文字形原为象足着地。

这象足着地的意象，闻一多曾用以解释"志"字，认为"㞢"为停止，志是本义停止在心上。对此种解释，陈氏认为有失片面。他反问说，"㞢"为象足着地，足着于地就必定是"停止"吗？加之于"志"，"志"字的意思只是静止在心上的观念吗？不也有"向往"之意吗？况且，"㞢"作为字根既是"止"又是"之"呢？对此，陈氏认为，"从章太炎先生的古字相反为义说，而又进一步发现中西字源之例，更见有字根含相反之义而又相成，以升腾出高级观念范畴的字，复带相反相成多而动机之意，这发现作为一个'拟定原理'是有用的"①。以之解释"志"字，则能看出"㞢"的"止""之"两个意思，因而"志"应为意念的停留与向往。

同理来解释"诗"字，则"㞢"的原始意象就更为明显了。"㞢"的象足，不但是足之停，又是足之往、之动。足之动停，停又动，这正是原始构成节奏的最自然的行为。陈氏进一步征引《吕氏春秋·古乐篇》"昔葛天氏之乐，三人操牛尾投足以歌八阕"，说明节奏是一切艺术，尤其是原始舞蹈、歌唱与诗章的基本因素。在最初的诗乐舞一体的阶段，㞢代表足的动与停，是诗乐舞这一综合艺术基本因素节奏的原始意象。在后来的演进中，诗与舞开始分化，进而诗中的辞义与歌唱中的音乐也演化为独立观念。例如，在上文中所论及的《诗经》的三首诗中，"诗"字强调言语的观念逐渐形成。这一发展过程是从诗乐舞三位一体，渐渐产生诗重在言语的独立观念。于是，诗是语言的艺术这一观念开始确立，"诗"字由此形成，其意义也便从此开始发展。发展到《诗大序》来解释"诗"字，便继承"诗""志"连根的意念，并又突出"言"，所谓"发言为诗""情动于中形言"，但另一方面又联系到"永歌"，乃至"足之蹈之"。这便将"诗"字的发展路径又反溯回去。由此，陈世骧不但对诗乐舞一体的根源进行了追溯，同时又隐含地表明"诗"字原始根株之形成。

陈世骧以为，包括创作与批评在内的中国古代文学，建构出了一种

---

① 陈世骧：《陈世骧文存》，22页。

融本体意识与实践现象为整体,而又绵延不断的抒情传统。陈氏对《诗大序》的阐发可谓论说"抒情"传统的一个著例。

三、围绕司马迁、班固、王充等人展开的论述

海陶玮曾对司马迁、班固、王充的文学思想有所关注。他指出,司马迁《史记》的某些段落中早就出现了对个别文学作品或作家的评论[1];班固《汉书·艺文志》认为诗、赋这两种文体可以追溯推源到《诗经》,故也需要用儒家的道德标准来加以衡量。由于赋有过多人为矫饰的因素,关于晦涩与明晰、夸饰还是朴素的问题因此引起了王充的注意。王充的《论衡》认为写作如同讲话,需用直白的风格进行清楚的表达。但王充又认识到诗、赋与一般性的写作不同。虽跟其他汉代人一样,王充也没有将文学区别于一般性写作的明确概念,但起码已将诗歌视为一种特殊的门类。

在海陶玮之后,缪文杰、刘若愚、施友忠、孙广仁等人也分别对之有所论及。

缪文杰在《东汉末期的文学批评》(Literary Criticism at the End of the the Eastern Han)中,认为"王充于公元76年至84年创作完成的《论衡》,将文学的地位与儒家经典并列,并在东汉末期得到普遍认同"[2]。刘若愚发现,虽然王充具有特立独行的精神,对诸多问题持有非正统的见解,但在对待文学的态度上,依然表现出鲜明的实用性倾向。[3] 王充强调的是道德功用,将文学视为劝善阻恶的手段:"文岂徒调墨弄笔为美丽之观哉?载人之行传人之名也。善人愿载,思勉为善;邪人恶载,力自禁载。然则文人之笔劝善惩恶也。"施友忠也认为王充非常重视文学的

---

[1] 参见 James Robert Hightower, *Topics in Chinese Literature*: *Outlines and Bibliographies*, p. 42.

[2] Ronald Miao Clendinen, "Literary Criticism at the End of the the Eastern Han", *Literature*: *East & West*, Vol. 3, No. 9, 1972, p. 1013.

[3] 参见[美]刘若愚:《中国文学理论》,169页。

道德内容与实用功能。① 王充更为关注历史与哲学，以至于他模糊了纯文学与其他学术著作的界限，退回到汉之前的杂文学观。正因为他心中所考虑的是哲学与历史，所以王充宣称所有的文学都应是善与真的，目的是为了教育。施氏说，即便如此，王充也并没有忽略文学美的一面。对王充来说，善与真的就是美的，无须再着力加以完善，当然这并不意味着王充会同意济慈所谓的真即为美，美即为真。王充对历史真实性的关注使他注重某种现实主义，抨击各种与真实不相符合的文学夸张与藻饰。施氏说，很显然，尽管王充有一定的审美趣味，但是他还是视真实为文学的本质，认为这一本质决定了文学的品质与形式。施氏接着说，无论从秉性还是兴趣上说，王充都是优秀的历史学家。他颇具胆识的历史理论，在一个充满教条主义的时代表现出了独一无二的自由主义精神。当大多数作家忙于美化古代、盲目模仿经典时，王充可以说是一人独醒。他说："夫上世治者，圣人也；下世治者，亦圣人也。"他又说："叙事者好古而下今，贵所闻而贱所见。辩士则谈其久者，文人则著其远者，近有奇而辨不称，今有异而笔不记。"上述引文见于《齐世篇》。王充的思想有异于正统的历史观，他不但对这种传统观念进行了批判，甚至宣称今胜于古，如其所云："夫德化则周不能过汉，论福瑞则汉胜于周，度土境则周狭于汉，汉何以不如周？独谓周多圣人，治致太平！儒者称圣泰隆，使圣卓而无迹；称治亦泰盛，使太平绝而无续也。"总之，历史是发展与进步的。为了贴近现实，文学也必须是发展的。② 这种发展观念在晋代葛洪那里也曾再次闪现。

孙广仁在《遣词：中国传统中的诗歌能力观》中，经由对《史记》和《汉书》中所载诗歌的分析，将汉代文学模式定义为"直抒胸臆"型。通过分析史书中记载的项羽的《垓下歌》（力拔山兮气盖世。时不利兮骓不逝。骓不逝兮可奈何！虞兮虞兮奈若何），刘邦的《大风歌》（大风起兮云飞扬，威

---

① 参见 Vincent Yu-chung Shih, *The Literary Mind and the Carving of Dragons*: *A Study of Thought and Pattern in Chinese Literature*, p. xx.

② 参见 Vincent Yu-chung Shih, *The Literary Mind and the Carving of Dragons*: *A Study of Thought and Pattern in Chinese Literature*, p. xxi.

加海内兮归故乡。安得猛士兮守四方），以及《鸿鹄》（鸿鹄高飞，一举千里。羽翼以就，横绝四海。横绝四海，又可奈何！虽有矰缴，尚安所施）等贵族的悲楚之作，孙广仁认为，虽然这些诗作缺少历史真实性，是司马迁、班固等历史学家针对历史人物在某种特定语境中可能会说或应该会说的话的再创造，但却都符合一种文学创作模式，即司马迁所谓的"发愤"——"人们无力践行自己的愿望，故而借助于文学表达获得一种心理补偿。"①这标志着从先秦时期的"引《诗》言志"转到作诗直抒胸臆。

孙广仁认为，这一模式的形成受到西汉时期三种著述的影响，即《汉书·艺文志》《诗大序》和《史记》。《汉书·艺文志》引《尚书》中有关诗歌的观点论述，说："书曰：'诗言志，歌咏言'。故哀乐之心感，而歌咏之声发。诵其言谓之诗，咏其声谓之歌。故古有采诗之官，王者所以观风俗、知得失，自考正也。"孙广仁认为，这一有关诗歌的经典定义的言说包含两个要点。第一，诗与歌是情感有所触动时内心表达的两种形式，只是在表呈方面有所差异。当内心情感有所触动，歌之声调便会自然产生，诵其言为诗，咏其声为歌。简单说来，诗就是歌之词，也可以无须音乐而单独存在。"咏唱是创作和表演诗歌的最自然与自发的形式。"②《汉书》也提供了相关证明，即咏唱是汉代宫廷说诗最为普遍的形式。第二，统治者通过采集诗歌来观政。这样，诗歌就成为了解人民所思所想的可靠途径。诗歌作为反映内心世界的透明媒介，其可信性在于它是一种非自觉的创作，或者说是一种"发"。这在《诗大序》中得到最为明显的表述："情动于中而形于言。言之不足，故嗟叹之；嗟叹之不足，故永歌之；永歌之不足，不知手之舞之，足之蹈之也。"《诗大序》所提出的自发性诗歌创作模式可以归结为三个"统一"③：一是人的统一，指的是个人所言之

---

① Graham Martin Sanders，*Words Well Put*：*Vision of Poetic Competence in the Chinese Tradition*，p. 11.

② Graham Martin Sanders，*Words Well Put*：*Vision of Poetic Competence in the Chinese Tradition*，p. 79.

③ 参见 Graham Martin Sanders，*Words Well Put*：*Vision of Poetic Competence in the Chinese Tradition*，p. 80.

诗是本人创作的；二是时间的统一，歌的创作与表演是同步的，即创作是自发的而表演也是没有延宕的；三是声音的统一，诗中的声音即表演者的声音。这三个"统一"与亚里士多德的戏剧"三一律"一样，在实践中通常难以贯彻。但正是在这一点上，《汉书》建立起有关诗歌创作与表演的论述。最后一个影响源是司马迁的《史记》。在《报任安书》与《太史公自序》中，司马迁认为文学创作源于一种强烈的挫败感。司马迁列出了一系列的文学经典之作论述说，每一部作品都是作者因回天乏力而产生的强烈困顿感所作。① 司马迁最后抬出《诗经》并总结说："诗三百篇，大抵圣贤发愤之所为作也。此人皆意有所郁结，不得通其道，故述往事，思来者。"司马迁在对先秦的诸多人物——伯夷、叔齐、孔子、屈原、荆轲等——的陈述中一再指出，他们的歌咏是对身陷困顿的一种抒发。司马迁似乎与那些历史人物有着一种特殊的相似性，即崇高的理想为恶劣的环境所挫败。这种诗歌创作模式——诗歌产生于极端环境中的挫败感——无疑是《汉书》中所载诗歌创作模式另一个主要影响源。尽管《汉书·艺文志》说"故哀乐之心感"，但是《汉书》中没有一首诗歌是因"乐"而作，反而都是关于挫败感与愤恨的。

---

① 参见 Graham Martin Sanders, *Words Well Put: Vision of Poetic Competence in the Chinese Tradition*, p. 81.

第五章　英美汉学界的魏晋六朝文学思想研究

魏(220—265)、晋(265—420)和南朝(420—589),"是中国文学批评达到最多彩多姿、百花齐放的时期"①,同时也是儒门凋零,玄学和佛学兴起的时代。文学理论开始摆脱了作为儒家经学附庸的地位,重视文学本身的创作和审美特征,探讨文学的内部规律,由此形成了中国文学理论发展史上的一大高潮。英美汉学家对该时期文学理论的研究,大至时代语境之考察、总体面貌之概览,小至具体文论家思想的评述、文论著作的探析,从广度与深度上均进行了卓有成效的延拓和开掘。

一、谱系梳理与总体特征概观

施友忠在《文心雕龙:中国文学中的思想与形式研究》的序言中考察了魏晋六朝时期批评精神生成的历史语境;海陶玮在《中国文学论题:纲要与书目》中对六朝的文学批评谱系进行了提纲式的梳理,并对一些重要的文学批评专著进行了鸟瞰与简评;耶鲁大学教授孙康宜在《中国六朝时期的抒情批评》(Chinese Lyric Criticism in the Six Dynasties)一文中拈出"抒情批评"一语,以之界定六朝文学批评的总体特征,以下逐一述之。

施友忠从政局的跌宕、儒家思想控制的放松、审美意识之觉醒以及宫廷庇护四方面考察了魏晋南北朝时期批评精神生成的历史语境。他说:

---

① [美]刘若愚:《中国文学理论》,181页。

第五章　英美汉学界的魏晋六朝文学思想研究

"在中国文学批评的诸多阶段中，这一政治分裂期或许是最具有创造力的时期。"①在东汉之后的三国、魏晋、南北朝四个世纪里，中国被分成了大小不等的若干王国与朝代，政权更替殊为频仍，整个中原地区一度陷入战乱与政局混乱之中。然而吊诡的是，在混乱的局势与种种破坏力量的夹缝中，却出现了文学批评与文学创造力的迸发。这一时期，所有标准均已坍塌，儒家思想同样也丧失了统治地位，尽管人们口头上还在加以强调，但许多学者与艺术家已对之丧失信心，在苦闷中开始逐渐转向佛老。

"对语言、声调与形式结构的强调，使文学开始回归自身，其功能亦由道德说教转向审美。审美体验的关注点又逐渐转向对创作过程本质的深入探寻。"②审美意识的觉醒促成了纯文学（文）与实用性文学（笔）的区分，而文笔之分反过来又深化了审美意识，并在此导向中将文学创作与文学批评推向一全新的境界。"文学创作的繁荣呼唤文学批评的出现，同时也必然会要求对原有的批评原则予以重新审视。于是，一场集中于批评分析的运动呼之欲出。"③

此外，施氏还认为来自于宫廷的资助与庇护也是这一时期文学创作与批评出现繁荣气象的重要原因。在中西方，帝王之家通常是艺术的庇护者。正如梅迪斯（Medicis）是意大利文艺复兴的庇护人，"在中国，诸多帝王与皇子不仅是文艺的重要庇护者，而且本人也是卓有成就的作家"④。例如，曹操是有名的诗人；曹植乃当时最具诗才者；曹丕废汉建魏，然却又是诗人兼批评家于一身者，同时也是文学的庇护者。梁代的皇族也以艺术才华与对文学的兴趣而著称。萧统是刘勰的庇护人，并编

---

①　Vincent Yu-chung Shih, *The Literary Mind and the Carving of Dragons*: *A Study of Thought and Pattern in Chinese Literature*, p. xxii.

②　Vincent Yu-chung Shih, *The Literary Mind and the Carving of Dragons*: *A Study of Thought and Pattern in Chinese Literature*, p. xxii.

③　Vincent Yu-chung Shih, *The Literary Mind and the Carving of Dragons*: *A Study of Thought and Pattern in Chinese Literature*, p. xxii.

④　Vincent Yu-chung Shih, *The Literary Mind and the Carving of Dragons*: *A Study of Thought and Pattern in Chinese Literature*, p. xxii.

有《文选》；其弟萧纲曾命徐陵编辑诗集《玉台新咏》。施友忠总结的四点说明了魏晋南北朝何以成为中国文学批评史上的重要阶段，为我们理解批评精神之出现提供了重要的解释维度。

海陶玮在《中国文学论题：纲要与书目》一书中对六朝的文学批评谱系进行了提纲式的梳理与简评，不乏真知灼见。海氏认为，曹丕首先意识到文学是一个独立存在的实体，他在《典论·论文》中将诗歌与另三种散文文体进行了区分，并认为"气"（ch'i）是所有文学的基本要素，而且曹丕一反传统看法，认为文学创作的动机往往在于为作者本人赢得不朽的声名。海氏认为《典论·论文》成为六朝文论家定义文类与思考文学本质的起点，对后世最大的影响在于"首次尝试对一系列作家作品进行了系统性的评价"①。在肯定《典论·论文》诸多原创性特征之后，海氏也指出了曹丕该文在叙述上的不足，即仅就其现存的篇章来看，布局不够合理，论述较为粗疏。相对而言，在批评著述中，海氏认为陆机《文赋》的叙述结构则要更为精巧，"对文学创作的全过程进行了描述与演示"②。陆机认为对形式与内容的处理应该相对平衡；抒情是创作的动机，也是文学之为文学的属性之所在。陆机区分了十种文体形式，并将声律作为文学的一个特质，这启发了后来诗歌格律理论与律诗的兴起。

对于刘勰的《文心雕龙》，海氏认为"它是一部非常全面的文学批评与理论经典，以五十篇的内容和骈文的形式对文学进行了系统的研究"③。海氏将五十篇划分为两部分，前二十五篇探讨文学的起源，后二十五篇分析创作心理。在前半部分，刘勰依据不同的功能列举出三十六种文类，并从儒家经典中探寻渊源。在海氏看来，刘勰的这种做法显得有些牵强。在后半部分，刘勰认为真情实感是为文的关键，作家必须有感而发，不需刻意为情感的表达寻找形式，而要让形式成为情感表达的自然补充。文学的功能在于抒发情感而非规劝，或仅仅炫耀语言技巧。

---

① James Robert Hightower, *Topics in Chinese Literature：Outlines and Bibliographies*, p. 42.
② James Robert Hightower, *Topics in Chinese Literature：Outlines and Bibliographies*, p. 43.
③ James Robert Hightower, *Topics in Chinese Literature：Outlines and Bibliographies*, p. 44.

相对于《文心雕龙》，萧统《文选》中的文类划分在海陶玮看来则过于幼稚与缺少理论依据。萧统的文学观体现在其为《文选》所撰的序言中，他对文学本质的认识部分来自《诗大序》，但并不认为文学创作的目的在于教化，或像刘勰所说的那样归于"宗经"，故而谨慎地引入了刘勰所回避的文学的愉悦功能。①而钟嵘的《诗品》在海氏看来是一部更为专业的批评著作。钟嵘将论述对象限定为五言诗诗人，并分为三个等级。海氏认为，"钟嵘的批评标准表述不够清晰且有主观臆断的倾向；对每位诗人的诗，用寥寥数语勾勒出特点，所用批评话语都近乎隐喻，以致含糊不清"②。钟嵘在《诗品》的序言中探讨了五言诗的起源及特色，或许出于误解或个人恩怨，钟嵘批评了沈约的"四声"说。钟嵘并非一个传统主义者，但却强烈反对当时的过度"用典"和形式追求。徐陵的《玉台新咏》是一部诗集，收录了从汉代至梁代的爱情诗。海氏认为该诗集体现出了萧纲反传统的文学趣味与文学观。"萧纲认为文学不应依附于儒家经典而成为道德教化的工具，诗歌是情感的自由表达。"③正是在萧纲的资助下，一群诗人开始创作宫体诗。萧纲的文学观奠定了六朝诗歌的基调，但也招致了刘勰、萧统以及钟嵘等人的批评。

孙康宜在《中国六朝时期的抒情批评》一文中拈出"抒情批评"，以此界定六朝文学批评的特征。她首先探讨了抒情体验的理论基础，进而结合六朝时期文学批评的代表作，如《文赋》《文心雕龙》《诗品》等，进行了具体的阐述。

孙氏说，抒情性的基础在于诗人内在的个体体验。所谓个体体验，是"某个人在某种特殊的时空中所产生的精神状态"④。作为一种知识，

---

① 参见 James Robert Hightower, *Topics in Chinese Literature: Outlines and Bibliographies*, p. 45.

② James Robert Hightower, *Topics in Chinese Literature: Outlines and Bibliographies*, p. 46.

③ James Robert Hightower, *Topics in Chinese Literature: Outlines and Bibliographies*, p. 46.

④ Kang-i Sun Chang, "Chinese Lyric Criticism in the Six Dynasties", *Theories of the Arts in China*, p. 215.

个体体验只有在所有直接经验经由反省过程的重组与提炼,方能达到最深刻的状态。在这一再体验过程中,所有经验要素构成一个自足自含的整体,尤其对审美体验来说,个体最初的感官印象与情感被重新构型为一个想象的世界。在此,意识被悬置,所有的精神活动与外在现实被暂时抛开。这种自我实现的体验纯粹是个人性的,用分析性的语言是无法充分表达之的,而象征性的语言由于关注的是事物的"质",因此是再现审美体验的适宜媒介。就个体体验来说,"自我"与"现在"是时空的参照点。据此,所有的个人关联与时间变化得以被衡量。个体通过借喻的方式与万物相融,这一创作过程,用雅各布森的术语讲,叫"相近"(contiguity);自我与客体以隐喻的方式加以交通,则称为"相似"(equivalence)。"无论哪种情形,以上个人情感与外在世界的移情式扭结恰就是中国传统所谓的'情景交融'。"①

事实上,中国传统思想家早就注意到语言单方面是无法获知审美体验的,比如庄子,而只有通过"游"(free play)的状态,人才能实现与外物的"和"(harmony)。物我两忘、人与物游是抒情所必需的,诸多中国诗人与批评家也认识到只有通过无为、无欲的方式方可实现移情。正因如此,长期以来,"无我"与"无目的性"被看作衡量好诗的标准。孙氏说,正如抒情诗一样,"抒情批评"也是基于审美体验。如同自然景物是抒情诗人的沉思对象,文学作品则是抒情批评家的审美对象。"在阅读过程中,批评家会将'自我'投射到文学世界中,进而达到艺术想象中的移情状态;继而,运用诗歌的'相似'与'相近'原则来组织情感与判断。这样,他的批评著述亦如同抒情诗一样彰显出事物的真精神。"②

其后,孙康宜结合六朝的文学批评,对以上持论进行了具体解析。她说:"中国批评家认为诗人的诗风与人格可以从作品中典型的某一行或

---

① Kang-i Sun Chang, "Chinese Lyric Criticism in the Six Dynasties", *Theories of the Arts in China*, p. 216.

② Kang-i Sun Chang, "Chinese Lyric Criticism in the Six Dynasties", *Theories of the Arts in China*, p. 218.

一句诗中被辨认出来。"①钟嵘在《诗品》中就采用这种方法来评价诗人的成就，他称引曹植的"高台多悲风"，谢灵运的"明月照积雪"即是如此。意味深长的是，钟嵘在此并未提及这两位诗人的名字，而是假定读者读了这些简短的引句便会立刻想到诗人的总体风格。

　　孙氏说，这种凝思客体精髓的倾向与《诗经》中的抒情诗人使用单纯意象的重要手法有关。单纯意象的结构是一种类似于"主题＋评论"的并列形式，一个名词性主题与简单评论进行并置，尽管表述简短但却能激发与客体本质相关的无尽联想。批评家们不仅赞成诗人"以少总多"，而且他们自己也以同样的方式进行评论。刘勰在《体性篇》中就这样概述了八种诗风："一曰典雅，二曰远奥，三曰精约，四曰显附，五曰繁缛，六曰壮丽，七曰新奇，八曰轻靡。"刘勰在区分嵇康与阮籍的风格时，也使用了类似的语言："叔夜俊侠，故兴高而采烈"，"嗣宗俶傥，故响逸而调远"。但对于为何能够用这类语言确定地归纳出这两位诗人作品的特点，刘勰认为没有必要加以解释。正如抒情诗人采用与主观体验相切合的语言来表达情感一样，批评家则借助于简短评论来描述对诗歌的直觉印象。在此，分析性的语言以及其他种种客观实证法都会妨碍读诗时所获得的审美体验的重构与实现，而这一切却可以由象征性语言来完成。然而我们不禁要问：批评家简短的评论与摘句何以能达到"以少总多"的效果？孙氏说，事实上，批评家本人也意识到这个问题。刘勰就曾说道："知音其难哉！音实难知，知实难逢。逢其知音，千载其一乎！"正是明乎知音难遇，批评家才竭力想要与诗人的"自我"保持同一。类似于诗人的创作过程，批评家努力在阅读时忘记自我，在对审美移情的体验中，理解变得如此强大，以至于批评家们可以宣称完全理解了诗人的作品。这就是为何陆机在《文赋》开篇就说："余每观才士之所作，窃有以得其用心。"刘勰则将诗人与批评者的作用视为互补性的："夫缀文者情动而辞发，观文者披文以入情，沿波讨源，虽幽必显。"

---

　　① Kang-i Sun Chang,"Chinese Lyric Criticism in the Six Dynasties", *Theories of the Arts in China*, p. 218.

对于"抒情批评"得以奏效的原因,孙氏认为在于对应法或曰对句的使用。"通过对应法,诗人可以最为充分地表现出事物之间的平衡感和交互感,而这些正是'道'之永恒运动的本质。"①这一根本信念或许可以解释中国诗歌中对句形式的持续意义,以及与之相随的哲学意味。刘勰关于对应法的评论就支撑了这一点:"造化赋形,支体必双;神理为用,事不孤立。夫心生文辞,运裁百虑,高下相须,自然成对。"刘勰本身也追随时尚,用骈体文写成《文心雕龙》。而且,他还经常以对句的方式谈论对立的概念。上文所谈到的刘勰对八种风格的区分,初看来有些机械,事实上设定这八个范畴目的即在于通过范畴间的一一对仗与对应,试图概括出所有可能性风格的类型。"故雅与奇反,奥与显殊,繁与约舛,壮与轻乖,文辞根叶,苑囿其中矣。"除刘勰外,孙氏亦注意到,"陆机也是以对句的形式表述其文学思想的。像抒情诗人按照时空坐标系来构建审美体验一样,陆机通常以并置时空的方式来传达抒情精神"②。这一特殊手法传达出某种整体性与包孕性的观念,如陆机所谓"观古今于须臾,抚四海于一瞬"。另外,对应法也是提高"意在言外"这一美学价值的重要手段。对于读者来说,为了欣赏由对句所产生的整体性意义,必须参与到想象活动中去。这又将我们带回了中国诗学的核心命题——中国文学的最高理想就是如钟嵘所言,能够"使味之者无极,闻之者动心"。

孙康宜指出,六朝批评的抒情特质在刘勰《文心雕龙》篇末的"赞"中表现得最为淋漓。每一首"赞"均是一首抒情诗,传达着审美体验的力量。"山沓水匝,树杂云合。目既往还,心亦吐纳。春日迟迟,秋风飒飒。情往似赠,兴来如答。"很显然,上文无意于文学分析,而是通篇构建了一个充满诗情的世界,其中"山""水""树""云"成为审美对象。如此,批评者与诗人在写作过程中毫无二致,均将艺术客体视为获得自我实现的手段。

---

① Kang-i Sun Chang, "Chinese Lyric Criticism in the Six Dynasties", *Theories of the Arts in China*, p. 221.

② Kang-i Sun Chang, "Chinese Lyric Criticism in the Six Dynasties", *Theories of the Arts in China*, p. 222.

最后，孙氏总结说，从上述讨论可以看出，中国文学传统中有两种获得知识的途径：一是"抒情批评"，二是"注解"（commentary）。前者与审美体验密切关联，使用的是象征性语言；后者与学问相关联，使用的是分析性语言。二者的侧重点不同，表明文学批评并不总是客观的，注定包含批评者阅读文本时获得的主观体验。六朝的"抒情批评"仅仅代表了审美体验的一个极端的例子。所以孙氏说，其研究目的并不在于复兴这一特殊的批评指向，而只是用当代的批评方法重新阐发这一中国早期"抒情批评"的文化意蕴。

二、曹丕、阮籍与嵇康研究

（一）曹丕《典论·论文》

缪文杰在《东汉末期的文学批评》一文中，认为东汉建安时期（196—220）是中国文学批评理论的形成期。在此之前，儒家诗教观重在对文学道德寓意的阐发，然而在公元 216 年至 220 年间出现的三部批评著作——曹植的《与杨得祖书》、曹丕的《典论·论文》和《与吴质书》——即便没有完全扭转，至少也修正了儒家的文学观。由此，"文学的内在价值始得以探讨，作家之性与文学之体也始得以考察"[①]。

缪文杰着重分析了曹丕《典论·论文》对儒家诗教观的突破。首先，曹丕开始关注同时代的诗人，并依据各诗人特殊的才能而非德行加以评判。其次，曹丕在对"文"的分类中，将儒家经典排除在外，而加入了诗赋。缪文杰指出，此处，曹丕所谓的"诗"并非指《诗经》，而是对抒情诗的统称，因为曹丕说"诗赋欲丽"。曹丕认为诗歌是一种自治的文学形式，必须与儒家诗教观相分离。再次，关于曹丕所论之"气"（inspiration/spirit）。曹丕说"文以气为主"，相对于孟子在形而上层面谈论"气"，曹丕首先将

---

① Ronald Miao Clendinen,"Literary Criticism at the End of the Eastern Han", Literature: East & West, Vol. 16, No. 3, 1972, p. 1014.

"气"的概念引入文学批评。对曹丕来说,"气"不是由德行养出的,而是个人特有才能的显现。曹丕进一步以音乐演奏作为类比,"曲度虽均,节奏同检,至于引气不齐,巧拙有素"。这里丝毫未曾提及儒家神秘主义的理想——以音乐的内在力量来教化万民。曹丕将"气"与音乐做比,进一步证明他认识到艺术所具有的独特品质。最后,缪文杰指出,在曹丕的身上依然存在传统观点与新观点之间的冲突。例如,他一方面引儒家经典《易经》与《周礼》来解释"文之不朽",另一方面又将儒家经典排除在"奏议、书论、铭诔、诗赋",即所谓的文学"四科"之外。"曹丕受到'反偶像'的王充等人的影响,但是并没有完全摆脱传统儒家文学观的束缚。"[1]但无论如何,《典论·论文》本身的叙述方式就值得注意:作为一篇理论宣言,它为个体思想的表达创造了可能性。

刘若愚在《中国文学理论》中探讨了曹丕《典论·论文》中"气"这一概念的意义及其可能的出处。他说:"他的'气'的概念似乎不可能出自《孟子》,而是出自其他哲学作品,例如采择各家的《管子》以及道家的《淮南子》。"[2]因为孟子将"气"描述为"集义所生",而曹丕的"气"的概念却没有道德的含义;孟子主张"气"可以养,而且为"志"所帅,而曹丕却认为"气"是不可强致的,而且不受意志的控制。根据《管子》,"气"是赋予万物生命的力量或原理,而"气"之精华,称为"精"。当它自由地循环于宇宙中时,则为精灵或神;而当它寓于人心时,则使人成为圣贤。此外,"气"还是思想和知识的源泉,由这一观点可以推论含有思想和知识的文学是"气"的表现;而"气"再被定义为基于作家气质的个人禀赋,这禀赋决定于作家精神和身体中所有的"气"的总量和种类。同时,"气"在《淮南子》中有两种不同却相关的意义。其一,"气"指元气,其轻清者上浮为天,重浊者下凝为地。在此,刘若愚指出:"虽然这里主要是论宇宙的开创而不是文学,可是这段话可能启示了曹丕,使他在两种不同的才气中

---

[1] Ronald Miao Clendinen,"Literary Criticism at the End of the Eastern Han",*Literature*：*East & West*，Vol. 16，No. 3，1972，p. 1028.

[2] [美]刘若愚：《中国文学理论》，103 页。

划出类似的区分。"① 其二，"气"还指人的生气，属于一种精神生理学的概念。曹丕最先将"气"的概念应用于文学，并且在用法上做出了两个重要的修正。一是他指出"气"有清浊，认为个人之间的"气"存在不仅量的而且是质的差别。二是他否定"气"受制于"志"的观念，强调个性及其自然表现不受自觉意志的控制。② 此外，刘若愚还注意到，曹丕认为文学才气甚至无法由父传子。这种观念从根本上来自《庄子》所讲的"轮扁斫轮"的寓言。在这一点上，曹丕不是第一个附和庄子，却是第一个将这种观念应用于文学的人。

(二)艾朗诺论阮籍与嵇康的乐论

艾朗诺在《书法、音乐与绘画文本中的本质与理想》(Nature and Higher Ideals in Text on Calligraphy, Music, and Painting)一文中，认为魏晋时期对音乐的认识发生了重大转变，将音乐框定为一个自治的领域。③ 而音乐思想的创新在阮籍身上表现得尤其明显与自觉，阮籍的《乐论》《通易论》《达庄论》《清思赋》以及《大人先生传》均涉及音乐问题，而嵇康继承并发展了阮籍的音乐思想。

艾朗诺从三个方面分析了阮籍的音乐思想与早期儒家的相异之处。首先，阮籍认为音乐不是人类的发明，而是一种超越人类社会的现象。"夫乐者，天地之体、万物之性也。"音乐漫布于宇宙间，显示出万物最根本的统一。④ 音乐本源于天地精神、万物本性，而儒家典籍《礼记·乐记》则说"乐者，音之所由生也，其本在人心之感于物"，强调音乐是人心对外物刺激的情感反应，外物中不含有音乐，音乐更不是外物的本性。

---

① ［美］刘若愚：《中国文学理论》，104 页。
② 参见［美］刘若愚：《中国文学理论》，105 页。
③ 参见 Ronald Egan, "Nature and Higher Ideals in Text on Calligraphy, Music, and Painting", Zong-qi Cai(ed.), *Chinese Aesthetics: the Ordering of Literature, the Arts, and the Universe in the Six Dynasties*, Honolulu, University of Hawai'i Press, 2004, p. 291.
④ 参见 Ronald Egan, "Nature and Higher Ideals in Text on Calligraphy, Music, and Painting", *Chinese Aesthetics: the Ordering of Literature, the Arts, and the Universe in the Six Dynasties*, p. 294.

其次，阮籍认为音乐的至境为"平淡"(calmness)、"无味"(flavorlessness)，提倡"澹兮其无味"的音乐风格，即所谓的"道德平淡，故五声无味"。艾氏说，在阮籍看来，音乐要使人无欲，心平气定，"欲望、情感都是要被超越与摒弃的"①，而儒家传统认为情感对音乐是至关重要的，音乐中饱含情感，只是必须要加以把握，使之适度。最后，艾氏发现，阮籍提出"大美无形"的观点。② 在《清思赋》中，阮籍说："余以为形之可见，非色之美，音之可闻，非声之善"，"是以微妙无形，寂寞无听，然后乃可以睹窈窕而淑清"。虽然老子说过"大音希声，大象无形"，但在此处，阮籍是将"美学"置于论述的核心。在阮籍看来，重要的不是"美的景物""美的音乐"，而是"美"本身。"美"需要借助世间我们所知的形式来加以理解，但同时又只有在摒弃所有美的具体形式后才能够获得。

艾氏也探讨了嵇康对阮籍音乐思想的继承与发展。阮籍将音乐与"乐"(joy)这一情感形式相联系，尽管其所谓的"乐"指的是"平淡与无味"，但是仍与儒家思想有明显的关联；嵇康则更为"大胆地与儒家正统思想决裂，指出哀、乐完全是外在于音乐的"③。音乐或许可以释放情感，但是这些情感早已呈现于听者或演奏者的心中，音乐本身并不带来或者注入任何情感。由此可见，嵇康的《声无哀乐论》是与儒家"乐乐"(music is joy)思想直接抵牾的。对嵇康来说，音乐起源于天地，与自然及其终极动力一样宏大而广博，自然而生的和谐使其超出人类情感的影响与改变。而若将情感视作是内在于音乐的，则将贬低音乐的品格，使音乐过于主观与个人化。艾氏还注意到，音乐之于嵇康，如同王弼阐释

---

① Ronald Egan, "Nature and Higher Ideals in Text on Calligraphy, Music, and Painting", *Chinese Aesthetics: the Ordering of Literature, the Arts, and the Universe in the Six Dynasties*, p. 296.

② 参见 Ronald Egan, "Nature and Higher Ideals in Text on Calligraphy, Music, and Painting", *Chinese Aesthetics: the Ordering of Literature, the Arts, and the Universe in the Six Dynasties*, p. 297.

③ Ronald Egan, "Nature and Higher Ideals in Text on Calligraphy, Music, and Painting", *Chinese Aesthetics: the Ordering of Literature, the Arts, and the Universe in the Six Dynasties*, p. 298.

《易经》时所用的"象"，均是最终要被舍弃的。对嵇康来说，重要的并不是音乐本身，而是心因音乐而感发。他说："故无声之乐，民之父母也"，"虽无钟鼓，乐已具已"。这也正是阮籍所谓的"至美"，即超越一切物质显现。嵇康这一"无声之乐"的观念在中国艺术思想史上影响深远，自陶潜以降，对"无弦琴"的偏爱与对"无声之乐"境界的塑造成为中国艺术的不懈追求。

三、《文赋》研究

作为中国古代文学史上第一部完整而系统的文学理论著作，《文赋》以赋的形式探讨文学创作问题，以其艺术高度与理论深度引起美国学人与诗人的观瞩。《文赋》最早于20世纪四五十年代经由文本翻译而进入美国学界，继而引发了美国诗家、汉学家以及比较文学学者的文学热情与学术兴趣。《文赋》在美国的流布不仅具有翻译与研究并重、研究视角与研究方法独特等特点，而且具备薪火相传的学术品格。

美国汉学家对《文赋》的观瞩始于20世纪50年代前后，此时陆续出现了《文赋》的英译单行本，如陈世骧《烛幽阐微之文学：陆机〈文赋〉研究》、方志彤《陆机〈文赋〉》(1951)、修中诚《文学创作法：陆机的〈文赋〉》(1951)。修中诚乃英国汉学家，1948—1952年在美国加州大学任教。他也加入到《文赋》翻译的潮流中，其《文赋》译本由英国著名文艺理论家理查兹作序。三十余年后，美国诗人哈米尔（Sam Hamill）于1987年对《文赋》进行了重译。1991年，哈米尔对其早期的英译版本又加以修订，出版了新译本，题为"《文赋》：写作的艺术"（Wen Fu: The Art of Writing）。美国汉学家宇文所安在1992年出版的《中国文学思想读本》亦选录《文赋》部分章节加以翻译。此外，需要指出的是，西方学界对《文赋》的译介还得益于对萧统《昭明文选》的关注。美国著名汉学家康达维自1970年开始系统翻译《昭明文选》，陆续集结成册，第三册于1996年出版，其中关于《文赋》的译文乃《文赋》英译集大成之作。同在1996年，美国诗人、翻译家托尼·巴恩斯通（Tony Barnstone）推出了译本《写作的艺术：

中国文学大师的教诲》(The Art of Writing: The Teachings of the Chinese Masters),亦选译了《文赋》以及另外两种中国诗论——晚唐司空图的《二十四诗品》和南宋魏庆之的《诗人玉屑》。

《文赋》英译的渐次出现,有力推动了美国学界对其中文学思想之阐发与探究。相关言述或散落于美国诗人创作经验漫谈之中,或以中西文艺思想比较研究的形式出现,或是贯穿于对中国文学与文论整体性的勘察与扫描之中,大致形成异于中国视角的独特言说序列。

(一)作为美国诗人向导的《文赋》

《文赋》译文深刻影响了美国诗人,《文赋》优美的文辞与深刻的思想不仅给美国诗人带来了创作的灵感,也引发了他们的讨论。

美国当代著名诗人阿基波尔德·麦克雷什将中国的陆机视为自己诗歌创作的向导。在他看来,"《文赋》是奇特而又不容置疑的权威之作,陆机所讲的诗文创作规律同样适合于我们当代人的情况,他所谈的远远超出了亚里士多德或者贺拉斯关于诗文创作的论述"①。在此观念导向下,麦克雷什从中西比较的角度,探讨了中西方诗学观之差异,由此而确定陆机文学思想对艺术创作的价值。麦克雷什认为,西方诗学突出天人二分,强调个人因素,以为诗人必须完全沉湎于自我,不是通过观察外部世界,而是通过观察自己的内心世界来发现诗意。因此,艺术创作被看作消极地等待某种象征从他的无意识深处自发地升起,诗的本质也就成了一种神秘孤立之事,一种狂喜的呐喊。而中国诗学则强调天人合一,注重人与自然的对应与感应关系。例如,就像陆机认为的那样,一首诗的完成不只是通过一声狂喜的呐喊,而是通过人与世界的交互关系。诗就是"一种以某种方式往来于人和世界之间的东西"②,是情感与外物之间的双向互动的完整过程。换句话说,诗人不是我们所随便想象的自由形式的发明者,而是要"笼天地于形内",把世界万物都囊括其中,让它

---

① Archibald Macleish, *Poetry and Experience*, Cambridge, The Riverside Press, 1961, p. 4.
② Archibald Macleish, *Poetry and Experience*, p. 7.

第五章　英美汉学界的魏晋六朝文学思想研究　　　　　　　　　　　　　　　　197

们自己表达自己的意义。所谓"课虚无以责有，叩寂寞而求音；函绵邈于尺素，吐滂沛乎寸心"，诗人的努力不是等待着灵感的呼唤，将力量聚集在他的喉头；而是考察世界的虚无和寂寞，直到能使其产生意义。这种努力也同样承担了认识世界的任务，但不是通过哲学解释或者科学证明来达到，而是好像一个人通过咀嚼苹果来认识苹果那样来直接地体验。

　　美国著名诗人斯奈德也颇受陆机《文赋》的影响，斯奈德的指导教师就是《文赋》英译者陈世骧。斯奈德曾仔细研读陈世骧翻译的《文赋》。除了采用《文赋》中"澄心""凝思"等观念来说明山水画家必须有的道家精神境界外，他还采用《文赋》中"操斧伐柯"的比喻，来阐明文艺技术及其传承之重要。斯奈德在 1983 年刊行的一部诗集，即以"斧柄"(Axe Handles)为名，"斧柄"亦是他所作的一首诗的题目。美国当代另一位著名诗人霍华德·奈美洛夫(Howard Nemerov)在 1958 年出版的诗集《镜与窗》(*Mirrors & Windows*：*Poems*)中，载有一首题为"致陆机"(To Lu Chi)的长诗。这首诗的格律颇似陆机《文赋》的骈俪。他写道："老先生，在这迟来的春日我想起你，想起你，/可能没别的理由/不过是因为苹果树枝上挂的/不是花，是雪。"① 另一位诗人兼翻译家哈米尔，作为《文赋》的一位英译者，对陆机文学思想亦有所见解，虽言述较为零散但颇有见地。哈米尔将陆机与古希腊的亚里士多德对举，认为"《文赋》是中国第一部《诗学》"②。《文赋》体现出的儒学方法论类似西方的苏格拉底传统：情感与理性不分，哲学与美学合一。《文赋》除受到儒家思想影响外，还吸收了佛老思想的精华。③ 比如佛家的"心""空"论，陆机认为"空"(the void)即是"心"(mind)。此外，陆机将道家所谓的"自然"视为诗人灵感的来源。

　　美国诗人对《文赋》中所蕴含之文学思想的阐发，多结合自身创作经验，所论多为印象式体认与感悟，片语散句，不成体系，但却颇能领悟到同样作为诗人的陆机之思想精髓，此亦其长处。而真正对《文赋》能做

---

①　赵毅衡：《诗神远游——中国如何改变了美国现代诗》，149 页。
②　Sam Hamill，*The Art of Writing*，Minnesota，Milkweed Editions，1991，p. 11.
③　参见 Sam Hamill，*The Art of Writing*，p. 18.

出系统性学理研究的,则仍属于那些专治中国文学思想的学者。

(二)中西比较视域下的《文赋》

随着比较文学研究的拓展,比较诗学作为一种方法开始被用于西方学者的中国古代文论研究,美国华裔汉学家陈世骧、英国汉学家修中诚、比较文学学者迈纳(Earl R. Miner)和诺爱尔(Sister Mary Gregory Knoerle)等人,均探讨过陆机的文学思想与西方文艺理论之间的异同。

陈世骧早在20世纪四五十年代便已出版《文赋》的英译本。他本人对《文赋》也有独到之研究,曾拈出《文赋》"其为物也多姿,其为体也屡迁;其会意也尚巧,其遣言也贵妍"一段中的"姿"字,引入中西比较视角,将之与西方文艺理论中的"gesture"两相比照,阐幽发微,揭示了"姿"所蕴含的文艺思想。陈氏以为,三国以来中国纯文艺批评开始有所建树,而《文赋》便是集初期之大成者。《文赋》在赋史上虽不是早期的作品,但以赋论文,却是最早,甚至可以说是唯一的作品。《文赋》之用词极为精练,经过精心选择,以表现深远的文学见解。但是由于赋体表达的"敷采摛文",形式往往遮蔽了其中的精湛思想,但借助于西方现代批评术语"gesture"却可以对"姿态"之意涵有新的发现。

"gesture"是20世纪美国文艺批评的一个新概念。培基特(Sir Richard Paget)运用生物学和人类学视角,发现语言的来源即姿态,待语言生成之后,又必然仍会带有姿态的样式。① 培氏此说对西方现代文艺思想的阐释有某种暗示,如布莱克谟(R. P. Blackmur)便据此而提出:当文字的语言在表述上存在不足时,我们就会求助于姿态的语言;当施用文字的语言能成功地表述时,则在其文字之中就会形成某种姿态。也就是说,"语言之来源,始于全肢体为示意而做成之姿态;至语言构成而独立后,犹在本质上常含姿态性"②。诚中形外,内心情意一动,表现出来便自然成"姿"。原始人的情意与姿态,自然发生,密合无间,是内容和形式的谐

---

① 参见陈世骧:《陈世骧文存》,30页。
② 陈世骧:《陈世骧文存》,34页。

和统一，而现代文艺所追求的标准之一也是内容与形式的一致。成功的艺术，无论工具如何不同，每一表现的部分，即使极细微处也要和基本的情意适应无间，合起来成为有机的形式，契合于有生命实感的内容，才成为一气贯之的艺术姿态。在陈氏看来，具体至艺术上，舞蹈是一个显著的例子。在雕塑与绘画中，最富情意的姿态，即最生动的一刹那之永久的凝成。至于诗歌，尤其是音乐等时间艺术，虽说只是凭想象或听觉器官感受其效果，但最令人感动处却在于字音意念结合成最生动的姿态，或纯由乐音排比组织，感动人的全身以及内心最灵敏的部分所引起的心灵姿态。

陈氏以为，"gesture"作为美国文艺批评的一个关键词，乃由于它有现代科学的基础，并依据多种艺术理论与实际观察，故而可以取精用弘，用以阐明文艺中诸多基本原理。而陆机所拈出之"姿"字，由于词意融而未明，加之赋体的命运，其含义往往被忽略或抹杀。然而在西方文艺批评术语"gesture"的烛照下，便可发现，二者不仅在字面上可以互译，涵指也相吻合。"gesture"是动状，是意义的化身。一件成功的作品是姿态在最富意义时完成的，是其在最富意义时把握住的活动。而《文赋》中的"姿"字，"其为物也多姿，其为体也屡迁"，"多姿"与"屡迁"相对互彰，其所指也绝不仅是外表形貌，乃是动状。而后面又说"其会意也尚巧，其遣言也贵妍"，陈氏认为这又表明了"姿"与"意"的关系。由此，陈氏归结说，"姿"是动状也是"意"，与以上所谓"gesture之为动状乃意义之化身"，正好契合。① 陈氏进而通过对"姿"字意涵的历史性考察，发现"姿"在汉代直至后来也经常只是泛指形貌，而陆机借人体情状意态之天然活动，以状文章情意生动之美为"多姿"，可以说是创举。

陈氏以为，陆机所拈出之"姿"在意涵上与"gesture"相通，亦可应用于其他艺术门类。陈氏推测说，陆机在用"姿"字时，意识中或者下意识中也许想象到其他艺术。"其为物也多姿，其为体也屡迁；其会意也尚巧，其遣言也贵妍"，下面紧接着便是"暨声音之迭代，若五色之相宣"，可见至少是涉及音乐和绘画了。但这很容易被视作赋中连类引譬的修辞，

---

① 参见陈世骧：《陈世骧文存》，41页。

加之《文赋》中并未扩展阐发，故被人忽视了。而实际上，"姿"字的应用也常连及其他艺术。① 陈氏举隅说，应用于舞蹈者，如阮籍《咏怀诗》中的"委曲周旋仪，姿态愁我肠"，岑参的"世人学舞只是舞，姿态岂能得如此"，而早在傅毅《舞赋》中便有"即相看而绵视，亦含姿而俱立"；形容音乐者，如嵇康《琴赋》全文多以姿态形状音乐，有"既丰瞻以多姿"；用至绘画上的，如楼钥《谢叶处士写照》中的"人言姿态与真同，如照止水窥铜镜"；用于书法，如韩愈《石鼓歌》云"羲之俗书趁姿媚"，宋人将"姿媚"作为品评书法的惯用语。

陈世骧说："中国文艺理论，虽向缺系统的发展，少见巨帙的著作，但古籍中不少凝练的事实观察，与一言片语的精到见解。"② 例如，《文赋》中的"姿"字，由于没有明切解释，用久便滥，失掉意义反而以为无意义了。而陈氏将"姿"与西方之"gesture"加以对照，在中外相沟通的大视野中加以审视，使之容括更深的文论内涵和更多的文艺事象，从而建立起既有较强实践性而又不失理论品格的新型话语。

修中诚于1951年出版的《文赋》译本，副标题为"翻译与比较研究"（A Translation and Comparative Studies），由此可见作者试图于中西比较视野中探讨《文赋》。在他看来，陆机提供的"相同的问题楔子是可以嵌入西方文学观念的缺口中的"③。援用比较视野，修中诚探究了两个方面内容。其一，《文赋》与古希腊柏拉图、亚里士多德乃至当代的艾略特、赫伯特·里德等人的论述进行比较。其二，则是总论性的，如何理解"理性"及其在文学创作中的地位。

美国学者迈纳与诺爱尔则注意到了陆机与另一位西方文论家贺拉斯文艺思想之间的异同。迈纳指出，远在贺拉斯之前，中国人就已经将道德的或教谕的情感论引进了严肃的文学诠释学之中，包括作为"文"之一

---

① 参见陈世骧：《陈世骧文存》，45页。
② 陈世骧：《陈世骧文存》，34页。
③ Ernest Richard Hughes, *The Art of Letters*: Lu Chi's "Wen Fu", A. D. 302, New York, Bollingen Found Inc., 1951, pp. 197-198.

部分的种种历史著作。而且，这种教谕主义渗进了中国人的哲学和科学原则之中，尤其是作为天道与圣人之道的"道"。陆机与贺拉斯相应，他的《文赋》是值得讨论的。"文"这个词与英文的"literature"或德文的"dichtung"最为相近，"赋"是散文式的韵文或韵文式的散文。刘若愚提供了许多英语译名作为参比，最后决定用"exposition"，因而陆机赋篇的题目也就被译成了"Exposition on Literature"，说明文学与最崇高的哲学思想能够结合在一起，同时也具有道德与科学的基础。同贺拉斯一样，陆机的作品也很好地体现了他所倡导的教谕主义。①

美国圣玛丽森林学院诺爱尔的《陆机的诗歌理论及与贺拉斯〈诗艺〉之简要比较》(The Poetic Theory of Lu Chi, with a Brief Comparison with Horace's 'Ars Poetica')，对陆机与贺拉斯的诗学思想则进行了更为细致的比较研究。

中国文学批评不同于西方以创构抽象命题为标的之系统诗学，而旨在叙述灵感的流动过程，判明诗歌的好坏。《文赋》便是此种描述性、直觉型方法的集中体现，而贺拉斯的《诗艺》(On the Art of Poetry)可作为西方诗学的代表。诺爱尔比较了陆机与贺拉斯关于诗歌本体、来源与功能的相关论述。她说，古希腊、古罗马文学批评传统经由对现象的科学分析而归纳规律，而中国文学批评在很大程度上是描述性与散漫性的，是直觉的而非概念性的，重在描述一首诗歌的形式之美，揭橥其中所蕴含的道德意味，而不是探寻某种普适性的诗学原理，或试图建构理论体系。中国文学批评方式深受儒家人文主义影响，认为诗歌虽受非人力所控的某种神秘力量的启发，但终究还是受制于智性，其存在的缘由在于社会性与道德性，而非宗教性与神秘主义。

上述这些特征均体现于《文赋》中。"陆机并未制定一系列的美学原理，并以之裁量中国文学，而仅仅是依据文学作品外在特点加以分类；他不是在解析诗歌创作过程，而是描述这一过程；他没有具体说明使之成为好诗

---

① 参见［美］厄尔·迈纳：《比较诗学》，182～183页，北京，中央编译出版社，1998。

或坏诗的标准，并加以解释，只是枚举实例，以为这样即可解释清楚。"①而贺拉斯在《诗艺》中所运用的是古希腊系统诗学的原理，并以之为标准来评价诗歌与诗人。"他指出好诗的原则在于对生活的真实性批评，并以准确的判断力为源泉，进而以此为基点，延伸出其他从属性原则。"②

尽管中西批评传统存在较大分歧，但是陆机与贺拉斯均试图解析对于诗歌创作至关重要的三个要素，即艺术冲动、理性与文学技巧，及与诗歌相关的两个关键因素——美与实用。对于陆机来说，艺术冲动或者说创作天赋与理性是同等重要的，而文学技巧则处于次要地位。陆机颇费心力地描述艺术冲动的显现过程，这一过程是诗人自身所无法控制的，只能虚静以待。此外，陆机还谈到诗人在面对灵感时所起的积极主导作用，诗人此时完全能够控制与安排所写材料。进而，诗人调动艺术技巧，运用理智组织意象与观念。而对于贺拉斯来说，艺术冲动是预先假定的，对之所言甚少。"与陆机相比，贺拉斯对创作冲动未做过多强调。认为诗人的理智和艺术技巧处于同等重要的地位，而创作冲动则次之。"③他曾说："苦学而没有丰富的天才，有天才而没有训练，都归无用；两者应该相互为用，相互结合。"故贺拉斯尤为强调理智是写作成功的主要源泉。

贺拉斯与陆机所强调的方面的不同，说明贺拉斯是在西方文学批评传统中写作，试图以理性的话语解释现象，而陆机却仅满足于描述。陆机所言的禀赋是无法说明的某种特质，故而不可能进行系统化分析，纳入贺拉斯文学批评的概念框架中。由此可知，贺拉斯仅仅是指出其存在

---

① Sister Mary Gregory Knoerle, "The Poetic Theory of Lu Chi, with a Brief Comparison with Horace's 'Ars Poetica'", *The Journal of Aesthetics and Art Criticism*, Vol. XXV, No. 2, 1966, p. 141.

② Sister Mary Gregory Knoerle, "The Poetic Theory of Lu Chi, with a Brief Comparison with Horace's 'Ars Poetica'", *The Journal of Aesthetics and Art Criticism*, Vol. XXV, No. 2, 1966, p. 141.

③ Sister Mary Gregory Knoerle, "The Poetic Theory of Lu Chi, with a Brief Comparison with Horace's 'Ars Poetica'", *The Journal of Aesthetics and Art Criticism*, Vol. XXV, No. 2, 1966, p. 142.

性，而不是试图进行批评分析，陆机则无意于贺拉斯式的解析，故而可以详尽地描述灵感。至于有关诗歌的功能，陆机与贺拉斯的观点基本一致，二人均强调诗歌的社会、道德与政治功用，认为内容与形式之间的和谐才能产生美。此外，二人对文学创作提出了类似的要求，如模仿古典，力避华而不实的文风，追求简洁和连贯性，细心润色与打磨等。陆机与贺拉斯的"诗心"是相通的，并据此在不同的语言文化语境中沿着不同的路向展开。①

（三）《文赋》的流布特点及余音

从以上的梳理中，我们可以寻得 20 世纪《文赋》在美国流布的规律与阐释的特点。

其一，《文赋》的外传取决于美国这一接受国内在的文化需要。《文赋》之所以于 20 世纪中叶在美国驻足，与当时现代诗歌运动的价值取向有关。彼时，美国社会正经历巨大的变革和动荡。城市化运动破坏了人与自然的和谐，高度发达的工业文明将本来鲜活的人性异化为资本运行的附庸，各种社会思潮层出不穷，女权主义呼声日益高涨，反对越战和种族歧视的民权运动亦此起彼伏。在这样的社会历史语境中，主张"天人合一""回归自然""中庸之道"和"和平宁静"等观念的中国传统思想文化受到美国社会的关注，掀起了 20 世纪初翻译研究中国古典诗歌风潮后的第二次浪潮，"禅和道的思想已得到更加多样化的解释，而中国诗的语言方式，风格方式，继续成为美国诗人寻找自己声音的指路牌"②。正是基于这种内在文化动力，《文赋》译本在美国出现；而美国诗人则不断从中汲取灵感，借鉴《文赋》体现出的泯灭物我之界限的东方诗学运思模式。③

---

① 参见 Sister Mary Gregory Knoerle, "The Poetic Theory of Lu Chi, with a Brief Comparison with Horace's 'Ars Poetica'", *The Journal of Aesthetics and Art Criticism*, Vol. XXV, No. 2, 1966, p. 143.

② 赵毅衡：《诗神远游——中国如何改变了美国现代诗》，49 页。

③ 参见钟玲：《美国诗与中国梦：美国现代诗里的中国文化模式》，126～130 页。

其二，广泛运用比较诗学的研究方法，开启了《文赋》研究的新思路。不同于法国学派注重文学影响事实的"影响研究"，美国的比较文学研究力倡以文本为中心，开展东西比较研究，不计实际影响之有无。对于《文赋》，陈世骧拈出20世纪美国文艺批评术语"gesture"来比较和阐明《文赋》中"姿"字的现代文艺思想意涵；而美国诗人、学者大多平行选择亚里士多德的《诗学》、贺拉斯的《诗艺》等为比较对象，并着力以《文赋》与《诗艺》为重点对中西诗学进行证同辨异。

20世纪80年代以降，由于社会文化语境的转换，美国诗人对《文赋》的追捧热情有所冷却，但《文赋》的选译本、全译本仍不时出现，而汉学家以及比较文学学者对其的关注则一直延续至今。费维廉在为《印第安纳中国古典文学指南》所撰写的关于"文学批评"的词条中，曾提到《文赋》，认为它是"关乎文学创作形上理论、创作技巧与创作心理的长篇大赋"①。进入21世纪，范佐伦在为《约翰霍普金斯文学理论与批评指南》(The John Hopkins Guide to Literary Theory & Criticism)撰写的关于"中国理论与批评"的词条中，也称《文赋》"以所发明文学思想之深刻兼本身文辞之优美而著称"②。

可以说，在半个多世纪的时间里，《文赋》以其优美的文辞与深邃的思想征服了一代代的美国诗人与研究者，成为美国诗人向东方文化寻求灵感的艺术宝库，也成为美国学者研治中国文学思想时无法绕开的一部重要典籍。

四、多重的聚焦：《文心雕龙》研究

如费维廉所言，6世纪初，刘勰《文心雕龙》与钟嵘《诗品》的出现标

---

① Craig Fisk, "Literary Criticism", William H. Nienhauser, Jr. (ed.), *The Indiana Companion to Traditional Chinese Literature*, Bloomington, Indiana University Press, 1986, p. 51.

② Steven Van Zoeren, "Chinese Theory and Criticism", Michael Groden, Martin Kreiswirth and Imre Szeman(eds.), *The John Hopkins Guide to Literary Theory & Criticism*, Baltimore, Johns Hopkins University Press, 2005, p. 189.

志着中国文学批评开始成为一项实质性的、完全独立的事业。①《文心雕龙》是中国文学思想史上的一大例外,它作为体系详备的文学理论与批评著作而出现。② 西方传统则对系统诗学评价甚高,故《文心雕龙》引起了北美众多汉学家的关注与兴趣。

早在1959年,哥伦比亚大学就出版了施友忠的《文心雕龙》英文全译本,1971年,台北的中华书局依此出版了中英对照本。1983年,香港中文大学又推出了一种中英修订本。施译本语言流畅,基本符合《文心雕龙》原意,为后来的《文心雕龙》研究者提供了有益的参考。此外,修中诚在《文学创作法:陆机的〈文赋〉》的附录中,也对《原道篇》进行了翻译与介绍。宇文所安在1992年出版的《中国文学思想读本》中,全部或部分翻译注解了《原道篇》《宗经篇》《神思篇》等18篇。北美地区的《文心雕龙》研究大致涉含五大主题:文学批评传统、思想基础、创作心理、修辞理论和批评术语,从跨文化、跨学科的视角对《文心雕龙》进行了颇有新意的探讨。

(一)《文心雕龙》与文学批评传统

耶鲁大学孙康宜的《刘勰的经典观》(Liu Xie's Idea of Canonicity)和蔡宗齐的《批评系统的构成:〈文心雕龙〉以及早期文本中的文学概念》(The Making of a Critical System: Concepts of Literature in Wenxin diaolong and Earlier Texts),分别从不同的角度指出刘勰重建文学传统的特殊贡献。

孙康宜在《刘勰的经典观》一文中指出,"刘勰特别关注经典的力量及其对文学文化史的正统价值"③,认为儒家经典无论在内容上还是风格上

---

① 参见 Craig Fisk, "Literary Criticism", *The Indiana Companion to Traditional Chinese Literature*, p. 51.

② 参见 Steven Van Zoeren, "Chinese Theory and Criticism", *The Johns Hopkins Guide to Literary Theory & Criticism*, p. 189.

③ Kang-i Sun Chang, "Liu Xie's Idea of Canonicity", Zong-qi Cai (ed.), *A Chinese Literary Mind*, Stanford University Press, 2001, p. 17.

都是最为精美的文学典范。在整部《文心雕龙》中，刘勰为把文学提升到儒家经典的崇高地位，不惜笔墨地指出圣人言论"辞富山海"的美学特质。不同于以前的学者采用道德标准来评价文学，"刘勰将文学美学的标准应用于儒家经典，从而使得文学品格成为衡量一切经典之作的基本标尺"①。这样，文学中的"文"和儒家经典中的"文"一旦画上等号，就无形中赋予文学以经典的身份。

此外，孙氏还讨论了刘勰如何提出新的文学标准，从而将屈原的作品抬高到仅次于《诗经》的地位的问题："刘勰在客观分析与考察具体语境的基础上，提出了阅读《楚辞》的新方式。②"一是屈原以《尚书》"典诰"之体来赞美尧舜等上古先帝；二是以讽谏的方式谴责夏桀商纣等昏君的不仁行径；三是运用比兴手法，以虬龙和云霓来比喻美德与邪佞；四是屈原表达了一个忠君而遭斥的主体的情感。然而除了以上契合外，刘勰也指出了四个《楚辞》与儒家经典的分歧：一是诡异，如铺陈乘云龙、求宓妃等神怪之旅；二是谲怪，如共工撞倒不周天、后羿射九日、九头木夫、三目土伯；三是狷狭，如屈原有意效法彭咸、伍子胥沉江；四是荒淫，如男女杂坐，通宵达旦饮酒作乐。③对这些"分歧"，刘勰仅仅是客观地列出，未加评论。这意味着他尝试了一种早期批评家极少使用的批评途径："不依儒家经典的标准，而是根据诗人自身所具有的创造力来评价《楚辞》。"④刘勰认为正因为《楚辞》"自铸伟辞"而与儒家经典不同，因此它理应被视为新的经典。在刘勰看来，"正是这种'陌生化'的特性适合于屈原那样的伟大诗人表达冲动的、强烈的备受挫折的愿望。最为重要的是，屈原以一种新的文体写作，可以容纳不同种类的写作风格，以适应新的

---

① Kang-i Sun Chang, "Liu Xie's Idea of Canonicity", Zong-qi Cai(ed.), *A Chinese Literary Mind*, p. 19.
② Kang-i Sun Chang, "Liu Xie's Idea of Canonicity", Zong-qi Cai(ed.), *A Chinese Literary Mind*, p. 21.
③ 参见 Kang-i Sun Chang, "Liu Xie's Idea of Canonicity", Zong-qi Cai(ed.), *A Chinese Literary Mind*, pp. 21-22.
④ Kang-i Sun Chang, "Liu Xie's Idea of Canonicity", Zong-qi Cai(ed.), *A Chinese Literary Mind*, p. 22.

时代或地域环境"①。孙康宜说，刘勰已经注意到《楚辞》中有一种新的精神觉醒，以及一种新型修辞风格的形成。刘勰认识到，就文学影响力而言，《楚辞》不次于甚至于超越了儒家经典。

蔡宗齐在《批评系统的构成：〈文心雕龙〉以及早期文本中的文学概念》一文中，将对《文心雕龙》的考察作为理解整个中国传统文学批评体系的关钥。他首先探讨了自上古时期至汉代的三种主要的文学观念，即以《尚书》为代表的宗教性文学观、以《左传》和《国语》为代表的人文主义文学观，以及以《毛诗序》为代表的说教文学观，提出《文心雕龙》继以上三种文学观后形成了综合性的文学观。通过比较这四种文学观，蔡氏发现了一个公分母——"都将文学视为一个天地人之间'和'的过程"②。这一过程起于"心"。由于外界诸如生理的、心理的、道德的、直觉的或思想层面的刺激，内心有所触动；然后内心的反应又通过舞、乐、歌、说话或写作表现出来，由此达到内外共和。

此外，蔡氏还注意到四种文学观念之间的差异。首先，它们将文学视为不同的程序。例如，在《尧典》中，文学被看作以"舞"为中心的宗教活动的辅助部分；在《左传》与《国语》中，文学被看作以"乐"为中心的宫廷仪式的辅助部分；在《诗大序》中，文学被看作以"言语"为中心的社会交往的核心部分；在《文心雕龙》中，文学则被视为基本上以自律性的、文本中心、审美的追求为中心。其次，四者分别从神灵、自然力、道德与社会政治力、神秘的道等方面来谈文学的起源、形成与功用。③

对于刘勰的文学观，蔡宗齐分析说，无论以何种尺度来衡量，它都是综合性的。"刘勰巧妙地将早期批评所关注的文学创作的外部与内部过

---

① Kang-i Sun Chang, "Liu Xie's Idea of Canonicity", Zong-qi Cai(ed.), *A Chinese Literary Mind*, p. 25.

② Zong-qi Cai, "The Making of a Critical System: Concepts of Literature in Wenxin diaolong and Earlier Texts", Zong-qi Cai(ed.), *A Chinese Literary Mind*, p. 75.

③ 参见 Zong-qi Cai, "The Making of a Critical System: Concepts of Literature in Wenxin diaolong and Earlier Texts", Zong-qi Cai(ed.), *A Chinese Literary Mind*, p. 57.

程加以吸收并转变,由此构建出综合性的文学观。"①关于文学外部研究,在终极宇宙层上,他将早期具有宗教色彩的"神"转变为艺术性的"神";在自然过程层上,刘勰关注阴阳、五行以及《左传》中所说的现实自然过程,但是他探讨的是这些自然过程与艺术创作的相关性,而非文学使"风雨时至,嘉生繁祉"的实用功能;在伦理—社会—政治过程层,刘勰将关注点从《诗大序》的教化论转向形而上式的用文学来体现理想道德社会秩序的层面。关于文学内部研究,在超验层,刘勰用直觉沉思代替宗教咒语来与终极现实相沟通;在心理经验层,刘勰从《诗大序》的"言志"说转向"情文"说;在道德经验层,刘勰将道德讽谏与教化降到次要地位,但仍然强调文与人品的关系。

对于《文心雕龙》中的综合主义,刘若愚在《中国文学理论》一书中进行了更为详尽的阐述。刘若愚说:"刘勰未曾明白地阐明各种不同概念之间的相互关系;不过,透过分析,我们可能分辨出别种概念如何与形上概念有所关联。如何在通常意义上附属于形上概念。"②《文心雕龙》时常表现出其他文学理论类型的特征,但刘若愚认为,其他理论都附属于形而上的概念,与形而上的性质有所关联。因此《文心雕龙》的理论是对先前理论的融合,是综合主义的。刘若愚指出,刘勰强调圣贤的职责是作为文学中宇宙之道的显示者而非道德教训者,从而将实用概念附属于形上概念。在刘勰看来,道德的"道"以宇宙之"道"为基础,而且由于文学显示出前者,它能够适合道德目的。至于表现概念,虽然在《文心雕龙》中多有强调,但透过"自然"这一概念,可以证明其附属于形上概念。刘勰不止一次地说道:人在文学作品(文)中显示出他的本性,是很自然的,正像动植物借着外表的美显示其本性一样是自然的。一方面是虎豹的皮,而另一方面是文学,其间的模拟,显示出刘勰的文学概念与纯粹表现概念之间的一个极为重要的差异:"刘勰认为文学是透过外表样式自然显示

---

① Zong-qi Cai, "The Making of a Critical System: Concepts of Literature in Wenxin diaolong and Earlier Texts", Zong-qi Cai(ed.), *A Chinese Literary Mind*, p. 54.

② [美]刘若愚:《中国文学理论》,183 页。

出内在特质的宇宙过程的一部分，而纯粹表现理论家认为文学是作家所意图的自我表现。"①

刘若愚指出，由上可知，"透过外表样式自然显示出内在特质的这种概念也含有文学的审美观念"②。因为假如每一物体有外表美都是自然的，那么人类以美的语言显示其本性也是自然的。技巧概念可能看起来与自然显示的概念相矛盾，但是，由于一边是会将技巧的吸收作为写作的准备，另一边则是实际写作过程会包含自然的直觉的性质，两者之间并没有形成真正的矛盾。换句话说，假如一个人逐渐吸取艺术技巧，直到它成为第二本性，那么写作的过程就不是一种刻苦的而是自然的过程了。这是刘勰的本意，这一点可以从他引用庄子关于庖丁和轮扁的寓言中看出：两人皆于多年专心致力之后，达到直觉驾驭技巧的境地。因此，刘勰总结说："秉心养术，无务苦虑。"

刘若愚说："刘勰作品中所包含的各种不同理论间的矛盾之处及其可能的解决，可以从分析他对作家心灵与宇宙之关系的种种叙述中得到说明。"③比如刘勰将作家心灵与宇宙的关系描述为相互的关系，即外物感动作家，而作家以情感反应外物。这种描述与文学的表现概念是一致的。然而，刘勰又在《神思》篇中劝作家保持心灵虚静，心灵应该敏于接受外物，这种观念又是与形上理论一致的。然而，紧接着这段文字之后，刘勰继续说道："积学以储宝，酌理以富才，研阅以穷照，驯致以怿辞。然后使玄解之宰，寻声律而定墨，独照之匠，窥意象而运斤。此盖驭文之首术，谋篇之大端。"此处所列举的四种活动，相应于他在《体性篇》所说的"学"和"习"，以及所指的"律""术""御"，又似乎都与"心虚"的概念相矛盾。我们应当看到，它所描述的，我们可称之为"研究"的心境，是与文学的技巧理论而非形上理论或表现理论更为和谐的。刘若愚指出，使问题变得更为复杂的是刘勰在这段之后的另一语段中，先是描述创造的

---

① ［美］刘若愚：《中国文学理论》，184页。
② ［美］刘若愚：《中国文学理论》，184页。
③ ［美］刘若愚：《中国文学理论》，185页。

精神过程，然后描述投射的精神过程："夫神思方运，万涂竞萌；规矩虚位，刻镂无形。登山则情满于山，观海则意溢于海。我才之多少，将与风云而并驱矣。"给予不存在的事物以形状，以及将一个人的心灵投射于自然，"这两种观念皆与表现理论一致"①。在此，刘勰修正了道家心虚的概念，将它与其他概念结合在一起，从而使得形上理论在接受表现观和技巧观时成为可能。正是在此诸多意义上，刘勰的文论可被视为一种综合主义的文论。

(二)《文心雕龙》的思想基础

宾州大学教授梅维恒（Victor H. Mair）作为中印文化关系的研究者在《〈文心雕龙〉中的佛学》（Buddhism in The Literary Mind and Orante Rhetotic）中分析了《文心雕龙》与佛教的关系。在他看来，佛教思想对《文心雕龙》影响很大。刘勰最基本的写作范型、分析方法、组织方案，以及很多重要概念都有其佛学来源。中国六朝时期正是佛教的兴盛期，佛教思想不可避免地对中国的哲学、宗教、文学、艺术都产生了重要影响。从 Bharata、Bhāmaha 到 Dandin 等印度诗学理论权威，都探讨过诸如修饰、修辞、辨误、逻辑、意义（观点或内容）、语法修辞的修订、选词、音乐性（语音规则）、韵律等问题，而这些也都出现于《文心雕龙》的第二部分。此外，他们还讨论过印度美学中的"rasa"（性）和心理学理论中的"bhāva"（情），而《文心雕龙》也取"性""情"一一对应。更有意味的是，Bhāmaha 与 Dandin 认为"诗体"（sarira）涵盖的范围甚广，与之类似，《文心雕龙》中所云"体"的内涵也涉及风格、本质、形式与文类等。最后，印度诗学著作经常探讨诸类文体，并与诗歌加以比较，《文心雕龙》中亦是如此。② 故此，"《文心雕龙》是印度思想方法与中国文学创作实践的完美结合"③。梅维

---

① ［美］刘若愚：《中国文学理论》，186 页。

② 参见 Victor H. Mair, "Buddhismin in The Literary Mind and Orante Rhetotic", Zong-qi Cai(ed.), *A Chinese Literary Mind*, p. 78.

③ Victor H. Mair, "Buddhism in The Literary Mind and Orante Rhetotic", Zong-qi Cai (ed.), *A Chinese Literary Mind*, p. 80.

恒总结说,长期以来对《文心雕龙》中是否存在佛教思想,进而对其文学价值与思想内容的探讨与争论,反映出一种极端的民族傲慢与文化偏见,而这些都是学术研究所理应避免的。实事求是地讲,"《文心雕龙》就是一部'印度式文学专题论文'(sastra on literature)"①,其中包含了大量的印度范式。

加拿大汉学家林理彰在《王弼与刘勰:术语、观念、影响与归属》(Wang Bi and Liu Xie's Wenxin Diaolong:Terms and Concepts, Influence and Affiliations)中考察了《文心雕龙》与王弼著作的关系,认为王弼的著作是《文心雕龙》观念、术语以及写作模式的又一重要思想来源。言、象、意的关系是王弼形而上探寻的核心,而类似的讨论也出现在刘勰的《文心雕龙》中。例如,在《原道篇》中,刘勰将象视为文与言的具体外形,这使人想到了王弼以言、象、意来表达现实世界的递升程度;《神思篇》中刘勰不但又一次使用了这些术语,而且对三个术语等级的划分也类似于王弼的做法。当然,从事哲学的王弼与从事文学的刘勰在思维方式并不完全相同。王弼强调意、象、言三者之间存在鸿沟,认为从意到象再到言,本体合法性依次降低,"名不能超越现象界,人的理性与语言无法把握真实的'道'"②;而刘勰则试图填补鸿沟,让语言体现本体,肯定象与言具有反映超感官世界的能力。在《原道篇》还有其他篇中,刘勰宣称"写作有能力表达终极现实"③。

此外,叶嘉莹还从外来佛学思想之刺激的角度对《文心雕龙》在中国文学批评史上的特殊建树进行了思考。叶氏说中国文学批评的特色是印象的而非思辨的,是直觉的而非理论的,是诗歌的而非散文的,是重点式的而非整体式的。因此,像齐梁之间刘勰体大思精的巨制《文心雕龙》

---

① Victor H. Mair, "Buddhism in The Literary Mind and Orante Rhetoric", Zong-qi Cai (ed.), A Chinese Literary Mind, p. 81.
② Richard John Lynn, "Wang Bi and Liu Xie's Wenxin diaolong: Terms and Concepts, Influence and Affiliations", Zong-qi Cai(ed.), A Chinese Literary Mind, p. 93.
③ Richard John Lynn, "Wang Bi and Liu Xie's Wenxin diaolong: Terms and Concepts, Influence and Affiliations", Zong-qi Cai(ed.), A Chinese Literary Mind, p. 93.

的出现，在中国文学批评史上实在是意外的收获。"《文心雕龙》之所以能有如此特殊的建树，成为了在中国文学批评史上不仅空前而且绝后的一部巨著的缘故，乃是因为《文心雕龙》的作者刘勰，在立论的方式上，曾经自中国旧有的传统以外接受了一份外来之影响的原故。"①叶氏引《梁书·文学传·刘勰传》"勰早孤，笃志好学，家贫，不婚娶，依沙门僧佑与之居处，积十余年，遂博通经论，因区别部类录而序之，今定林寺经藏，勰所定也"，"勰为文长于佛理，京师寺塔及名僧碑志，必请勰制文"，分析印度佛经中既有其因明学一派的论理思辨方式，刘勰又博通经典，则受此影响是极有可能的。此外，刘勰曾经从事佛经的区分部类的工作，这对他立论时整理归纳的方法可能也有相当的影响。故此，叶氏得出结论，认为刘勰值得注意的成就含有外来佛典的影响。

施友忠探讨了刘勰与儒家经典主义的关系，通过分析刘勰对儒家经典的态度，说明刘勰的文学观。首先，施氏对《文心雕龙》中所体现的经典观进行了简要陈述。刘勰在《序志》中称"夜梦执丹漆之礼器，随仲尼而南行"，也曾表示若前无马融、郑玄等人的影响，他也不会为"六经"作传。刘勰宣称创作《文心雕龙》的目的在于"原道、征圣、宗经"。在《文心雕龙》首篇，他将文学的起源归为"自然"；第二篇中通过引用孔子语录，将孔子树立为各种文学形式之功能的权威论述者；第三篇将儒家经典界定为文学的精髓，包含永恒的原则。此外，在其他篇章中也存在援引儒家经典的情况，比如在《辨骚篇》，刘勰认为"骚"是《风》《雅》衰退后的产物；在《明诗篇》中，刘勰引了《尚书》对诗歌的界定——"诗言志，歌咏言"，并多次重申孔子对《诗经》"思无邪"的评价。他认同孔子实用主义的诗学观，赞同《诗大序》中提出的诗歌反映时代政治状况的论点。

其次，施氏分析了刘勰对儒家经典的实际态度。刘勰将儒家经典视为各种文体的来源，推崇经典中的正统观念。但施友忠发现："只是在其评说儒家经典的文学性时，刘勰才放弃了所有的陈词滥调，对经典大加

① ［加］叶嘉莹：《迦陵文集》（二），117～118页。

赞扬。"①刘勰将《离骚》视为"《雅》《颂》之博徒""词赋之英杰"。在此，他明确认为诗歌不应依附于《诗经》。在重申传统的诗歌功用与发展理论时，刘勰似乎是仅仅出于惯常所言而非一己诚服。刘勰劝告人们尊重经典，也批评当时贵古贱今的流行观点。施友忠指出："从刘勰写作的基本要旨中可以归纳出，刘勰的保守主义只是一个习惯问题，发展变化的观点才是其真正所信服的。他口头上尊崇儒家经典，但却着力于对经典之文学性的探究。对于经典，刘勰重在对其所进行的文学欣赏，而非道德性阐释。"②对刘勰来说，儒家经典之所以重要，在于其所具有的文学价值，而文学价值并不取决于是否符合经典的规范。在《文心雕龙》的第二部分，刘勰更为明显地只关注纯文学的因素。在其所指出的八种文学风格中，只有第一种风格"典雅"指的是《尚书》与《诗经》，但是在具体运用它们对单个作家及作品进行论说时，"典雅"仅仅指的是"文雅"与"优美"。所以很明显，所谓经典因素的价值，在刘勰看来只不过是若干文学价值中的一种而已。刘勰将儒家经典拉回到人间，将其作为文学作品来看待。这就是刘勰的文学观，施氏认为在刘勰所建构的体系中，儒家经典与其他文学要素是平等的，所以刘勰并非一个经典主义者。

(三)《文心雕龙》的创作心理

加州大学的艾朗诺在《诗人、心智与世界：〈文心雕龙·神思〉再审视》(Poet, Mind, and World: A Reconsideration of the "Shensi" Chapter of Wenxin Diaolong)中，通过细读刘勰论述文学创作论的核心《神思篇》，认为《神思篇》中"神"的观念来自古代的"daimon"，指的是人心中的类似于自然诸神的一种最微妙的因素。与古人一样，刘勰也认为"神"的活动是一种脱离肉体的心灵翱翔，可以冲破时空的藩篱。但刘勰认为，作家的"神游"与其稍有不同的是，这一活动受制于感知能力与语言认知。换句

---

① Vincent Yu-chung Shih, *The Literary Mind and the Carving of Dragons: A Study of Thought and Pattern in Chinese Literature*, p. xxxviii.

② Vincent Yu-chung Shih, *The Literary Mind and the Carving of Dragons: A Study of Thought and Pattern in Chinese Literature*, p. xxxix.

话说，刘勰所谓"神思"(daimonic thinking)要求的是"对冲动的掌控、语言的把握，健全的理性与目标的统一"①。正是这种互动使作者之"意"成为写作前的意象。在这一"神思"的过程中，刘勰一再强调作者的心灵可以脱离周围的世界，使所有空间与时间的界限都不复存在。这样，"神思"不仅可以给非实体性的"意"，而且可以给实体性的"言"以魔力，"'神思'可以给陈旧的语词以新鲜，化平淡为神奇"②。认为"神思"具有创造力，这是刘勰文学创作观的一个显著特色。

密歇根大学的林顺夫在《刘勰论想象》(Liu Xie on Imagination)中认为，很多研究《文心雕龙》的现代学者强调"神思"一词所含的艺术创造、发明与革新的意蕴，通常将"神思"译为英语中的"imagination"(想象)。有意味的是，"想象"是一个古老的词汇，最早见于《楚辞》，但直到现代才成为中国文学批评与美学中的一个关键词。林氏解释说，"思"的早期用法有两层意思：一是思想、思索，二是指怀念、想念。其中第二层意思包含在心中激起意象的含义，与英语中指"使人想起现在不复存在之物"的"想象"类似。③ 尽管"神思"与西方观念中"想象"并不完全对等，但是却也含有"生成意象的能力"与"整合艺术创造力"这两个方面。最后，林氏将刘勰的"神思"与英国诗人柯尔律治的想象理论做了比较，以为二者的相同点在于都有组织与构型能力；不同点在于柯氏的想象力是一种天才，刘勰的"神思"是可以后天习得的。④

(四)《文心雕龙》的修辞理论

普林斯顿大学的浦安迪在《〈文心雕龙〉中的对偶美学》(The Bones of

---

① Ronald Egan, "Poet, Mind, and World: A Reconsideration of the 'Shensi' Chapter of Wenxin Diaolong", Zong-qi Cai(ed.), *A Chinese Literary Mind*, p. 126.
② Ronald Egan, "Poet, Mind, and World: A Reconsideration of the 'Shensi' Chapter of Wenxin Diaolong", Zong-qi Cai(ed.), *A Chinese Literary Mind*, p. 124.
③ 参见 Shuen-fu Lin, "Liu Xie on Imagination", Zong-qi Cai(ed.), *A Chinese Literary Mind*, p. 134.
④ 参见 Shuen-fu Lin, "Liu Xie on Imagination", Zong-qi Cai(ed.), *A Chinese Literary Mind*, p. 60.

Parallel Rhetoric in Wenxin Diaolong)中,通过对《文心雕龙》中《丽辞篇》的细读,提出了"骈文美学"的观念,认为这不仅是刘勰的写作要素,也是控制意义生成的观念原则。"骈文美学"出现的原因,一是中国语言的结构非常有助于形成相同字数的排比;二是中国文化中阴阳相对而又互补的宇宙观。① 刘勰采用历时与共时、理论与实践相结合的论说方式来解释"骈文美学",追溯其自古代以来的谱系,将它描述为从自发到自觉的过程。

哈佛大学的李惠仪在《在"文心"与"雕龙"之间:〈文心雕龙〉中的秩序与浓艳》(Between "Literary Mind" and "Carving Dragons": Order and Excess in Wenxin diaolong)中,关注的是刘勰关于"文"的两种相互冲突的观点:"'文'一方面体现了某种内在秩序,另一方面因其浓艳之美而削弱了《文心雕龙》所欲建构的秩序。"②从前者出发,如在《通变篇》中,刘勰高度评价汉代及汉以前的作品,严厉批评汉之后的浮华之作。但从后来看,如在《时序篇》中,刘勰又毫不犹豫地将对儒家经典的崇拜放在一边,大肆赞美刘宋时期浓丽美艳的作品。李惠仪说,刘勰对于"文"的这一矛盾认识构建出了一个庞大的观念范式,我们不仅能看到刘勰两种冲突的文学史观,而且可以发现其思想的诸多摇摆不定之处。例如,论及文学风格时,他一会儿强调自然秩序,一会儿又推崇浓艳美丽;在讨论创作过程时,在灵感与技巧之间,讨论文学起源时,在自然与人力之间,也都存在这种情况。

对于刘勰的修辞理论,宇文所安也看到了《文心雕龙》所呈现的充满矛盾的修辞架构。宇文所安将刘勰采用的骈文话语程序命名为"话语机器",将公认的判断与常理命名为"刘勰"。③ 这样,整部《文心雕龙》就不再是一个思想家在解释他的思想,而是"话语机器"与"刘勰"之间的一场

---

① 参见 Andrew H. Plaks,"The Bones of Parallel Rhetoric in Wenxin Diaolong", Zong-qi Cai(ed.), *A Chinese Literary Mind*, p.164.

② Wai-Yee Li, "Between 'Literary Mind' and 'Carving Dragons': Order and Excess in Wenxin Diaolong", Zong-qi Cai(ed.), *A Chinese Literary Mind*, p.193.

③ 参见 Stephen Owen, "Liu Xie and the Discourse Machine", Zong-qi Cai(ed.), *A Chinese Literary Mind*, p.175.

逻辑论证。前者遵循骈文的规则会产生有悖常理的观点，后者则不断地修正之。这种情况存在于《文心雕龙》的各个层面，从使用的句子一直到各篇章的具体叙述。以《通变篇》为例。"变"在《易经》中原指向好的方向发展、变化，但是一旦移入文学史考察中，就与广泛认同的观点——文学自古以降渐呈衰势的观点——相矛盾了。"变"作为离经叛道的这层贬义凸显出来，从而将该章引向另一个不同的方向。宇文所安在此说明《文心雕龙》不是一个承载刘勰思想的容器，而是一个自动的过程。在这一过程中，话语程序与思想观念之间展开"争夺对文本的控制权"①，产生了一系列不协和的观念与问题。

这里需要指出的是，叶嘉莹也注意到刘勰在行文方面由于对文字之美过分偏爱，以至于妨碍了说理的明确。叶氏的解释与宇文所安的上述观点可谓彼此呼应。叶氏说："中国语文的特征乃是独体单音而且疏于文法，因此在组织排列方面虽适于做声律对偶的唯美安排，而却并不适于做曲折详尽的说理。"②尤其因为刘勰正生活在唯美主义盛行的齐梁之际，因此他的作品中充满了美丽的对偶字句，有时不免为了在文字方面表现对偶整齐之美而对原来的意思有所剪裁。由此，叶嘉莹批评说，创作可以以求"美"为目的，但是批评则应当以求"真"为目的。

(五)《文心雕龙》的批评术语

1."文"

在《批评系统的构成：〈文心雕龙〉以及早期文本中的文学概念》中，蔡宗齐梳理了《文心雕龙》以及早期文本中"文"的概念。蔡氏分别考辨了《左传》《国语》以及《诗大序》等早期经典文本对"文"的描述，并认为从"文"的泛义而言，"诗言志"这一概念无疑最具有代表性。这里的诗既可以歌，也可以诵，并且也是外交与内政都须臾不可离的修养。蔡氏认为，

---

① Stephen Owen, "Liu Xie and the Discourse Machine", Zong-qi Cai(ed.), *A Chinese Literary Mind*, p.191.

② ［加］叶嘉莹：《迦陵文集》(二)，119～120页。

正是通过礼乐等"文"的活动，人与自然、社会才能保持和谐，因此《左传》和《国语》中的"文"具有了人文主义的特征。① 及至汉代，"诗言志"的内涵得到了进一步发展，成了道德教育的说辞。在蔡氏看来，这或许是因为在《左传》《国语》中，发言的都是王公之类的人物，因此他们使用诗文来表达自己的志向与想法，或者对庙堂礼仪进行评论；而在《诗大序》中，作者自视为思想上的导师，读者是从普通人到帝王的所有人，作者的目的是对所有人进行教化。如此一来，诗变成了对所有人进行道德教育的工具，这种转变导致普遍性道德说教的盛行。

但这些文本只谈到了"文"的功用，对文的起源却语焉不详。刘勰可以说是第一个对此进行认真考察的作者。在刘勰看来，"文"生于天地，是"道"的显现。与宇文所安一样，蔡宗齐也认为刘勰想要为"文"创构一个神圣谱系，这个谱系的标准来自《易经》的象数之学。刘勰无疑想建构一个体系来囊括"文"的体验——从终极的宇宙论起源到最细微的修辞细节，从非文学性作品到文学性作品的体裁与亚体裁，从创造性到重复性的过程，从作者的性格到读者的品质，等等。②可见刘勰的"文"已远远超出纯文学的范围，与孔子经天纬地之"文"的思想相一致。在蔡宗齐看来，《左传》《国语》《诗大序》以及《文心雕龙》对"文"的定义也存在共同旨趣，那就是将"文"视为一种过程，能使天地人三者之间的演化过程和谐化。这一过程发端于作者的内心对外在世界所做出的社会心理的、道德的、直觉的或者思想的回应。通过回应，作者在心中产生情感，最后以"文"的形式外化出来。

刘若愚也尝试寻绎"文"的意涵系脉。他发现"文"字最早出现在甲骨文和金文中。在上古时候，"文"除指身上的各种图案和花纹，也具有抽象意义，如周朝的实际建立者被称为"文王"。在《论语》中，"文"的意涵因语境的不同而有所变化，有"文明""纹饰""学问"等。在公元前 4 世纪

---

① 参见 Zong-qi Cai, "The Making of a Critical System: Concepts of Literature in Wenxin Diaolong and Earlier Texts", Zong-qi Cai(ed.), *A Chinese Literary Mind*, p.45.

② 参见 Zong-qi Cai, "The Making of a Critical System: Concepts of Literature in Wenxin Diaolong and Earlier Texts", Zong-qi Cai(ed.), *A Chinese Literary Mind*, p.56.

的古籍中，我们发现"文"还意指一般的文字或文章。而直到公元前2世纪，"文"才具有了我们今天所谓"文学"的内涵。在汉代，"文"常用来指讲求藻饰的作品。5世纪，"文学"从经学、哲学与史学中独立出来，"文"与"笔"开始分离，有韵为文，无韵为笔。另外还有观点认为，抒情的作品叫文，具有实用目的的叫笔。但刘若愚指出，应兼收以上两种说法。就其狭义论，"文"指纯文学，而"笔"指不具文采的"素朴文章"。而具体至刘勰对"文"的认识，刘若愚挪用艾布拉姆斯的理论也对此做了解释。刘若愚认为"文"的形而上学观念在《文心雕龙》中得到了最透彻的表现。刘勰对"文"这一概念的阐释主要表现在四个方面：其一，文即自然的图样或形象，是宇宙之道的显示；其二，文即文化，是人文制度的形式，与自然的文平行；其三，文即纹饰；其四，文即文字，代表语言，而语言又表达人心，人心与宇宙之心合一。总结起来就是：文学与宇宙原理之显示、纹饰之言的表象是一致的，从而使文道合一的观念得以确立。①

在《文本的帝国》(The Empire of the Text)中，康奈利亦曾追问道：在中国，"文"(学)的含义究竟是什么？在较早的两个中国文学批评文本，即《典论·论文》与《文心雕龙》中，多种文体并存，如表、诏、檄等。如果对这些所谓的应用文视而不见，那么最后得到的就可能只是纯文学作品而已。在康奈利看来，最早的"文"是自然纹饰，如石头的花纹或动物的斑点等，但当其取得"纹饰"(decoration)、"装饰"(adornment)或"精心制作"(elaboration)等意思的时候，就有了某种"不自然"的内涵。②这种"不自然"意味着人为的因素有所增强。随着儒家传统的确立与繁荣，"文"就与政治治理须臾不可离了。即便是"赋"这种文体，最初也是为了行使官方职能，意在对政府有所讽谏。只是到了后来，诗赋才成为一种"休闲"活动。但也有人认为，这种行为会因为过度经营、藻饰及自我放

---

① 参见［美］刘若愚：《中国文学理论》，36页。
② 参见 Christopher Leigh Connery, *The Empire of the Text*: *Writing and Authority in Early Imperial China*, Lanham, Rowan & Littlefield Publishers, Inc., 1998, p.143.

纵而产生潜在的危险。① 直到后汉，纯文学依然没有确立，但这种纯文学生产却吸引了众多学者的关注。而到了魏晋时期，文学进入所谓的"自觉时代"，作者本人也获得了主体性。

但康奈利却提醒我们，在探讨古代中国文学时，要将如下几点了然于胸。第一，诗歌就是意识形态。因为诗歌常被政府用作政治统治的辅助工具。第二，形式或意指实践的意识形态本性是由历史境况所决定的。在过去的批评家看来，话语是一种社会实践；话语能够生产读者，即百姓需要文学的教化，之后才能成为"好"的臣民。这一视角可以让我们去分析一个给定话语的意识形态效果。第三，在交流模式之外，还存在多种解释模式，如韩礼德（M. A. K. Halliday）所使用的反语言概念及社会符号学，这一学科旨在研究话语所具有的生产现实的机制。于是话语不光生产读者，同时也生产现实。换句话说，现实是由话语构建而成的——没有话语，也就没有物的存在。于是康奈利得出结论，直至魏晋，文章被认为是"经国之大业，不朽之盛事"。那些真正能够得以不朽的人就是文本帝国中的上等公民，真正不朽的实际上不是人，而是名，是语词，是文本。②

2."风骨"

"风"这个词颇为复杂，既可以做名词，也可以做动词。我们在传统上将《诗经》的表述特征分为三个部分：风（airs，譬喻为道德影响，意指风俗和讽谏③），雅和颂。这个"风"与"民风"和"风俗"中的"风"大抵同义，可指统治者借以观察民间习俗与风气。如果王道废弛，礼义丧失，那么变风、变雅就会兴起。郑玄也提出："上以风化下，下以风刺上，主文而谲谏，言之者无罪，闻之者足以戒，故曰风。"于是这种风也具有动词的意思，即影响、教化。在刘若愚看来，这属于实用主义的文

---

① 参见 Christopher Leigh Connery, *The Empire of the Text：Writing and Authority in Early Imperial China*, p. 145.

② 参见 Christopher Leigh Connery, *The Empire of the Text：Writing and Authority in Early Imperial China*, p. 170.

③ 参见［美］刘若愚：《中国文学理论》，94 页。

学观。①

"关雎，后妃之德也，风之始也，所以风天下而正夫妇也，故用之乡人焉，用之邦国焉，风，风也，教也；风以动之，教以化之。"在《诗大序》的这段话中，风既有动词也有名词的意思。宇文所安指出，"风"的基本意义是自然之风，刚好可以译为"air"；同时也用来意指《诗经》中的《国风》。借助于草木在风的吹拂下干枯复生再干枯这样一个隐喻，"风"也指"影响"。②同时"风"也指某一群体发挥影响力的方式，或社会影响由权威阶层施之于某一群体的方式，于是"风"就有了当地习惯或社会习俗的意思。"风，风也。"这句话我们可以译为"Airs are influence"。最后，风还与"讽"有关，二者可以相互替代。所谓"讽"，就是含蓄批评的意思。总之，宇文所安认为，下风上就是讽谏，上风下则是影响，这影响主要体现在道德层面；而最终的目的就是"风天下"，让善成为人们的一种自然状态——不思而得，即内化于心，这样天下便可太平。

范佐伦将"风"的功能翻译为"suasive transformations"（教化性改造），即"风化"。③"风"在历史的发展过程中取得了彼此不同且互相关联的隐喻意义。最具代表性的是孔子那句话："君子之德风，小人之德草，草上之风必偃。"这就是榜样的力量，可以对臣民起到示范改造作用，就像风拂过草一样。于是"风"经常与"教"或者"化"组合在一起，形成"风教"（suasive teaching）或者"风化"。根据《论语》中孔子的观点，统治者的政策和行为事实上就构成了一国的习惯和风气，最终形成"风俗"。④即便到了宋代，朱熹也继承了这一传统，认为如果一个国家治理不善，那么这一国的"风"就会体现出价值的衰退。

直到《文心雕龙》的出现，"风"才有了风格的意义，摆脱了原来的实

---

① 参见［美］刘若愚：《中国文学理论》，94～96 页。
② 参见［美］宇文所安：《中国文论：英译与评论》，39 页。
③ 参见 Steven, Van Zoeren, *Poetry and Personality: Readings, Exegesis, and Hermeneutics in Traditional China*, p. 100.
④ 参见 Steven, Van Zoeren, *Poetry and Personality: Readings, Exegesis, and Hermeneutics in Traditional China*, p. 101.

用性文体功能。在《风骨篇》中，刘勰将"风骨"组合为一个新的合成词，原有的"风"的意思也被消融在"风骨"之中。"骨"则是相对较新的词汇。虽然"风骨"的术语在《文心雕龙》之前已有，但我们今天所熟悉的意思则主要从《文心雕龙》的《风骨篇》开始。"风骨"指一种所有文学都应当表现出的积极价值和特性，并具有直接的感染性。①"风骨"一语既可以作为一个整体概念使用，拆开为两个单字也都拥有各自的独特意义。

刘勰在《风骨篇》的开篇追溯了《诗大序》所说的《诗经》之"风"的感发作用："风也，教也；风以动之，教以化之。"不过宇文所安指出，刘勰是改造经典、化为己用的大师。于是，伟大的儒家道德教化工程在刘勰的笔下很快就变了调，泛化为更一般意义上的文学感染力。②我们都知道，在"六艺"之中，"风"无疑是最为重要的。刘勰旧调重弹不过是为了证明"风"的意义确实非同一般，但这并不意味着"风"比"骨"更为重要，或比其他章节所讨论的术语范畴更为重要。宇文所安提醒我们，虽然刘勰有着明显的儒家立场并且把圣人之言视为天命，但很多时候刘勰更像是在暗度陈仓，即借用儒家经典的权威来支撑自己的立场。这一立场比纯粹儒家要宽泛得多。

儒家的风以伦理教化为核心，可刘勰不以为然。宇文所安说，在刘勰看来，"风"基本上可以视为"文学作品的感染力"，是"化感之本源"③，给它以方向的"志"和给它以能量的"气"，在"风"里找到了它们的外在对应物，如"情之含风""形之包气"。如果我们在文学作品中找到了感染力，那么就是那种灌注于其中的"风"的感染力。对于"骨"，宇文所安指出，"骨"是文本的骨架，正如骨架支撑人的肉体，"骨"也赋予文本以结构，同时也是方式，一个具有坚实力量的陈述或命题的不可变更的次第。一般认为，有"骨"，指文风硬朗节俭，论据精确有力；乏"骨"，则指文风虚浮臃肿，缺乏目的、力量和方向。④注家经常把"骨"等同于行文的结

---

① 参见［美］宇文所安：《中国文论：英译与评论》，225页。
② 参见［美］宇文所安：《中国文论：英译与评论》，226页。
③ ［美］宇文所安：《中国文论：英译与评论》，226页。
④ 参见［美］宇文所安：《中国文论：英译与评论》，659页。

构,但它也是文本所借以表现的方式,是一种次序。分别解说了"风""骨"后,宇文所安进一步指出,"风"与"骨"是相辅相成的,任何一方原则上都离不开对方:"'风'使文本保持'不滞';'骨'维持大形,使文本不至散乱或蔓延。"①

五、另一个兴趣点:《诗品》研究

钟嵘的《诗品》评价了3世纪到6世纪的122位诗人,并给他们列出了品第,成为"了解六朝时期诗歌接受史的主要资源"②。作为中国文学批评史上第一部诗评专著,《诗品》品诗的理论标准、批评实践以及独特的批评话语,均引起了英美汉学家较大的学术兴趣。

费维廉认为钟嵘的《诗品》将范围限于对抒情诗的批评,因而更具有现代性的意味。"钟嵘论诗的中心观点是:诗歌的本质在于'言志'(expressing the states of mind),即诗歌是一种对个人的反映,不要掺杂过多的格律与典故。"③但钟嵘的批评视域也经常集中于山水诗与诗的艺术表述,二者可以寄诗人的情感于山水之中。这样,能表达情感的诗人即钟嵘所谓的上品诗人;而仅以艺术表现见长的诗人则属中品;以上两方面都达不到的,属于下品。费氏说,钟嵘对诗人的品第,引起了颇多争议,如对被列入中品的陶潜,大多数传统及现代的批评家都倾向于将其列入上品之最优秀的诗人。

魏世德(John Timothy Wixted)在《钟嵘〈诗品〉中的品评本质》(The Nature of Evaluation in the Shin-p'in [Gradings of Poets] by Chung Hung)中也对钟嵘的批评标准进行了探析。他分析说,《诗品》将诗人列为上品、中品与下品三个等级的分类法受魏晋以来品藻人物之风的影响,

---

① [美]宇文所安:《中国文论:英译与评论》,227页。
② Steven Van Zoeren, "Chinese Theory and Criticism", *The Johns Hopkins Guide to Literary Theory & Criticism*, p. 189.
③ Craig Fisk, "Literary Criticism", *The Indiana Companion to Traditional Chinese Literature*, p. 52.

但其对单个诗人的评价颇为客观,并富有见地。魏氏通过解读《诗品序》,认为钟嵘所执的批评标准为注重诗歌的表现功能,即"诗歌是个体情感体验的直接与真实表达"①,强调"直寻","强烈反对在诗歌中使用典故"②。但是,这一标准并未在其具体的批评实践中被全面贯彻。在品评具体诗人时,对"喜用古事"的颜延之、"动辄用事"的任昉,钟嵘将其都归入"中品",而将更加不符合如上标准的谢灵运列入"上品"。据此,魏氏认为钟嵘评诗重诗之整体效果,如评谢灵运诗"丽典新声络绎奔会",却如"青松之拔灌木,白玉之映尘沙,未足贬其高洁也"。魏氏进而分析说,钟嵘并非简单地用某一僵化的标准来衡量所有的诗人;相反,他具体指出各个诗人的特点。例如,我们或许不同意他将陶潜归入"中品",但又不得不赞同他对陶潜的具体评述:"文体省净,殆无长语。笃意真古,辞兴婉惬","古今隐逸诗人之宗"。魏世德说:"钟嵘并没有依据终极结论对诗人进行简单化处理,相反,他使用描述性价值评判的方式指出了每位诗人的特点。"③正是这一点,奠定了钟嵘作为文学批评家的历史地位。

施友忠认为,钟嵘《诗品》是一部重要的批评著作,目的是品评五言诗人。受"九品论人,七略裁士"的官吏选拔制度影响,钟嵘将诗人分成上、中、下三品。"下品"并不意味着差,而是一个相对的说法,列入任何一品的诗人都必须具备不寻常的才能。在品评诗人时,钟嵘首先追寻他们的渊源关系,然后对诗人的具体艺术风貌加以评论。"钟嵘的品评是主观与印象式的,但是也触及了一些基本的批评问题。"④例如,《诗品》中暗含对诗人成就大小的评判问题,以及评价诗人的标准问题。对此,

---

① John Timothy Wixted, "The Nature of Evaluation in the Shin-p'in[Gradings of Poets] by Chung Hung", *Theories of the Arts in China*, p. 239.
② John Timothy Wixted, "The Nature of Evaluation in the Shin-p'in[Gradings of Poets] by Chung Hung", *Theories of the Arts in China*, p. 240.
③ John Timothy Wixted, "The Nature of Evaluation in the Shin-p'in[Gradings of Poets] by Chung Hung", *Theories of the Arts in China*, p. 246.
④ Vincent Yu-chung Shih, *The Literary Mind and the Carving of Dragons: A Study of Thought and Pattern in Chinese Literature*, p. xxviii.

钟嵘并没有给出明确的答案，但却给后人以有益的启迪。

叶嘉莹在《钟嵘〈诗品〉评诗之理论标准及其实践》一文中，通过对《诗品》序文及钟嵘对个别诗人的批评实践的探析，对《诗品》批评理论的标准进行了归纳。① 第一，在诗歌内容方面，是"吟咏性情"。钟嵘主张以心物相感之感情内容为主，感人的外物包括外界的时节景物与作者的身世遭遇。第二，重视"风力"与"丹采"。内容之"性情"既须有"风力"振起，又要借助"丹采"来表达。第三，重视"比兴讽谕"在诗歌中的作用。比兴讽谕的作用是一种感动触发的作用，可以分为两层，一是"气之动物，物之感人"的诗人的感发作用，二是"使味之者无极，闻之者动心"的读者的感发作用。由此，叶氏发现钟嵘《诗品》不仅有源流，有品第，而且也有用以推溯源流和品第高下的理论与标准。尽管后世并不完全赞同其所推之源流、所品之高下，但是他对于诗歌的一套理论与标准，在中国诗论的传统中仍是非常值得重视的。

卫德明（Hellmut Wilhelm）原为德籍汉学家，于1948—1971年长期执教于美国华盛顿大学，使用英文写作。在《钟嵘及其〈诗品〉》（A Note on Chung Hung and His Shih-p'in）一文中，卫氏探讨了钟嵘的批评理论，并就与《诗品》有关的几种流行的误读做出了回应。

其一，钟嵘在《诗品》中将陶潜列入"中品"，由此引起了后来者的质疑与批评。对此，卫德明指出："钟嵘的评价是其所处时代的产物"②，与后来时代的偏好与评价不尽相同，比如《文心雕龙》就没有提到陶潜。其二，《诗品》另一个备受批评的方面就是对传统的强调，从而忽略了个人创造力。例如，人们认为在《诗品》中，钟嵘无一例外地为每位诗人都寻得一个或几个"祖辈"诗人，将诗歌的源头追溯到《国风》和《楚辞》的传统。对此，卫德明说："钟嵘将文学传统视为一条不间断的河流的做法是非常具有吸引力的，这给了他所面对的文学体以内聚力，而且，钟嵘对

---

① 参见［加］叶嘉莹：《迦陵文集》（三），56～60页，石家庄，河北教育出版社，1997。
② Hellmut Wilhelm, "A Note on Chung Hung and His Shih-p'in", Tse-tsung Chow (ed.), *Wen-lin: Studies in the Chinese Humanities*, Madison, The University of Wisconsin Press, 1968, p. 115.

文学传统归属的强调丝毫未曾妨碍其对个人创造力的判断。"①在钟嵘的品评中,诗人的具体成就与个体精神无不得到明辨与审视。为进一步说明钟嵘的批评思想,卫德明将钟嵘与刘勰的文学思想进行了比较。在他看来,钟嵘对文学的基本立场未受任何思想或宗教传统的影响,而刘勰则援用佛教思想,并信奉儒家。这是因为对钟嵘来说,"诗歌可以自律存在,其自身的术语便可证明存在的合法性,而无需借助于外在力量加以证明"②。因此,钟嵘即便是在引用《论语》和《诗大序》时,也并非要归属儒家传统,而是探讨对诗学有意义的问题。此外,钟嵘反对"用典",刘勰却大力赞扬。钟嵘认为典故运用的形式化与学究化会妨碍"直寻"。

卫德明总结说,作为批评家,钟嵘是一位有胆识、有品位的革新者。"他以品质而非文类对文学加以分类,赋予当时枯燥平淡的文学批评以想象与灵气。"③他对诗人的品评不是也不可能是体系性的,但这也恰是他的成功之处,因为任何诗学鉴赏一旦体系化,也就意味着丧失了活力。

白牧之在《图说〈诗品〉》(A Geometry of the Shr Pin)一文中,通过对《诗品》内外结构图式的描述与分析,探讨了钟嵘的诗学思想。白氏认为,梁代文论存在三派:以萧纲为首的先锋派,编有《玉台新咏》;以裴子野为代表的保守派,没有选编任何文集;以萧统为领袖的折中派,编有《文选》。④

首先,白牧之以《诗品》时间跨度为限,通过图式列出了《玉台新咏》和《文选》中的五言诗人各29位,通过比较可以发现钟嵘批判了若干种创作倾向:危俗诗(light poetry),以谢朓、鲍照为代表;韵律(prosody),以沈约为代表;典故(allusions),以颜延之为代表;模仿(imitation),以

---

① Hellmut Wilhelm, "A Note on Chung Hung and His Shih-p'in", Tse-tsung Chow (ed.), *Wen-lin: Studies in the Chinese Humanities*, p. 116.

② Hellmut Wilhelm, "A Note on Chung Hung and His Shih-p'in", Tse-tsung Chow (ed.), *Wen-lin: Studies in the Chinese Humanities*, p. 117.

③ Hellmut Wilhelm, "A Note on Chung Hung and His Shih-p'in", Tse-tsung Chow (ed.), *Wen-lin: Studies in the Chinese Humanities*, p. 120.

④ 参见 E. Bruce Brooks, "A Geometry of the Shi Pin", Tse-tsung Chow (ed.), *Wen-lin: Studies in the Chinese Humanities*, p. 125.

江淹为代表。《诗品》中共收入江淹 32 首诗，以为其中有 30 首是对先前不同风格诗人的模仿。而对某一风格不能贯彻始终的则有陶潜，其人格魅力与诗歌魅力并不统一，如"欢言酌春酒""日暮无天云""岂直为田家语耶"。虽然，这些诗句都与陶潜的人格面具自相矛盾。白牧之指出："江淹的问题在于缺少统一连贯的个人风格，而陶潜之所以遭到钟嵘批评，在于他虽有但却不忠于自己的风格。"① 在归纳出钟嵘所反对的创作倾向后，白牧之认为，钟嵘《诗品》中所提倡的是"直寻"，强调直接性。例如，钟嵘其在序言中称："气之动物，物之感人，故摇荡性情，形诸舞咏。"白氏指出，"正如《诗品》书名所标明的，《诗品》的中心关注点并非理论而是价值"②，所以要对其进行系统观照，还必须从理论审查转向对《诗品》文本潜隐价值体系的细绎。

其次，白牧之将《诗品》中五言诗人的源流分系绘成另一图表，分析说《诗品》推溯源流，将所有五言诗人归属到《小雅》《国风》《楚辞》三个系脉。《小雅》一脉只有阮籍一人；列于上品的诗人大多出自《国风》一脉，包括曹植、陆机和谢灵运；而中品诗人除颜延之外，均出自《楚辞》一脉。钟嵘以孔子提出的"文质彬彬，然后君子"为评判诗人的标准，认为"《诗经》一脉，质胜于文；《楚辞》一脉，文胜于之质"③。钟嵘对《楚辞》一脉的华艳诗风以及拟古倾向进行了批评；《诗经》一脉的颜延之因喜用古事，也受到批评，如"又喜用古事，弥见拘束，虽乖秀逸，是经纶文雅才，雅才减若人，则蹈于困踬矣"。但总体来看，《楚辞》一脉不及《诗经》一系风格雅正。

最后，白牧之总结说，《诗品》本质上是对那个时代的儒家式抗议。"在佛教思想占统治地位的时期，钟嵘身上体现出儒家传统中知其不可而

---

① E. Bruce Brooks, "A Geometry of the Shi Pin", Tse-tsung Chow(ed.), *Wen-lin*: *Studies in the Chinese Humanities*, p. 135.

② E. Bruce Brooks, "A Geometry of the Shi Pin", Tse-tsung Chow(ed.), *Wen-lin*: *Studies in the Chinese Humanities*, p. 141.

③ E. Bruce Brooks, "A Geometry of the Shi Pin", Tse-tsung Chow(ed.), *Wen-lin*: *Studies in the Chinese Humanities*, p. 142.

为之的强大生命力。"①作为一部批评专著,《诗品》显示出自己独特的优势。其一,中国诗歌是在强烈情感与反情感的铁砧上锤炼出的,争议而非共识是中国诗歌与生俱来的质素。"而要真正理解六朝,诸派别的争吵就绝不应该被大一统的音符所淹没"②,如此,像《诗品》这样弥漫着火药味的论著就显出了独特的价值。其二,《诗品》中充满了"有趣的流言、尖刻的驳斥、不光彩的阴谋与强烈的愤恨"③,比之于井然有序、四平八稳的《文心雕龙》,更切合我们的好恶。

六、对该期其他批评家的研究

(一)挚虞与葛洪

余宝琳在《诗歌的定位:早期中国文学中的选集与经典》(Poems in Their Place: Collections and Canons in Early Chinese Literature)中论述道,挚虞的《文章流别集》全书已不复存在,从保留下来的残篇中可以得出如下结论:挚虞提倡文学的教化功能④,这在序言开篇中就有明显的体现。例如:"文章者,所以宣上下之象,明人伦之叙,穷理尽性,以穷万物之宜者也。王泽流而诗作,成功臻而颂兴,德勋立而铭著,嘉美终而诔集。祝史陈辞,官箴王阙。"挚虞对于文学衰落的确信以及相应地对流行趣味的反对是很明确的,从挚虞的这一立场出发,可以看到《文章流

---

① E. Bruce Brooks, "A Geometry of the Shi Pin", Tse-tsung Chow (ed.), *Wen-lin: Studies in the Chinese Humanities*, p. 149.

② E. Bruce Brooks, "A Geometry of the Shi Pin", Tse-tsung Chow (ed.), *Wen-lin: Studies in the Chinese Humanities*, p. 149.

③ E. Bruce Brooks, "A Geometry of the Shi Pin", Tse-tsung Chow (ed.), *Wen-lin: Studies in the Chinese Humanities*, p. 150.

④ 参见 Pauline Yu, "Poems in Their Place: Collections and Canons in Early Chinese Literature", *Harvard Journal of Asiatic Studies*, Vol. 50, No. 1, 1990, p. 175.

别集》所述文体都会追溯到经典源头。① 例如，三言、四言、五言、六言、七言与九言诗的格律都可以从《诗经》中找到。如该书书名所显示的，文章可以从字面上理解为源自经典的"水流"，然而由于文学发展的倾向是没落的，"水流"即便没有被污染也已被稀释了。② 例如，他认为，他所处时代的颂尽管对其原型《诗经》在形式上与韵律上亦步亦趋，但已"非古颂之意"；至于赋，借用班固《两都赋序》中的观点，说"赋者，敷陈之称，古诗之流"，只有在屈原与荀子的赋中还保留着《诗经》正统，到了宋玉，"则多淫浮之病矣"。挚虞还认为诗要以成声为节，以雅音四言来规范之，"雅音之韵，四言为正；其余虽备曲折之体，而非音之正也"。

余氏在文末总结，挚虞的文体分类不仅是有用的而且也是必然的。③ 有用，是因为它提供了一种将不同却有明显联系的文学形式置于单一范畴下的方式；必然，是因为它不仅使之合法化，即使各文学形式的价值本身无法避免地走向衰退，而且间接地阐明了各文体值得保存的理由。

孙立哲（Jay Sailey）在《抱朴子：哲学家葛洪研究》（*The Master Who Embraces Simplicity：A Study of the Philosopher Ko Hung*，A. D. 283-343）中，从文学功能论、鉴赏论等方面探讨了葛洪的文学观，并将之与王充、陆机对文学的认识进行了比较研究。关于葛洪的文学功能观，孙立哲首先举出了葛洪反对的强加于文学的三种外在功能：其一，将文学视为政治的工具；其二，将文学作为作者炫耀学问或附庸风雅的手段；其三，将文学才能与道德品行相关联。孙氏进而解释说，在葛洪看来，文学的合理目的应当使"好的作品可以为作者本人赢得不朽之声名"④。

---

① 参见 Pauline Yu, "Poems in Their Place：Collections and Canons in Early Chinese Literature", *Harvard Journal of Asiatic Studies*, Vol. 50, No. 1, 1990, p. 176.

② 参见 Pauline Yu, "Poems in Their Place：Collections and Canons in Early Chinese Literature", *Harvard Journal of Asiatic Studies*, Vol. 50, No. 1, 1990, p. 176.

③ 参见 Pauline Yu, "Poems in Their Place：Collections and Canons in Early Chinese Literature", *Harvard Journal of Asiatic Studies*, Vol. 50, No. 1, 1990, p. 177.

④ Jay Sailey, *The Master Who Embraces Simplicity：A Study of the Philosopher Ko Hung*, A. D. 283-343, San Francisco, Chinese Materials Center, Inc., 1978, p. 471.

就葛洪的文学鉴赏论而言，孙立哲认为虽不够系统，但也有可观之处。葛洪倡导文学的多样性，认为"文学鉴赏是个人趣味问题，而个人趣味又必须受制于理智的引导"①。就此，孙氏认为葛洪将文学批评的标准由文本转向了具有清醒理智的读者，与之前几乎所有文论家的观点形成了鲜明对比。

此外，孙氏认为葛洪对中国文学批评史所做的贡献还包括以下两项：一是提出了文学发展观，二是对繁缛的行文方式进行了辩护，而且其论证比前人更为明晰与理性。葛洪反对"贵古贱今"的观点，认为评价作品高下的标准不在时间的长短而在于作品本身的艺术价值的高低。所谓古代的经典，不仅可以与后代一般作者的作品相比较，而且通过对比也能揭示出古诗尚存的不足。例如，葛洪认为，《诗经》的语言太过简约，比不上司马相如的《上林赋》、班固的《二京赋》或左思的《三都赋》。葛洪认为，出于全面深入地论述与表情达意的需要，行文可以文辞繁缛、精雕细刻。相对于古奥和简约的诗歌，他更欣赏铺陈奢华的赋。孙氏认为，"葛洪注意到了文学的独特性及自身存在的价值"②。

为进一步阐明葛洪的文学观，孙氏将葛洪与王充、陆机的文学观进行了比较。孙氏认为葛洪继承了王充的一些重要而极富革命性的观点，而且走得更远。例如，王充与葛洪都是怀疑主义者，王充认为今文与古文同样重要，而葛洪则将许多今文的地位抬高到古文之上。至于葛洪与陆机的文学思想，孙氏认为二者都强调文学的"真实性"，推崇创新。葛洪就曾强调过去的作品不如当下的作品，这意味着他认为没有必要模仿过去，"即便在其作品中出现典故，葛洪也是加以化用，处理得不露痕迹"③。

---

① Jay Sailey, *The Master Who Embraces Simplicity*: *A Study of the Philosopher Ko Hung*, A. D. 283-343, p. 473.
② Jay Sailey, *The Master Who Embraces Simplicity*: *A Study of the Philosopher Ko Hung*, A. D. 283-343, p. 480.
③ Jay Sailey, *The Master Who Embraces Simplicity*: *A Study of the Philosopher Ko Hung*, A. D. 283-343, p. 505.

(二)沈约的"声律"说与萧统的《文选》

关于汉诗研究,英美汉学家将句法与声韵等一并纳于研治的框架之中,偏重于从组织结构,甚至于声律章法上来考察汉诗的形式特征,构型出批评模式上的一种谱系。上可溯自德庇时、苏谋事、道格斯,后及傅汉思、刘若愚、施友忠、马瑞志(Richard B. Mather)、宇文所安、高友工、梅祖麟等,均对此有所触及。①,此处,仅以刘若愚、施友忠、马瑞志对沈约"声律"说的考察为例。沈约的"声律"说为近体诗奠定了基础,刘若愚认为沈约是"四声"理论最早的阐发者之一,而且根据中国语言的声调不同建立诗律。沈约在《宋书·谢灵运传》中写道:"夫五色相宜,八音协畅,由乎玄黄律吕,各适物宜。欲使宫羽相变,低昂舛节,若前有浮声,则后须切响。一简之内,音韵尽殊;两句之中,轻重悉异。妙达此旨,始可言文。"对此,刘若愚指出,沈约认为"精通韵律细节是文学的必要条件"②。

施友忠说,中国语言的声律特征一直以来就为很多大作家所关注。③ 司马相如就认为声律是赋的一种修辞要素,陆机曾说过"暨音声之迭代,若五色之相宣",甚至激烈批评沈约"四声八病"说的钟嵘也认识到了语言天然的音乐性。沈约等人不满于声、调等作诗之法的随意性,成功地创立了一套规范诗歌语言的技术性准则。

马瑞志在《诗人沈约》(The Poet Shen Yueh)一书中,认为沈约尽管不如李白、杜甫那样声名显赫,但是仅凭其作为诗歌韵律的提出者这一项就足以跻身中国伟大文人之列。④ 沈约认为天地阴阳交互作用,不但调节着昼夜更替与四季轮回,而且影响人的情感与作为情感表达方式的

---

① 参见黄卓越:《"汉字诗律说":英美汉诗形态研究的理论轨迹》,载《北京大学学报(哲学社会科学版)》,2014(1)。
② [美]刘若愚:《中国文学理论》,134页。
③ 参见 Vincent Yu-chung Shih, The Literary Mind and the Carving of Dragons: A Study of Thought and Pattern in Chinese Literature, p. xxvii.
④ 参见 Richard B. Mather, The Poet Shen Yueh, Princeton University Press, 1988, p. 3.

诗歌。因为这一切是非常自然的，故而起初并未引起人们的注意，后来诗人们开始有意识地运用一些技巧来文饰朴素之质。在沈约看来，这一过程经历了不同的阶段。首先是司马相如等赋家完善了咏物艺术，然后班固等诗人使情理达到了完美的程度，建安诗人则实现了上述两者的融合，摒弃了赋的繁缛，形成了建安气质。① 这一过程虽继续有所发展，但无人对诗的格律给予特别关注。3 世纪末的潘岳、陆机稍有所触及，但由于洛阳的失陷与北方士族的南迁，这一过程随即终止，诗人与政治家开始"向内转"，疏离现实及转向"玄学"沉思。至于后来的谢灵运与颜延之，在沈约看来虽是文体家，但对诗歌韵律的发现毫无贡献，而沈约自认为对韵律的发现是史无前例的。

沈约在《宋书·谢灵运传》的论赞中详细阐明了有关诗歌声律的问题，自矜为独得之秘。陆厥为此写信给他，提出不同意见。沈约回应说，他所谈论的并非曲或五音，而是一行诗或一句诗中的四声参差与变动的具体操作。对陆、沈二人的争论，马瑞志解释说，这部分原因在于沈约时代的诗人没有使用固定的标准术语来界定概念，与"声"有关的语词（如上下、低昂、玄黄、清浊、轻重）的宽泛使用导致术语的混淆。马瑞志进一步引《诗品》序言中的例子证明说，沈约时代的人普遍认为"四声"（four tones）与"五音"（five notes）是对等的。② 马瑞志发现，由于汉语的声调对外国人来说是一大障碍，因此往往首先引起印度、中亚及日本人的注意，沈约之所以发现诗歌的格律也是在与印度僧人合作翻译佛经时获得启发。③ 现存的有关"四声八病"的最早解释，出现在日本僧人空海所辑的《文镜秘府》中。

马瑞志也注意到了沈约理论与创作实践之间的矛盾。"沈约在创作中并未始终贯彻自己的主张。在其《序志》中，他流露出对'情理'与'气质'的偏爱。"④"四声八病"的原则在当时也并未立即被接受，但它与继其之后出现

---

① 参见 Richard B. Mather，*The Poet Shen Yueh*，p. 41.
② 参见 Richard B. Mather，*The Poet Shen Yueh*，p. 54.
③ 参见 Richard B. Mather，*The Poet Shen Yueh*，p. 55.
④ Richard B. Mather，*The Poet Shen Yueh*，p. 61.

的"永明体"一起，为后来韵律优美、广为传颂的唐代律诗奠定了基础。

中国古代选本是文学批评的一种的独特样式，选本本身以及序跋均体现了选家的文学观念。萧统的《文选》作为一部重要的文学作品选集，引起了汉学家的注意。例如，范佐伦曾指出，萧统的《文选》较早尝试以文类为系统对文学进行分类，是中国文学史上继《诗经》之后最重要的文学作品集，影响了数代人对六朝文学的认识。"《文选》及其序言，体现了萧统本质上的传统主义的文学观与诗学观。"[①]另外两位美国汉学家，康达维与余宝琳则对萧统的文学观进行了更为周衍的探讨。

康达维翻译《文选》，并撰写了序言介绍这部文集及编者萧统，其中对萧统的文学观有所论及。康氏说，从《文选》的编辑本身及其"序言"中可以窥得萧统的文学观念。萧统所谓的"文"通常指的是"文章"或"纹理"，他说："式观原始……由是文籍生焉。《易》曰：'观乎天文，以察时变；观乎人文，以化成天下。'文之时义，远矣哉！"显然，萧统是在更为宽泛的意义上来使用"文"的。在此，他的观点类似于刘勰《文心雕龙》首篇中的观点。但是萧统在《文选》序言中多次强调，"其所谓的'文'不是玄学或宇宙论意义上的'文'，而是纯文学意义上的'文'"[②]。故此，萧统提到了"骚人之文"，以及"三言八字之文"的诗歌形式。此外，他还用一些同义词来指《文选》中具体的作品类型，如"篇章""篇翰""篇什""篇藻"。康氏认为："所有这些术语都可大致翻译为'纯文学'（belles-lettres），近乎表达出一种纯文学的观念。"[③]萧统在解释缘何未收入几类重要著作时，这种纯文学观表现得格外明显。例如，他说战国和汉初的"纵横论"是"事异篇章"，故不收；将"纪事之史"和"系年之书"与"篇翰"相比，同样能见出它们"亦已不同"。史书中所载的"赞""论""序""述"等，因为"事出于沉思，义归乎翰藻"，所以虽然出自历史学家之手，但是它们也可以集于

---

① Stenven Van Zoeren, "Chinese Theory and Criticism", *The Johns Hopkins Guide to Literary Theory and Criticism*, p. 189.

② David R. Knechtge, *Wenxuan, or Selections of Refined Literature*, Volume One, Princeton University Press, 1982, p. 17.

③ David R. Knechtge, *Wenxuan, or Selections of Refined Literature*, Volume One, p. 18.

"篇什"内。很显然,萧统是将文学技巧作为选文的决定性因素。他摒弃哲学著作,因为"老庄之作,管孟之流,盖以立意为总,不以能文为本",而史学著作中的"赞""论"等文体凸显出的品质就是"翰藻"。此外,萧统还认识到愉悦性是文学的重要功能,如他将读者在诸多文体中所发现的乐趣比作观赏乐器和锦绣时所获得的享受。①

在文学发展观问题上,康达维指出,萧统同刘勰一样,也承认文学的自然发展。随着时间的推移,文学会变得更为华美与繁复。他说:"若夫椎轮为大辂之始,大辂宁有椎轮之质?增冰为积水所成,积水曾微增冰之凛,何哉?盖踵其事而增华,变其本加厉;物既有成,文亦宜然。"但是,萧统也有不同于刘勰的地方,即未曾将诸种文体的起源统统追溯到儒家经典。② 即便他将"赋"追溯到《诗经》的"六义",但也认为"赋"在发展中获得了新的品质与独立性。最后,康达维总结说,毫无疑问,萧统对文学的见解是碎片化的,关心的是选文以及编辑文集的实际工作。

余宝琳撰有《诗歌的定位:早期中国文学中的选集与经典》一文,从三个方面探析萧统的文学观。在她看来,第一,在萧统那里,选集编纂中的选择过程本身首次成为讨论的主题。不同于挚虞,萧统的评论以全面性为目标,而又保留了评价特权。萧统有所选择,试图在《文选序》中澄清选文的基础及其对选文的编排,使《文选》既有教益,又有公开的规范性③。第二,萧统虽认为"赋"这一文体滥觞于《诗经》,但没有将其他文学形式的起源追溯到经典,而且没有将文学的演变视为不可避免的没落过程。④ 相反,他认为文学变化体现了一种从简单到复杂的自然演进,

---

① 参见 David R. Knechtge, *Wenxuan, or Selections of Refined Literature*, Volume One, p. 19.

② 参见 David R. Knechtge, *Wenxuan, or Selections of Refined Literature*, Volume One, p. 20.

③ Pauline Yu, "Poems in Their Place: Collections and Canons in Early Chinese Literature", *Harvard Journal of Asiatic Studies*, Vol. 50, No. 1, 1990, p. 177.

④ 参见 Pauline Yu, "Poems in Their Place: Collections and Canons in Early Chinese Literature", *Harvard Journal of Asiatic Studies*, Vol. 50, No. 1, 1990, p. 178.

正如天子所乘坐的大辂是由椎轮演变而来的。对事物本质的雕饰或许会减损原初的朴质，但这不应受到责难，而应被视为是正常的。萧统在此确定的"不仅是文学流变的自然性，更为重要的是其合法性"①。第三，萧统明确地将儒家经典排除在选集之外。萧统谈到不收录经典的表面理由是经典本身的不可亵渎性，不能被摘录成完整的文章。他说："若夫姬公之籍，孔父之书；与日月俱悬，鬼神争奥。孝敬之准式，人伦之师友。岂可重以芟夷，加之剪截。"但是，萧统接下来关于不录入哲学、历史著作的理由却是"盖以立意为宗，不以能文为本"，"事异篇章"或"方之篇翰，亦已不同"。余氏推测说："这就显示出萧统心中类似的未曾言明的判断也适用于经典。"②当然，萧统在此并非贬抑经典，只是肯定经典与其选集所录之作的不同之处。

---

① Pauline Yu, "Poems in Their Place: Collections and Canons in Early Chinese Literature", *Harvard Journal of Asiatic Studies*, Vol. 50, No. 1, 1990, p. 178.

② Pauline Yu, "Poems in Their Place: Collections and Canons in Early Chinese Literature", *Harvard Journal of Asiatic Studies*, Vol. 50, No. 1, 1990, p. 179.

第六章　英美汉学界的唐代文学思想研究

对于唐代的文论，英美汉学家认为发展还不够充分。费维廉便曾指出："唐代，尤其是在18世纪中叶以来这段时期，是一个具有自我意识的诗人与古文家、而非批评家的时代。"①范佐伦也认为："唐朝是诗歌的伟大时代，但却未出现与之相称的理论或批评著作。"②刘若愚亦注意到，唐朝继短暂的隋朝之后，显示出文学尤其是诗歌发展的空前卓绝，但是"在批评方面并没有相应的突出的发展……大多数唐代大诗人，不是对文学的本质保持缄默（如王维），就是当他们论及这个问题时，表现出相当传统的观点（如李白和杜甫）"③。相应地，英美汉学界的研究成果除集中于《诗式》《二十四诗品》等少数诗学专著外，主要体现为在唐代思想史或文学史研治过程中抽象出的一些理论命题，如实用主义文学观、"文"的观念、韩愈和柳宗元等古文家的创作理论，以及意象与抒情关系论、律诗抒情论等。

一、唐代实用主义文学观研究

刘若愚说，唐代诗人反对六朝的诗，认为其轻浮颓废，而散文家也

---

① Craig Fisk, "Literary Criticism", *The Indiana Companion to Traditional Chinese Literature*, p. 53.
② Steven Van Zoeren, "Chinese Theory and Criticism", *The Johns Hopkins Guide to Literary Theory & Criticism*, p. 190.
③ ［美］刘若愚：《中国文学理论》，190页。

一样反对骈文,希望用以儒家经典与早期史书的语言为典范的古文取而代之。"唐朝在大部分时期盛行文学的实用概念,有时候吸收其他概念,尤其是形上概念。"

首先,刘若愚举唐初的两位史官为例加以说明。李百药在《北齐书》中的《文苑序》中,开篇以形上的语气说道:"夫玄象著明以察时变,天文也;圣达立言化成天下,人文也。达幽显之情,易天人之际,其在文乎?"但是接着往下论述,语气变得非常实用:"逖听三古,弥纶百代,制礼作乐,腾实飞声,若或言之不文,岂能行之远也?"结尾的反问重申了《左传》中被认为是孔子所说的一句话,在于证明"文学是达成实际目的的一个有效的手段"①。另一位史官魏徵在《隋书》的《文苑序》中的观点更带有实用理论的倾向。他在引用《易经》中有关观察天文与人文与《左传》中孔子的语句后,说:"文之为用,其大矣哉!""上所以敷德教于下,下所以达情志于上。"同样地,初唐诗人王勃也引用《易经》与《左传》中相同的语句,接着说道:"君子所役心劳神,宜于大者远者。缘情体物雕虫小技而已。"在此,王勃提出"反表现与反审美"②的观点,因为"缘情"与"体物"取自陆机《文赋》中的"诗缘情而绮靡,赋体物而浏亮",论及情感的表现与写作的审美性质。

王勃不赞同陆机,认为"缘情"与"体物"都是"雕虫小技"。一个世纪以后,另一位诗人白居易也表达了类似的观点:"可是并不完全摒弃表现概念与审美概念,而是加以吸收,与形上概念一起融入实用理论中。"③在《与元稹书》中,白居易认为天文以三光为首,地文以五才为首;而人文以"六经"为首;在"六经"中,又以《诗经》为首。原因在于诗歌是感动人心最为有效的手段:"圣人感人心而天下和平。感人心者莫先乎情,莫始乎言,莫切乎声,莫深乎义。诗者根情苗言,华声实义。"英国汉学家阿瑟·韦利也曾指出,白居易在给元稹的书信中所提及的关乎诗歌的几

---

① [美]刘若愚:《中国文学理论》,40 页。
② [美]刘若愚:《中国文学理论》,41 页。
③ [美]刘若愚:《中国文学理论》,42 页。

第六章　英美汉学界的唐代文学思想研究　　237

个原则，只是"记录下了儒家关于文学的传统观点"，"并非原创，仅是对正统观念的再次表述"。①

刘若愚发现，唐代的作者通常以天文与人文的类比作为实用理论的宇宙哲学基础。随着从文学形上概念到实用概念的这种转移，"道"的形上概念也转移为道德概念。例如，最有名的是古文运动的倡导者韩愈在《原道》一文中明显地以道德意义阐释"道"："博爱之谓仁。行而宜之之谓义，由是而之焉之谓道。"晚唐时期，李商隐在实用论基础上生发出表现论。李商隐在《上崔华州书》中说："夫所谓道，岂古所谓周公孔子者独能邪？盖愚与周孔俱身之耳。以是有行道不系今古，直挥笔为文，不爱攘取经史，讳忌时世，百经万书，异品殊流，又岂能意分出其下哉！"这种思想在当时是颇为大胆的。对此，刘若愚分析说，李商隐并不是在否认"道"的道学解释，或者向文学宣扬"道"的理论，而只是否认获得"道"的唯一方法是研读古代圣贤的作品，而阐释"道"的唯一方法就是模仿他们的文字。由于贤臣每个人都能参与"道"，且能将之自由地表现于作品中，"李商隐将个人主义的一种表现理论的要素引进文学的实用观里"②。他既赞同实用概念，也赞同表现概念，这可以进一步从另外一封信中获得证实。他以显然是表现观的陈述开始这封信："人禀五行之秀，备七情之动，必有咏叹以通性灵。"接着，在称赞《诗经》的诗人以及后世一些诗人，并将他们的作品比喻为音乐和刺绣之后，李商隐总结说："刺时见志，各有取焉。"这表明，李商隐认为诗的表现概念和实用概念都是正当的，而不是试图将这两者合并为一，或者曲解其中一个以适应另一个。同时，他将诗歌比作音乐和刺绣，也暗示了他的理论中的审美要素。用相类的概念解释唐代文学思想的还有倪豪士。在《皮日休》(P'i Jih-hsiu)一书中，倪豪士也认为皮日休对其他唐代诗人的描述性批评显示出了"实用主义"的倾向。③

---

①　Arthur Waley，*The Life and Times of Po Chü-I*，New York，The Macmillan Company，1949，p. 107.
②　[美]刘若愚：《中国文学理论》，191页。
③　参见黄鸣奋：《英语世界中国古典文学之传播》，69页，上海，学林出版社，1997。

二、对两部诗论经典的研究:《诗式》与《二十四诗品》

在唐代,与"实用"理论传统有重大分歧的是诗僧皎然以及晚唐诗人司空图。司空图的《二十四诗品》在 20 世纪初便出现了英文选译,但英美汉学界对其诗学思想的探查却较晚。英国汉学家翟理斯在《中国文学史》,英国诗人克莱默-宾(Launcelot A. Cranmer-Byng)在《玉琵琶》(*A Lute of Jade: Selections from The Classical Poets of China*)中,均选译过《二十四诗品》,但仅仅将其视为诗歌作品。其后,宇文所安在《中国文学思想读本》(*Reading in Chinese Literary Thought*)中,不仅翻译了《二十四诗品》大部分章节,而且探讨了其中蕴含的文学思想。

汉学家尼尔森(Thomas P. Nielson)在《唐代诗僧:皎然》(*The T'ang Poet-Monk: Chiao-Jan*)中曾略及皎然的《诗式》。尼尔森指出,《诗式》原本只有一卷,后来在吴生相的帮助下,李洪将其编辑为五卷,并做了必要的修订。"《诗式》体现了人力与天然相平衡的诗学理想"①,这一平衡的形成有赖于文饰以灵感为载体,而非反之。以此为据,皎然提出了"静"与"远"的文学观念。尼尔森解释说,"静"与"远"用以指一种心境而非物境,是"超越当下琐事而达到的一种万象皆备的境界"②。其中,"静,非如松风不动,林狖未鸣,乃谓意中之静。远,非如渺渺望水,杳杳看山,乃谓意中之远"。最后,尼尔森总结说:"皎然将诗视为非言语性经验,是直觉而非描述的。"③作为第一位禅宗诗人,皎然开以禅论诗的先河,其思想旨趣对后来的《二十四诗品》产生了重要影响。

刘若愚认为司空图是第一个公开声称诗是解道的具体表现的诗人。在他之前的诗人,像王维和孟浩然,在诗中均具体表现了他们对自然的观照,但并没有以诗歌或散文的形式公开讨论他们的实际表现。反之,

---

① Thomas P. Nielson, *The T'ang Poet-Monk: Chiao-Jan*, Tempe, Arizona State University, 1972, p. 21.
② Thomas P. Nielson, *The T'ang Poet-Monk: Chiao-Jan*, p. 22.
③ Thomas P. Nielson, *The T'ang Poet-Monk: Chiao-Jan*, p. 23.

"司空图在《二十四诗品》的二十四首四言诗中，表现了他的形上诗观"①。在每一首诗中，他都以具体的意象表现出诗的"情调"或"境界"，整组的诗可以看成对各种诗之风格的描写。其中，他经常提到诗人对自然之道的领悟。比如，在题为"自然"的一首诗中，他写道："俱道适往，着手成春。"也就是说，如果诗人与道合一，他笔下的每一物都会如春回大地，万物复苏一般。《豪放》一诗写"由道返气，处以得狂"，就是说诗人依道可以达到精神的自由，故而使其诗歌在风格上表现为"豪放"。另外，对于《形容》一篇中的"妙契同尘"一句，刘若愚解释为"诗人应与自然万物，乃至微尘合一，或指自然万物，甚至微尘，莫不十分和谐"②。通过分析《二十四诗品》中的诗句，刘若愚认为司空图借助诗的意象，表达了诗是诗人对自然之道的直觉领悟以及与之合一的具体表现这种观念。

此外，司空图在《致李生书》中，"将诗之'味'（taste or flavor）比喻为食物之味，显示出一道审美主义的痕迹"③。他说："愚以为辨于味而后可以言诗也。江岭之南，凡足资以适口者，若醯，非不酸也，止于酸而已；若鹾，非不咸也，止于咸而已。华之人以充饥而遽辍者，知其咸酸之外，醇美者有所乏耳。"这种"咸酸之外"或"味外之味"的概念，颇受后世诗人兼批评家的赞赏，也是基于文学经验与感官经验的类比。

宇文所安认为司空图是道家思想的信徒，其对语言的不信任可追溯至《庄子》中"轮扁斫轮"的寓言。司空图坚信重要的事物必然是玄妙的，而语言不具备直接表达真理的能力，故而需要求助于比喻。宇文所安发现，第二十四品"流动"（Flowing Movement）揭示出了司空图的诗学观：诗歌的基础应当是"如何直觉领悟宇宙的微妙变化"④。此外，颇值得一提的是，宇文所安曾提及一位姓方的学者认定《诗品》为伪作，而这位方姓学者即方志彤。

方志彤乃朝鲜裔美国汉学家，早年在中国清华大学哲学系求学，后

---

① ［美］刘若愚：《中国文学理论》，51页。
② ［美］刘若愚：《中国文学理论》，52页。
③ ［美］刘若愚：《中国文学理论》，156页。
④ ［美］宇文所安：《中国文论：英译与评论》，384页。

于1947年到哈佛燕京学社工作，1958年获哈佛大学博士，并长期留校任教。方志彤关于《二十四诗品》为伪作的论证文章，为其未刊之遗稿。

方氏指出，17世纪的明代，《二十四诗品》的出版使得中国诗学和诗歌技巧的文集得以充实。当时，《二十四诗品》被归于唐代诗人司空图所作。但《二十四诗品》是否司空图所作，仍存疑。检讨这二十四则文本，人们则会对其作者更为怀疑。方文对《二十四诗品》作者为司空图的质疑，从三个维度展开。第一，对司空图其他诗作在形式和韵律方面加以考察，指出其四字韵文的"韵律系统与《二十四诗品》大相径庭"①。方氏罗列了十五篇韵文的韵脚，注意到各篇的诗句数目与《二十四诗品》无相似之处。他认为，《二十四诗品》所采用的是韵脚一致的六个对句，无论原先是独立的铭或赞，抑或是附在传记或碑铭上的韵文，似乎都不太可能。第二，方文对毛晋《诗品二十四则》跋语与苏轼的评语逐句比较，指出为何历代著录题跋仅始于明末郑鄤、毛晋，看到引及苏轼的，却不曾深究下去，此诚一大疑点。第三，方文提到杨慎对司空图推崇备至，但却对《二十四诗品》只字不提，此亦是一强有力的证据。

三、唐代古文理论研究

(一) 麦大维论"文"的观念

美国堪萨斯大学历史系学者陆扬（Lu Yang）曾指出，从20世纪70年代到80年代末，欧美的唐史研究进入真正的成熟期，各方面的进展都很显著。不限于文学领域，在史学、宗教领域也是如此，而且这些领域之间的交互影响也在加强。② 例如，麦大维所著《8世纪中叶的历史和文学理论》（Historical and Literary Theory in the Mid-Eighth Century）一文，

---

① 方志彤：《〈诗品〉作者考》，载《文学遗产》，2011(5)。
② 参见陆扬：《西方唐史研究概观》，见张海惠：《北美中国学：研究概述与文献资源》，87页。

便兼及唐代史论与文论。

麦大维为英国剑桥大学亚非学院东亚研究所所长、中国学教授,主要研究中国中世纪的思想史与制度史。在《8世纪中叶的历史和文学理论》一文中,麦大维以活动于安史之乱期间的五位主要古文家(李华、萧颖士、元结、独孤及与颜真卿)为中心,探讨8世纪中叶的史论与文论。麦氏指出,755年安史之乱的爆发成为唐代思想史上的一个转折点。安史之乱迫使知识分子思考社会和政治问题,重新审视自己的传统。如此,一种新鲜的批评精神应运而生:重新强调历史、文学与当前形势的关系。①

其一,麦大维勾划了上述五位古文家的家庭背景,并简要介绍了作为他们成长背景的知识界,以此助益于理解他们的思想。早先门第显赫,其后家族衰微,近世祖上无甚大影响,是这一群知识分子典型的背景特征。其二,他们浸淫其中的儒家经典倾向于提倡一种保守的观点,并引导学生追怀一个更美好的过去。这两点决定了他们在思想上往往极其保守,创作题材十分严肃,具有强烈的道德立场。进而,这也体现在上述五位知识分子对"文"的认识上。对此,麦氏做出了周衍的阐析。

麦氏指出,五人公开讨论了儒学与文学传统中的一个重要范畴——"文"(wen)。类似于儒学中的其他概念,"文"根植于《左传》《论语》和《易经》等儒家经典,在汉代《礼记》《春秋繁露》和《诗大序》中得到阐发,从而成为一个发展充分的观念。自萧统在《文选序》中提及"文",历代作家们都习惯于在文选和史书的序言中谈及这一概念。麦大维指出,"文"本意为图样,某种形状的规律性重复。《易经》讲到两种形式的"文",天文和人文。天文指天体的形状和中国的地貌;人文即人的样式,具体指三种媒介,即礼、乐和书。"文"被假定为自足存在,而并非仅仅是某种样式的属性。中国"文"的概念与欧洲中世纪早期关于音乐和谐的概念有相似之处,宇宙的音乐(musica mundana),类同于"天文";人的音乐(musica

---

① 参见 David L. McMullen,"Historical and Literary Theory in the Mid-Eighth Century", *Perspectives on the T'ang*, New Haven, Yale University press, 1973, p. 307.

humana），器物的音乐（musica instrumentalis），相当于"人文"。中西相关概念都强调人和宇宙的密切联系，但是方式不同，中国概念强调人文性，西方概念强调神性。五人对"文"这一概念有着截然对立的两种认识。① 一方面，他们将"文"视为自然界和社会中的客观现象，可供观察和分析。依此理论，天文的失序昭示出人类世界的无序，尤指统治者的失德。"人文"成为政治的参数，尤其是书写话语能显示出统治的状况。另一方面，"文"被视为传统文学创作心理学的一个构成要素，归属于表现观："文"是人内心感情的图式，它主要体现在文学中，也体现在音乐和礼仪中。

五人对"文"的认知亦体现于文学批评中。麦氏将文学批评大致划为三种类型：规定性批评（prescriptive criticism），旨在制定作诗之法；描述性批评（descriptive criticism），主要阐述文学作品；理论性批评（theoretical criticism），讨论文学的本质与功用、创作心理等问题。② 麦氏指出，这或许是安史之乱后二十年间批评活动的特色，亦是其所要研究的五人的文学批评的一大特点。他们五人进一步阐明了中国文学批评传统中最为引人注目的一些洞见，集中讨论文学和社会的关系以及文学的心理根源。他们在文学理论方面的见解依然基于"文"这一概念。第一，"文"是社会的客观现象，可以看成是国家政治状态的晴雨表。第二，"文"是表现心理的要素，是内心感情的图样，通过音乐、礼仪和文学表现出来。

第一种含义，认为文学的本质与产生该文学的社会环境有关，用现代的术语即可称为"文学历史主义"（literary historism）。例如，颜真卿就认为，上古帝王经由"文"来显其德，进而对社会产生深远的影响。"帝庸作而君臣动色，王绎竭而风化不行，政之兴衰，实系于此。"李华更为明确地指出，作者性格与时代风气是文学中两个决定性力量。"文章本乎作

---

① 参见 David L. McMullen,"Historical and Literary Theory in the Mid-Eighth Century", *Perspectives on the T'ang*, p. 322.

② 麦氏上述分类法源自乔治·华生（George Watson）《文学批评者》（*The Literary Citic*）一书中的相关观点。

者，而哀乐系乎时。本乎作者，六经之志也。系乎时者，乐文武而哀幽厉也。"五人都谈到《国风》的创作原则，而官方则通过搜集整理民歌，借以了解民众对政府的态度。到了8世纪中叶，这一观点又在创作层次上得到高度的重视。元结就引导了这一发展。他仿作了一系列民歌，在安史之乱前还曾亲赴淮河下游搜集民歌。①

从另一方面来看，五人也从事同代人文集的评论，总结自己的创作经验，这种愿望促使他们不仅探讨文学的社会起源和社会效果，而且发掘出另一领域。这就是文学的心理根源，强调"文"的表现层面。麦氏以独孤及和李华的相关言论为例做了解说。在独孤及看来，"志足者言，言足者文。情动于中而形于声，文之征也。粲于歌颂，畅于事业，文之著也"。李华亦曾说："宣之于志者曰言，饰而成之曰文。"麦氏说："在五个人看来，'文'作为内心感情的图式，首先以声音为媒介，进而借助于文字而得以表现出来。"②。这一思想来自《尚书》《左传》和《易经》。颇有影响的《诗大序》又将源于《尚书》《左传》《易经》中的一些只言片语融会在一起，提出了"诗者，志之所之也，在心为志，发言为诗"的主张。对此，麦氏分析说，从字形上看，"诗"字由"言"旁和"寺"组成，而"寺"又有"情感"的意思，可进一步分解成"心"旁和表示"去"的动词。故而，诗，一切的文学，以及上文独孤及、李华所说的"文"，都是心之情感运动的文字表达。

理雅各曾将"寺"译成"emotion"（情感）或"earnest thought"（诚挚的思想）。这体现出"寺"在诗的早期定义中，如在《论语》和其他早期文献中所具有的强烈的积极道德意涵。麦氏说，独孤及、李华以及唐代其他作家均偏爱这一早期意涵，而不太赞同"诗缘情而绮靡"这样的表述。独孤及等人倾向于"诗"的经学上的定义，因为他们注重诗的强烈的道德意味。他们认为好的文学应是内心情感的真实表现，对人性持乐观主义的态度，

---

① 参见 David L. McMullen, "Historical and Literary Theory in the Mid-Eighth Century", *Perspectives on the T'ang*, pp. 332-333.

② David L. McMullen, "Historical and Literary Theory in the Mid-Eighth Century", *Perspectives on the T'ang*, p. 338.

因此是真正的儒家立场。①

最后，麦氏对全文进行了归结。他指出，活跃于安史之乱前后的一小群知识分子出身于贵族，生活在贵族势力衰微和军事危机的时代。他们的思想观念趋于保守，思想中没有什么新的成分，但却更携有一种富于批判的精神。结果之一便是，揭示了"文"这一概念的诸多意涵，如指称宇宙现象、社会价值、文学本身和文学的价值。② 然而，"文"的上述丰富性并没有在他们那里获得更多的分析与探讨，因为五人为文的目的主要还是企图通过对传统观念的回溯，树立一种权威话语，以此表达对当时政界和文学创作的不满，而非局限于将传统观念用于批评分析。

（二）蔡涵墨论韩愈文学思想

美国汉学家蔡涵墨（Charles Hartman），在中国古代文学研究方面颇有造诣，在中唐韩愈研究上用力尤勤。其《韩愈与唐朝的统一》（Han Yü and the T'ang Search for Unity）一书以层层推演的方式，将韩愈的文学思想与政治、哲学思想视为有机的整体加以探讨，对韩愈生平及其在唐代思想文化史上的地位做了较为全面的论述。

蔡涵墨受到中国学者陈寅恪唐朝社会与文化研究的启发，将韩愈视作儒学与唐代文化过渡时期的关键人物。"韩愈的思想标志着唐代政治、社会、文化由前半期对六朝的'往后看'，转向后半期的'往前看'，在诸多方面成为宋代与现代中国的前身。"③

历经安史之乱，唐朝中央政权受到严重削弱，地方割据势力甚嚣尘上。尤其当时的东北部诸省份与以长安为中心的唐代文化存在严重分歧，形成了不同的独立王国。安史之乱促使中央政府意识到有必要收复独立

---

① 参见 David L. McMullen, "Historical and Literary Theory in the Mid-Eighth Century", *Perspectives on the T'ang*, pp. 338-339.

② 参见 David L. McMullen, "Historical and Literary Theory in the Mid-Eighth Century", *Perspectives on the T'ang*, p. 341.

③ Charles Hartman, *Han Yü and the T'ang Search for Unity*, Princeton University Press, 1986, p. 5.

省份，重建唐初时的政治统一。韩愈作为国家统一的维护者，致力于思考军事占领后的深层次的文化统一问题。蔡涵墨认为，韩愈新儒家人道主义思想的核心是提供了一个关于圣人的新思想体系。"圣人之道"融合了佛学的圣人（菩萨）在其演进的十个阶段（"十地"）中关于精神的内省完善的观念，以及旧儒学中的圣人观念。这一圣人理想其实是在佛教形而上学和儒家伦理学的基础上，由韩愈首次提出的。

作为整体性文化研究，蔡涵墨还深入探究了新儒学人道主义与禅宗的诸多"趋同"之处。第一点趋同即双方都认为人性是善的，第二点趋同是双方都承认人人具有圣心的潜在性，第三点趋同是双方都揭示了"心"是智慧的基石。这种诉诸心灵的学说是为了直接反对固有的经典崇拜。[①]新儒家人道主义蔑视孔颖达的注疏之学，并且按照自己的意愿将儒家经典进行了重新阐释。禅宗与新儒家人道主义的态度均可看作一种超越世俗的革新。

关于韩愈的新儒学人道主义的准则，蔡涵墨用"诚"来进行概括。在韩愈看来，在《大学》的一系列耦合中，"诚其意"（make intentions sincere）乃第一要义。"诚"指的是圣人内心精神生活与外部公共领域的完美结合，是思想与行动、理论与实践的现实统一。这一点在《中庸》与《孟子》中也有所体现，如孟子所谓"万物皆备于我"。就此看来，韩愈企图在佛道思想统治下的知识分子阶层中重建儒学的准则，这无异于一场根本的革新。尽管韩愈的《原道》主要关注的是人如何发展自己的人性而使之臻于完美，然其核心思想则是认为这种发展只有在儒家价值观的统驭下才能完成。韩愈在《原道》中以儒家标准来衡量何为"华"（Chinese），何为"胡"（non-Chinese），以儒家经典《大学》中提出的"诚其意、正心、修身、齐家、治国、平天下"为框架重建儒家价值观："假定思想与行动、精神追求与仕途成功，在超然于世俗这一终极意义上是同一的。"[②]

此外，蔡涵墨还揭示了韩愈的"知识分子的信仰与其文学风格之间的

---

① 参见 Charles Hartman, *Han Yü and the T'ang Search for Unity*, p. 7.
② Charles Hartman, *Han Yü and the T'ang Search for Unity*, p. 10.

内在微妙关系"。他指出,韩愈创作古文文体是试图用语言表明圣心的特质,这一特质被描述为"诚"。在蔡涵墨看来,韩愈之所以创造"古文"这一文体,就是要以言辞来展现圣人的"诚"。"古"被理解为一种心态,近乎"诚"。"古文"是一种统一的风格,或者诸种风格的汇集。对韩愈来说,"文"和"诗"都是古文,正像圣心是包罗万象的。"古文"亦囊括所有的主题、文体以及文学风格、流派。因为古文是圣人心智的反映,从而它也就有了圣人的权威和道德力量,而作品正是靠这种介质转化为作者内心道德力量的表征。

汉学家海陶玮也持此论,认为"对韩愈来说,古文只不过是其复古计划的一部分,目的是复苏孔孟之道"①。又由于圣人之心无所不包,故而古文包含各种题材、风格与文类;古文反映圣人的思想,故而能获得圣人的权威与道德力量,实现"文"(literature)与"道"(the moral Way)合,作品的高下成为衡量作者道德品行优劣的标尺。蔡涵墨说,韩愈的古文观是对儒家文学理论的一大贡献,与当时佛禅对语言充分表达澄明之心可能性的彻底否定构成对峙的局面。韩愈文学上所持的"文""道"并重的观念,与其将思想与行为并重的哲学观念是一致的。其"文""道"统一的学说提升了文学在儒教社会中的地位与作用。优美的文学表达不再是官僚高雅的装饰,而是成为仕途成功的必要前提。这一思想在11世纪的欧阳修、司马光、苏轼、王安石等人那里得到了充分的展开。或许由于这一目标难以实现,韩愈"文道一体"的学说最终被周敦颐"文以载道"之说所取代,由此文道离析,文附属于道。

蔡涵墨突破纯文学史研究的藩篱,引入思想史与文化史的研究视野,将韩愈的文学思想置于唐代政治、文化的宏阔语域中加以勘察。许多研究者都对韩愈在文学史上的地位极力肯定,但没有充分注意到他的儒家激情究竟源自何处,而蔡涵墨集中探讨了韩愈"儒家激情"与儒教的关系,揭示出其倡导古文运动与传播儒家价值观之间的关联。

---

① James Robert Hightower, *Topics in Chinese Literature: Outlines and Bibliographies*, p. 73.

蔡氏由此认为，作为古文运动的一代宗师，韩愈是无与伦比的革新者和独特的文学风格的天才创造者，其作品蕴含着儒家道德的力量和传播新思想的急迫感。

（三）"斯文"：包弼德论"文"与"道"

"斯文"是美国汉学家包弼德在《斯文：唐宋思想的转型》(*This Culture of Ours: Intellectual Transitions in T'ang and Sung China*)一书中探析唐宋思想的关钥。该词见于《论语·子罕》："子畏于匡，曰：'文王既没，文不在兹乎？天之将丧斯文也，后死者不得与于斯文也；天之未丧斯文也，匡人其如予何？'"包弼德指出，"文"这一术语在《论语》中指的是外在的仪表、形式，也可以指典范；直至唐代，"斯文"方开始用以指称"源于上古的典籍传统"①。圣人将自然秩序转化为社会制度，由此引申，"斯文"包含了与写作、统治和行为方面相适宜的方式和传统，代表了一种融合自然领域和历史领域的文明观念。但是当政治陷入危机时，"斯文"会丧失。在公元8世纪后半叶，唐朝面临帝国分崩与藩镇割据，那些力挽"斯文"的文士，开始谈论"圣人之道"和"古人之道"。他们假设，可以在圣人的言行中寻绎出有益现实的价值，而古文写作则有助于彰显这些价值。

对于"古文"以及"古文运动"的内涵，包弼德也给出了自己的认识。说到"古文"，人们通常想当然地认为在唐代指的是一种新的、论证式的散文风格，这种风格打破了骈文所要求的技巧。而事实上，"古文"在韩愈的时代，指的是"'上古之文学'(literature of antiquity)或'古代文风'(ancient literary style)，并且包括诗与非诗的体裁"②。"文"与"诗"的区分在11世纪中期已经很明显，但韩愈似乎还没有做出这样的区分。在韩愈的年代，各种文体都有着自己的模范，但古文的写作和文体与格律无关；古文的形式与主题可以完全不合规格或难以预测，古文家更关注如

---

① ［美］包弼德：《斯文：唐宋思想的转型》，1页，南京，江苏人民出版社，2001。
② ［美］包弼德：《斯文：唐宋思想的转型》，26页。

何将自己的意思表达出来，而非遵循既有的分类模式。这比较符合非诗歌类的文体，故而"古文"就逐渐演化成了"古体的散文"的代名词。① "古文"在包弼德看来，有两个层面的意涵：第一，它能使得人们一窥夏商周这一理想世界的文献；第二，它指的是与这些文献相关的文体。因为这些文体被视为能够展现出古人行动时所依据的价值，也是古人用于展现他们言行价值的形式。②

所谓"古文运动"，在包弼德看来，首先是一场思想运动。倡导这一运动的古文家认为，文学的转变对公共价值观的转变起着至关重要的作用，因为文学写作是把学、价值观和社会实践联系在一起的最常见的方式，故而改变人们的写作方式便是影响思想价值观最一般的方法。③

包弼德认为，韩愈在《送孟东野序》中提出了著名的"不平则鸣"的观点，围绕这一命题建立了一个连贯统一的文学思想传统。韩愈认为，目录学中四部的重要典籍，均是先哲以适合不同环境的方式而"鸣"的结果。按此，即使是最优秀的作品，也是针对某一特定时代不完美的社会中极端和不平的自然反应。也就是说，"内在自然的平静状态被外物所扰乱，激发情感的感动，这种感动表现为个人的性情和气的舒发"④。如此，韩愈便在不平而鸣者、压抑自我感觉者和以辞藻营造平和的假象者之间做出了区别。在此意义上，作为表达风格的"文"亦是内在的。

韩愈在《答尉迟生书》中说："夫所谓文者，必有诸其中，是故君子慎其实，实之美恶，其发也不掩，本深而末茂，形大而声宏，行峻而言厉，心醇而气和。"在此，韩愈希冀使表达的形式成为内心发之于外的结果，而不是取法承袭的外在形式。包弼德指出，韩愈曾几次解释说，古文首先建立在对古道的理解上，而非仅仅建立在对古人写作方式的简单分析之上。韩愈要求"古者辞必己出"，便是反对这一趋势的一个提法。⑤ 进

---

① 参见[美]包弼德：《历史上的理学》，48 页，杭州，浙江大学出版社，2010。
② 参见[美]包弼德：《历史上的理学》，47～48 页。
③ 参见[美]包弼德：《斯文：唐宋思想的转型》，30 页。
④ [美]包弼德：《斯文：唐宋思想的转型》，139 页。
⑤ 参见[美]包弼德：《斯文：唐宋思想的转型》，140 页。

而，包弼德围绕韩愈著名的《答李翊书》做了较为周衍的说明。他指出，《答李翊书》旨在说明韩愈内心所有的，事实上是他对圣人之道的个人看法。换言之，尽管道是更大和永恒的，但它经常以个人的方式被理解，由此产生的文史也就成了一个人内心的真实反映，而模仿别人的文，就不能亲身获得一个个人知"道"的基础。这就是说，对韩愈而言，实践古道"意味着建立一个独立于社会的个人的道德基础"①。"君子则不然。处心有道，行己有方，用则施诸人，舍则传诸其徒，垂诸文而为后世法。如是者，其亦足乐乎？其无足乐也？有志乎古者希矣，志乎古必遗乎今。吾诚乐而悲之。"韩愈对"道"的个性化理解，使其写作具有了不同常规的外在表现。他的"惟陈言之务去"，也使得其作品有时戛戛乎难读。而韩愈将这些作品给别人看时，并未受到嘲笑，原因便在于它们仍然很好地投合了习俗的期待视野。最后，包弼德总结说，专注于"斯道"是为"文"之基础，而"文"为贯"道"之器。因此，对韩愈来说，问题的关键不在于"文"是一件载道的工具，而是说"文"是使构成道德的观念彼此协调地联系在一起的工具。

"贞元、元和之间，文风极盛，分道扬镳，途径不近似，派别不尽同也。"②除却韩愈的古文思想，包弼德还论述了李翊、柳宗元、吕温和柳冕的古文创作观。包弼德指出，这一时代的文士普遍认为作家需理解圣人之道，进而创造性地将这些价值观付诸经验，但并非所有人都会想到韩愈所谓的"圣人之道"。其中，李翊和柳宗元便认为圣人之道不具有普适性，只契合圣人所处的特定历史时代。同时，在一个由个体性和道德的自主性所唤起的没有共同规范的世界里，学者也不能扮演领路者的角色。在某种程度上，李翊和柳宗元遭遇并接受了那些不确定性，而柳冕和吕温则表现出试图为所有人一定是非的愿望。③

包弼德通过对李翊两封书信的解读发现，第一，李翊是站在超脱的

---

① ［美］包弼德：《斯文：唐宋思想的转型》，141页。
② 朱东润：《中国文学批评史大纲》，97页，上海，上海古籍出版社，2005。
③ 参见［美］包弼德：《斯文：唐宋思想的转型》，144页。

立场上，确保圣人之道为社会所存；第二，李翱认为写作的目的是要作为一个独立的个体而流传后世；第三，作家的"文"一定要践行圣人的而且是他自己的价值观，让"道"和"文"均发自内心。在著名的《答朱载言书》中，李翱谈到"人们如何能与规范而普遍的圣人之道充分认同，同时又能在'文'中建立个性身份的问题"①。在包弼德看来，李翱试图表明的是古人的"道"与好文章相契合的标准首先便是独一无二的创意，即以一种新的方式来表达的"造言"。在"创意"这一方面，"创意之大归"在于使基本的共性被无限多样化地表达，即一体现为多。具体至"造言"来说，虽受某些原则和内在理路的制约，"词不工者不成文"，但是观念的基础与将"文"作为文学写作来甄别其质量的衡文标准仍然是不同的。包弼德进一步指出，在李翱看来，"衡量文学价值的惟一尺度就是看一个人是否成功地创造了一致的、自足的以及独立的作品集"②。而从另一个角度，即协调一致性的角度来看，则主要表现为在思想上追求对"道"的自足一致的视界，而文学作品的一致性又复制了天地的一致性。如此，那些文、理、义三者兼并的人，不但可独立于一时，而且可以流传于后世。

对于柳宗元的古文思想，包弼德认为它重在"处中"（being centered）。柳宗元对韩愈诸如排佛、尊大、炫耀自我、当代标准的有意识剥离，以及对优雅常规的尖刻侮辱等做法感到不适。"他希望将圣人之道等同于'大中之道'，以此作为圣人正确应物的真实内心状态。"③对柳宗元来说，"中"没有特别的内容，但是它可以在应物和作用于世界的时候用于事。圣人之道既是指"中"作为终极价值的想法，也是在世间实践"中"的真实道路。对柳宗元所谓"方其中，圆其外"，包弼德解释为：内可以守，外可以行其道，就像方的车用圆的轮子来推动。这表明柳宗元将中/内看作具体有特定的内容，认为"车之方提供了可以装载货物的空间"④；而通过"文"，一个人可以为其他人明此"道"。这就需要一种写作

---

① ［美］包弼德：《斯文：唐宋思想的转型》，146页。
② ［美］包弼德：《斯文：唐宋思想的转型》，147页。
③ ［美］包弼德：《斯文：唐宋思想的转型》，148页。
④ ［美］包弼德：《斯文：唐宋思想的转型》，150页。

的模式，这个模式引人注意，同时又把人的注意力转向实践圣人之道。故而，这一写作模式必须独一无二，不同于当时的套路而又能指导别人。为此，柳宗元转向"五经"，不是学习语言或观念，而是汲取"道之原"，即所谓质、恒、宜、断、动。此外，他从更大的文献传统中汲取不同的表达方式：取法《谷梁传》以"厉其气"，取法《孟子》《荀子》以"畅其支"，取法《庄子》《老子》以"肆其端"，取法《国语》以"博其趣"，取法《离骚》以"致其幽"，取法太史公以"著其洁"。在此，"中"的观念是作为一个最根本的组织原则出现的，能够容纳不同的部分，以建构出一个平衡统一的整体。① 既然如此，柳宗元将典籍传统变成思想和表达中所包含的某种品质的做法，并未使圣人之道教条化，而是被解释为"拥有某种品质，这种品质可以养成好的个性"②，而这一"道"可以用"文"来阐明，作为学者经世的一种方式。

不同于柳宗元，包弼德认为柳冕是一个教条主义者。在柳冕看来，自屈原以降，文学之学并未服务于道德的目的，"文"与"教"分而为二。唐代也并未改变这一局面，其臣民缺少诚实与廉耻，将官位看得比德行更重要。相对于韩愈的重"文"，柳冕之重在"道"，针对韩愈和柳宗元经常在作品中使用小说材料，柳冕坚持必须言"大道"，"师圣人者不可以无法"。而那些"见天地之心，知性命之本，守穷达之分"的人，破坏了那些法。对此，包弼德认为："柳冕所担心的是个人对于终极价值的探求，使人们不尊重公共、外在的标准。因此，他将文限制得很窄，与他的子侄柳宗元和韩愈的自由改革迥乎不同，而且他将道降为一些可知和确定的东西。"③

包弼德发现，吕温的观点虽比柳冕更为宽泛，但同样希望有固定的公共标准。对吕温而言，"儒家经典不是以章句注疏而求的书，而是指导圣人化人之宗旨与作用的东西"④，是道德重振的合法来源。进一步分析可以看到，吕温在《人文化成论》中总结说，只有劝导这些标准的写

---

① 参见［美］包弼德：《斯文：唐宋思想的转型》，150页。
② ［美］包弼德：《斯文：唐宋思想的转型》，151页。
③ ［美］包弼德：《斯文：唐宋思想的转型》，152页。
④ ［美］包弼德：《斯文：唐宋思想的转型》，152页。

作才配得上称为"文"。由此,"人文"便成为对恢复社会秩序而言不可或缺的伦理准则,如家之文、朝廷之文、官司之文、刑政之文、教化之文等。吕温坚称其关于"文"的定义考虑到了文学与情感的方面:它综合了各样成就,美化了人类情感,以便创造一种吸引人的、合乎"理"的样式。换言之,在吕温眼中,只有"具有正确价值的文化形式才被看作文"①。

四、唐诗意象与抒情特征研究

(一)唐诗意象与抒情论

汉学家麦克雷什有着多重身份,既是美国当代著名诗人,又是文学理论家,对中国古典诗歌和诗学有着独到之认识。麦克雷什曾指出,唐诗意象与情感之间有着重要关联。麦氏以李白《春日醉起言志》为例,对其进行了详细的解析。兹将该诗录于下:

> 处世若大梦,胡为劳其生。
> 所以终日醉,颓然卧前楹。
> 觉来盼庭前,一鸟花间鸣。
> 借问此何时,春风语流莺。
> 感之欲叹息,对酒还自倾。
> 浩歌待明月,曲尽已忘情。

麦克雷什认为,李白此诗尤有助于考察汉诗意象与情感之间的可能联系。不同于西方传统将意象视为一种美丽的修饰品,李白诗歌中的意象是这首诗的成分,构成了该诗的结构,而且这些意象与情感之间存在某种关系。

---

① [美]包弼德:《斯文:唐宋思想的转型》,53 页。

麦克雷什针对该诗中提到的两次醉酒展开剖析，认为第一次是被动的，而第二次是主动的。第一次发生在春天的一个早上。当时的心境如首句所述："处世若大梦，胡为劳其生"。第二次醉酒，"我"情绪激昂，纵情歌唱，等待着明月升起，最终醉昏过去，不知人事。麦克雷什指出，两个醉酒者实际上是一个人，分别出现在诗的开头与结尾，而诗的中间部分提到了花园、啼鸟和春风，此外还有问句"借问此何时"，意为"我"不知晓现在是什么时间。综合看来，风与鸟知道是何季节，而"我"却不知道。光阴从"我"身边流逝，人生从我身旁晃过。"我"失去了一寸光阴，一刻人生。"我"再酌一杯，放声歌唱，等待着明月升起的那一刻。换言之，该诗中的意象意欲表明：在春日的花园，两个醉人有着同一种意识，即人皆有一死。在此，我们瞥见了处于时间网络中的人。世人都无一幸免地落入时间之网中，并珍惜构成这一网络的纷乱的一时一刻。人生在世犹如一场大梦，但醒来却发现一生中一日的时间已经流逝，甚至还不知当前是何年何季。对失去光阴的人来说，人生是宝贵而无价的。①

麦克雷什归结说，李白此诗并未直抒胸臆，而是一切情语皆融于景语之中。诗中的语言并不有意调动情感活动，看不出要读者悲痛或感动的意图，所有情感都融在诗歌语言所呈现的视觉与听觉意象中。要言之，"情感，如果存在，就寓于意象之中，如果不在意象之中，就在意象之间"②。为进一步说明这一点，麦克雷什以李益的《夜上受降城闻笛》③为例加以阐述：

回乐峰前沙似雪，受降城外月如霜。
不知何处吹芦管，一夜征人尽望乡。

---

① 参见 Archibald MacLeish, *Poetry and Experience*, p. 56.
② Archibald MacLeish, *Poetry and Experience*, p. 57.
③ 此诗实为中唐边塞诗人李益之作，而麦克雷什将其误认为是李白（Li Po）的作品："But it is mot always in this direct and almost physical way that Li Po's images work. There is a poem he calls ironically a 'Song of War'."具体参见 Archibald MacLeish, *Poetry and Experience*, p. 58.

麦克雷什说，这些简洁的表述或牵引出某种意象，或其本身就是意象。诗中出现了：一座山峰——由其名称"回乐峰"明显看出从前线返乡之快乐，一座被攻克的城池，一片沙漠——横亘在山峰之前；城外，明月如霜；夜间，远处传来号角声；一支军队和一群年轻的士兵，遥望着家乡。该诗传达的是对归乡的希望，还是绝望？面对遥遥无期的战争，希望也就等同于绝望。但无论是何种情感，都未曾被明确说出，而是寓于意象之中，或存在于意象之间。

(二)华兹生的意象统计法

华兹生对18世纪的《唐诗三百首》进行了抽样研究，发现唐诗中的自然意象大多介于高度抽象与高度具体之间。既未达到英语诗歌意象的高度抽象，又非高度具体。就是说，一方面，在唐诗中极少出现诸如英语中的"自然"(nature)、"自然界"(natural world)、"景色"(scenery)或"风景"(landscape)这样宽泛的词汇或观念，即便有时会提到"天地"或"乾坤"，但唐代诗人通常更乐于使用较为中和的提喻法(synecdoche)，比如以"山水"来指称自然界。另一方面，唐诗意象并未降至相当具体的层面，即便如此，也是遵循着古老的传统。①

在此，华兹生实际上是要指出，唐诗中的意象大都是泛称意象，即便出现具体意象，也仅仅是取其传统意义上的象征义或隐喻义，而非对之加以真实刻画。华兹生说，当涉及"木""草""花""鸟"等范畴时，具象的相对贫乏便可凸显出来。据华兹生统计，在《唐诗三百首》所录317首诗歌中，泛称词"木"共出现51次、"林"共出现26次。而一旦涉及具体种类的树，唐代诗人是有所筛选的。据其统计结果，出现次数最多的分别是"杨柳"与"松"，各为29次、24次。华兹生不禁发问：杨柳与松树虽然在中国司空见惯，但为何也如此频繁地出现在唐诗中呢？华氏认为，

---

① Burton Watson, *Chinese Lyricism*: *Shih Poetry from the Second to the Twelfth Century*, Columbia University Press, 1971, p. 128.

答案便在于"杨柳与松具有象征义或者隐喻义"①。其中，松树常使人联想到山林归隐、宁静与高洁，是以僧人或隐士为题材之诗歌的标准意象。此外，由于松树四季常青，在中国自古就象征着长寿、坚毅与忠贞不渝。而杨柳，遍植于唐代城镇中的河道两岸，其春季的嫩叶与飘飞的杨花、柳絮常出现于汉诗中。更为重要的，这与折柳送别的风俗有关，唐诗中所提及的杨柳大部分与此相关。

与杨柳和松相比，其他植物在唐诗中出现的次数则陡然下滑。例如，"竹"这一与归隐有涉的意象仅出现 12 次；"桃"出现了 10 次，桃花象征着美人容颜的易逝，并与陶渊明《桃花源记》中所描绘的乌托邦有关；"桑"出现了 7 次，主要因其之于养蚕业的重要性；"柏"出现了 6 次，因其种植于坟墓旁。其他诸如"枫树""桂树""梨树""李树"，只是偶尔提及，出现次数分别为 6 次、5 次、5 次、4 次。至于后来在汉诗中时常出现的"梧桐"与"梅"则是完全缺席的。另外的 13 种树木只出现过一两次，通常是由于文学典故或是因为某一特质或与地理环境有关而被提及。例如，在以中国南方生活为题材的诗歌中，诗人或许会写到"棕榈树"，但并无西方人所联想到的浪漫，只会让唐代文雅的读者对南方蛮荒之风感到战栗。

如此，通过对唐诗中的自然意象加以统计考察，华兹生发现唐代诗人之写景咏物，多为粗线条地勾勒自然风光，而非工笔画似的细致描绘。进而，华氏归结说，唐代诗人之旨趣，并不在眼前之景，而是景物本身所寓有的约定俗成的比喻义与象征义。②华兹生的研究表明汉诗在本体论意义上不事模仿，而注重抒情言志。

（三）高友工的律诗抒情论

在高友工看来，律诗使得咏物诗的描写传统与咏怀诗的表现传统融

---

① Burton Watson, *Chinese Lyricism：Shih Poetry from the Second to the Twelfth Century*, p. 130.

② 参见 Burton Watson, *Chinese Lyricism：Shih Poetry from the Second to the Twelfth Century*, p. 133.

为一体。这一融合趋势在初唐、盛唐和中唐经历了三种美学形式的变化，围绕形式与意义的辩证关系，时而强调印象，时而重视表现，塑造出律诗美典的丰厚内蕴。

首先，高氏论述了"初唐四杰"的诗学观。他以为相对于六朝诗人对感官愉悦与感伤情绪的精细描绘，在律诗的规则之内，"初唐四杰"将意义填入感受和形式之中，并用个人表现将此意义和形式统一了起来。

7世纪中后期的"初唐四杰"已对"律诗"与"古体诗"做出了明确之甄别，并注意到了律诗的美学特征。描写与表现这两种方式的重新组合成为他们的自觉选择。也就是说，"这些诗人，尤其是'四杰'，力图将以前咏怀诗之美典重新引入宫体诗的描写传统中"①。这一融合可看作某种"对立诗学"，表明诗人们试图重新运用咏怀诗"起兴"与"对话式结尾"的技巧。新格式的紧凑性，使与自然景物的突然遭际而非诗歌行为的缓慢展开成为一种更适宜的技巧。在这一仅有四联的紧凑结构中，首尾由于过于强大而无法支撑一种"三元结构"。描写与表现之间的二元区分更经常地暗示着一种二元的结构：前者用于前三联，后者用于最后一联。简洁的形式和精密的结构使"客观外物的内在化"和"内在情感的形式化"，在新的美典之中得以巩固，并使这两个传统概念得到了新的应用。② 这样，形式压缩至四联，只有前三联描写诗人的印象时，"抒情的声音"才重新登场，诗歌行为框架被赋予特殊的功能。此时，诗人之职责就是观察外部世界，内化外部世界并表达其内心状态。"抒情自我"复现的同时，"抒情瞬间"亦得以重返。此种短的形式适合于对诗人内心做短暂之一瞥；在"抒情自我"之内，在世界这个新的语境之中，物理时间与空间，无论是诗中的抑或是它所指涉的外部世界的，都已完全无关紧要。前三联中作为心灵状态内容的每一要素，均失去了时空的维度，它属于特殊的"抒

---

① Yu-kung Kao, "The Aesthetics of 'Regulated Verse'", Lin Shuen-fu and Stephen Owen（eds.）, *The Vitality of the Lyric Voice：Shih Poetry from the Late Han to the T'ang*, Princeton University Press，1986，p. 363.

② 参见 Yu-kung Kao, "The Aesthetics of Regulated Verse", *The Vitality of the Lyric Voice：Shih Poetry from the Late Han to the T'ang*, p. 364.

情瞬间"。

在这种新的形式中,高友工将描写与表现之间的区分等同于"呈现"与"反思"这两个诗歌行为的阶段之间的分域,并借用"外向"与"内向"这两个心理学术语来对诗歌行为的上述两阶段加以描述。他说,这种新形式将一个拉长的时刻界定为"抒情瞬间",但它实际上将这一抒情瞬间区分为两个阶段,或者称为抒情行为中两个互相分离的时刻。其中第一个"外向"阶段是自发印象的时刻,第二时刻是伴随最后一联的"内向"阶段,产生一个反思内省的时刻。[1] 这两个时刻的分离是此模式设计中的关键。通过这一分离,自我可以从暂时被遗忘中重新回到正常的现实时间流中。主观自我,不再处于背景之中,而重新出现取代了客观性的呈现;诗中的"我"现在将能够对早先被内化的世界进行反思,并且将这种反思与真实的"我"联系起来。这一内向过程的主体,由抒情时刻的内容以及它所指涉的外部世界语境所构成。

初唐诗人对"志"的解释与六朝基本一致,即将其视为某一特定时刻的思想和感情。那么,盛唐山水诗人的律诗美典观念又当如何?

8世纪上半叶的盛唐是中国诗歌的辉煌期,盛唐诗人将律诗视为理想的诗歌形式,并进一步发掘其潜在的可能性。拓展的方向之一就是对"志"拟选新的解释:"他们从这一词更本原的意义,即生活的目标和视界中吸取灵感。"[2]高氏发现,伴随着盛唐诗人对"志"更高意义层面的探索,言意问题又重新出现了。如果说普通语言"言不尽意"的问题可以通过使用艺术语言来解决,那么,这种艺术语言必须有更为广泛的应用,包括将其用作理解甚至实现生活难以捉摸的意义的一种可能性手段。在寻求新的诗歌境界的过程中,盛唐诗人王维发现了陶潜,并跟随他回到了素朴的生活与大自然之中。

个中原委,高友工从中国哲学的"两难困境"出发来展开论述。他指

---

[1] 参见 Yu-kung Kao, "The Aesthetics of Regulated Verse", *The Vitality of the Lyric Voice: Shih Poetry from the Late Han to the T'ang*, p. 367.

[2] Yu-kung Kao, "The Aesthetics of Regulated Verse", *The Vitality of the Lyric Voice: Shih Poetry from the Late Han to the T'ang*, p. 368.

出,中国哲学的这一两难困境便是"认识生存意义"的需要与"弃知以生存"的需要之间的冲突。也就是说,理解生命的意义取决于一种自我认识,但这种自我认识可能恰恰会扼杀生命的本质,而认识生命的本质确实是认识活动的最终目的。诗学中的"言不尽意"正是这一哲学困境所派生出的众多命题之一,它同样鼓励"忘言""去智",或者从积极层面来说,倡导"率性""返璞"。唐代禅宗的兴起再次激活了这一问题。像孔子一样,道家与佛家都看到了这样一种生存的可能性:不在文字中,而在与有意义的形式的相协调中实现生存的意义。这意味着,如果艺术经验这种方式自身预设着自我实现的意义结构,那么,直觉理解便可能存在于最纯粹最素朴的形式之中。高氏说,对诗人陶潜而言,生活体现意义。他体验生活,其诗歌体验以素朴和真诚反映出一种悠然自得的生活。①

陶诗与唐代王维诗歌的共同特点,即客观物象与自我价值融为一体。高氏认为可将之视为"外物'人化',或'主观化'以与自我人格交流,表现深入的情感。也可以视为自我人格体现于外在现象中,这则是一种'物化'或'客观化'。但二者都做到一种价值与现象合一的中文中所谓的境界"②。高氏以王维的诗作为例,进行了进一步的阐述。他说,在"行到水穷处,坐看云起时"这一联中,王维轻松地从一个行为转向另一个行为。这些行为虽然没有预定的方向,但是每一个行为都在经验的整体中完美地走向了自己合适的位置。因为世界自身是完整的,每一时刻都是有意义的。事件在时间流中的随意性和感觉在空间延伸之中的完整性,可以轻易地与律诗现有的美典结合在一起。相对独立的各联的并置意味着一种偶然的连续性,每一对仗句的自足性都可以用来描述完整世界中的这一特定时刻。

在王维的美典中,每一组意象都携带着简单自然而具有象征性的意义。尽管这个内在世界只是从瞬间的、自发的体验中产生的理想化了的

---

① 参见 Yu-kung Kao, "The Aesthetics of Regulated Verse", *The Vitality of the Lyric Voice*: *Shih Poetry from the Late Han to the T'ang*, p. 370.

② [美]高友工:《美典:中国文学研究论集》,36 页。

世界，但是诗人却希望回归或者永驻这一世界之中。① 因为这一世界存在于自然之中，不着斧凿痕迹，只有通过诗人的意志才能进入其中。与自然物体以及整个山水相连的象征意义和境界，使对内在情感和思想的呈现显得没有必要。高氏指出，要想在前三联中进入这一世界，必须沉浸于幻想的状态之中：时间被悬置了，自我被忘却了，由想象独自承担整个诗歌行为的重任。这种自我实现与分析性知识无关，尽管这种诗歌形式可能也有其自身的象征性内涵，这一内涵是由传统或诗人有意或无意地赋予的。在对诗歌内容的反思中，尽管尾联使得诗人脱离了自我沉醉的短暂时刻，幻想的世界依然是这种新的美典关注的对象。诗人会恋恋不舍地回首眷望，试图将心灵固着于理想的观念之上；忘记了现世的一切，期待着最终的回归。

如若初唐诗人满足于外物与内心无意间的偶然结合，王维则试图看到其结合象征了一种理想化的生存与感悟，盛唐晚期杜甫则以"宇宙视界"的构建，试图使这一结合成为一切自然的与历史的力量的交会点。杜甫是以六朝诗风开始其律诗写作的，并且完全吸收了初唐的美典观念，然而终生的穷苦劳顿以及对政治的关切，使他永远无法安心接受某些盛唐诗人的生活观。高氏以为："在具体的意象中投射出来的对生活的热忱奉献，以及后来的失意困顿，确是杜甫的力量所在——这在整个的中国抒情传统中是无人能匹敌的。"②他将杜甫后期诗歌中体现出的古今映照、时空交错的宽宏博大的意境称为"宇宙境界"。故此，高氏集中探讨了杜甫"七律"所表现出的宇宙观。

杜甫思考的对象是广义上的"历史"，包含三个层面，这三个层面对杜甫而言是不可分离的。第一个层面的历史是个人的，或者说自传性的，涉及对自己过去的反思和对未来的沉思。第二个层面的历史指的是当代历史或国家的历史，特别是755年安禄山叛乱后的一段动荡的历史，与

---

① 参见 Yu-kung Kao, "The Aesthetics of Regulated Verse", *The Vitality of the Lyric Voice: Shih Poetry from the Late Han to the T'ang*, p. 372.

② Yu-kung Kao, "The Aesthetics of Regulated Verse", *The Vitality of the Lyric Voice: Shih Poetry from the Late Han to the T'ang*, p. 384.

第一层互相交织。第三个层面的历史指的是文化传统的历史。但是历史传统与诗人是直接相关的，因为通过受教育和对传统文本的学习，诗人已经与过去建立了密切的联系。中国诗人总是将记忆和想象视为诗歌经验的基础。高氏指出，上述三方面的历史都已内化于诗人的记忆之中，这种记忆植根于人文传统与卷帙浩繁的古代文本之中。当代行为，不管是私人的还是公开的，只有通过历史的棱镜才能被理解。①

这样，在初唐诗人那里被用来表达个人情感的自然符号，在杜甫的美典里，（专有名词或其他符号形式）则被用来表达历史文化内涵。这些符号形式被视为一个复杂的符号系统的组成要素。高氏指出，很难想象任何其他方式也会有杜甫所建构的这一符号世界的深度与强度。这是一种指涉记忆和想象的符号语言，被编织进了特定的历史或个人行为之中，有时还涉及特定文本。换言之，"杜甫对抒情自我与宇宙大地——或者说更广阔的历史文化背景——之间的关系经常会做出客观的估量"②。此外，杜甫诗歌句法结构的不确定性也源自诗人对历史力量的理解：连续与混乱，冲力与阻力，或简言之，"连"（connection）与"断"（cutting）。当历史被引入诗歌，空间上的临近和分离就为时间上的连续和断裂所补足。过去与我们断开了，但是连续性可以使我们与过去的联络重新建立；诗人与国都远隔千山万水，但他可以在想象中与其重新相聚。

高友工说，过去批评家谈到杜甫晚期诗歌中这种历史层面时，常将其称为某种"宇宙"的化身，但高氏以为应视其为"宇宙境界"。高氏引宇文所安的观点说，杜甫对宇宙起源的使用创作不仅隐含一种与自然创造力的类比，而且指向一个超越具体形式的统一的诗歌特质。在此意义上，杜甫的确可以当之无愧地获得"具有宇宙境界的诗人"这一称号。

---

① 参见 Yu-kung Kao, "The Aesthetics of Regulated Verse", *The Vitality of the Lyric Voice: Shih Poetry from the Late Han to the T'ang*, pp. 379-380.

② Yu-kung Kao, "The Aesthetics of Regulated Verse", *The Vitality of the Lyric Voice: Shih Poetry from the Late Han to the T'ang*, p. 383.

(四)余宝琳论唐代诗歌选本

余宝琳在《诗歌的定位：早期中国文学中的选集与经典》(Poems in Their Place: Collections and Canons in Early Chinese Literature)一文中，对唐人选唐诗的三个选本所体现的文学思想进行了考察。这三个选本包括殷璠的《河岳英灵集》、芮挺章的《国秀集》和元结的《箧中集》。

对于殷璠的《河岳英灵集》，余氏认为这可能是唐代最早的完整选本并且一定是这一时期最重要的一本。通过对《河岳英灵集》序言的解读，余氏认为："殷璠的选集宣告了过去的文学理想与政治理想业已被成功地再次整合，并且与韵律的创新结合在了一起。"①在序言中，殷璠对前代人过分关注诗歌的韵律规则进行了批评。他说："夫文有神来、气来、情来，有雅体、野体、鄙体、俗体。编记者能审鉴诸体，委详所来，方可定其优劣，论其取舍。至如曹刘诗多直致，语少切对，或五字并侧，或十字俱平，而逸价终存。然挈瓶肤受之流，责古人不辨宫商，词句素质，耻相师范。于是攻乎异端，妄为穿凿，理则不足，言常有余，都无比兴，但贵轻艳。虽满箧笥，将何用之？"对此，余氏指出，殷璠不是在排斥对于韵律本身的兴趣，而是在批评对这套标准的不合时宜的运用。也如同萧统在《文选》中的做法，殷璠重新肯定在近世被忽视的古代价值的愿望也清楚地体现他在对梁代以来文学史的简要叙述中。

但是，《河岳英灵集》并未被文学衰退的氛围所包裹，这与政治的发展密切相关。"自萧氏以还，尤增矫饰。武德初，微波尚在。贞观，标格渐高。景云中，颇通远调。开元十五年后，声律风骨始备矣。"殷璠将这种"均衡的风格"归因于当时统治者的贤明，其"恶华好朴，去伪存真，使海内词人，翕然尊古"，最终"有周风雅，再阐今日"。余氏说，殷璠以一个被唐代其他选家所回应的叠句结束了讨论——入选诗人所体现的标准区别于同时代其他人的准则："璠今所集，颇异诸家，既闲新声，复晓古

---

① Pauline Yu, "Poems in Their Place: Collections and Canons in Early Chinese Literature", *Harvard Journal of Asiatic Stuaies*, Vol. 50, No. 1, 1990, p. 186.

体。文质半取，风骚两挟。"尽管殷璠声称他体现了一种对流行趣味的偏离，其选本恰恰体现了如今我们对那些趣味的现代感觉。解释殷璠成功的理由有很多，其中最重要的原因可能是"殷璠所宣称的价值和中国精英文化自身所长期保持的价值相一致"①。殷璠对平衡与完整的强调，以及对"文质"重要性的认识，让人联想到孔子在《论语》中的所说的"文质彬彬，然后君子"。殷璠尊重那些繁复韵律的精致写作技巧，但同时也崇尚一种早期诗歌所呈现出的个人道德与政治立场。

此外，余氏还注意到，在殷璠对每个诗人的作品前的评价性批注中，"新奇"是最常出现的赞扬性术语之一。这显示了"如果旧的或者陈腐的被界定为对于雕饰的过度强调，'新颖'与'正统'并非水火难容"②。余氏说，《河岳英灵集》是一个繁荣时代的产物。这一时代对即将来临的终结浑然不觉，相信既可尊重过去的遗产及其独立的价值，也能珍视它自己的创造。但是余氏发现，在殷璠之后的另两个选本情况并非如此。

芮挺章的《国秀集》的序言，开篇引陆机《文赋》中对于"诗"的著名定义，并加以评价，接着援引孔子编纂经典的活动，并将同样的对美学与音乐的兴趣归因于孔子："昔陆平原之论文曰：'诗缘情而奇靡'。是彩色相宜，烟霞交映，风流婉丽之谓也。仲尼定礼乐，正雅颂。采古诗三千余什，得三百五篇，皆舞而蹈之，弦而歌之，亦仅取其顺泽者也。"紧接着，序言表现出对流行趣味的不满："风雅之后，数千载间，词人才子，礼乐大坏。讽者溺于所誉，志者乖其所之。务以声折为宏壮，势奔为清逸。比蒿视者之目，聒听者之耳，可为长太息也。"余氏指出："这一声'长叹'将被证明是许多唐代选家的典型姿态———种对于流行趣味或真或假的愤怒。"③有基于此，余氏论述了元结的《箧中集》所体现出的孤注

---

① Pauline Yu, "Poems in Their Place: Collections and Canons in Early Chinese Literature", *Harvard Journal of Asiatic Stuaies*, Vol. 50, No. 1, 1990, p. 189.

② Pauline Yu, "Poems in Their Place: Collections and Canons in Early Chinese Literature", *Harvard Journal of Asiatic Stuaies*, Vol. 50, No. 1, 1990, p. 190.

③ Pauling Yu, "Poems in Their Place: Collections and Canons in Early Chinese Literature", *Harvard Journal of Asiatic Stuaies*, Vol. 50, No. 1, 1990, p. 192.

一掷的文化救赎理想。

《箧中集》编于760年,"这一时间紧随安禄山之乱,恰能得出文化正走向颓废这一结论"①。像所有前辈那样,元结也强调《诗经》的价值,但是他不仅想证明自己选集的正确性,而且还希望以此来斥责流行趣味。例如:"元结作《箧中集》,或问曰:'公所集之诗,何以订之?'对曰:'风雅不兴,几及千载。溺于时者,世人无哉?呜呼!有名位不显,年寿不将,独无知音,不见称显,死而已矣,谁云无之?近世作者,更相沿袭,拘限声病,喜尚形似;且以流易为辞,不知丧于雅正,然哉?彼则指咏时物,会谐丝竹,与歌儿舞女,生污惑之声于私室可矣。'"对此,余氏分析说:"尽管他们哀伤于文学的没落或者批评流行的趣味,殷璠和芮挺章尚发现了一些'灼然可尚者',而元结却在挖掘那些失意的与无名的文士。他们的被埋没恰恰表明了当下时代的道德颓废。"②

综上,余氏总结说,唐代选本呈现出目标的明确性与标准的丰富性,这表明了"一个思想与文化多元主义的时代对批评趣味多样性的包容"③。

---

① Pauling Yu, "Poems in Their Place: Collections and Canons in Early Chinese Literature", *Harvard Journal of Asiatic Stuaies*, Vol. 50, No. 1, 1990, p. 192.

② Pauling Yu, "poems in Their Place: Collections and Canons in Early Chinese Literature", *Harvard Journal of Asiatic Stuaies*, Vol. 50, No. 1, 1990, p. 193.

③ Pauling Yu, "Poems in Their Place: Collections and Canons in Early Chinese Literature", *Harvard Journal of Asiatic Stuaies*, Vol. 50, No. 1, 1990, p. 194.

第七章　英美汉学界的两宋词论研究

一、"词论"研究的类型

英美汉学界对"词"的研究主要集中在北美，并且兴起于20世纪70年代。这一点，有孙康宜的表述为证："词学在北美可谓新兴学门，从发轫迄今(指1990年：编者注)才二十余年。1960年以前虽有少数学者注意到词学，但最多仅及于词谱及音律的介绍而已……70年代一登场，词学研究正式在北美翻开历史新页，在词家的具体评介与作品的具体赏析方面尤见新猷。"[①]其中，尤值一提的是刘若愚出版于1974年的《北宋主要抒情词人》(*Major Lyricists of the Northern Sung*：A. D. 969-1123)[②]。该书对北宋六大词家，如欧阳修、柳永、苏轼等词作的艺术特色与语言特点等进行了细致分析，对美国的词学研究之创始可谓有筚路蓝缕之功。但总起来看，他的目的是向西方普通读者介绍中国的诗词艺术，因此偏重于普及与鉴赏，其《词的文学性》(Literary Qualities of the Lyrics[tz'u])及其他与词学相关的论述也大体不出此路数。

一般而言，美国汉学界对文学史研究的重视普遍要超过对批评史的

---

① [美]孙康宜：《词与文类研究》，161～162页。
② James J. Y Liu, *Major Lyricists of the Northern Sung*：A. D. 969-1123, Princeton University Press, 1974.

研究，即对批评与理论的重视程度是远为不足的，这与美国汉学的基本构成情况有关，在词学研究上亦然。相比之下，对两宋词论的研究不仅在时间上要晚出，而且数量上也明显见少。然而两宋的词论既对中国的词学及词的创作起到相当大的推动作用，又对汉学家如何理解中国的词作有指导性的作用，同时也会影响到对词学思潮及个别词人的评价等。若对其缺乏了解，我们也将无法对词学史上所发生的一些现象进行恰当的解释。故此，词论研究必然也会成为北美汉学界关注的课题，并需要对词的基本情况做较为系统的梳理。

北美汉学界词论研究的呈示状况，大体有两种。一是在著作中设专章进行研究，虽然较少，也不可谓之无，如艾朗诺所著《美的焦虑：北宋士大夫的审美思想与追求》(The Problem of Beauty: Aesthetic Thought and Pursues in Northern Song Dynasty China)[1]。二是多穿插混合于一般的词作研究中。此种情况比较复杂，需要在有所甄别的前提下加以"抽取"或"析出"。纵览此种研究，大致可分为四种侧重点不同的类型。第一种类型是以加拿大华裔学者叶嘉莹为代表的"既重感性之欣赏，又重理性之解说"[2]的研究。叶教授是北美词学研究领域中最具代表性的学者之一，她的著作促使许多学者对"词"进行重新的审视和思考。叶先生既熟悉西方文学理论，又对中国传统文学造诣颇深，因此能融会贯通，许多见解让人耳目一新。但是叶先生所研究的对象主要是"词"本身而不是"词学理论"，尽管也不可避免地会涉及词论。她在理论和方法上"以西化中"，往往站在西方比较新鲜的理论角度上对词进行解析，尤其是她对吴文英、晏殊等词人以现代视角进行的分析，使人们重新燃起对这些词人的研究热情。这是以现代的批评视角对词作进行分析研究的典型。

第二种类型以孙康宜教授为代表，更侧重于从文学史角度出发的文

---

[1] Ronald Egan, *The Problem of Beauty: Aesthetic Thought and Pursues in Northern Song Dynasty China*, Harvard University Press, 2006.

[2] [美]孙康宜:《词与文类研究》, 162 页。

体学研究。在《词与文类研究》(The Evolution of Chinese Tz'u Poetry: From Late T'ang to Northern Sung)的前言中,她说:"本书的观念架构以诗体的发展为主。文学史上的各个阶段都有其形式和风格,可充分反映出时代的特殊品味。因此,对于文学史各期主要诗体的研究,便是我们认识该时代文学走势不可或缺的一环……职是之故,本书所标举的文体研究(genre study)系建立在两个基设之上:其一,诗体的演进乃时代新美学与文化观的反应;其二,诗体的根本意义植基于其恒动的演化史上。"①因此,孙教授的研究作为一种"文体研究"在许多地方确实关联到了中国古代的文学思想,比如她在对词的形成过程进行考察时,对张炎等人的词论著作亦有论述。例如,她讨论张炎"词之难于令曲,如诗之难于绝句"的看法,分析曰:"就小令的填法而言,张炎的说辞非常精辟,传统词话家无不奉为圭臬。宋沈义父迄清李渔等词话家一致主张,小令的创作重言外微旨,即使清末民初的学词者,也抱持类似观点。"②值得注意的是,她对词论的分析往往穿插于行文之中。

第三种类型即结合词的创作实践所做的词性研究。例如,余宝琳主编的论文集《宋代抒情词的表述》(Voices of the Song Lyric in China)③所收入的一些文章,如林顺夫的论文《词作为一种独立文学类别的形成》(The Formation of a Distinct Generic Identity for Tz'u),在探索一些对词的形成过程具有关键意义的历史文化背景之后指出,在宋初,词不同于诗的独特审美特征就已经显现,即所谓的"诗言志,词言情"。到苏轼的时代,词的地位逐渐建立,东坡以词言志,后人对他亦有所批评。④ 这类研究中尤其值得一提的是田安(Anna M. Shields)对《花间集》的研究。这类以某种作品

---

① [美]孙康宜:《词与文类研究》,"前言",1页。孙康宜英文原著所使用的是"generic development",译者译为"诗体发展",显然是把"词"看作"诗体"的一种。但因为在中国的文学传统中,诗与词的分界线非常明显,所以笔者认为这里最好还是把"genre"翻译成"文学类别"或"文类"为好,这样不至于混淆"诗"与"词"的概念。

② [美]孙康宜:《词与文类研究》,22～23 页。

③ Pauline Yu, *Voices of the Song Lyric in China*, University of California Press, 1994.

④ 参见 Shuen-fu Lin, "The Formation of a Distinct Generic Identity for Tz'u", Yu Pauline(ed.), *Voices of the Song Lyric in China*, pp. 17-25.

集为研究对象的著作在海外汉学研究中并不多见，但往往会显示出对某一时期思想状态的更为详尽的解析，如对蜀地文风所进行的探讨。书中也讨论了欧阳炯那篇著名的序言，试图借此把握"词"的表现特征。

第四种研究类型是对某个词人的研究，如方秀洁《吴文英与南宋词》(*Wu Wenying and the Art of Southern Song Ci Peotry*)①、林顺夫《中国抒情传统的转变：姜夔与南宋词》(*The Transformation of the Chinese Lyrical Tradition: Chiang K'uei and southern Sung Tz'u poetry*)②等。从大的概念上来说，这属于文学史的研究，但是这些作者的研究也涉及时人和后人对这些词人的评价问题及相关的诗学问题。其他还有一些人物传记式的研究，如刘子健(James T. C. Liu)所著《欧阳修：11世纪的新儒家》(*Ou-yang Hsiu: An Eleventh-Century Neo-Confucianist*)③、傅君劢(Michael A. Fuller)《东坡之路：苏轼诗歌中"诗人之声"的发展》(*The Road to East Slope: The Development of Su Shi's Poetic Voice*)④等，也偶涉词论。

二、对几部词学著述的研究

尽管散见于各种著述中的论述，也属北美词论研究的组成部分，但北美汉学家对词论的研究则主要集中于那些为词集所写的序言及某些专门的词论著作中，故此更应将后者作为我们关注的重心。下文即分两部分加以分述，一是汉学家对《花间集序》的研究及由此涉及的词学思想，二是汉学家对两宋其他词论著作的研究。

---

① Grace S. Fong, *Wu Wenying and the Art of Southern Song Ci Poetry*, Princeton University Press, 1987.

② Shuen-fu Lin, *The Transformation of the Chinese Lyrical Tradition: Chiang K'uei and Southern Sung Tz'u Poetry*, Princeton University, 1978.

③ James T. C. Liu, *Ou-yang Hsiu: An Eleventh-Century Neo-Confucianist*, Stanford University Press, 1977.

④ Michael A. Fuller, *The Road to East Slope: The Development of Su Shi's Poetic Voice*, Stanford University Press, 1990.

(一)《花间集序》研究

孙康宜教授指出,《花间集序》"明陈'词'的定义,视之为独立的文学文体,从而又加深该书的意义。《序》所论,实为词学滥觞"①。因此,作为目前所见到的第一本词集《花间集》与作为"词学滥觞"的《花间集序》,其于文学史和文论史上的重要价值都会受到学者的高度关注。田安所著《〈花间集〉的文化背景与诗学实践》②,从《花间集》成书时的文化背景介绍到对重要词人词作的分析,都很详细,并且显然也受到某些当代流行的文学研究模式的影响。田安强调,词的产生有其特定的背景,包括了蜀地独特的地域文化、宫廷文化、唐代的浪漫文化,及更为具体的音乐与歌谣等样式。这些对词的风格、内容和修辞、叙事等都产生了重大影响,而"花间词"就是在这个土壤里生长出来的产品。与之相关,《花间集》集中体现的词学思想也应结合这一背景才能得以理解,二者是不可分割的。

田安以"从模仿到创新"为题,在第四章中对欧阳炯的《花间集序》做了分析。田安认为:"像原来的那些文学理论家一样,欧阳氏也把艺术当作对自然的模仿。"③但其在序中又云:"镂玉雕琼,拟化工而迥巧;裁花剪叶,夺春艳而争鲜。"其中,"巧"(artifice)与"工"(craft)指的是艺术匠心的运用。因此欧阳炯的观点又与以往不同,认为人工所为的艺术可以媲美("夺")自然。作者认为,欧阳炯的序言"虽然是对'词'进行辩护的重要文献,但却无意把词确定为一种独立的文类,他的目的是要通过该词集,把他所在的宫廷描述成一个纯粹的文学场所,同时也试图保护词的地位,认为这些词作是蜀地审美精华的代表"④。欧阳炯所强调的是文学

---

① [美]孙康宜:《词与文类研究》,13页。
② Anna M. Shields, *Crafting a Collection: The Cultural Contexts and Poetic Practice of the Huajian ji*, Harvard University, 2006.
③ Anna M. Shields, *Crafting a Collection: The Cultural Contexts and Poetic Practice of the Huajian ji*, p. 161.
④ Anna M. Shields, *Crafting a Collection: The Cultural Contexts and Poetic Practice of the Huajian ji*, p. 149.

第七章　英美汉学界的两宋词论研究　　　　　　　　　　　　　　　　　　269

作品的娱乐功能，这与其他一些选集的目的不同：别的选家认为诗歌的价值在于揭示诗人对国家的道德性责任，而欧阳炯则试图把价值置入诗人自身：他们自身的高雅与才华表现在其作品之中，从而再现了他们那个"有教养的社会"①。田安说，正因如此，欧阳炯才在序言的开篇就指出，艺术高于自然。

这是前所未有的文学观点。《才调集》和《玉台新咏》只是强调文学的力量可以和自然界争（contending）、斗（vying），甚至文学之美可以超出自然之美，但是像欧阳炯这样认为人工高于自然的看法的确是让人吃惊的。② 欧阳炯在对词史的叙述中，将视线主要集中在出身高贵的那些词人身上，对这些人物所做的辩护也是很明显的：词本来就是一种文学精英的作品，然而却被那些不好的风气败坏掉了。田安认为，在序言的最后，欧阳炯为艺术做了更大胆的辩护："何止言之不文，所谓秀而不实。"田安认为，欧阳炯此处对孔子的引用是聪明的、具有欺骗性的。孔子的"言之无文，行而不远"是强调"志"的重要性，在传达志的过程中需要"文"（田安译为"elegance"）；没有文，一个人的言论就不能流传久远，或者会流于"无用"。然而在"秀而不实"的解释中，欧阳炯改变了其原来的意思。在儒家的话语中，"秀而不实"是说，过于修饰的"文"是没有意义的，甚至是错误的；而欧阳炯的意思却是说，"人工胜过天然，在诗歌创作中的雕饰是为美而美"③，由此而将"文"本身看成目的。④

然而，田安的判断似乎存在某种误解。孙康宜教授认为，欧阳炯的这两句话是批评通俗词的。对他而言，通俗曲词虽可称"金玉其外"，实则"秀而不实"，"言之不文"。孙先生因此认为《花间集》的编成，目

---

①　Anna M. Shields, *Crafting a Collection: The Cultural Contexts and Poetic Practice of the Huajian ji*, p. 154.

②　参见 Anna M. Shields, *Crafting a Collection: The Cultural Contexts and Poetic Practice of the Huajian ji*, p. 154.

③　Anna M. Shields, *Crafting a Collection: The Cultural Contexts and Poetic Practice of the Huajian ji*, p. 155.

④　参见 Anna M. Shields, *Crafting a Collection: The Cultural Contexts and Poetic Practice of the Huajian ji*, p. 154.

的是在为"'南国婵娟'提供一套具有高度文学价值的唱词"①。笔者亦认为序言说的"自南朝之宫体，扇北里之娼风。何止言之不文，所谓秀而不实"，显然包含批评之意，很难由此推断欧阳炯的意思是在强调人工胜过天然。

余宝琳教授的论文《宋词与经典》(Song Lyrics and the Cannon：A look at Anthologies of Tz'u)②亦对《花间集序》进行了研究。这篇文章以经典的形成为视角对词选集进行了考察，指出了选集在词类形成过程中所发挥的作用，同时也探讨了经典形成过程中的一些制约因素。关于《花间集序》，余氏认为欧阳炯把词放到从周穆王与西王母的传说开始、经由乐府传统直到李白的抒情诗歌传统之内，使其具有更长的历史背景。欧阳炯把词与乐府联系起来，一方面是因为二者都和音乐相关，另一方面则是想为词争取像乐府诗那样的官方地位。③余教授认为，欧阳炯虽然为词作为一种文学类别进行了辩护，却无意于使其成为"经典"。她追溯了中国文学批评史中的一些重要概念，认为"文""笔"之分到六朝时已经成为"诗""文"之分，既然"诗言志""文载道"，那么，词所能表现的空间就没有多少了。余宝琳的结论是，就像其他边缘化的文体一样，词有可能会获得自由，但是却也更易于受到破坏和攻击。这在后来各种《花间集》版本的序跋中可以看出。例如，陆游对词持有怀疑态度，虽然他自己是一个出色的词人④。本文还讨论了其他一些重要词集，如《尊前集》、杨绘的《本事曲》等。

余宝琳认为，总的来看，宋之前的诗人对词这一文体态度不一，但却采取了不同的策略为其辩护。第一种策略是把词放到"雅正"的传统中，

---

① ［美］孙康宜：《词与文类研究》，13页。
② Pauline Yu, "Song Lyrics and the Canon", *Voices of the Song Lyric in China*, Berkeley, University, of California Press, 1994.
③ 参见 Pauline Yu, "Song Lyrics and the Canon", *Voices of the Song Lyric in China*, p. 74.
④ 参见 Pauline Yu, "Song Lyrics and the Canon", *Voices of the Song Lyric in China*, pp. 77-78.

第二种策略是把词看作表达个人感情的工具。不同的策略也对不同词派的产生起到了很大作用，比如张炎以"雅正"为标准，论词重婉约而轻豪放，由此而对婉约派的发展产生了影响。关于当时的"雅俗"之争，艾朗诺亦有所论述。在对此问题的历史进行回溯之后，艾朗诺指出，当时苏轼并没有像其同时代人一样执着于"雅俗"问题。苏轼认为二者之间也没有明确的分界线，进而试图把"雅"与"俗"结合在一起。在对柳永的评述中，苏轼表达了对当时词的创作的不满，并对词的"不壮"甚感不快（"壮"即"男子化"）。由此为出发点，苏轼对李煜女性化的词作也颇有批评。①

著名汉学家艾朗诺的著作《美的焦虑：北宋士大夫的审美思想与追求》，对《花间集序》进行了全文翻译。他也认为欧阳炯的序言是"对人工之美的称颂，认为人工艺术之美足以使任何自然之美黯然失色"②。艾朗诺指出这一观点的重要性在于，中国传统美学一直认为自然高于人工，而欧阳炯这种说法是为了证明其选集的价值。他说，欧阳炯在序言中追溯词的发展历史是想阐明"词"是古"乐府"的时下对应文体，但他的这种说法忽视了"乐府"诗和"词"在题材内容上的重大差异：前者内容广泛，而后者则几乎全为传情。③ 他认为，从历史传承上来看，《花间集序》在很多方面也承接了徐陵为《玉台新咏》所写序言的影响。《玉台新咏》也是收集宫廷诗，题材上也多为闺怨。但这两部集子还是有所不同，首先一点是《玉台新咏》所选作品大多不是可以和乐而唱的"词"，因此也没有被指责为"郑声"。艾朗诺说，从《花间集序》中也能看到词在早期发展阶段中所存在的一些局限。④ 欧阳炯的序发表后的几十年间，除了陈世修等少数例外，与词相关的批评思想寥寥无几。"这种沉默也可以说明，欧阳

---

① 参见 Ronald Egan, *The Problem of Beauty：Aesthetic Thought and Pursuits in Northern Song Dynasty China*，pp. 212-213.

② Ronald Egan, *The Problem of Beauty：Aesthetic Thought and Pursuits in Northern Song Dynasty China*，p. 254.

③ 参见 Ronald Egan, *The Problem of Beauty：Aesthetic Thought and Pursuits in Northern Song Dynasty China*，p. 257.

④ 参见 Ronald Egan, *The Problem of Beauty：Aesthetic Thought and Pursuits in Northern Song Dynasty China*，p. 258.

炯的努力没有得到回响。"①

(二)《词源》与《乐府指迷》及其他著述

关于宋代的词论，蔡嵩云尝曰："两宋词学，盛极一时，其间作者如林，而论词之书，实不多见；可目为词学专著者，王灼《碧鸡漫志》、张炎《词源》、沈义父《乐府指迷》、陆辅之《词旨》而已……《漫志》追溯调源，敷陈流派，亦未仍作法。《词旨》广搜属对警句，而词说则甚简略，且不出《词源》范围。于词之各方面均有翔实记载者，莫如《词源》一书……《指迷》虽只二十八则，而论及词之各方面，其重要与《词源》同。"②可见宋代虽然词作丰富，但真正意义上的词论专著却不多见。如蔡氏所言，可为两宋词学代表者，首推《词源》与《乐府指迷》。两书蕴含的文学思想也引起了一些汉学家的关注。

首先值得一提的是方秀洁在《吴文英与南宋词》中对张炎《词源》、沈义父《乐府指迷》及清代周济所著《介存斋论词杂著》等的研究。孙康宜在《北美二十年来的词学研究》一文中指出："就词学研究而言，方教授的贡献在奠定梦窗词'间接表现法'（poetics of indirection）的艺术性。她一面指出张炎《词源》所谓'七宝楼台……不成片段'的理论讹舛，一面又肯定了沈义父《乐府指迷》摆脱传统偏见的卓识。总之，方教授功在文学批评与欣赏。"③

方秀洁认为《词源》与《乐府指迷》既有相似的理论基础，又有不同之处。"前者强调和阐发了后者的某些概念和特色，而实际上却持一种与吴文英的词风和沈义父的诗学相反的主张。"④沈义父开明宗义地提出了词作四标准："盖音律欲其协，不协则成长短之句；下字欲其雅，不雅则近

---

① Ronald Egan, *The Problem of Beauty: Aesthetic Thought and Pursuits in Northern Song Dynasty China*, p. 258.
② （南宋）张炎、沈义父：《词源注·乐府指迷笺释》，39 页，北京，人民文学出版社，1981。以下所引与此二种著作内容相关的翻译，均以本书为准，不再一一注出。
③ ［美］孙康宜：《词与文类研究》，167 页。
④ Grace S. Fong, *Wu Wenying and the Art of Southern Song Ci Poetry*, pp. 44-45.

乎缠令之体。用字不可太露，露则直突而无深长之味；发意不可太高，高则狂怪而失柔婉之意。"①方秀洁认为，第四条可归于第二条之下，因为二者都与语言和表达方式相关。"不露"虽然以诗歌如何使用开始，关注的却是再现时所使用的语言的理想方式或方法。而第一个标准讲的是音律，中国音乐的传统实与诗词的传统有一脉相承的关系。② 在具体讨论词的传统时，方秀洁认为，"雅"才是南宋词学的核心内容，而"雅"与"乐"又密切相关，即所谓的"正声""雅乐"。③

她认为，沈氏"雅"的标准首先体现在他对所评的七位词人的用语上。"康伯可、柳耆卿音律甚协，句法亦多有好处。然未免有鄙俗语。""施梅川音律有源流，故其声无舛误。读唐诗多，故语雅澹。间有些俗气，盖亦渐染教坊之习故也。亦有起句不紧切处。""孙花翁有好词，亦善运意，但雅正中忽有一两句市井句，可惜。"清真词则："凡作词以清真为主。盖清真最为知音，且无一点市井气。"④很显然，沈氏是用雅的对立面，即"俗"来对雅进行定义的，雅即不俗，因此避免口语和粗俗的陈词滥调便是"雅"的基础。方秀洁认为，在《词源》和《乐府指迷》中，两位作者都认为"雅"来自对前人诗句的熟练整合，尤其是对唐人诗句的模仿和学习。沈义父所言可为之证："要求字面，常看温飞卿、李长吉、李商隐及唐人诸家诗句中字面好而不俗者，采摘用之。即如《花间集》小词，亦多有好句。"因此，"雅"是根植于文学传统中的。⑤

中国古典文学"向后看"的传统——即以旧有传统为基础，并回应、改变该传统，是一种习见的现象。雅的传统不仅仅限于辞藻，还包括音乐与情感的表达。对音乐之雅，沈义父说："吾辈只当以古雅为主，如有嘌唱之腔，必不可作。"⑥张炎则强调"雅"与"情"的关系："词欲雅而正，

---

① Grace S. Fong, *Wu Wenying and the Art of Southern Song Ci Poetry*, p. 45.
② 参见 Grace S. Fong, *Wu Wenying and the Art of Southern Song Ci Poetry*, p. 46.
③ Grace S. Fong, *Wu Wenying and the Art of Southern Song Ci Poetry*, p. 48.
④ Grace S. Fong, *Wu Wenying and the Art of Southern Song Ci Poetry*, p. 50.
⑤ 参见 Grace S. Fong, *Wu Wenying and the Art of Southern Song Ci Poetry*, p. 50.
⑥ Grace S. Fong, *Wu Wenying and the Art of Southern Song Ci Poetry*, p. 51.

志之所之，一为情所设，则失雅正之音。"① 例如，"为伊落泪""最苦梦魂，今宵不到伊行"等，就有失雅正，太过直露，正犯了沈义父所谓"用字不可太露"的忌讳。按照这个标准，"豪放词"自然就不会入他们的法眼。词"雅"就意味着这些词人和批评家可用"不直露"为标准来把握词的审美特征。"露"因此可被视为沈氏诗学的核心概念，贯穿在他对诗作的期待视野之中，如"结句须要放开，含有不尽之意，以景结情最好"。方秀洁认为，这说明最好用某种可以表露或暗示"情"的意象代替坦白的陈述，才能"含不尽之意"。

方秀洁同时指出，张炎所使用的一些概念，如"清空"、与之相对的"质实"和沈义父的主张相悖。张炎云："词要清空，不要质实。清空则古雅峭拔，质实则凝涩晦昧。姜白石词如野云孤飞，去留无痕，吴梦窗词如七宝楼台，眩人眼目，碎拆下来，不成片段。此清空质实之说。"作者认为，"清空"与"实字"相对，而"质实"则与"实字"相联。尽管南宋尚无这些专业术语，但所表达的却是这个意思。作者把这个问题引申到语言学上的问题，进而论述了其"领字"的概念。② 领字的功能即在于把表达和想象性语言结合起来，创造出过渡的意义，并且使词在上下文之间流畅连贯而不至生涩呆滞。对虚字和领字的运用成了《词源》和《乐府指迷》所归纳的结构性工具。

《词源》云："词与诗不同，词之句语有二字三字四字至六字七八字者，若堆叠实字，读且不通，况付之雪儿乎？合用虚字呼唤，单字如'正''甚''任'之类，两字如'莫是''还又''那堪'之类，三字如'更能消''最无端''又却是'之类，此等虚字，却要用之得其所，若能尽用虚字，句语自活，必不质实，观者无掩卷之诮。"方秀洁认为，张炎此段议论是对虚字和领字的总体议论。领字是指示性的连词，把不同的意象、思想和感情联系起来，并使它们的不同方面变得更容易为读者所感知，从而提高词的流畅性和连续性。而梦窗词则不依靠虚词，因此有"质

---

① Grace S. Fong, *Wu Wenying and the Art of Southern Song Ci Poetry*, p. 52.
② 参见 Grace S. Fong, *Wu Wenying and the Art of Southern Song Ci Poetry*, p. 55.

实"之弊。张炎的观点对后世影响很大,首先,他认为吴文英词作具有辞藻质实、表面优雅等明显特征。其次,他对这些特征进行了否定性的评价。后世评家对吴文英词的态度大多是对张炎观点的反响,或赞同或反对。①

与方秀洁类似,在对词人的研究中讨论《词源》与《乐府指迷》的词论思想的,还有林顺夫所著的《中国抒情传统的转变:姜夔与南宋词》。此为林顺夫1972年完成的博士论文,后经扩充修订成书,讨论的是姜夔词作及其对后人的影响。总体来看,这是一本用西方文学观念对中国词学史进行研究的著作。例如,在分析姜词序的时候,林顺夫说:"如果说序在结构上主要是起参照与反观的作用,那么词则是抒情的,表现作者的直觉。"②后面,他又援引新批评某些理论家的"意图谬误"与弗莱的"复现节奏"等术语,对序和词的内容进行分析。即便谈到"诗言志"这样的术语,他采用的也是西方的表述方法:"所谓'诗言志',强调的是将诗人转瞬即逝的内心体验完整地表现出来。由于重视内心体验,形式结构也呈现出多样统一的形态。律诗和绝句这两种形式在内涵上都要求言外之意,表达一个各种特征相并列同时又'完满自足'的理想世界。"③

但他有时也援引中国文学思想对西方术语进行参照。例如,他讨论姜词中"功能词(虚词)"的时候,认为古代汉语中把词分为虚实二类,这种划分与"功能词"和"实义词"两大类相对应,并认为在《词源》中已经讨论了虚词在创作中的重要性。④ 对于张炎的"清空""质实"之说,林顺夫认为,"清空"指的就是优美流畅的脉络,"质实"则指丽密断续、令人眼目眩乱的感觉。"在张炎心目中,用实义词来填词就会导致琐细与零碎。功能词一般不涉及意象的内涵,有助于作品产生环环相续、灵活流动的

---

① 参见 Grace S. Fong, *Wu Wenying and the Art of Southern Song Ci Poetry*, pp.56-60.
② [美]林顺夫:《中国抒情传统的转变:姜夔与南宋词》,55页,上海,上海古籍出版社,2005。
③ [美]林顺夫:《中国抒情传统的转变:姜夔与南宋词》,70页。
④ 参见[美]林顺夫:《中国抒情传统的转变:姜夔与南宋词》,96页。

节奏。"①他认为，虚词的作用是增强慢词节奏的变化性和灵动感。张炎认为《暗香》一词是白石词中最具"清空"之美的作品之一，原因就在于该词对虚字的使用得当，功能词在词中具有"领字句"的转折作用。②

这部论著之外，林顺夫还有一篇论文《姜夔论诗与书法》(Chiang K'uei's Treatises on Poetry and Calligraphy)③收录在《中国艺术理论》一书中。这篇文章虽然讲的是"诗学"，但姜夔作为著名词人，也确乎关系词学的某些方面，如词的创作。林顺夫指出，在姜夔的诗歌批评中，有两个看似并不相容的观点，即创作过程中的自发、自然状态与诗人的自我修养和学习之间存在的矛盾。林顺夫认为，这种不协调只是表面现象，因为前者是要达到的理想境界，后者则是达到这一境界而需要的学习过程。④ 因此，创作时的自发性可看作姜夔诗学（同时也是词学）的核心思想。

除了上面对两部词论著作的讨论之外，也有一些汉学家对一些序跋及专门性论文中所包含的词论思想进行了研究。例如，艾朗诺在《美的焦虑：北宋士大夫的审美思想与追求》中认为，词的地位到了苏东坡的时代确实发生了一些变化，可参见黄庭坚对苏轼《卜算子·黄州定惠院寓居作》的评论。黄庭坚用杜甫"读书破万卷，下笔如有神"之语称赞苏轼，用对待"诗"的严肃标准对待"词"，认为苏词体现了"男性的声音"，与原来的女性化倾向相反。但艾朗诺说，其"豪放"和"婉约"之间的区分并非那么明显，王世贞早已注意到这一问题。他接着讨论了几篇重要的批评文章，包括张耒的《贺方回乐府序》、李之仪的《跋吴思道小词》、李清照的《词论》、黄庭坚的《小山集序》及晏几道的《小山词自序》，以说明词论在北宋所发生的变化。

---

① ［美］林顺夫：《中国抒情传统的转变：姜夔与南宋词》，96页。
② 参见［美］林顺夫：《中国抒情传统的转变：姜夔与南宋词》，98页。
③ Shuen-fu Lin, "Chiang K'uei's Treatises on Poetry and Calligraphy", Susan Bush and Christian Murck (eds.), *Theories of the Arts in China*, Princeton University Press, 1983.
④ 参见 Shuen-fu Lin, "Chiang K'uei's Treatises on Poetry and Calligraphy", *Theories of the Arts in China*, p. 294.

艾朗诺认为，李之仪和李清照的两篇评论把词的批评推向了自觉批评的新高度，两位作者都把词看作逐渐发展的过程。李之仪的重点是讨论词作的困难，认为填词是富有挑战性的文学创作，并洞察到词中最重要的因素是"情"与"意"之间的关系。而李清照则强调词的独特地位，指出其与"诗"并不相同，是值得付出努力的一种创作。同样，黄庭坚的《小山集序》也被看作"词评中的里程碑"①。黄氏此序与《花间集序》都强调文本和词本身所表现出来的感观氛围及其所带来的吸引力，但二者背景不同。欧阳炯认为《花间集》是上流社会的文集，甚至是宫廷文化，其辞华丽；而黄庭坚所处的背景则不那么精英主义，因此对小山词中的通俗词作也不那么排斥。② 晏几道的《小山词自序》主要是以自己的词作内容为对象，艾朗诺对它的讨论也与词学思想关涉不大，故略而不论。

---

① Ronald Egan, *The Problem of Beauty: Aesthetic Thought and Pursuits in Northern Song Dynasty China*, p.316.

② 参见 Ronald Egan, *The Problem of Beauty: Aesthetic Thought and Pursuits in Northern Song Dynasty China*, p.320.

第八章　英美汉学界的两宋文论研究

唐代诗歌艺术达到巅峰，古文运动卓有成效，唐传奇也作为叙事文学的一个分支悄然流行——这些都是唐代文学伟大成就的直接证明。但唐代的文学理论本身并不发达，著述寥寥无几，与随之而来的宋代文学思想的繁荣景象形成了有趣的对比。究其原因，盖与宋代"新儒学"的兴起及思想的"内转"有密切的关系，也与科举制度、印刷业的发展等相关。英美汉学界的研究也大抵围绕"古文运动"展开，并以"道"或"理"与"文"的关系作为理解宋代文学思想的核心概念。同时，学者也对宋代诸多文学家和批评家的思想进行了较为深入的研究，比如欧阳修作为北宋文坛的领袖人物、苏轼作为最著名的文学批评家、黄庭坚作为对后世影响甚大的诗人与诗论家，均受到英语国家汉学界的重视，虽然也出现了对梅尧臣等人文学思想的研究，但毕竟投入有限。其中，苏轼是西方学者最感兴趣也最熟知的文学家、文学批评家，对他的研究不仅数量可观，质量亦可称道，一些学者也因苏轼研究而在汉学界驰名。

一、《斯文》：对宋代文学思想的研究

包弼德《斯文：唐宋思想的转型》(*This Culture of Ours*: *Intellectual Transitions in T'ang and Sung China*)①一书专为"思想"转型而作，但如

---

① Peter K. Bol，*This Culture of Ours*: *Intellectual Transitions in T'ang and Sung China*，Stanford University Press，1994.

上已述，作者认为文学思想是很难从这一研究中单独剥离出来的。事实表明，中国古代的"文学"与"思想"之间一直存在难以分割的张力关系。①鉴于本书有关唐代文学思想的研究已在前有所交代，下文主要介述其有关宋代古文运动的论述。

（一）复古运动在宋初的启动

与唐代复古文士的看法一致，宋初的文坛领袖范仲淹也突出强调了价值观的优先地位，认为"学道先于学文"。但对"道"之理解，复古派人物又各执其见。例如，范仲淹所理解的圣人之道是与社会政治相关联的，即古人之道易行是因为圣人只关心有益于社会之事，坚持要求人们按照在圣人眼中人类存在的实际状况来思考价值之所在。对石介与孙复而言，圣人之道是关于普遍的伦理标准的学说。章望之认为真正的道德秩序必须建立在内心和伦理之上。胡瑗鼓励学生在自己的学习和国家政治及私人生活之间寻找结合点。而欧阳修则否认人是道德自足的，尤其在其思想的成熟阶段，他提出了"普遍"只有针对"具体"才能存在，以故不应该放弃变化至今的传统来认识古人。进而言之，欧阳修甚至认为"'复古'和'圣人之道'不过是一些空洞的口号"②。这些不同的表述，使得宋代古文运动呈现出更为多样的面貌。

对于宋代古文运动的繁兴，包弼德也从对文官和科举制度的改造上来加以理解。在包氏看来，直至1071年，进士科考试一直是以文学技巧的高低作为选择标准的，因此宋初学者的造诣多偏向于文学而非经学，但也出现了一些变化。总起来看，在北宋的最初数十年，"'文'是政治与'学'两个领域共有的价值，这奠定了北宋思想史的开端。而朝廷学术那

---

① 包弼德书中明确用了"文学作为思想"这一标题，以说明文学在思想史中的重要性。他认为，那些士大夫通过文学写作提出他们的观念，因"文"而名，尽管有时难以被看作标准的思想家，但在文学史和思想史之间实际上存在一定的张力。而"古文运动"远远超出了"文学"的范畴，成为一场思想运动，由此可以将文学转变视作一种公共价值观念的转变。参见［美］包弼德：《斯文：唐宋思想的转型》，24～31页。

② ［美］包弼德：《斯文：唐宋思想的转型》，210页。

种综合的风格与古文坦陈道德之间的区别,是北宋思想史的另一个开端"①。从后一方面的情况看,正是古文之学以及古文作家充当政治与社会变革的鼓动者角色,奠定了11世纪宋代思想文化的基本议程。例如,宋初范仲淹在提出"救斯文之薄",及强调"文章之道"对社会风气的影响的同时,就强调了改变科举制度的重要,并请求朝廷在科试中推广六经之学,认为可借之而使士人脱离近世文风,重返先王之法度。范仲淹的政治地位使他有一大批追随者,从而形成了"开风气之先"的局面。范氏政治上的成功是古文运动得以推进的主因之一。他将文学理念改造与社会体制(如科举与出仕)的改变结合在一起,使"古文"成为文人实现自己政治理想的重要途径。这也将有助于理解"为什么在1022年新帝登基时,范仲淹能够团结其他人致力于他的事业"②。

(二)王安石与司马光:政治变革与"古文"的关系

在包弼德看来,为对古文运动有深入的了解,就需要细致地梳理参与者的思想状况,尤其是他们之间的思想异同,从而呈现出他们为古文运动所设定的目标与话语的多样性。王安石认为古文要实现的便是共同的价值观,从而造就一种共同的文化,对这一理念的遵循也意味着一个写作者掌握了最根本、最首要的东西。司马光年轻时亦是古文作者,但与王安石的理解不同,他认为古文不过是另一种文章风格,因此古文家所描绘的图景,既不新鲜也不值得推崇。但他们都相信,世界的秩序有赖于完美的制度。王安石希望统一士的价值观并使之与政府联系起来,因此他在新法时期积极扩大学校体制,试图推行全国统一的课程,增设官位,使官僚机构规模几乎增加了一倍。司马光则致力于官僚制度的合理化改革,以便使文官体制更为有效地成为政府统治的工具。

但无论在政治上有多大分歧,他们二人都以"上古"为楷模,只不过对"上古"的看法有所不同。王安石所谓的"古"是指自足和自我赓续的体

---

① [美]包弼德:《斯文:唐宋思想的转型》,156页。
② [美]包弼德:《斯文:唐宋思想的转型》,174页。

制,也是一个有机的整体,才能之士属于这一体制的一个部分;而司马光的"上古"是和皇权统治相一致的,在皇权统治中,政治的稳定需要劝说和强迫人民各安其位。"等级、界限和限制,是司马光的世界的显著标志。"①包弼德认为,他们的政治主张同样反映在对"文"的态度上,王安石相信"做文"等同于"学道",而司马光则希望将文学从严肃的学术中排除出去,认为文学活动对"为政"没有真正的价值。包弼德没有具体评价王安石和司马光执政期间对古文运动的明确影响,但他似乎暗示即使是强调"文学"重要性的王安石,也不是将复古作为最终的目标:他更注重个人与社会之间潜在的统一。为文的危险在于把不朽的价值与特定的形式等同起来,因此,如果时代不同了,那么模仿行迹就等于失道。

(三)苏氏父子与程氏兄弟:道学的兴起

苏洵、苏轼父子是欧阳修的追随者,他们坚持应该为学者和文化建立一个角色,该角色将以一种不需要否认个人和他的情感与欲望的方式,将政治权威和人的处境联系在一起。在引述《南行前集叙》"夫昔之为文者,非能为之为工,乃不能不为之为工也……自少闻家君之论文,以为古之圣人有所不能自己而自作者,帮轼与弟辙为文至多,而未尝敢有作文之意……将以识一时之事,为他日之所寻绎,且以为得谈笑之间,而非勉强所为之也"这段话后,包弼德写道:"这里,我们可以清楚地看到两种理论的交织。一种是古文中关于文学得之道德修养的观念;德积于中而表现于外。另一种则是苏洵关于文学得之自发的看法:不求而得的文与物冥合……圣人之道不是一套特别的观念和考虑,而是一种思考风格,它使人能通过文学、政治活动,以一种道德的,或者说统一的方式来对事物做出反应。"②

同一时代的程颐、程颢兄弟则走向另一边,彻底否定了古文的前提,认为这种价值观是一种人为的构造。他们开创了道学新文化,认为士应该

---

① [美]包弼德:《斯文:唐宋思想的转型》,230 页。
② [美]包弼德:《斯文:唐宋思想的转型》,217~218 页。

相信个人能够直接用心来理解真正的价值观，而无须以文化和个性为中介，创作体现价值观的文章对实现道德社会并非必要。总体来说，"道学"所关注的只是"道"和"德性"，而不是了解典籍传统。而程颐希望以"道学"代替"文学"，使之成为士学尊崇的一般概念。① 由于道学运动的强大影响，它就以一种伦理实践或道德修炼的文化取代了过去的文学文化。

那么，道学为何会成为一场文化、社会和政治运动？包弼德认为，道学是士人社会内部的运动，就像初唐的朝廷学术和8世纪晚期以及北宋的古文运动一样，它成功地把"学"重新确定为士确立身份的尺度。而唐宋之际，士人身份由文学、德行和政事所规定，包含着对文化、社会和政府负有的历史使命。因此，文化、家族和政府三足鼎立，"学"是一个相对独立的活动，并非价值观的唯一来源。但通过学，人们能够了解社会关系的正确形式以及好政府的榜样和为政方法。在道学兴起之时，"学"逐渐取代了家庭名望和仕途生涯，成为"士"的重要尺度。到了11世纪末，维持"士人"身份的两个尺度，即家族门第和出仕已然失效，"学"成为"士"的唯一尺度。道学通过解释为什么自我修养和伦理行为具有真正和首要的价值，把士人的注意力从政府和那些只有通过政府才能起作用的转变社会的观念移开，这也是自8世纪以来古文思想的一个支点。道学家否认文章是展示学问的最恰当媒介。对士人来讲，通过科举来做官的机会并不大，科举无法检验道学所树立的目标。因此，科举和道学的社会作用的不同在于，后者"不仅为作为士人身份之一的'学'做出了界定，还保证学道就等于完成了士人的伦理、文化和政治责任"②。包弼德说："我相信，道学成功的关键是它保持了其哲学基础的开放性，但又找到一个办法来引进文化这个限定因素，这个因素对于把思想引向为社会负责的方向是必要的。"③

---

① 参见[美]包弼德：《斯文：唐宋思想的转型》，319页。
② [美]包弼德：《斯文：唐宋思想的转型》，347页。
③ [美]包弼德：《斯文：唐宋思想的转型》，351页。

二、欧阳修文论思想研究

1967年，刘子健对其博士论文《欧阳修的治学与从政》(1963)进行修订和翻译，以"欧阳修：11世纪的新儒家"(Ou-yang Hsiu, A Eleventh-Century Neo-Confucianist)为题出版，对后来的研究产生了较大影响。其后，艾朗诺的博士论文以"欧阳修的文学创作"(The Literary Works of Ou-yang Hsiu)为题，于1984年正式出版①，并在"致谢"中首先就说："没有刘子健对欧阳修的生平与思想所做的杰出研究，就不会有这本书。"②但是，在刘子健的著作中，欧阳修的文学思想并非其阐述的主体内容，他更注重欧阳修政治方面的成就，在第七章才对其文学创作进行了集中评论，包括欧阳修在诗、文、词等各个方面的文学成就。虽然对欧阳修的研究在北美汉学界也是一个时期的热点，但都与刘子健的著作一样，偏向在其生平与儒学思想的研究，文学思想研究则往往未受重视。艾朗诺的著作以文、诗、赋、词四种文体为框架，对欧阳修有代表性的文学作品进行了细读式的解析，并且对其文学思想有所探入。另外，陈幼石(Yu-Shih Chen)的《欧阳修的文学理论和实践》(The Literary Theory and Practice of Ou-yang Hsiu)③虽篇幅不长，却以"文学理论"为题，因此也可被纳入本课题的考察范围之中。

对欧阳修研究的重心多置于形式与内容、古文与时文的关系上，这与唐宋时期声势浩大的"复古运动"关系极其密切。艾朗诺认为，宋代古文运动的真正起源在于反对在科举中使用时文，而古文与时文的重要区别在于内容与形式的关系。④ 欧阳修不仅有意与石介、穆修等早期的古

---

① 参见 Ronald Egan, *The Literary Works of Ou-yang Hsiu*, Harvard University, 1984.
② Ronald Egan, *The Literary Works of Ou-yang Hsiu*, p. 1.
③ Yu-Shih Chen, "The Literary Theory and Practice of Ou-yang Hsiu", Adele Austin Richett(ed.), *Chinese Approaches to Literature*, Princeton University Press, 1978.
④ 也可参考前一部分关于包弼德《斯文》的研究。虽然艾朗诺并未描绘出当时的文化机制与思想运动图景，切入点也与包弼德有所不同，但他们都注意到了"科举"制度在古文运动中发挥的重要作用。

文家分道扬镳,也与韩愈的文学思想大不相同:他更注重内在的自我修养,认为这样就会使写作变得自然而毫不费力。他由此而把讨论的重心从创作的过程和风格转移到作者的人格,而这一点被程氏兄弟和朱熹当作"新儒学"(理学)文学思想的主要内容而详细阐发。艾朗诺指出,欧阳修明确表示形式并非文章第一要义,精神和道德导向是人在世界上行动的前提。在人能进行合理的理解和判断之前,要培养合适的精神状态;在写出好文章之前,要先培养内心。①

在对欧阳修散文思想的研究中,艾朗诺以"时文"和唐代的古文家韩愈为参照,而在诗学理论方面主要以"西昆体"和唐朝重要诗人,如杜甫、白居易等人为参照系。"西昆体"之所以成为古文家的批评靶子,是因为其内容多为"风云草木",没有多少价值。艾朗诺认为,以欧阳修为代表的古文家置换西昆体的策略有三。第一种策略是贬低诗歌的价值。欧阳修也不欲世人视其为"诗人"。第二种策略是创作讽喻意义的诗歌,尤其是揭露社会不公平现象的那些诗歌。第三种策略以梅尧臣和欧阳修最具代表性,即无论什么样的诗歌,都必须避免那种耀眼的表面结构,语言要朴实无华且紧扣主题,要"平淡"。欧阳修认为梅诗"平淡",故推崇有加。这一点,他在《六一诗话》中反复强调过。②

陈幼石的文章亦以古文运动为中心,他从唐宋对古文认识的差异入手,认为宋代古文运动与唐代不同。韩愈认为"文归六经",是因为在它们之前绝对没有其他作品存在,因此模仿"六经"就是要像它们那样富于创造性,在文体上代替那些骈体文的陈词滥调和典故,同时用更有活力、更不规则的句法代替骈文对称、浮饰的句法。因此,韩文"奇""高"。但韩愈去世以后,"奇""高"蜕变为对"罕"(unusual)、"怪"(bizarre)的追求,并且与道德目的性渐行渐远,文学潮流转向"时文"。同时,诗歌创作也由"商隐诗"转向"西昆体"。③ 而对宋人而言,"六经"代表的是"常",

---

① 参见 Ronald C. Egan,*The Literary Works of Ou-yang Hsiu*,pp. 21-24.
② 参见 Ronald C. Egan,*The Literary Works of Ou-yang Hsiu*,pp. 79-83.
③ 参见 Yu-Shih Chen,"The Literary Theory and Practice of Ou-yang Hsiu",Adele Austin Richett(ed.),*Chinese Approaches to Literature*,pp. 68-70.

故可放之四海而皆准。宋代理学家认为一切事物皆有"理",主张文以载道,文应该描述真实的自然和人类世界,以及藏匿于其中的"理"。最恰当的文学风格是自然而普遍的,能反映出世界本来的样子。因此,韩愈所主张的独特性与不平常性被宋人所持的反论改变了。

艾朗诺引用吉川幸次郎的观点说,唐宋诗的主要区别在于对世界的观念由悲观走向乐观和明朗,宋诗人对世界更大度,对现实更乐于接受。欧阳修认为,诗歌对道德和哲学的关注比审美更为重要,这与当时的伦理学更注重人内在的修养有关。欧阳修认为写作需要合理的道德培养,因此,艾朗诺认为欧阳修的古文思想以"信"(objective validity)为核心。"信"包括两个方面:既是文学的主要原则,又是价值标准。欧阳修认为,"信"与文学形式的"简""易"相关,欧阳修的"自然"概念就是对"简易"的概括。同时,"信"不仅是文章风格,也是道德标准。此处"自然"并非今日所谓的"自然界",而是指"理",即宇宙之原则。欧阳修认为接近"理"的方法不是对它进行深思,而是要通过感性世界中所表现出来的实际现象来接近和理解它。因此,他在文学实践和理论中强调世界"实"(factualness)的一面。"譬夫金玉之有英华,非由磨饰染灌之所为,而由其质性坚实,而光辉之发自然也。"欧阳修对"六经"的反思使他得出了"常"(universality)的概念,"常"乃生命内在之规范,"六经"涵"常",因此"简""易",与韩愈所主张的"高""奇"相反。欧阳修反对"高""奇",却认为"工""精"是文章所必需的。但文章仅有"工"并不足以传世,不能为作家带来最高成就,而"正"(normal and correct)则可救其弊。"精"如果不能达到"常","常"就与完美无法协调。这与韩愈"物不平则鸣"的理论相反。①

陈幼石和艾朗诺的研究点较为一致,都注重古文运动中"内容"与"形式"之关系(甚至都对"西昆体"的作用感兴趣)及唐宋古文运动的差异问题。比较而言,艾朗诺更偏重文学"形式"的演变及外部因素的影响,而陈幼石则重在对文学"内容"演变和文学内在机理演变的梳理。

关于欧阳修《六一诗话》的研究将在下面一章介述,此处暂且略过。

---

① 参见 Ronald Egan, *The Literary Works of Ou-yang Hsiu*, p. 96.

三、苏轼文学思想研究

英语国家汉学界对苏轼的研究成果较丰硕，大致可分为三类。第一是早期的研究，多为实证性研究，尤其偏重于传记式的生平考订，如林语堂的英文著作《乐天知命的天才：苏东坡》(The Gay Genius：The life and Times of Su Tungpo)①，美国汉学家贺巧治(Gorge C. Hatch, Jr.)1976年为傅海波(Herbert Franke)编辑《宋代名人传记辞典》(Sung Biographies)而撰写的《苏轼传》("Su Shih"in Sung Biographies)②等。

第二是对苏轼作品的翻译和对作品内涵及著作版本的研究。对东坡作品之翻译较早的有1931年李高洁(Cyril Drummond Le Gros Clark)译的《苏东坡文选》(Select Works of Su Tung-p'o；Selections from the Works of Su Tung-po)③，内含苏轼的16篇名作及前后《赤壁赋》《喜雨亭记》，也包括对苏轼生平、作品和文化背景的简单介绍；唐凯琳(Kathleen Tomlonovic)1989年的博士论文《流放与回归的诗歌：苏轼研究》(Poetry of Exile and Return：A Study of Su Shi [1037-1101])；郑文君(Alice W. Cheang)1991年的博士论文《苏轼诗歌中的道与自我》(The Way and the Self in the Poetry of Su Shih, 1037-1101)等。此外，包弼德、傅君劢等人也有相关研究。

第三是对苏轼哲学和文学思想关系之研究，这方面有艾朗诺、毕熙燕(Bi Xiyan)、孟克文(Christian Murck)等人的著述。卜寿珊(Susan Bush)和孟克文主编的《中国艺术理论》收录了孟克文的论文《苏轼对〈中庸〉的解读》(Su Shih's Reading of Chung yung)④，虽然非属专门的文学

---

① Lin Yutang, *The Gay Genius：The life and Times of Su Tungpo*, The John Day Company, 1947.

② Gorge C. Hatch, Jr., "Su Shih", in *Sung Biographies*, Herbert Franke (ed.), Wiesbaden, Franz Steiner Verlag, 1976.

③ Cyril Drummond Le Gros Clark, *Select Works of Su Tung-p'o；Selections from the Works of Su Tung-po A. D. 1036-1101*, London, Jonathan Cape Ltd., 1931.

④ Christian Murck, "Su Shih's Reading of Chung yung", *Theories of the Arts in China*, pp. 267-292.

思想研究，却与之相关。傅君劢 1990 年的《东坡之路：苏轼诗歌中"诗人之声"的发展》(The Road to East Slope: The Development of Su Shi's Poetic Voice)①，以西方文学理论中"作者的声音"为切入点，对苏轼的大量作品进行了翻译和分析，对不同时期苏诗的结构、风格、内涵、用词等都有解析。1994 年，艾朗诺的专著《苏轼生活中的言语、意象和事迹》(Word, Image and Deed in the Life of Su Shi)②和论文《题画诗：苏轼与黄庭坚》(Poems on Paintings: Su Shih and Huang T'ing-chien)③，分别对苏轼文学思想中的佛教因素及其与其他艺术门类的理论关系进行探讨。毕熙燕的《苏轼文学思想中的守法与创新》(Creativity and Convention in Su Shi's Literary Thought)④是首部研究苏轼"文法"(rule)的著作，对苏轼展开了"出新意于法度之中"的全面解读。

上述研究均注意到"佛学""理学"和苏轼文学思想的关系，并将"文(学)"与"理(学)"或"道"作为关键概念加以认真的讨论。盖因宋时"文""道"问题为思想发展之核心，因此无论是传统儒家还是佛家思想，均与"理"的阐述密切相关。如要厘清苏轼思想中释、儒之影响，"理"无疑是较为方便和有利的切入点。⑤ 傅君劢在《东坡之路》中则偏重于对苏轼文学思想与"理(学)"之关系的考察，认为"理"的概念对讨论苏轼的诗歌具有重要意义。

---

① Michael A. Fuller, The Road to East Slope: The Development of Su Shi's Poetic Voice, Stanford University Press, 1990.
② Ronald Egan, Word, Image and Deed in the Life of Su Shi, Harvard University, and the Harvard-Yenching Institute, 1994.
③ Ronald Egan, "Poems on Paintings: Su Shih and Huang T'ing-chien", Harvard Journal of Asiatic Studies, Vol. 43, No. 2, 1983, pp. 413-451.
④ Bi Xiyan, Creativity and Convention in Su Shi's Literary Thought, Lewiston, New York, Edwin Mellen Press, 2003.
⑤ 1994 年，艾朗诺在其专著《苏轼生活中的言语、意象和事迹》中指出，苏轼的思想虽然并不是当时最新的，但相比当时其他作家，他能更完全地把佛家思想融入自己的文学作品之中。苏轼是第一个探讨佛家理论一旦和传统的个人抒情诗相结合会产生多大表达力量的作家。管佩达(Beata Grant)的《再看庐山：佛教思想对苏轼生活与作品的影响》(Mount Lu Revisited: Buddhism in the Life and Works of Su Shih, University of Hawai'i Press, 1994)中，也就苏轼的佛教思想进行专门论述，认为苏轼文学思想中的"泛神论"解决了佛教追求"绝对"而自己又不放弃"相对"这样的矛盾。

傅君劢认为在唐后期，由于佛教之影响，主体性意识的不断增长使其成为人与外部世界的中介，诗歌成为对主体经验逻辑的探索。但是随着主体秩序的碎裂，它们也失去了与外在更大意义结构的联系。宋代美学理论中，"理"的作用就是要把主体吸收到经验之下，"苏轼所发展的'理'的诗学目的就是要解决主体性、意义和它们的具体体现"①。作者认为，"理学"之理是具体化的"理"，是宇宙之原则（principle），而苏轼之"理"（被译成"inherent pattern"）是一种存在于人或事物内部的"模式/文（pattern）"。"理"作为"内在模式"，对苏轼解决其诗歌中的"意义与关系"问题至关重要，能把表面上相互矛盾的东西联结起来。苏轼认为"水"近于"理"，世界与自我在"水"之理中相遇：水能像镜子一样反映外物，但是却有自身如如不变之本性，流动不居而又反映世界，认同世界。傅君劢把苏轼对"理"的不断扩展当作研究其诗歌发展的"灵活的框架"②。

关于苏轼之"理"与"理学"之理的区别，孟克文在研究苏轼论《中庸》的文章中认为，苏轼的文学理论没有统一性，这是因为他拒绝统一的理论结构。苏轼认为那种严格的哲学结构会对儒家之道进行错误的再现，误导求道者。苏轼用自己的方式解读《中庸》，替代那种他认为是毫无生机的理学。孟克文认为苏轼把情感当作圣人之道的来源，强调对道的"乐之"是实践的实质，因为有志于道者总会先遇到感观的问题，故必须对自己的情感、情感的中心地位和人在世界中的中心地位保持清醒的认识。对苏轼来说，人类的情感是社会和宇宙的一部分，并与它们保持着密切关系。因此，孟克文说，苏轼的主张和程氏兄弟的理学不同。

傅君劢进一步指出，苏轼之"理"既与"理学"之"理"不同，也与西方所言之"原则"（principle）不同。因为在西方，"原则"是总体的、抽象的，

---

① Michael A. Fuller, *The Road to East Slop: The Development of Su Shi's Poetic Voice*, p. 3.
② Michael A. Fuller, *The Road to East Slop*, p. 4. 另外，关于"水"的隐喻，陈幼石在《苏轼文学理论中的常与变：赤壁赋注解》一文中也有解读，因为水有自然、流动、多变等特质，故既可以比喻文学作品，也可用来比喻写作的风格。参见 Yu-Shih Chen, "Change and Continuation in Su Shih's Theory of Literature: A Note on His Ch'ih-pi-fu", *Monumenta Serica*, Vol. 31, 1974-1975, pp. 375-392.

但"理"却没有这种抽象性，它是可被细分的。万物皆有其"理"，比如竹有竹之"理"。"理解一个具体事物的'理'，就是对该事物那种在各种关系中，在不停变化所引起的无穷无尽的分化样式中，仍处于中心地位的存在方式的理解。"①因此，"理"被用来描述表面多样性之下的一致性，也有助于我们看到表面差异之下的深层统一性。

那么，"理"与写作之关系到底如何？苏轼在《答谢民师书》中说："所示书教及诗赋杂文，观之熟矣。大略如行云流水，初无定质，但常行于所当行，常止于所不可不止，文理自然，姿态横生。"傅君劢认为，这表明苏轼认为写作是一个双重过程，人首先要明"理"（隐含于身边常见事物之中），然后找到合理的表达方法表现它。傅君劢说，如果考虑到语言与现象之间关系，苏轼应该是一个"唯名论者"。同时，"理"对苏轼来说也是功能性概念。"理"描述的是那些在经过变化而保持不变的性质，或者说是对变化的逻辑和变化模式本身的描述。苏洵有"风水相遭"之说，苏轼保留了"文"的自然、无意识的特征，但却把讨论的重点从"不得不成文"转向了文学创作"不得不写"。

毕熙燕的《苏轼文学思想中的守法与创新》亦讨论苏轼作文之"道"，她说苏轼认为"意"为文之先，作者要有自己的意，因"意"不能自显才需要作文技巧。苏轼认为文学价值与作者的人格相关联，而"圣人之道"则包含了常人之道，是对人生经验的总结，是内在于人心而不是强加于人的。因此，圣人真正的价值不在其思想，而在于思维方式，学习圣人就是要养成对现实进行反思的习惯。圣人的著作之所以成为"经"，是因为这些著作是对人类情感的合理表达，"如何写作"比"写了什么"更为重要。所以，苏轼一方面尊古重道，另一方面又剥开了经典那层可畏的面纱，拒绝圣人之道的权威性：规则和传统不是外在于我们的，而是活生生的、可以用其进行创新的。在苏轼的文学思想中，他强调的是"人"。没有"人"就没有"道"，人可以扩展"道"。

---

① Michael A. Fuller, *The Road to East Slop: The Development of Su Shi's Poetic Voice*, p. 85.

上文所述关于"文""理"关系的研究之外,艾朗诺的论文《题画诗:苏轼与黄庭坚》以苏、黄二人的论画诗为研究对象,涉及其文学思想,因为苏、黄论画,会从所画之物迅速转移到其他意象或关注之中。黄氏题画诗,不是关注"画"而是关注"诗画关系"。他以杜甫和黄庭坚的两首相关的诗歌说明,黄氏不是像杜甫一样看到一匹马而想到真实存在的马,而是想到它们在某种艺术传统中的地位。他关注的不是再现与现实的关系,而是再现与再现之间的历史关系,及其与文学的关系。苏轼认为画以精神为主,强调"意"而非形似。艾朗诺认为苏轼论画与论诗一样,都强调要"得之象外"。诗画相通之处还在于,画的最高目的也是利用自然形象表达画家的价值观和志向,即"古来画师非俗士,摹写物像略与诗人同"。因此诗画之间的通约性很强,"诗中有画,画中有诗"。如果苏轼认为"画"不重形似,那作文也应该是一样的道理。同时,"理"的内涵也寓于画中,论画诗实际上是苏轼表达自己文学观点的重要手段。① 这方面的重要论述也见于卜寿珊的著作《中国文人画:从苏轼(1037—1101)到董其昌(1555—1636)》(*The Chinese Literati on Painting*:*Su Shih*〔*1037-1101*〕*to Tung Ch'I Ch'ang*〔*1555-1636*〕)②。此外,艾朗诺对苏轼的书法理论也有过探讨。正是由于中国传统文人中有关各种艺术理论的相通之论颇多,因此这些著述也会对我们理解苏轼的文学思想有一定帮助。

四、黄庭坚文学思想研究

英美汉学界对黄庭坚的研究虽然为数不多,质量却堪称上乘,研究面也相当开阔。1976 年,华盛顿大学的丁善雄(Seng-yong Tiang)完成其博士论文《黄庭坚及其对传统的利用》(*Huang T'ing-chien and the Use of Tradition*);1982 年,印第安纳大学的迈克·沃克曼(Michael Workmen)完成博

---

① 参见 Ronald Egan, "Poems on Paintings:Su Shih and Huang T'ing-chien", *Harvard Journal of Asiatic Studies*, Vol. 43, No. 2, 1983, pp. 413-451.

② Susan Bush, *The Chinese Literati on Painting*:*Su Shih*〔*1037-1101*〕*to Tung Ch'I Ch'ang*〔*1555-1636*〕, Hong Kong University, 1971.

士论文《黄庭坚：其著作和其他宋代著作中记录的黄氏先辈与家庭背景》(Huang T'ing-Chien：His Ancestry and Family Background Documented in his Writing and Other Sung Works)，可惜这两部论文都没有正式出版。刘大卫的(David Palumbo Liu)《征用的诗学：黄庭坚的文学理论与实践》(The Poetics of Appropriation：the Literary Theory and Practice of Huang Tingjian)[1]是目前所见的20世纪唯一一部已出版的关于黄庭坚文学思想的专著，李又安的《方法和直觉：黄庭坚的诗论》(Method and Intuition：The Poetics Theories of Huang T'ing-chien)[2]被收录到《中国文学方法：从孔子到梁启超》(Chinese Approaches to Literature：From Confucius to Liang Ch'i-ch'ao)，及前文提到的艾朗诺的《题画诗：苏轼与黄庭坚》也和文学思想的探讨有很大关联。此外还有一些研究，比如对黄庭坚书法和生平的研究等，由于和本课题关系不大，就不再列举了。

关于黄庭坚的文学思想，"神""夺胎"和"换骨"这三个概念是刘大卫研究的核心概念，后两者也是李又安的论述重点。

刘大卫把宋代的诗歌放在唐代的背景之中，认为贬宋诗者无视其诗歌精神。他认为，北宋诗歌的两大决定因素是与唐的特殊关系和对"道"的重新评估。[3] 宋诗不仅要表达情感，还要表达智识，因此宋诗与唐诗差异颇多。哲学观念对宋代诗人来说有时更能决定一首诗的结构，北宋对哲思的崇好并非卖弄学问，而是诗歌创作中的文化自觉。由于唐诗是几乎无法逾越的高峰，因此向古人学习"言志"至关重要。只有把古人的范文吸收到自己的文学创作中来，诗人才能有良好的写作自觉。

但应该如何看待诗歌创作的自发性问题，如何理解个人创作与传统

---

[1]　David Palumbo Liu，The Poetics of Appropriation：The Literary Theory and Practice of Huang Tingjian，Stanford University Press，1993.

[2]　Adele Austin Richett，"Method and Intuition：The Poetics Theories of Huang T'ing-chien"，Chinese Approaches to Literature：From Confucius to Liang Ch'i-ch'ao，Princeton University Press，1978.

[3]　参见 David Palumbo Liu，The Poetics of Appropriation：The Literary Theory and Practice of Huang Tingjian，p. 47.

之关系呢？刘大卫拈出"神"字作为解决此问题的关键。刘大卫使用"通过吸收而达到自发"（spontaneity through assimilation）来理解黄庭坚的"入神"中的"神"字，认为它具有强烈的直觉含义，是在理性与精神之外的一种理解模式。"神"是客体的本质，通过"入神"，诗人可以打破内部和外部的障碍。"入神"指向了技巧之外的东西。①"入神"不仅把自己与深思的对象结合起来，同时也能与前人文章技巧结合起来。"神"既包括客体的内在原则和他人用"文"对这些原则进行的个性化表达，又包括古人之志。黄庭坚认为，诗人应尽力在创作中使传统再次活起来。诗人也应该通过重视"自我的艺术"构建自己的身份。黄诗的创作既能熟练运用前人诗句，又没有失去创造的"自发性"。陆机、杨炯曾主张"道前人之未道"，王昌龄曾强调对前人诗歌的使用，而黄庭坚则要求化古为今，化腐朽为神奇。黄庭坚认为"理"对文学创造尤其重要，得"理"则文自有不同。刘大卫比较了苏轼与黄庭坚的诗作，以为苏诗更具自我反思的性质，而黄诗则更体现出一种深思的维度。②

"夺胎"与"换骨"是黄庭坚所使用的两个重要术语。一般认为，换骨是指用其意而改其形，夺胎则相反，是袭其形而变其意。山谷云："诗意无穷而人才有限，以有限之才追无穷之境，虽渊明少陵不得工也。然不易其意而造其语，谓之换骨法；窥入其意而形容之，谓之夺胎法。"许多学者把这两个术语当成一个概念，但刘大卫认为这两个术语指的是两种不同的方法。换骨取其义而换其形，但是，"'夺胎'是对文本的传统僵化解读的原始意义的激进袭用，目的是既能再现原来的'意'，又能产生新的意义"③。在列举了一些诗说明"换骨""夺胎"之法后，刘大卫总结说："黄庭坚试图在使用前人诗句的时候突出自己的特色，与前辈诗人们区分

---

① 参见 David Palumbo Liu，*The Poetics of Appropriation*：*The Literary Theory and Practice of Huang Tingjian*，pp. 70-71.

② 参见 David Palumbo Liu，*The Poetics of Appropriation*：*The Literary Theory and Practice of Huang Tingjian*，p. 103.

③ David Palumbo Liu，*The Poetics of Appropriation*：*The Literary Theory and Practice of Huang Tingjian*，p. 157.

开来。他不可能创造语言,只能对语言进行改造,使旧语指新物。对黄庭坚来说,诗歌创作与对原来资源的修订密不可分,但他所谓的修订远远超出了对写诗本身进行评论这样的表面变化。"①

李又安《方法和直觉:黄庭坚的诗论》一文写于《征用的诗学》之前,亦讨论相似的问题。由于黄庭坚被尊为江西诗派的鼻祖,因此人们认为他别有"诗法"。人们一般对黄诗的认识是"形式"才是最重要的,只有通过严格的训练才能达到形式的完美,而对前人的模仿是达到这一目的的必经之路。这种看法没有注意到黄庭坚对自然、自发性的要求,也没有注意到江西诗派其他诗人在"诗法"中注入的直觉因素。黄庭坚极其关注诗篇结构、语言风格、诗的总体格调,他认为诗人必须经历严格训练,写作准备阶段的精神状态和写作时的动机对诗人来说都极其重要。只有形式完美,诗中的意义才能被传达给读者。严格的训练会取得突破,达到看起来与训练完全相反的效果,即所谓的"自然境界"。

当然,训练并不是对前人诗句进行简单模仿。"夺胎""换骨"这两个术语被当成相反的两个过程。李又安认为,"夺胎"指的就是使用前辈诗人的诗篇形式甚至词语,表达在原诗之外的或不同于原诗的思想观念。他亦引用古代诗论家的一些说法讨论"换骨"。他引用葛方立、刘禹锡、马永卿等人对"换骨"的论述,指出杨万里实际上把"夺胎换骨"看成一个概念,因此它成为讨论模仿过程的一个固定方法。"但不管我们是把这两个概念看成一个整体,还是分开来看,有一点似乎都是很明显的,即不能把它们看成对前辈作品简单的模仿或机械的照搬。"②李又安认为:"黄庭坚的诗法是一种混合物,是把实用的、讲究方法性的、过程费力的诗歌创作与直觉的、几乎是精神的方法混合起来。"③

---

① David Palumbo Liu, *The Poetics of Appropriation: The Literary Theory and Practice of Huang Tingjian*, p. 172.
② Adele Austin Richett, "Method and Intuition: The Poetic Theories of Huang T'ing-chien", Adele Austin Richett(ed.), *Chinese Approaches to Literature*, p. 115.
③ Adele Austin Richett, "Method and Intuition: The Poetic Theories of Huang T'ing-chien", Adele Austin Richett(ed.), *Chinese Approaches to Literature*, p. 115.

第九章　英美汉学界的宋元"诗话"研究

总体而论，中国传统诗论著作主要是以三种形态体现的。一是载于诗歌、笔记、语录等，这是较为正式的诗论形式。二是"诗话"，虽非"高级"的评论形式而易于流俗，但影响广泛。三是专门的诗歌理论著作，数量相对不多，而且影响也往往不如前两者（如叶燮的《原诗》等）。大规模的论诗之风实盛行于唐代之后，在此之前"诗学"并不发达。正如郭绍虞所言："宋人论诗，较唐为盛……盖唐人重在'作'，宋人重在'评'，时代风气各不相同……然若就论诗著作之量的方面而言，则宋人所著实远胜于唐人。"[1]

英美汉学界对中国独特诗歌批评形式"诗话"的研究，可谓情有独钟。例如，张舜英（Shun-in Chang）1984年的博士论文《欧阳修的〈六一诗话〉》（The Liu-i shih-hua of Ou-yang Hsiu）[2]、施吉瑞（Jerry D. Schmidt）所著《随园：袁枚的生平、文学批评与诗歌》（Harmony Garden: the Life, Literary Criticism, and Poetry of Yuan Mei[1716-1798]）[3]，均将视角集中于此。此外，林理彰、宇文所安、刘若愚、叶嘉莹等人也对之各有撰述。

---

[1]　郭绍虞：《中国文学批评史》（上），329页，天津，百花文艺出版社，1999。
[2]　Shun-in Chang, "The Liu-i shih-hua of Ou-yang Hsiu", the University of Arizona, Ph. D Thesis, 1984.
[3]　Jerry D. Schmidt, Harmony Garden: the Life, Literary Criticism, and Poetry of Yuan Mei[1716-1798], Routledge, 2003.

之所以如此关注"诗话",主要原因有二。第一,与中国的诗歌批评传统有关。"诗话"虽在历史发展中从形式到内容都有所变化,但作为一种特殊的文学批评文体,仍有明显的风格和特征。自欧阳修《六一诗话》后,"诗话"实际已成为最重要的诗歌批评载体之一。历代以"诗话"为名的著作数不胜数,仅清人何文焕所辑《历代诗话》即收录27种(自梁钟嵘《诗品》至明人所著诗话),民国时期丁保福所辑《历代诗话续编》收录29种(唐代至明代),以作为对前者的补充。中国诗话著作之繁多,由此可见一斑。第二,诗话通常都较易从某作者的文集中单独辑出,相对独立而成系统,不至于被笔记式的随感淹没,从材料收集的角度而言比较容易把握,可省去"大海捞针"式的资料整合过程,比较适宜于搜猎与研究。

除诗话以外,成为独立论题的还有"论诗诗"。杜甫开此诗歌评论形式之先河,后人著作中,元好问的三十首论诗诗最为知名。著名汉学家魏世德所著《论诗诗:元好问的文学批评》(Poems On Poetry: Literary Criticism By Yuan Hao-wen)[①],于这方面的研究颇具开创性,其研究模式和方法也在汉学界产生了较大的影响。

一、《沧浪诗话》研究

1922年,张彭春受美国著名批评家斯宾加恩的约请,翻译出严羽《沧浪诗话》的数节,加之斯宾加恩撰写的一篇评述性的文章,由此而开辟了英美汉学界《沧浪诗话》研究的先河。其后,进入20世纪70年代,对《沧浪诗话》的研究遂进入更为细致的阶段。林理彰所撰论文《明代诗学理论中"自我实现"的另类路径》(Alternate Routes to Self-Realization in Ming Theories of Peotry)[②]和《正与悟:王士祯的诗学理论及其来源》

---

① John Timothy Wixted, *Poems On Poetry: Literary Criticism By Yuan Hao-wen*, Wiesbaden, Franz Steiner, 1982.

② Richard John Lynn, "Alternate Routes to Self-Realization in Ming Theories of Poetry", Susan Bush and Christian Murck (eds.), *Theories of the Arts in China*, Princeton University, 1983.

(Orthodoxy and Enlightenment: Wang Shih-chen's Theory of Poetry and Its Antecedents)①，虽然并非专门的《沧浪诗话》研究，但却对后来的研究产生了重要影响。宇文所安在《中国文学思想读本》(Reading in Chinese Literary Thought)中，关于该诗话的研究即介绍说："林理章(彰)无疑是英语世界里严羽及其遗产的最博学和最细致的阐释者。有关严羽的更全面的讨论，我建议读者参考林理章(彰)的各种相关著述。"②宇文所安此处所指，主要就是这两篇文章。林理彰还出版过《沧浪诗话》的完整译本，后来还发表有《中国诗学中的才学倾向》③及《严羽〈沧浪诗话〉"以禅喻诗"论中的儒学原理》(Confucian Elements in the Chan-Poetry Analogy Used By Yan Yu in Canglang's Discussion of Poetry)④。宇文所安的研究则主要见于《中国文学思想读本》对该诗话的节译和评述。此外，余宝琳、刘若愚等人的研究也涉及对诗话的评述。

虽然林理彰和宇文所安的研究无论在方法还是观点上都有所差异，比如林氏侧重于从文学史角度出发的阐发，重点讨论《沧浪诗话》的影响及其接受过程反映出来的文学思潮变迁；宇文所安则以文本为出发点，对其中蕴含的诗学思想及某些概念进行了详细的诠释，试图为西方读者理解中国传统诗学提供指南，但我们却也不难发现两者的共同之处。首先，是跨文化视角的运用，这涉及语言翻译与某些关键概念。其次，他们讨论的重点都是《沧浪诗话》的主旨及"以禅喻诗"说。这也是由该诗话本身的特点所决定的。最后，是历时的研究方式，即注重该诗话对后世

---

① Richard John Lynn, "Orthodoxy and Enlightenment: Wang Shih-chen's Theory of Poetry and Its Antecedents", Theodore de Bary(ed.), *The Unfolding of Neo-Confucianism*, Columbia University Press, 1975.

② [美]宇文所安：《中国文论：英译与评论》，461～462页。

③ [美]理查德·林恩：《中国诗学中的才学倾向》，见莫砺锋：《神女之探寻——英美学者论中国古典诗歌》，上海，上海古籍出版社，1994。

④ Richard John Lynn, "Confucian Elements in the Chan-Poetry Analogy Used By Yan Yu in Canglang's Discussion of Poetry", 见《孔学与二十一世纪国际学术研讨会会议论文》(*Proceedings of the International Conference on Confucius and the 21st Century*), Taipei, Confucian Temple, 2001, 11th paper, pp. 1-14.

之影响及某些批评概念在后世的争论与发展。总之，对《沧浪诗话》的研究是以概念为主，兼具批评史特征的。

(一)"正"与"悟"，及"以禅喻诗"说

在宋代，以禅喻诗是司空见惯之事。郭绍虞曾言："《沧浪诗话》之重要，在以禅喻诗，在以悟论诗。然而这两点，都不是沧浪之特见。"① 在沧浪之前及同时代，论家甚多，"可知诗禅之说原已成为当时人的口头禅了"②。魏世德亦在其论元好问的专著中专门开辟了"禅喻"一节，录元好问四首"以禅喻诗"诗进行讨论。林理彰和宇文所安对此问题的研究集中在某些概念上，即"正""悟"和"禅"，在讨论共时概念的同时又兼顾了历时的发展脉络。

林理彰《正与悟：王士祯的诗学理论及其来源》一文，将"以禅喻诗"论放在新儒学发展的背景中，并以"正""悟"为基本框架对《沧浪诗话》的"以禅喻诗"说进行了考察。他认为《沧浪诗话》对所有明代批评家都有极大影响，严羽在"正""悟"之间所建立的逻辑辩证关系颇具吸引力。第一，他们都认同诗歌的"正"统，这是后世为诗的必学之道。第二，他们都认同"悟"为作诗之道。第三，他们都意识到只有完全吸收、内化"正"统之后，才能达到"悟"的境界。③ 而这导致了后世过度强调诗歌形式，将模仿过去的诗人当作诗歌训练的不二法门。林理彰认为，明清诗歌大多表现出"形式主义"的泛滥和谦卑的模仿，而严羽应该为此负最终的责任。④ 林理彰认为，"正"就是那个强大的诗歌传统，这一点没有必要过多论述，因此他论述的着眼点在于"悟"。他认为，"悟"在通常意义上指获取一种控制诗歌媒介的完美直觉，但是在心理或精神层次上，它指的是能达到

---

① 郭绍虞：《中国文学批评史》(下)，59 页。宇文所安、魏世德等学者均接受了郭氏之说。
② 郭绍虞：《中国文学批评史》(下)，61 页。
③ 参见 Richard John Lynn, "Alternative Routes to Self-Realization in Ming Theories of Poetry", *Theories of the Arts in China*, p. 218.
④ 参见 Richard John Lynn, "Alternative Routes to Self-Realization in Ming Theories of Poetry", *Theories of the Arts in China*, p. 218.

这样的状态：主体自我、交流媒介①和客体现实能够合而为一。所以，自我修养的最终目的是"自明"，这是诗歌重要的一方面。写诗作为一种修为，与新儒家的自我修养方法等相关。

"写诗本身就是一种自我教育的手段。诗歌提供了一种框架或语境，个体可在此框架中抓住自我及其环境。它不仅给人以关于自我的认识，还能给人提供一种了解身外世界的工具——并且，也许是最重要的一点，它为个体和世界之间提供了联系。"②因此，林氏认为，由于这种诗学仍然强调"语言"的作用，要将之放到新儒学的系脉中去考察，而不是将其直接与道家或禅宗等同起来。林理彰在另一篇文章中也强调，明代"复古"与"抒情"之争可与"正"和"悟"两概念对应，个体与传统之关系是沧浪论诗之着力的方面，也是贯穿明清的复古派理论的一个主题。然而，由于在复古运动中对"个体"与"传统"的关系审视不足，也未曾发掘其中的多种含义，因此在整个明代一直都存在反传统的抒情主义，主张一种极为不同的自我实现路径。③

汉学家关注的另一焦点是严羽的"禅"喻之论，这与对"正"与"悟"的理解也有密切的关系。那么，其要点何在？又是何性质？正如林理彰所言，对严羽来说，宋代诗学、儒学和禅学在其中所起的作用是缺一不可的。④无论是当时的诗学传统还是新儒家，都从"禅"学中受益颇多，但仍应该将它放在新儒家的语境中去理解。进而，林氏指出，《沧浪诗话》中关于"学诗者以识为主，入门须正，立志须高"的议论是与程颐关于修习"圣人之道"的论述相关联的。正如程氏所说：

---

① 此处应指诗歌创作和诗歌语言。
② Richard John Lynn, "Alternative Routes to Self-Realization in Ming Theories of Poetry", *Theories of the Arts in China*, p. 219.
③ 参见 Richard John Lynn, "Alternative Routes to Self-Realization in Ming Theories of Poetry", *Theories of the Arts in China*, p. 329.
④ 参见任先大、李燕子：《严羽及其〈沧浪诗话〉的海外阐释：以北美汉学界为中心》，载《湖南社会科学》，2011(5)。

伊川先生谓方道辅曰：圣人之道，坦如大路，学者病不得其门耳。得其门，无远之不到也。求入其门，不由于经乎？今之治经者亦众矣，然而买椟还珠之蔽，人人皆是。经所以载道也，诵其言辞，解其训诂，而不及道，乃无用之糟粕耳。岂足下由经以求道，勉之又勉，异日见卓而有立于前，然后不知手之舞，足之蹈，不加勉而不能自止矣。①

因此，"悟"须以对正统的吸收为基础，正统被喻为"大道"。严羽所谓"乘有大小，宗分南北"之论当与此相关。后世之人，如钱谦益等攻击严羽，认为以"禅"喻诗不足取，因为诗与语言（words）、个人感情有关，而禅则远离两者，因此诗与禅极不相类，相互为喻的结果是相互为害。林理彰认为这种批评根本就没有抓住要害所在，因为"严氏从未讲过诗就是禅，或者禅就是诗。他只是借用了禅的传统（就像他作为一个在俗之人看待禅一样），将其作为对诗歌传统的类比。正如他所说：'故余不自量度，辄定诗之宗旨，且借禅以为喻，推原汉魏以来，而截然当以盛唐为法。'"②但是，仍有坚持认为严羽试图将诗等同于禅，认为《沧浪诗话》中的诗歌理论是以禅宗的神秘主义为基础者。而事实上，"严羽并不比任何使用禅宗术语立论的新儒家哲学家更沉迷于禅（也许还更少一点，因为他对禅宗的历史知之甚少），并且，我认为我们应当从字面意义上理解他的话——在诗与禅之间做了类比，并且使用了禅的术语，而这不过是为方便起见"③。

因此，所谓以"禅"喻诗最终也不过是一种借鉴式的类比而已，其要点仍在于"正"。在《明代诗学理论中"自我实现"的另类路径》一文中，林

---

① Richard John Lynn, "Alternative Routes to Self-Realization in Ming Theories of Poetry", *Theories of the Arts in China*, p. 220. 原文参见陈荣捷：《近思录详注集评》，52～53页，上海，华东师范大学出版社，2007。

② Richard John Lynn, "Alternative Routes to Self-Realization in Ming Theories of Poetry", *Theories of the Arts in China*, p. 222.

③ Richard John Lynn, "Alternative Routes to Self-Realization in Ming Theories of Poetry", *Theories of the Arts in China*, p. 222.

理彰对上述论点做了进一步的发挥,并认为《沧浪诗话》尽管复杂多义,但基本内容集中在五个方面。其一,盛唐诗是诗法的完美代表,即风格要自然,语言要"正"。其二,完美的诗歌要"自然流露"(spontaneity,指"悟"道之后的境界),即"悟"。盛唐诗人便有"透彻之悟"。其三,并非所有唐诗都值得模仿,因为盛唐之后的诗人不免有"小乘禅"之嫌。其四,在某种程度上,《沧浪诗话》是对宋诗,尤其是对江西诗派的抨击,认为宋诗不是"悟"得的,因此其风格也是失败的;宋诗没有得到真正的"诗法",因此其语言不正。其五,盛唐诗之所以可以成为后世楷模,还在于其诗歌表达的直觉与个性。① 可见,林理彰仍然将"正"与"悟"作为讨论"以禅喻诗"的关键所在。

　　林理彰关于"正"与"悟"的论述被宇文所安所继承,他在林氏论述的基础上更进一步指出,既然诗与禅是类比而非同一,那它们以各自的方法所要实现的目标是否就是一致的呢?是否存在与"诗悟"有别的"禅悟"?他说:"既然二者的蒙昧世界不同,其方式也自然不同,但从禅宗的观点看,存在一种特别的'诗悟',这样的说法是很荒唐的;除非你的意思是说:'诗悟'是一种在蒙昧世界显现悟的状态的特别的活动领域。"②与林理彰将严羽放在宋代新儒家思潮背景下的理解不同,宇文所安认为它是一种反儒家的诗学,因此才会用儒家之外的术语挑战业已存在的儒家诗学权威。③

　　如此理解,"正"是否还是儒家之正呢?从逻辑上讲,这应是宇文所安要解决的首要问题。宇文所安认为,严羽改变了一些主要属于儒家术语的意思,比如"正"。宇文所安在谈及"正"的概念时说:"让我们看看'正'('正确'或'正统')的概念是如何发生变化的:在《诗大序》里,'正'是开端,然后出现了'变'(变化)。在《沧浪诗话》里,'正'是一条长长的变化谱系,在盛唐后到达巅峰,然后滑向'变'(变化或衰变)。这里的

---

① 参见 Richard John Lynn, "Alternative Routes to Self-Realization in Ming Theories of Poetry", *Theories of the Arts in China*, pp. 317-319.
② [美]宇文所安:《中国文论:英译与评论》,442 页。
③ 参见[美]宇文所安:《中国文论:英译与评论》,435 页。

第九章　英美汉学界的宋元"诗话"研究　　301

'正'与'变'已失去了它们在《诗大序》中所包含的文化和伦理维度：现在它们只属于诗歌史。由于严羽改变了'正'的概念，诗歌之'正'的本原即《诗经》就被排除在这个课程之外了。"①宇文所安是否应该指出，严羽修改过的"正"有无反儒家？即便他真的使"正"失去了"文化"和"伦理"的意涵，又如何判断这个"正"是儒家的反面，或者说是"反儒家"的呢？

　　宇文所安认为，在改变了"正"的意思之后，严氏接着又引入"禅""悟"等术语，创造出了新的诗学。而"以禅喻诗"只不过是严羽达其目的的手段而已，并不能说明他是多么执着于禅学理论。那宇文所安又是如何解释"悟"的呢？

　　宇文所安认为，诗禅之间的类比在13世纪就已司空见惯，但诗禅二者是本质上相似，还是在修习方法上相似呢？这种含混性就表现在禅理的"悟"这一关键概念上。严羽的出发点是禅与二者都相关。宇文所安分析说，严羽所论诗禅关系有三个层面。最低层讲禅宗修炼与诗歌学习的指向相同，即禅宗修炼和诗歌学习都是要达到直觉的、先于反思的理解。第二层则以过程的类比为基础，发生在禅悟状态与诗"悟"状态之间，即"悟"了的诗人所展现的诗景具有玄妙的、先于反思的"正确性"。第三层则是说诗悟与禅悟状态在本质上是一致的，即"悟"有可能通过诗歌获得并在诗歌中显现。宇文所安说："以禅喻诗的核心——诗悟在某种程度或某种方式上'像'禅悟——虽然含糊不明，但它确实是有内容的，无论内容多么少。严羽使用了一个公认的类比（诗如禅）并加以发挥，以发现新的类似点，然后把它引申为一种帮派门户之见。既然达到诗的悟境与禅悟有类似之处，那么学诗之途自然也免不了禅宗教派的等级次序。"②

　　在宇文所安看来，严羽之所以用"禅"喻诗而没用其他类比，是因为禅具有更明显的等级价值。的确，严羽的言辞有这方面的意思，他说什么"乘有大小，宗有南北，道有邪正；学者须从最上乘，具正法眼，悟第一义"，然后又攻击小乘禅等其他佛学支派，确有自立正宗的嫌疑。如确

---

①　[美]宇文所安：《中国文论：英译与评论》，437页。
②　[美]宇文所安：《中国文论：英译与评论》，443页。

像宇文所安所断言,那严羽选择以禅喻诗,完全是策略性的、工具性的。

(二)书与理和材(才)与学

如前所述,林理彰认为严氏的习诗之道与新儒家关于学习"圣人之道"的内在逻辑是一致的,这就引起了一个问题,即"书"与"理"的关系。换言之,就是应当如何学诗。《正与悟》一文没有系统谈论这个问题,在另一篇文章《中国诗学中的才学倾向:严羽和后期传统》中,林氏认为"书"与"理"关系的论述是理解《沧浪诗话》的关键所在。"对《沧浪诗话》的这种兴趣,绝大多数集中在它所提出的几个最重要的主张上,即以禅宗术语论诗不但有理而且有益……真正优秀的诗与'书'、与事、行、思之'理',都没有直接关系。对于《沧浪诗话》本身以及后来的读者来说,'书'和'理'似乎是受到关注的一对互为依存的主要对象;无论这些读者赞同还是不赞同严氏。"①这是否就是说,严羽的立足点实际上就是反对原来以"理"为中心的文学思想,因此才会说"夫诗有别裁,非关书也;诗有别趣,非关理也"呢?林理彰认为,实际上严羽并不是反对"学",因为还有后一半话:"然非多读书,多穷理,则不能极其至。"因此,"对《沧浪诗话》公正的理解告诉我们,虽然严羽非常重视学习,但他仍坚持优秀之诗并非是一种靠诗人获得学问多少来加以简单测量的可量之物"②。

但是,《沧浪诗话》仍然以反对"理"而被后人——特别是15至16世纪——当作复古主义的指南。大部人认为宋代诗人陷入了"理"的泥坑之中,而"理"对于"真"诗是绝对有害的。林理彰指出,明代的复古主义运动深受这种反"理"思潮的影响,并列举李梦阳的诗学主张。其一,好诗是与音乐密切相关的,宋代诗人忽视这点。其二,诗作理语因其抑制了比兴的作用,因此必然会沉闷压抑。其三,真正的诗歌必

---

① [美]理查德·林恩:《中国诗学中的才学倾向》,见莫砺锋:《神女之探寻——英美学者论中国古典诗歌》,286 页。
② [美]理查德·林恩:《中国诗学中的才学倾向》,见莫砺锋:《神女之探寻——英美学者论中国古典诗歌》,288 页。

不可能服从理性的意念。其四,真诗无须作"秀才语"。① 另一位复古主义的代表人物胡应麟,也批评宋诗有为理所缚之弊。但对严羽及其《沧浪诗话》的批评在清代较为盛行,林理彰认为这是因为到了清代,以学者的博识来评骘诗作的偏好极为盛行。"甚至多数人把才当作是得自于学的一种品质——即一个人只能从书本求求的一种东西。"②从中可见,后世对严羽的批评多建立在对《沧浪诗话》的故意歪曲的基础之上,不足称道。

严羽虽然深受攻击,却也不乏支持者。林理彰列出的批评者包括朱彝尊、毛奇龄等,他们坚持"诗必出于学",而汪师韩则认为严羽对于学和理的观点在理论上是正确的,但在实践上则是错误的。更为严厉的批评者则认为,严羽对"学"和"理"的看法都是错误的——总之,后世对"学"与"理"在《沧浪诗话》中的阐释正确与否争论颇多。由此,我们也可以说林理彰把"以禅喻诗"和"学""理""诗"的关系当作理解该著作的核心。当然,所谓"严氏传统"也具有强大的生命力,除去上文所言的明代复古主义之外,邓云霄、王士禛及其追随者郎廷槐、张笃庆等人都属此列。林理彰用邓云霄的一则短评概括这些批评家的观点:"书亦何可废!但当以才情驾驭之,如淮阴将兵,多多益善!"③林理彰认为,无论批评还是褒扬,《沧浪诗话》都已经获得了一种经典般的重要性,尤其是对于"才""学"之说的多样反应。

严羽关于"诗有别材,非关书也;诗有别趣,非关理也"一节的论述,也引起了宇文所安的重视。他认为头两句的意义很难确定,要么是说诗歌的本质有一部分与"书"和"理"有关,要么是说诗歌的本质特性和鼓动

---

① 参见[美]理查德·林恩:《中国诗学中的才学倾向》,见莫砺锋:《神女之探寻——英美学者论中国古典诗歌》,290 页。
② [美]理查德·林恩:《中国诗学中的才学倾向》,见莫砺锋:《神女之探寻——英美学者论中国古典诗歌》,291 页。
③ [美]理查德·林恩:《中国诗学中的才学倾向》,见莫砺锋:《神女之探寻——英美学者论中国古典诗歌》,302 页。

性完全与学识无关。① 那什么是"材""书""趣"和"理"呢？宇文所安认为，严羽把主要是数量意义上的"材"转变成了一个主要是质量意义上的"材"，并通过把它与学识分开而不允许人们把作为纯粹能力的"才"与诗歌"材料"等同起来。因此，"材"被译为"material"。"这里所讨论的与其说是人的才能即'才'，还不如说是那些知觉对象，它们成为诗歌的真正'材料'。"②

宇文所安引郭绍虞之语，认为此句常被错误地引作"与学无关"，其实是用"学"代替了"书"。这就一方面消解了"学"的神圣性，另一方面又给这里增添了异端邪说的紧张感，因此不能将"书"理解为文本中"所写的东西"，而必须理解为以前的文学作品。③ 如果这样解释，"学"则仍属必要，毕竟它与"书"是两个概念。宇文所安认为，"理"在宋之前是"万物运行之理"，而严羽将诗歌从"理"中分离出去就等于否定它的真理性，否定它以自然和人类世界为基础。在做这种分离的同时，严羽精心选择了"趣"的概念。"在诗歌所有的非形式因素中，'趣'最容易游离于'理'。严羽提醒我们，最优秀的诗歌所提供的不是理解而是参与；它是艺术特有的兴奋剂，它是'sui generis'（别具一格的）。"④因此，"严羽从诗歌传统的主要成分中把纯粹的'诗'分离出来，这既比严羽的同代人所理解的那个平庸的'学诗'观念复杂得多，也与之不可分割"⑤。宇文所安总结道，严羽所拟订的"学诗"计划没有完全摒弃宋人的书卷气（学诗在13世纪成为一种刻意的、形式化的、自觉的活动），而是超越了这一点。对严羽来说，以前的诗歌和诗集既是可爱的又是可憎的，既是必要的也是不必要的。严羽要求学生学诗从大量的阅读开始，但这个课程终归是为了使学生超越学习。在顿悟的时刻，真正的诗歌才开始露面。

---

① 参见[美]宇文所安：《中国文论：英译与评论》，447 页。
② [美]宇文所安：《中国文论：英译与评论》，448 页。
③ 参见[美]宇文所安：《中国文论：英译与评论》，448 页。
④ [美]宇文所安：《中国文论：英译与评论》，449 页。
⑤ [美]宇文所安：《中国文论：英译与评论》，449 页。

二、《六一诗话》研究

关于《六一诗话》的研究，除宇文所安在《中国文学思想读本》一书中的专门论述外，比较系统的研究当属张舜英 1984 年的博士论文《欧阳修的〈六一诗话〉》。

刘子健在《欧阳修：11 世纪的新儒家》(Ou-yang Hsiu：An Eleventh-Century Neo-Confucianist)中也对该诗话有所研究。他认为，虽然欧阳修在《六一诗话》中说："圣俞、子美齐名于一时，而二家诗体特异。子美笔力豪隽，以超迈横绝为奇；圣俞覃思精微，以深远闲淡为意。"但实际上，欧阳修还是偏向于梅诗。梅诗"深远闲淡"，这个词被欧阳修反复提及，说明他对这种简单明了的风格是取赞赏态度的。[1] 刘子健也以另一段话为例来说明欧阳修的审美标准："圣俞尝谓予曰：诗家虽率意，而造语亦难。若意新语工，得前人所未道者，斯为善也。必能状难写之景，如在目前，含不尽之意，见于言外，然后为至矣。"欧阳修认为，即使最好的诗人也很难达到这个标准。但由于这部著作并非以文学思想研究为主要话题，因此只仅于此。我们下面重点讨论张舜英和宇文所安关于《六一诗话》的研究。

张舜英和宇文所安都对"诗话"概念进行了考察，并且一致认为"诗话"并没有严格的定义。张舜英认为欧阳修写诗话以自娱，并没有想过它会成为一种文学批评形式，也没有对其进行概念上的说明。因此，《六一诗话》不是一个系统地组织起来的著作，而这却正是诗话的特色所在。后世诗话也是如此，都没有严格的定义和标准。

张舜英通过细致的文本解读，认为《六一诗话》有四个最主要的特征。第一，从文学风格上看，用诗、文作为评诗的手段是古已有之的，而欧阳修的诗话属散文体。第二，从组织上看，每则诗话都各自成篇，即使谈论同一主题，各则之间也没有什么有机的联系。第三，在批评主题上，

---

[1] 参见 James T. C Liu, *Ou-yang Hsiu*, *An Eleventh-Century Neo-Confucianist*, p. 135.

无论是批评或赞美，《六一诗话》大都是以唐宋之诗，即"近体诗"为主要对象，而"联句"又是其主要的批评单元。张舜英认为，选择联句进行批评是中国文学长久的传统，未受到佛家影响，并举了《论语》和《孟子》为例来说明这一点。此外，由于音律、对仗的关系，联句也有可能反映出诗人作诗的特色。第四，《六一诗话》诗学批评按"三部曲"进行：首先是诗的真实和逻辑内容，评价诗的好坏以其内容是否真实或合理为标准；其次是诗的创造性意义和语言技巧标准；最后是诗是否具有生动的景物与无尽之意味，这也是欧阳修论诗的最高标准。①

为此，张舜英认为，诗话批评的原则在于对诗人、诗作进行表扬或批评，这就使它成为一种批评武器，但也容易成为党同伐异的工具（欧阳修对"西昆体"的态度即有此嫌疑）。《六一诗话》不仅使诗话成为后世较为常用的批评文体，也对后世诗学产生了重要影响，其中与江西诗派的联系较为紧密。张舜英认为，既然黄庭坚和陈师道是江西诗派最重要的代表性人物，由此可以从黄、陈相似的文学思想入手，来证明《六一诗话》的影响。他认为，黄庭坚出自苏门，而苏轼则出自欧阳修门，其传承关系清晰可见。黄庭坚《跋欧阳公梨花诗》《跋雷太简梅圣俞诗》中对梅诗的评论也深受《六一诗话》之影响，甚至有抄袭之嫌。黄庭坚敦促诗人避免俗语，与欧阳修的观点相近。例如，《六一诗话》第十五则："圣俞尝云：'诗句义理虽通，语涉浅俗而可笑者，亦其病也。如有《赠渔父》一联云'眼前不见市朝事，耳畔惟闻风水声。'说者云：'患肝肾风。'又有《咏诗者》云：'尽日觅不得，有时还自来。'本谓诗之好句难得耳，而说者云：'此是人家失却猫儿诗。'人皆以为笑也。"而陈师道则被视为梅尧臣的后继者，其文学思想也受《六一诗话》影响颇多，如其《后山诗话》。他对黄庭坚的推崇也与欧阳修对梅尧臣的推崇如出一辙。②

张舜英指出，严羽《沧浪诗话》的宗旨与《六一诗话》相近，但却用来反对江西诗派的影响。严羽试图用欧阳修的观点清除江西诗派的影响，

---

① 参见 Shun-in Chang, *The Liu-i shih-hua of Ou-yang Hsiu*, pp. 111-139.
② 参见 Shun-in Chang, *The Liu-i shih-hua of Ou-yang Hsiu*, pp. 141-151.

即认为诗是越古越好。由此观之,江西诗派的鼻祖黄庭坚自然就是诗之最下等的了。而事实上,严羽是反对模仿的人,无论是模古还是仿今都是不好的,对他来说,诗是和学习、和逻辑思维完全无关的事情(诗"非关书也""非关理也"),诗是个人自由抒发本性和感情的工具。严羽所做的论断就是要动摇江西诗派的地位。但是,严羽对诗歌的许多看法都来自《六一诗话》。例如,他说"诗无关理路,言无尽而意无穷"等,均是直接袭《六一诗话》第十二则对梅尧臣的评价。严羽同时也采纳了欧阳修的观点,认为不同的诗体不一定有高低之分,"李杜之间难分仲伯",因为第一流诗人都有其自身的诗学风格,这是根据其天赋而定的,此观点来自《六一诗话》第十三则对苏舜卿的评价。①

宇文所安秉承其一贯的研究风格,对《六一诗话》中的某些篇章进行了细心的翻译和评论,并勾勒出其中所蕴含的文学思想。关于诗话的文体特征,宇文所安与张舜英的见解大致相同。他认为诗话原来是口头性与社交性的,但是从南宋开始,诗话越来越体系化了,原来的审美价值与"本色"渐渐丧失。因此,宇文所安认为严羽的《沧浪诗话》失去了太多本色,很难再配得上"诗话"这个名字。《沧浪诗话》及其南宋的一些诗话所表现出的体系化,应该被放在南宋后期与元代前期文学研究渐趋通俗化的背景中加以理解,因为诗话逐渐被当作诗歌写作的教材,而不是原来那种以兴趣为主要导向的消遣式诗评。宇文所安指出,许多文人对这种体裁的偏好可以追溯到《论语》以来的语录体的影响。这也可以解释为什么不是《文心雕龙》那样系统的文论著作,而是《六一诗话》这样的著作成为中国文学批评话语的主导模式。不过,宇文所安也像张舜英那样试图从这部著作中寻找可供归纳的系统性的因素。他说:"说《六一诗话》有自觉的结构意识,未免有些夸大其词。然而,我们可以感觉到其中的微妙回响、逆转、错综复杂以及悬而未决的问题,它们也是欧阳修的'高级'文类的写作特色。"②

---

① 参见 Shun-in Chang, *The Liu-i shih-hua of Ou-yang Hsiu*, p. 150.
② [美]宇文所安:《中国文论:英译与评论》,398页。

宇文所安同样关注《六一诗话》有关文学评价的问题。但他认为从第十则起，《六一诗话》的内容从诗歌评价转向了诗歌技法。① 在前一部分的诗歌评价中，他教导读者学会欣赏既完美又朴实的诗歌。欧阳修批评文章最喜欢的一个主题，是诗歌之工与诗人社会生活的困厄之间的联系（"穷而后工"）。在细究第十二则，即"《六一诗话》最长的一个理论条目"时，他说："通过整部《六一诗话》，我们认识到诗歌中的事物与它们看起来的样子不一样（除非你是'知诗者'，能透过幻象看出真实）。"②梅尧臣的诗歌看似漫不经心，"深远闲淡"，但也十分注意"造语"，他的许多诗句都是一生精研诗歌技艺的成果。"语工"无疑是"造语"的自然结果，"意新"是"率意"的必然结果。

"'新'在中国文学思想中有很长的历史；但在早期阶段，它的意思很简单，它是通过熟知和反复思考那些先前被忽视的东西得来的'新'，而不是从自我那里自然生长出来的'新'。在宋代，'得前人所未道'已经成了一句老生常谈。所谓'原创性'主要体现在描述性对句上。对梅尧臣来说，关键在于怎样把此时此刻的具体心境（circumstantial mood）与个人感受转换成由十个字组成的五个音节的对句，同时又要把其中之'意'体现在'言外'。"③梅尧臣说创作者"得于心"，读者"会以意"，"意"这个词可能是为了强调某种心理的整体性。宇文所安说，"意"是一个很宽泛的概念，在这里它既可以指巴洛克意义上的"概念"或"奇想"，也可以指美学概念，"会"的意思则是"相遇"。这句话假定，诗人之"意"与读者之"意"是一致的。至于"诗歌技法"，宇文所安如此评述："在他的《六一诗话》中，我们发现的不是任何训练有素的艺术技巧，而是一种思想风格。而我们希望从'诗话'这个文类中看到的正是'思想风格'。"④

---

① 参见［美］宇文所安：《中国文论：英译与评论》，410 页。
② ［美］宇文所安：《中国文论：英译与评论》，414 页。
③ ［美］宇文所安：《中国文论：英译与评论》，414～415 页。
④ ［美］宇文所安：《中国文论：英译与评论》，398 页。

三、魏世德的元好问研究

魏世德的《论诗诗：元好问的文学批评》集翻译和研究为一体。这种研究方式在英语世界的汉学界有一定的代表性，其优势就在于既可以立足于某一具体文本，对中国诗学中的相关重要问题进行纵横交错的研究，又不至于纠结于个别概念或拘囿于文本自身，前述宇文所安的研究即有此特征。但是，魏世德不像宇文所安那样有打通古今中外文学思想的理论冲动，而是希望以元氏30首论诗诗为依托，对中国古代文学思想追根溯源。因此，魏世德对30首诗在翻译上采取了直译和意译对照，然后逐字逐句进行解释的方法，在碰到某些重要概念时再上下延伸，在更广阔的历史语境中进行解释说明，希望能追溯到它们的源头并说明其影响。

（一）论诗的核心：清浊

魏世德在前言中说元好问论诗诗重在实用批评而非理论建构，这大抵是因为他觉得元氏论诗重在衡量作家而非阐说原理。尽管如此，魏世德仍然指出"清"（pure）、"浊"（impure）之分是元好问的总体诗学原则。元氏论诗之目即以"清""浊"整合诗学传统，强调"诚"（sincerity，以《诗经》为代表的传统），"天然"（naturalness，以陶潜为代表），"雄壮"（strength of feeling，以建安诗人为代表），而贬抑"标新立异"（self-consciously novel，以陆通为代表），"过于雕琢"（elaborated，以陈师道为代表）或"表达的无力"（weak in expression，以秦观为代表）。总之，诗歌必须是用高雅的语言对直接经历的感情的真实表达，诗歌也必须"写得上乘"①。从文学史的角度讲，元氏30首论诗诗一方面受杜甫一组七言绝句（后由戴复古继承）论诗诗的影响，另一方面因在宋代，"组诗"写作已

---

① John Timothy Wixted，*Poems on Poetry：Literary Criticism by Yuan Hao-wen*〔1190-1257〕，p. 12.

经比较普遍，因此也受到后一种文类表述方式的影响。由于这种批评体裁容量有限，因此必然会带来意义表达上的问题，这也构成了此类诗作的另外一些特征，如多隐喻、典故，用语多义化等。元氏的每一首七绝诗都可分为对立的两联，一般是讲同一朝代的两个诗人，比如第十六首比较李白和李贺①，第十八首比较韩愈和孟郊②等。首先，每一联包括一个对句，有些语义较为明确，有些则较为含蓄。其次，同一诗中上下两联通常对立，但各诗之间却经常是互补的。从中可见，这一系列论诗诗并非随意组合，而是"有机"生成的，因而在阅读这些诗歌时需要将上下文进行联系，借此理解作者的意图。③

(二) 诗人与时代

魏世德指出，在某种程度上，元好问未论之事比所论之事对后人更具启发性，这是因为元好问避免直接的理论论述，总是将抽象的归纳总结与个别事例的分析联系在一起。同时，他在选择所评论的诗人时也很有一些特点。例如，著名诗人白居易只是被漫不经心地提到；王维被完全忽略；而陆通和陆龟蒙等小诗人则被他充分予以重视（第十三首和第十九首）。之所以如此，是因为这些诗人的诗作是元氏论诗的兴趣所在。魏世德还从30首诗的编排上发现元好问论诗之范围主要集中在三个时代，且对不同的时期进行了价值上的评判。大致而言，他认为前唐诗是建安高峰之后的衰败，中盛唐是大家辈出的时代，而晚唐诗则受到几位天才诗人的不良影响。其后的宋诗，则被他认为一开始就是堕落的，后到严羽的时代达到顶峰，之后逐渐衰落。比如第16首所诵出的"切切秋虫万古情，灯前山鬼泪纵横。鉴湖春好无人赋，岸夹桃花锦浪生"，即被魏世

---

① 原诗为"切切秋虫万古情，灯前山鬼泪纵横。鉴湖春好无人赋，夹岸桃花锦浪生"。
② 原诗为"东野穷愁死不休，高天厚地一诗囚。江山万古潮阳笔，合在元龙百尺楼"。
③ 参见 John Timothy Wixted, *Poems on Poetry：Literary Criticism by Yuan Hao-wen* [1190-1257], pp. 15-16.

德认为是"批评宋诗对唐诗的模仿"①。但这是否与诗的排列有关呢？魏世德说，不幸的是我们并不知道这些诗歌的编排是否保持了原样，因此也无法从先后顺序得到太多信息。②

至于元氏创作这些诗歌的目的，魏世德指出，应该是出于私人原因而非为公共争论所作，也没有证据表明元氏曾经将其"绝技"传授与人。虽然元氏并非具有原创性思想的思想家，但有两点仍然使他的论诗诗非常重要。第一，正是这个"非理论化"的因素：作为诗人，他能依据诗歌本身进行评判，这在他对晚唐诗的评论中表现得最为明显。在理论层面上，他无疑反对晚唐诗的佶屈聱牙，但事实上又给韩愈诗歌以很高评价（第十八和第二十四首）；他还崇敬李商隐，同时又宣称读不懂他（第二十八首）。不过，这些矛盾与当时文学思想的关系如何，与元好问的文学思想又有何关联，魏世德对此并没有进一步探讨。

（三）万古高情：一种批评性概念

魏世德也有意对一些常用概念进行解析。例如，他发现在30首诗中，"万古"一词多次出现，如"万古情""万古新""万古千秋"等，算是一个"被使用过度"的词语。他说："这个词在30首诗中出现了七次之多，虽然没有任何一次使用不当，但这种重复使用仍然让人感觉不快。从修辞角度来讲，这是元氏这一组诗中的最大弱点。"③但是他应当更进一步地解释，作为一个时期最重要的作家，精于修辞的大文豪元好问为何反复使用"万古"一词而没有选择其他——提出问题或批评固然重要，深究其背后的文学含义、文化含义和思想内涵则更为重要。而魏世德还只是提出了一种现象，未对之有深入的分析。他在其他概念的处理上也往往

---

① John Timothy Wixted, *Poems on Poetry: Literary Criticism by Yuan Hao-wen* [1190-1257], p. 132.

② 参见 John Timothy Wixted, *Poems on Poetry: Literary Criticism by Yuan Hao-wen* [1190-1257], p. 16.

③ John Timothy Wixted, *Poems on Poetry: Literary Criticism by Yuan Hao-wen* [1190-1257], p. 4.

给人这种止步不前的感觉。例如，对于元好问重要的概念"天然"，魏世德认为其意"与内在的、天生的性质相一致"，并引李白的"天然去雕饰"为例，认为李、元所用此词内涵一致，然而未能将其置于更为广阔的概念史背景中加以追溯与辨识。当然，这也许是因为他为自己制定的研究目标所限定，所以我们也不必对此有过多的苛责。

第十章 英美汉学界的明清文论研究

可以说，元明时期戏剧与白话小说的崛起，逐渐改变了诗文劳劳占据文学统治地位的局势。虽然直到 16 世纪末 17 世纪初，中国小说和戏剧仍然受到传统文学批评思想的贬抑，但许多文人热衷于小说和戏剧创作也是事实。与之相应，也出现了比较发达的小说与戏剧理论。但是无论新兴文学形式有多么生机勃勃，传统诗文在文坛的统治地位仍然无法动摇，诗文批评仍是主流。明清时期有一个前所未有的现象，即各大文学流派在不同地域不同时期的发展与壮大。几乎每一个流派都有自己明确的文学主张和作文法则——作家乐于创造理论，然后又有意识地将他们的理论付诸实践，形成了创作与理论的互动循环。

明清时期文学思想的多元性吸引了某些汉学家的注意力，比如宇文所安的《中国文学思想读本》(*Reading in Chinese Literary Thought*)，在王夫之之外，还选了叶燮的《原诗》进行翻译和评论。可以说对上述仅有十一章的读本而言，有清一代占有两章，分量已然不小。但总体而言，相比对前代文论史的涉入，英美汉学家对明清文学思想的研究覆盖面还不够广泛，所顾及的也只是少数影响较大的流派与作家。这种情况与 20 世纪 90 年代以前国内的研究取向也有相似之处。

英语世界汉学界对明代文论的关注涉及前后七子、唐宋派、公安派等的文论。林理彰所撰《明代诗学理论中"自我实现"的另类路径》(Alternate Routes to Self-Realization in Ming Theories of Poetry)①、涂经诒的论文《中国明代理学与文学批评：以唐顺之为例》(Neo-Confucianism and Literature Criticism in Ming China: in Case of T'ang Shun-Chih, 1507-1560)②，均较为细致地探讨了复古主义、唐宋派及其与公安派的关系。当然，汉学家们研究的重心无疑是以公安派为代表的文学思想，其中有周质平(Chih-ping Chou)所撰的《袁宏道及公安派研究》(Yuan Hung-tao and the Kung-an School)③，而对"公安派先驱"李贽的研究有 20 世纪 70 年代陈学霖(Hok-lam Chan)的相关研究，如《当代中国历史视野中的李贽》(Li Chih in Contemporary Chinese Historiography: New Light on His Life and Works)④等。其他关于明代思想和历史的著作也大多提及李贽，但却缺乏对其文学思想的探讨。

在清代的文学批评家之中，汉学家们最感兴趣的人物是袁枚。早在 20 世纪 50 年代，阿瑟·韦利就曾出版《袁枚：18 世纪的中国诗人》(Yuan Mei: Eighteenth Century Chinese Peot)⑤，但关于其文学思想着墨不多。施吉瑞的《随园：袁枚的生平、文学批评与诗歌》(Harmony Garden: the Life, Literary Criticism, and Poetry of Yuan Mei[1716-1798])⑥研究较为完备(此书亦涉及"公安派"相关理论)。另外，美国学者阿列森·哈莱·布莱克(Alison Harley Black)在《王夫之哲学思想中的人与自然》(Man and Nature in the Philosophical Thought of Wang Fu-

---

① Richard John Lynn, "Alternate Routes to Self-Realization in Ming Theories of Poetry", Susan Bush and Christian Murck (eds.), *Theories of the Arts in China*, Princeton University Press, 1983.

② Ching-I Tu, "Neo-Confucianism and Literature Criticism in Ming China: in Case of T'ang Shun-Chih (1507-1560)", *Tamkang Review*, Vol. XV, No.1, 2, 3, 4, 1984.

③ Chih-ping Chou, *Yuan Hung-tao and the Kung-an School*, Cambridge University Press, 1988.

④ Hok-lam Chan, *Li Chih in Contemporary Chinese Historiography: New Light on His Life and Works*, New York, M. E. Sharpe, 1980.

⑤ Arthur Waley, *Yuan Mei: Eighteenth Century Chinese Poet*, London, Stanford University Press, 1956.

⑥ Jerry D. Schmidt, *Harmony Garden: the Life, Literary Criticism, and Poetry of Yuan Mei[1716-1798]*, New York, Routledge, 2003.

chih)①中,涉及王夫之的文学思想。林理彰的《正与悟:王士禛的诗歌理论及其来源》(Orthodoxy and Enlightenment: Wang Shih-chen's Theory of Poetry and Its Antecedents),对王氏诗学思想也有所探入,这在"诗话研究"一章中已论及。值得一提的是,林理彰 1971 年的博士论文《传统与综合:诗人与批评家王士禛》(Tradition and Synthesis: Wang Shih-chen as Poet and Critic)②,可谓对王氏批评思想的一次集中研究。

一、复古主义、唐顺之及其他

对主导明代长达近百年的前后七子复古主义运动的研究,在英美汉学界一直是很薄弱的,但林理彰的长文《明代诗学理论中"自我实现"的另类路径》却将视野集中在这一研究领域,取得了一定的成就。

从题目即可看出,林理彰此文并非专门讨论复古主义,而是试图在一个更长的历史谱系中,通过与明代另一批评思潮,即表现论的交错对比,揭示复古主义在明代批评发展史上的意义。就前后七子复古主义这一系脉而言,林理彰以为,虽然其勃兴于明中,然而作为一种思想倾向,仍然有更久的渊源可以追寻,而且一直可以追溯至宋代严羽所撰的《沧浪诗话》。通过对严羽诗话内容的细致分析,我们可以发现,尽管不能过于简单地辨识之,而应将之看作一个包含多重复杂性的文本,但是仍然能够从中勾勒出五个最为基本的要点。《沧浪诗话》的中心旨趣是将盛唐诗歌视为一种最高的典范,由此而向后世的学诗者呈示出一种完美的诗法的样板,并借这一标准来反对宋代的诗歌创作,尤其是以江西诗派为代表的诗风。就严羽看来,宋诗与唐诗的区别主要在于,宋诗的写作不是源于自发与自然的心灵之"悟",因此不合声韵,也不合乎诗歌的程法,在语言表达上有违于"正"的规范。从一个更为广泛的侧面来看,明初的

---

① Alison Harley Black, *Man and Nature in the Philosophical Thought of Wang Fu-chih*, University of Washington Press, 1989.

② Richard John Lynn, "Tradition and Synthesis: Wang Shih-chen as Poet and Critic", Doctoral Thesis, Stanford University, 1971.

高棅与林鸿追随严羽而主张作诗以盛唐为归，不仅开启了效仿唐诗的先声，也具有一个时代氛围提供的基础。例如，这就与朱元璋及其幕僚在当时企图恢复与建立文化与政治上的权威等想法有某种一致性，其核心均在于树立普遍的规范。高棅的《唐诗品汇》为此提供的是一种学诗的指南，并在其中贯穿自己的诗学理念。但是林理彰也指出，"进而，这个模仿（emulation）的观点并非仅仅被重新限定为形式上的考虑，也包括了人格、感知与性格的培养和塑造的内涵"①。也就是说，高棅希望借助于他的选诗与评诗等活动，使学诗者能够按照"盛唐诗人的精美的人格与雅量的性格"型塑自己的品格。因此，高棅的这一观点在讨论诗歌模仿论的同时，也进一步引入了一个人格学意义上的"自我实现"的问题，而前后七子的复古主义论述也将循此有更大的造诣。

关于"前七子"的文学批评，尽管其成员之间的差异还是比较大的，然林理彰主要还是选取了其最著名的领袖人物李梦阳的表述来说明之。在他看来，李梦阳一直以来都是作为一个形式主义者，即盛唐诗风的倡导者为世所知，然而"在其有关诗学的批评性论述中，也有许多内容涉及自我实现的问题"。即在其诗论中存在两个表述的层面，一个是对诗歌形式的探索，另一个是对诗中的自我角色的确认。根据李梦阳的看法，"一首成功的诗歌也是作为个体的理想化的诗人与理想化的词语媒介表现相遇的地方。在那儿，诗人明白他可以通过传递出自己的性情、感知与情感成为一个理想化的文化类型，而这与对词句的认同形式又是匹配的"②。这也意味着复古的声言会对诗歌中的词语与语法介质有一种深层的委托，在这个意义上，对所使用的词语的选择也应当被看作最为有效的、自我教养的路径。因此从"前七子"的诗评中，我们看到，他们对诗歌形式特征的论述，总是与模仿的正确（"正"）的提议相关联，从而要求写诗能够符合"规范性"的诗学传统。在这一方面，"后七子"承续了"前七

---

① Richard John Lynn, "Alternate Routes to Self-Realization in Ming Theories of Poetry", *Theories of the Arts in China*, p. 321.

② Richard John Lynn, "Alternate Routes to Self-Realization in Ming Theories of Poetry", *Theories of the Arts in China*, p. 325.

子"的理念,但也有所变化。以谢榛为例,他的论述也大量涉及自我人格实现的问题,但论域已明显扩大。例如,他在《四溟诗话》中便讨论过与人格属性相关的四个范畴,即"体"的"正大"、"志"的"高远"、"气"的"雄浑"、"韵"的"隽永"。这些描述一方面可看作对诗歌表现形式的要求,另一方面也是对人格特征的确认。而对这些要素的占据与掌握,只有借助于向古人学习才能达至,只有在古人的引导下我们方能与伟大的诗人并肩而立。当然,谢榛向古人学习的主张也有异于"前七子"之处,即更偏重对"卷入""悟入"的强调,而不是被视为简单地模仿过去的作品。从中我们再次发现,前后七子对"个体"与"传统"关系的处理主要还是源于严羽的主张,并同样将这两个部分看作一个统一的整体。

在这篇论文中,林理彰也述及了后来兴起的公安派,也就是他所谓的"表现主义"流派,并将对之的考察置于与复古主义的对比性框架之中。从当代的意义来看,作者认为公安派的出现直接受到三方面的影响,这就是以李贽等人为代表的个体论哲学,以徐渭、汤显祖为代表的富有强烈个性化色彩的戏剧创作,及当时一些诗人带有浓重表现主义情感外泄征象的诗歌创作。但是如果将之放在更为长久的明代诗歌批评的坐标上看,则又可看作对明初杨维桢、高启等人的诗学理想的一种回声,因此在明后期的诗坛上掀起了一股反复古主义的热潮。公安派的出现打破了模仿论坚持将盛唐诗歌作为至高与唯一标准的迷思,将诗歌效习的范围扩大至宋代,与之相应也就引入了一种更为自由的诗学主张。当然,林理彰认为,就一种文学理论来看,公安派的意见其实也没有太多的新意,他们的许多见解在此前已有陈述。公安派的主要贡献是在将以前曾有的表现论的想法纳入一个更为常态性与连续性的视野框架之中,并且创作出了大量能够证明这些理论或理念的诗歌与散文。[①] 此外,林理彰也提醒读者需要注意的是,公安派的文论也与复古派存在概念上的关联,这就是对自我人格实现的关注,并从这一层面申述其文学革命的主张。

[①] 参见 Richard John Lynn, "Alternate Routes to Self-Realization in Ming Theories of Poetry", *Theories of the Arts in China*, p. 336.

唐顺之前承七子，后启公安派，地位较为重要。周质平在公安派研究中，已将唐氏尊为公安派先驱。涂经诒《中国明代理学与文学批评：以唐顺之为例》一文，对明代哲学与文学批评双重语境中的唐顺之的文学思想进行研究，认为唐顺之文学思想的背后隐藏的是明代由理学向心学转变的哲学背景。"在明中期以后，王阳明学派取代了程朱学派的哲学统治地位，在文学批评界也是如此。更具体地说，我们可以以唐顺之的文学批评发展历程为例，证明这两个过程是一致的。"①唐顺之早年追随"前七子"，"文必秦汉，诗必盛唐"，模仿秦汉文风；后来受到王慎中影响，将兴趣转到唐宋，尤其模仿欧阳修和曾巩，其《文编》对"唐宋八大家"历史地位的确立起了关键作用。周质平在《袁宏道及公安派研究》中提到，唐顺之在40岁时，意识到文学创作不是模仿前人作品，而是一种创造性的个人艺术，这与涂经诒的观点差不多。"四十岁之后，唐氏深受由王畿为首的王阳明左翼学派思想的影响，文学创作和文学理论都发生了明显改变。"②周质平对他从秦汉转向唐宋的解释是，唐顺之觉得秦汉时代已远，而唐宋与秦汉的诗文之法一脉相承，因此他主张将模仿的对象从秦汉转移到唐宋。这一说法当然过于简略，似乎只强调了唐顺之的主观因素。涂经诒则从明代程朱学派转向陆王学派的语境，解析了唐顺之文学思想发生转变的背后力量。

涂经诒用唐氏的"法""本色"作为关键概念，对比其前后期思想之异同。首先是"法"的概念，此概念与程朱学派强调的哲学思想同质。唐顺之说："汉以前之文未尝无法，而未尝有法；法寓于无法之中，故其为法也密而不可窥。唐与近代之文不能无法而能毫厘不失乎法，以有法为法故其为法也。严而不可犯，密则疑于无所谓法，严则疑于有法而可窥。然而文之必有法

---

① Ching-I Tu, "Neo-Confucianism and Literature Criticism in Ming China：in Case of T'ang Shun-Chih(1507-1560)", *Tankang Review*, Vol. XV, No.1, 2, 3, 4, 1984, p. 549.

② Ching-I Tu, "Neo-Confucianism and Literature Criticism in Ming China：in Case of T'ang Shun-Chih(1507-1560)", *Tankang Review*, Vol. XV, No.1, 2, 3, 4, 1984, p. 552. 另唐顺之在《答王遵严》一文中说："将四十年前伎俩头头放舍，四十年前意见种种抹杀。"周质平和涂经诒都本于此说，将"四十"作为唐氏创作和思想的分水岭。

出乎自然而不可易者，则不容异也。且夫不能有法而何以议于无法？"①涂经诒认为，此处"法"既指"方法论"式的笼统之"法"，又指具体"方法"之法，且唐顺之对"法"的强调说明他既注意文学的形式与技巧，又注重作家的文学训练，即"工夫"。涂经诒说，强调"法"并非唐顺之独有，秦汉派亦讲究"法"，无论是早期的唐顺之还是"前七子"，"法"都与程朱学派"格物致知"而获得的"道心"和"道德修养"相关。"程朱学派对道德或道德修养的强调，一定程度上启示了唐顺之和其他以'法'为核心的批评家。"②既然"法"对应程朱学派的哲学思想，那"本色"则对应陆王心学之思想。关于此概念的重要性，涂经诒说："唐顺之的'本色'概念开启了散文写作的新潮流，并统治了他之后的明代和早清时期。'本色'概念对文学批评也具有同样的重要性，它不仅有力地反对了模古之风，同时，它所蕴含的其他观念和丰富的内涵还预示了许多未来由公安派和性灵派创造的批评观念。"③

唐顺之对"本色"的论述见于《答茅鹿门知县》："今有两人，其一人心地超然，所谓具千古只眼人也，即使未尝操纸笔呻吟，学为文章，但直据胸臆，信手写出，如写家书，虽或疏卤，然绝无烟火酸馅习气，便是宇宙间一样绝好文字；其一人犹然尘中人也，虽其专专学为文章，其于所谓绳墨布置，则尽是矣，然番来覆去，不过是这几句婆子舌头语，索其所谓真精神与千古不可磨灭之见，绝无有也，则文虽工而不免为下格。此文章本色也。"④涂经诒认为，由此可见本色指感情的真实和所表达思想观念的原创性。因而，如果创作者无真情实感，则技巧无助于写出好的作品。

唐氏还认为，"本色"不限于儒学观念。"且夫两汉而下，文之不如古

---

① （明）唐顺之：《荆川先生文集》卷九，四部丛刊版，208 页。标点为笔者所加。
② Ching-I Tu, "Neo-Confucianism and Literature Criticism in Ming China: in Case of Tang Shun-Chih (1507-1560)", *Tankang Review*, Vol. XV, No. 1, 2, 3, 4, 1984, p. 552.
③ Ching-I Tu, "Neo-Confucianism and Literature Criticism in Ming China: in Case of T'ang Shun-Chih (1507-1560)", *Tankang Review*, Vol. XV, No. 1, 2, 3, 4, 1984, p. 558.
④ （明）唐顺之：《荆川先生文集》卷七，126～127 页。

者,岂其所谓绳墨转折之精之不尽如哉?秦汉以前,儒家者有儒家本色,至如老庄家有老庄本色,纵横家有纵横本色,名家、墨家、阴阳家皆有本色。虽其为术也驳,而莫不皆有一段千古不可磨灭之见。是以老家必不肯剿儒家之说,纵横必不肯借墨家之谈,各自其本色而鸣之为言。其所言者,其本色也。是以精光注焉,而其言遂不泯于世。"[1]如前所述,"本色"背后的哲学思想是"心学",尤其是王阳明和王畿的思想。涂经诒为此对王阳明哲学的发展历程进行了梳理,指出王阳明四句教"无善无恶心之体,有善有恶意之动,知善知恶是良知,为善去恶是格物"被钱德洪所坚持;但王畿认为这不过是"权教"而非最终真理,遂另立"四无"之说,即"无心之心""无意之意""无知之知"和"无物之物"。此论超越"善恶"分界,认为"心"的本质是"无",所有意志、知识及事物皆出于"无"。"心"只有原本无物,方能容万物并对其变化做出反应。涂经诒说:"王畿认为心的本质是空和自然,只有在这里我们才能找到唐顺之'本色'概念的哲学前提。"[2]

因此,唐顺之放弃"法"而论"本色"是深受王畿影响的。程朱学派讲"天理",人要"得道"需从外求;陆王学派讲"良知",因而无须外求,"体"(substance)与"工夫"(effort)本无区别。涂经诒指出,唐顺之将"本色"论用于文学,同时又引入了哲学上的"天机"说[3],使"心的原始和推动因素"变得尤为重要。"心就是理,环绕整个宇宙。即便在最普通的道德意义上讲,心的原始之体也超越善恶。如果一个作家表达自我时能够通过真情实感,或使其心自由自然地流出,那么从逻辑上讲,他的作品就一定是好的文学。换句话说,唐顺之认为好的文学必须是初始之心的

---

[1] (明)唐顺之:《荆川先生文集》卷七,127页。
[2] Ching-I Tu, "Neo-Confucianism and Literature Criticism in Ming China: in Case of T'ang Shun-Chih (1507-1560)", *Tankang Review*, Vol. XV, No. 1, 2, 3, 4, 1984, p. 556.
[3] 唐顺之说:"天机即天命也,天命者,天之所使也。立命在人,人只立此天之所命者而已。"(明)唐顺之:《荆川先生文集》卷六,120页。

自然流露。"①

二、晚期研究的重点：公安派文论

就明清时代的文学思想而言，英语国家汉学界最感兴趣的非公安派的袁宏道莫属。洪铭水（Ming-shui Hung）1974 年于威斯康星大学麦迪逊分校完成的博士论文《袁宏道与晚明文学与思想运动》(Yüan Hung-tao and the Late Ming Literary and Intellectual Movement)，大概是英语国家汉学界对袁宏道进行系统全面研究的第一部学术著作，但并未正式出版。洪铭水于 1982 年出版《袁宏道》(Yuan Hung-tao)②，1997 年出版《晚明诗人和批评家袁宏道的浪漫视野》(The Romantic Vision of Yuan Hung-tao, Late Ming Poet and Critic)③，可谓是华裔汉学家中对袁宏道研究较为多产的一位了。美国汉学家齐皎瀚（Jonathan Chaves）对公安派亦有一些研究，如撰有《公安派的自我表达：非浪漫的个人主义》(The Expression of Self in Kung-an School：Non-Romantic Individualism)④ 和《意象纷呈：对公安派文论的再思考》(The Panoply of Images：A Reconsideration of Literary Theory of Kung-an School)⑤ 等。

洪铭水《袁宏道与晚明文学与思想运动》涉及袁宏道生平、交友、文学创作及文学思想诸多方面。他自言研究的目的是："在他们的政治、社会和文化语境中追溯人与观念之间的关系，通过核心人物袁宏道，研究

---

① Ching-I Tu, "Neo-Confucianism and Literature Criticism in Ming China：in Case of T'ang Shun-Chih(1507-1560)", *Tankang Review*, Vol. XV, No.1, 2, 3, 4, 1984, pp. 557-558.

② Ming-shui Hung, *Yuan Hung-tao*, Boston, Twayne's World Authors Series(TWAS), 1982.

③ Ming-shui Hung, *The Romantic Vision of Yuan Hung-tao, Late Ming Poet and Critic*, Taipei Bookman Books, 1997.

④ Jonathan Chaves, "The Expression of Self in the Kung-an School：Non-Romantic Individualism", Robert E. Hegl and Richard C. Hessney（eds.）, *Expression of Self in Chinese Literature*, New York, Columbia University Press, 1985, pp. 123-150.

⑤ Jonathan Chaves, "The Panoply of Images：A Reconsideration of Literary Theory of Kung-an School", *Theories of the Arts in China*, pp. 341-364.

浪漫运动的兴起。"①该论文共 6 章,以袁宏道的生平事迹为主要线索,所涉人物众多。洪铭水主要是在复古派占据明代文学主流的背景中谈论公安派的,认为公安派是对正统文学思想的反叛,并将之命名为"浪漫主义",以与"复古主义"相对应。当然,这一点也备受后来的研究者,如美国汉学家齐皎瀚等人的质疑。

齐皎瀚所撰《公安派的自我表达:非浪漫的个人主义》和《意象纷呈:对公安派文论的再思考》等也在汉学界较有影响。在后文中,齐皎瀚确实对公安派进行了"再思考"。他主要是反对学术界对公安派的一些传统评价,尤其是视公安派"激进"反对"复古"潮流的观点。他认为,过去对袁氏兄弟的评价或者过低,或者歪曲,并极力反对用"浪漫"(romantic)一词指称公安派或任何中国文学传统。他说:"公安派作家绝非疯狂的反叛者,他们创造了在全部中国传统文学思想中某些被认真讨论的、具有思想启发性的论点。"②

首先,袁宏道等人并没有全盘反对正统诸子,只是对少数追随者表示鄙视。齐皎瀚分别引用袁氏三兄弟及江盈科的观点,证明他们并非一味反对复古。他认为公安派代表作家都意识到"复古"潮流中所包含的革新因素,并抱有同情态度,但同时又对盲目的崇古模仿感到不满。

其次,他们所使用的某些关键概念与正统诸子是相通的,如诗可表达内在。这说明公安派作家既有"抒情"理论又有"形上"理论,而后者也是正统派"诸子"常有的观点。洪铭水认为,严羽《沧浪诗话》中用"兴趣"总结盛唐诗之特征,并将之作为作诗五大原则之一,是正统或形上派的里程碑,公安派的"趣"就是此传统的发展。因此,公安派和复古派都是存在于一个连续的文学传统内的。实际上,"趣"是明代文学批评中常用的一个术语。另一个常用的概念"真",不仅指"真实",也指表面之下的

---

① Ming-shui Hung, "Yuan Hung-tao and the Late Ming Literary and Intellectual Movement", Doctoral Thesis, University of Wisconsin-Madison, 1974, p. 5.

② Jonathan Chaves, "The Panoply of Images: A Reconsideration of Literary Theory of Kung-an School", *Theories of the Arts in China*, p. 341.

内心真实。在这种意义上，它就和"趣"有相通之处。齐皎瀚指出："真"与道、释理论关系密切。公安派也使用"无"这样具有明显宗教特征的术语，"使用'真''气''趣''神'（如'神气'）这样的术语，使人很难不怀疑，对公安派作家而言，至少通过与宗教冥想类似的过程，文学的功能是体现和表达内在的真实。"①

再次，公安派从未完全否定向古代学习的必要性，他们只是要求诗人开拓视野，从不同的时代汲取营养。公安派只是反对机械模仿和"文必秦汉""诗必盛唐"的口号，认为不同时代、不同作家都可能有可取之处，不必拘于某某。"崇拜唐宋不是因为他们创造了后世必学的、不可更改的模式，而在于他们对真正创新性的容忍，哪怕它会导致风格的古怪。"②

最后，公安派不仅重抒情，而且注重艺术与自然的关系，及诗歌艺术本身。齐皎瀚认为，重"自然"的道家观点与李梦阳等人的观点是相通的，因自然不加雕琢，诗文创作必须"质朴"，甚至要有瑕疵才好。此外，洪铭水认为公安派注重"创新"，实际上也与要求返回中国艺术和文学的终极根源，即"自然"相关。

周质平的《袁宏道及公安派研究》，虽标出了"袁宏道"与"公安派"，但袁氏三兄弟外，李贽、前后七子、唐宋派等流派和个人的文学思想均在研究视域之内，因而在一定程度上大体反映出所涉时期的文学思想面貌。

明代诗文衰落通常被归咎于科举考试八股文，因此如何复兴传统经典诗文成为理论界的重心。在16、17世纪涌现出的各种文学流派，都认为自己的理论会延长经典诗文的寿命，也能为这两种古老的文学形式注入新的精神。对明人而言，文学批评与其说是某种专门的研究，还不如说是文人们所追求的毕生事业，周质平的研究就是在这种政治和文化体制语境中展开的，以下将对其主要论点做一介绍。

---

① Jonathan Chaves, "The Panoply of Images: A Reconsideration of Literary Theory of Kung-an School", *Theories of the Arts in China*, p. 349.

② Jonathan Chaves, "The Panoply of Images: A Reconsideration of Literary Theory of Kung-an School", *Theories of the Arts in China*, p. 355.

(一)复古派、性灵派与公安派的先驱人物

在讨论性灵派的兴起时,周质平认为因受到当时儒家伦理受释道思想挑战的影响,学者开始寻求新的方向和兴趣点,"心""性""理""情"等传统概念都被置于严格的审视之下,并被以更人性的方式重新诠释。人性,尤其是男女之爱,不再被认为是罪恶的冲动,而是人性的一部分。享乐主义成为新的文化美学现象。在此语境下,有些文学批评家认为文学的功能仅在于表现人类感情,"文以载道"的观念也就不再具有统治地位。周质平据此认为,晚明文学批评的主流是表现而不是实用主义。

周质平认为,重抒情的性灵派与复古派之间并非如过去一些学者认为的那样处于尖锐的对立状态(如林理彰),"复古"不是极端保守的主张,还具有某种革命性。① 例如,李梦阳主张"复古",但并不反对"抒情"。"夫诗者,天地自然之音也。今途咢而巷讴,劳呻而康吟,一唱而群和者,其真也,斯之谓风也。孔子曰:'礼失而求之野'。今真诗乃在民间。而文人学子,顾往往为韵言,谓之诗……故真者,音之发而情之原也,非雅俗之辩也。"②周质平认为,李梦阳是对台阁体"三杨"(杨士奇、杨荣、杨溥)文风的不满而开始求变的。"正是台阁体的萎靡促使李梦阳开启了其复兴古代传统文学标准的道路。"③李梦阳经由谢榛再到王世贞的文学思想发展,是"以形式主义的逐渐放松和对文学的表现的意识越来越强为特征的。这次转变预示了 16 世纪末 17 世纪初的文学发展方向"④。因此,从复古主义到公安派的发展是一个连续的、有逻辑次序的过程。袁氏兄弟的主张不是促使复古主义运动衰落的背后力量,更不能将公安派的文学思想看作是"激进"的。"就像我们看到的王世贞的例子那样,更恰当的说法是一个由其自身成员而不是由公安派的攻击而启动的自发的

---

① 参见 Chih-ping Chou, *Yuan Hung-tao and the Kung-an School*, p. 9.
② Chih-ping Chou, *Yuan Hung-tao and the Kung-an School*, p. 7. 中文引自(明)李梦阳:《诗集自序》,见《空同集》卷五。
③ Chih-ping Chou, *Yuan Hung-tao and the Kung-an School*, p. 7.
④ Chih-ping Chou, *Yuan Hung-tao and the Kung-an School*, p. 14.

发展。因此，公安派的文学理论呈现出新的重要性。他们并不像通常被认为的那样激进，而是具有创新性和启发性。"①

袁氏兄弟强调使用自己的语言，同时也对古代作者深怀敬意。他们反对模仿的理由之一是古代作品太过优秀，模仿无法创造出能够与之媲美的作品。袁氏兄弟和复古派的分歧不在于古文的价值和写作的方式，而在于"复"古的可行性、学什么、怎么学和应该学谁。前后七子所言的古代，指的就是秦汉；但对"三袁"而言，"古"不是历史上的某个特定时期，而是指文学创作的最高成就。公安派所反对的不是"复古"，而是没有创造性的模仿。

除李梦阳外，谢榛和王世贞、唐顺之、徐渭、李贽等人都被周质平奉为"公安派先驱"。谢榛是从"前七子"向"后七子"时代过渡的重要人物，他认为坚持机械的模仿并不可取，因为它既不能表达现实，又不能表达个性。他一方面注重诗歌的雕琢，要"诗不厌改"；另一方面追求感情的自然流露，将《古诗十九首》奉为典范。他反对在作诗时苦思冥想，注重"灵感"。郭绍虞认为谢的观点结合了"格调"与"灵性"："茂秦论诗，本从格调说出发。"②又因为他论诗主兴，郭绍虞认为："他说，'诗有四格，曰兴、曰趣、曰意、曰理'（《诗话》二），似乎'兴'只是诗中一格，但由其论诗之语比合观之，即可知他所谓'兴'，实在可以沟通格调与性灵二者之异。"③周质平接受此观点，进而认为这种结合不仅预示了 16 世纪复古主义运动的前途，同时也预见了王世贞将形式主义和表现主义更统一地结合在一起的文学理论。

王世贞诗论比前辈李梦阳等人更灵活，也更注重直觉，其诗法并非来自外部，而是来自诗人内部，是个人灵感自然成长的结果。王世贞晚年认为，"剽窃模拟"是"诗之大病"。诗人只有不被古代作品束缚，方能成大器。他不再将"经典"局限于秦汉唐，而将宋代也归入其中，并对苏

---

① Chih-ping Chou, *Yuan Hung-tao and the Kung-an School*, p. 14.
② 郭绍虞：《中国文学批评史》（下），179 页。
③ 郭绍虞：《中国文学批评史》（下），181 页。

轼表示出极大尊敬。因此,"对中国文学视域的扩大和对宋代及以后作品的重视,这二者后来都成为公安派文学理论的重要组成部分"①。

对"三袁"影响最大的是李贽,其"童心说""代表了'心'在通过经验与学习接受印痕之前的状态"②。周质平说,李贽并非"反智主义"。李氏说:"纵多读书,亦以护此童心而使之勿失焉耳,非若学者反以多读书识理而反障之也。"③所以,学习之目的在于保持童心。"如果知识能够成为童心的补充,则知识能保护童心;如果知识遮蔽甚至取代童心,知识则是有害的。"④若要保持"童心",文学创作就不可矫揉造作。只有感情到了无法控制之时,诗人才可以写出好作品。这并非排除技巧,李贽所反对的是过度追求技巧以至造作。周质平认为:"李贽破坏偶像的哲学,对童心的赞美,对戏剧和小说的欣赏,文学研究的历史方法等,都预示并培育了文学写作中更个人化和更抒情化的风格的出现。"⑤另一位公安派的先驱徐渭为袁宏道同时代人,虽然在徐渭死后四年袁宏道才知晓他,但徐渭的理论加强了他的文学信心。徐渭认为感情是文学的本质,诗应该被定义为对感情的文字化,文学创作当以情为本,不可造作。

(二)袁宗道和袁中道文学思想与异同

袁氏三兄弟的文学思想有同亦有异,周质平并未笼统而论。我们先讨论周质平对袁宗道和袁中道文学思想的研究,然后再讨论袁宏道的部分。

在周质平看来,袁宗道更重"文"而非"诗"。他反对机械模仿但并非反古和反模仿,而是要求从古文中学习创造性的精神和易于理解的语言。周质平提醒我们要注意"复古"和"模拟"不同,前者含有对文学价值的判断,后者则是更加具体的技巧。"复古是一个目标,而模仿则只是达到目

---

① Chih-ping Chou, *Yuan Hung-tao and the Kung-an School*, p. 14.
② Chih-ping Chou, *Yuan Hung-tao and the Kung-an School*, p. 22.
③ Chih-ping Chou, *Yuan Hung-tao and the Kung-an School*, p. 22.
④ Chih-ping Chou, *Yuan Hung-tao and the Kung-an School*, p. 22.
⑤ Chih-ping Chou, *Yuan Hung-tao and the Kung-an School*, p. 22.

的的途径。"①袁宗道崇白居易，因其语言易懂；崇苏轼，因其写作自由而不受约束。"作为保守派的一员，他的主要贡献是意识到语言会随着时代而改变，因此为了使作品能被读者理解，作者必须将语言的有机性（organic，意指有生命的，不是一成不变的）考虑在内。换句话说，书面语言不能和口头语言完全分离。这种语言学方法后来成为公安派与复古派进行辩论时最有效、最有力的论点。"②

而袁中道主张"言外之意"，被周质平称作"公安派的改革者"。中道曰："天下之文，莫妙于言有尽而意无穷，其次则能言其意之所欲言。《左传》《檀弓》《史记》之文，一唱三叹，言外之旨蔼如也。班孟坚辈，其披露亦渐甚矣。苏长公之才，实胜韩柳，而不及韩柳者，发泄太尽故也。"③周质平认为，此观点是对严羽论盛唐诗时的"相中之色，水中之月，镜中之象，言有尽而意无穷"的回响。④虽然袁中道追求"言外之意"，与袁宗道追求语言准确直率的主张相矛盾，但是周质平认为，不能因此将袁中道的观点看成是对公安派的反叛或背离，而应该将之看成是对公安派晚期堕落的纠正。袁中道的意图不是使文学作品流于晦涩或不可理解，而是要拯救诗歌堕于粗鄙、简单和浅薄。

在对唐宋诗的态度上，袁中道与袁宏道不同。袁宏道以褒扬宋诗元剧为策略，贬低唐诗与秦汉文；袁中道则承认唐诗的伟大成就，同时也给予宋元时代的文学充分的肯定。周质平认为，袁中道的观点在很多方面都是对袁宏道理论的修正或者修饰。例如，他对复古派的态度比袁宏道更为同情，承认他们对明代文学的贡献，也从不批评"复古"的观念。他所反对的只不过是由"前七子"所主张的对过去诗人不加约束的模仿。他认为明代文学的堕落是由"后七子"造成的，因为他们盲目崇拜盛唐诗歌。

---

① Chih-ping Chou, *Yuan Hung-tao and the Kung-an School*, p. 30.
② Chih-ping Chou, *Yuan Hung-tao and the Kung-an School*, p. 35.
③ Chih-ping Chou, *Yuan Hung-tao and the Kung-an School*, p. 62.
④ 严羽的《沧浪诗话》被郭绍虞等人看作明代复古派的理论基础，并认为复古派受严羽之影响的事实是不容置疑的。周质平接受这一看法。

(三)袁宏道的文学思想

1. 文学历史观

袁宏道的文学史观受益于李贽甚多。除"童心"说之外，李贽关于诗歌的发展史观点也影响到了袁氏。袁宏道对模仿的尖锐批评，即从李氏的文学发展观而来。李贽说："诗何必古《选》，文何必先秦。降而为六朝，变而为近体，又变而为传奇，变而为院本，为杂剧，为《西厢》曲，为《水浒传》，为今之举子业，皆古今至文，不可得而时势先后论也。故吾因是而有感于童心者之自文也，更说什么六经，更说什么《语》《孟》乎！"①这使袁宏道认为，文学的发展是不可逆的，所谓的"古文"只是相对的，没有任何模式能成为永久的或绝对的标准。古或今无关于文学之优劣，模仿也不能提高文学的品质。作家无论可以多么接近地模仿古人，他的世界也只是一个伪造的古代。②复古派把文学发展看作逐渐衰败的过程，袁氏则强调每一时代文学的伟大就在于差异。袁宏道重新评价宋诗，并赞扬苏轼的伟大成就，以此纠正复古派"文必秦汉，诗必盛唐"之偏。唐诗不必高于宋，杜甫不必高于苏轼。

2. 袁宏道的文学基本概念

(1)个性与自由

周质平说，独抒性灵，不拘格套，"前半部分指内容，强调个性与真实；后半部分指形式，强调风格的自由"③。他对"性灵"概念进行了历史考察，认为刘勰《文心雕龙》即有"性灵"之说，六朝时已颇为常见。到7世纪，"性灵"发展为"personal nature"，失去了形而上学意味。再至宋，它经常与"性情"或"心灵"互换使用，具有伦理道德的意味。但是袁宏道却完全摒弃了这些意思，他所谓的"性灵"，指的是存在于人内心的个性。这种品质是自然流露而非通过有意深思而爆发出来的。它既是个性和精

---

① Chih-ping Chou, *Yuan Hung-tao and the Kung-an School*, p. 24.
② 参见 Chih-ping Chou, *Yuan Hung-tao and the Kung-an School*, p. 39.
③ Chih-ping Chou, *Yuan Hung-tao and the Kung-an School*, p. 44.

神的结合，也是感觉和感情的结合。周质平说："性灵的真正意义是使（创作者）决定成为自己并且意识到其个性。"①因此，好诗必然表达诗人的个性和内在感觉。

（2）质与文

袁宏道常常将"文"贬义地称为造作或感伤，"质"则被认为是未经修饰的品质，是"文"的反面。因此，评论文学作品的价值当以"质"为主。周质平解释说，"质"与"文以载道"的"道"不同。"道"在很大程度上指的是孔夫子的道德教诲，而袁宏道的"质"则是指个体的真实情感和洞见，与圣人的教诲关系不大。② 袁宏道可能是受到老子"信言不美，美言不信"的影响，认为文与质不可兼容。

因袁宏道崇尚"真人"，要写"真诗"，"质"与"真"就会紧密相关。写诗要"情真而语直"，这是判断文学作品的根本标准。"质"既要反映人的真实情感，也要反映知识水平。通过读书学习而不断积累的知识，虽对写作没有直接帮助，却可成为灵感储备；仅仅表达人的情感并不能写出好作品，一个伟大的诗人必定既是情感的又是知识的，是个性、情感和学识的综合。③

（3）趣与韵

周质平认为，袁氏所言的"趣"，指的是孩子所拥有的一种品质，会随着年龄的增长而逐渐减少。因此，对"理"的追求于"趣"无补，反而会妨碍它。这好像与他强调学识的观点不一致。周质平说，要搞清这个问题，一定要区分"学"与"理"的差异，前者指常识和知识，后者专指新儒家④的"理"。袁宏道并非反知识，而是反对新儒家将学习当作提高写作品质的方法。如果"质"是文学的品质，那"趣"就是文学的"韵味"，无法通过学习而获得。而"韵"则与"趣"同义，趣韵说深受道家理论影响。既然"趣"

---

① Chih-ping Chou, *Yuan Hung-tao and the Kung-an School*, p. 46.
② 参见 Chih-ping Chou, *Yuan Hung-tao and the Kung-an School*, p. 48.
③ 参见 Chih-ping Chou, *Yuan Hung-tao and the Kung-an School*, p. 50.
④ 此处所谓"neo-Confucius"，新儒家或新儒学，指的就是"理学"。以下提及"新儒家"或"新儒学"均是此含义，不再一一注出。

和"韵"都是不可捉摸的，那又如何察觉？袁氏用"淡"作为觉察它们的主要途径。如果"趣"和"韵"是"味外味"，那么"淡"就是无味，价值在于有特殊的"无味"品质。① 周质平总结说："在袁宏道的文学理论中，趣与'韵'在某种程度上是与他强调'质'与'真'进行平衡的一种结果。正是这种平衡，使他避免文学创作的枯燥，给他的作品注入了某种魅力。"②

三、解读袁枚：施吉瑞的研究

施吉瑞③是一位著作颇丰的加拿大汉学家，其《随园：袁枚的生平、文学批评与诗歌》共分四部分：第一部分为传记，第二部分论述其文学思想和文学实践，第三部分探讨袁枚的主要文学风格与主题，最后则属篇幅较大的袁著英译。总起来看，该书对袁枚的研究堪称完备。美中不足的是该书注释偶有讹误，搞混了某些原文出处。除了《随园诗话》之外，施吉瑞对《尺牍》《文集》及某些书信中的相关内容也都进行了广泛研究。

诗话的形式自欧阳修的《六一诗话》起始有兴盛，虽然袁枚的《随园诗话》独具一格，但施吉瑞认为其写作仍承传统而来，除了以"诗话"为名的那些著作之外，司空图之《二十四诗品》、元好问之论诗诗都是其模仿的对象。虽然袁枚一再强调自己的著作与传统诗话不同："西崖先生云：'诗话作而诗亡。'余尝不解其说，后读《渔隐丛话》，而叹宋人之诗可存，宋人之话可废也"④，并批评诗话始祖欧阳修对"姑苏城外寒山寺，夜半钟

---

① 例如，袁宏道在《叙咼氏家绳集》中说："苏子瞻酷嗜陶令诗，贵其淡而适也。凡物酿之得甘，炙之得苦，惟淡也不可造；不可造，是文之真性灵也。浓者不复薄，甘者不复辛，惟淡也无不可造。"

② Chih-ping Chou, *Yuan Hung-tao and the Kung-an School*, p. 54.

③ 施吉瑞的主要英语著作，涉及范成大研究的有 *Stone Lake: The Poetry of Fan Chengda 1126-1193*, Cambridge University, 2002；涉及杨万里的有 *Yang Wan-li*, Twayne Publishers, 1977；涉及黄遵宪的有 *Within the Human Realm: The Poetry of Huang Zunxia 1848-1905*, Cambridge University, 1994.

④ 凡施吉瑞所引《随园诗话》之内容，翻译时均依据（清）袁枚：《随园诗话》，卡坎（顾学颉）校点，北京，人民文学出版社，1960。

声到客船"的评论,认为"如此论诗,使人夭于性灵,塞断机秭,岂非'诗话作而诗亡'哉?"因此,"在袁枚看来,对微不足道的细节的过度关注只是宋诗话的众多缺陷之一"①。他认为,诗话应该注重诗歌内在的东西,而并非这些外在因素。

(一)袁枚文学功能论研究

施吉瑞认为,袁枚对文学的功能问题尤其关注。"如同时代其他诗人一样,袁枚对传统儒家文学理论对伦理和政治的强调并非完全排斥,有时他似乎采纳了比较古老的观点,即诗歌有助于对不良情感的控制,因此也有利于儒士的自我教养……袁枚还承认,诗歌对某些人会产生好的道德影响。"②施吉瑞认为,袁枚论诗重"兴"的功能,"圣人称诗'可以兴',以其最易感人也"。这种对"兴"的强调,在袁枚的诗话中是较为常见的。"诗者,人之性情也。近取诸身而足矣。其言动心,其色夺目,其味适口,其音悦耳,便是佳诗……惟其言之工妙,所以能使人感发而兴起;倘直率庸腐之言,能兴者其谁耶?"施吉瑞认为,袁枚虽引用圣人之言,却并非强调道德伦理,而是强调由诗感发而兴起的情感。比如在另一则中,他说:"万华亭云:'孔子'兴于诗'三字,抉诗之精蕴。无论贞淫正变,读之而令人不能兴者,非佳诗也。'"③

在施吉瑞眼中,袁枚并非拒绝对诗歌进行传统解读,而是认为对诗的解读与作者的道德品质无关,"六经"之所以传世也与其是否"载道"无关。"袁枚不是要推翻儒家的伦理道德,而是强调'六经'之风格。"④"对袁枚而言,诗最主要的功能在于能被欣赏及其与其他感情方面的联系。

---

① Jerry D. Schmidt, *Harmony Garden: the Life, Literary Criticism and Poetry of Yuan Mei*, p. 154.

② Jerry D. Schmidt, *Harmony Garden: the Life, Literary Criticism and Poetry of Yuan Mei*, p. 163.

③ Jerry D. Schmidt, *Harmony Garden: the Life, Literary Criticism and Poetry of Yuan Mei*, p. 164.

④ Jerry D. Schmidt, *Harmony Garden: the Life, Literary Criticism and Poetry of Yuan Mei*, p. 165.

'余常谓：美人之光，可以养目；诗人之诗，可以养心。自格律严而境界狭矣；议论多而性情漓矣。'"①施吉瑞评论说："袁枚把诗看作不朽的情感，这已足具创造性；他对儒家伦理的拒绝，使他对'诗言志'这一批评传统进行了根本性修正。"②他把"诗言志"传统带入"诗言性灵"之中，由此可见，性灵虽然具有伦理道德的内涵，但袁枚是第一个否认性灵仅带有伦理道德意涵的人。袁枚所谓的"诗言志"，可能会与理学的理解有相通之处，但却从伦理道德的狭小范围走了出来。也许诗具有政治或社会用途，但诗更主要是为了愉悦情感、表达内心自我而被创作的。③ 相似地，袁枚虽不认同儒家的说法，认为诗人创作的主要目的是教化或政治，但却认同儒家的另一种说法，即理想的诗人不可妄自尊大，要有内心的平静和对他人的热情。同时，施吉瑞也提醒我们不要夸大理学对袁枚的影响，袁枚并不认为好人就能写出好诗。④ "对袁枚而言，诗歌创作不仅是道德培养或对政府进行讽喻的形式，而且是像春蚕吐丝一样，有利于自身健康，是诗人生命中的全部目的和最大快乐。"⑤

（二）袁枚文学思想的关键概念

1. 才、学、识的关系

施吉瑞也讨论了袁枚对于才、学、识三者关系的看法。他评论说，袁枚认为"才"是天生的。"与诗远者，虽童而习之，无益也。磨铁可以成针，磨砖不可以成针。"才是情的表达和所有创作的基础。想象即天才，

---

① Jerry D. Schmidt, *Harmony Garden: the Life, Literary Criticism and Poetry of Yuan Mei*, p. 166.
② Jerry D. Schmidt, *Harmony Garden: the Life, Literary Criticism and Poetry of Yuan Mei*, p. 167.
③ 参见 Jerry D. Schmidt, *Harmony Garden: the Life, Literary Criticism and Poetry of Yuan Mei*, pp. 168-169.
④ 参见 Jerry D. Schmidt, *Harmony Garden: the Life, Literary Criticism and Poetry of Yuan Mei*, p. 171.
⑤ Jerry D. Schmidt, *Harmony Garden: the Life, Literary Criticism and Poetry of Yuan Mei*, p. 172.

而天才具有超越性。但是"学"同样重要，他引袁枚的话为证："诗，如射也，一题到手，如射之有鹄，能者一箭中，不能者千百箭不能中。""其中不中，不离'天分学力'四字。孟子曰：'其至尔力，其中非尔力。'至是学力，中是天分。"①因此，他反对严羽"诗有别才，非关书也"之说。学可以使诗人脱离鄙俗之气，但绝非卖弄学问。相反，施吉瑞看到，袁枚认为18世纪诗歌的一大缺陷就是有"太多学问"。"余尝谓鱼门云：'世人所不如古人，为其胸中书太少。我辈所以不如古人者，为其胸中书太多。'"许多"学问"之诗缺少才情，同样也缺少"识"的能力。"'识'指的是在特殊情形之下分辨出什么是合适的能力……与袁枚同时代的许多学者都是饱学之士，也深具文学才能。但是，他们缺乏'识'，从而不能理解写作背后的统一性，不能恰当选择哪些学对诗歌是合适的，最后只能为他人而牺牲自己，为古人所遮蔽，完全失去了自己的目标。"②

施吉瑞还注意到袁枚对"读者"的关注。袁枚认为，读者应该具备一定的语言知识、文学背景，并认为对诗歌的理解还有赖于读者的生活阅历。施瑞吉从中发现了和英美新批评的某些相似之处。袁枚在《程绵庄诗说序》中说："作诗者，以诗传；说诗者，以说传。传者，传其说之是，而不必其尽合于作者也。如谓说诗之心，即作诗之心，则建安、大历有年谱可稽，有姓氏可考，后之人犹不能以字句之迹，追作者之心，矧三百篇哉？不仅是也，人有兴会标举，景物呈触，偶然成诗，及时移地改，虽复冥心追溯，求其前所以为诗之故而不得，况以数千年之后，依傍传疏，左支右吾，而遽谓吾说已定，后之人不可复有所发明，是大惑矣。"根据这段话，施吉瑞评述："很遗憾袁枚没有进一步发展这些观点，它们和20世纪新批评非常相似。但是，他声称读者有义务依据自己的知识理解作品，而不是受作者写作意图的约束，因为即便作者在世，也未必能讲清意图何在。这公然违背了东周以来的考据传统。对袁枚来说，诗歌

---

① Jerry D. Schmidt, *Harmony Garden: the Life, Literary Criticism and Poetry of Yuan Mei*, pp. 173-174.

② Jerry D. Schmidt, *Harmony Garden: the Life, Literary Criticism and Poetry of Yuan Mei*, p. 177.

自身有其生命,独立于作者之外。理想的读者的任务,就是发现诗之生命。"①

无独有偶,在下面关于王夫之的研究中,我们也会看到,研究者对王氏理论中"读者"重要性的关注。有学者将王夫之的文学思想比作伽达默尔的"阐释学",这种用西方时下流行理论进行解读的"习惯"是可以理解的,因为中国传统文学思想一般不成体系,要为西方读者所接受,往往需要借助于比对。

2. 性灵和性情

"性灵"和"性情"是袁枚常用的术语。袁枚早期有诗云:"落笔不经意,动乃成苏韩。将文用韵耳,挥霍非所难。须知此两贤,骚坛别树幡。白象或可驾,朱丝未容弹。毕竟诗人诗,刻苦镂心肝。"(《意有所得辄收数句》其一)施吉瑞认为,袁枚这首诗虽然没有谈到"性灵"这个词,却也是其思想的萌芽了,即袁枚认为作诗是一个自发的过程,要"不经意"地从作者胸中流出。施吉瑞认为"性情"(nature and feelings)与"性灵"(nature and inspiration)几乎同义。他对"性"字进行了文字学式的剖析,即"心"旁加"生",所以"性"的传统意为"与生俱来"之"本性",东周以来对人性善恶的争论使用的就是这个意思。董仲舒谓"情"含有贬义,因此"性"与"情"形成了对立。发展到理学之后,"理"为天地之心,"性"为个人欲望;程氏兄弟又区分"天命之性"与"气质之性",因此人性从根本上讲是纯粹的道德形式。袁枚并不认同这些看法,并认为理学的解释有诸多矛盾之处:"袁枚反对新儒学(即理学)对'性'和'情'的解释,虽然他没有把伦理道德因素从二者中排除出去,但清楚的是,他并没有把'性'与'情'对立起来。对袁枚而言,'性'更接近其原初用法,指的是人与生俱来的人性,无论好坏都包括在内。同样,他把汉代以来'情'字在中国思想中所含的负面含义也抽掉了,仅用它指中性的人类情感。"②

---

① Jerry D. Schmidt, *Harmony Garden: the Life, Literary Criticism and Poetry of Yuan Mei*, p. 180.

② Jerry D. Schmidt, *Harmony Garden: the Life, Literary Criticism and Poetry of Yuan Mei*, pp. 183-183.

"性灵"中的灵字不为儒家所常用,被用来指人的心灵,有神秘含义。施吉瑞说,表面上看,"性灵"与"性情"似乎在神秘的"灵"与常见的"情"之间有矛盾,但这两个术语的含义基本一致。"总之,多数情况下,袁枚在'性情'的意义上使用'性灵'一词,指人类内在的本性和感情。但当他要强调'灵'时,这一术语就附加了被灵感所激发出来的'性'和'感情'。"①施吉瑞认为:"性灵/性情说在袁枚的文学路径中居于中心地位,因此他不停地要从经典中为其寻找权威支持。在前面,我已经谈到他将古老的'诗言志'传统与自己的理论联系在一起。"②在袁枚的文学批评理论中,性情/性灵是伟大诗歌的基础,不朽的文学作品来自内心,写诗要传达内在的真实,而不是矫揉造作。袁枚说:"诗难其真也,有性情而后真;否则敷衍成文矣。"施吉瑞认为,"真"并非指什么普遍真理的理想状态,而是与儒家所讲的"直"和"诚"相近,这两个概念都指对人类内在真实的自然表达。③ 在这一点上,袁枚显然受到李贽"童心说"的影响,也受到了王阳明的影响。"王阳明先生云:'人之诗文,先取真意。譬如童子垂髫肃揖,自有佳致;若带假面伛偻,而装须髯,便令人生憎。"当然,袁枚也强调外在经历的重要性,但是他认为,诗的目的在于使转瞬即逝的日常现象变得不朽,诗歌创作是诗人内心世界与外部世界的谈判与交锋。鉴于这些思想,袁枚尊重个体,反对机械模仿的倾向也就可想而知了。

(三)袁枚的诗歌创作与批评

施吉瑞也对袁枚的诗歌创作进行了一些分析。他认为袁枚既反对随意的模仿,又注重向古人学习。在创作过程中,袁枚注重修改。改诗难

---

① Jerry D. Schmidt, *Harmony Garden: the Life, Literary Criticism and Poetry of Yuan Mei*, p. 184.
② Jerry D. Schmidt, *Harmony Garden: the Life, Literary Criticism and Poetry of Yuan Mei*, p. 184.
③ 参见 Jerry D. Schmidt, *Harmony Garden: the Life, Literary Criticism and Poetry of Yuan Mei*, p. 185.

于作诗,袁枚称:"诗必一字,判界人天,非个中人不解。"在写作过程中,袁枚主张"能速不能迟"。对于修辞,他则讲究去陈言,出新意。袁枚也不反对用日常俗语,不过施吉瑞关于袁枚用典等问题的谈论也是叙述多于议论,不再赘言。对一些有趣的术语,如"翻案""空"等,施吉瑞也只是泛泛引用说明,并没有进行更深入的分析。

值得注意的是,施吉瑞专列了一个小节谈论袁枚和袁宏道的关系。公安派与袁枚均主张抒发性灵,也都强调作诗要"真",要"新"。但施吉瑞认为袁宏道论诗的派别之见更深,而袁枚与袁宏道最大的不同则在于,他们对形式与修辞的地位看法不同。袁枚注重形式,袁宏道则认为"质胜于文",因此并不重视技巧。"袁枚的文学理论更似杨万里,虽然他与袁宏道均受佛学影响,但杨万里更注意灵感与个体的平衡、形式与修辞的平衡。"①

关于诗歌评价,施吉瑞认为袁枚不喜偏狭的评论,认识到不合口味便斥为劣作是不可取的批评方法。这里有趣的问题在于清人的"唐宋之争"。施吉瑞注意到袁枚具有开放意识,"论诗只论工拙,不论朝代"。为此,他反对用时代的标签进行大而无当的诗歌批评,所以他对宋人诗歌的评论也较为公允,既赞其成就,也细数其诗之流弊。例如,袁枚对东坡诗有赞誉也有批评,认为"东坡近体诗少酝酿烹炼之功……绝无弦外之音,多趣而少韵,盖天分高,学力浅也"。袁枚不喜黄山谷诗,亦不喜王安石,最推崇的是杨万里。他对王士禛的态度也很明确,有褒有贬,认为:"阮亭主修饰,不主修辞,观其到一处必有诗,诗中必用典,可以相见其喜怒哀乐之不真矣。"但他又承认:"阮亭先生自是一代名家,惜誉之者既过其实,而毁之者变损其真。"袁枚对浙江学派的批评非常严厉,朱彝尊反对严羽"诗有别裁,非关学也"的说法,强调学识,袁枚却认为他的诗"数之可尽,味同嚼蜡"。关于另外两位著名人物——沈德潜和翁方纲,袁枚认为沈"好谈格调,不解风趣","诗在骨不在格也";更厌翁方

---

① Jerry D. Schmidt, *Harmony Garden*:*the Life*,*Literary Criticism and Poetry of Yuan Mei*, p. 235.

纲,"首先他认为翁方纲在坚持儒家诗歌正统方面不如沈德潜,翁氏'肌理'之说更使袁枚感到不安。所谓肌理之说,即强调学识,翁氏受历史考据学问之影响,其诗歌也充满了卖弄学问式的典故"①。施吉瑞由此总结说:"袁枚反对区分古今,不喜唐宋之争,赞赏易懂之诗;不喜儒家正统,推崇文学方法的最大可能性,反对以李攀龙和王士祯为代表的明清保守主义潮流,嘲弄同时代诗人的'严肃'思考,认为他们忽略了湘水和武夷的世俗之美。"②

四、王夫之文学思想研究

王夫之既是杰出的思想家,也是杰出的文学批评家,英语世界尚未有关于其文学思想的专著问世,然而美国学者阿列森·哈莱·布莱克在其著作《王夫之哲学思想中的人与自然》③中,从王夫之的哲学思想入手,对其文学思想进行了比较系统的解读,有重要的参考价值。另像宇文所安等人,也对之做过较为深入的研究。

(一)王夫之哲学与文学思想

布莱克认为,西方哲学中"天"与"人"的关系既是"逻辑的",又是"类比的"。所谓逻辑的,是指人类行为结构是由宇宙结构决定的;所谓"类比的",是指"神造人",因而人具有神性。与之近似,在中国哲学的宇宙观中,"天"和"人"的关系也属"逻辑"和"类比"的关系,因为宇宙之"道"(天道)是通过不同形式或在不同层次上表现出来的,并总归为一个"道"(逻辑的);而人"道"则与它既类似又不似。类似是因为人的"道"在理想状态下同样也是自发的、不偏不倚的,不似则是因为人之"道"具有意图

---

① Jerry D. Schmidt, *Harmony Garden: the Life, Literary Criticism and Poetry of Yuan Mei*, p. 268.
② Jerry D. Schmidt, *Harmony Garden: the Life, Literary Criticism and Poetry of Yuan Mei*, p. 270.
③ 在布莱克的书中,"人与自然"指的就是中国传统哲学中"天"与"人"的关系。

性,比如人为地将宇宙表征为时间、空间和质量(类比的)。因此,"无论是'似'还是'不似',王夫之认为人类存在的属性都是对'气'的逻辑表达;虽然'阴阳'序列没有意图,但没有人会认为'人类有可能并不存在',或者认为人类的高级智慧是偶然而生的"①。布莱克认为,"天"与"人"之间这种"似"与"不似",明显地反映在王夫之的诗学思想中。

　　布莱克进而叙述道,中国古代文学思想中有两种对立的观点。第一种主宰了宋代的思想,在"物"中所表现出来的"理想原则"(即"理")被视为先决条件,万物从中产生但都无法与这些标准完全一致,或多或少会背离它。这当然是柏拉图式的模型论,将永恒的、完美的理式与不完美的暂时存在(incarnation,指对"理式"或"理念"的现实体现,即与"idea"或"form"相对的"形式")相对立。第二种是王夫之所秉承的将"理"和现实紧密联系在一起的观念,科勒律治所说的"生命如是,它就是形式"与王夫之的思想并无二致。王夫之认为,事物理想的"形式、范式或原则"不是那些永恒不变的标准,而是在具体现实中产生的"生命"。② 如果把这两种对立的观点用于人事,则会产生两种不同的结果。第一种是对"不稳定的"人性因素(如欲望和情感)几乎不予关注;第二种是对人的情感持相当宽容的态度,既然情感是人的生命中如此明显的真实形式,否认它们的存在就没有任何意义,故而不可离开人的欲望寻求"理"或者"适当的"人性。③

(二)新儒家与文学表现论

　　刘若愚先生曾在《中国文学理论》一书将王夫之的思想归为形上理论,因其讲"天"之处颇多;但布莱克认为,王夫之文学思想同样可归属于

---

① Alison Harley Black, *Man and Nature in the Philosophical Thought of Wang Fu-chih*, p. 243.

② 参见 Alison Harley Black, *Man and Nature in the Philosophical Thought of Wang Fu-chih*, p. 244.

③ 参见 Alison Harley Black, *Man and Nature in the Philosophical Thought of Wang Fu-chih*, p. 244.

表现理论的范畴。因为刘若愚称为"形上"的因素也只是中国传统表现理论的一部分，中国人倾向于将个体视为更大有机体的一些部分，因此当人们表现个人时，也等于是在表现宇宙之理。可见，"西方表现主义强大的个人主义传统并非西方之外表现理论的必要成分"①。

那么，文学"表现"的性质到底如何？对宋代理学而言，文学是对圣人之道的表达；但另一方面，文学也被认为是作者内心的自然流露，表现作者的心灵。这两种观点并不矛盾，同一部作品既可以遵循道德的或形而上学的原则，也可以有个人意识的表达。布莱克指出，王夫之文学思想的最显著特征可以被追溯到对"整体主义"(holism)或"连续性"(continuity)的追求，而这与对"道德"的关注不可分割。

(三)新儒家观念中的文道关系

布莱克认为，对新儒家来说，"文"对"道"的最大威胁是它脱离了其产生的根源，并且自己创造了一个独立的王国。西方理论家认为，"文学"所创造的美可能会成为道德完美的反面，或者造成不良的情感波动；新儒学则认为，"文"所带来的危险是某种特定的"行"(doing)或"作"(making)，会使人偏离道德忠诚，使"道"远离人的内心。后者强调道德目的与情感的一致性，因此理想的表达即自然、简练和统一。

布莱克指出，刘彝将"文""体"和"用"都视为儒家之"道"。但当时科举只重作文能力与文学体裁，置"体""用"于不顾，因此程颐提出"文以害道"。朱熹也说："道者，文之根本；文者，道之枝叶。惟其根本乎道，所以发之于文，皆道也。三代圣贤文章，皆从此心写出，文便是道。"②布莱克说，这段话的主要意思是，如果个人已经得到"圣人之道"，就会自发地将"道"传播给社会，而"写作"是最重要的传道方式。因此，文源于道。"得道之人以'文'传'道'的冲动应在心理和道德两种混合的意义上

---

① Alison Harley Black, *Man and Nature in the Philosophical Thought of Wang Fu-chih*, p. 245.
② (宋)黎靖德：《朱子语类》卷一百三十九，王星贤点校，3319页，北京，中华书局，1988。

去理解，因为它既与自发的愿望有关，又与道德意识有关。因此，从心理角度看，'文'源于道就在某种程度上反映了个人对'道'的理解和'传道'的欲望。"①

宋代的古文运动将文学看作传道的必要手段。程朱学派攻击古文作者过于痴迷"文"，但他们自己的立场也深陷困境。例如，周敦颐说："文，所以载道也。轮辕饰而人弗庸，徒饰也，况虚车乎？文辞，艺也；道德，实也。笃其实，而艺者书之，美则爱，爱则传焉。贤者得以学而至之，是为教。"(《通书·文辞第二十八》)布莱克认为，由此可见，矛盾的种子在周敦颐的观点中就已经埋下了，即便文用以传道，它也具有其他两种性质，第一是文本自身具有一定的吸引力，因为它能使"道"为人所爱；第二是文需要特殊技巧，并不是事物本身就能表达出来。布莱克指出，这两点都说明"文"并非"道"的自然衍生物。②

朱熹则试图调和周敦颐的观点和更正统的"诗言志"观点。在评论周敦颐的话时，他说："或疑有德者必有言，则不待艺而后其文可矣。周子此章似犹别以文辞为一事而用力焉，何也？曰：人之才德偏有长短，其或意中了了，而言不足以发之，则亦不能传于远矣。程子亦言：'《西铭》吾得其意，但无子厚笔力不能作耳。'正谓此也。然言或可少而德不可无，有德而有言常多，有德而不能言者常少。学者先务，亦勉于德而已矣。"③朱子既要说"有德者必有言"，又要论证"文"为"别一事"，只好将"有德者有言"当作理由。宋代论诗亦同论文，诗也被当作载道之工具，同时承认诗既表现情感，又能激发情感。布莱克颇有幽默感地说，如果新儒家不是因为孔子亲自编辑了《诗》，他们可能会像柏拉图那样将诗人

---

① Alison Harley Black, *Man and Nature in the Philosophical Thought of Wang Fu-chih*, p. 249.
② 参见 Alison Harley Black, *Man and Nature in the Philosophical Thought of Wang Fu-chih*, p. 251.
③ 郭绍虞：《中国文学批评史》(上)，312 页。

踢出理想国。① 但他们必须承认"诗"的价值,尤其是对"情"与导人向善的作用。布莱克总结说:"'文'所必须载的'道'与必须传达的'情'都被狭义地解释了。如果承认人类情感普遍地不符合理想,'文'通常无法将自己限于传'道',那么,能主宰文学争论的就是一些道德指称的词汇,如'道'与'善',而不是'情'这样的情感—心理的概念。"②

(四)王夫之文学思想中的重要观点与关键概念

1. 王夫之文学思想的六大特征

布莱克说王夫之的"现实主义"对人类情感的尊重是前所未有的,他使用"欲"与"情"(通常被当作贬义词)表达自己的观点,认为诗歌是关于人类情感的真实表现。这是王氏文学概念的第一个特征。第二个特征是他的诗歌概念可被当作一面反映他的自然宇宙概念的镜子。也就是说,他关于宇宙自然的概念被反映到了文学思想中。例如,王夫之痴迷于自然界成长和变化的景观,因此对诗歌的客观属性极感兴趣。它们不仅是道德性的,而是混合了表现、审美和形上等性质,反映了王夫之的宇宙概念。王夫之文学思想的第三个特征是前两个特征的综合。西方文学理论将作品的客观特征,如结构、情感属性与内在属性,即作者的精神状态区分开来,而王夫之则没有这个"内"与"外"的界限。其结果是,对一首诗歌的外在属性的描述有时候包括或者伴随着心理学的过程,正是通过作品的外在属性,诗歌的情感才被创造出来。更概括地说,"言外之意"与作诗、读诗时情感的表达密切相关。第四个特征是第三个特征的直接后果,即王夫之的诗歌概念从本质上讲是动态的。一首诗不仅仅是一个客体或者被完成的事件,也是活生生的实体。第五个特征是王夫之虽然不反对写作技巧,但对所谓"学派"与"诗法"都深恶痛绝,他要求诗歌是情感的自然流露。第六个特征是王夫之意识到"经验"依赖于"才",

---

① 参见 Alison Harley Black,*Man and Nature in the Philosophical Thought of Wang Fu-chih*,p. 253.

② Alison Harley Black,*Man and Nature in the Philosophical Thought of Wang Fu-chih*,p. 254.

"才"包括写作技巧。

2. 诗与"情"和"景"

宋儒认为,"情"既不稳定又无规律,必会威胁到理想秩序的平衡,而感情只有在未被激发之时才能保持平衡,程颐称之为"寂然不动"(utter stillness)。情感的表达要符合"和"的标准,指的是对感情的积极表达。由于王夫之认为"太极"是内在的宇宙和谐与无处不在的阴阳的统一体,而非先在的、超越世俗的实体,"太极无端,阴阳无始",因此,感情的平衡状态是普通人就可达到的心理经验。受佛道影响,当时人们认为"心"即"空"。儒家圣人当然不立此等"空无之心",就此,王夫之认为"天人合一",即"天,人也,人即天也;天,物也,物即天也"。王夫之在《诗广传·召南》中说:"若夫天之聪明,动之于介然,前际不期,后际不系,俄顷用之而亦足以给,斯蜂蚁之义,鸡雏之仁焉耳,非人之所以为道也。人禽之别也几希,此而已矣。或曰:'圣人心如太虚'。还心于太虚,而志气不为功,俟感通而聊与之应,非异端之圣人,孰能如此哉?异端之圣,禽之圣者也。"①就此而言,王夫之所强调的"与'道'相协调的'心'",已经倾向于以某种方式(以道的方式)对某些事件做出反应,并且在这些事件过去之后留下经验"②。如果人心没有这种能感天地的能力,就与禽兽无异了。

王夫之论及"心"对"物"反应的自发性,认为虽然"心"与"道"不可分,但"道生于余心,心生于余力,力生于余情;故于道而求有余,不如其有余情也"。所以,"情"对于"道"而言必不可少,甚至可以说,"道"依"情"而显,"文"应该被理解为"情"的自然表达。进一步说,它与宇宙相通,本身就体现了自然宇宙的行为方式,而不是被"做"出来的事物。诗歌就像它的对应物"宇宙"一样,是一个进行中的过程或行为。诗歌是情感的自然表达,不是一个客体,而是感情的外化,就像它是作者感情的外化一样。王夫之

---

① (明)王夫之:《船山全书》(三),309页,长沙,岳麓书社,1988。
② Alison Harley Black, *Man and Nature in the Philosophical Thought of Wang Fu-chih*, p. 258.

将宇宙理解为一个整体，阴—阳、天—地、乾—坤等一些相对互补的概念表现了宇宙的精神—物质属性。这些二元对立概念的联系点是不可捉摸的概念"神"，对诗歌而言，"神"同样也是沟通"内"和"外"的纽带。

布莱克指出，王夫之也用"情""意"或"心"。这些术语经常被用来平衡它们"外部的"或"物质的"对应概念，因此，我们有"情"和"景"，"心"与"情"，"心"和"音"，"心"和"调"，"意"和"言"，"意"和"句"，"意"与"韵"，等等。"'意'或'情'等'内在'行为经常被表现为赋予了'言'和客体领域的统一性。"①

3."心"与"客体"的融合

"情"和"景"的关系在王夫之看来，正如"阴""阳"关系一样，"情景名为二，而实不可离，神于诗者，妙合无限，巧者则有情中景，景中情"。关于王夫之的"情景"与"神"这些概念，郭绍虞说："景中生情，而后宾主融合，不是全无关涉；情中生景，而后不即不离，自然不会板滞。以写景的心理言情，同时也以言情的心理写景，这样才见情景融浃之妙，这样才是所谓神韵。所以，他说：'含情而能达，会景而生心，体物而得神，则自有灵通之句，参化工之妙；若但于句求巧，则性情先为外荡，生意索然矣。'"②郭绍虞所引王夫之的话也为布莱克所引，并拈出"妙合无限"四字作为融合"情"与"景"，消解二者边界的"神"。然而，布莱克以哲学为切入点，并非专论文学，因此由"情"和"景"联系到"体"和"用"、"乾"和"坤"。"体"由"阴"或"坤"表现出来，与"用"一样是宇宙存在的根本，因为任何活动都必须以"体"为中介。但是，无论"体"如何变化，这些变化都必定是内在行为（即"用"）的外在痕迹。

王夫之说："情者，阴阳之几也；物者，天地之产也。阴阳之几动于心，天地之产应于外。故外有其物，内可有其情矣；内有其情，外必有其物矣……絜天下之物，与吾情相当者不乏矣。"③布莱克据此断言王夫

---

① Alison Harley Black, *Man and Nature in the Philosophical Thought of Wang Fu-chih*, p. 264.
② 郭绍虞：《中国文学批评史》（下），466页。
③ （明）王夫之：《船山全书》（三），323页。

之认为人内在情感的活动必与外部世界相对应，因为人与宇宙同为"阴""阳"所生，本质无二。联系"若夫天之聪明，动之于介然"这段话，可以看出，王夫之是要证明"情"具有主动性和积极性，而非对外界事物刺激的消极反应。这也是王夫之所讲的"人"与"兽"之别在于"心"的原因。因此，在讨论情、景问题时，王夫之才说"情中生景""景中生情"，二者犹如天地阴阳，不可分而论之。总之，布莱克将"情"作为一个核心概念，并将它与"理""意"等概念进行比较，其目的在于印证王夫之哲学思想中"情"的重要地位。但是，布莱克似乎并未指出，王夫之用大量笔墨论"情"，也有纠正传统批评理论中重"体"轻"用"、重"道"轻"情"的意图。王夫之恐怕更看重的还是圣人之道而非"情"，称如果人无"情"则无以应"道"。

4. "读者"观及宇文所安的论述

除诗歌本身之外，布莱克还注意到王夫之论及读者的参与在创造诗歌"动态"概念中的作用，认为诗并非一个完成的客体，而是给读者留下了感情参与的空间，即"读者各以情自得"。他引用了王夫之在《诗绎》中的一段话：

> 诗可以兴，可以观，可以群，可以怨，尽矣……'可以'云者，随所以而皆可也。于所兴而可观，其兴也深；于所观而可兴，其观也审；以其群者而怨，怨愈不忘；以其怨者而群，群乃益挚。出于四情之外，以生起四情；游于四情之中，情无所窒。作者用一致之思，读者各以其情而自得……人情之游也无涯，而各以其情遇，斯所贵于有诗。

另一位汉学家宇文所安对这段话的研究值得特别提出，他将王夫之此观点与伽达默尔的诠释学相对比。宇文所安以为，按照王夫之的观点，一首诗所具有的"兴观群怨"都发生在阅读之中，是文本特性与读者之间产生的一种互动关系。"这个立场与加（伽）达默尔的立场何其相似，在《真理与方法》（*Truth and Method*）中加（伽）达默尔认同读者的'偏见'

(prejudice)，拒绝施莱尔马赫试图恢复文本的原有意图的解释学目标。"①宇文所安说，王夫之的意思是说，我们不必热衷于《诗经》所蕴含的过去的世界或《诗经》自身的规范设计；其实，过去的世界总是被塑造着，并引回到目前的情境之中。虽然如此，将王夫之的思想与诠释学联系起来总是让人觉得有点突兀，因为在中国传统的文学批评中，"以意逆志"算不上什么新鲜论调。周裕锴在《中国古代阐释学研究》一中书对此问题有详细考察。他说："'以意逆志'的说诗方法绝非简单的'意图论'三字可以概括。事实上，孟子这一学说中含有极丰富的互相对立的阐释学因子……一方面，肯定作者之志是一切阐释的目标，提倡一种所谓'意图论的阐释学'；而另一方面，他实现这一目标的手段却依赖于读者的主观推测，这就意味着承认不同读者的推测都具有合法性，从而成为一种'多元论的阐释学'。"②因此，王夫之论的其实是一个久远的批评传统，宇文所安也承认："王夫之的解释方法并没有脱离漫长的《诗经》解释史，按照那个解释史的说法，对一首诗的解释如果出现矛盾，那是因为它被运用到不同情境之中的缘故。"③从《诗经》解释史的角度看，宇文所安认为，从汉代到唐代，学者们都假定《诗经》具有确定的影响力或"情"，把《诗经》视为情感伦理教育之作。到了朱熹，他则认为诗中所包含的美德存在于读者的美德之中，因此读者不再被《诗》留下烙印；在《诗》固有的影响力和读者的本性之间存在一种平衡的、相反相成的关系。因此，伽达默尔的阐释学观点可以应和中国传统文学思想之处，并非只有王夫之一人。王夫之说："李杜亦仿佛遇之，然其能俾人随触而皆可，亦不数数也。又下或一可焉，或无一可者。故许浑允为恶诗，王僧孺、庾肩吾及宋人皆尔。"④

且不论宇文所安与布莱克在理论视野上的差异，他们对上述这段话的重视都与西方文学理论的发展密切相关，并希望借此获得中西言说之间的互证。

---

① ［美］宇文所安：《中国文论：英译与评论》，506 页。
② 周裕锴：《中国古代阐释学研究》，47～48 页，上海，上海人民出版社，2003。
③ ［美］宇文所安：《中国文论：英译与评论》，506 页。
④ ［美］宇文所安：《中国文论：英译与评论》，504 页。

第十一章　英美汉学界的中国小说理论研究

作为一种文学形态，小说在中国出现较晚，即便从六朝志怪算起，比之源远流长的诗、文传统也只能算是"年轻"的文类，更何况直到晚近的明清时期，小说才算进入成熟和繁荣期。但是，英语国家汉学界对中国传统小说的研究不仅著述数量可观，研究质量也达到了相当的水准。19世纪，许多早期汉学家，如德庇时等均对中国小说做过较有深度的研究。20世纪50年代之后，随着学科的划分与研究的细密化，小说研究也步入了一个新的领域，较早有代表性的学者有毕晓普、韩南、白之、夏志清等人，他们的研究多属文学史式的实证研究和文本分析式批评，小说理论并非独立的研究对象，也非其所擅。例如，韩南的研究，他偏重于小说的版本流变、著作权等问题，即使是对《水浒传》的研究，他也很少提及金圣叹的评点。20世纪70年代以后，以浦安迪、何谷理、倪豪士等学者为代表，英美汉学界开始将理论视野引入小说研究，并在中西文学理论对话的语境中对中国古典小说进行双向阐释，取得了明显的成就。华裔学者中，余国藩的《西游记》研究和王靖宇1972年出版的《金圣叹的生平和文学批评》(Chin Sheng-t'an: his life and literary criticism)①，也开始将视野移向对小说批评理论的关注。

---

① John Ching-yu Wang, *Chin Sheng-t'an: His Life and Literary Criticism*, Twayne Publishers, 1972.

20世纪80年代之后的中国小说理论研究，深受西方流行理论的影响，将视角深入到性别、身份、特定时期的女性写作甚至与伊斯兰文学的关系等，涉及范围非常广阔，同时也使用叙事学的视角考察中国小说的一些内在规则。20世纪90年代之后，一些后来成长起来的华裔学者试图在这一领域的理论构建方面有所作为。①

为对英美汉学中的小说批评理论研究做分类的处理，有必要将涉及的问题加以分疏。按照这一思路，下面的章节大致涉及中国小说理论的建构、中国小说起源与属性的研究、小说批评概念的研究等，而这些安排也需要适当打破依时间顺序排列的方式，以更为整体的视野观察之。其中，对中国小说与戏剧"评点"的研究属于比较特殊的一种类型，将另设专章介绍。

一、比较研究与中国小说理论的建构

把中国小说或叙事文学当作"整体"对象而进行的研究，往往站在中西文学理论的交叉点上，用西方的文学思想对中国小说进行研究和分析，并用比较的视野和对话的心态重构中国小说的理论系统。这种尝试最初出现在浦安迪的著述中，其1977年发表的《走向一种中国叙事的批评理论》(Towards a Critical Theory of Chinese Narrative)一文即讨论了如下六个方面的问题：第一，在中国语境中是如何可能对"叙事"下定义的；第二，对中国叙事传统如何进行类别的和非类别的划分；第三，叙事修辞的立足点；第四，叙事结构的模式；第五，对人性的再现；第六，叙

---

① 例如，鲁晓鹏(Sheldon Hsiao-peng Lu)《从史实性到虚构性：中国叙事诗学》(*From Historicity to Fictionality: The Chinese Poetics of Narrative*, Stanford University Press, 1994)，史亮(Shi Liang)《重构中国传统小说的历史话语》(*Reconstruction the Historical Discourse of Traditional Chinese Fiction*, the Edwin Mellen Press, 2002)，顾明栋(Gu Ming Dong)《中国小说理论：一个非西方的叙事体系》(*Chinese Theories of Fiction: A Non-Western Narrative System*, State University of New York Press, 2006)。

事作品中文本形式与意义的关系。① 该文首次突破实证主义对具体现象进行研究的方式，对中国叙事学及其相关问题做了整体性的思考。浦安迪在十年后的著作《明代小说四大奇书》(*The Four Masterworks of the Ming Novel：Ssu Ta Ch'i-shu*)②序言中，对其研究方法又做了强调性表述："我坚持对小说进行的反讽阐释显示出这样一个事实，即我是以比较文学的方法论，尤其是从西方文学批评中的现代小说理论这一角度来分析作品的。我坦率地承认这一点。"③而后，这类研究开始盛行，20世纪90年代鲁晓鹏撰述《从史实性到虚构性：中国叙事诗学》(*From Historicity to Fictionality：The Chinese Poetics of Narrative*)一书时，已显示出从浦安迪的出发点入手，建立更为阔大的叙事理论的胸怀。进而是在21世纪，华裔学者如史亮出版《重构中国传统小说的历史话语》(*Reconstruction the Historical Discourse of Traditional Chinese Fiction*)，顾明栋出版《中国小说理论》(*Chinese Theories of Fiction*)等，也对以上话题有所继承与推进。这种"小说理论"研究很难被称作"中国小说文学思想研究"，但中国传统文学思想却是必然在场的参考系统，因此也列入本节研究范围之内。

(一)"模仿"论与中西小说之差异

中西小说在作品和理论形态之间存在诸多差异，因此中国"小说"之概念与西方"小说"之概念并无对等关系。学者们在谈论中国小说理论时，对"fiction""novel"和"narrative"等概念的使用都非常谨慎。例如，白之

---

① 参见 Andrew H. Plaks，"Towards A Critical Theory of Chinese Narrative"，Andrew H. Plaks(ed.)，*Chinese Narrative：Critical and Theoretical Essays*，Princeton University Press，1977.

② Andrew H. Plaks，*The Four Masterworks of the Ming Novel：Ssu Ta Ch'i-shu*，Princeton University Press，1987.

③ Andrew H. Plaks，*The Four Masterworks of the Ming Novel：Ssu Ta Ch'i-shu*. 参见[美]浦安迪：《明代小说四大奇书》，"序"，3页，北京，生活·读书·新知三联书店，2006. 虽然此时他更注重历史的维度和中西文论双向阐释的视角，但仍受结构主义影响，试图在作为一种文学类型的"奇书"找出某些共有结构。

在分析了西方读者对中国小说进行解读时存在的困难之后，说："即便是'novel'这一范畴本身也可能并不适合指代中国 20 世纪之前的虚构作品（fiction）。"①浦安迪的观点也较具代表性。他说："问题是，用西方的术语'narrative'指代中国的一个文学类别时，它是否能成为有用的分析工具。"②浦安迪认为，在汉语中用"叙事"指代一种文学类型是"新鲜事物"，因为在西方文学理论中"narrative"是以"模仿"理论为基础的，而在中国的文学批评中，"模仿"却有不同的含义。《文心雕龙·原道》中的"模仿自然之文"，看似和西方的模仿论雷同，然而，在中国的文学思想中，"模仿（再现）现实"并非类别标准。由此可见，"文学"是对"动作的模仿"这一观点不适用于中国文学。③

陆大伟教授亦对此有过论述，他说："在中国主流美学话语中，几乎没有人把重点放在对外部世界的描写上。外部世界的细节被作者当作对'志'的象征性表达的一部分。另一方面，中国美学也不愿意把诗歌中的意象当作虚构的，与此相反，它们被认为是对诗人历史世界的最终指涉。"④他指出，中国美学向来注重写意而非写实。在中国传统小说理论中，"镜子"是一个常用的隐喻，但"镜子"却不会被用来描述"反映"本身，而是被用来谈论反映过程中的不偏不倚。进而可以看到，容与堂本《水浒传》小说批评似乎最接近"反映论"模式，因为里面的点评使用了"逼真""如画"等术语。例如，叶昼说："世上先有《水浒传》一部，然后施耐庵、罗贯中借笔墨拈出；世上先有淫妇人，然后以扬雄之妻、武松之嫂实之；

---

① Cyril Birch, "Foreword", Andrew H. Plaks(ed.), *Chinese Narrative: Critical and Theoretical Essays*, p. xi.

② Andrew H. Plaks, "Towards a Critical Theory of Chinese Narrative Theory", Andrew H. Plaks(ed.), *Chinese Narrative: Critical and Theoretical Essays*, p. 310.

③ 参见 Andrew H. Plaks, "Towards a Critical Theory of Chinese Narrative Theory", Andrew H. Plaks(ed.), *Chinese Narrative: Critical and Theoretical Essays*, p. 311. 浦安迪关于中西叙事和小说概念之关系的详细论述也可参见其《中国叙事学》。他认为，"奇书"和"Novel"是"可互涵"的文类，但二者毕竟是不同的概念。

④ David L. Rolston, *Traditional Chinese Fiction and Fiction Commentary*, Stanford University, 1997, pp. 166-167.

世上先有马泊六,然后以王婆实之。"陆大伟由此认为,这说明在小说评点家看来,写作并不是对现实世界的直接反映,而是对某些类型的人物进行"实之"所产生的结果。因而,即便是最接近反映论的评点家,也未曾主张小说是直接反映现实的。

更晚一辈的华裔学者鲁晓鹏、史亮和顾明栋等人,均认同此论断。史亮认为,在20世纪以前,西方文学是被模仿理论所统治的,只不过在不同时期、针对不同文体有些形式差异。就小说而言,"现实主义"是对这种模仿论的集中表达和概括。20世纪初,现实主义被输入中国,许多大陆学者据此认为现实主义是中国传统小说的主潮。① 然而史亮认为,现实主义不是超历史、超文化的,他引用了安敏成(Marston Anderson)在《现实主义的限制》(*The Limits of Realism*)中的观点,认为"现实主义"和中国传统的小说理论差异极大,中国作家并不关注外部世界,而是将自己与"道"相联系,并将自己当作传"道"的媒介。安敏成说:"现实主义为作者设定了一个客观观察的自动平台,一种类似于社会科学的平台,它通过净化作用对读者产生影响,即唤起他们心灵中的同情和恐惧等不愉快的情绪并加以净化。而中国的文学理论则与此相反,文学被当作作者感情生活的自发流露;甚至在文学作品中出现以上被观察的对象时,也仅被理解为道德培养的一部分。"②史亮由此认为:"在中国,模仿从未成为文学的原则,也从未占有统治地位。"③这是因为,中国小说理论之核心是"道"而非"真"。西方哲学的"理念/上帝"是二元关系,而中国哲学中的"道"则存在于宇宙万物之中,不能独立于经验领域,也不与现实世界相分离。"道沿圣以垂文,圣因文而明道",正说明了中国批评家对文

---

① 例如,史亮引用了吴功正《小说美学》中的观点:"中国的现实主义在小说史上常常是以主潮的形态出现的。"他还引用了叶朗《中国小说美学》中的观点:"根据这一唯物论的原则,中国小说美学把真实性的要求放在第一位,强调小说要真实地再现人情世故。"参见吴功正:《小说美学》,76页,南京,江苏人民出版社,1985;叶朗:《中国小说美学》,273页,北京,北京大学出版社,1982。

② Marston Anderson, The *Limits of Realism*: *Chinese Fiction in the Revolutionary Period*, University of California Press, 1990, p. 24.

③ Shi Liang, *Reconstruction the Historical Discourse of Traditional Chinese Fiction*, p. 16.

道之关系的认识。但是，这并非说中国文学中完全没有"模仿"，中国评点家常用的一些概念，如"像极""活画出""如闻如见"，也许可被认为是模仿，但是，仔细考虑后我们就会发现，这些评语只适用于某些细节，少数可能会指整个文学作品的特色，但没有一个术语可用来描述整个文学的性质。①

(二)关于"中国系统"的阐述

之所以将顾明栋有关"中国系统"的部分单列出来，是因为他企图用一个结构图式囊括中国小说理论的所有要素。这种尝试既有趣又有意义，值得在此处稍用笔墨。

顾明栋声言要写出一部"跨文化"的小说理论著作，从而有必要对中国的小说理论进行"概念化"处理。他的《中国小说理论》的第七章为"小说理论：中国系统"，指出可以用七个支撑点构建出中国的小说理论：

其一，起源：发愤著书；
其二，本体论：无中生有；
其三，认识论：以假为真；
其四，创作理念：多元共存；
其五，写作方式：训诂互文(linguistic dissemination)；
其六，叙述方式：兼收并蓄；
其七，阅读理论：诠释开放。

顾明栋说，该系统在形上层面上将小说视为叙事网络，其意义的自我生成机制与中国哲学传统中的"道"或"太极"相同；在审美层面上则可为小说设定出"纯小说"、元小说或"诗化小说"等艺术理想；在现象学的意义上，鼓励小说作品追述抒情诗的最高境界，即含有无尽之意。

---

① 参见 Shi Liang, *Reconstruction the Historical Discourse of Traditional Chinese Fiction*, p. 14.

他对这七个支点分别进行了论述。第一，关于小说的起源。顾明栋以为大致有三种说法：神话说、稗官说和历史说。然而这些说法均未考虑小说创作的内在驱动力，即心理起源。他援引了李贽的说法，认为小说创作与中国诗歌创作一样都具有"发愤著书"的特点。第二，关于本体论。书中所引"无中生有"来自于道家的说法，即"天下万物生于有，有生于无"。陆机《文赋》也言："课虚无以责有，叩寂寞而求音。函绵邈于尺素，吐滂沛乎寸心"，说的也是这个道理。其他理论家，如黄越、谢肇制等人，也表达过类似的观点。《红楼梦》的创作和它所包含的小说创作思想更是这一理论践行的典范。第三，认识论。顾时栋认为，以假为真是中国小说创作的一个传统，即虽为虚构，却要使读者相信是真实发生之事。明代理论家叶昼就认为，《水浒》的故事虽是虚构的，但读起来却像真的一样。第四，创作的概念。在中国，小说被认为是一个具有多元视角、多元主题、多元形式、多元信息的开放的表征系统，因此也可以对其进行开放性阐释。中国诗学倡导"言外之意""意在言外""文有尽而意有余"等，这些诗学理念对中国小说的创作也有着深远的影响，又与形而上学的"有/无"概念相通。顾明栋认为，道家"无"的观念使小说具有开放的特点。第五，关于创作模式。中国小说发展经历了从历史和哲学源头到独立的语言艺术之过程，伴随此过程的是小说语言功能的转变：从以象征本义为基础的语言概念转到以符号转义的语言概念，最终的结果是小说成为语言的艺术。因此，小说创作的终极模式与语言相关，也属语言学概念的范畴。顾明栋认为，这种模式来自《诗大序》，可称之为"训诂互文"。这个传统历史悠久，"以形索义"及"以声索义"是它的两种基本的形式。

二、对小说与历史关系的研究

在中国的小说传统中，小说与历史写作的关系是一个无法回避的问题。例如，在浦安迪主编的《中国叙事：批评与理论论集》一书中，第一部分收录的文章即展示了不同于西方叙事传统的中国叙事文学的来源，其中王靖宇教授《早期中国叙事作品：以〈左传〉为例》（Early Chinese

Narrative：The Tso-Chuan as Example)一文，从这一中国早期的叙事文本出发进行研究，最终演绎出一套关于中国叙事的总体理论。虽然他承认自己的方法是"西方的"，并使用了"情节""人物""意义"等西方文学批评的常用术语作为自己论文的结构框架，但这些基本的方面的情况并未表明中国的叙事传统会有别于西方的"小说"传统。《中国叙事》收录的另一篇文章是杜志豪（Kenneth J. Dewoskin）的《六朝志怪与小说的诞生》（The Six Dynasties Chih-Kuai and the Birth of Fiction），提出不能把志怪看成中国叙事文学产生的起点，更早的经史著作也含有虚构成分，志怪实际上可被看作历史写作传统的一部分。杜志豪认为，是否把中国小说的显著特点归结为与历史传统的密切联系，要看我们如何理解历史著作的本质特点。① 浦安迪也看到，在中国传统中，小说与历史存在无法割断的联系。他认为与西方的"epic-romance-novel"发展历史相类似，中国的演变路线是"神话—史文—明清奇书文体"。② 因而，讨论中国的叙事传统总要以承认历史的重要性为起点，但如此就存在这样的问题，即在传统的中国文化中，历史与小说这两种主要的叙事传统，到底存在不存在内在的通约性。浦安迪认为，以中国的情况来看，历史、小说和其他文本形式，比如"四部"等，都可以归入"叙事"。历史和小说很难区分。在中国的传统中，对历史与小说的评判最后都要归于一个"传"字，历史"传"真实的事件，而小说则"传"虚构的事件。在西方的文学理论传统中，叙事的精要在于"讲故事"；在中国的传统中，叙事的精要则在于"传"。因为历史写作传统注重"传"的功能，因此"传"就在中国叙事中占据主要地位。同时，不同文化对"事件"的理解也不同，它在西方是指具体事件在时间中的发展，而在中国则更具有多时间和多空间的多重性特色，呈现出言与事的交织（例如，中国小说中充斥着对宴会和各种看似无聊闲谈的描写）。中国叙事结构的功能不是西方意义上的"事件"，而是"非事

---

① 参见 Kenneth J. Dewoskin, "The Six Dynasties Chih-Kuai and the Birth of Fiction", Andrew H. Plaks(ed.), *Chinese Narrative: Critical and Theoretical Essays*, p. 51.

② 参见［美］浦安迪：《中国叙事学》，28页。

件"。因此，在中国的传统中，历史和小说的区别不是文学类别的区别，而是劳动分工的不同。①

倪豪士在《中国小说的起源》(1985)中关于此问题的看法也值得注意。他认为在讨论中国小说起源时，中国学者往往注重探讨"小说"一词的由来，西人学者则着眼于"小说的本质"。例如，梅维恒认为8世纪时佛教和变文传入中国，而"幻"字作为小说的一个本质特征，包含了今人小说的写作观念，因此中国小说的开端在8世纪。倪豪士认为，英文"fiction"源于拉丁文"fingere"，基本意义是"制作"，因此与"幻"相比，中文的"造""作"二字更接近原义。他说，先秦文学中修辞的譬喻、单纯的形式、故事本身都已经具有后世小说的技巧并且为后世小说提供了丰富的写作题材。他援引安德烈·乔勒斯(Andre Jolles)的"单纯形式"(einfache formen or simple forms)理论解释中国小说的起源。该概念是指语言中表现出来的人类思想结构原则并非文类，而是文类的结构单位，"单纯形式是初期小说的来源"②。《战国策》一书中的故事，从形式上讲可被归于"游说"，虽然我们往往将游说视为文学技巧而非文学类别，但是"Crump③探讨形式而非内容的方式，的确是有意义的。因为我们很难界定某一作品何时可归于真实描述，何时属于虚构。早在欧阳修之前，许多作家处理写作题材(stoff)时就感到形式才是决定因素。跟随这观念而来，而在形式上讲求'制作'功夫，的确是中国小说的源起"④。

鲁晓鹏的《从史实性到虚构性：中国叙事诗学》一书，也对一些术语和名称做了"正名"性的工作，然后对"从历史为中心的叙事演化为以虚构为中心的诗学的演变过程"⑤进行了探讨，并对小说与历史的关系、异

---

① 参见 Andrew H. Plaks, "Towards a Critical Theory of Chinese Narrative", Andrew H. Plaks(ed.), *Chinese Narrative*: *Critical and Theoretical Essays*, pp. 309-316.
② [美]倪豪士：《传记与小说：唐代文学比较论集》，5页。
③ 即美国汉学家柯润璞(James I. Crump)。
④ [美]倪豪士：《传记与小说：唐代文学比较论集》，8页。
⑤ Sheldon Hsiao-peng Lu, *From Historicity to Fictionality*: *the Chinese Poetics of Narrative*, p. 3.

同、理论认识的变化等做了较为细致的考察,其中也涉及金圣叹等评点家如何看待历史与小说的论述。关于小说起源的理论问题,鲁迅先生《中国小说史略》曾云:"小说之名,昔者见于庄周之云'饰小说以干县令',然案其实际,乃谓琐屑之言,非道术所在,与后来所谓小说者固不同。"鲁晓鹏认同鲁迅的说法,即小说之名出于庄子,但接着说:"《荀子·正名》中提到'小家珍说',这在意义上与'小说'相近。在这些哲学讨论的语境内,'小说'与'小家珍说'都与'大达''道'和'知'意思相反。"①他进而认为,除了刘知几、章学诚(试图以"六经皆史"之说沟通两种史学方法)等少数例外,中国古代的理论家基本没有意识到小说与历史的区别。②在中国的"历史范式"中,对历史进行阐释时有"经学"和"史学"之分,史学方法更注重叙事,经学方法则是要寻找文字表面之下的含义,其起源便是对《春秋》的注解。在后来的小说批评中,史学方法的运用是非常明显的。例如,毛宗岗认为"《三国》是春秋笔法",即《三国演义》是对《春秋》的模仿。金圣叹的评点"一直使用历史诠释学的术语和方法"③,并将《水浒》和《左传》《史记》等历史著作相提并论,使用"史笔""曲笔""直笔"等历史学常用的术语进行点评。

另一位学者史亮却认为,古籍中所谓"小说"当然与今日所言作为一种文体的"小说"关系不大。小说在《庄子》中所指并不明确,他说:"无疑庄子认为'大达'(great enlightenment)具有至高地位,而'小说'的地位却不明显……'小说'与'大达'之间存在的不是等级关系而是对立关系。""对那些小话题的讨论与'道'毫无关系,那些沉迷于辞藻和娱乐的写作,或者那些笑话都不过是为逗统治阶级一乐。"④他进一步认为:"当庄子、荀

---

① Sheldon Hsiao-peng Lu, *From Historicity to Fictionality: the Chinese Poetics of Narrative*, p. 40.

② 参见 Sheldon Hsiao-peng Lu, *From Historicity to Fictionality: the Chinese Poetics of Narrative*, pp. 63-64.

③ Sheldon Hsiao-peng Lu, *From Historicity to Fictionality: the Chinese Poetics of Narrative*, p. 70.

④ Shi Liang, *Reconstruction the Historical Discourse of Traditional Chinese Fiction*, pp. 40-41.

子甚至桓谭把小说解释成次一等的写作时,他们的理由大多与辞藻、形式结构等形式特征有关,或与主题或意识形态等内容相关。在他们眼中,小说仍然是一种文人和官僚的创作。但是,班固却把小说从文人和政府官员那里排挤出来,认为其起源在街头巷尾,来自社会等级的底层。这样也就把小说从主流文化话语中排除了出去。这种对小说的重新定位为它与正统话语之间的关系带来了一种新的维度,现在,小说不仅是'道'的一种歧途——道听途说,玩弄修辞,无价值的记录,对杂乱无用的事件所做的乱七八糟的笔记,等等,由于其低微的出身,小说还是一种低等的生命。这种新的观点为文人对小说的不尊重提供了新的理由。"①

三、对作为批评概念的"奇"的研究

浦安迪在对中国小说的研究中所措出的一个最重要的概念是"奇书"。据其所述,"奇"的概念也是当时诸多批评家,如毛宗岗、张竹坡等人在小说序跋与批注中常用的。浦安迪认为,虽然从字面上看,"奇书"是"奇妙之著作"的意思,但古人专称《三国演义》《西游记》《水浒传》和《金瓶梅》为"四大奇书"也是别有深意的,一是由此而设定了一个"文类上的界限",以与二三流章回小说区别开来;二是"奇书"文体也自有一套固定的体裁惯例。②

史亮所著《重构中国传统小说的历史话语》以"奇""游戏""道"三个概念为主线,梳理出了中国小说理论的一些重要特征。例如,在论述"奇"时,他把"怪""异""玄""诞"等概念统摄进来,同时又举出以"幽""神""梦""仙"等为常见标题的例证,将之做了关联性考察。在他看来,六朝以前"奇"文的代表是《左传》《史记》等史学著作,这些著作也是后来小说的源头。清代中期评论家陶家鹤即说过:"左丘明即千秋谎祖也。"清代另

---

① Shi Liang, *Reconstruction the Historical Discourse of Traditional Chinese Fiction*, pp. 50-51.
② 参见[美]浦安迪:《浦安迪自选集》,120 页,北京,生活·读书·新知三联书店,2011。

第十一章　英美汉学界的中国小说理论研究　　　　　　　　　　　　　　357

一位批评家冯镇峦也说："千古文字之妙，无过《左传》，最善叙怪异事。"史亮认为，甚至诸子著作亦多奇文。从六朝时期"志怪"小说之突起，至唐"传奇"小说之兴盛，"奇"字逐渐成了这一文学类别的代名。进而，"'奇'在明清发展成为成熟的文学概念和话语"①。在史亮看来，"奇"具有三方面内容：首先，是表现奇异的幻想因素；其次，是对日常行为的超越；最后，是卓越的叙事技术②——三者也可被视为"奇"在文学中的表现。关于"游戏"这一概念，史亮认为大致包含两个主要方面，即精彩绝伦的叙事技巧和新颖的内容。它们是小说能带给人快感的主要原因。③游戏概念的建立使得小说能从对道的追逐中解放出来，也使文学再现能够摆脱现实主义原则的限制。

---

　　①　Shi Liang, *Reconstructing the Historical Discourse of Traditional Chinese Fiction*, p. 90.

　　②　参见 Shi Liang, *Reconstructing the Historical Discourse of Traditional Chinese Fiction*, p. 90.

　　③　参见 Shi Liang, *Reconstructing the Historical Discourse of Traditional Chinese Fiction*, p. 136.

第十二章　更深的开掘：中国小说戏曲评点研究

"评点"是中国独有的文学批评和理论形式，英美汉学界这方面的研究虽然著作数量不算太多，却不乏深入细致。20世纪70年代以后，著名学者浦安迪、何谷理等人就开始对"评点"进行系统性研究。以浦安迪为例，他的《明代小说四大奇书》对产生于明代的四部小说(《金瓶梅》《水浒传》《西游记》和《三国演义》)进行了结构主义式的分析，同时也对金圣叹、张竹坡及毛氏父子等对这些作品的点评做了较为深入的论述。而他主编的《中国叙事》(*Chinese Narrative：Critical and Theoretical Essays*)，也收录了芮效卫(David T. Roy)的《张竹坡评点〈金瓶梅〉》(*Chang Chu-po's Commentary on the Chin P'ing Mei*)。相关的专著则有王靖宇的《金圣叹的生平及其文学批评》(*Chin Sheng-t'an：His Life and Literary Criticism*)和陆大伟的《传统中国小说和小说评点》(*Traditional Chinese Fiction and Fiction Commentary*)。陆著内容翔实丰富，他试图用西方理论融解中国传统小说理论的努力，也使他的论证过程让人感到耳目一新。陆大伟主编的《中国小说读法》(*How to Read the Chinese Novel*)也堪称较为完备的关于小说评点文集，其中不仅有对一些"读法"和评点的英文翻译，也收录了一些汉学家们撰写的重要论文。

与其他地区汉学界对中国传统文学思想的研究一样，这些研究往往都是站在中西比较的立场上进行的，而所使用的方法论视角也大都与他们写作时代所盛行的文学批评思想相关，如新批评、结构主义、叙事学等。从中也可以看到，他们所捕捉的中西文学思想之间的契合点自然也会随着研究模式的转变所带来的理论冲击力而向前推移。此外，不同的学者在方法论的选取上也会有所区别。例如，浦安迪在对评点进行研究时更注重为我所用，偏向于用结构主义叙事学"形象迭用"的概念对评点进行理论化和系统化的疏解；而王靖宇则更多侧重用新批评细读方法寻找其与中国评点的相通之处，以及将之与艾布拉姆斯的"四坐标"系统地用于自己的研究，如此等等。但是，他们同时也注重考据法。相对年轻一些的研究者，如陆大伟，则会以"暗含的读者"和"暗含的作者"为概念逻辑，对评点者的目的、方法和技法进行深入解析。研究方法的不同使小说评点传统的不同侧面得以以多样化的方式被揭示出来，从而为西方读者了解这一传统提供了一些重要的路径。

一、热点：金圣叹评点研究

由于金圣叹在评点方面的巨大贡献和影响，汉学家们对他的研究颇多，其中最详尽的当属王靖宇教授于1972年出版的专著《金圣叹的生平及其文学批评》。章培恒在中文版译言里指出："王靖宇教授这部大作的主要贡献，就在于以西方文学观念为指导，通过实证的研究而对金圣叹的文学批评做了翔实、深入而富于新意的阐述，并从一个方面展示了当时文学批评的走向。"[①]章培恒先生的评论是中肯的。王靖宇在这部著作中以西方文论为参照，并以西方文学理论术语对中国传统用语进行解释，虽然有时难免生硬，或显不够深入（比如在用新批评理论论述金氏的点评时，未能做更进一步的论述），但是这部产生于20世纪70年代初的著作在研究方法及研究结论方面都带来了新鲜的启示。在"金圣叹的文学观"一章中，王靖宇以"作为自我表现的文学"为题，兼取艾布拉姆斯著名的"四要素"之说切入讨论。据他所述，表现论即艺术与艺术家之间的关系，

[①] ［美］王靖宇：《金圣叹的生平及其文学批评》，"序"，6页，上海，上海古籍出版社，2004。

而非艺术与其外在形态（如模仿论所侧重）、艺术与观众（如实效论所侧重）、艺术与作品本身的内在要求（如本体论所侧重）之间的关系。以此为出发点，王靖宇认为，这种在西方出现较晚的文学观念在中国其实是一种重要而古老的批评观：从最初的"诗言志"到金圣叹及其先驱李贽、公安派的袁氏兄弟，中国文学批评理论所呈现出的"表现论"是一脉相承的。金圣叹以此为标准，认为诗"只是人人心头舌尖所万不获已，必欲说出之一句话耳"。"他认为任何突如其来的感情爆发，甚至婴儿的啼哭，都可以看成是诗。"①但王靖宇又指出，由于金圣叹深受儒家传统影响，因此在侧重表现的同时也注重诗歌的时效，试图从文学对观众的有效影响中寻找文学的终极价值。如果把表现论者看成"浪漫主义者"，把实效论者看成"古典主义者"，那金圣叹就是一位"古典浪漫主义者"。②这一据西方批评术语而展开的中国文论研究有其自身的发现与价值，虽然"古典"和"浪漫"这两个在西方文学批评史中带有较重时代印迹的术语可能会引起某种误解。

在评点术语的处理方面，王靖宇列举了金圣叹在"读法"里所使用的15个术语，并做了简短评论："为省却不必要的细节，我只是简单地译出这些技法的名称，有时候配以金圣叹自己的解释，然后用现代批评术语加以评论。"③例如，作者认为"草蛇灰线法"似乎与"复调意象"（recurrent image）部分相似，"绵针泥刺法"在西方批评术语中抑或可被称为"讽刺"，"弄引法"为某段主要情节的前奏，而"獭尾法"则为可被看作"尾声"，"欲合故纵法"则可被称为"悬念"，等等。王靖宇认为，这体现了金圣叹批评的"现代性"。同样，金圣叹对《西厢记》的评点有许多地方与对《水浒传》的评点一样，具有高度的个人风格，同样对原文进行了篡改，同样注重文学性，并对其结构大加赞赏。王靖宇说："在注意细枝末节的同时，他从未忽略《西厢记》的整体格局。"④这一点也与评点《水浒传》类

---

① ［美］王靖宇：《金圣叹的生平及其文学批评》，33页。
② 参见［美］王靖宇：《金圣叹的生平及其文学批评》，35页。
③ ［美］王靖宇：《金圣叹的生平及其文学批评》，64页。
④ ［美］王靖宇：《金圣叹的生平及其文学批评》，97页。

第十二章 更深的开掘：中国小说戏曲评点研究

似。经过这些细致的分析之后，王靖宇总结说，金氏对《水浒传》最为赞赏之处有三点：人物塑造的逼真、事件叙述的生动和叙事技巧的精湛。[1]

浦安迪的《明代小说四大奇书》一书，可谓用西方批评理论的视点研究中国小说的典范之作。在述及金圣叹时，浦安迪认为他所使用的一些术语并不是自己首创的，绝大多数是从诗词、绘画、古文评论中搬过来的。"甚至连在小说批评本身的领域里，金圣叹也只是继承了前辈评论家的衣钵。无论人们是否听信这些早期评本出自文学名士如李贽、钟惺等人之手的说法，还是归诸名气相对低下的怀林、叶昼甚至校勘家余象斗、袁无涯等人，金圣叹受惠于前人这一点是显而易见的。其实，已有人证明金的夹注一大部分都是直接借用'李卓吾'120回评注本的。不过，那并没有贬低下面这一事实，即金圣叹把有关虚构文章的这种严肃批评理论提高到了一个空前透彻的高度，为接踵而来的毛宗岗和张竹坡树立了小说批评的榜样，也为清朝一代赏析小说艺术定下一个标准。"[2]在浦安迪看来，金氏最大的贡献在于他对构成小说精密文理的具体叙述技巧所做的深入研读和精辟的文学分析。与王靖宇把金圣叹15条"读法"都列举出来进行解释的方法不同，浦安迪认为这些术语重叠之处甚多，可归为极少数的几个批评概念，其中最重要的是"形象重现"。[3] 这包括具体形象的呈现，如"草蛇灰线"；也包括更大叙事单位的使用，如"正犯""略犯"等术语；还包括具体的人物层次安排，如"背面铺粉法"等。他认为小说作者把各独立叙事单位串联起来的技法或插入"闲笔"的技法，也与"形象重现"有关系，"弄引法""獭尾法""欲合故纵法""横云断山法"等即是。金圣叹的另一大贡献是使一些批评术语得以普及，影响到后来的评点者，

---

[1] 谈培芳将"technical virtuosity"译为"描写技巧的精湛"，但从下文所列举的十五种技法来看，似乎更注重叙事结构方面的内容，"描写"二字无法涵盖其意义。

[2] [美]浦安迪：《明代小说四大奇书》，294页。

[3] "形象重现"即"figural recurrence"，也译作"形象选用"。浦安迪在《中国叙事学》中也说："'形象选用'让错综复杂的叙事因素，取得前后一贯照应，内涵相当丰富，除了有上述'反复'的涵义之外，有时还相当于传统评点家所谓的'伏笔''斗榫'和'犯'等语。"[美]浦安迪：《中国叙事学》，90页。

如张新之和脂砚斋评《红楼梦》；也影响到后世的小说创作，如《三续金瓶梅》。浦安迪亦指出，毛宗岗读《三国演义》和张竹坡评《金瓶梅》都注重结构，认为小说作者始终在寻求结构和感情上的平衡，以符合阴阳之道。

陆大伟所著《传统中国小说与小说评点》是一部对评点进行全景式研究的论著，对评点的传统、文本、重要的评点家及其评点本身等都进行了探索，分析了评点传统的历史、源流、形式及各评点家之间的异同。首章即以"'评点先生'：金圣叹与《水浒传》"为题，讨论金圣叹的批评实践，并称："金圣叹是传统中国小说批评中唯一重要的人物。"①陆大伟还考察了金圣叹之前的评点发展历史，认为刘辰翁对《世说新语》的评点开其先河。至明代，余象斗出于商业考虑对《三国演义》《水浒传》和《列国志》均做评点之后，方刊行于世；而李贽的评点与余象斗的动机完全不同，他是出于对文学作品的热爱才着手评点的。他指出，金圣叹对李贽也颇有批评，比如他反对将"忠义"二字置于"水浒"之前，并对"水浒"两字做了自己的一番解释。金圣叹对李贽的攻击也表现在其他方面，但陆大伟认为，即使如此，金圣叹仍无法与这些先辈的评点划清界限。②

关于金圣叹对《西厢记》点评的研究，则有邱驰（Sally K. Church）的论文《言外之意：金圣叹对〈西厢记〉隐义的探索》（Beyond the Words：Jin Shengtan's Perception of Hidden Meanings in Xixiang ji'）。邱驰认为，金圣叹对文本阐释本身正确与否无关紧要，更重要的是要探寻"金圣叹对那些平淡文字的隐含意义进行探索的背后所隐藏的理论原则，及对这些原则的使用与目的"③。由于金圣叹并没有像批《水浒传》那样详细地把技法注解到文本中，所以他的表述有一点含糊性。邱驰认为，金圣叹在《西厢记》中寻求微言大义的理论原则是"相其眼观觑何处，手写何处"。"手"与"眼"成了金圣叹的关键词，后来又演化为"心之所不得至，笔已经至

---

① David L. Rolston, *Traditional Chinese Fiction and Fiction Commentary*, Stanford University Press, 1997, p. 25.
② 参见 David L. Rolston, *Traditional Chinese Fiction and Fiction Commentary*, pp. 30-35.
③ Sally K. Church, "Beyond the Words：Jin Shengtan's Perception of Hidden Meanings in *Xixiang ji*", *Harvard Journal of Asiatic Studies*, Vol. 59, No. 1, 1999, p. 7.

焉，笔之所不得至，心已至焉；笔所已至，心遂不必至焉，心所已至，笔遂不必至焉"。"笔"无疑指的是字词，而"心"则可指"作者之心"或"读者之心"。邱驰认为，用其来指作者之心会有许多矛盾之处，而若用它来指"读者之心"，则可与金圣叹的其他主张相一致。金圣叹惯于用"衬""虚""实"与"文外""言外"等术语表达自己的理论方法，从文本中寻找隐含的意义。当然，这与《春秋》以来的索隐传统也有承继上的关联。此外，邱文也对金圣叹评点《水浒传》时常用的一些术语进行了自己的释解。

二、对其他评点家的研究

（一）对《三国演义》评点的研究

浦安迪对《三国演义》的研究，"着重地依据了毛宗岗的评析"。他分析说，毛宗岗在《读法》里对叙述文理进行讨论时强调的不少条目，都着眼于作者把相同或可比的形象放在后半部来映照早先的事例，因此浦安迪在研究中也大量运用了"形象迭用"的原理。其中之一，便是毛宗岗所称的"连"和"断"，即所谓"横云断岭，横桥锁溪之妙"，"浪后波纹，雨后霹雳之妙"。浦安迪借助这些条目，集中探讨了"回照""影带"和"照应"等传统评点用语。浦安迪认为，毛氏"同树异株，是枝异叶，同叶异花，同花异果之妙"和"奇峰对插，锦屏对峙之妙"这两条，也体现了"形象迭用"的原则。前一条集中阐述了"犯"与"避"，而后一条则阐释了"正对"与"反对"这两组相对的方法。"以宾衬主之妙"条也是强调这类成对比事例的用法。就此可见，"形象迭用"已经被浦安迪当成解决多种问题的一把钥匙。他说："我要特别留意作者如何通过形象迭用的反复运用充分提示其异同的方法来烘托其中反讽影射的层面，而这正是我推想的阐释这部奇书的关键。"①

陆大伟的研究则表明，毛氏父子对《三国演义》《琵琶记》的评点与金

---

① ［美］浦安迪：《明代小说四大奇书》，390 页。

圣叹对《水浒传》《西厢记》的评点构成了一组对应关系。《三国演义》与《琵琶记》可能对传统道德观念进行了质疑，但最终强化了道德传统；而《水浒传》与《西厢记》的评点则更具颠覆性，因此，毛氏父子比金圣叹更强调小说文本的伦理道德正确性。他认为，同金氏评《水浒传》一样，毛评除点评之外，对原来的文字也进行了大量篡改，但毛、金在此方面有异有同。毛氏对《三国演义》的叙事立场不仅毫无疑义反而要强化它，因此没有必要对小说结构进行较大改动。虽然他们把叙事单位由"则"改为"回"，但是却没有删除任何重要单元。金氏将《水浒传》中的诗几乎删除殆尽，毛氏父子则只删除了一些与其政治理想相违背的诗。毛氏对小说的改动主要依据两个原则：历史真实性和文学品质。就文学品质而言，其目的主要是使人物形象前后一致。"虽然后人批评他们在这方面做得有点过火了，把人物类型化或把他们变成了理想人物，但金圣叹在评点《西厢记》时也强调人物性格的一致性，两者之间可能会有一定联系。"①在评点中，毛氏虽然竭力避免使用金圣叹的术语，但是其评点技法与金圣叹的相似之处却显而易见。例如，毛氏父子对待曹操的态度与金圣叹对待宋江的态度如出一辙。

（二）对《金瓶梅》评点的研究

浦安迪在讨论《金瓶梅》时，认为这部小说的艺术技巧体现在三个层面：一是注重意味深长的细节，二是个别章回的内在结构经过明显的设计，三是运用形象迭用的原则编成一套有反讽意味的交相映射结构。浦安迪重点讨论的是第三点，这受张竹坡评点影响较大。例如，张氏早已注意到人物命名方面的许多规律，这一点被浦安迪用于对结构的分析。可以说，浦安迪的"形象迭用"理论在这里又发挥了重要的作用，他认为，张竹坡的大量评论是在提醒人们应该注意作品的这一方面。张评指出，《金瓶梅》行文结构中许多地方使用了"伏笔""映后"或"照应""反射"等章法，又举出了一些变形，如"遥对""加一倍写法"等。张竹坡经常提到行

---

① David L. Rolston, *Traditional Chinese Fiction and Fiction Commentary*, p. 55.

文的断续问题，浦安迪将这方面的术语，如"隔年下种""伏笔"，都看成"伏笔"；"将雪见霰，将雨闻雷"相当于"引"；而另一个奇特的术语"榫"，是"伏笔"与"引"的结合。"（榫的）意思是说，一件进行中的事情被提前纳入邻接的另一个情节，不动声色地为引出新的情景起了桥梁作用。"①通过这些研究与分析，浦安迪认为，虽然中国小说得到"缀段式结构"的讥评，但传统的小说评点家早就十分重视结构问题："今日所谓'结构'一语，早已在明清时代小说评阅者的词汇中出现过。"②浦安迪此论并非专门针对张批《金瓶梅》，而是就"评点"的总体性质而言的，但并非所有学者都如此认为。例如，芮效卫有一篇专门的论文《张竹坡评点〈金瓶梅〉》，即认为张氏的评点作为一种实用批评，强调的是作品的结构整体性而不是对寓意的阐释、对道德的评价，或对文学性的主观赏析。他说，张竹坡的评点是想要说明"整个作品是被精心建构的一个统一体，注意到每一个细节——哪怕它并没有多少意义——对小说的必要贡献。张竹坡坚称，只有当读者通过自己的努力，理解了每一个细节、每一个事件和结构对小说整体效果所起的作用时，才会真正欣赏这部小说"③。芮效卫认为，金圣叹的批评仅针对个别字词用语而非整体。芮效卫将张批的重整体与金批的重细节对立起来，与浦安迪的结论有所不同。

　　偏重对"结构"的关注，是这一时期汉学家的一个研究特点。陆大伟的研究也不例外，但除结构性问题，他还注意到了评点的性质及思想。陆大伟认为，评点从本质上讲是一种"细读"，作用之一就是培养读者对细节和小说微妙之处的洞察能力。中国小说评点具有以下几个作用："其一，在小说爱好者必读的小说中，评点本占了统治地位；其二，通过编辑现存的小说文本，使其符合小说的新观念；其三，评点者或明或暗地在诱使读者创作小说。"④陆大伟对张竹坡在评点方面的贡献是肯定的，

---

　　① ［美］浦安迪：《明代小说四大奇书》，79页。
　　② ［美］浦安迪：《中国叙事学》，61页。
　　③ David T. Roy, "Chang Chu-po's Commentary on the Chin P'ing Mei", Andrew H. Plaks (ed.), *Chinese Narrative: Critical and Theoretical Essays*, p.121.
　　④ David L. Rolston, *Traditional Chinese Fiction and Fiction Commentary*, p.231.

认为张竹坡和金圣叹评点的动机是一样的,即无论是对白话和文言作品,他们都把自己的评点看成读书写作的教科书。但张氏毕竟是有创新和发展的,其中最重要的一点是他能更好地将序文和其他批评材料关联在一起。陆大伟如此评价道:"金圣叹的《水浒传》评点及其四篇序和两篇点评文章在张竹坡的努力面前黯然失色:他写了一篇署有化名的序言、七篇文章(与题目相关)、几条目录和一个范例、一个分析性目录,总共十六项。他道前人之未道的地方在于发现了'空间'(尤其是西门庆府邸中那些人物的空间属性)在小说结构中的重要地位。"①

在研究《金瓶梅》的"崇祯评点本"时,陆大伟发现,最有意思之处在于崇祯本的评点者认同小说中的人物,并且使自己陷于其行为之中。这一点与金圣叹的评点区别很大:金氏总是在自我和小说之间保持一定的审美距离,甚至期待读者用智慧而不是用本能体验小说中的悬念,张竹坡继承了这一点。张竹坡一方面与原来的评点保持距离,另一方面又从中借取了许多观点和语言。虽然在他出生时金氏已经去世多年,二人之间的思想联系却依然密切。与同时代的评点家一样,他也时时把自己的评点与金圣叹做比较。② 在思想内容上,张氏基本上是以佛教的立场来进行阐释的,但却小心翼翼地认为儒高于佛,不欲以"空"诋毁儒家圣人,同时也强调小说中"孝"的作用。他也在为读者创造一个"暗含的作者"。"金圣叹自己认同他为《水浒传》所创造的隐含的作者,张竹坡在其评点中也做了相似的事情。"③在另一处,他认为毛氏父子的点评也同样如此:"像金圣叹一样,评点不仅仅是对原著的补充说明,而是一种再创造或者说是挪用。"④因此,他认为金圣叹"建构了作者形象,不仅增加了小说的吸引力(天才作家创造的才子书),还支持了他的'政治无害'论⑤。这同浦安迪在《明代小说四大奇书》中,用西方"形象迭用"的叙事学术语对评

---

① David L. Rolston, *Traditional Chinese Fiction and Fiction Commentary*, p. 71.
② 参见 David L. Rolston, *Traditional Chinese Fiction and Fiction Commentary*, pp. 66-67.
③ David L. Rolston, *Traditional Chinese Fiction and Fiction Commentary*, p. 119.
④ David L. Rolston, *Traditional Chinese Fiction and Fiction Commentary*, p. 70.
⑤ David L. Rolston, *Traditional Chinese Fiction and Fiction Commentary*, p. 117.

第十二章　更深的开掘：中国小说戏曲评点研究

点进行研究所达到的效果是一样的。值得一提的还有，陆大伟对"自我评点"现象也进行了专门的研究，这是其他学者没有做过的。

(三)对《红楼梦》《西游记》评点的研究

在《脂砚斋评与〈红楼梦〉：一项文学研究》一文中，王靖宇认为："就脂评的评点方式而言，则大致采取了李贽(1520—1602)首开其端、金圣叹(1608—1661)大加发扬推广的模式。总评或见于回首，或见于回末，或一回中兼而有之；而文中夹批、行间侧批、页端眉批等各种形式的评点于各回中随处可见。"①他还总结说，脂评者们最大的注意力还是放在对小说艺术特征的阐述上。"在我分类选出的各种评语中，有关小说主题的约有四十条，有关主要人物的为九十多条，而有关小说技巧的重要评语则几乎达到二百条之多。"②王靖宇列出了34条相关评语，其中有些评语来自金圣叹，但在使用上又发生了一些改变。例如，"草蛇灰线"直接取自金圣叹，但它"在金圣叹评点中指的是，作者通过反复运用某一关键形象或象征，进而在作品中达到某种和谐或某种效果，宛如交响乐中某一主旋律的重复出现所达到的某种谐音效果一样。虽然脂评者们有时在使用这一术语时也保留这层意思……但在更多场合指的则是将小说中某些将要发生的事件先巧妙地埋下伏笔"③。"背面傅粉法"也来自金圣叹，意思却也与金氏略有不同。金圣叹既将之看作讽喻，也用其对《水浒传》中宋江与李逵这两个人物做强烈对比，而脂评则主要用作讽刺。王靖宇以现代西方文学批评的语言对这些术语，包括金圣叹评《水浒传》时所使用的技法名称所做的阐释，往往简单明了。在其另外一篇《简论王希廉的〈红楼梦评〉》的文章中，王靖宇也对王氏评点进行了简短而又全面的分析，充分肯定了王评的历史价值。

陆大伟对《西游记》的评点历史进行了比较系统的梳理。他提醒说，

---

① ［美］王靖宇：《金圣叹的生平及其文学批评》，159～160页。
② ［美］王靖宇：《金圣叹的生平及其文学批评》，169页。
③ ［美］王靖宇：《金圣叹的生平及其文学批评》，172～173页。

早在1663年就有了《西游记》评点本，该版本声称其书作者为全真派道士邱处机。虽然小说讲的是佛教故事，但评点者实际上对小说进行了道家的阐释。在陈元之1592年的序言和这个1663年的评点之间，大概在17世纪20年代后期，有托名李卓吾的评点本传世，其中有袁于令的序言，认为《西游记》的核心是"幻"。他认为汪象旭和黄周星的《西游记》评点同样显露出对金圣叹的崇敬之情。张书绅使《西游记》的评点发生了新的转向，他用新儒学（理学）的观点对小说进行了阐释，认为这部小说包含了《大学》要义。他启发了张新之，使张氏在点评《红楼梦》时得出了同样的结论（在《中国小说读法》中，陆大伟翻译了张新之的《〈红楼梦〉读法》，并对其评点进行了介绍）。张书绅还喜欢用《易经》中的不同卦像对人物进行分类。①

三、对"评点"的总体性研究

（一）评点与明清儒学思想之发展

何谷理所著《17世纪的中国小说》（*The Novel in Seventeenth Century China*）中提及的作品，包括《隋炀艳史》《隋唐演义》《水浒传》《金瓶梅》等。他从中国儒、道、法等传统思想入手，对评点传统进行了分析，认为宋代儒生受佛、道思想之影响，较之以往更关注人的内在自我和自我反省，程朱理学即此种反思的结果。但王阳明挑战了理学传统，强调宇宙原则与内在知识的同一性，认为人皆可为尧舜；当时最激进的思想家李贽更关注"自我"，其"童心"说猛烈地攻击传统儒家教条。受其影响，对"自我"的关注在金圣叹的著作中十分常见。他在评点《西厢记》时所列出的33项人生快事皆与此相关。金圣叹认为，文学的创造力来自"诚"，是对"自我"的自发表达，但又不能否认一个儒者所希望扮演的圣人角色。就

---

① 浦安迪早在《明代小说四大奇书》中就对这些问题做了类似梳理，陆大伟在《中国小说读法》一书中介绍《西游记》的评点时大略重复了这些观点。

此可见，在"自我表达需要"和"社会责任"之间，有时也存在巨大的矛盾，金圣叹便是体现这种矛盾的一个代表性人物——往往在保守的儒家传统和释、道之间摇摆不定。金圣叹的审美和哲学观之间出现的矛盾也可做如是观，一方面他渴望释、道式的避世，另一方面他又有儒家传统中固有的那种极强的创造和谐社会的责任感；他一方面恪守儒家的"圣人"原则，强烈谴责盗寇，另一方面又出于个人主义和审美的需要对《水浒传》大加赞赏。结果，他给后人留下了一笔与他的愿望相反的遗产：他所点评编辑的小说受到欢迎和赞扬是由于他强烈地谴责了"盗贼"的冒险行为，但同时又使给这些叛逆者贴上的标签最终指向了自我。①

何谷理和陆大伟均注意到八股文对金圣叹的影响。何谷理认为金氏的分析，如其论技巧、风格和结构等，总与八股文文法存在对应关系。②例如，八股文必须结构紧凑，作者和读者都对风格的连续性特别关注，写作被视为一种技艺等。因此，评点家对小说结构的注重就不难理解了。陆大伟也认为八股文技法常被明清批评家用于小说评点，金圣叹和张竹坡的批语中就常有八股文术语。此外，当时在士人中兴盛的八股文技法也对散文评点、戏剧评点产生了不可磨灭的影响，尤其表现在对结构和人物形象的评述上。③

（二）评点发展史

在《中国小说读法》的第一部分"传统中国文学批评"中，陆大伟把这种评点的传统追溯到了早期的经典注疏传统，如"传""注""解""疏"等，并分析了人们对经典进行注疏的方式、内容和方法。中国小说评点受传统注疏影响，要寻求的是文字之下所隐含的真正含义。例如，对历史小说《三国演义》的评点就是要使读者明白文本的意义或历史背景，而这种

---

① 参见 Robert E. Hegel，*The Novel in 17th Century China*，Columbia University Press，1981，pp. 56，84.

② 参见 Robert E. Hegel，*The Novel in 17th Century China*，p. 211.

③ 参见 David L. Rolston，*How to Read the Chinese Novel*，pp. 31-41.

评点的开山之作是程穆衡的《水浒传注略》。某些小说的内容因为太过复杂，也需要阐释性注解，对《西游记》等作品的评点就是这样产生的。诗歌评点是小说评点的又一理论来源。陆大伟说，宋代"江西诗派"由于注重模仿，因此评点之法被方回等人大量使用。在西方，小说和诗歌两种文体随着历史的发展而渐行渐远，但中国小说评点则从诗歌批评和诗歌评点中借用了大量术语，金圣叹、李贽等人的评点莫不如是。而其他艺术形式，绘画、园艺、棋艺等评论所使用的术语，如"章法""虚实""宾主"等也进入了小说评点。从某种意义上讲，中国小说叙事被空间化了，而不是一个线性的时间结构。陆大伟总结说，中国小说评点与其他艺术门类关系密切，后者既是评点的来源，又使评点用语不精确，流于表面的类比。

陆大伟认为评点的历史分可为三个阶段：先是可称为黄金年代的17世纪，然后在18世纪走向衰落，最后又经历了复兴。在17世纪比较活跃的批评家有金圣叹、毛氏父子、张竹坡、汪象旭和黄周星，但是他们对索引和寓意的过度关注，也损害了小说评点的名誉。到了第二阶段，18、19世纪对小说的评点和出版数量大大增加，但质量却严重下降。由于续书和对经典模仿太多，除《红楼梦》《儒林外史》及其他个别著作外，大都属于粗制滥造之作。陆大伟说："续书和模仿，对其他小说的评论，由叙述者对虚构人物进行续写等成为小说评论的另一种形式。"①虽然如此，随着小说地位的提高，小说评点的地位也随之提高。评点家们不仅提示读者如何阅读小说，还承诺要教会他们如何创作，因此"小说的阅读和写作成了某种文学游戏，作者会把某些秘密留到最后揭晓，而对读者来说，要有能力从一开始就辨认出作者故意留下的某些线索。这一方面可能导致过度写作，另一方面也可能导致过度解读"②。陆大伟认为，蔡元放代表了评点在17世纪之后走向平庸的倾向，并对17世纪所设定的文学观念进行了机械照搬。到了晚清，随着印刷的机械化发展和读者群

---

① David L. Rolston, *Traditional Chinese Fiction and Fiction Commentary*, p. 89.
② David L. Rolston, *Traditional Chinese Fiction and Fiction Commentary*, p. 93.

第十二章 更深的开掘：中国小说戏曲评点研究

的增加，初期对连载小说的章评、夹评、侧评等也非常盛行，但是这种情况并未持续太久，带有点评的小说在杂志连载中的比重严重下降。更重要的是，这些连载小说出单行本的时候，并未同时刊发那些点评。陆大伟说，这使晚清评点具有以下特点："其一，对理论问题不感兴趣。其二，对小说主题和结构不感兴趣，更注重局部评点。其三，作家的自我评点比重增加。其四，阿谀奉承甚至自我吹嘘的倾向。"①1904年，王国维《〈红楼梦〉评论》的出现标志着新的小说批评形式取代了评点。在整个20世纪，小说评点这种批评形式除了少数例外，已经无人问津。但是私人评点仍然存在，最著名者有严复、汪精卫和毛泽东。在"文化大革命"期间，小说评点甚至被当作一种反抗严酷事实的形式。毛泽东去世以后，即便有一些带有评点的小说出版，也要努力使这种传统形式适应现代的需要。

(三)评点与小说"结构"

浦安迪的小说研究重在"结构"，他在被《中国小说读法》所收的一篇专门讲述"术语与核心概念"的文章中说："在金圣叹、毛宗岗和张竹坡的序文和对文本的点评中，我们确实可以发现中国小说中有某种接近系统诗学的东西。"②虽然如此，由于点评作为一种批评形式，并没有以专著或论文的形式出现，因此这些术语具有不确定性。无论是从整体来看还是从单个评点家来看，它们都具有不连续性。例如，"批评"一词就语义甚多，对字词的训诂、对人名地名的确认及一些印象式的批评都可被包括在内。只有那些夹在字里行间的批评指向风格和语言修辞的问题时，它才比较接近严肃的文学批评，而常见的"格局""布局""章法"等术语莫不与"结构"相关。但有些术语，如"一贯""一篇如一句""通部"等，表面看起来与"结构"关系不大，实际上仍属于这方面的术语。还有一些术

---

① David L. Rolston, *Traditional Chinese Fiction and Fiction Commentary*, p. 99.
② Andwew H. Plaks, "Terminology and Central Concepts", David L. Rolston(ed.), *How to Read the Chinese Novel*, pp. 75-77.

语的结构功能是把各叙事因素重新集合到一起,如"关合""总结""收场""关目"等。他亦提及李渔的"立主脑"概念,认为中国传统小说不太注重整体结构而注重更小章节的连接和联系,正如李渔所说的"编戏如编衣"。① 有些术语描述叙事单元之间的转换,如"金针暗度""破绽"等,同样也说明了中国叙事更注重小的叙事单位的特点。他认为相邻章节连接之文(如草蛇灰线、常山蛇阵等),前后对应之文(如伏、隔年下种、衬、加一倍法等),重复出现之文(如犯),平行之文(如冷、热)等莫不是对于文本结构的关注。浦安迪总结说:"上述术语讨论复现、交叉对应、平行再现等艺术。"② 接着,他又列举了一些叙事连续一体的评语,如"有层次""有步骤""横去断岭之妙"等。反映人物性格、阐释性评点、寓言式解读和历史评价等则分类讨论,此处不再一一举例。浦安迪还论述了小说评点用语的由来,认为一方面来自历史和古文评论,另一方面来自其他艺术门类。

---

① 参见 Andwew H. Plaks,"Terminology and Central Concepts",David L. Rolston (ed.),*How to Read the Chinese Novel*,p. 89.

② Andwew H. Plaks,"Terminology and Central Concepts",David L. Rolston(ed.),*How to Read the Chinese Novel*,p. 105.

第十三章　偏于冷僻的领域：中国戏剧理论研究

作为文学类型，戏剧在中国出现较晚，不像西方那样有着悠久的历史。虽然中国古代戏剧创作的总体数量非常可观，但和小说一样也被排斥在正统文学殿堂之外。因此，中国所谓的"戏剧理论"相对"诗学""文论"而言也并不发达。与此相应，虽然英美国家汉学界对中国传统戏剧的研究总体上数量不少，但对戏剧理论的研究则寥寥无几。国内关于中国传统戏剧的研究大约始于20世纪初期，但直到20世纪50年代，英美汉学界对中国戏剧的学术研究才逐渐兴盛起来，较为知名的有奚如谷(Stephen H. West)对早期戏剧的研究，白之和伊维德的明代杂剧研究，韩南、毛国权(Nathan K. Mao)、柳存仁(Ts'un-yan Liu)等人对清代戏剧的研究等，此外还有大量未出版的博士论文。[①] 这些研究绝大多数是文学史和文本分析式的实证研究，或对戏剧艺术特征的阐释，很少涉及中国的戏剧批评理论。虽然英美国家汉学界已有一些中国"小说理论"类的专

[①] 据郭英德统计，1998—2008年，北美地区有关中国戏剧的博士论文有23部。参见郭英德：《北美地区中国古典戏曲研究博士学位论文述评(1998—2008)》，载《文艺研究》，2009(9)。关于北美汉学界对中国传统戏剧研究状况的总体描述，可参见田民《美国的中国戏剧研究》(见张海惠《北美中国学：研究概述与文献资源》)一文，然其中几乎未有一段涉及戏剧理论研究。另有郭英德：《"中国趣味"与北美地区中国古典戏曲研究》，载《戏剧艺术》，2010(1)。黄鸣奋所著《英语世界中国古典文学之传播》，也有一节介绍"英语世界中国古典戏剧之传播"，不过也未提及英美地区的戏剧理论研究。

著问世，却无关于"戏剧理论"的论著，所谓"叙事理论"的提法也仅局限在对小说理论的论述中，几乎与戏剧批评理论无关。

在英语国家的中国戏剧及戏剧理论研究中，李渔是相当重要的人物。一则因为李渔既是著名的戏剧作家，又是理论家，在中国戏剧发展史上的地位不言而喻；二则因为李渔除了戏剧创作外，在《闲情偶寄》中有相对完备的戏剧理论体系——从创作、演出、演员培养甚至唱腔、易犯错误等无所不及，对中国戏剧理论的贡献算得上是独树一帜。李渔的研究者有著名汉学家韩南，集对李渔作品的翻译、研究于一体，影响很大，但其著作所涉戏剧理论仍甚少①，兹不赘述。埃里克·亨利（Eric P. Henry）1980年出版的《中国式娱乐：李渔的生活戏剧》(Chinese Amusement: The Lively Plays of Li Yu)②，几乎对《闲情偶寄》中"词曲部"的所有条目进行了全面评介和研究。此外，毛国权与柳存仁合著的《李渔》(Li Yu)③对李渔的戏剧理论也做了较详的研究，值得关注。

除了李渔研究之外，王靖宇在其所著《金圣叹的生平及其文学批评》和陆大伟所著《传统中国小说与小说评点》中，对金圣叹批《西厢记》所做的研究涉及一些戏剧理论方面的探索。不过，由于其关注点仍在"评点"，我们已将之放到"评点研究"的部分中做论述。

而关于戏剧理论的概貌，现所见的有米列娜与孙广仁在为《霍普金斯文学理论与批评指南》所撰的长篇词条"中国古代小说和戏剧理论"中对之进行的通览性梳理，认为早期的论述出现在14世纪，主要涉及唱腔的理论与实践。至16世纪，李贽的戏剧批评达到了相当的成就，比如《杂说》篇在评述三部著名戏剧的基础上，区分了艺术（"化工"）与手艺（"画工"）之间的差异。此后，在戏剧理论领域最为著名的论争，即沈璟吴江派与汤显祖临川派之间的争论，涉及究竟是以曲律为主还是以情感为主的一

---

① 参见 Patrick Dewes Hannan, *The Invention of LiYu*, Harvard University Press, 1988.

② Eric P. Henry, *Chinese Amusement: The Lively Plays of Li Yu*, Hamden, Conn., Archon Books, 1980.

③ Nathan K. Mao and Ts'un-yan Liu, *Li Yu*, Boston, Twayne Publishers, 1977.

系列问题。袁宏道与徐渭的批评则在表彰"里巷歌谣"与地方戏方面有所贡献。17世纪前期，对戏剧的讨论又转变为雅俗关系之争，这在吕天成、王冀德等人的著述中均有反映。两位学者还谈到了清代的戏剧评点、李渔的著作，以及清代以来的戏剧批评与理论等。但总起来看，作为一则词条，其写作意图还是在勾勒线索，故也不可能提供更深入的分析。①

总起来看，英语国家汉学界对中国戏剧理论的研究长期处于投入不足、成果较少的状态，自20世纪80年代以来鲜有重要著述问世，着实让人感觉有不小的遗憾。造成这种结果的原因，一是中国传统戏剧理论资源可能不易发掘；二是汉学家们似乎对中国戏剧理论在世界戏剧理论版图中的重要性认识不足。其实，中西戏剧差异如此之大，可供研究的空间也相当开阔，从历史传统、戏剧形态、文化内涵等角度都大有文章可做，我们唯有期待将来英美汉学界在这一领域会有更多研究成果问世，此处重点介述一些关于李渔的研究。

一、"完备"的戏剧理论：困境与创新

就像毛国权与柳存仁所指出的那样，唐宋元时期就出现了诸多关于戏剧诗歌的书籍和评论、序文等，但都不太令人满意。元代，周德清的《中原音韵》是一本关于节奏、唱腔、用词方法、音调的专著，设定了作词曲的10个原则，但却无关乎戏剧批评或理论。钟嗣成所著《录鬼簿》与燕南芝庵所著《唱论》是戏剧史上的两部重要著作，前者是一些杂剧散曲作者的传记，后者则是系统阐述声乐演唱理论的专著，也与批评理论关系不大。至明代，关于戏曲的理论研究方呈兴盛之势，如朱权的《太和正音谱》、臧懋循的《元曲选》、徐渭的《南词叙录》等，但这些著作也大多注重音乐、修辞和语言。可见，明中期之前，关于戏剧的理论或批评是很

---

① 参见王晓路：《北美汉学界的中国文学思想研究》，709～729页。另外，在戏剧理论的译介方面，有 K. C. Leung, *Hsu Wei as Drama Critic: An Anootated Translation of the Nan-Tz'u hsu lu*, University of Oregon Asian Studies Program Publication, Vol. 7, 1988. 其他则较难有见。

贫乏的。在这种情况下，也随着明中叶后期戏剧批评加强的趋势，李渔创造出相对完备的戏曲理论（主要反映在《闲情偶寄》一书中），不仅对戏曲本身（词曲）、舞台问题（演习）和戏场恶习（脱套）等问题进行了较为全面也较为实用的论述，而且也较为系统地评述了戏剧理论上的一些重要问题。毛国权和柳存仁认为，如果只对李渔的戏剧理论做粗略考察，就无法揭示出他对中国戏剧批评发展所做的贡献，而通过全面性研究，"我们会看到一个学识渊博的人在讲述戏剧作为文学类型的重要性，剧作家的独特品质，戏剧作为舞台表演概念所产生的影响，对事件与主题的选择，情节发展，人物形象和语言，宾白使用和引入喜剧因素。此外，他还论述了许多与戏剧创作、演员培养相关的问题"①。

在《中国式娱乐：李渔的生活戏剧》一书中，埃里克·亨利将李渔的理论困境与独特创新做了更为深入和系统的阐述。亨利指出，李渔既缺少传统的支持，又不得不采取复古的策略，以便从过往的作品中为自己的"创新"寻找合法性的基础。因此，李渔必须要在并不丰富的传统中创造一种前所未有的戏剧观："传统的中国喜剧在某种意义上是非常丰富的，在另一种意义上讲则又十分贫乏。明与早清时期，无数的长篇浪漫剧被创作出来，但是仅有几部在主题上或其中某些部分上算是喜剧，在其他散落的剧作中，有些在喜剧艺术中取得了较高成就，但是没有任何一部在中国或其他地方有名气。因此，当我们在中国语境中提及喜剧时，我们所讨论的喜剧不像在西方剧传统中那样显著而完备。"②

埃里克·亨利认为，李渔的困境还反映在他尴尬的身份上。李渔是剧作家中比较难以定位的一位，因为他既不属于正统派又不属于非正统派，或曰自由派，前者具有正面的道德感，倾向于严格的戏剧形式，喜欢咬文嚼字，讲究效果；而自由派则将自己想象为"谪仙"（banished angel），不太关心道德教化或朝代兴衰，反而更关注人与自然界非人格伟

---

① Nathan K. Mao and Ts'un-yan Liu, *Li Yu*, p. 117.
② Eric P. Henry, *Chinese Amusement: The Lively Plays of Li Yu*, p. 3.

第十三章　偏于冷僻的领域：中国戏剧理论研究　　　　　　　　　　　　　　　377

大力量的融合。① 正统派作家要么事实上致力于，要么倾向于参与国家政治，而自由派作家则喜欢远离庙堂，放浪江湖。他指出，这种分类虽然无法精确描述任何一位作家，但却对文学思想与实践产生了重要影响。"正统派与自由派的观念可能很难适用于个别作家，但相对西方文学体系而言，它作为中国文学的指示系统发挥的作用更大。"② 亨利举例说，《琵琶行》很好地诠释了正统的儒家道德观念，而《西厢记》则表现了"常"（自然）和"激情"战胜了义务与原则。那又当如何给李渔定位呢？亨利认为，李渔既不是正统派，又不是非正统派，因其兼具士大夫和职业艺人身份。虽然他更倾向于自己是非正统派，但是他从来都写不出《西厢记》或《牡丹亭》这类戏剧，因为他无法严肃对待纯粹的情感，从而认识不到这种情感是值得认真对待的。李渔的文学哲学是非正统的，人生哲学却是实用主义的。作为职业艺人，他更关心如何谋生，过上好日子，不会迷失于王朝使命或情感世界。因此李渔的作品不属于正统派，也不属于自由派，而属于第三类，其特征是流行、粗俗、中产阶级、轻浮、实用或滑稽（关汉卿的《杀狗记》和《白兔记》也属于此类型）。

　　埃里克·亨利以西方文学理论体系为参照，认为平易的风格和对日常生活真实场景的描绘是李渔剧作最显著的特色。他说，李渔的创作属于"高雅喜剧"，并引弗莱在《自然视角》（*A Natural Perspective*）中对莎士比亚和约翰逊喜剧的比较，认为在西方文学史中，从浪漫喜剧到高雅喜剧（或曰讽刺喜剧）的转变与中国类似。虽然在文体方面，戏剧的地位在 18 世纪的西方已然被小说取代，但无论是在中国还是西方，高雅喜剧都是与新的知识氛围同步出现的，如理性主义、经验主义和怀疑主义等。当然，就中国而言，"高雅喜剧"的出现甚至和顾炎武等学者对王阳明及宋明理学等哲学的扬弃相关，而李渔正是"高雅喜剧"的创始者。

　　但是，中国喜剧在这一时期的发展亦有不同于西方之处，即中国不存在标准的古典喜剧形式，甚至可以说喜剧本身就是在这一时期才被创

---

① 参见 Eric P. Henry, *Chinese Amusement：The Lively Plays of Li Yu*, p. 160.
② Eric P. Henry, *Chinese Amusement：The Lively Plays of Li Yu*, p. 161.

造出来的，因此中国戏剧发展的意识性和确定性都不若西方。"西方早期的喜剧家有其模仿的对象，如普劳图斯和泰伦斯。而李渔与他们不同，他没有古代作家可以模仿，也找不到像亚里士多德的《诗学》和贺拉斯的《诗艺》那样对喜剧进行经典阐释的著作，来为自己的传奇剧做辩护。"①因此，李渔需要自己在理论上进行开拓。他需要自己论述和阐释，如果可能的话，也要借助原先的传奇剧论证自己的观点，并在《闲情偶寄》一书中记录下来。这本书中关于戏剧的章节不是"散乱的或随意的"。李渔认为传奇剧首先在于"新"，"古人呼剧本为'传奇'者，因其中甚奇特，未经人见而传之，是以得名，可见非奇不传。新即奇之别名也。若此等情节业已见之戏场，是千人共见，万人共见，绝无奇矣，焉用传之？是以填词之家，务解'传奇'二字。"②由此可见，"原创"(originality)是李渔戏剧创作最显著的特征。他不仅是要创作新的情节，还要创造新的情节风格。"李渔对创新重要性的坚持是非常独特的现象，他几乎是至前清为止中国戏剧作家中唯一习惯于创造而不是从他处获取主题的剧作家。这一领域最重要的先驱是阮大铖。他也喜欢创造故事，但他并未更向前迈进一步，宣称创新性是一切真正戏剧的基本特色。"③

就戏剧的主题而言，李渔认识到许多剧作家的创作长而无味，没有原创性，而一旦有"原创"又容易走到错误的道路上。例如，许多与李渔同时代的作家喜欢用超自然的、荒诞的或色情的内容吸引观众，有些剧作家还抱怨没有题材可写。李渔有关"平"的观念是其理论创新的标志。埃里克·亨利引用朴斋主人之语评价李渔："结构离奇，熔铸工炼，扫除一切窠臼，向从来作者搜寻不到处，另辟一境，可谓奇之极，新之至矣。然其所谓奇者，皆理之极平；新者，皆事之常有。近来牛鬼蛇神之剧充塞宇内，使庆贺宴集之家，终日见鬼遇怪，谓非此不足觫人观听。讵知家常事中，尽有绝好戏文，未经做到耶。"(朴斋主人《风筝误·总评》)李

---

① Eric P. Henry, *Chinese Amusement：The Lively Plays of Li Yu*，p. 168.
② （清）李渔：《闲情偶寄》，334 页，北京，中国社会出版社，2005。
③ Eric P. Henry, *Chinese Amusement：The Lively Plays of Li Yu*，p. 170.

渔的好友余怀对他也有类似评价。因此，虽然李渔认为观赏新剧的乐趣在于"前所未闻"，并视原创与新奇作为剧作吸引观众的主要任务，但却认为一个剧作家应该在普通的人类境遇中寻找灵感，而不是在幻想的领域中寻找。至于说缺少可用素材，李渔认为过去作者用的素材也可以再用，甚至一些已被讲过的相似故事也可以被重新创造。

二、戏剧创作诸要素研究

毛国权与柳存仁所著的《李渔》开篇即提到，李渔提高了戏剧和戏剧创作的地位。在《闲情偶寄》"词曲部"起首，他就为戏剧作为文学类型的地位与戏剧作家的地位正名，反对将"填词"作为"文人之末技"的观点，认为这"乃与史传诗文同源而异派者"。因此，戏曲作家也应在文学界享有应有地位，他应该学识渊博，通览诸子百家。除去这种学术背景，一个好的戏曲作家还应头脑灵活，具有描写剧中人物性格的能力（如果他写一个德馨之士，他必须将自己想成那样的人；如果他想写一个坏人，他就必须放弃自己的真实想法而临时将自己想象成坏人）。李渔在戏剧理论上的另一突出贡献，是他认为"填词之设，专为登场"。在当时，许多作家并不考虑戏剧的演出问题，而李渔则强调戏曲是用于舞台表演的，要考虑到观众的反应。李渔的这一思想体现在他对戏剧创作各个要素阐述之中，如情节、人物刻画、语言、音乐甚至演员培养等多个方面。

（一）立主脑与结构技巧

在李渔之前，戏曲并不注重情节，中国观众进剧院看戏的目的之一就是欣赏所喜欢的演员在同一剧目中的表演和唱腔，因此并没有批评家意识到情节的重要性。作为剧作家，李渔不仅意识到了"情节"的重要性，还把"立主脑"当作剧本创作的核心概念。"古人做文一篇，必有一篇之主脑。主脑非他，即作者立言之本意也。传奇亦然。"[①]在《中国式娱乐：李

[①] （清）李渔：《闲情偶寄》，333页。

渔的生活戏剧》一书中，埃里克·亨利指出，虽然李渔没有明确地将戏剧主题当作重要内容进行讨论，但他的"主脑"概念认为无论剧中有多少人物，都必须为一人所用，无论有多少事件，也必为一事所用。那么，"主脑"与西方文学理论中常见的"主题"是否同义呢？亨利认为："这并非我们通常所说的'主题'(theme)，至少在文学的语境中如此。但是'立主脑'也会使在西方式批评中被看作戏剧主题性内容的那些道德和知识性内容，变得明晰起来。"①他的意思是说，李渔通过"立主脑"使原本模糊的中国式文学理论论述变得明确固定，从而与西方文学理论的"主题"有了相近性。但是，"主脑"侧重作剧之法的技术层面，二者仍然有所差异。不过，无论如何，此概念与"主题"已颇为相近，这在中国戏剧史上也无异是一种重要创新。

"立主脑"之外，李渔还主张剧作必须合情理，能让观众信服。他说"编戏有如缝衣"，主张结构的缜密。毛国权和柳存仁将德国的文学理论家古斯塔夫·弗雷塔格(Gustav Freytag)对古典戏剧的叙事结构铺垫、发展、高潮、回落和灾难五个部分的划分与李渔的理论中的家门(prologue)、小收煞(the small roundup)和大收煞(the big roundup)诸环节相比较，认为"家门"相当于弗雷塔格的铺垫，"小收煞"相当于高潮和回落，而"大收煞"则是最终的结局。毛国权和柳存仁指出，李渔将"家门"看成关键的部分，"开场数语，谓之'家门'。虽云为字不多，然非结构已完、胸有成竹者，不能措手"②。随之而来的是"冲场"，其目的在于介绍主要人物。李渔认为"冲场"对于整部剧作的成功至关重要，"作此一本戏文之好歹，亦即于此时定价"。在这一环节中，重要的是人物出场次序。李渔认为，主要人物在剧中不宜出场太晚，因为观众可能会将先出场的人物误认为是主要人物，将后出场的主要人物当成次要人物。

在西方戏剧中，有情节的发展与高潮，高潮即情节发展到最强烈之处。与此相似，李渔也认为在接近戏的一半时不应该增加新的人物，应

---

① Eric P. Henry, *Chinese Amusement：The Lively Plays of Li Yu*, p.172.
② （清）李渔：《闲情偶寄》，403页。

该保持悬念，给观众保留猜测故事发展的机会，此即"小收煞"。而与弗雷塔格"灾难"相对应的是"大收煞"，李渔认为这是最难写的部分："此折之难，在无包括之痕，而有团圆之趣。如一部之内，要紧脚色共有五人，其先东西南北，各自分开，至此必须会合。"①毛国权等人认为，简而言之，李渔认为一部成功的剧作必须有"主脑"，有缜密的结构、好的家门、悬念，以及合乎逻辑且让人信服的结局。同时，一个剧作家还必须制作出意外或惊喜等要素来娱乐观众。

（二）人物、语言与宾白

《李渔》一书指出，西方戏剧通过行为和对话表现人物的性格，而中国戏曲侧重于音乐，并通过语言刻画人物，李渔在此领域贡献颇大。②为此，该书引李渔之言而证实之。首先，李渔认为言为心声，作者必须谨慎地选择语言："言者，心之声也。欲代此一人立言，先宜代此一人立心，若非梦往神游，何谓设身处地？无论立心端正者，我当设身处地，代生端正之想；即遇立心邪辟者，我亦当舍经从权，暂为辟之思。"③因"专为登场"的缘故，语言一定要朴实，通俗易懂。如果观众不能理解，就是失败之作。"曲文之词采，与诗文之词采非但不同，且要判然相反。何也？诗文贵典雅而贱粗俗，宜蕴藉而忌分明。词曲不然，话则本之街谈巷议，事则取其直说明言。"④在诸多易犯的错误中，李渔认为"填塞"为甚："填塞之病有三：多引古事，叠用人名，直书成句。其所以致病之由亦有三：借典核以明博雅，假脂粉以见风姿，取现在以免思索。而总此三病与致病之由之帮，则在一语。一语维何？曰：'从未经人道破'。一经道破，则俗语云'说破不值半文钱'，再犯此病者鲜矣。"⑤李渔感叹其所处时代剧作的书本气太浓，因此对元曲的简洁明了非常推崇。他说：

---

① （清）李渔：《闲情偶寄》，407页。
② 参见 Nathan K. Mao and Ts'un-yan Liu, *Li Yu*, p.125.
③ （清）李渔：《闲情偶寄》，385页。
④ （清）李渔：《闲情偶寄》，345~346页。
⑤ （清）李渔：《闲情偶寄》，354页。

"元人非不读书，而所制之曲，绝无一毫书本气，以其有书而不用，非当用而无书也；后人之曲，则满纸皆书矣。元人非学深心，而所填之词，皆觉过于浅近，以其深而出之以浅，非借浅以文其不深也；后人之词则心口皆深矣。"①

李渔的剧作中既有"曲"，也有大量宾白。尽管宾白对剧作的影响很大，但在李渔的时代，这一项写作的质量却非常低。更糟的是，许多宾白是由音乐家而非剧作家撰写的。针对此种情况，李渔说："自来作传奇者，止重填词，视宾白为末着，常有《白雪》《阳春》其调，而《巴人》《下里》其言者，予窃怪之。"②为纠此偏，李渔说："尝谓曲之有白，就文论之，则犹经文之于传注；就物理论之，则如栋梁之于榱桷；就人身论之，则如肢体之于血脉。非但不可相轻，且觉稍有不称，即因此贱彼，竟作无用观者。故知宾白一道，当与曲文等视，有最得意之曲文，即当有最得意之宾白，但使笔酣墨饱，其势自能相生。"③

三、中西戏剧比较研究

由于中西方戏剧形态和理论都存在重要差异，研究者们就很自然地要采取"比较"的视角，消除概念的混淆，剥离各自的异同。例如，在《中国式娱乐：李渔的生活戏剧》中，埃里克·亨利颇为谨慎地指出，虽然他不得不用"play"一词指称李渔的剧作，但这些作品却与"play"一词在英语中的含义并不一样，"传奇"才是其中文名称。该称谓不仅仅指戏剧，也指文言小说，经常与乱力怪神之事相干。明和早清时期，传奇是占统治地位的戏剧形式。与之相对的是另一种戏剧形式，即"杂剧"。这两种戏剧形式都兴盛于宋代末期，但在传奇兴盛之前约一个世纪中，占据戏坛

---

① （清）李渔：《闲情偶寄》，346 页。
② 此句作者意译为："I am often surprised to find songs as beautiful as the proverbial snow in spring existing side by side in the same play with dialogue as crude as the proverbial uncouth rustic."阳春白雪与下里巴人未被译为曲名，也未注释。
③ （清）李渔：《闲情偶寄》，381 页。

统治地位的是杂剧。有基于此,埃里克·亨利在概念使用上就做了区别,以避免西方读者望文生义,产生误解。

埃里克·亨利指出,贺拉斯·沃波尔(Horace Walpole)曾认为中国人非常讲究礼仪,并由此得出结论,说中国喜剧不可能太吸引人。亨利认为,这一论断尽管表面有理,实际与中国的喜剧没有任何关系,这只不过是沃波尔忧虑情绪的反映:他担心在英格兰和欧洲大陆"文雅的泛滥"会给激情与怪异披上虚假的外衣,从而使喜剧家们放弃自然的素材。埃里克·亨利说,在社会生活中用礼仪代替冲动,并不会导致喜剧的衰落,而是将它从以心理学或伦理学为基础的含义转向了以社会风俗为基础。"这一转化,简言之,是从性情喜剧到风尚喜剧的转变。长久以来,我们一说到喜剧都会联想到风尚喜剧,以至于习惯成自然,使我们陷入另一种焦虑,即担心在生活中那些刻板复杂、根深蒂固的形式逐渐消失,从而给剧作家们留下的能够用于喜剧题材的礼仪虚饰、社交尴尬和讽刺性机智的空间会更狭窄。然而我们可能得出的结论却是,在共和之前,中国任何喜欢礼仪的人都会享受他们丰富的喜剧传统。"①亨利接着认为,所有这些反应都将喜剧仅仅当作幽默场景的组合,其合理性要依赖这些场景在社会上发生的真实频率,这当然是不对的。喜剧不仅仅是社会事件的发现与积累,它还是一种视野和分析。因此,缺少的不是喜剧素材,而是质疑精神、娱乐精神和超越性的观察。

在此之后,作者列举了喜剧的三种定义。第一,是作为文学形式的喜剧,指的是一种情节结构。比如米兰德、普劳图斯和泰伦修的新喜剧,其情节是男女相爱,克服外在困难,如恶棍干扰、老人反对等,最终结合。亚里士多德式喜剧或"旧喜剧"与之不同,喜剧结构与观众情绪无关,与欢乐和笑声无关,但仍是喜剧。例如,莎士比亚的《一报还一报》(*Measure for Measure*)和狄更斯的《小杜丽》(*Little Dorrit*)采用的便是喜剧结构,尽管主题沉重。而中国明清时期的浪漫剧,通常并没有喜剧结构。第二,是作为一种文学视野的喜剧。在这个意义上,喜剧将理想

---

① Eric P. Henry, *Chinese Amusement: The Lively Plays of Li Yu*, p. 2.

人物定义为遵守社区规则的人。这与悲剧的角度相反,后者将理想人物当作精神独立于社会规范的人。悲剧颂扬超越现实条件的冲动,而喜剧则提醒我们当有这种意动时不要忘记现实条件。喜剧视角不一定要有喜剧结构做基础,现实的和批判的视角更容易与喜剧而不是浪漫主义联系起来。因此,喜剧虽然经常与喜剧结构相联系,但却有许多喜剧并没有这种结构,如《儒林外史》。埃里克·亨利认为:"中国浪漫剧在结构上是喜剧的,但其中只有一小部分从这个意义上讲是喜剧。"[1]第三,是作为文学内容的喜剧。在这层意义上,喜剧指世上普遍存在的、常见的幽默和欢乐。这种定义可以独立存在,也可以与前两种定义的一种或二者相联系。"如我所言,它存在于所有中国戏剧的某些片断中。小丑是中国舞台上的标准角色,恶霸则和小丑一样表现可笑。在李渔的著作中,这也很常见。"[2]

---

[1] Eric P. Henry, *Chinese Amusement*: *The Lively Plays of Li Yu*, p. 4.
[2] Eric P. Henry, *Chinese Amusement*: *The Lively Plays of Li Yu*, p. 4.

第三编

以话题与方法为主的考察

第十四章　中国文论研究话题类型

　　汉学研究之所以在许多重要的方面都不同于中国本土的研究，首先，在于汉学家生存的背景与语境的特殊性。其次，作为一种学术的运行模式，汉学是建立在各国的学术体制之内的，自然会受到某一区域学术建制、思想传统、知识传授与流通方式等的明显影响，从而会在其内部保持某种较强的文化互识、资源共享、意识认同，而这些又都会体现在其对话题与方法等的选择上。从英语国家的中国文学、中国文论研究看，除了分别对文论史上的具体事件、人物、作品等展开的那些独到研究之外，也会在不同的时期或同一时期聚焦于一些相对共同的话题，并由此形成若干具有延续性的研究模块。与此同时，透过研究的表象，我们也能发现存在于其研究之中的一些特定的方法论特征。在承认个体差异的前提下，我们有必要对这些话题的源流与系脉、方法论运用的特征等加以归纳、整理与揭示，由此进一步寻找英美汉学界在中国古代文论研究中呈示的那些具有条理性的规则。当然，无论是话题还是方法，其所涉及的面都是很广的，不可能面面俱到。因此，我们的选择与考察也会带有一定的偏向性，或主要提供一些示例，以便借此对这一领域的运作特点有更深入的了解。

一、形上差异论

　　如本书"总述"所言，在英美汉学界，刘若愚是较早系统地从认知论的角度出发，尝试对中国文论进行全方位系统架构的学者。他的《中国文学理论》写于1975年，是第一部用英语写成的全面介绍中国文学理论的著作。在这本著作中，刘若愚从构建系统性的世界性文学理论的立场出发，以艾布拉姆斯的四要素（"世界""作者""作品"和"读者"）为主要的参照系，结合中国古代文论的论述特点，在对前者进行一定程度的改造之后，提出了"形上理论""决定理论""表现理论""技巧理论""审美理论"和"实用理论"六大分析模块的设想。毫无疑问，他关于形上理论的阐述最具核心地位，也最具发现性价值，并渗透到了诸如决定理论和表现理论等的论述中。这也是因为其"提供与西方理论做最明显最有提示性之比较的特点"①。关于刘若愚对形上论的描述，有学者曾做出批评，认为刘氏在对艾布拉姆斯圆环图表的改造中，实际上"取消了作品与世界之间的直接连线，也就取消了'模仿理论'"②，从而造成了一个重大的失误。③ 而美国学者威廉·汤普森（William F. Touponce）则认为："刘若愚认为中国本身的文学传统并无模仿的理论，乃是另一套文学理论——文学要体现'道'。此见解来得奇怪，因为根据刘氏，'对往后的世界文学理论，中国的特殊贡献最可能来自此理论'。但是，这个'中国特殊的理论'只能以一种与西方的拟仿（模仿）理论不同而且互相排斥的方式，才能为世人所理解。依西方晚近发展的模拟（模仿）论述来看，这些说法不无可议之处。据个人的浅见，拟仿（模仿）乃世界文学之共通现象。"④以上的批评似乎都试图从维护模仿说的普遍有效性与公约性的角度，指出刘氏理论的不足，而这些论述既不符合刘若愚的理论原意，同时也涉及两个需要进一步加以澄清的问题：其一，刘若愚所谓的模仿理论指的是什么；其二，刘若愚形上理论的内涵究竟是什么。

---

① ［美］刘若愚：《中国文学理论》，177页。
② 詹杭伦：《刘若愚——融合中西诗学之路》，163页，北京，文津出版社，2005。
③ 参见黄庆萱：《刘若愚〈中国文学本论〉架构方法析议》，见《与君细论文》，336～378页，台北，东大图书公司，1999。
④ ［美］威廉·汤普森：《刍狗——解构析读刘若愚的〈中国文学理论〉中拟仿的问题》，见廖炳惠：《解构批评论集》，360～361页，台北，东大图书公司，1985。

第十四章　中国文论研究话题类型

关于为什么在刘若愚的理论体系中略去模仿论的原因，汉学家林理彰曾有一个解释，认为这主要在于："他（刘若愚）从来没有仅仅采取西方批评家的观点和方法并全盘套用到中国文学上，相反地，他提出了融这些西方批评方法与中国传统内在方法于一体的批评理论实践体系。"①他不仅指出了刘氏理论所包含的独创意识，而且提醒我们无法用西方的一套思维规则看待这一富有独创的体系。

这里的一个关键，在于刘若愚对"模仿"说的界认。在《中国文学理论》一书中，刘若愚写道：

形上理论与模仿理论相似的地方，在于这两种理论主要地都导向"宇宙"；而彼此不同的地方，在于"宇宙"之所指，以及"宇宙"与作家和文学作品之间的相互关系。在模仿理论里，"宇宙"可以指物质世界，或人类社会，或超自然的概念。例如，柏拉图认为艺术家和诗人是模仿自然的事物；根据他的理论，自然事物本身是完美而永恒的理念之不完美的模拟，因此他将艺术和诗置于他的事物体系中较低的位置。新古典主义者也认为艺术是自然的模仿，虽然他们并不和柏拉图一样对艺术持有低度的看法。亚里士多德认为诗的主要仿真对象是人的行为，因此我们可以说，在亚里士多德的派的诗论中，"宇宙"意指人类社会……最后，赞同模仿的"超自然理想"（借用艾伯［布］拉姆斯的句子）这种观念的人，例如新柏拉图主义者以及某些浪漫主义者像雪莱等相信艺术直接模拟理念，而布莱克也主张艺术的憧憬或想象是永远存在之现实的表现。②

在上面这段论述中，刘若愚实际上将西方传统的模仿说，也就是认明宇宙的方式分疏为三种方式，尽管第三种方式看似有些接近中国的形上理论，但还是有所区别的。这是因为，在西方所谓超自然理想

---

① James J. Y. Liu, *Language-Paradox-Poetics：A Chinese Perspective*, Princeton University Press, Vol. II, 1988.

② ［美］刘若愚：《中国文学理论》，71页。

的模仿理论中,"'理念'被认为存在于某种超出世界以及艺术家心灵的地方,可是在形上理论中,'道'遍在于自然万物中"①。由此,中西文论在立足点上的根本区别就形成了。在刘若愚看来,尽管中西方文论都不可能不谈到一个艺术家与宇宙间的关系——这是中西文论均会面对的问题,但是一个理论家"对艺术的'宇宙'抱有何种概念:他的宇宙是否等于物质世界,或人类社会,或者某种'更高的世界',或是别的?这个问题必须提出,因为不知道'宇宙'之所指,我们可能无法区别那些集中在第一阶段而基本上相异的理论"②。可以确定的是,刘若愚在寻找中西诗学共性的过程中,十分清醒地看到了存在于中西文学理论之间的哲学和理论差异。他由此认为,中国人看待宇宙的方式与西方传统学者看待宇宙的方式有着很大的差异,并可借此确立起进行中西文论比较的一个基点。

这种区别也被刘若愚看作一元论哲学与二元论哲学之间的分歧。在进一步的讨论中,刘若愚写道:

至于宇宙、作家和文学作品之间的相互关系,在西方的模仿理论中,诗人或被认为有意识地模仿自然或人类社会,如亚里士多德派和新古典派的理论,或被认为是神灵附体,而不自觉地吐出神谕,一如柏拉图在《伊安篇》(Ion)中所描述的。可是,在中国的形上理论中,诗人被认为既非有意识地模仿自然,亦非以纯粹无意识的方式反映"道"——好像他是被他所不知而又无力控制的某种超自然力量所驱使的一个被动的、巫师般的工具——而是在他所达到的主客观的区别已不存在的"化境"中,自然地显示出"道"。在形上观点看来,作家与宇宙的关系是一种动力的关系,含有一个转变的过程是:从有意识地致力于观照自然,转到与'道'的直觉合一。③

---

① [美]刘若愚:《中国文学理论》,72页。
② [美]刘若愚:《中国文学理论》,15页。
③ [美]刘若愚:《中国文学理论》,73页。

第十四章　中国文论研究话题类型

因此，直觉性的合一也就成为中国人把握与宇宙关系的一种主要方式，即所谓"道可简述为万物的唯一原理与万有的整体"①。刘若愚在自己的中国文论的理论格局中"取消了'模仿理论'"，并非因为他的盲视，恰恰是出于他作为一个语际批评家保持的一种学理上的清醒，因此能够在自己的研究中保持对差异性的敏感。当然，刘若愚也认为，用中国哲学认识论中的形上理论置换掉了西方哲学认识论中的模仿理论，并不是在"暗示模仿的概念在中国文学批评中完全不存在，而只是说它并没有构成任何重要文学理论的基础"②。

虽然刘若愚没有明确使用"再现"这一概念，但是他实际上已经从认识论的角度对中西反映宇宙和自然的机制做出了较为清晰的对比性分析。艾布拉姆斯的"镜与灯"思想所明确讨论的是西方古今的区别，指出西方的传统是模仿，现代浪漫主义以来才出现了再现。但纵观刘若愚的理论脉络，他基本是把模仿等同于再现这一概念来使用的。因为在他看来，无论是模仿还是再现，注意力都"集中在宇宙与作家之间的关系"。刘若愚的重心不在于区别西方的模仿和再现，而在于从认识论的角度厘清中西"再现"理论间的逻辑差异。在刘若愚眼中，西方的客体认识理论源于古希腊时期的模仿论，源于对"超越"的模仿，是有意识地进行的；而东方的客体认识源自天人合一哲学状态下的宇宙模拟，并表现为一种自然的显现。由此可见，东西方关于客体认识的差异是由主体与宇宙（或世界）之间不同关系的特征所决定的。

为了证实中国文论源于对宇宙论的思考，刘若愚追溯了其形成的过程。他认为，《易经·贲卦》中的"观乎天文，以察时变；观乎人文，以化成天下"，将"天文"(configurations of heaven)和"人文"(configuration of man)作为模拟的对象，分别指天体和人文制度，而此一类比后来被应用到自然现象与文学，被认为是"道"的两种平行的显示。另一个例子是《革卦》中的《象传》，他认为"大人虎变：其文炳也……君子豹变：其文蔚

---

① ［美］刘若愚：《中国文学理论》，20 页。
② ［美］刘若愚：《中国文学理论》，74 页。

也",本身即可被视为目的在于显露宇宙之道。从这种理念出发,他进一步指出,《乐记》"乐者天地之和"说明音乐是用以反映天地之和谐;《纬书》的"诗者天地之心"所涉及的大宇宙、小宇宙、阴阳五行以及星辰征兆等,已经成为一种模拟的传统,并为后世的诗人所继承。刘若愚接下来分别列举了中国古代文论中阮瑀、应玚、挚虞、陆机、刘勰、萧统、萧纲、谢榛以及王夫之的相关主张,认为后世的中国文学理论,无论是阮瑀《文质论》所言的"盖闻明而丽天,可瞻而难附;群物着地,可见而易制",还是应玚的"圣人合德天地,禀气淳灵,仰观象于玄表,俯察式于群形",都是一种诉之于宇宙哲学的模拟。刘若愚认为,虽然挚虞的《文章流别志论》中的"文章者,所以宣上下之象,明人伦之叙,穷理尽性,以究万物之宜者也",和陆机《文赋》末段所言"伊兹文之为用,固众理之所固,恢万里而无阂,通亿载而为津",都提到了文学的实际功用问题,但他们更为强调的是对于宇宙原理的显现,就此也可以认为中国特有的哲学宇宙论是中国文论产生的基本立足点。但"模拟"道也好,"反映"或"呈现"道也好,指向的都不是西方文论中那个超自然的理式,而是涵容在自然与社会中的宇宙规则,并与自己的生活息息相关。

当然,"文学的形上概念在刘勰的《文心雕龙》中表现得最为透彻"①。同样,刘勰也是中国古代文论中对自然与人"文"之间关系做出最为详尽阐述的理论家。这点,首先便体现在刘勰着重阐述了人"文"源自宇宙之始的观念。将《易卦》作为对于"文"之模拟最早的例子,也说明刘勰已经"将文学之'文'与自然现象之形状的'文'合而为一,因此他能够将文学的渊源追溯到宇宙的开始,从而将文学提到具有宇宙重要性的地位。他的观念取自《易经》与其他古籍,而演变出宇宙秩序与人类心灵之间、心灵与语言之间以及语言与文字之间的多重互应的理论"②。刘若愚根据刘勰"傍及万品,动植皆文"、"人文之元,肇自太极"、"道沿圣以垂文,圣因文而明道"的表述,总结性地把刘勰对于宇宙(道)、作为作者的圣人以及

---

① [美]刘若愚:《中国文学理论》,28~29页。
② [美]刘若愚:《中国文学理论》,32页。

第十四章　中国文论研究话题类型

文学作品之间的相互关系转化为环形谱系。虽然刘若愚在《中国文学理论》这本著作中并没有诠释刘勰"道"（宇宙）的意义内涵，但是很明显可以看出，他从刘勰的《文心雕龙》中推导概括出的这个环形谱系也在某种程度上借鉴了艾布拉姆斯三角形关系图谱的表述，并将之做了符合自己学理的改造。这三个图谱现罗列如下：

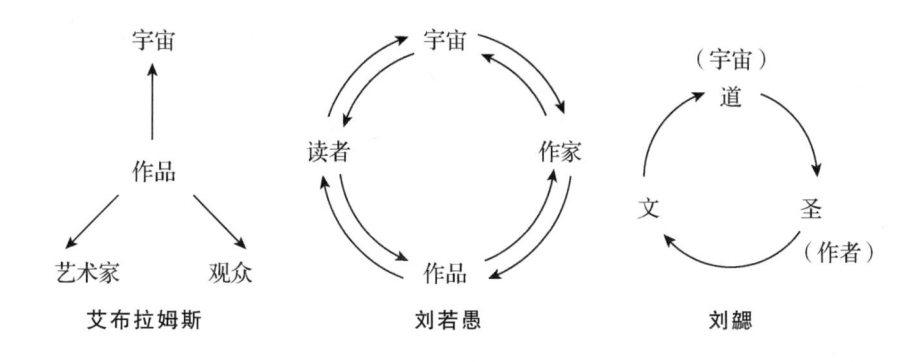

艾布拉姆斯　　　　　　刘若愚　　　　　　刘勰

刘若愚指出："有些学者曾将艾伯（布）拉姆斯这一值得称赞的图表应用于分析中国文学批评，可是我个人的研究认为：有些中国理论与西方理论相当类似，而且可以同一方式加以分类，可是其他的理论并不容易纳入艾伯拉姆斯的四类中任何一类。"①因此，在把艾布拉姆斯的四个要素重新排列为环形图谱后，刘若愚认为："我所谓的艺术过程，不仅仅是指作家的创作过程和读者的审美经验，而且也指创造之前的情形与审美经验之后的情形。在第一阶段，宇宙影响作家，作家反映宇宙。由于这种反映，作家创造作品，这是第二阶段。当作品触及读者：它随即影响读者，这是第三阶段。在最后一个阶段，读者对宇宙的反映，因阅读作品的经验而改变。如此，整个过程形成一个圆圈。同时，由于读者对作品的反映，受到宇宙影响他的方式的左右，而且由于反映作品，读者与作家的心灵发生接触，而再度捕捉作家对宇宙的反映，因此这个过程也

---

① ［美］刘若愚：《中国文学理论》，13页。

能以相反的方向进行。所以，图中箭头指向两个方向。"①

在勾勒出刘勰的"道""圣"和"文"之间的循环谱系后，刘若愚认为，虽然刘勰的文学概念是以形上理论为主，"逻辑上此一概念不一定含有实用理论，可是在刘勰的实际讨论以及他所引述的一些材料中，很明显地具有实用的要素，不过，这也是隶属于形上概念的。一如他所描述的，圣人之所以为圣人，并不是因为他们具有高超的品德，而是由于他们对自然之道的了解，而儒家经典之所以为经典，并非因其教人如何为人，而是由于它们以美妙的语言具体表现了道"②。

从刘若愚对艾布拉姆斯谱系的改造及对刘勰等文论的阐述中，我们可以看到，刘若愚的中国文论阐释框架中并没有类似西方模仿论的位置，而是明显地体现出他基于中国诗学经验所做出的差异对比。当然，即便是在刘勰的论述中，也存在理论上的矛盾之处，即刘若愚所见到的："刘勰作品中所包含的各种不同理论间的矛盾之处及其可能的解决，可以从分析他对作家心灵与宇宙之关系的种种叙述中得到说明。"③例如，正如我们所看到的，刘勰《神思篇》论及的"积学""酌理""研阅""驯致"四种活动表明了"作家与宇宙间种种不同的关系以及所牵涉到的不同的精神过程属于不同的经验层次"④。这与第一阶段所说的宇宙观有所区别，那么究竟应当如何理解这一现象呢？

刘若愚把这几个经验层次根据其发生的次序依次概括为：

研究阶段：作家累积知识和研阅经验。这是指理性层次的经验以及写作的长期准备。

交互阶段：外物刺激作家的感官，作家以情感反映。这是指感性、情绪层次的经验，以及写作前的时候。

感受阶段：作家保持心灵虚静，以便感受宇宙之道。这是指静态的

---

① ［美］刘若愚：《中国文学理论》，14 页。
② ［美］刘若愚：《中国文学理论》，36 页。
③ ［美］刘若愚：《中国文学理论》，185 页。
④ ［美］刘若愚：《中国文学理论》，187 页。

第十四章　中国文论研究话题类型

直觉，以及写作瞬间之前的时候。

投射阶段：作家将本身的感情投射到外物。这是指动态的直觉，以及写作瞬间之前或写作过程中的时候。

创造阶段：作家创造现实世界中不存在的想象事物。这也是指动态的直觉，以及写作的时候。①

在这一部分的论述中，刘若愚看似试图拉近中国形上理论和西方模仿论之间的距离，然而，实际上认为中国文论对"道""性"等形上范畴的理解和对现实的经验性模仿与反映并不矛盾。"因为一个作家在日常生活中，可以从事于对事物理性的研究以及对事物的情绪反应，然后，就在他开始写作之前，心灵除去平时的关注，以便准备与'自然'发生直接的交会，以及准备创造活动。"②因而在下一个层次上，中国的审美经验也有与西方相同之处。

作为具有国际视野的语际批评家，刘若愚并没有局限在自己所设定的中国传统文论形而上的宇宙论框架之内。早在1972年的文章《中国诗中的时、空与自我》(Time, Space, and Self in Chinese Poetry)③中，他即以陶渊明、骆宾王、陈子昂、李白、杜甫、李商隐、李贺、崔颢、王维、韩愈、苏轼等著名诗人的作品为例，从时间、空间以及自我之间的关联性的角度较为深入地解读了中国古代诗人对于世界的理解，角度非常新颖。国内的研究者大多关注了刘若愚的《中国诗学》(The Art of Chinese Poetry)、《中国文学理论》等理论著作，除徐志啸在《美国学者中国古代诗学特点评析》④中对《中国诗中的时、空与自我》一文有所描述以外，这篇文章被国内很多学者忽略。我们认为，刘若愚在《中国诗中的时、

---

①　[美]刘若愚：《中国文学理论》，187页。
②　[美]刘若愚：《中国文学理论》，187页。
③　James J. Y. Liu, "Time, Space, and Self in Chinese Poetry", *Chinese Literature: Essays, Articles, Reviews*, Vol. 1, No. 2, 1979, pp. 137-156.
④　徐志啸：《美国学者中国古代诗学特点评析》，见徐中玉、郭豫适：《中国文论的两轮》，146~160页，上海，华东师范大学出版社，2009。

空与自我》一文中比较好地把作为形而上的宇宙（道）转换成中国诗歌中对于具体的时间和空间意识的理解，将中西诗学对比中那种形而上的再现转化为现实功能和作用的理解，较好地实现了其对于中国古代文论之描写对象（"世界"）由抽象之"宇宙（道）"向现实世界维度的转换，从而也使其理论中形上世界和现实世界的冲突矛盾问题有所缓解。

在这篇长达 19 页的论文中，刘若愚明确指出他不是想从哲学的角度，而是基于文学是语言结构和艺术功能相互重叠的观念，来研究中国诗学中的时间、空间和自我的问题。他认为，文学的艺术功能可以从两个层面加以理解。从作者的角度来说，是作家通过创造引发向现实的延伸；从读者的角度来讲，则是对于想象世界的再度创造。因为想象的世界存在于想象性的时间和空间之中，因此准确理解诗歌作品必须介入诗人写作时的现实时间和空间，这样才能更好地理解诗歌所呈现的世界。①由此，我们可以清晰地看出，在具体的文论操作的层面上，刘若愚并不是走着和西方文艺理论完全相异的路径，而是采用了类似于艾布拉姆斯的关于世界的理解，但是他从时间、空间以及自我三个角度，对诗人写作时的世界和写成后的世界做了具体性的理解，由此又显示出其与西方理论的区别。这篇文章里，刘若愚很少使用其他文章广泛采用的"道"等形上概念，而是广泛深入地进入了最具有现实性和经验性特征的"时间""空间"以及"自我"的讨论。这篇文章的写作早于《中国文学理论》的出版，从时间的先后顺序上来看，刘若愚应当是先形成了关于中国文学现实时空反映的观念，然后才逐渐进入对中国诗学形上问题的理解的，因此对该文的解析也将十分有助于对其形上论的把握。

文章分为"时间、自我和方向性"，"面对"，"并行"，"时间视野和空间意象"，"时间的空间化与空间的时间化"和"超越时间与空间"六个部分，着重论述了中国古诗创作中诗人如何处理时间、空间与诗人自我的关系，以及中国古代诗歌中时间与空间的多种转换与交叉互现，由此可

---

① 参见 James J. Y. Liu, "Time, Space, and Self in Chinese Poetry", *Chinese Literature: Essays, Articles, Reviews*, p. 137.

以发现中国古代诗人的时空观在其诗歌作品中的具体运用与多重表现，应该说是其客体认识论思想的非常有力的中国化佐证。

在文章第一部分，刘若愚首先规定了时间、自我与方向（即空间）三者可能产生的各种关系，并依此认为，通常意义上的现实关系是通过空间术语加以界定的，所以我们在讨论时间时会认为其就存在于我们的正前方。但是在中国诗歌中，诗人似乎更喜欢以置后或前移的角度讨论时间。这就造成了中国诗人"面对"与"共生"两种对待时间的态度。① 在第二部分中，刘若愚分别以李白的《宣州谢朓楼饯别校书叔云》、李商隐的《夜雨寄北》、韩愈的《秋怀诗之一》以及陈子昂的《登幽州台歌》为例，从"自我静止，时间趋向自我"——"弃我去者昨日之日不可留，乱我心者今日之日多烦忧"；"自我前行，时间静止"——"君问归期未有期，巴山夜雨涨秋池。何当共剪西窗烛，却话巴山夜雨时"；"时间和自我背向移动"——"羲和驱日月，疾急不可恃。浮生虽多途，趋死唯一轨"；"自我向后移动，时间静止"——"前不见古人，后不见来者。念天地之悠悠，独怆然而涕下"几个方面讨论了中国诗人反映现实时的时间角度。第三部分，刘若愚以苏轼的《别岁》和陶潜的《杂诗》之五为例，把"共生"细分为"自我静止，时间从后向前移动"——"故人适千里，临别尚迟迟。人行犹可复，岁行那可追？问岁安所之，远在天一涯。已逐东流水，赴海归无时"与"自我和时间共同向前移动"——"鼃舟无须臾，引我不得住；前途当几许，未知止泊处"两种情况，分别说明"自我感知时空的态度会影响一个人对于生活的情感态度"②，决定着诗人反映现实的情感取向。第四部分，刘若愚标明了中国诗人"个人的""历史的"和"宇宙的"三种时间视野，这三种视野对于中国诗歌来说，既独立呈现，也交叉存在。刘若愚认为，贺知章的《回乡偶书》采用的是一种个人的时间视野，陶潜的《咏荆

---

① 参见 James J. Y. Liu, "Time, Space, and Self in Chinese Poetry", *Chinese Literature: Essays, Articles, Reviews*, p. 138.

② James J. Y. Liu, "Time, Space, and Self in Chinese Poetry", *Chinese Literature: Essays, Articles, Reviews*, p. 145.

轲》采取的是一种历史的时间视野,李贺的《浩歌》采取的则是一种宇宙的时间视野,杜甫的《咏怀古迹五首之二》采取的是个人和历史相结合的时间视野,杜甫的《雨夜抒怀》和《赠韦左丞相》采用的是个人和宇宙相结合的时间视野,骆宾王的《渡易水送别》和李白的《夜泊牛渚怀古》采用的是历史和宇宙相结合的时间视野。不同的时间视野决定着诗人写作时会采取不同的反映现实和表达情感的诗歌意象,也反映了他们不同的认识角度和态度。再一方面,刘若愚认为,不同于通常以前后这样的空间术语反映现实关系,中国诗歌也在时空表现方面有着不一般的术语、意象和语法。无论是王维的"行到水穷处,坐看云起时"中的"处"和"时",还是崔颢"昔人已乘黄鹤去,此地空余黄鹤楼"中的"昔人"与"此地",都包含诗人对于时空关系的体悟和认知,超越了反映现实具体时空的界限,不仅丰富了诗歌的意义,而且增强了文本自身结构的复杂性。

在这篇文章中,刘若愚把诗人主体自我置于错综复杂的时空环节予以审视,实际上较为深入地注意到了诗人对于客观存在的认识和反映问题。刘若愚在讨论中国诗人的作品时保持了自觉比较的态度,比照了西方诗人类似的诗句。例如,他谈到李白的"弃我去者昨日之日不可留,乱我心者今日之日多烦忧"展现"自我静止,时间趋向自我"问题时,援引了法国诗人阿波利奈尔《米拉波桥》中的"钟声其响夜其来,日月逝矣人长在"加以比照。谈到"自我静止,时间从后向前移动"时,刘若愚举了安德鲁·马维尔的两句诗,说明两者观念的相印合处:"但我总听到身后有隆隆的声音,时间的飞车正在奔驰,步步逼近。"又如,谈到"自我和时间共同向前移动"时,他举了艾米莉·狄金森(Emily Dickinson)的相似诗句:"时间之流奔泻而下,我们没有一支桨,就被逼着起航。"①

总的看来,作为最早系统梳理中国古代文艺理论的汉学家,刘若愚强化了中西文论在基本立足点上的差异,然后在一些更为现实的层面上,又试图相对地淡化中西文论的差异,由此而以异同并存然而却层次分明

---

① James J. Y. Liu, "Time, Space, and Self in Chinese Poetry", *Chinese Literature: Essays, Articles, Reviews*, pp. 139-144.

的论述框架"构建系统性的世界性文学理论"。在这个论述过程中，他所措出的"形上理论"，或说是对中西文论"自我"的规定方式，或宇宙论对比方式的差异性阐述，在很大程度上影响了20世纪70年代以来北美汉学的理论取向，也涉及很多汉学家的思想定位。刘若愚之后，余宝琳、宇文所安、欧阳祯、林理彰、叶维廉等汉学家也都从发现中西诗学文论观的哲学性差异出发，并在理论视野和深度方面有所开掘。因为这些思考点都关乎刘若愚已措出的形上理论的概念，即都立足于从宇宙论预设的角度思考文论的归属，因此可以将它们置入同一个话题。

美国汉学家宇文所安的观点非常值得注意。无论是宇文所安的《初唐诗》(*The Poetry of the Early T'ang*)、《盛唐诗》(*The Great Age of Chinese Poetry：the High T'ang*)、《中国"中世纪"的终结——中唐文学文化论集》(*The End of the Chinese "Middle Ages"：Essays in Mid-Tang Literary Culture*)[①]、《晚唐：九世纪中叶的中国诗歌》(*Late Tang：Chinese Poetry of the Mid-Ninth Century*[827-860])[②]、《追忆：中国古典文学中的往事再现》(*Remembrances：the Experience of the Past in Classical Chinese Literature*)[③]、《迷楼：诗与欲望的迷宫》(*Mi-lou：Poetry and the Labyrinth of Desire*)[④]，还是1992年的《中国文学思想读本》(*Readings in Chinese Literary Thought*)等，都渗透着其对于中国诗人"快乐、

[①] Stephen Owen, *The End of the Chinese "Middle Ages"：Essays in Mid-Tang Literary Culture*, Stanford University Press, 1996. 中文版参见[美]宇文所安：《中国"中世纪"的终结：中唐文学文化论集》，北京，生活·读书·新知三联书店，2006。

[②] Stephen Owen, *The Late Tang, Chinese Poetry of the Mid-Ninth Century*[827-860], Harvard University Asia Center, 2006. 中文版参见[美]宇文所安：《晚唐：九世纪中叶的中国诗歌(827—860)》，北京，生活·读书·新知三联书店，2011。

[③] Stephen Owen, *Remembrances, The Experience of the Past in Classical Chinese Literature*, Harvard University Press, 1986. 中文版参见[美]宇文所安：《追忆：中国古典文学中的往事再现》，北京，生活·读书·新知三联书店，2004。

[④] Stephen Owen, *Mi-lou：Poetry and the Labyrinth of Desire*, Harvard University Press, 1989. 中文版参见[美]宇文所安：《迷楼：诗与欲望的迷宫》，北京，生活·读书·新知三联书店，2003。

拥有和命名"①陈述策略的哲学性理解。作为当代著名的汉学家，宇文所安是以汉学研究获得哈佛学院教授殊荣的极少数美国学者之一。也许和他长期任教于哈佛大学东亚系和比较文学系的学术滋养相关，宇文所安的中国文论思想的阐发中既包孕西方学术语境中普遍化的学术诉求，也伴随着他十分活跃的"跨语际"学术脉动。他近年来热切呼吁某种"世界汉诗"的写作，并以一种其本人所特有的方式建立起了与中国古典诗学的紧密关联。宇文所安对于"作品的分析不一定要按照中国历来文学史家所限定的框架，也不一定要遵循现代文学批评家走惯的轨道……他们借鉴中国学者的观点，但立足点还是自己的感受"②。这完全出于他对中西文论差异性的深度体认之后的诠释策略。因为这样做既可以使宇文所安借助西方文论之镜的烛照，也可以找到一个可以真正实现中西文论"互动"的"山外之点"，最终跳出中西文论各自的框限，形成相互参照、相互沟通、彼此增益的开放性建构。

从中西比较的角度看，宇文所安认为，东西方在宇宙生成论上存在很大分歧，这使东西方的人们对世界产生了不同的认识。在西方哲学传统中，世界被认为是依照某一模型模仿创造出来的，事先假定了一个最高造物主或模型的存在；而在中国古人的观念里，世界是由一个混沌的实体自然分化形成的，是非创造性的。这种迥异的世界生成观最终导致了中西诗歌本质上的差异。

在被创造的世界中，诗人作为一个小的"造物者"，与世界原初的造物者之间有着奇怪的联系。他们引以为豪的独特性，与那种神的唯一性相仿。而中国并不存在那种创造性的造物主，因此中国诗的诗人们并不充当类似的角色，不认为自己创造了一个新的世界，只是参与到这个自

---

① 2010年5月24日，宇文所安在北京大学做了"快乐·拥有·命名——对北宋文化史的反思(1036—1127)"的演讲。宇文所安在其演讲中，通过对《五柳先生传》《六一居士传》的对比阅读和文本细读来揭示两种人生观，同时阐明"快乐""拥有""命名"这三个概念在诗人对世界的认识中的联系。

② [美]宇文所安：《追忆：中国古典文学中的往事再现》，166页。

在的世界当中。由于从属于这个世界,他缺乏创造性诗人那种独立于世的神性气质。那种存在于先验的和隐藏的设计中的模型,使诗人这一小的造物主有权制作虚构和隐喻。这些低一级的创造物,其隐秘的意义只属于"造物主"本人……诗人"造物主"的这些创造,作为模仿总能够独立地与第一自然并列。在非创造的世界,这种有意的创造是恶劣的,是一种欺骗:诗人关心的是可靠地陈述"是什么",要么是内在的经验,要么是外在的感知。诗人的职责是观察世界的秩序,观察无数分化背后的模式,就像孔子一样"述而不作"。①

宇文所安在这里区分了创造性世界与非创造性世界,认为二者最重要的差异在于,"前者,任何存在物或种类都由超越于个体之上的原初模型来定义,这一自主模型的观念贯穿于西方文明中的宗教、哲学,以及科学的大多数变化"②。西方宗教与哲学传统认为:"当上帝创造了天与地,光与天,鱼和家禽,以及每一种依照各自的类型而造的生物,对这些事物的规范就独属于他自己。当这些生物繁衍生息时,他们只能复制最初的模型……天之所以是天,因为它是以那种方式创造的,地的所有属性都存在于最初的设计中。人之为人并非在于人与走兽的区别,而是由于人来自一个神性的模型。"③宇文所安指出,尽管近现代自然科学的发展对这一思想传统有所冲击,"尽管上帝可能会被不情愿地抛弃,但模型的观念却并不容易被代替"④。原初的神性消失了,但创生的模式并没有变。无论是自然的还是人类的属性,都是"依照模型给定的,这种模型是神性的、进化论的,或仅仅是人类意志"⑤。在中国哲学"非创造性世界里,一个实体是由它与一系列相关物和对应物之间的差异来界定的;

---

① Stephen Owen, *Traditional Chinese Poetry and Poetics*:*Omen of the World*, Madison, the University of Wisconsin Press, 1985, p. 84.
② Stephen Owen, *Traditional Chinese Poetry and Poetics*:*Omen of the World*, p. 85.
③ Stephen Owen, *Traditional Chinese Poetry and Poetics*:*Omen of the World*, p. 82.
④ Stephen Owen, *Traditional Chinese Poetry and Poetics*:*Omen of the World*, p. 82.
⑤ Stephen Owen, *Traditional Chinese Poetry and Poetics*:*Omen of the World*, p. 83.

同样，一个整体就是两个基本对立物的结合"①。这个所谓的整体就是"道"，"是传统哲学中标志着宇宙本原及其运动规律的重要范畴，作为儒道两家均着力强调的重要范畴，涵括了古人对天人之际根本性问题的认识"②。宇文所安的这些言述与刘若愚的形上说存在某种程度上的一致性，尤其凸显了中西方之间的差异。

  1986年刘若愚去世之后，余宝琳在北美汉学界中国诗学研究领域的地位尤为举足轻重。余宝琳不仅深谙西方思想传统，而且在中国诗学问题研究方面能够自觉采用多种批评方法，以中西诗学对话为指归，在比较互鉴中别开生面，自成一家。余宝琳在中国古典诗歌、文学理论和比较诗学方面都取得了令人瞩目的成就，所撰著作有《王维的诗：新译及评论》(The Poetry of Wang Wei: New Translations and Commentary)③、《中国诗歌传统的意象解读》(The Reading of Imagery in the Chinese Poetic Tradition)，主编或与其他学者合编的论文集有《宋代抒情词的表述》(Voice of the Song Lyric in China)④、《中国历史的文化与社会》(Culture and State in Chinese History: Conventions, Accommodations, and Critiques)⑤、《文词之路：早期中国阅读文本的书写》(Ways with Words: Writing about Reading Texts from Early China)⑥等，都十分明显地体现出援西释中的努力。

  余宝琳把自己置身于多元的文化共生体，针对西方诗学模仿这一根本原则提出了自己的看法，对客体认识理论背后哲学和文学性因素形成

---

① Stephen Owen, *Traditional Chinese Poetry and Poetics: Omen of the World*, pp. 84-85.
② Stephen Owen, *Traditional Chinese Poetry and Poetics: Omen of the World*, p. 85.
③ Pauline Yu, *The Poetry of Wang Wei: New Translations and Commentary*, Indiana University Press, 1980.
④ Pauline Yu, *Voices of the Song Lyric in China*, University of California Press, 1994.
⑤ Theodore Huters, Roy Bin Wong, Pauline Yu, *Culture and State in Chinese History: Conventions, Accommodations, and Critiques*, Stanford University Press, 1997.
⑥ Pauline Yu, Peter Bol, Stephen Owen, and Willard Peterson (eds.), *Ways with Words: Writing about Reading Texts from Early China*, University of California Press, 2000.

第十四章　中国文论研究话题类型

了自己独有的体悟。余宝琳坚决反对在援用西方文论研究中国文学的问题时，削足适履地生搬硬套相异的方法和标准。她深知汉学研究在将各种西方文学理论运用到中国文学研究之上时，务必要先了解欧美文学术语在其文化脉络中的哲学意涵，然后才能有效地植西入中。余宝琳认为，文论范畴"所基于的一套哲学假定，与欧洲传统中产生的术语所基于的假定完全不同……他们不同的根形成了不同的关注点"①。要在西学的语境下准确把握中国诗学思想的精华，必须摒弃二元论哲学思想的潜在干扰。余宝琳从模仿论入手，明确指出西方哲学传统中的这种二元论取向造成了西方诗学在主体与客体，乃至客体和客体之间关系处理上一虚一实的明显对应特征。她认为这种哲学思想使精神的独创性超越于具体的历史，必然使基于二元论思维范式的西方诗与诗学，在本质上隔离并超验于现实，进而产生诗人成为创造者的想法。

在这样的思维定势之下，诗人"作为一个向壁虚构的制造者，此一虚构的事物呈现出具体的现象，却也迥异于可感觉的世界"②。作者往往被看作一种可以戏剧化地模拟自然的先验主体，而这一自然通过主体的虚构(诗)可以超越具有内在本质的现象世界。"真实现实与具体现实之间，具体现实与文学作品之间并没有分离开来，在西方某些领域，间隔或许会招致非难，但间隔也确立了生成的可能性、虚构性以及诗人对'上帝'创造行为的复制。"③西方"摹仿概念本身所基于的是现实两个范围之间根本分离的概念。它促成诗歌是一种虚构的人工制品的观点"，形成了"两个范围之间根本分离的概念"。也就是说，"摹仿毕竟具有某种根本性的本体二元论的含义，即认为存在某种更为真实的现实，它可以超越人们生活中具体的历史范围，并以为二者的关系是可以在创造性行为和人工产品中得以复制的"④。

余宝琳这里所说的"存在着某种更为真实的现实"，就是柏拉图意

---

① ［美］余宝琳：《间离效果：比较文学与中国传统》，载《文艺理论研究》，1997(2)。
② Pauline Yu, *The Reading of Imagery in the Chinese Poetic Tradition*, pp. 36-42.
③ ［美］余宝琳：《间离效果：比较文学与中国传统》，载《文艺理论研究》，1997(2)。
④ ［美］余宝琳：《间离效果：比较文学与中国传统》，载《文艺理论研究》，1997(2)。

上的理念王国。"不论柏氏和亚氏不愿以任何系统的方式考察抒情诗的理由是什么,他们二人确实建立了一种框架,西方后来有关类型的讨论都是在这一框架中得以发展的。"①余宝琳认为中国哲学具有很强的内指性,延循的是一种内外融合的方向。"固有的中国哲学传统基本上持一元论的宇宙观;而宇宙原理,或道,却能超越任何个人现象,但是它在这个世界上完全是内在的,而且也不存在任何超越物质存在,或优于这一存在,或在本质上与之相差异的超感觉王国(supersensory realm)。真实的现实并非超凡的,而是此地此时。此外,这就是一个世界,在这个世界中,宇宙模式(文)及过程与人类文化模式及过程之间存在某种基本的一致性。"②因为一元论决定了真实现实与具体现实之间,具体现实与诗歌之间并非对立,而是融为一体的,所以中国一元论的宇宙观影响下的中国诗歌不以超越为旨归,而是专注于表现此时此地真实的"道"。

余宝琳所谓的"一元论"并非西方哲学意义上的一元论,而是指中国哲学的一元观。因为"西方哲学一元论虽主张世界的本原只有一个,但它分为物质的本原与精神的本原两个互不兼容的一元,而中国哲学的一元观却主要意指宇宙混沌未开的原始状态和天地万物的本原"。余宝琳认为,在中国的哲学中,"诗性情感是与世界的接触所引发的,这一假定在稍稍后来的批评文本中更为清晰地表达出来了"。她在征引陆机《文赋》的"遵四时以叹世,瞻万物而思纷。悲落叶于劲秋,喜柔条于芳春"之后,认为"抒情诗'缘情'。这种情是诗人对外部世界的反应"。在余宝琳看来,刘勰在《文心雕龙·明诗》中所言及的"人禀七情,应物斯感,感物吟志,莫非自然",是刘勰对于《诗大序》的一种回应。

"物色之动,心亦摇焉。"情感随着四季和环境而变化,因为一切现象都可以相互引起共鸣,"物色相召,人谁获安?"诗歌在这里与对行为的摹仿观相反,它被视为是一种诗人对外部世界的文字反应(literary reaction)。他或

---

① [美]余宝琳:《间离效果:比较文学与中国传统》,载《文艺理论研究》,1997(2)。
② [美]余宝琳:《间离效果:比较文学与中国传统》,载《文艺理论研究》,1997(2)。

她与这个世界是浑然一体的。真实现实与具体现实之间，具体现实与文学作品之间并没有分离开来，在西方某些领域，间隔或许会招致非难，但间隔也确立了生成的可能性、虚构以及诗人对"上帝"创造行为的复制。而对于中国诗歌的读者来说，不仅不存在上帝——尽管极少有第一人称出现这一事实，而且抒情和经验的自我也完全是一回事。①

也正是基于这样的哲学态度，余宝琳在《中国文学的想象世界》(The Imaginative Universe of Chinese Literature)一文中，以盘古创世神话为范本，进一步明确指出中西诗学在审美态度上存在的差异："中国美学反映了一种整体性的(holistic)和关联性的(correlative)世界观，在这种美学传统下，艺术旨在反映具体现象，作家处在一个关系网中，文学阐释立足并依赖于历史传统。"②余宝琳认为："由于西方试图赋予抒情诗的特征完全是建立在摹仿这一先决条件之上，所以关键性的问题又出现了，其中主要的就是真实价值或历史性问题。"③中国思想中并没有与亚里士多德模仿论或基督图形类似的概念。

中国缺乏像犹太基督传统中的上帝一样的某些神格人物或造物主，西方的上帝不光创造了世界还为其立法，而中国文学对于神话的读解更倾向于现世的解释，并不指向未来的启示或救赎。类似盘古这样的天神在中国文学中并不是以立法者面目出现的，提供法则和意义的重负在中国往往被交付给了历史本身。中国诗学虽然也把呈现超越于感觉世界中单一物象之外的原则(道)作为努力的方向，但并不宣称去呈现与具体现象迥异的领域，并不在现实和理想之间做二分处理。"道"并不是存在于和现世世界相异的另一层面之上，而是不可分割地内置于具体的物象之中。中国诗学在具体的诠释活动中，更加重视连续和惯例，看重先在

---

① [美]余宝琳：《间离效果：比较文学与中国传统》，载《文艺理论研究》，1997(2)。
② Pauline Yu and T. Huters, "The Imaginative Universe of Chinese Literature", Barbara Stoler Miller(ed.), *Masterworks of Asian Literature in Comparative Perspective*, New York, Sharpe, 1994, p.1.
③ [美]余宝琳：《间离效果：比较文学与中国传统》，载《文艺理论研究》，1997(2)。

的传统和形式对批评话语所具有的重要影响；文本本身从未被看作一种能够脱离语境和传统的自足性存在，而是语境化于提供其文学原动力、形式和主题的自然与社会基础之上。因此中国哲学对那些涉及社会伦理政治和个体生存与发展的行为活动尤为关注。在中国哲学中，人与世界（伦理社会）的实践性关系始终围绕人在世界中的各种行为活动展开，这直接促使中国文学充满了对于现世生活的描述，甚至在很大程度上包孕了诗人主体对于自身所具有的个人性、社会性乃至政治性处境的真实言说。

经由对中西哲学差异性的精心理会，余宝琳指出了中国文学自身所具有的五方面特征。"第一，中国文学世界里缺乏一些足以成为文学范本的神人同形的人物；第二，中国人显然不将艺术作品本身视为某些超感觉现实（supersensory reality）的形象或镜子；第三，中国文学是一种整体观的、宇宙的单一概念之显示；第四，中国文学和历史的关系是自然生成的，不受任何超验性外力的干涉和介入。第五，历史是中国文学的重要评判参照。"①这五方面特征可以说是余宝琳对于中国诗学特征的概括，贯穿于余宝琳的意象理论以及她对于中国诗歌隐喻和隐寓问题的讨论之中。余宝琳以哲学为逻辑起点来建构理论趣味的方法，与刘若愚比较接近，但余宝琳对中西差异性的描述相对于刘若愚更加清晰和具体，并将差异性视作中西比较的一个焦点。

美国印第安纳大学教授欧阳祯深受余宝琳与宇文所安理论思想的影响，对中西诗学文论观的哲学性差异也有着自己的认识。欧阳祯曾担任美国比较文学学会（ACLA）会长，在比较文学、中西文学关系研究方面都取得了较为突出的成就，著作主要包括《透明之眼》(The Transparent Eye: Translation, Chinese Literature, and Comparative Poetics)②、《多彩

---

① Pauline Yu, "The Imaginative Universe of Chinese Literature", *Masterworks of Asian Literature in Comparative Perspective*, pp. 2-8.

② Eugene Chen Ouyang, *The Transparent Eye: Translation, Chinese Literature, and Comparative Poetics*, University of Hawai'i Press, 1993.

的外衣》(Coat of Many Colors: Reflections on Diversity by a Minority of One)①、《中国文学翻译研究》(Translating Chinese Literature)②等。作为一个比较文学领域出身的汉学家，欧阳桢认为"中国诗歌无论在柏拉图还是亚里士多德的意义上，都不是一种模仿。也就是说，它既不是对隔了两层理念现实的模仿，也不是想象力的创造。中国诗歌乃是对一个陈述时刻的记录和再现，是这一时刻在文字里的体现。"③欧阳桢指出，西方的哲学观强调穿越现实世界的表象，从而达到更为真实、包蕴世界本真的理念世界。

在西方的哲学观念里，宇宙中不仅存在作为现象界的日常现实世界，还存在一个与之相对，但更为真实、恒常的理念王国，现实世界的各个方面都是理念王国的反映。"永恒与暂时，普遍与具体，持久与短暂，如此这种分别对立的观念已经渗透进了西方的大多数哲学和诗学的理论里。"④但是，在中国的哲学观念中，宇宙的生成演化无需借助西方理念那样外在的力量和参照模型，而是内部自我的二元分割与生成，是自然而然进行的。中国哲学中这种在现实中求真理的"内在经验论"，与西方传统中理念与现实二分、在超越中追求真实的二元论观念，最终导致中西诗学传统存在巨大差异。西方的文学可以借助想象、隐喻等虚构手段穿越现实世界，透过文字字面的意思，达到更高层次的真理。中国的文学更多重视表现诗人此在的内在经验和感受，更多是在现实的世界和经验中追求真实，重视在现实的经验和感受中包孕诗人所要寻求的真实之"道"。"求神秘于实际经验之中，这是一些汉语文本所表现出来的倾向……在中国一些较有影响的哲学家们看来，对世界作抽象和具体之分

---

① Eugene Chen Ouyang, *Coat of Many Colors: Reflections on Diversity by a Minority of One*, Beacon Press, 1995.

② Eugene Chen Ouyang and Lin Yao-fu, *Translating Chinese Literature*, Indiana University Press, 1995.

③ [美]欧阳桢：《诗学中的两极对立范式——中西文学之前提》，见乐黛云、陈珏：《北美中国古典文学研究名家十年文选》，619页。

④ [美]欧阳桢：《诗学中的两极对立范式——中西文学之前提》，见乐黛云、陈珏：《北美中国古典文学研究名家十年文选》，617页。

是站不住脚的，真理即是从经验现实中产生，经验现实并不与真理构成对立。"①从此观念出发，欧阳桢对中西方两种不同的哲学范式做了理论总结。

我们不妨假定在一方是生存真理，在另一方是存在之"道"。这样，我们便可看到两种不同的模式：一个是模仿的，一个是内在性的。按照模仿模式，未知同已知成对应关系，而且由于这种关系的建立并得到不断的重申，未知便也显得越发地实在与合理。按照第二种内在性模式，则一切内在的，一切此时，现在，如此这般的才是唯一的实在。在第一种模式里，真理尽管不易把握，但还可援引为例，是可以企及的；在第二种模式里，道虽无时不在，但却不可具指引称。真理是可以复得、可以接近的，也是强大有力的，所谓"掌握真理，你便可获自由"。然而，"道"却是不可模仿，不可复制的，所谓"道可道，非常道"。②

中国强调现世的诗学传统，而西方则强调在虚构和模仿中完成诗歌制作的传统文学观。在中国天人合一的哲学观念影响之下，作为诗歌主体的人是被看作"三才"之一纳入自然万物这一和谐的秩序中的，是整体之道的一部分。因而，中国文学虽然指向哲学层面的"道"，实际上一刻也没有脱离现实世界，没有脱离人对自然万物的体验。

林理彰对相关问题的看法，也与以上学者类同，然又由此而导出一种对表现、抒情理论的确认。在《中国诗学》(Chinese Poetics)一文中，林理彰认为："中国通常将现实以一元论以及内在的术语加以理解……中国传统最终似乎将神圣的、精神的或本体的均视为自然界所固有的，而非超越自然的东西，因而诗人'神圣'的力量并不会被认为将导致其他宇宙或'客体'……然而会导致完美的'自然'诗性创造——与自然完美地交

---

① ［美］欧阳桢：《诗学中的两极对立范式——中西文学之前提》，见乐黛云、陈珏：《北美中国古典文学研究名家十年文选》，618页。

② ［美］欧阳桢：《诗学中的两极对立范式——中西文学之前提》，见乐黛云、陈珏：《北美中国古典文学研究名家十年文选》，620页。

流。"因为,"在中国传统思想中,并没有发展出能与柏拉图超越的理念形式,或亚里士多德宇宙普遍性相对应的范畴和思想,因此在文学批评里,中国诗学理论也就没有柏氏和亚氏思想以及后来新柏拉图主义和新亚里士多德主义体系中一系列的思想和意义。在中国思想体系中,'真实'被认为是现实的和内在的。所以,也就不能用摹仿或再现这样的术语来描述中国的诗歌作品与现实之间的关系"①。

在林理彰看来,"在中国历史中,诗歌本质的界定倾向于自我表述——诗人内心世界的展示,有时强调思想、情感,有时强调个性或特性。而有时,这种强调又在于明确的、更为细腻的情感——心境、语气和气氛。在这种情况下,就存在某种与强调宇宙和作家相互作用理论的趋同现象,因而很难断定诗人与外在世界作用的意识,在这一融合、过滤的过程中应被视为认知的还是表现的。事实上,一些批评家主张将两种过程加以合并,形成'认知—表现主义理论'"②。林理彰"认知—表现主义理论"的提法较好地概括了中国诗歌情感的缘起和特征,同时又将第二层次上的表达问题引入与形上理论的衔接中。

总体说来,这一时期的汉学家对于中国文学理论基本立足点的认识大都渗透着对于中西文化和哲学的差异性理解,在分析中国诗歌的反映和表现问题时都或明或隐地掺进了"他性"的西方诗学理论认知。汉学家们的这种"他山的石头"的话语阐述和意义表达方面的深层学理机制,还有待进一步深入的研究。

二、抒情传统论

在一个较长的时段里,北美汉学界对情志问题有特殊的兴趣,遂形

---

① Richard John Lynn, "Chinese Poetics", Alex Preminger and T. V. F. Brogan et al (eds.), *The Princeton Encyclopedia of Poetry and Poetics*, Princeton University Press, 1993, p. 187.

② Richard John Lynn, "Chinese Poetics", *The Princeton Encyclopedia of Poetry and Poetics*, p. 10.

成了"抒情传统"的阐释脉系。北美的汉学家立足于中国文学与文论中固有的术语，充分发挥其所擅长的逻辑思维与分析能力，对中国学者非常熟悉的"情""志"问题进行了十分精细的阐释。他们凭借其西学理论素养、学术传统和生活场域方面形成的特殊角度，较好地分析了中国文论的内在精神逻辑结构；依据对于情志累积形成关系的考证，阐发出了自己对中国文论情志问题的独到见解，陈世骧和高友工等人更是据此为中国的"抒情传统"搭建出了富有魅力的知识阐述系统。

（一）陈世骧对中国抒情传统的开创

海外汉学家对于中国抒情传统的关注始于陈世骧。

陈世骧1935年毕业于北京大学，1941年赴美深造，曾分别在哈佛大学、哥伦比亚大学及加州大学伯克利分校从事中国古典文学和中西比较文学研究。陈世骧的著述以中国古典文学为主，兼及中国当代文学以至翻译研究，晚年致力于中国先秦文学和哲学研究，运用西方文学和语言学理论，并结合传统的考据方法解读《诗经》和《离骚》，在美国汉学界产生了很大的影响。《陈世骧文存》是陈世骧唯一的中文论集，在他逝世后由其学生杨牧编订。该书收入论文7篇，演讲稿3篇。《中国的抒情传统》《中国诗字之原始观念试论》《原兴：兼论中国文学特质》以中西诗学比较的角度，从抒情这一宏观的范畴出发，结合了对于中国古典文学的微观考辨，影响较大，受到了美国汉学界杨联陞、夏志清等人的高度赞扬。其中，《中国的抒情传统》(On Chinese Lyrical Traditon)影响颇大。该文发表之后不久，陈世骧就因病辞世，因此我们也可将其看作陈世骧对中国抒情传统认识的最终成果。

陈世骧在建构中国抒情美学传统的整个过程中，始终把西方的文学传统作为参照，把西方的史诗和戏剧传统与中国的诗歌传统加以对比。"与欧洲文学传统——我称为史诗的及戏剧的传统——并列时，中国的抒情传统就显得突出。我们可以证之于文学创作以至批评著述之中。人们惊异荷马史诗和希腊悲喜剧造成希腊文学的首度全面怒放，然而同样令人惊异的是，与希腊自公元前10世纪左右同时开展的文学创作，虽没有

第十四章　中国文论研究话题类型

任何类似史诗的作品，却一点也不逊色。"陈世骧果断地以"抒情传统"命名和建构中国诗歌传统，并明确提出："中国文学的荣耀并不在史诗；它的光荣在别处，在抒情的传统里……整体而言，中国文学传统就是一个抒情传统。"①对陈世骧来说，中国文学洋溢着抒情精神，中国的诗歌、赋、乐府、小说和戏剧都受到了抒情精神支配、渗透和颠覆，中国文学的本质就是抒情。

陈世骧认为，中国的抒情传统始于《诗经》和《离骚》，因为《诗经》弥漫着的个人的弦音，内蕴着的人们的挂虑和切身哀求，以及《离骚》通过作者的自我映像所发出的倾诉完全符合现代意义上抒情诗的内涵和标准。从对《诗经》《楚辞》的抒情性理解出发，陈世骧认为，《诗经》和《楚辞》是中国抒情道统的发源，中国文学日后的主流都是在这个大道统的拓展中定型的，而且注定会有强劲的抒情成分。虽然陈世骧已经注意到了中国诗歌的"言志"传统，但是他对"志"并未加以重视，未对之做任何溯源的工作，也并未从道德伦理的角度梳理"言志"这一批评概念的意义演变。为了证明自己所树立的中国抒情传统的合法性，陈世骧甚至把孔子直接置于中国抒情传统开创者的位置上，进而将中国抒情传统的源头归于孔子的思想。同时，为了说明抒情传统是一种具有延续性的谱系，陈世骧梳理了乐府、赋在六朝、唐以及其后各代诗歌的演变发展，并将之一并纳入同一体系，由此证明在中国传统中，抒情诗如西方的史诗戏剧一样向来站在最高的位置上。

陈世骧对于"诗言志"与"兴"的理解，采取的是现代字源学和心理学相结合的科学考证法。在《中国诗字之原始观念试论》中，陈世骧首先求

---

① 陈世骧一直保持着明确的中西参互比较的意识，在他看来，在考察中国文学的某种东方特色时务必要发现其与西方文学的不同之后进行，这样才能使自己的结论客观。"把本国和他国相对共相的实际例子排在一起，能使各个共相的特色产生格外清楚、格外深远的意义，这种意义是光用一种传统的眼光探讨不出的。所以比较文学的要务，并不止于文学相等因式的找寻，它还要建立文学新的解释和新的评价。"基于这样的观点，陈世骧在研究中国的诗歌抒情传统时，自觉参见了西方（包括古希腊和西欧）的文学传统。

证了"诗"的原始观念和形态。他考订了"诗"字在《诗经》的《卷阿》《菘高》《相伯》中的意义，然后梳理了《论语》《左传》《说文解学》以及《诗大序》对于"诗"字的应用。通过平行的一步步推阐，陈世骧认为，《诗大序》和《说文解学》都把"诗""志""言"三字紧连为训，说明在远古大概有个时期"诗"和"志"是可混淆通用的。"诗"和"志"纠缠在一起，完全是因为"'诗'字的字根所含有的两面性。""公元前八、九世纪后，'诗'字虽通用而有所特指，但经验中使用它，又立觉只说明它'言'的属性只是外发的一方面，还是不够。而恰巧又已生出一个和它同根邻意的'志'字，从心，指内，这便内外相成，乃有时用起来，所指之事便混通而恰合诗之通体，既是蕴止于内心的深情至意，又是宣发于外的好语言了。"①通过对"诗"字的字源和意义的考订，陈世骧得出了其对"诗者，志之所之也。在心为志，发言为诗。情动于中而形于言；言之不足，故嗟叹之；嗟叹之不足，故咏歌之；咏歌之不足，故手志舞之，足之蹈之也"这一著名语段的全新读解。他认为《诗大序》这段话"虽不是有意的表述字根，甚至作者心中都未必多识着字根，但'诗''志'根系株连，'心''言'边旁意义内外相属，在观念中和使用上由来已久，所以到这里原始传统的形迹还是甚明……限指心意则为'志'，特著其为言则谓'诗'。"②陈世骧据此把"诗"定义为"蕴止于心，发之于言，而还带有与舞蹈歌咏同源同气的节奏的艺术"③。

除了对"诗"的概念与内涵做出考证，陈世骧又"把'兴'从所谓'六义'的困境里带开，重新加以估量"④，希望通过探求"诗"和"兴"两个字的意义，并把两个字结合起来讨论，获得对"诗三百"的新解。陈世骧认为："'兴'在古代社会里和抒情入乐诗歌的萌现大有关系。"⑤"可以把'兴'当作结合所有《诗经》作品的动力，使不同的作品纳入一致的文类，具有相等的社会功用，和相似的诗质内蕴；这种情形即使在《诗经》成篇的长时

---

① 陈世骧：《陈世骧文存》，20～21页。
② 陈世骧：《陈世骧文存》，21页。
③ 陈世骧：《陈世骧文存》，22页。
④ 陈世骧：《陈世骧文存》，167页。
⑤ 陈世骧：《陈世骧文存》，153页。

期演变过程里也不见稍改。"①《诗经》中的"兴"已经具有"复沓"和"重覆",乃至于反复回增的本质。最典型的莫过于《毛传》在《诗经》中挑出116首注上"兴也",而《毛传》之所以注出许多'兴也'的句子,正可以说明'兴'的技巧颇能广泛地分布于《诗经》各部分。'兴'的因素每一出现,辄负起其巩固诗型的任务,时而奠定韵律的基础,时而决定节奏的风味,甚至于全诗气氛的完成。'兴'以回复和提示的方法达成这个任务,尤其更以'反复回增法'来表现它特殊的功能"②。这样一来,陈世骧就将之与"情"巧妙地联系在一起了。

陈世骧在《原兴:兼论中国文学性质》一文中指明:"《毛传》所标示的'兴'句有一特色,即诗人借以起兴的对象不外乎以下数类:大自然的日月山川,原野飞禽,草木虫鱼,或人为的器具如船舶、钓竿、农具;外加野外操作的活动如采拾野菜、砍伐柴薪、捕捉鸟兽,以及少数的制衣织布等。"③这可以证明,"'兴'保存在《诗经》作品里,代表初民天地孕育出的淳朴美术、音乐和舞蹈不分,相生并行,糅合为原始时期撼人灵魂的抒情诗歌"④。由此可见,"'兴'是认识《诗经》在深远历史中润饰和加工过程的可靠线索,是这种诗歌之所以特别形成一种抒情文类的灵魂"⑤,是"诗三百"的"机枢",具有决定一首诗的风味和气氛的功能。而诗歌这种不可言传的风味和气氛,"其实也就是诗所流露的精神或情绪的'感动'"⑥。陈世骧认为"兴"的功用直接指明了抒情,而非间接地辗转托意,《毛传》的作者受礼教美刺传统的限制,无从更深一层地探讨"兴"在《诗经》里的功能。因为无法从礼教美刺的传统束缚中挣脱开来,他们对于"兴"句的注意更多是因为"通过伦理学的考察发现了这种句式,而不是

---

① 陈世骧:《陈世骧文存》,155~156页。
② 陈世骧:《陈世骧文存》,152页。
③ 陈世骧:《陈世骧文存》,164页。
④ 陈世骧:《陈世骧文存》,159页。
⑤ 陈世骧:《陈世骧文存》,165页。
⑥ 陈世骧:《陈世骧文存》,166页。

以诗学的方法（即一诗中所显露的结构、感觉和心理变迁等现象）来发现"①。这直接造成古代的"美刺"理论完全不顾及《诗经》作品与古代舞乐的关系，"错以为周朝社会果然到处充满了崇高的礼教标准，而当时的诗人也到处体察，发而为诗来表达理想。这一群批评学者乃继续其对古代黄金世纪的道德和智慧做不断的礼赞"②。

陈世骧批评"传统的诗评学往往故弄玄虚"③的理论取向，认为这种取向体现在对于"兴"的理解上，不是太拘泥，就是太粗浅。因为"'兴'的形成本来依藉的是新鲜原始世界的因素……在那种世界里，初民的敏感自然觉得他们'兴高采烈'的言语必定和音乐舞蹈不可分离，而且他们对于现世万物的观察力灵捷异常，向活泼的思想和感受并行成长的方向辐射。当前的事物即融入一套和谐的韵律和适当的节奏，如此以表达他们圆觉的思想和感受"。"兴义显然还保持它名实相符的原始性格，周人使用这个精神的产物来表达他们高度文明下高度自觉的艺术。"④在陈世骧那里，"兴"作为《诗经》文类最主要的特征，已经超越了一般诗歌技法的意义，上升为中国抒情诗创作最根本的动力源泉。可以肯定地说，陈世骧已经意识到了中国诗歌创作主体所反射和反省的客观环境。可惜的是，陈世骧不久后因心脏病猝发而去世，未能来得及做进一步的细致梳理工作，其所树立的中国抒情传统的学术框架未能完整展开。这不能不说是一个遗憾。

陈世骧是中国抒情传统理论建构的开拓者，他的贡献尤其表现在对"诗""志""兴"这几个中国诗学观念的考订，并将之视为中国文学的最初的源头。他利用英美新批评的细读方法对部分《诗经》作品的分析，开辟了新的研究视角。当然，他的研究也存在一些明显问题，为后来的学者有所指出。首先，由于过于强调中西文论和文学创作方面存在的差异，

---

① 陈世骧：《陈世骧文存》，171 页。
② 陈世骧：《陈世骧文存》，167 页。
③ 陈世骧：《陈世骧文存》，167 页。
④ 陈世骧：《陈世骧文存》，170～171 页。

他将中国的抒情特征做了可疑的放大，并将之置于中国文学的核心位置，以致忽视了许多对中国诗学之确立有重要意义的，同时也是更为复杂的历史因素。其次，陈世骧认为，如果将中国诗学只言片语蕴含精义的特点和西方充分推演的科学方法结合起来，中国的传统诗学就一定能够发扬光大，为外界所接触和了解。然而由于新批评方法本身存在的一些局限，他的论述常常会显示出捉襟见肘的弊病。

陈世骧对中国抒情传统的开拓启发了高友工等人对中国抒情传统整体架构的再建构。

（二）高友工的扩展与提升

高友工1962年获哈佛大学博士学位，后在斯坦福、普林斯顿等大学任教，1999年6月于普利斯顿大学东亚研究学系荣休。高友工的研究不仅延续了陈世骧在比较的语境中梳理和确立中国抒情传统的学术进路，而且超越了陈世骧散漫细碎的字源考证和文本批评的学术方法，精心打造出更具理论性、体系性的抒情论说框架。如果说陈世骧主要是以抒情为主线来建构中国抒情传统的话，高友工则呈现出了一种在"美典"的框架中容纳抒情的理论取向。

在陈世骧所构建的中国抒情传统架构的基础上，高友工把中国的抒情传统放在整个文化史中加以考察，扩大了中国抒情传统的涵盖范围，将其和整个的中国文化的存在形态和发展状貌相衔接。在《文学研究的美学问题（下）：经验材料的意义与解释》中，他说，抒情"并不是一个传统上的'体类'的观念。这个观念不只是专指某一诗体、文体，也不限于某一主题、题素。广义的定义涵盖了整个文化史中某一些人（可能同属一背景、阶层、社会、时代）的'意识形态'，包括他们的'价值''理想'，以及他们具体表现这种'意识'的方式。更具体地来说，我所用的'抒情传统'是指这种'理想'最圆满的体现是在'抒情诗'这个大的'体类'之中"。他也注意到了抒情本身的复杂性，认为只有充分理会了抒情在具体呈现时所透露的细节的意义，"才能见到中国抒情传统或流派的共同性之外的自有的特殊的性格"①。因为"'抒情传统'应该有一个大的理论架构,而能在大部分的文化中发现有类似的传统;但其具体发展则必大异。有时在整个文化中只能作为旁流支脉,有时则能蔚为主流。在中国文化中无疑则成为最有影响的主脉"②。

这条主脉在高友工看来,就是中国的"言志传统"。因为"可以把中国言志传统中的一种以言为不足,以志为心之全体的精神视为抒情传统的真谛,所以这一'抒情传统'在中国也就形成'言志传统'的一个主流"③。在他的《律体诗:抒情诗之一典型·律诗的美学》中,高友工认为:"一首抒情诗描写的对象是诗人的自我现时活动,因此即使这对象牵涉到他人、外物,延伸到过去、想象,最后仍旧必须自然地归返,融入诗人创造活动之中。"④在《中国文化史中的抒情传统》中,高友工进而把抒情推到文化史的层面。他认为先秦的"诗言志"通过陆机《文赋》、刘勰《文心雕龙》的"神思"与"情文",已经使中国文学理论走向抒情,走向作者的创作过程。抒情诗所言的"志"是天行之气、生动之气通过个人生命的活动与表现。

从起源上看,高友工也延续了陈世骧的说法。在《律诗的美学》一文中,他认为中国抒情美学是以"诗言志"这一中国传统中最古老的诗歌定义为基础的。"诗言志"这一说法在《诗大序》中获得了最为系统详尽的阐发。"这个定义构成了一种'诗歌的表现理论'的基础,这种理论自古以来一直支配着中国的抒情诗传统。"⑤正是基于这样一种认识,高友工认为,"诗言志"实际上意味着"诗歌创作的冲动来自诗人通过艺术语言表达其精神境界及其行为的欲望"。为了进一步说明"诗言志"的抒情内涵,高友工列举了中国人文传统中关于"诗言志"的几种不同的论断:"其一,在人的各种努力中,自己或他人对其自身的内心状态的理解具有头等重要的意

---

① [美]高友工:《美典:中国文学研究论集》,83 页。
② [美]高友工:《美典:中国文学研究论集》,83 页。
③ [美]高友工:《美典:中国文学研究论集》,77 页。
④ [美]高友工:《美典:中国文学研究论集》,"序",11 页。
⑤ [美]高友工:《美典:中国文学研究论集》,223 页。

义；其二，达到这一理解的理想或许也是唯一的途径是：超越表面与有形的意义，进而把握内在精神的实质；其三，寻常的语言对于保存并传达这一内在精神是一种残缺不全的手段，只有艺术的语言才能完成这一表述的行动。"①他继而认为，"我心伤悲，莫知我哀"之类出于《诗经》的句子，在某种程度上说明了"内在"（心）及其"表述"（言）之间的交互作用。"内心世界通过艺术的客体化，既能让自我得以表现，又能使自我被人认识。对于这一传情达意的行动至关重要的是两个进程：内在化与形式化，它们是理论这一美学性质的关键。"②

由于为中国的"言志传统"设置了抒情这样一个逻辑前提，因此高友工并没有完全遵循中国传统诗学中对于"志"的解读思路，而是从情感的生发机制出发，对之进行了西学传统意义上的学理阐释。在中国传统诗学中，事实上并没有对"情"或"志"做明显的主/客和内/外的二元界定。而高友工在谈及"言志"时，则试图通过自己的理解来阐明中国诗学传统中不被重视的主/客和内/外的关系问题。他把"抒情过程"与"描述过程"，分为"物境"与"心境"两个内外相通的对照，并认为"作品作为表现而言，则不仅是表现此时此地的心境、物境，它更希望能表现作者的整个人格理想；故而'意识形态'的研究是发掘出作者在作品（及他所有的作品）中所潜藏的个人的价值观念。这也是就文学史中作家意识形态的发展表现来看作品创作的价值、理想和意义"③。

高友工在这里提出了"物境""心境""个人的价值"和"意识形态"四个概念，认为这四个概念范畴相互渗透，交互出现在中国的抒情传统之中。"外在的'物境'也可以通过传移关系进入'心境'。一方面，由于'感觉'的传移，外在世界可以成为我们的印象、记忆以及想象；另一方面，由于个人的'心志'可以导致具体的'传移'行动而影响此一外在物境。当然具体的传移活动并不限于力的传移以导引表面上的改变；以我们的交流形

---

① ［美］高友工：《美典：中国文学研究论集》，223页。
② ［美］高友工：《美典：中国文学研究论集》，223页。
③ ［美］高友工：《美典：中国文学研究论集》，79～80页。

成一种传移可以影响别人的心志,这也许是一种更重要的传移。这也就把我们的'心境'真正地带到创造表现的活动上来了。"①高友工认为,一个人的生命价值是蕴含在具体的"心境"当中的,"如'心境'之存在为人生之价值,那么此'心境'能在其他人的'心境'中继续存在,则是艺术创作的一种理想,可以与'立功、立德'相比拟"②。

因此,"抒情言志"可以体现"自我"与"外境"和谐共生的理想,而"自我"在外在的"物境"中是以个人经验的方式存在的,生命的价值就是寄寓于此经验之中的。在抒情传统的架构中,"即使以否定生命为最高价值,也不否认生命仍有其价值,而且为现时可能实现价值的必要条件;同时即使不敢肯定我们可以真正把握生命最后价值,至少也承认在此生命中确实有不同程度的价值及不同的体现方法,个人至少可以作他自己的抉择"③。

通过"心境"与"物境"之间经由个人经验实现个人价值的有效转换,中国诗学传统中的"言志"与"抒情"被高友工巧妙地结合在了一起。他认为,可以用"潜在的'言志'"来解释抒情精神。"志"又被高友工分为广义的"志"和狭义的"志"。"广义的'志'即把'心志'(intent)不只是作为个人的欲望、志愿(或者尚藏之于心,或者已付诸行动),这些至多只能说它是个人'心境'的一个'表层'或'方面'。它其实无法和其他部分分割,是它的'感觉''想象''认知''记忆'以及'理想'。"高友工在构建中国抒情传统时,就是在广义的基础上对"志"加以理解和区分的。他认为,一个人的"心志"是和一个人的人格密切相关的,"心志"可以看作个人整个人格的浮标,"心志"和人格的这种不可分割和互相关联,使我们在理解中国的抒情传统时,必须从整体的角度了解"心境"及其后所蕴藏的人格因素。

由于考虑到了"心志""人格"以及"心境"的整体性,高友工因此断言:"言"是传达个人内在的整体的志的工具,而"'诗言志'便由以'语言表达

---

① [美]高友工:《美典:中国文学研究论集》,77页。
② [美]高友工:《美典:中国文学研究论集》,82页。
③ [美]高友工:《美典:中国文学研究论集》,83页。

第十四章　中国文论研究话题类型　　　　　　　　　　　　　　　　　　419

个人愿望'的简单观念发展为'以艺术媒介整体地表现个人的心境与人格'的美学理论"，中国整个抒情传统的"每个阶段都有可能实现这个'言志'的可能"。① 而"言志"的核心义是在个人心境中实现作家的理想，使对象与主体进入一种混同的境界。在中国诗学中，个人的怀抱、遭际不管是洒脱、自解，还是悲愤、郁结，都包含着作者"心志"的主观传移。"整个诗人的活动可以视为'感觉活动'（perceptual act），'心理活动'（psychological act）与'表现活动'（expressive act）一系列的发展。"②这也就能够使我们最终理解为什么在中国诗的传统中，由自然物境的描写发展出来的所谓山水、田园一类的作品，始终在自我心境表现方面，不能和所谓的咏怀、言志之类的作品截然分开。

高友工认为，讨论中国抒情传统的"言志"问题必然涉及内外的价值视域问题。因为"在中国文化的价值论中，外在的目的当然永远在和内在的经验争衡。至少在涉及艺术的领域时，外在的客观目的往往臣服于内在的主观经验。也可以说'境界'似乎常君临'实存'"③。中国儒家的传统诗学中，"言志"的价值视域是外指的，"志之所之"的最终方向是内化人格价值的外在化实现，"言志"实际上是一种对诗歌现实功能的间接强调，体现的是一种以实用为目的的儒家诗歌功能观。但是，高友工在预设中国抒情传统的内外关系时，悄然置换掉了"言志"的儒家传统中的诗歌功能观念，因为他认为，要构建中国的抒情传统，就必须充分探索内向的价值论如何以绝对的优势压倒外向的价值的论的问题。"抒情美典既然是以经验之内省为其目的，故此一目的必然是自指的，而且自足的。"④

高友工在《中国文化史中的抒情传统》一文中认为，中国文学由关注客观的物或天转向主观的心或我，是因为"最高的生命价值可以寄于个人实现其理想境界。这种境界自然是系于个人的内心；也可以说个人的行

---

① ［美］高友工：《美典：中国文学研究论集》，84页。
② ［美］高友工：《美典：中国文学研究论集》，86页。
③ ［美］高友工：《美典：中国文学研究论集》，95页。
④ ［美］高友工：《美典：中国文学研究论集》，96页。

动不见得必指向外在的目的，往往止乎内心经验的本身"①。"中国的抒情文化很显然地是以'内'为重心"，《乐记》的"情动于中，故形于声"也好，"感于物而动"也好，都强调了外在功用目的和内在目的二者的并立互用。如果没有"内"作为基础，自然就会导致礼乐和人情的分歧，最终造成内外的对立甚至制度的僵化。高友工注意到了"志"在中国诗学传统中的复杂性和内有的矛盾，认为"志"可以是"道"，也可以是"欲"，"是故君子反情以知其志，比类以成其行"。外在的公器必须要顾及"皆由顺正以行其义"。这并不是为了单纯强调"志"的外在功用。"志"的层次是由"欲"而"道"的，因此"志"在某种程度上是外在的、道德性的。但是，"德辉动于内，而民莫不承听"，"和顺积中而英华发外"，"言志"外向的"载道""移风易俗"以及"教民"的功效实际上是以回到自我为前提的，整个外在的经验可以为自我而存在，"言志"内外的差异实际上源于立论推理的迥然不同。

高友工直接将"言志"对应于中国抒情传统的做法有其局限性。他在对于《礼记·乐记》"声""音""乐""心""性"关系的讨论中，明确指出"乐"固然是和伦理道德及外在的"礼"并论，但道德在内的时候即为人生理想，应该将之和外在的礼法相区别。在分析《乐记》"凡音者，生于人心者也。乐者，通伦理者也。是故知声而不知音者，禽兽是也。知音而不知乐者，众庶是也。唯君子为能知乐"②时，高友工明显注意到了"乐"的道德象征功能。但是在分析"乐者，音之所由生也，其本在人心之感于物也。是故其哀心感者，其声噍以杀；其乐心感者，其声啴以缓；其喜心感者，其声发以散；其怒心感者，其声粗以厉；其敬心感者，其声直以廉；其爱心感者，其声和以柔。六者非性也，感于物而后动。是故先王慎所以感之者。故礼以道其志，乐以和其声，政以一其行，刑以防其奸。礼乐刑政，其极一也，所以同民心而出治道也"③时，他却过于强调其对人生理

---

① ［美］高友工：《美典：中国文学研究论集》，107页。
② 《礼记》，《十三经注疏》本，1527页，北京，中华书局，1980。
③ 《礼记》，《十三经注疏》本，1528页。

想的体现，有意忽略了"同民心""通至道"的外在社会功用，没有处理好抒情生成过程中的内与外、自发与他动的矛盾问题。

在分析《尚书·尧典》"诗言志，歌咏言，声依咏，律和声，八音克谐，无相夺伦"这段关于"言志"的著名语句时，他认为，"诗言志"之后的语句都是对抒情精义的体现。"'歌'实际是对日常语言的加工，而这种加工正是用乐声作为材料，利用乐声所特有的质性来加强和完成言志的可能性。而这个'声'一方面要创造地表现'永'的内涵，另一方面更必须由形式上更高的'律'来调和。换句话说，整个音乐的表现，即一种象征性地言志。"①高友工实际上注意到了"先王之制礼乐，人为之节"和"乐由中出，礼自外作"所反映的外在功用和内在目的之间的矛盾张力，但是却断然认为，"一个内在的乐怎么能够化为天下之公器？如果对这个问题的答案是否定的，那么整个问题只是一个哲学的问题，与艺术无涉。既讲艺术，自然要肯定这种沟通的可能性，于是这个内在经验就和某些现象不能分割……因为音乐是一个象征系统，它才能进而发挥同样的社会功能。"②他在这里勉强地把音乐的内在目的和外在功用扭结在了一起。

在中国的传统诗学观念中，"言志"并非现代意义上的自由自足的创作活动，而是在和乐赋诗的过程中进行有效社会活动的一种手段。这个积极参与社会活动的"言志"行为并非强调突出个性和理想，古人"言志"的过程本身是伴随着内外目的之间一种矛盾张力的。在儒家的诗学传统中，内在的情感特性必须服务于统治阶层"伦理""治道"的外在功用。在《礼记》中，儒家明确强调"君子反情以和其志"。这在某种程度成为打通中国抒情传统的一个哲学思想障碍。高友工的解决办法是对"志""欲""道"加以进阶式的理解。他认为："事实上，'志'的层次正是由'欲'而'道'，也正是前引的'声''音''乐'的三个阶段。子夏所谓'德音之谓乐'正系乎以形式体现生命理想这一观念。问题是只要我们说这个'志'可以现于'外'，而且是'德音'；很自然地有人就会以此'志'是外在的，亦是

---

① ［美］高友工：《美典：中国文学研究论集》，108页。
② ［美］高友工：《美典：中国文学研究论集》，109页。

道德性的；忘却以前我们提出'形式体现意义'，'经验纯属自足'这两个抒情主义的基石。但是如果我们能时时记得音乐，即使在没有文字的时候，仍然可以体现人生的理想；而此整个经验是可以为其自我而存在……所以这种'言'，非代表性的言，不但可以'足'，而且'不可以为伪'"①。高友工此处为突破"君子反情以和其志"这一思想障碍所做的陈述，显然是在没有明确例证前提下的自圆其说。

高友工对"志""欲""道"的进阶式理解过程，渗透着他对主体认知的结构性体悟。高友工为主体的认知结构设定了一个颇具意义的"时间定轴"，将主体认知所成的"心象"理解为了一种"同一关系"，从而使其构建的抒情传统呈现为一个由共时态的理论建设和历时态的史学言说纵横展开的双向格局：在横轴上，高友工将抒情美典的价值区分为感性的快感、形式结构的完美感和境界的悟感这三个层次；在纵轴上，高友工以"内化"和"象意"为标尺，塑造了中国文化史中涵盖多个艺术门类的抒情传统。借此，他"较完整地建构了抒情传统的(精神史式的)大叙事——以语言学、诗学、美学为上层架造，以文学史为下层架造——如此而为一向欠缺总体的整合框架(甚至问题意识、问题感)的古典文学/文论找到了可以安顿各个环节的总体叙事"②。这不仅区别于陈世骧单纯以抒情为主线建构中国抒情传统的学术路径，而且在某种程度上弥补了陈世骧因突然辞世而没能完全展开的主体，如何面对客观环境产生反射和反省问题的空白。

首先，高友工对以语言媒介为起点的"现实之知"和以想象为途径的"经验之知"做出对比。他认为，"知"是一种心理活动，或者"外向"地指向外在的世界，或内向地指向内心世界，"现实之知"和"经验之知"这两种不同的"知"的心理结构因此而自然生成。"现实之知"是以原始材料为经验基础的，将可以剖析的经验以分析语言表现为"现象之知"。而"经验

---

① [美]高友工：《美典：中国文学研究论集》，110 页。
② 黄锦树：《抒情传统与现代性：传统之发明，或创造性的转化》，载《中外文学》，2005(2)。

之知""则以一切表现方式(包括语言)为手段、工具,以期能体现某一种特殊经验"。在这里,知的过程实际上"同时表现了一个人对于此种经验的价值判断;这也是在经验中包含了一种反省和批评的态度"。"现实之知"以"分析语言"为传达媒介,以语言"代表"外在世界,其语词重在"指称",强调依据逻辑关系构成一个"辨真"的"命题";"经验之知"以"想象语言"为传达媒介,以语言"象征"心象,其语词重在"性质""观念",经验的"想象活动"需要倚助"想象语言"来完成。"经验之知"中这个纯以"想象"为主的经验世界,涉及的是主体价值的内在结构问题。

随后,高友工对"心象"的形成过程做出了现代心理学的解说。高友工在《文学研究的理论基础——试论"知"与"言"》一文中指出:"'经验'孤立地看是个人在某时某地的一种'心理状态',或简称为'心象'。这里的'心象'是指个人在某一段时间的经验,所以不只是指固定的'状态',而且包括了'心理活动'(mental act)。'心象'因此是整个人和环境接触而生的'感应'。'感'是泛指一切此时此人的'感觉'(sensation),'知觉'(perception)所感受到的,可以总括为'感象'(sense impression)。'应'是此时此人整个的内在活动,包括他的'感情''理念'的活动。虽然有些活动仿佛是发自内心,似乎与当时的'感'并无直接关系,但是就这些活动和他的'感象'不可分割一点来看,似乎仍然可以看作是一种'应'(response)"[①]。这一表述与《乐记》中"人心之动,物使之然也"的物感说,以及刘勰《文心雕龙》关于"感物吟志"的文学创作过程的观点已相当接近。不过,高友工接下来却认为,"此一创造的'心象'是和实际功用目的绝缘的,故其'感象'和情理上的心理反应并不是出现在现实生活领域中,而是出现在一个现实世界之外的想象界。也就是说,此时情感虽是同一人的情感,但已成为一个想象中的情感,成为这时'观赏反省'的对象"。这又和《乐记》对于音乐与外在世界表象相联系的观点相悖,也和刘勰的物感说存在一定的距离,体现出十分明显的现代心理学的痕迹。高友工在这里是矛盾的,一方面他突出描绘了一种特别的个人经验,把

[①] [美]高友工:《美典:中国文学研究论集》,9页。

情感反应净化为既具价值判断又无现实功用的审美情感；另一方面他又强调情感"应"的功能，认为"'经验之知'是个人的心理活动与现实世界暂时隔离，而集中焦点于一个心理对象上，因而产生的一种与整个活动不能析分的判断。这个判断可以视为一种领悟，不落言筌"①。他力求运用现代心理学的方法解读中国诗学中的意象的努力，也显示出明显的局限性。②

进而，高友工为主体"心象"设置了特定的"时空定轴"和"同一关系"。高友工把中国文论中所强调的"言""象"与"意"结合的整体性观念加以逻辑性拆分，认为整体的"心象"是由想象活动中无数观念组成的"七宝楼台"，是可以从观念、结构与功用三个层次依据"时空定轴"和"同一关系"加以理解的"综合"的心理过程。他认为："在'还以整体'的过程中经验有两个定轴仍能把支离破碎的观念重新统一起来，这是在主观的时空轴上的两个定点，即'自我'(self)和'现在'(present)。经验世界本来是从这'自我'和'现在'这两种定点而生……在综合的心理活动里，一切经验都是经过'自我''现实'这两个焦点过滤，正如透过三棱镜的光；即使是他人的经验，过去未来的现象，想象也都变之为此人此时的经验。这种经验可以说是主观的，即时的。"③高友工通过在"时空定轴"上添加"自我"和"现实"两个永恒不变的定点，使一切经验都转化为"自我"与"现在"过滤后的心理综合，从而认为，在"自我"和"现在"两个定点，即"在这主观即时的想象界中综合万象的是一种'同一关系'"。高友工把这种"同一关系"分成两类：

可以是自我此刻与现象世界的感应。亦可以是现象世界自有的感应。

---

① ［美］高友工：《美典：中国文学研究论集》，10 页。
② 在中国的意象理论中，较为流行的观点是强调"言""象""意"契合无间的整体性意象理论。高友工通过其"现实之知"和"经验之知"的双重设定，努力对意象从语言和心象的角度进行结构性的拆分，而这种努力可能会使我们清楚地识得"象"的生成轨迹。但是以现代心理学这把手术刀切割中国传统诗学的意象范畴，还是显得有些粗糙。
③ ［美］高友工：《美典：中国文学研究论集》，12 页。

但后者既为自我在此时所知,则仍然是一种自我的感应,何况我们所感到的万物自有的感应往往是因自我形象"外射"(projection)所致……前者是"我"因"境"生"感",由"感"生"情",终于"情境"可以交融无间。这是一种自我因"延续"(extension)而导致的"同一",创造一个无间隔距离的"绵延"(continuity)世界。后者是"我"以"心"体"物",以"物"喻"我",因此"物我"的界限泯灭。这是一种自我因"转位"(transposition)而形成的"同一",由于物物"相等"(equivalence),因而有一个心游无碍的世界。如果我们能够创造一个"无间无我",那固定的"自我""现在"即随时随地能取为己用。①

为了说明"同一关系"这一理论命题,高友工引述了《庄子·秋水》中的濠上之辨。②

庄子与惠子游于濠梁之上。庄子曰:儵鱼出游从容,是鱼乐也。惠子曰:子非鱼也,安知鱼之乐?庄子曰:子非我,安知我不知鱼之乐?惠子曰:我非子,固不知子矣。子固非鱼也,子之不知鱼之乐,全矣。③

高友工把他的理论套用到了对这则寓言的解读上。他从"经验之知"和"分析之知"的视角出发,分别对庄子和惠施的语言加以辨析。他认为,庄子与惠子都相信"经验之知",区别在于惠施明白以"分析之知"入手解决问题,因为不了解"经验之知",就认为"经验之知"不可转达;庄子则"以想象活动的'同一原则'体会到'鱼之乐'……至于这个'知'是由于'我'见'鱼'而乐,抑或是由于因'我'之乐而及于'鱼'之乐,则是无须乎决定的了。正因为这种'同一关系'所求为'同一',是'情境'相通还是'物我'

---

① [美]高友工:《美典:中国文学研究论集》,12~13页。
② 高友工在构建他的抒情传统时很少引述道家的哲学思想和理论观点,这是其唯一引以说明其理论主张的来自道家的例证。
③ (清)郭庆藩:《庄子集释》(中),606~607页,北京,中华书局,2004。

相通则是次要问题"①。透过高友工对于这则寓言的分析，我们似乎可以预见他将"时空定轴"与"同一关系"应用到其他中国诗学范畴以及文学现象分析时出现的理论效果。

与之同时，高友工也对主体经验自身的内在结构做出了剖析。高友工认为，经验自身具有一个特有的内在结构，"是'自我'与'客体'的对立与'现时'与'过去'的对立"②。从主观而言，"经验"是不可分割的整体，但是在客观研究的视域中，"经验"则必须分解为"活动、现象"和"知识"这两个并存对立的层次。"'现象、活动'与'知识'是同属于一个架构的两个层次；而'经验'是与这个架构并存的另一个架构。"③虽然经验存在于个人的"意识"中，停留在"意识"的表层，具有一种"自我感"和"现时感"，但是，并非所有自我的与现时的"意识"都能形成经验。高友工认为，完整的经验形成轨迹应该是：一种"现时经验"成为过去，储存于"意识"的"记忆"底层成为"过去经验"，然后这一"过去经验"重新浮现于"意识"表层，第二次成为"现时经验"，实现了"经验"的"再经验"。因为是一种"再经验"，所以第二次经验必有不同于原初的"经验主体"，"原始经验"则成为此种"再经验"的"客体"或"材料"。同样的"主体"，在两次经验活动中，因经验客体的结构调整而实现了自我的态度、意志和欲望。简单地说，"经验"的核心义是"'现时'的'自我'来经验这'过去'的'经验材料'"。

基于对中国"言志"内外差异以及主体认知结构的层次性理解，高友工详细地梳理了中国文化史中的抒情传统。他援引刘若愚《中国文学理论》中的观点，认为："早在公元前二世纪就有了一种明确的抒情诗理论，它为阐释早期的诗歌，特别是《诗经》，提供了基础。到了《古诗十九首》正在写成的年代（可能是公元二世纪的中叶或再后一些），这一抒情理论已广为人知，并被文人诗人所接受。毫不奇怪，一旦五言诗的形式成分获得了确立，这种新的诗体便受到了这一抒情诗理论的影响，它有助于

---

① ［美］高友工：《美典：中国文学研究论集》，13页。
② ［美］高友工：《美典：中国文学研究论集》，24页。
③ ［美］高友工：《美典：中国文学研究论集》，22页。

形成一种新颖而富于活力的抒情诗美学。"①

高友工在《中国之戏曲美典》一文中认为："抒情美典最基本的两个原则，即'内化'（Internalization）和'象意'（Symbolization）。"②在中国的诗歌传统中，"诗言志"一直被看作对诗歌功能的最主要界定。在直接的诠释下，"此一公式接近训诲主义的教条：'以语言表达诗人的当下意旨。'其目的显然是沟通，对象则是外在世界。然而，中国历史早期对'推论性沟通'（discursive communication）由衷的不信任及对内在经验的极端重视，使同一格言有了更精妙的扩充：'言'一辞因此演变成意谓'整体地表现'（total realization），包含'语意的表示'（semantic representation）与'形式的呈现'（formal presentation）两方面。有了如此的增义，'志'一辞亦再也不足以涵盖诗境界的内涵，它因而被扩充成广指一特定之人于一特定之时，其整体经验——所有的心智活动和性质——之主要构成。在此一参证格式里，'志'可等同于一个人平生某刻的'意义'"③。

正是从这种对"志"的理解出发，高友工把主体自我切分成为"私我"（private self）和"公我"（social self），指出在诗人的美感经验中可能会因此产生"瞬间悬离感"（momentary suspension）。这实际上造成了中国诗人的一种痛苦。"私我"与"公我"，"一切端系于诗人对抒情意识形态投入多少而定。他或者将以感官世界为唯一终极的根源，或无法肯定此美感经验并非为短暂、自我蒙蔽的悬离。在后一情况下，重新进入现实将不免令人不安、怨苦，甚至失去抗拒力。此一与现实的遭遇最终能否熔铸成一和谐之整体，或转成强烈的冲突，几可作为探测诗人意识深度的一个标准"④。高友工认为，经由"经验活动""创作活动"与"再创造活动"所形成的抒情文本，主要"由意象组成，由形式的、内在的规则（如对仗）所架构"，并不指向"外缘的世界"，其"意义是内向的，指向一本质的层次，一个理想的，或理想化了的，自容与自足的世界。心灵之反省具现于知觉中；美感经验

---

① ［美］高友工：《美典：中国文学研究论集》，222～223 页。
② ［美］高友工：《美典：中国文学研究论集》，307 页。
③ ［美］高友工：《美典：中国文学研究论集》，292 页。
④ ［美］高友工：《美典：中国文学研究论集》，293 页。

同时也是伦理经验"①。

总体来看，高友工对中国抒情传统的论述规模宏大，析理细致，由此而大致完成了在理论上的建构。但是由于其预设的理论起点存在问题，他几乎回避或略去了对中国文论构型产生多方面影响的其他诸因素的阐发。由于他对中国诗学的处理基本上是从西方的情性理论和心理认知学说出发的，由此也造成了对中国诗学本身以伦理本位的诗学传统谱系的某种屏蔽，未能在西学思维尺度映衬下的中国诗学的情志结构中，勾勒出内向抒情和外向伦理交互甚至有时离析的关系，也未能通过内向与外现的差异突出抒情在不同历史时期的独特性。

（三）孙康宜等的继承和发展

陈世骧与高友工对美国汉学界中国抒情传统的研究产生了较大的影响，一些学者开始自觉地遵循他们所开辟的理论路径，在中国传统诗学领域进行了富有创意的探讨。其中包括高友工的两位学生，耶鲁大学教授孙康宜和密歇根大学林顺夫教授。从一个限定的层面上看，他们二人可被视为高友工中国抒情传统理论的直接继承和阐发者。

孙康宜早期致力六朝诗以及词体的研究，力求确立六朝诗和词体在抒情传统中的地位。其《抒情与描写：六朝诗歌概论》（*Six Dynasties Poetry*）②和《晚唐迄北宋词体演进与词人风格》（*The Evolution of Chinese Tz'u Poetry：From Late Tang to Northern Sung*）③两部著作分别探讨了部分诗、词作品在抒情、描写、叙述等方面的特征，似可看作高友工律诗美学的后续之作。尤其是《晚唐迄北宋词体演进与词人风格》，在很大

---

① ［美］高友工：《美典：中国文学研究论集》，293页。
② Kang-i Sun Chang, *Six Dynasties Poetry*, Princeton University Press, 1986. 中文版参见［美］孙康宜：《抒情与描写：六朝诗歌概论》，上海，上海三联书店，2006。
③ Kang-i Sun Chang, *The Evolution of Chinese Tz'u Poetry：From Late Tang to Northern Sung*, Princeton University Press, 1980. 中译本参见［美］孙康宜：《晚唐迄北宋词体演进与词人风格》，台北，联经出版事业公司，1984。北京大学出版社2004年出版该书时，更名为《词与文类研究》。

程度上弥补了高友工构建中国抒情传统时因忽视北宋这一时段所带来的缺憾。

孙康宜的《抒情与描写：六朝诗歌概论》初版于1986年。该书既延循了中国诗学的批评传统，又保持了汉学家应有的新鲜视角，使多元的问题论述和现代理论的切入点能够较好地交集在一起。在书中，孙康宜着重提出了"抒情"（expression）①和"描写"（description）两个理解六朝诗歌的角度，并将之视为六朝诗歌创作中既对立又互补的一对观念。通过对这两种诗歌要素的具体把握，孙康宜在研究陶渊明、谢灵运、鲍照、谢朓、庾信等人的诗歌作品时，发现六朝诗人创作中的"抒情"和"描写"存在复杂的关系，认为中国古典诗歌就是在抒情与描写的互动中，逐渐发展起来的一种复杂而又丰富的抒情文学。作为第一部用英文出版的研究六朝文学的整体性著作，"它在欧美汉学界中曾经激起了热烈的反应，它使人看到中国抒情传统和西方文学传统的异同，也使人看到中国古典描写艺术的特殊性"②。

孙康宜认为，六朝诗歌是一种在"抒情"和"描写"基础上成长起来的抒情文学，因此通过梳理六朝诗人作品中的"描写"和"抒情"，既可以理解六朝独特的抒情传统，也可以给中国古典诗歌以现代的阐释。因为在孙康宜看来，六朝的诗歌中并没绝对的"抒情"或"描写"，二者并不是对立存在的。当六朝的诗人尝试通过改变自我的感觉超越政治时，外在的自然便成为其政治之外更加广阔的注视中心，成为其抒情范围内一个较重要的组成部分。在追踪中国诗歌这两个基本要素之复合发展（同时包括延续和中断）的轨迹时，孙康宜挑选了陶渊明、谢灵运、鲍照、谢朓、庾信五位诗人作为重要样本。

孙康宜之所以把陶渊明放在最前面，是因为她认为陶渊明通过诗歌

---

① 对于"expression"一词，《抒情与描写：六朝诗歌概论》的中文版序言将其译为"表现"，而译者钟振振在翻译英文序言时则将之分别译为"抒发"和"抒情"。为了理解上的方便，本文主要将之译为"抒情"，以对应孙康宜全书中从"抒情"与"描写"两个角度做出的对于六朝诗歌的描述。

② 曹晋：《总序》，见［美］孙康宜：《抒情与描写：六朝诗歌概论》，3页。

中对于"自我"的急切寻觅，表露了对历史和自然的真诚的关心，并借此扩大了自我抒情的领域，为抒情诗体的成熟开辟了道路。"念之动中怀"，孙康宜认为陶渊明的诗歌充满了抒情的音符，很多主题都是诗人感情，如《诗大序》"诗者志之所之也，在心为志，发言为诗"所言明的一样，为内心感情的抒发。"正是陶渊明个人的声音，复活了古代的抒情诗，宣告了他对一个多世纪以来在文学界占统治地位的那种哲理诗歌模式的背离。要之，玄言诗缺乏感情的声音，而陶渊明诗的特征却在于高质量的抒情。""陶渊明的贡献不只局限于使古典抒情诗复活；实际上他的诗歌抒发了普遍的人类感情。"①孙康宜之所以在六朝抒情传统中给予陶渊明十分重要的地位，是因为她认为陶渊明有着不同于同时代其他诗人处理抒情主体的方法。在陶诗中，一切都是用抒情的口吻来表达的，诗作中很多诗句直接就是诗人内心最隐秘的情感的披露，是对纯粹个人生命的领悟，体现了陶渊明十分鲜明的个性。这种独立个性表现在形式上，具体体现为陶诗那种富有弹性的结构，那种诗歌文法的自由与多样化。"陶渊明的诗歌是反其时代潮流的一种个性化创作，其'平易'正是自我抒情的一个信号。"②而这种个性化，孙康宜认为体现为"自传"和"自然"。

  首先，孙康宜认为陶渊明的诗歌充满了对于生命的"自我认知"这一终极目的的界说，呈现为一种自传体的模式。陶渊明本人往往是其诗歌表现的重要主题，他的诗歌酷似"一种用形象做出自我界定的'自我传记'"③。陶渊明披露"自我"的自传式诗歌，是借助虚构的口吻来完成的。"他把自己对诗中主角直接经验的关注放在视焦中心，从而成功地使其诗歌达到了共性的高度……他在'写实'（factuality）与'虚构'（fiction）两端之间走平衡木，把中国文学带进了更加错综和多样化的境界。"④依此理论出发，孙康宜较为详细地分析了陶渊明的《桃花源诗》、《拟古诗》系列、《五柳先生传》、《杂诗》、《咏荆轲》和《饮酒》等作品。分析完陶渊明的《桃

---

① ［美］孙康宜：《抒情与描写：六朝诗歌概论》，10 页。
② ［美］孙康宜：《抒情与描写：六朝诗歌概论》，14 页。
③ ［美］孙康宜：《抒情与描写：六朝诗歌概论》，15 页。
④ ［美］孙康宜：《抒情与描写：六朝诗歌概论》，15～16 页。

花源诗》，孙康宜指出，陶渊明把自己化身为那些生活在理想国里思想通达的人，借此把虚构与自传，想象中的自我认知与自传式的映像契合无间地结合在了一起，进而使整首《桃花源诗》都具备了自传式诗歌的性质。这种自传性质在《拟古》第五首中表现为陶渊明以戏剧性的手法，突破了传统抒情诗的藩篱，创制了一种能够清晰而直接地表达自己思想的新诗体。这种新的抒情诗体的艺术技巧主要在于"构造一幕纯客观的人物场景，从而更公开地观照自我"。其突出的特征就是，"抒情的冲动加上叙述的客观距离"。"咏史诗"是诗歌体裁的一大类，孙康宜认为，从左思到阮籍，其作品虽然不乏抒情的成分，但是更多的是一些消极的牢骚和"奄奄凄凉"。"咏史诗"到了陶渊明这里，他在自己的诗作中"不懈地寻觅理解他的朋友，这使得他诗中的自我界说增加了一定的深度。他在历史的范畴内，最大限度地探索了'知音'这个概念"①。陶渊明通过对古代有德人的歌颂和赞美，大大地拓展了抒情诗的视野。他的作品充满了一种自我实现的幻想，这种幻想恰恰基于其在历史中寻找知音的自信。

其次，孙康宜认为，陶渊明作品中流露的泰然自若的情感来自他对于自然的信赖。陶渊明的"挽歌诗"在孤独的感情和对'自然'的无条件信赖之间达到了巧妙的平衡，具有中国诗歌里难得一见的构思上的客观效果，意味着诗歌中文学批评的一个转折点。陶渊明的作品里少了类似《古诗十九首》那种对于稍纵即逝的生命的悲哀，其"别出心裁之处在于他那征服死亡的抒情"，在于"一种对死亡的强调意识和积极态度"。孙康宜认为，陶渊明诗歌的这种客观性，"产生于顺应自然的信念，而非产生于冷静的推理，本自道家庄子'大化'的思想"②。"陶渊明的回归'自然'、回归'大化'，可以把他放在余英时称之为 Neo-Taoist Naturalism 的魏晋思想特征之上下文来理解。然而陶渊明最伟大的成就，还在于通过从自己日常所诚心诚意实践着的道家对待自然的态度中获得灵感，从而在诗歌

---

① ［美］孙康宜：《抒情与描写：六朝诗歌概论》，27页。
② ［美］孙康宜：《抒情与描写：六朝诗歌概论》，41页。

中创造了一个抒情的世界。他诗里所描写的自然，往往与质朴的'道'同义。"①陶渊明往往把自己作为自然的一部分，用融合自我的眼光观照外在世界的所有侧面。因此，"他的诗歌不再局限于主观的抒情，而是扩展到包容自然的运行"②。对此，孙康宜总结说："'自然'是自我认知的钥匙，这个信念独特地处在陶渊明诗法（我想称之为'抒情诗的升华'）的中心位置。"③

刘勰曾经如此描述刘宋之后的文学创作走向："自近代以来，文贵形似，窥情风景之上，钻貌草木之中……故巧言切状，如印之印泥，不加雕削，而曲写豪芥。"④在这一强调"描写"的文学潮流中，谢灵运是最著名的诗人。孙康宜认为："谢灵运的山水诗是艺术的创造、真正的抒情。""谢灵运的手段是美学的，他的诗歌是'艺术意识'（artistic consciousness）的产物。"⑤

首先，孙康宜认为谢灵运是第一个在诗中激起强烈描写意识的诗人。谢灵运经常运用"惊""险"这样的字眼描述他那生气勃勃的旅行，这既打破了生活中狭隘范围的局限，也体现了谢灵运掘进和拓展生活的深度与广度的努力。这样的描写既使谢灵运的作品呈现出十分生动活泼的情味，也反向体现了谢灵运经受政治挫折强烈打击之后的郁闷心情。"自我完成的审美快感和不可避免的幻灭情感"⑥，并存于谢灵运的山水描写之中。

其次，孙康宜认为，谢灵运有着独特的描写激情的方法。一方面，谢灵运不像陶渊明一样为了激励自己而把目光投向古代的贤者（知音），而几乎"总把'视觉的经验'（他称为'观'）作为抚平烦恼的法宝"⑦。另一方面，谢诗的风景描写采用的是"同时的描写"（synchronic description）。

---

① ［美］孙康宜：《抒情与描写：六朝诗歌概论》，42页。
② ［美］孙康宜：《抒情与描写：六朝诗歌概论》，45页。
③ ［美］孙康宜：《抒情与描写：六朝诗歌概论》，49页。
④ 周明：《文心雕龙校释译评》，424页，南京，南京大学出版社，2007。
⑤ ［美］孙康宜：《抒情与描写：六朝诗歌概论》，55页。
⑥ ［美］孙康宜：《抒情与描写：六朝诗歌概论》，85页。
⑦ ［美］孙康宜：《抒情与描写：六朝诗歌概论》，68页。

"它最成功地传达了中国人的一种认识——世间一切事物都是并列而互补的。明显不同于实际旅行的向前运动，谢灵运在其诗中将自己对于山水风光的视觉印象平衡化了。他的诗歌就是某种平列比较的模式。在他那里，一切事物都被当作对立的相关物看待而加以并置。在这种有序的扫描中，无论一联诗句内的两组印象彼此之间的差异多么大，它们都必然是同时产生的。"[①]谢灵运的"同时的描写"本无特殊之处，只不过是中国"对应"(parallelism)的传统宇宙哲学的一种反映。关键在于谢灵运以一种对仗描写的手法准确地抓住了事物的精神，因此孙康宜高度评价谢灵运，认为谢灵运以"对应"的方法漂亮地表达了中国人的生活精神意识。

最后，孙康宜认为，谢灵运擅长一种"描写现实主义"(descriptive realism)的手法。谢灵运对自然界加以深刻描写、精心设色、直接观照。具体来说，"谢灵运赋里的描写并不带有个人的主观色彩，而在他的诗里却有某种对于自然之瞬间'感觉'(perception)的强调"[②]。

孙康宜对鲍照评价较高，认为他扭转了谢灵运留下的对仗描写的负担，是"有意识地在谢灵运所树立的眼界之外，去追求一种新的文学视野[③]的第一人。"有意识地把他的感情投入他的视觉经验。然而他不像陶渊明那样创造出某种象征性意象——如青松、流云和归鸟，恰似其自身固定的寓意物；他对变幻着的景物所能提供的隐喻义更有兴趣。光、色、动作，都赋予他的视觉探求以想象力。"[④]孙康宜在这里突出强调了视觉经验在鲍照描写中的重要作用，她认为鲍照这种基于典型描写模式基础之上视觉手法，使他"能够专注于物的真正冲动，那使他有可能发觉生活内在联系的真正动力"[⑤]。孙康宜从文学发展史的角度出发，给鲍照这种动力之下所创作的作品加以"社会现实主义"(social realism)的巧妙命名，同时指出，这种表层现实主义描写的背后是那种男子作闺音的强

[①] ［美］孙康宜：《抒情与描写：六朝诗歌概论》，69页。
[②] ［美］孙康宜：《抒情与描写：六朝诗歌概论》，79页。
[③] ［美］孙康宜：《抒情与描写：六朝诗歌概论》，91页。
[④] ［美］孙康宜：《抒情与描写：六朝诗歌概论》，99页。
[⑤] ［美］孙康宜：《抒情与描写：六朝诗歌概论》，107页。

烈抒情。鲍照在作品中把故事讲述、描写、戏剧对话等抒情方式强有力地混合在一起，最终实现了个人和社会的合二为一。这样一来，"鲍照的诗歌已经成为外部世界与他个人世界之间的一条纽带：他最擅长在诗里反映他个人的经历，同时在生活的纷繁现象中将自己对象化"①。

对于谢朓，孙康宜则通过梳理南齐名流圈子里的形式主义潮流，认为他是最优秀的诗人。谢朓在抒情传统方面的贡献主要在于两个方面。一方面，谢朓用沙龙体八句写成的作品具有像唐律那样分成三部分的结构形式。在唐律中，"抒情的自我犹如经历了一次象征性的两阶段的旅行：（1）从非平行的、以时间为主导的不完美的世界（第一联），到平行的、没有时间的完美状态（第二联和第三联）；（2）从平行而丰满的世界，回到非平行和不完美的世界（第四联）。通过这样一种圆周运动的形式化结构，唐代诗人们或许会感到他们的诗歌从形式和内容两方面，都抓住了一个自我满足之宇宙的基本特质"②。孙康宜认为，谢朓的作品恰恰是唐代这种新的抒情结构的开端。另一方面，"谢朓通过对山水风光非凡的内化（internalization），创造了一种退隐的精神，一种孤独而无所欠缺的意识"③。

在该书的最后一章，孙康宜把篇幅留给了庾信。孙康宜认为，庾信的贡献在于创制了一种"形式现实主义"的手法。这种手法不仅是咏物诗的模式，也是宫体诗的模式。"这形式上的革新，其实是支持当时所有转变时代精神的一种特的殊表达。"④庾信突破了当时流行的宫体诗的藩篱，他用质朴的语言表达强烈感情的方式非常接近陶渊明。庾信北渡之后的诗歌，"开始看到一种可谓之'广抒情性'（expanded lyricism）的新视点，其中两种主要的因素——'个人的'和'政治历史的'——很自然地合而为一了"⑤。在庾信的抒情诗里，总有一个内在统一的自我，把复杂多变的

---

① ［美］孙康宜：《抒情与描写：六朝诗歌概论》，115 页。
② ［美］孙康宜：《抒情与描写：六朝诗歌概论》，145 页。
③ ［美］孙康宜：《抒情与描写：六朝诗歌概论》，157 页。
④ ［美］孙康宜：《抒情与描写：六朝诗歌概论》，189 页。
⑤ ［美］孙康宜：《抒情与描写：六朝诗歌概论》，193 页。

现实生活调整到一个统一的口吻之中。"诗人通过他对历史和政治的思考，只能揭露能够被披露的那些历史和政治。在这种抒情诗的历史模式之中，是主观感情在担负着最重要的作用。"①孙康宜对比了庾信前期"形式现实主义"向后期抒情风格的转化轨迹，认为虽然庾信的个性使其天生倾向于一种"中庸的现实主义"，但是后期的庾信有足够的自由去超越个人的悲戚，其作品中镇静的描写展现了庾信成熟的"视觉现实主义"的表现手法。这种视觉现实主义是一种"感官现实主义"，和庾信早期的宫体诗写作不无关系。但是孙康宜认为，北渡之后的庾信"对个人价值的新的强调，使一种新的风格，或者毋宁说是一种混合的风格得以兴起。这种风格，是更为广阔的现实主义与辞藻修饰、直率抒情与艳情描写的联姻"②。庾信早期的作品是缺乏抒情性的，但是其北渡后的作品巧妙地平衡了"描写"与"抒情"两种模式的关系，兼具这两种模式的美学效果。"庾信后期的诗歌，含有大量罕见其匹的自我抒发和自我认知。"孙康宜认为，抒情诗在庾信的手里实现了个人化的转变，其在抒情诗方面的最高成就是"将个人的感情和对历史的深切关心——这种关心最终超越了狭隘的自我——统一了起来"③。也正是基于此种认识，孙康宜认为，六朝虽然政治上不统一，但是在这一历史时期，"中国诗歌之抒情被探索到了极限"，而庾信正是"六朝精神活生生的表达"。

纵观孙康宜对于六朝抒情传统的梳理，有几个关于现实主义的提法非常值得注意。它们分别是谢灵运的"描写现实主义"、鲍照的"社会现实主义"以及庾信的"形式现实主义""视觉现实主义"。可以肯定，孙康宜不是从现代文论的角度出发使用这几个术语的，但是我们似乎可以从中窥见其研究六朝抒情传统时所遵循的学术路径。这是一条游离于历史与文本之间的学术路径，既最大限度地接近文本，又对历史和社会实存始终保持客观视角的审慎。在这条学术路径中，孙康宜双线（"抒情"和"描

---

① ［美］孙康宜：《抒情与描写：六朝诗歌概论》，194 页。
② ［美］孙康宜：《抒情与描写：六朝诗歌概论》，201 页。
③ ［美］孙康宜：《抒情与描写：六朝诗歌概论》，206 页。

写")并进,尤其是从"描写"的角度切入中国抒情传统,增添了对诗歌表达多样性维度的关注,弥补了从"抒情"这一元素架构中国抒情传统的不足,而这也恰是孙康宜在构建中国抒情传统的系统工作中能够超越陈世骧和高友工等人的地方。

汉学界对于孙康宜的理论和阐述也提出了一些具有建设性的批评意见。例如,侯思孟就曾指出,孙康宜一方面宣称"六朝文学是以一个伟大创新的时代而存在的,尽管因为政治的分裂或者恰是因为政治的分裂,中国的抒情诗在此发展到极致";另一方面又在讨论梁武帝统治时期的文学时,认为梁朝提供给诗人的和平稳定对中国文学的繁荣产生了关键性的影响。这实际上在文本表述方面说明了孙康宜文学观念的矛盾之处。[①]高德耀(Robert Joe Cutter)则明确指出孙康宜的研究中存在三个失误。首先,她过高地评价了曹植通过文字表达内心深处感情的地位和影响,因为通过文字表达个人感情的诗作在曹植之前就普遍存在。其次,因为诗赋之间相互影响的现象在建安时期就已经普遍存在,因此孙康宜通过并置诗和赋的风格来讨论谢灵运创作的独特性并不具有说服力。最后,高德耀认为,孙康宜在讨论玄风和玄言时直接把新道家主义与玄学对译,缺乏严格的界定和诠释。[②]

孙康宜的另外一部著作《晚唐迄北宋词体演进与词人风格》(其中文版本为《词与文类研究》),分别选取了温庭筠、韦庄、李煜、柳永和苏轼几个代表性词人,概述了晚唐到北宋这一历史时期词体的演进与词人风格的变化。在该书中,孙康宜注意到了通俗词的抒情性,并对其抒情技巧展开了讨论。孙康宜认为:"敦煌抒情词最显著的技巧是:开头数句引介情境,亦即词人会用直截了当的短句抒发情感或开启疑窦。"到了唐代的通俗曲词,则"每每以直言披露情感,语调朴拙直坦"。这种风格直接影响了晚唐乃至宋代的文人词写作。

---

① 参见 Donald Holzman, "Review of Six Dynasties Poetry by Kang-i Sun Chang", *Harvard Journal of Asiatic Studies*, Vol. 48, No. 1, 1988, pp. 249-250.

② 参见 Robert Joe Cutter, "Review of Six Dynasties Poetry by Kang-i Sun Chang", *The Journal of Asian Studies*, Vol. 46, No. 3, 1987, p. 636.

以韦庄为例，通俗曲词重感性的特征对韦庄词产生了很大的影响。她认为韦庄的词对于感性的强调，使他"不但喜欢道出心中所思所想，而且也喜欢顺手导出读者的心绪。直言无隐的修辞言谈一旦结合附属结构与直述词，作者就得敞开心扉，把意图暴露在众人之前"①。也正是因为这一点，韦庄成功地把自己诗中的"个人情感与'自传'细节转化为直接的陈述"②。

孙康宜认为，这种逐渐揭露感性的词到了李煜这里，逐渐演化为对于个人情感的直接抒发以及对于心扉深处个人思绪的敞开。这种个性情感的表达往往体现于李煜本人对"月""梦"等意象的感性抒写。他的词显得真而无伪，往往直抒胸臆。不管是直言无隐的抒情企图，还是欲说还休的言传模式，李煜的各种风格特色都会涉及其坦然率直的根本修辞策略。除此之外，李煜也十分喜欢"制造意象"，以及使用明喻来表达感情的深浅，通过把人性加诸非动物而强调人类情感的特殊意义。孙康宜认为，李煜最强烈的抒情大多出现于晚期，这时的抒情"叙述"与"描写"兼有。"我所谓的'叙事'与'描写'，指的是词义'外现'的风格，基本上和抒情的'内烁'者处于对立之局。抒情者会渐次强调经验的内化，非抒情者则会将生命客观化。"③李煜晚期词作基于抒情感性的美学，而不是叙事的色彩。孙康宜认为，李煜晚期词的"感性自我融会在过去的各种群己关系中。在抒情的一刻，词中的自我每会观照生命灵视的意义，而词家所追忆的过往人际关系也跟着浮现，再度厘清眼前美感经验的基本价值。他人虽然不过是个人的附属品，却也不仅仅是抒情时刻所回忆的对象，因为人我之间早已交织成一片。相对地，内省的过程也会因此而变得更绵密"④。这使他在创作中成功地把外在的现实转化为抒情自我的内在感性世界的附加物。这种化外相为抒情的手法，对词艺的发展产生了巨大的影响。

---

① ［美］孙康宜：《词与文类研究》，38页。
② ［美］孙康宜：《词与文类研究》，44页。
③ ［美］孙康宜：《词与文类研究》，73页。
④ ［美］孙康宜：《词与文类研究》，79页。

在谈及柳永的词作风格时,孙康宜认为,柳永最主要的艺术成就之一就是把抒情和意象语谨慎地结合起来,通过领字,把情感的推衍与意象的细写结为一体。柳永发展起来的最富创意的技巧像是用"摄影机拍出连续的镜头"。通过这样的手法,柳永把词景的连续化为时空并重的画面,而感性的经验经由心灵转化为了名实相符的内省性表白。因抒情自我参与于其词句之中,所以柳永的词不只是单纯的写景。"词人的自我所面对的乃一辽阔的现实,可以绵延而拥抱整个虚构世界。"①这种"'完美的抒情自我'可以吸取外在世界的一切意象"②而不为时限,行文环勾扣结的多面性结构是柳永"完美的抒情"质素的原因。孙康宜认为,虽然柳永的词作中存在一种线性的时间结构,但是其"所谓'叙述上的连场戏'(narrative continuity)却挡不住追求抒情的基本关怀"。"叙述与写景巧妙熔为一炉,抒情的表现又特有倚重,显然才是柳永的词艺伟大的原因。"

苏轼词是迥别于柳永词的一种新的词体,但是在谈及苏轼词的抒情风格时,孙康宜认为:"对苏氏来讲,'词'是反映生命美学经验的最佳工具:他不仅让想象力驰骋在其中,而且还借着创作的过程把生命和艺术融为一体。这种因词而体现自我的方式,恐怕是抒情文学最独特的功能。"苏轼的词和柳永的词一样,都重视对自我的表现。区别之处在于,苏轼更多把自我情感的表现留在了词前的小序里。"如果词本身所体现的抒情经验是一种'冻结的''非时间'的'美感瞬间'——因为词的形式本身即象征这种经验——那么'词序'所指必然是外在的人生现实,而此一现实又恒在时间的律动里前进。事实上,'词序'亦具'传记'向度,——这是词本身所难以泄露者,因为词乃一自发而且自成一格的结构体,仅可反映出抒情心灵超越时空的部分。"③一旦词序成为全词自我体现的抒情动作的对应体,那么整首词就会化为永恒的现实的"抒情性版本"。在苏轼的慢词里,他经常浓缩自然景致,以便架构抒情语气,"种种感官印象

---

① [美]孙康宜:《词与文类研究》,106 页。
② [美]孙康宜:《词与文类研究》,107 页。
③ [美]孙康宜:《词与文类研究》,125 页。

都被冻结在诗人的抒情灵视里"①。孙康宜比较详细地研究了苏轼词的抒情结构，认为苏轼词的抒情特征之一，就是借他人之酒杯，浇自己心头之块垒，挖掘他人的感情，但也从不否认这些感情源于自己的想象。苏轼善于运用"感情的投射"这一文学手法，移情地处理周围的景物。另外，苏轼把乐府歌谣中原属于"叙事"作品的套语，转化为抒情的"词法"。"就某方面言，苏轼融通柳永的慢词结构和李煜的原型意象，发展出独树一帜的词中意境。"②和柳永摄影机式的视镜不同，苏轼采取的是全景式的序列结构。通过别具一格的抽象自然意象，苏轼将破碎的思绪凝结成环环相扣的一体，使心情得以完全展现，想象力得以彻底发挥。

孙康宜对晚唐迄北宋词体演进与词人风格的描述，非常具有创建。海陶玮、林顺夫、刘若愚和叶嘉莹都曾对词的风格问题展开讨论，但是他们更为关注词中的个人角色或代表性的词人。孙康宜的创新之处在于，她把自己所选定的温庭筠、韦庄、李煜、柳永和苏轼等几个具有代表性的词人放置在"文学中词体演进"这一观念框架中加以描述，因此其著作更多地具有了某种文学批评史的价值和意义。孙康宜的研究一方面承高友工而来，另一方面也避免了高友工过于沉溺于概念的玄学思辨所容易造成的对于事实的歪曲。孙康宜将对中国抒情传统的阐发落实在具体的词与文类层面上的做法，具有很强的现实操作性。

当然，与《抒情与描写：六朝诗歌概论》一样，一些学者对孙康宜该书中的细节处理也提出了商榷意见。例如，刘若愚即在一篇评论中指出，首先，他认为孙康宜在对宋词的处理上表现出了过度简化，其著作中以"暗示意"（implicit meaning）/"直陈意"（explicit meaning）、"意象的语言"（imagistic language）/"表现的语言"（expressive language）与"文人词"（literati tz'u）/"通俗词"（popular songs）这些二分法术语分析问题的倾向，容易导致人们对于中国词的错误印象，进而模糊诗歌的整体属性。因为诗歌是语言的、文化的、知识的和艺术的多种因素的综合，并非任何层

---

① ［美］孙康宜：《词与文类研究》，129 页。
② ［美］孙康宜：《词与文类研究》，153 页。

面的二元对立式的分析就可以加以解读概括的。其次,由于过分强调创新,自然不可避免地导致孙康宜对冯延巳、晏殊、欧阳修和秦观等一些"正统"词人词作的相对忽视,而这些"正统"词人和孙康宜所引述的那些词人的内在审美价值是可等量齐观的。因此,我们还不能将孙康宜的这部著作看作其所论时代关于词的风格的综合史,而只能将之看作对早期词的发展的一种里程碑式的介绍。①

孙康宜之外,高友工的另一个学生林顺夫也对中国文学的抒情问题做出了较为深入的探讨。林顺夫是密歇根大学亚洲语言文化系教授,在中国抒情美学方面的代表作为《中国抒情传统的转变:姜夔与南宋词》(*The Transformation of the Chinese Lyrical Tradition:Chiang K'uei and Southern Sung Tz'u Poetry*)②,以及他与宇文所安合编的《抒情诗的生命力:从后汉至唐的诗歌》(*The Vitality of the Lyric Voice:Shih Poetry from the Late Han to T'ang*)③等。如果说孙康宜弥补了高友工的中国抒情传统架构中北宋这一空档的话,那么林顺夫则填补了高友工抒情架构中南宋这一历史阶段的空白。

林顺夫的抒情美学思想主要体现在《中国抒情传统的转变:姜夔与南宋词》一书中。该书出版于1978年,共分三章。林顺夫在书中以姜夔为个案,分别从不同的角度评析了姜夔词的特色及其在中国抒情传统中的意义。

首先,林顺夫着重探讨了咏物词给中国的抒情传统带来的新变化。

---

① 参见 James J. Y. Liu,"Review of the Evolution of Chinese Tz'u Poetry:From Late Tang to Northern Sung by Kang-i Sun Chang",*Harvard Journal of Asiatic Studies*,Vol. 41,No. 2,1981,pp. 673-674. 除了刘若愚之外,芝加哥大学的余国藩教授也提出了自己的批评意见。他认为,苏轼1080年之后的律诗也已成为他表达内心苦闷、愤怒和抗议情绪的最佳载体,因而孙康宜把苏轼的词看作最能表现其内心深处感情的形式的说法有些不妥。参见 Anthony C. Yu,"Review of the Evolution of Chinese Tz'u Poetry:From Late Tang to Northern Sung by Kang-i Sun Chang",*The Journal of Asian Studies*,Vol. 41,No. 2,1982,p. 318.

② Shuen-fu Lin,*The Transformation of the Chinese Lyrical Tradition:Chiang K'uei and Southern Sung Tz'u Poetry*,Princeton University Press,1978.

③ Shuen-fu Lin and Stephen Owen(eds.),*The Vitality of the Lyric Voice*,Princeton University Press,1986.

第十四章　中国文论研究话题类型　　441

在中国词史上，咏物的作品虽然出现很早，但自觉的咏物意识却在南宋才开始出现。中国传统的抒情诗一般强调抒情主体对于情境的感受，遵循的是"诗言志"的传统。但是在13世纪以来比较流行的新"咏物"模式中，抒情重心却发生了根本性的转变。"自我缺少任何借助内省所能达到的深度，在这一个人化的世界中，人们只能认识到感知的层面。换言之，它是依靠经验中的感知层面来表达自己的。这一发展趋势或许可以称之为'对物的关注'。从关注抒情主体到关注于物是中国诗歌意识的一个新特点。"①林顺夫从对宋代社会风尚的考察出发，认为这个新的抒情特点的形成既与中国抒情传统自身复杂的渐进过程有关，也与宋代独特的社会与学术环境密切相连。由"我"向"物"的转变本身，说明南宋咏物词"关注于物，以及由此造成诗歌中的意象由诗人的自我体味转向一系列的声色之情，这无疑代表了一种热衷于铺张排场、轻佻佚豫、肆无忌惮地追求物质享受的生活方式"②。

林顺夫认为，传统的抒情诗强调"自我表现"，抒情主体往往占据最高的支配地位，这直接造成抒情诗在结构上不能进行细致客观的经验描述。在咏物词中，物代替人成为抒情主体，感情都寄托在物上面，与词人的主观感受无关。因此，"就集中的视野而言，咏物词表现了一个很小的经验世界，但是，从结构上看，相较于那种以抒情主体当时的感觉为中心的自我表现形式，咏物词所提供的领域却更为广阔"③。"由于抒情主体退到了一个观察者的位置上，人类活动的最隐秘的部分便在感觉的表面上流露出来了。因此，正如我们在那种基本的咏物形式中所看到的，所谓'追求'，最终不过是在抒情中走了一个循环而已。词人不仅使我们更加接近了具体可感的物，而且使我们更深地走进作品的内在精神。在运用这种新的艺术形式写作的，或受到这种影响的抒情词中，主体和客体最终结合为一个新的整体。"④林顺夫发现了咏物词对中国抒情的意象

---

① ［美］林顺夫：《中国抒情传统的转变：姜夔与南宋词》，7页。
② ［美］林顺夫：《中国抒情传统的转变：姜夔与南宋词》，8页。
③ ［美］林顺夫：《中国抒情传统的转变：姜夔与南宋词》，135页。
④ ［美］林顺夫：《中国抒情传统的转变：姜夔与南宋词》，139页。

式语言产生的巨大影响，因为在中国的诗歌传统中，意象式的语言通常属于陈述性语言，往往意味着抒情主体隐于寓象之后。但是，由于晚宋词中的抒情主体越来越朦胧，意象式语言就成为其主要的组成部分。咏物词"对物的关注"，使宋代诗歌的意象式语言较前代有了非常大的变化。

其次，林顺夫试图从理学的角度为咏物词找到其产生的哲学依据。林顺夫注意到了发起和流行于宋的理学思想，对于南宋咏物词以及抒情传统产生的巨大影响。他认为，一个全新的诗歌意识必然是和一个时代的生活、艺术乃至思想方式相联系的。因此，他认为作为宋代思想史上最具活力的哲学思想之一，"格物致知"之说反映了宋末文化生活各个侧面的物质主义精神。作为理学中的一个基本概念，"格物致知"本身对于"物"这一概念的使用"涵盖了这一词语所能具备的最广泛的内容"①。在林顺夫看来，朱熹的"'格物致知'将重心放在人的知识和自我修养的可触知的、经验性的形式上。传统的内省以认识人之内在固有——值此亦为心学之法——在此被转化为认识论的过程，其间心向外延伸于物。因此朱熹对于传统儒学思想的广泛而全面的整合，牵涉到由我及物的焦点转换。此外，理学认识论可辨析的、与心学一元方法论相对立的知者与所知两重性，亦醒目地与关注于物的诗学方法同存并立"②。林顺夫认为，把种种感情寄托在物上面与词人的主观感受无关。抒情主体与外部世界不再是统一的整体，而"这首词的创作过程可与理学（或新儒家学派）的二元认识论相比照"③。

再次，林顺夫点明了咏物词序所具的现实结构的散文手法对于抒情的重要意义。林顺夫较为系统地梳理了咏物词的抒情特质，认为咏物词抒情效果的达成和词前序的写法密切相关。以姜夔为例，林顺夫认为姜夔词最重要的特色之一就是词前经常有序。和苏轼等人词序的写法不同，姜夔词的序并不局限于谈创作的缘起。"经验主体'我'明确的时空概念，

---

① ［美］林顺夫：《中国抒情传统的转变：姜夔与南宋词》，29页。
② ［美］林顺夫：《中国抒情传统的转变：姜夔与南宋词》，30页。
③ ［美］林顺夫：《中国抒情传统的转变：姜夔与南宋词》，120页。

这二者的存在使得序在某种程度上成为对现实情境的表述。而姜夔通过对其写作意图的阐述，就将读者从创作情境中引至他的创作行为中。"分而读之，序和词有着各自的文学规范和审美范畴；合而读之，它们又构成一个更大更完美的整体，涵盖了抒情视角，又涵盖了诸如时间、他物等外在的抒情因素。

通过这样的分析，林顺夫指出，这样一个整体的出现，是对整个中国诗歌传统美学范畴的有意识拓展。其认识意义起码有两点：一是把苏轼开创的这一传统发扬光大，做了具有个性意义的拓展；二是从文本角度，体现了词这一文学样式在创作发展中更进一步的自觉意识。林顺夫认为，因为序在结构上主要起到参照和反观的作用，本身就是词人创作行为和创作体验中不可或缺的一部分。序中的意象一旦构成背景参照，作者就可以省去写作中一些不必要的细节，在词中专注描写审美客体的那些既体现其特质又具有普遍意义的特性，使作品达到十分凝练的效果。

借用苏珊·朗格的话来说，中国的抒情诗本质上是一种"情感形态"——一种无需借助现实内容来表达人们内心体验的结构。相反，对散文而言，标明环境、时间以及物我之分是十分必要的。"诗言志"作为一种传统，并不要求诗歌和散文一样，具备诸多背景的细节参照。姜夔真正创造性地运用了具有现实结构的散文手法，来弥补他词中所明显缺乏的东西，不过这种缺乏对抒情诗来说也是题中应有之义。①

对于姜夔以及其他咏物词人词序的这种具有现实结构的散文手法，林顺夫认为其对咏物词抒情效果的抒发是有重要影响的，因为在"'序—词'结合的完美艺术模式中，含有'时间'与'其他'等因素。一旦突破抒情主体带有主导性的视角，咏物词的形式在容纳'时间''外在状态'这些因素时就会显得较有弹性。从结构上来讲，'咏物'这一新的形式本身就是

---

① ［美］林顺夫：《中国抒情传统的转变：姜夔与南宋词》，55～56页。

更大规模的艺术整体，而不必依赖于序与词的互补"。就此而言，"他（姜夔）对于审美观念的有意识的开拓，在创作结构中达到了顶峰，但却是以放弃他的主观感受及缩小创作视角为特征的"①。

最后，林顺夫认为，姜夔是使南宋抒情诗结构产生根本变化的最重要作家之一，可以从以下三个方面论证姜夔词独特的"情感形态"。

其一，姜夔的词中存在一种形式化的感性结构，从而使其在构成方式上很适合表达深层次的感情。姜夔笔下的行为主体，既是作品的素材，又是情感活动的中心。他的创造性并不单纯地表现在对外部世界的反映上，更重要的是，在他的审美关照中，外部世界经常能够直接唤起他内心的某种感情。在姜夔"独特的以自我为中心的灵感活动中，主体和客体在他的作品中统一了起来"②。姜夔的词通常并不出现"我"，但似乎又可以独立存在并表现出某一特定的感情瞬间，表现出那种不带作者主体意识的有节奏的呼喊。灵感的飘忽跳跃，使词人的审美活动再次体验和创造着某种感情。林顺夫指出，虽然姜夔词作中抒情的主体由人变成了物，但是在他的大多数词里，物仍处于次要的、被观察的位置，因为正是抒情主体发现了物寄托着人物的感情活动，才可能最终引发对于物的关注。虽然我们在姜夔词的文本中很难看到"我"字，但却经常能够听到体现出抒情主体的无所不在的"感情之声"。词人在表达自己的感情时，也把词的抒情结构物化了，即使是表现抒情主体的心理状态的词语，在其词的视觉世界里也被赋予了感性特征。

其二，姜夔词具有一种独特的"戏剧的张力"。在抒情诗中，一般而言，感情活动的单一性决定了它不需要富有戏剧效果的紧张性。但姜夔词却有着一种戏剧的张力，创作中精确的细节刻画、着意的外部环境描写与其内心体验形成了明显的对比。这种戏剧张力显示出姜夔各种体验之间的冲突，"在提升词的表现力的同时，戏剧张力也在创作行为中得到

---

① ［美］林顺夫：《中国抒情传统的转变：姜夔与南宋词》，65 页。
② ［美］林顺夫：《中国抒情传统的转变：姜夔与南宋词》，106 页。

释放，因为词唯一的重心所在即张力所引发的情感表述"①。在姜夔看来，"词是一种'委曲尽情'的表达方式，这一论断说明他尽力让词成为抒情的最佳媒介。既然重在表达内在的感受，那么他就必然关注其笔下的事物是否能够激起内心反应，抉出其普遍特质，并用诗意的表达使之尽善尽美"②。姜夔的作品具有普遍的感染力，又能使人直接体验到原有的过程。

其三，功能词对姜夔的抒情具有十分重要的影响。林顺夫认为，姜夔作词时，词的文本在他心目中是最重要的。他的作品表现出他对诗思的连续性以及语义节奏连续性的关注。姜夔为了追求这种诗思和语义的连贯性，在慢词创作中引入了一系列的功能词。"慢词中的功能词基本上起着一种结构上的作用，它们增进了结构的灵活性，加强了语义的连续性，强调了词人情感发展中明显的转折。功能词作为一种结构原则，被词作者用来整合零碎的意象群。"功能词的使用克服了慢词结构不够平衡统一，意象群琐碎之弊，最终创造出一种片段相缀、更为生动、抒情性更强的情境。此外，功能词能够用来表示词人的一般知性或情感萌动的状态。形式所体现的意义，并不是形式本身。"词人身处某一特定的情境之中时，不必将之归为自身的个人体验，而可以采取更加灵活的态度来加以表述。就此而言，功能词对增强慢词结构的'客观性'大有裨益。"③

从陈世骧到高友工，再到孙康宜和林顺夫，他们对中国抒情传统的理论建构工作在北美汉学界产生了重要的影响。其他一些汉学家虽然没有直接参与到对中国抒情传统的建构工作中来，但是也较敏锐地注意到了抒情在中国诗学中的地位和影响。例如，余宝琳的王维研究、叶维廉的中国诗意象研究，华兹生的抒情诗体研究，宇文所安的唐诗研究，浦安迪的明清小说研究，蔡宗齐的《文心雕龙》和五言诗研究，都在某种程度上拓展了陈世骧与高友工所开创的中国抒情传统研究领域的研究成果。

---

① ［美］林顺夫：《中国抒情传统的转变：姜夔与南宋词》，60 页。
② ［美］林顺夫：《中国抒情传统的转变：姜夔与南宋词》，47 页。
③ ［美］林顺夫：《中国抒情传统的转变：姜夔与南宋词》，101 页。

以宇文所安为例，他虽然并未和孙康宜、林顺夫等人一样有意沿袭陈世骧、高友工等华人学者开拓出的中国抒情美学传统，但是仔细阅读他的《初唐诗》《盛唐诗》《追忆：中国古典文学的往事再现》等著作，我们可以窥见其有些论述仍与高友工等人的抒情论思想有接近之处。在《盛唐时》中，宇文所安在说明孟浩然与王维诗歌个性的差异时，曾做如下表述："关于中国抒情诗性质的古典阐述是'诗言志'（《尚书》，《诗大序》）；'志'集中于、产生于对外界特定事件或体验的内心反应……'志'是由实际心理和特定的外界体验决定的，中国诗人作品中的各种复杂多样反应，都可归因于'志'的激发。"①这和高友工《中国抒情美学》一文中的论述就十分接近。

总体来看，北美汉学家从中国诗学的主体认识出发，跳出了传统的儒家诗歌功能观的理论框架，在传统诗学的情志传统中独立梳理出一条抒情诗学的脉络，其学术努力和学术价值都非常值得肯定。但是，这种剥离于特定历史时期的意识形态去还原抒情主体自身情感生成和演化轨迹的做法，在某种程度上也遮蔽了历史的真实维度，而将一些特定的诗学生成语境中的抒情元素放大到整个抒情传统，以及为突出抒情传统而对一些重要诗人和诗作做单线突进式研究的方法，也成为他们的理论局限。

三、汉诗文字特征论

西人对汉语特征观瞩较早，最早可以追溯到明末清初的传教士。西方传教士进入中国，首先要面对的便是迥异于拼音字母的中国语言文字。彼时，来华传教士汉学家纷纷编纂字典，研阅中国语言，关注中西语言的差异。而后于17、18世纪所谓的"礼仪之争"中，中西语言的差异问题更是得以凸显。②然而，具体到英语世界对汉语特征与汉诗诗性二者间

---

① ［美］宇文所安：《盛唐诗》，88页。
② 参见李天纲：《中国礼仪之争：历史·文献和意义》，20～29页，上海，上海古籍出版社，1998。

关系问题的探讨，则最初始于英国汉学家德庇时 1830 年所著《汉文诗解》[①]。随后，英国早期汉学家从语言学研究角度出发，对汉诗文字与音韵特征的叙述也时有散见。20 世纪初，美国的意象派诗学理论家，如费诺罗萨、庞德、艾米·洛威尔等人，始将汉字的表意特征作为汉诗认知与研究的前提，在很大程度上也影响到了美国 20 世纪 60 年代之后的汉学研究。此后，随着西方学术界出现"语言学转向"，在文学研究领域中，结构主义、新批评等均受其泽披。在这样一个知识背景下，中国古典诗歌与汉语语言之关系的命题自然会被纳入汉学研究的工作计划，并在一系列研究成果的推动下，形成了较为稳定的话语系谱。下面，我们选取几位各时期代表性学者的意见介述如下，以展示英美世界对此话题的一些关注特点。

（一）德庇时汉诗语言特征论

作为 19 世纪英国汉学研究的翘楚，德庇时掌握了丰富的古汉语知识，具备深湛的学术功底，同时对中国文学有着浓厚的兴趣。他一生著述颇丰，为中国古典文学之西传做出了巨大贡献，《汉文诗解》便是其从总体上绍介汉诗的著作。全书分两大部分：第一部分谈汉诗作诗之法；第二部分讲汉诗韵语之诸类题材与汉诗诗歌精神等。德庇时从汉语之发音、声调、重读、汉诗音步，汉诗的规律性停顿，汉诗诗句尾韵之运用，汉诗句子的对应法及所产生之韵律效果等多个向度，探讨了汉诗的构成特征。作为最早在英语世界总体推介汉诗的先行者[②]，德庇时通过《汉文诗解》为英美汉学界从语言角度解读汉诗诗性提供了范例。散落于该书的诸多观点及书中所构建的分析框架自然也成为后来研究者的参照坐标。同时，他对汉诗的一些误读也成为后来学者商榷与批判的靶子。

第一，关于汉语单音节性。德庇时开篇即提出一个问题："好奇者或

[①] John Francis Davis, *Poeseos Sinicae Commentarii*：*The Poetry of the Chinese*, Reprinted, London, Asher and Co., 1870.

[②] 参见江岚：《唐诗西传史论——以唐诗在英美的传播为中心》，36 页，北京，学苑出版社，2009。

许兴奋地断定汉语如何能够产生悦耳的声音,因为它仅有约四百个单音节的读音。"①西方观点认为,单音节是无法产生悦耳声音的,但中国人偏偏又热衷于诗歌,那么汉诗的魅力究竟来自何处?德庇时先经由事实与对比,说明相当一部分汉字并非绝对单音节的,如"林"(lëen),"森"(sëen),就非常类似于英文中的双音节词"lion"与"fluid"两词,其中两个元音音节相连,中间并无辅音楔入。正是元音的连续性构成了汉诗声音悦耳的一大基础。也就是说,汉语中的复合元音与其他较为严格的单音节词促成了汉诗的悦耳动听。事实上,除了少数专有名词和联绵词之外,汉语的词汇基本上是单音节的。尽管德庇时以及其他一些语言学家反对把汉语称为单音节的语言,但正如洪特堡所说:"词的单音节性构成汉语的一条原则,这仍是一个事实。"②单音节性是汉语与西方语言的一个重大不同之处,而单音节性又造成了意义表述的不确定性。意义不确定性的根本原因,在于绝大多数作为符号的汉语三元结构音节(乙层面)均为一个能指加多个所指构成,从而使得丙层面的每一个单音节字变成了同音异义词。这样,音和义之间的不确定性就为言此义彼的能指游戏提供了众多可能。此可看作汉语作为汉诗媒介的一大亮点。当然,德庇时并未提及,后来者如刘若愚对此有详细阐发,详见后文。

与单音节性有关的另一个现象,是汉语音节的数量较少,音节的节俭在口语交际中很容易造成同音语词的混淆,而解决这一矛盾就要增加一个在意义上不必要的音节。这就使得汉语口语中的双音节词,往往只相当于一个单音节词(字)。而且,汉语在使用中形成了以单音节为基础的弹性语词系统,不仅是一对二,甚至是一对三、一对多。音义互动是汉语组织的根本规律,这一规律为汉语文本的建构提供了极大的方便,使得汉语文本可以优先考虑节奏、韵律的需要,而不必受制于语义和文意。总之,汉语文本之所以能够将修辞效果、形式上的完美以及审美放

---

① John Francis Davis, *The Poetry of the Chinese*, p. 2.
② [德]威廉·冯·洪堡特:《洪堡特语言哲学文集》,173 页,长沙,湖南教育出版社,2001。

在首位，是与汉语的单音节性有关的。这也就是德庇时所谈到的汉诗声音悦耳的一大缘由。

第二，德庇时以为，汉语除去音节数目的合律外，汉语声调的变化在诗律中也起着重要作用。"汉诗音高之抑扬顿挫（cadence and modulation）皆来自音调之运用。"①古汉语中有"平"（the even）、"上"（the acute）、"去"（the grave）、"入"（the short），中国人称第一种音为"平"（even or smooth），把其余三种音归为一类，统称"仄"（deflected），意为偏离"平"之音。声调之设置以避免同一声调的重复为主要目标。例如，在上句诗中，第二、四或六个字为平或仄，则下一诗句中对应的字就要求是仄或平。四声的运用使得汉语发音多样化，非常适宜于韵体写作。汉语不存在英语中的轻重音，而是依靠音高的抑扬变化来造成音响效果，德庇时这一观点很中肯綮。

第三，德庇时认为，汉诗声律之美还在于音步（poetical numbers）的运用。汉诗中的每一个字类都同于其他语言中的一个音步。加之，汉语中一部分双音节词在吟诵中，伴随吟诵者之轻重缓急而产生音响效果。德庇时举出汉诗中的三音步诗、四音步诗、五音步诗、七音步诗加以说明，内容涉及《三字经》和《诗经》中的风、雅、颂；先秦汉魏的民歌、对句；唐诗和佛经偈语；宋以后小说戏剧中的诗词、歌赋，如《三国演义》《好逑传》《红楼梦》中的诗歌韵语和《汉宫秋》《长生殿》中的戏曲唱词，直至近代的诗作、民歌、格言、警句、对联等。由德氏之举例，可见其对汉诗特性之研究是建立在归纳基础上的，亦可见其对中国诗歌的界义十分宽泛。

第四，句中停顿也是汉诗声律效果的一大原因。德庇时经由试验发现："在七音步诗中，停顿出现在第四个字之后；在五音步诗中，停顿出现在第二个字之后。"②个中原因，德庇时认为主要是汉语中有大量复合词存在，或是名词＋形容词，或是动词＋副词，或是名词＋名词，等等。

---

① John Francis Davis，*The Poetry of the Chinese*，p. 5.
② John Francis Davis，*The Poetry of the Chinese*，p. 14. 笔者按：德庇时曾让一有教养之中国人（秀才，sewtsae）吟诵一首长诗，以验证其结论之无误。

这些复合词的两个组成元素需要连在一起读，类似于其他语言中复合词的构成部分。在七音步诗中，停顿之所以出现在第四个字之后，是由于诗句之前半部分通常包含两个这样的复合词。而诗句中的第四与第五个字却不能如此连读，因为停顿不可能出现在一个复合词中间，而只能是第一与第二个字、第三与第四个字相连。以上乃诗句前面部分的停顿规律，后一部分包含三个字，通常是一个复合词，在其中往往有一单字出现在前或在后。例如："名花不放/不生芳，美玉不磨/不生光。不是一番/寒彻骨，怎得梅花/扑鼻香。"紧接着，德庇时分析了五音步诗中的停顿问题。在五音步诗中，停顿出现在第二个字之后，这是因为，诗句中前面部分通常包括一个复合词；而后面三个字与七音步诗中的规律相同，如"山色/无远近，看山/终日行。峰峦/随处改，行客/不知名"。

第五，押韵是汉诗格律的又一大特点。德庇时指出，汉诗的韵脚出现在偶数行诗句的末尾，且为整首诗歌的韵律确立了调子，奇数诗句并不入韵。在一首四行诗中，即所谓"绝句"（quatrain）中，第二行与第四行押韵；若八行的话，其中有四行押韵。德庇时指出："中国人对押韵其实并没有很好的理解，因为汉语并不像拼音文字那样有精确的声音符号。"①例如，《诗经》中就有诗篇布局不规则、诗句长短不一的现象。直到唐代，汉诗的格律方形成一套规则，诗歌艺术整体得以发展。为更好说明汉诗之押韵，德庇时以两首五言律诗为例，兹录其一首以与其阐述互为映照："三冬晴久暖，一雨正相宜。漠漠沉山阁，轻轻点石池。春风摇荡日，万物发生时。为向农人说，四时事莫迟。"

第六，德庇时谈到了汉诗最有魅力的一大特点——对应法。他引另一位专治希伯来诗歌的西方学人罗斯（Bishop Lowth）的观点，将"对应法"定义为"一句诗或一行诗与另一句或另一行诗相一致。当一种观点被提出后，另一在意义上相同或相对，或者是在语法结构形式上相似的观点附于其末或其下，此为对行（parallel lines）；在相似行中相对应的单词或词组则为对词（parallel terms）"。对行又可分为三类：同义式（synony-

---

① John Francis Davis, *The Poetry of the Chinese*, p. 18.

mous)、对反式(antithetic)、合成式(synthetic)"①。上述"对应"理论乃总结自希伯来诗歌,但德庇时认为同样适合于汉诗,唯一的区别不在本质上而在程度上,即汉语之结构使得对句形式在汉诗中更为精致、鲜明与夺目。

第一种类型同义式,指的是以不同却对等的词表达相同的意思。一种观点被提出后,立即被整体或部分地加以重述,表述不同,但意思却完全或几乎相同。德庇时举出的例子为:"白璧无瑕呈至宝,青莲不染发奇香。心到乱时无是处,情当苦际只思悲。"第二类为对反式,两行中词语与观点相对,可以是整个句子中词与词的一一相对,也可以笼统为两种观点的相对。德庇时说,在汉诗中,"对反句无论在观点还是词语方面,都达到了完美的程度"②。对反句在汉语警句格言中颇多,在汉诗中只是偶尔出现,存在于一联诗的所有或部分两两相对的字中,如"观生如客岂能久,信死有期安可逃。心境静时身亦静,欲生还是病生时"。第三类对应形式为合成式,指的是各行结构上的一致与对等,如名词对名词、动词对动词、集合词对集合词,否定词对否定词,疑问词对疑问词。此为汉诗中最普遍的类型,构成汉诗的主要特色,很大程度上是其形式美的重要来源。德庇时引《好逑传》中的诗歌为例:"孤行不畏全凭胆,冷脸骄人要有才。胆似子龙重出世,才如李白再生来。""百千万事应难了,五六十年容易来。得一日闲闲一日,遇三杯饮饮三杯。"德庇时所谓的"对应法",本是对希伯来诗歌的理论表述,但实际上,中外诗歌赖以产生之文化环境差别很大,这也使其无法细究希伯来诗歌中的"对应法"与汉诗中"对仗"之异同,在对比运用时难免有错位之感。为此,刘若愚曾对之有所批评。

以上几点为德庇时在近二百年前,从语言角度探究汉诗声律之美这一重要特性的理论收获。德庇时对英国汉学所做的贡献,要比英国另一位著名的汉学家翟理斯早约70年。彼时,英语世界的汉学研究刚刚起

---

① John Francis Davis, *The Poetry of the Chinese*, pp. 20-21.

② John Francis Davis, *The Poetry of the Chinese*, p. 22.

步,德庇时的汉诗研究由于限于字词形式因素,难免出现若干偏颇。但他并未如一些欧洲学者那样立足于西方语言中心论,把汉语相对于西方语言的种种差异视为汉语的先天不足,而是尽可能摆脱诸种偏见,深入到中国语言、诗歌之内部进行通盘研究,对汉语之特点如何促成汉诗声律之美这一问题予以同情之了解,进而得出较为公允的结论。德庇时在《汉文诗解》中提出的一系列观点在欧美学界很具有代表性,在20世纪初美国学者费诺罗萨的《作为诗歌介质的汉语书写文字》(*The Chinese Written Character as a Medium for Poetry*)中,以及近一个世纪之后美国华裔学者刘若愚的《中国诗学》中,均得到不同程度的回响、拓延、深究乃至修正。

(二)汉字与汉诗关系论

在《汉文诗解》第一部分"汉诗作诗之法"中,德庇时就曾指出:"长期以来似乎有这样一种观念,即认为汉诗的全部优势来自对汉字奇特而富于幻想的选择,以及对其偏旁部首的考虑。"①虽然德庇时在这方面未及展开,然其关于汉字作为汉诗媒介重要意义的零星表述,却在费诺罗萨的汉字诗学理论和鲍瑟尔、艾米·洛威尔、艾斯珂等人的汉字结构分解理论中蔚成气候。20世纪初,费诺罗萨发表《作为诗歌介质的汉语书写文字》,突出强调汉字之于汉诗表达的独特媒介作用,通过分析汉字结构本身去挖掘汉字字面内外之意涵,以求更为形象生动地揭示诗歌的"言外之意"。费诺罗萨将汉字的意义从诗学、美学的维度展开,演绎出一整套汉字诗学的理论。在费诺罗萨的影响之下,英国汉学家鲍瑟尔撰写了《中国诗歌精神》(*The spirit of Chinese Poetry*),认为每一个汉字就是一首诗,用汉字组合起来的汉诗是感悟的而非分析的,是隐喻的而非实指的。美国人艾斯珂在其与洛威尔合译的汉诗本《松花笺》(*Fir-Flower Tablet*)的序言中提出了解读汉诗的"拆字法",认为汉诗之美在于汉字之形体与偏旁部件之意涵,此二者有助于彰显与表达诗歌整体潜在之诗意。

---

① John Francis Davis, *The Poetry of the Chinese*, p. 5.

1. 汉字诗学论

费诺罗萨是美国诗人、文学理论家。他长期旅居日本，研治中日传统艺术。在日本汉学家森槐南（Kainan Mori）的帮助下，学习汉语和汉诗，希冀为西方文学艺术探寻东方资源。正如著名意象派诗人庞德所说，"他的头脑中总是充满了对东西艺术异同的比较。对他来说，异国的东西总是颇有裨益。他盼望见到一个美国的文艺复兴"[①]。归结而言，费诺罗萨的研究目的在于通过对差异性现象的关照，试图找到一种诉诸视觉的形象语言，抑或说是一种视觉诗，为美国诗歌注入新的生命力。他认为，艺术需要的是综合思维，而非西方的分析性思维。综合性思维往往不需要抽象语言，而是源于一种包孕性的语言，一些富于趣味、意义隽永的词语，其本身已经充荷着丰富的意义，一如原子之核，可以向广袤无垠的四周放射光辉。在费诺罗萨看来，西方的拼音文字受制于语法、逻辑等要素，过多地重视分析与抽象；而汉字作为表意文字，却包含一个栩栩如生、可触可见的感性世界，本身就是一首天然的诗。临终前，费诺罗萨写下了《作为诗歌介质的汉语书写文字》，以汉字的形象性为基点，引申出三个重要的诗学论点：运动说、隐喻说以及弦外之音说。

（1）运动说

在这篇后来被看作具有划时代意义的文章中，费氏认为，汉字的表记远不仅仅是武断的符号，其基础是记录自然运动的一种生动的速写图画。[②] 首先，自然是不断运动的，因此汉字呈现的是自然物体运动的图画。考察一下即可看出，大部分原始的汉字，甚至所谓部首，都是动作或过程的速记图画。例如，意为"说话"的表意字"言"是一张嘴，有一个"二"字和一团火从中飞出；意为"困难地生长"的表意字"屯"是一棵草带着盘曲的根。尤其是，当我们从单纯的起始性的图画转向复合字时，这种存在于大自然和汉字中的动词品质，就更加引人注目，更加富于诗意。

[①] Ezra Pound, *The Chinese Written Character as a Medium for Poetry*, London, Stanley Nott, 1936, Foreword, p. 7.

[②] 参见 Ernest Fenollosa, *The Chinese Written Character as a Medium for Poetry*, p. 12.

在这种复合中，两个事物相加并不产生第三物，而是暗示两者之间一种根本性的关系。例如，意为"集体用餐伙伴"的表意字"伙"是一个人加一堆火；"春"字的字形显示了太阳底下万物萌发；"東"（东）表示太阳的符号交缠在树枝中；"男"是"稻田"加上"力"；"洀"是"船"加上"水"，意为水波。一个真正的名词，一个孤立的事物，在自然界并不存在。事物只是动作的终点，或更正确地说，是动作的会合点，动作的横剖面或速写。自然中不可能存在纯粹的动词，或抽象的运动。眼睛把名词与动词合一：运动中的事物，事物在运动中。汉字的概念化倾向于表现这两方面。

费氏还发现，有时几个字联合起来可以模拟一套连续的动作。他举"人見馬"（人见马）三个汉字为例加以说明。首先，单从每个汉字个体角度来看，"人"是人用两条"腿"站立着。其次，他的眼睛环视四周，即"見"（见），这样一个笔锋遒劲的符号是用一个"目"和两条奔跑的"腿"来表示的，眼睛与腿的图画是变形的，但令人一见难忘。再次，"馬"（马）是用四条"腿"站立的。最后，从整体上看，这三个汉字传达出了一连串的动作——人站立着，眼睛在观望，看到了马。这一思维图画既由符号唤起，又由词语唤起，每个字中都有腿，它们都是活的。费氏认为，这一组字具有电影蒙太奇的效果。

此外，费氏还认为汉语中动词居多，而且用法细腻。例如，表现"悲伤"的动词就有几十个，与莎士比亚的诗剧相比也毫不逊色。动词之外，由于形容词也是事物与动作相结合的图画，故也可以作动词来用。费氏说："因为在任何场合下，性质只是被视为具有抽象属性的行动的力度。'绿'只是某种振动的谱率，'硬'只是某种结合的紧密度。在中文中，形容词总是保留动词意义的基础。"①另外，在汉语中，前置词直接是特殊地用在一般化意义上的动词。因此，在汉语里："由"（by），即肇因于；"到"（to），即倒向；"在"（in），即存留；"从"（from），即跟从，如此等等。连接词同样也是衍生出来的。它们通常用以调节动词之间的动作，因此自身必然是动词。在汉语里，"因"（because）即使用；"同"（and）即

---

① Ernest Fenollosa, *The Chinese Written Character as a Medium for Poetry*, p. 23.

第十四章　中国文论研究话题类型　　　　　　　　　　　　　　　　455

等同；"并"(and)即平行；"与"(or)即参与；"纵"(if)即纵使、允许，一大群其他小品词亦均是如此，但这一现象在印欧语系中已无迹可寻。另外，费氏还发现，在中文中，甚至代词也显露出动词性隐喻(verbal metaphor)的奇妙秘密。例如，在第一人称单数的几种形式中，手执长矛的符号是语气强烈的"我"；五与口，是较弱的防卫性的"吾"，是用语言赶开一群人；"己"，一个自私而个人化的我；"咱"，自(一个茧的符号)和一个口，即一个自我中心的"我"，热衷于自我言说，这个表现出来的自我只用于自言自语时。

　　至此，费氏谈了汉字和汉语句子是表现大自然的行为和过程的生动速记图画这一特点。费氏认为，这里已经体现出真实的诗，因为这些行为是可见的。但从另一方面来说，如果汉语不能表现不可见的，那么汉语就是一种贫乏的语言，汉诗就是一种狭隘的诗。最佳的诗不仅处理自然形象，而且处理崇高的思想、精神的暗示和朦胧的关系。大自然的真理一大部分隐藏在细微得看不见的过程之中，在过于宏大的和谐之中，在振动、结合和亲近关系之中。中文以巨大的力和美包含了这些品质。针对一般西方人"汉字能从图画式的书写中建起伟大的智力构造吗？"的疑问，费氏认为，汉字以其特殊的材料，从可见进入不可见，这种过程就是隐喻，是用物质的形象暗示与非物质的关系。

　　(2)隐喻说与弦外之音说

　　诗歌不仅要以图画的形式反映自然栩栩如生的本来面貌，而且还要体现现象背后的真实与意义。故此，费诺罗萨认为，虽然汉字所传达的动态都是直接可见的，但汉语并非一种贫瘠的语言，汉诗亦非一种狭隘的艺术。恰恰相反，汉语和汉诗还能传达看不见的东西。他认为言语的微妙性，即建立在隐喻的基础之上。抽象的词语，从词源学上来看，其古老的词根依然基于运动的层面，"但原初隐喻并非从任意而主观的过程中涌现出来的，而是依据自然界相关事物的客观联系而生成的"[①]。联系较之于其所连接的事物更为真实与重要。费氏举例说，一根神经、一条

[①]　Ernest Fenollosa, *The Chinese Written Character as a Medium for Poetry*, p.26.

电线、一条道路、一个票据交换所，都可以充当沟通的渠道，但这不只是类比，而是构造本身。大自然为其本身提供了沟通的线索。假如世界上没有足够的同源性(homologies)、交感性(sympathies)、同一性(identities)，思维就会干瘪，语言就会束缚于明显可见的事物，那样也就不会有什么桥梁，借以从可见物的微小真理跨越到不可见物的重大真理。接着，费诺罗萨更为明确地论述说，隐喻，作为大自然的揭示者，是诗歌的真正本质。已知世界的美和自由提供了一种范型，生命孕育艺术。某些美学家认为，艺术和诗歌旨在于处理一般与抽象，这种看法是错的，是中世纪逻辑学强加于我们的。艺术和诗处理大自然中的具体物，而非一个个孤立的"特殊物"，因为孤立的东西根本就不存在。诗之所以较散文精巧，是因为它以相同的文字给我们更多的具体的真理。诗的主要技巧——隐喻，既是大自然的本质，又是语言的本质。诗之自觉所为，正是原始民族无意识所做之事。文学家，特别是诗人在同语言打交道时，其主要工作即沿着古代事物的发展路线去感触。唯有这样做，诗人才有可能使自己的词语获得丰富的微妙意义。①

在此，费诺罗萨旨在说明汉字不仅吸收了大自然的诗性特质，并依据这一特质建立了隐喻的框架，进而以本身逼真如画的兴致保持其原初有关造物的诗意。费氏指出，他所谓的"隐喻"，与西方传统观点有所不同。在西方，"隐喻"(metaphor)源于古希腊词"metaphora"，意指"转换""变化"，"通过表明某一词汇的字面意思与其所指暗示的事物之间的相似性，来唤起一种复合词意的和构成新词意的内心反应"②。而汉字的"隐喻"则有其物质基础，即相关事物的客观联系。首先，隐喻自然地生成，是自然过程的具体性，故而也是自然的揭示者。其次，西方学者在讨论中世纪诗歌时，往往认为隐喻和逻辑是密切相关的。霍克斯在《论隐喻》中指出："隐喻可以在一种逻辑基础上大量创造出来，隐喻本身就源于一

---

① Ernest Fenollosa, *The Chinese Written Character as a Medium for Poetry*, p. 27.
② ［英］尼古拉斯·布宁、余纪元：《西方哲学英汉对照辞典》，611页，北京，人民出版社，2001。

些逻辑基础，所有的比较都必须有赖于某种逻辑基础才能进行。"但费氏却认为，中世纪逻辑学所倡导的艺术与诗歌旨在处理一般与抽象的理论，是一种错误的观念。这种方法造成的损失显而易见，而且恶名昭彰。它无法思想它要思想的一半，无非是将两个概念合在一起，因此根本无法表现变化，或任何一种生长过程。这可能就是进化论在欧洲出现得那么晚的原因。除非它准备摧毁那根深蒂固的逻辑分类，否则不可能前进。更糟的是，这种逻辑只能处理相互关系，不能处理任何功能的复合。按这种逻辑，我的肌肉的功能与我的神经的功能互不相干，正如地震与月球无关。以这种逻辑来看，压在金字塔底下的可怜的被忘却的事物只是细枝末节。而科学却能够直达事物，科学做的工作都是从金字塔底层，而不是从塔顶做起的。科学发现了功能如何在事物中结合起来，并用一组句子来表达结果。句子中没有名词或形容词，只有性质特殊的动词。在本质上说，这些动词都是及物的，几乎数量无限。在语汇和语法形式上，科学与逻辑完全对立。创造语言的原始人与科学一致，而与逻辑不一致。逻辑虐待了由它使唤的语言。由此，费氏断言：诗与科学一致，而与逻辑不一致。

西方传统观点还认为，隐喻是语言的附加物，运用隐喻必然会牺牲语言的"明晰"与"鲜明"。但费氏认为，就汉语而言，隐喻是直接存在于这些客观事物的"速记图画"中的，是从"视见之物"向"未见之物"的过渡。这实际是在表明：隐喻的存在未必会以牺牲语言的"明晰"与"鲜明"为代价。费氏从历时性的角度探寻了隐喻的根基。他说，经过几千年，隐喻进展的路线依然可以显示出来，而且在很多场合还保存在意义中。因此，汉字的一个词，不像在英语中那样越来越贫乏，而是一代代地更加丰富，几乎是自觉地发光。它被民族的哲学、历史、传记和诗歌一再使用，从而在其周围投出了一层意义的光环。这些意义集中在图像符号周围，因积累而不断增加价值，这不是表音语言能够做到的。在费氏看来，这种特殊诗歌媒介所构成的隐喻并不是孤立之物，而是还有某种能动的作用。"诗歌语言总是振荡着一层又一层的弦外之音，振荡着与大自然的相似性，而在汉语中，隐喻的可见性往往把这种品质提高到最强的力度。"①所谓"弦外之音"（overtone），是指在诗歌主旨之外的某种意蕴、情调或者艺术效果。费氏认为，汉字所赋予隐喻的可见性是弦外之音强烈振响的原动力。例如，"日昇東"（日升东）三个字中，左边有太阳在闪光，另一边，树木的枝柯遮蔽着太阳的圆脸；中间的日轮，则已升至地平线及附着物之上了。整个气氛通过"日"这个形象而浑然融合起来，恰似在主旋律之外响起了具有烘托作用的"弦外之音"。诗歌之所以胜过散文，主要是因为诗人选择了能够产生弦外之音的词语，将它们并置了起来。

费诺罗萨的汉字诗学论，在一定程度上扭转了西方人对汉字的偏见。他所提出的运动说、隐喻说以及弦外之音说，均给西方批评家与诗人以启迪，继之效仿并积极拓延者代不乏人。但也有一些学者对此不以为然，他们虽然欣赏费氏为赞美、传播中国文化所做的努力，但对他的汉字论却不敢苟同。原因是，费氏不按六书之法论字，凭空捏造汉字偏旁部首的意义，甚至还误以为汉字无字母语言所采用的形声法。其实，费氏的汉字论醉翁之意不在酒。正如他在此文开篇就指出的，他要讨论的主题是诗歌而非语言，但由于诗植根于语言之中，因而有必要从语言中寻找诗歌形式的普遍要素。费氏在此试图表明，他并非想从语言学的角度来论汉字，而是要从汉字的角度来论诗歌。② 这或许就是为什么著名华裔汉学家刘若愚在绝笔之作《语言—悖论—诗学：一种中国观》（*Language-Paradox-Poetics：A Chinese Perspective*）中，一反原先的批判姿态，而对费诺罗萨大加认同的一个原因。

2. 汉诗"拆字法"研究

费诺罗萨的《作为诗歌介质的汉语书写文字》经由著名诗人庞德的鼓吹，成为 20 世纪初美国新诗运动的纲领性文件。费诺罗萨着重探究汉字偏旁部首或基本笔画的意涵，再加上庞德在实践上的推波助澜，终于促成了西方汉学界对汉诗诗性的"拆字法"（character-splitting）研究。如果

---

① Ernest Fenollosa, *The Chinese Written Character as a Medium for Poetry*, p. 29.
② 参见 Ernest Fenollosa, *The Chinese Written Character as a Medium for Poetry*, p. 10.

说费诺罗萨是"汉字诗学"的理论提出者,那么庞德便是此理论的忠实实践者,其所译的《神州集》《诗经》,以及所写的《诗章》均提供了大量例证。例如,庞德在翻译《诗经·静女》一诗时,把"静女"(静女)译成"青思之女"(Lady of azure thought),"孌女"(娈女)则译成"丝言之女"(Lady of silken word),将"聞香"(闻香)解为"听香"(listening to incense)。在20世纪前半叶,汉诗"拆字法"之风日炽,在鲍瑟尔的《中国诗歌精神》、洛威尔与艾斯珂合译的《松花笺》中均有不同程度的表现。这些研究者通过借助于典型范例和理论阐发相结合的方式,将汉字在汉诗中的作用做了进一步的阐释。

(1)鲍瑟尔论汉字与汉诗精神

鲍瑟尔是有着军事背景的英国汉学家,曾历任绿色霍华德团、英属马来西亚军事指挥局,以及联合国等机构的中国及亚洲事务顾问。他长期生活在马来西亚,通晓汉语,通过接触华裔而对中国传统文化产生了浓厚兴趣。其《中国诗歌精神》以英译唐诗为对象,对汉字之于汉诗的审美意蕴做了独到的阐释。

在《中国诗歌精神》的自序中,鲍瑟尔就指出,中国的非凡创造力尽在其书面语言中,在那些横、弯、方形的神奇符号里。与其他民族的语言一样,汉语最纯粹的精神也体现在诗歌之中。鲍瑟尔形象地比喻说,这一精神如同比利时戏剧家梅特林克(Maurice Maeterlinck)神话剧中象征幸福的蓝鸟一样不易扑捉,刚要俯身下去却已翩然离开。

鲍瑟尔对英译汉诗有着目光独具的鉴赏力,他评点先前译家之作,言简意赅。"德庇时的翻译已经过时;艾约瑟(Joseph Edkins)的英译根本就不该出现;理雅各和翟理斯二人首次为英国文学拯救了中国诗歌;克莱默-宾的英译虽形象生动,却过于个人化;韦利的译本质量上乘,是最为认真与学术化的。"[①]鲍瑟尔正是在对诸多汉诗译家译作的品鉴中,意识到对于汉诗的译介须由内容与形式两个维度入手,方可整体把握原作

---

① V. W. W. S. Purcell, *The Spirit of Chinese Poetry*, Singapore and Shanghai, Kelly & Walsh Ltd., 1929, p. 18.

的美学特征。故而，此书开宗明义地指出，中国诗词研究是深奥的工作，一旦异质的汉字的诗歌变成英文字母的排列后，往往会变得索然无味。主要原因非是翻译手段不够高明，而是来自文化与语言的双重阻隔。所以，离开文化与语言背景，是不可能达成两种语言之间的真正交通的。为此，鲍瑟尔列出其所译杜甫的《春夜喜雨》及日本人小烟薰良（Shigeyoshi Obata）英译李白的《梦游天姥吟留别》等诗歌后指出，原诗中强烈的情感在译文中变得寡淡无味、模糊不清，原因即在于译者对作品的文化背景理解不够深入。而纯粹描写自然的汉诗由于更加依赖形式，故而更具有抗译性，因为"形式"无法被另一种语言所传达。① 由此，鲍瑟尔认为，应当关注汉字在汉诗效果彰显方面所起到的独特作用。

鲍瑟尔认为，首先，西方诗歌强调的是诗句的音乐性，重视诗歌的节奏与格律。因此，赏析拼音文字的诗歌不仅仅依靠阅读，更重要的是聆听，让诗歌的感情起伏、生命色彩随着元音辅音的交错、重音轻音的节奏呈现出来；其次，才是注重单词之间产生的联想力。汉语也是一种有声调的语言，并通过汉字的排列使得各诗行有着固定的旋律。汉诗也押韵，但是，规则都是事先固定好的，韵脚也必须服从传统模式的老套路。在这些精巧结构的限制下，诗人遣词用字的语音便很是匮乏，以至于难以具备悦耳的音乐性，不适合于朗诵，汉语词汇断音（staccato）的自然属性、固定的音步停顿（caesura）以及诗句跨行（enjambement）的缺失决定了汉诗不是为音乐而生的。② 通过以上推理，鲍瑟尔得出汉诗缺乏音律美这一结论。然而从其论述的目的看，则是为了进而凸显汉字的表意功能。因此，鲍瑟尔认为，西人赏析汉诗的关键是在阅读，在于体会汉字所呈现出的审美意味，因为"表意文字所能衍生的联想力，其强度远非我们用拼音文字所能料想的。在诗句中，并不存在组织字词的严格的语法结构（尤其当为了诗句的要求而牺牲语言逻辑的时候），每一个方块

---

① 参见 V. W. W. S. Purcell, *The Spirit of Chinese Poetry*, p. 19.
② 参见 V. W. W. S. Purcell, *The Spirit of Chinese Poetry*, p. 20.

字互不链接，悬浮于读者视觉的汪洋之中"①。鲍瑟尔形象地说，拼音文字的诗歌在形式上绝对是一条"纬纱"（woof），而表意文字的诗歌则像一支组织松散的"图像意符舰队"。因此，前者能够直接从字面上给读者带来音响般的效果，而后者带来的则是图形的想象。汉字所携带的历史和词源因素能够带领读者通向诗歌更广泛、更深层次的内涵。为了帮助英语世界的读者从汉字的字面领略汉诗的意蕴，鲍瑟尔花了很多笔墨解释汉字象形（pictorial）、指事（indicative）、形声（suggestive compounds）、会意（deflected characters）、转注（phonetic）和假借（adoptive）的"六书"构造。在解释其赏析汉诗的"汉字字符"理论时，他指出："汉字字面的精美不仅锻造出诗歌的微妙之处，也组成了一串精美的次级诗篇——每一个汉字就是一首诗。"②"我们一定要牢记，我们的语言仅仅是传达思想的工具，汉字对于中国人来说，却是具有高度内在价值的神圣载体。"③

为说明汉字对于鉴赏汉诗的意义，鲍瑟尔不厌其烦地把李白原诗逐字按照偏旁部首拆开，一一讲解每一个部分的含义。兹以鲍瑟尔对李白《渌水曲》及《登金陵凤凰台》分析为个案，具体呈现其拆解法之操作。④《渌水曲》原诗为：

> 淥水明秋月，南湖採白蘋。
> 荷花嬌欲語，愁殺蕩舟人。

鲍瑟尔解释说，第一个汉字为"淥"（渌），读音近似"綠"（绿），意为"蓝色"。"明"，由"日"与"月"并置构成，给人一种强烈的光线感。"秋"，由"禾"与"火"构成，形象地传达出收获季节的信号。接下来又是"月"字，回应"明"的右半部分。"採"（采），包括"手"的偏旁"扌"部，表示出一种动作

---

① V. W. W. S. Purcell, *The Spirit of Chinese Poetry*, p. 21.
② V. W. W. S. Purcell, *The Spirit of Chinese Poetry*, p. 41.
③ V. W. W. S. Purcell, *The Spirit of Chinese Poetry*, p. 43.
④ 鲍瑟尔的"拆字"以繁体字为基，故下文所展示的是《渌水曲》和《登金陵凤凰台》的繁体字版。

的观念。"蘋"(蘋)是曾用于婚礼上的"水生浮游植物"。"荷",上有表示草的"艹",进而还可引发"荷"与"和"(harmony)的联想。"花",其中"艹"为意符,"化"为音符,但"化"还蕴含"使之变形"的意思。"嬌"(娇)包括表示女性的"女"字旁,此偏旁决定了该字的联想意。"語"(语),指的是"说话",其中偏旁"言"表示"话"。"愁"指的是"忧郁",此为形象联想的一个佳例,上部的"秋"字如前所言,指的是"秋天",在此是音符,而"心"是意符,由此可知"愁"即"秋天的心",非常生动。"殺"(杀)中的"殳"(weapons),是武器的意思,在此指"极端地",并非"杀"的原意。"蕩"(荡)指的是"宽阔的"(vast),也是一个强调词。"舟"为简单基本的船的象形字,"人"(man)也是一个象形字。通过对这首诗中各个汉字的拆解与分析,读者可以借此直接把握诗的意象与含义。另一首诗歌《登金陵凤凰台》,其原诗为:

> 鳳凰臺上鳳凰遊,鳳去臺空江自流。
> 吳宮花草埋幽徑,晉代衣冠成古坵。
> 三山半落青天外,二水中分白鷺洲。
> 總為浮雲能蔽日,長安不見使人愁。

鲍瑟尔分析道,"鳳(凤)凰"第一个字指的是雄鸟,第二个字指的是雌鸟,合在一起代表两性的完整统一。"鳳"(凤)在中国文化中是"四灵"之一,只在有道之君统治时现身,其字形为一个长尾巴的鸟,框在"几"内;"凰",由"皇"构成,外边同样也罩着一个华盖。"臺"(台)类似于英文中的"望景楼"(belvedere),一种特殊的中国建筑。"上"的原意是"在上面",在该诗中指的是"过去地"(previously),因为中国人的时间观念是循环的。"遊"(游)指的是"漫游"。"去"指的是"凤凰从台上飞走"。"空"的意符号是"穴",音符为"工"。"自"在汉语中功能较多,通常指"自己",亦指"从某一时间、地点或人开始;自然、自发、依据"等,在此用作介词。"流"包括一个"水"的偏旁,表示自然流动。"吳"(吴)现为江苏省的别称,曾是"三国"之一。"宮"(宫)亦为中国特殊建筑,类似一系列仓库型建筑,有着美丽的黄瓦屋顶以及装饰考究的山墙。"花"在前一首诗中已有所介绍，"草"是植物的统称。"埋"指的是"藏"或"掩埋"。"幽"指"隐蔽的"。"徑"（径）指的是"小路""小巷"。"晉"（Chin，晋）原为孔子时期的一个诸侯国，后成为秦朝的国号，是英语词"China"的来源。① "代"指的是"朝代"。"衣"和"冠"指的是"国家的礼服或官袍"。"成"主要的意思有"完成、结束、引起"，此处指"完成"。"古"指"古代"，"坵"（丘）指山丘。对于后两联诸字，鲍瑟尔同样以拆字的方式予以解释。"三"即"三座"，是数量词。"山"即英语中的"山丘"。"半"即"一半"。"落"是"下降"。"青"即"蓝色"，在汉语中还可指"绿色"。"天"即"天空"。"外"即"外面"。"二"即"两条"，同样是数量词。"水"即"流水"。"中"即"中间"。"分"可译为"分开"。"鷺"（鹭）由"鸟"字为其义部，"路"字为其声部。"洲"为"岛"。"浮"为"漂浮"。"蔽"为"遮蔽"。"日"为"太阳"。鲍瑟尔还将诗的最后一句逐字翻译为：Naturally 'not'（不）'to see'（见）'the place'（长安）again would 'make'（使）'one'（人）'melancholy'（愁）。

　　鲍瑟尔对汉字的着迷达到了"拜物教"的程度。他在文中不厌其烦地强调汉字对于鉴赏汉诗的重要意义。他认为，正是因为"汉字是一种图像文字，其视觉效果与引发之联想赋予中国文学，尤其是汉诗以独特的形式"②。这同时也决定了汉语言中很多字词无法与英文词汇直接对应，从而给文本转换带来了大量困难。译者只要触动汉诗这朵鲜花的一片花瓣，就足以使得整朵花凋萎，英译汉诗也因此变成了一朵没有色彩也不再芬芳馥郁的干花。没有一位翻译家能够将这些方块字压缩、使之变形后再塞进字母的信封，汉诗的妙处在其透彻玲珑，不可凑泊，言有尽而意无穷。鲍瑟尔之所以能够发现汉诗这一妙处，无疑得益于其对汉字字形的诗意剖析。但从另一方面来说，将诗句中的每一个汉字层层拆解，也可能会导致诗歌的破碎化与零散化，致使其中每一汉字字符成为孤立的、丧失有机联系的审美碎片，漫无目的地悬浮与滑动，最终还是无法呈现诗歌的整体蕴含。

---

① 此处乃误读。晋，指东晋，南渡后建都于金陵，而非"秦"。
② V. W. W. S. Purcell, *The Spirit of Chinese Poetry*, p. 42.

(2) 洛威尔与艾斯珂等的拆字研究

由汉字字貌切入汉诗诗性也是洛威尔与艾斯珂在《松花笺》中研究与翻译汉诗的一种方法。所谓"松花笺",原本为唐代女诗人薛涛自制的用以写诗的彩色笺。译家以此命名其诗集,表明了对中国文化之热爱。两位译家合作的方式为:身在上海的艾斯珂先将每首诗的汉字、英文翻译、字形解析以及字面义、引申义写出,然后寄给远在波士顿的洛威尔。洛威尔并不通晓汉语,只是凭借对诗歌的灵感而对注释材料进行再创造。在将其翻译成英语后,再寄回艾斯珂处对照原文加以校阅润饰。如此往复,这部诗集历时四年方付梓印行。

在《松花笺》前言中,两位译家强调了汉字之于汉诗诗意表达的重要意义。洛威尔指出,她们在研究之初便意识到,汉字偏旁部首在诗歌创作中的作用,远比通常所认识到的还要多。诗人之所以挑选这一个汉字而非与其同义的另一个,无非是因为该汉字蕴蓄某种描述性的寓意;汉诗之意蕴正由于汉字结构中的意义暗流而得以充盈。① 她同时强调,"拆字法"(character-splitting)只是帮助读者更准确地阐释原诗,并非孤立地对译这些偏旁部件。在翻译过程中,只有当实在无法寻到合适的英文单词与汉诗原文对应时,她才将单个字符分析的结果纳入译文中,以保持原诗诗意的丰富与完整。另一位译家艾斯珂亦持此论,但其对汉字作为诗歌媒介作用的认识,较之洛威尔更为深入,对"拆字法"的运用也更为极端。艾斯珂认为,对汉诗的研究不能忽略汉语的语言特征,汉字对汉诗创作所起的作用之大不可低估。汉字字多音少,每个字有四声音调,而且还分平仄,若想在翻译过程中把原诗中那些汉字组合的韵律特征保持下来,转换成相应的英语的韵律是不可能的。如果原诗中的某些东西在翻译过程中必须失去,则这些东西只能是表象而不能是其实质。艾斯珂强调,汉字是表意的文字,换言之,汉语是图像的语言。中国文化中有书法艺术,而西方没有,恰恰是由于汉字确实是表述完整思维图像的

---

① 参见 Florence Wheelock Ayscough and Lowell Amy,*Fir-Flower Tablet*:*Poems translated from the Chinese*,Boston,Houghton Mifflin Company,1921,p. vii.

单独个体。诗歌与书法在中国人的审美观念中是互相依存的。这种将诗歌艺术与绘画艺术结合成一体的文化现象，要求西方人在解读中国诗歌的时候不仅要高度重视其中每一个汉字的表情达意功能，更要重视它们组合之后的整体功能。

"汉字本身在诗歌创作中所发挥的巨大作用，再怎么强调都不过分。"①艾斯珂进一步解释说，汉字从结构上可以分为简单字符与复合字符两大类。具有独特含义与用法的简单字符可以作为部件，有机地彼此结合，进而成为更复杂的复合字符。各个部件作为独立的实体在组合中发挥它们或表音或表意的功能，表述复合字符不同层面的含义，最终和谐地表述出该字符的整体含义。汉字独特的组合方式，为中国诗人建立了通往"个性诗意"表达的途径。所以，艾氏的结论是："要充分把握诗人的意图，就必须具备分析字符的知识。"②

艾斯珂的"拆字法"，虽然和前文论述的费诺罗萨、鲍瑟尔等人在同一个问题上的主张提法有所不同，但是他们所强调的问题是一致的。即首先将原诗中的汉字尽量逐一拆解，具体分析每一个部件的含义。不同的是，费诺罗萨的汉字拆解是从诗学、美学的维度展开的，就此演绎出一套汉字诗学理论；鲍瑟尔干脆主张将诗句中的每一个汉字都视为一个"次级诗篇"，逐一拆解，一一解释；而艾斯珂与洛威尔则更注重挖掘每一个汉字部件的含义，以及所有部件的组合对原诗整体诗意潜在的表达作用。

拆字法是艾斯珂与洛威尔解读汉诗的一个重要方法，虽然在其汉诗译文中能直接体现这一方法的地方不是太多，但她们的确为展现汉诗原有之神采与风貌，而运用了将汉字结构分析所得有机地融入译文的做法。例如，两位译家对李白《白云歌送刘十六归山》最后一句"白云堪卧君早

---

① Florence Wheelock Ayscough and Lowell Amy, *Fir-Flower Tablet: Poems translated from the Chinese*, p. xxxvii.

② Florence Wheelock Ayscough and Lowell Amy, *Fir-Flower Tablet: Poems translated from the Chinese*, p. xxxviii.

归"中的"早"字进行拆解,将"早"译为"When the sun is as high /As the head of a helmeted man",即"当太阳升至有戴头盔人头顶那么高的时候"。单看"早"字,其上有一"日"字,整体观来,则貌似一戴头盔者。再如,他们将李白《访戴天山道士不遇》"犬吠水声中"的"吠"字,拆解为"口"和"犬",将整句翻译为"一只狗,一只狗在叫,还有水流激荡声"(A dog/A dog barking/And the sound of rushing water)。又如,他们将唐代诗人綦毋潜《春泛若耶溪》"生事且彌(弥)漫"里的"彌"(弥)字加以拆解,衍生出"湍急的水域,涌动,绵延"(a swiftly moving space of water, a rushing, spreading water);将"愿为持竿叟"一句里的"竿"拆出"竹",将整句译为"手拿竹钓竿的老翁"(an old man holding a bamboo fishing-rod)。此外,在其翻译的李白《塞下曲六首》中,他们将"駿(骏)马似风飆(飙)"一句译为"Horses! Horses! Swift as the three dog's wind!"(马群!马群!急似三犬之风!)其中,便是将"駿"(骏)加以拆解,将其中作为偏旁的"马"字与后一"马"字等量齐观;并将"飆"(飙)字拆解为三个"犬"字与一个"风"字。

上述实例均显示,所谓汉字"拆字法",即对汉字进行分解,析出偏旁部首,进而构建出种种鲜明意象,并加以并置与叠加,有时确实可以引出无尽联想。当然,其目的并非如许多 19 世纪的汉学家那样,从语言学角度研究汉字,而是试图通过对文字的解释来为汉诗诗学的理解搭建一座新的桥梁,经由对汉字结构中那些具有普遍性特征的元素的剖析,探寻作为媒介之汉字是如何规约汉诗诗性的。

3. 刘若愚论汉诗语言特性

20 世纪五六十年代以降,美国掀起了翻译、学习与研究中国古典诗歌的第二次高潮,其规模之大,延续时间之长,都超过了 20 世纪初的第一次浪潮。在中诗西播日渐活跃之时,汉学家有必要更为全面与切实地向西方读者描绘出汉诗的面貌。而刘若愚的《中国诗学》一书即在此种需要的推动下应运而生。正如其所述,对语言的各方面不做深入的探讨,就不会有严肃的诗歌批评,犹如绘画,离开色彩、线条、结构,就谈不上绘画批评。① 而这一观念与同期在西方学界盛行的语言学诗学研究的发展趋势也是相吻合的。在该书中，刘氏突破了此前由汉字结构切入汉诗研究的单一维度，以更为开阔的视野从汉字结构、词与字的暗含义以及联想义、汉语的音响效果以及诗词格律、语法特点等向度，对汉诗的语言文字特征进行了较为全面的解析。

(1) 汉字本位

汉字的特性在很大程度上决定了汉语的构词原则和句法结构，从而影响到汉语的表达方式，故在之前的诗学研究中获得了高度的重视。在《中国诗学》中，刘若愚同样以汉字的构造为论述的起点，并一开始就指出，以学者费诺罗萨和诗人庞德为首的西人，对中国汉字的解读存在严重误读。在他看来，汉语使用的是方块字，而非字母组合成的单词，这的确是汉诗的一个显著特点。但是在很多西方读者的眼里，汉字都是象形的，或者是表意的。这一误读在很大程度上与费诺罗萨和庞德的论述有关。费诺罗萨的《作为诗歌介质的汉语书写文字》对汉字的所谓象形化大加称道，进而通过庞德的绍介和推广，对英美诗人和评论家产生了巨大影响。

针对费诺罗萨与庞德的误读，刘若愚考察了汉字结构的规律，认为传统的汉字构成有六条原则，即"六书"（the six graphic principles）。第一条书写原则是"象形"（simple pictograms or imitating the form），这一类型的字是其所代指的物之物象，而非声音，如日、月、人、木、羊等，可称作纯粹的象形文字。第二条书写原则为"指事"（pointing at the thing or simple idoegrams），根据这一原则造成的汉字都是标示抽象概念的象征符号，而非具体事物的图形。例如，数字"一二三"，采用相应数目的横画来表示，被称作纯粹表意字。一个纯粹的表意字也可以由一个现成的纯粹象形字，外加一个指示符号构成。比如"木"，其顶部加上一横为"末"，于底部加上一横为"本"。第三条原则是会意（composite ideo-

---

① 参见 James J. Y. Liu, *The Art of Chinese Poetry*, The University of Chicago Press, 1962, p. xiii.

grams），或"领会意义"，由两个或更多个简单的字结合而成，从而表明该字具有新的意义。例如，"明"字，系由一扇窗户和半轮明月构成；"男"字，系由"田"和"力"合成。这类字可以称为复合表意字。复合表意字的每一个成分可以是一个纯粹的象形字，也可以是一个纯粹表意字，或者是另一个复合表意字。第四条原则是"形声"（harmonizing the sound or composite phonogram），这是用一个字作为另一个字的组成部分以表音，即英语中所谓的"the phonetic"（音符）。此类复合字的另一部分，用来表示该字的字义，称为"the significant"（意符）。音符或意符本身，既可能是一个纯粹的象形字，或纯粹的表意字，也可能是复合的表音字或复合的表意字。比如"忠"字，就包含一个作为音符的"中"和一个意符的"心"；"中"于一个方框中间画一竖线，是一个纯粹的象形字；作为意符的"心"，完全是心脏的图形，表明"忠"这个字是和心有关的。此外，还会有一种复合的表音字带有一个音符和一个以上的意符。例如，"寳"（宝）既包含一个"缶"字，又包含三个意符，即"宀""玉"和"贝"。第五条原则是"转注"（mutually defining），与同义字的用法有关涉。第六条原则为"假借"（borrowing），即同音异义词的借用。

很显然，"六书"中的最后两条原则是已有汉字的扩展使用，不关乎新字的构成。这样，事实上，有关汉字结构的只有四条基本原则，与之相应地也可分为四种主要类型：纯粹象形字、纯粹表意字、复合表意字以及复合表音字。前两种类别的汉字为数不多，但由于它们所表示的或者为普通的物体（如日、月、林、木），或基本的概念（类似数字、上、中、下等），故而给人以幻觉，似乎它们不在少数。其实，汉字的绝大部分都属于带有音符的最后一类。即使那些起初是依据象形原则所造的字，大多数也失去了其象形的特征。它们现在的字形与其所代表的事物相似之处已所剩无几。据此，刘若愚指出，费诺罗萨的观点是错误的。[①] 也就是说，将汉字视为自然运动的速写式图画的观点是对汉字的严重误读，因为大部分汉字都包含表音的成分。

---

① 参见 James J. Y. Liu, *The Art of Chinese Poetry*, p. 6.

吊诡的是，在时隔二十五年后的绝笔之作《语言—悖论—诗学：一种中国观》中，刘若愚却改变了先前的看法，并为费诺罗萨"翻案"。刘氏认为："人文（文字或文学）对应于自然之文（图文、结构，包括星座、地形构造、动物的皮毛花纹），两者都是宇宙之道的显现。"①在该书中，他以为中西语言泾渭分明，并夸赞费诺罗萨直觉到了汉字在西方"逻各斯中心主义"（logocentrism）之外，提供了另一种选择。与西方哲学不同，中国的思想家与作家，包括道家，均未将写作看作对口语的模仿，故而也就从语音中心主义（phonocentrism）中摆脱了出来。刘氏认为，中国作家通常并不着意区分口语和书面语，即便区分也是倾向于后者。与西方存在的"语音中心主义"相比，中国对于文字的偏好或许可以被称为"书写中心论"（graphocentrism）。

刘氏本人亦意识到这一评判与其早前对费诺罗萨的批评大相径庭，但坚持认为这与其在《中国诗学》中所表达的观点并不矛盾，只不过"由于情况的改变，我的重点有所转移。我当时强调并不是所有的汉字都是象形的或者表意的，大多数汉字都包含一个语音因素；而我现在强调的是，并非所有的汉字都包含语音因素，人们可以不知其读音而知其意"②。刘氏前后观点的相互牴牾，或许有着两方面的缘由。其一，处于西方学术语境中的刘若愚，不可避免地在思维以及研究方法上受到西方主流文化意识与学术方法的影响；其二，或许与他的华裔身份有关。刘若愚与其他华裔汉学家一样，长期致力于中国文化在西方世界的传播，对中国文化抱有拳拳赤子心。他早期批驳费诺罗萨是因为汉字在西方长期备受蔑视，被认为是一种与表音文字相对的、来自自然之物的直接模仿或是对自然过程的速写，刘若愚担心费氏的观点会成为汉字低劣论的口实；后来对费氏的观点给予肯定，是因为西方兴起的解构主义开始批判"语音中心主义"。例如，德里达提出了"书写"理论，并在《论文字学》（*De La Grammatologie*）

---

① James J. Y. Liu, *Language-Paradox-Poetics：A Chinese Perspective*, Princeton University Press, 1988, p. 18.

② James J. Y. Liu, *Language-Paradox-Poetics：A Chinese Perspective*, p. 19.

一书中，认为没有文字就没有语言，文字造就并丰富了语言。文字并不是语言的附属品，相反，是语言的创造者，并宣称"一切都是书写"（all is writing）。① 故而，刘氏也希望借助汉语的差异与优势，扭转西方"语音中心主义"对汉语，乃至整个中国文学在西方文化语境中的歧视，从而提升中国文化在西方世界的地位。

(2)汉诗字词的意义

新批评的代表学者理查兹认为，人类的语言可分为科学语言和文学语言，而文学语言推崇多义性与含混性。其弟子燕卜逊在《复义七型》中赋予"复义"（ambiguity）一词以极高的审美意义，指出"复义"这一含有多层意义的语言表达方式正是诗歌的根本所在。刘若愚受到燕卜逊的影响，并援用后者的语义方法对汉诗字词丰富的语义层进行了结构性剖析。

刘若愚认为，与英语比较起来，汉语词汇的词义大多不是十分清晰和固定的，一个词往往具有不同的含义。关于这点，鲍瑟尔在《中国诗歌精神》中也曾引述翟理斯所编纂之汉英词典中的若干条目做过说明。② 只是在此，刘若愚更为明确地指出，这种现象对散文来说可能是一种障碍，但是对于诗歌来说则是得天独厚的优势。它有言简意赅之利，使人可以充分表达自己的思想感情，尽可能地把数种含义都汇注入一个词中。这样，读者就不得不去捕捉最有可能首先浮现于世人脑海中的那一层含义，然后才是次要的一层，并最终舍弃那些适合于别处而与文本无关的意义。尽管类似情况也见于英语，但较之于汉学的表现法则有小巫见大巫之别，故而我们可以这样认为："汉语最适于用来赋诗。"③

具体而言，刘若愚对汉诗语言所做的"意义"上的区分包括：其一，主导义（predominant meaning）与暗含义（implications）。当一个词的集中意义同时出现时，我们可以认为其中一种是主要的，其余的则属于它的暗含义。其二，暗含义与联想义（associations）。所谓"联想"，指的是可

---

① 参见 Jacques Derrida, *De La Grammatologie*, Baltimore, Johns Hopkins University Press, 1976, p. 57.

② 参见 V. W. W. S. Purcell, *The Spirit of Chinese Poetry*, pp. 32-33.

③ James J. Y. Liu, *The Art of Chinese Poetry*, p. 6.

以在我们头脑中与一个词联系在一起的东西。它既不是该词的一部分，也不是它的一种含义。例如，由"桌"联想到"餐"。进而，刘若愚运用上述区分考察了汉字使用中错综复杂的问题。

刘若愚的语言分析与他运用"六书"来阐明汉字字形构造的做法一样，始终有论述上的侧重，即试图通过"纠偏"而导以对汉诗的严肃客观的研究。刘若愚所借鉴的当然是西方新批评的语义分析法，但仍然比较充分地考虑到了汉诗诗语的特点，并能够将语言分析与文化传统分析联系起来。例如，他对汉语语义层的详细划分就借鉴了燕卜逊的"型"（symbols），而其所说的"主导意义"也大致相当于燕卜逊所说的"主要的意义"。但是事实上，词语的歧义不仅来自文本语境，还往往与历史典故或文化背景有关。刘若愚已经充分意识到了这一点，由此而使之能够不拘泥于新批评现成的理论模式，将语言问题与社会背景、文化传统联系起来。他曾意味深长地指出："人们都不会认为汉诗中的汉字形体不会给人带来美的享受，正如费诺罗萨所说的，一行汉字写成的诗句，不仅是像银幕上映出的一幕幕美丽动人的情景，而且也是感受与声音在更高度、更复杂层面上的有机展现。就这一点来说，汉诗的语言绝不逊于任何其他语言。它给所描写的事物带来的不只是丰富的联想，甚至可以说超越了联想的界限。"①也就是说，汉语的表意不仅仅具有象形的直感的层面，而且与英语一样也具有丰富的声音及理性逻辑层面，甚至还有意义的超越层面。

（3）汉诗音响效果

针对汉学家如鲍瑟尔得出的汉诗没有音韵美的意见，刘若愚也曾有所纠偏。在鲍瑟尔那里，虽然汉诗中汉字的象形性被放大了，但其音律效果相对却被忽略了。刘若愚这一部分论述的一个要点，就是试图恢复汉诗所具有的音乐美的特色，以及这种音乐性作为诗体基本格律的特征。在刘氏看来，汉诗最具特色的声韵美源自汉字的单音节性以及固定的声调。汉字一律为单音节，故而，在汉诗中，每一行的音节的数目与汉字的数目是一致的，并决定了其格律组成的方式。除去诗行中音节数目的

---

① James J. Y. Liu, *The Art of Chinese Poetry*, pp. 18-19.

合律以及变异之外，声调的变化在诗律中也起着重要作用。关于汉语的"四声"，德庇时在《汉文诗解》中曾有过详细阐述，刘氏之绍介也与之略同。总起来看，刘氏认为，汉语声调的变化不仅包括音高的抑扬，而且还有音节之间长短的对立。汉诗中音高方面的抑扬变化所起的作用堪与英诗中重音的变化相匹敌。此外，刘若愚还指出，造成汉诗音响效果的另一原因是押韵。刘氏对四音步诗、古诗（五音步诗和七音步诗）、律诗（五或七音步）、排律的格律规则均做了分析。在此，德庇时《汉文诗解》的影子明显可见，只是刘氏所选诗歌，如《诗经·静女》、李白《月下独酌》、李商隐《无题》、王维《送元二使安西》等，较之德庇时所选诗歌的外延已大为缩小，刘氏之论更有针对性，故也更能突显汉诗之特性。

总体论之，汉诗虽具较强之音乐性，然其精妙程度则较英诗略逊一筹。汉语元音的相对缺少，且重读与弱读间差别甚微。如此，较之英语，未免显得颇为单调。再者，汉语音节较为清晰明确，缺乏连读与省读，并且每一诗行中之音节通常甚为稀疏，诸如此类，使其听来便大有不连贯之感，无法与英法诗歌之连唱韵律，读之如行云流水相比。[①] 但刘氏又指出，虽然汉诗在轻捷明快方面或许略逊英诗一筹，但在音乐感方面则远远胜之。声调的变化使汉诗宜于歌唱，事实上汉诗也多可吟咏，而不仅仅是朗诵。

(4)汉语语法与汉诗诗性

没有屈折变化是汉语的另一重要特性。具体来说，汉语没有人称、时态、语态、语气、性、数等方面的变化，也没有冠词以及西方意义上的情态动词和助动词。这本是汉语的语言特色，并不存在优劣的问题，但此前的西方学者往往借此而判定汉语是一种发育不全的语言。例如，19世纪的黑格尔就曾"以他那众所周知的轻蔑眼光看待汉语"，并曾断言汉语是一种发育不全的语言的典型例证。[②] 洪堡特亦认为："在所有已知的语言中，汉语与梵语的对立最为尖锐，因为汉语排斥所有的语法形式，

---

① 参见 James J. Y. Liu，*The Art of Chinese Poetry*，p. 38.
② 参见张隆溪：《道与逻各斯》，62页，成都，四川人民出版社，1998。

第十四章　中国文论研究话题类型

把它们推诿给精神劳动来完成，梵语则力图使语法形式的种种细微的差别在语音中得到体现。"①"句子统一性的感觉在汉语里极其微弱"，"汉语缺少语法标记，我们没有把握根据词序识辨出动词，而是往往只能根据意思去做"。"在汉语里，完全要靠听话人自己努力去寻找几乎没有语音标志的语法关系"②。汉语没有一个完整的语法形式系统，它的语法构造不是基于词的分类。汉语的词序也很少指明语法形式，而必须与词的意义和语境相联系才能准确理解。这种对汉语的认识，与19世纪以来英语世界汉学家的持论是基本一致的，然而在刘若愚看来，则与实际的情况并不相符，因此有必要做出澄清。

刘若愚认为，汉语虽然缺乏英语那样的数、性、时态等的变化，然而非但未妨碍日常交流与沟通，反而非常适合于诗歌之写作、人类情感与普遍经验之表达。亚里士多德说，诗人应该表现一般而非特殊。刘若愚指出，中国诗人所关瞩者正是蕴蓄于情景之中的"神"而非偶然的细节。汉诗可以只写花鸟山水，而不必指出其颜色、数量、地点，从而以简洁的语言表现了一种似乎永远静止的画面。经由这一画面，人类的经验、情感得到了真正的表达，如王维的《鸟鸣涧》。此外，汉语没有严格的语法，词性可以灵活变动，这就使得汉语天然成为诗歌的有效媒介。例如，马致远的"枯藤老树昏鸦，小桥流水人家"，完全省略动词，而名词的序排使读者的注意力由一物象转向另一个，仿佛在欣赏一幅旨趣悠远的山水画。在汉语中，动词非但可以省略，还可以随意错位以增强审美效果，激起听觉、视觉上的美感，如王维的"竹喧归浣女，莲动下渔舟"。可以说，"正是基于汉语的上述特征，汉诗赢得了一种非个人的普遍特质，寥寥数语中，大处可见历史之变迁，小处可见细微之情感，可谓'一花一世界'"③。

---

① [德]威廉·冯·洪堡特：《论人类语言结构的差异及其对人类精神发展的影响》，314页，北京，商务印书馆，1999。
② [德]威廉·冯·洪堡特：《论人类语言结构的差异及其对人类精神发展的影响》，177页。
③ James J. Y. Liu, *The Art of Chinese Poetry*, p. 47.

总之，汉语的语法具有流动性，并非凝固之物。在高度屈折的语言中，譬如拉丁语，单词好像用以垒砌文章章句这一大厦的砖块，而在汉语中，它则恰似轻而易举即可构成新的化合物的化合元素。一个汉语的词不可能死盯住某一"词类""性"或者"格"不放，它是一个流动体，宛如在一条流动不息的长河中与其他流动体互相影响，互相作用。这使得中国诗人能够用尽可能简洁的语言言情体物，同时舍弃那些无关紧要的末节，从而使得作品臻于普遍的、超凡的境界。故而，景色、气象抑或经历，均可以被安置入数十个音节的诗行，由一斑而窥全豹。

(5)汉诗"对应法"

在前文所述《汉文诗解》中，德庇时以"对应"来解汉诗中所说的"对"。刘若愚认为，二者实际上是不可通约的。他说，在汉诗艺术中运用对仗(antithesis)是一种自然的倾向。譬如说，言"规模"，常说"大小"；写风景，多曰"山水"。这反映出中国诗人思想方法的双重性及相对论的特点。另外，单音节的字，或者双音节的词，确实容易形成对仗。对仗是汉语本身所固有的特征，故不可避免地要在汉诗中占有重要地位。为了纠正前人的偏颇，刘若愚指出汉诗中所谓的对仗即汉语中通常所说的"对"(tuei)，全然不同于希伯来诗歌中的对应法(parallelism)。"对仗要求句中所包含的成分在意义上必须相对，且不允许有字或者词的重复，而在对应法中这类现象是被允许的。"①刘若愚以《所罗门之歌》(*Song of Solomon*)为例加以说明：

Thy teeth are like a flock of sheep that are even shorn, which came up from the washing;

Thy lips are like a thread of scarlet;

Thy neck is like the tower of David;

Thy two breasts are like two young does that are twins, which feed among the lilies.

---

① James J. Y. Liu, *The Art of Chinese Poetry*, p.146.

对此，刘若愚分析说，上诗中所列美人的齿、唇、颈、胸，主要在于形容其情人的姿容超逸，清秀可人，作者并无意使用对仗手法使之听起来铿锵有力。另外，该诗一再重复"Thy"（你）和"like"（宛如）等词，这在汉诗的对仗中是不容许出现的。刘若愚说，中国早期的诗歌，如《诗经》《楚辞》，其所使用的对仗并不工整，多为松散的形式。例如，《离骚》：

朝饮木兰之坠露兮，夕餐秋菊之落英。
(In the morning I drink the dew drops from the magnolia. In the evening I get the fallen petals of the autumn chrysanthemum.)

该句在对仗方面稍显不工之处为，前一句中的"木兰"是一个双音节复合词，而后一行中的"秋菊"则系由一个形容词加上一个名词构成。在古体诗中，对仗经常出现但并非像律诗那么严格。律诗对对仗有着严格的要求：一首八行诗的中间四行必须构成两联对仗，上下不仅意义相对，而且字的平仄也应相对。也就是说，在一联对仗的诗句中，前一行中的每一个音节与后一行中相应的音节平仄要严格对立，而且这些相互对立的词在词性上还应保持一致，即名词对名词，动词对动词。刘若愚指出："真正的工对，无论语法结构，抑或所含意义都应是相对应。"①例如，杜甫《和裴迪登新津寺寄王侍郎》：

蝉声集古寺，鸟影度寒塘。
(Cicada's cries gather in the ancient temple. A bird's shadow crosses the cold pond.)

诗中上下两句皆由名词、名词、动词、形容词、名词构成。此外，对仗中所使用的词，其词性与所指之物均须同类，但这一规则并非一成

---

① James J. Y. Liu, *The Art of Chinese Poetry*, p. 148.

不变。有时，两个字或者词，虽然所标示的并非同类事物，但是在话语中往往相提并论，如"花"与"鸟""诗"与"酒"，再如杜甫《春望》：

感时花溅泪，恨别鸟惊心。
（Moved by the times, the flowers are shedding. Averse to parting, the birds are stricken to the soul.）

总之，对仗在中国诗歌中是一种重要而且特有的手法。运用得巧妙得体，会给人自然对称之感，并使诗歌的结构显得严谨有力。

英美汉学家围绕汉语语言特性与汉诗二者关系所做的论述，主要是从汉字本位、汉诗格律、句法的模糊性三个维度予以展开的。这是因为，诗歌是语言艺术，因而从汉语的特质来讨论汉诗的独特性也就自成其理。当然，如做进一步考察，包括德庇时、费诺罗萨、鲍瑟尔、艾斯珂以及刘若愚等人对汉字与汉诗之关系所表现出的极大兴趣，并由之而能发现汉字的独特性，则都是因其将汉语置于西方"语音中心主义"的坐标系中加以探查之结果。

四、叙事理论

叙事的传统在中国诗学中由来已久，从《诗经》中"赋"的手法到《尚书》佶屈聱牙的记事文本，再到《左传》中关于战争的描写，我们从中国文学的源头处总能看到叙事的影子。但是，在中国的文论传统中，对于虚构性叙事文体（即英文中的 fiction）一直比较忽视，甚至有所贬斥。从六朝志怪到变文与唐人传奇，再到宋元之际的说唱文学，中国文学的叙事理论一直没有发展起来。到了明清之际，中国文学中涌现出以《阅微草堂笔记》《聊斋志异》等为代表的文言小说和以明代四大奇书和清代的《儒林外史》《红楼梦》为代表的白话小说。至此，受文人关注的影响，明清小说批评的领域出现了胡应麟和纪昀等史评家的文言小说评点，以及由金圣叹、李卓吾这样的才子文人进行的白话小说批评。但由于受到传统的所谓诗文为正道的思想的长期影响，对中国古代小说理论的研究一直未取得和诗文研究平等的地位，包含在中国文学中的叙事传统也一直未被加以足够的重视，没有获得类似西方那种对于叙事的系统性表述与自觉意识。

美国汉学界对中国小说的研究由来已久。20世纪70年代，汉学界开始出现了从"叙事"角度命说与考察中国小说的趋势，这也与受到其时西方盛行的叙事学理论的影响有密切的关系。1977年，浦安迪主编的《中国叙事：批评与理论论集》(Chinese Narrative: Critical and Theoretical Essays)在美国出版，以一种集体出场的方式宣告了新的研究话题的出现。白之撰写的序言及浦安迪撰写的《走向一种中国叙事的批评理论》(Towards A Critical Theory of Chinese Narrative)一文，均对中国叙事学的研究理路做了较为完整的梳理。1981年，汉学家韩南出版《中国白话小说史》(The Chinese Vernacular Story)一书，也开始将叙事学理论应用于中国古代小说研究中。正如后来的学者所评述的："韩南很重视叙述学的研究方法，在本书各章中都注意到小说中叙述者层次的研究。在最后关于凌濛初、李渔的两章里，分析尤其细致，在关于艾衲居士的一章里则等于这方面的总结。这种研究方法也是新鲜的，值得借鉴。"[1]当然，该书还只是把叙事学理论作为研究方法之一种，且研究对象主要是白话小说。此后，关于中国古代小说的叙事学研究在汉学界进一步发展起来。就个案研究来看，高辛勇(Karl S. Y. Kao)的《〈西游补〉与叙述理论》(Theory and Practice of Narrative in the Hsi-yu Pu)[2]等均属比较有分量的撰述。

在诸多研究者当中，浦安迪等人不仅重视个案的研究，而且冀望从更为完整的角度出发，建构出有别于西方的中国叙事理论框架。1987年，浦安迪出版了《明代小说四大奇书》(The Four Masterworks of the Ming Novel: Ssu Ta Ch'i-shu)，对中国古代长篇章回小说的结构、文

---

[1] [美]韩南：《中国白话小说史》，"译者说明"，2页，杭州，浙江古籍出版社，1989。
[2] Karl S. Y. Kao, "Theory and Practice of Narrative in the Hsi-yu Pu", Tse-tsung Chow(ed.), Wen-lin: Studies in the Chinese Humanities, University of Wisconsin Press, 1989, pp. 205-241. 中文最早刊登于《中外文学月刊》1984年第8期。

理、修辞、寓意等问题，做了从叙述学理论角度入手的、别开生面的分析。① 1989 年，他在北京大学中文系开设"中国古典文学与叙事理论"的讲座，同样基于叙事理论的视野，同时立足于中国古代文化语境，探讨中国小说传统中的结构性意识，并对许多问题有深入的阐释。后浦安迪将其整理成书，为《中国叙事学》。

总体看来，北美的汉学家们不仅将注意力集中在叙述的各种呈示上，而且也通过对大量批评话语的发掘与重新阐释来印证自己的发现，体现出较为明显的理论意识。通过对这些意识的抽取，他们可以将之纳入文论研究的范畴。与之同时，他们在处理中国古代的叙事文本时并未把小说当作俗文学，而是有意模糊与消弭雅俗之间的界限，并通过对作为"史余"②的叙事性虚构的历史化对比分析，在某种程度上完成了对中国叙事传统的思想还原和叙事确认。关于这种研究方法，浦安迪认为："研究叙述的视角可以相当多元，不妨从历史学、心理学、社会学、文化人类学、美学等各种不同的角度去分析去讨论。即使我们将讨论的范围仅仅局限于文学性叙事，研究的角度也依然五花八门。但是，说到底，叙事就是作者通过讲故事的方式把人生经验的本质和意义传示给他人。"③由此可见这类研究的广泛包容性，它既聚焦于叙事的理论概念，又容纳了多种多样的研究范式。

(一)关于叙事的范畴与边界

英美汉学家在对中国古代小说等叙事文学作品进行研究的过程中，贯穿了对叙事在中西两大文论传统中的理论界限和观念差异的理解，对因不同的逻辑起点和理论基础差异所生成的中西叙事理论的范畴与边界做了较为清晰的厘定。具体可概括为以下三个方面。

---

① 参见 Andrew H. Plaks，*The Four Masterworks of the Ming Novel：Ssu Ta Ch'i-shu*，Princeton University Press，1987.

② 浦安迪认为："正如词为诗余，曲为词余一样，古人是倾向于把文言小说视为'史余'。"[美]浦安迪：《中国叙事学》，12 页。

③ [美]浦安迪：《中国叙事学》，5~6 页。

第十四章　中国文论研究话题类型

第一，东西方的思想结构不同，文化传统也不一样。西方以"模仿说"为核心思想，注重对外在世界的模仿，中国则以儒道思想为皈依，以"道"为统摄，并生发出更多的言外之意。在西方学者看来，整个西方文学的思想都是在柏拉图和亚里士多德"模仿说"的影响下进一步发展起来的。虽然柏拉图与亚里士多德对"模仿说"的解释不同，但是他们都趋向认同一点：文学是一种对更高层次的理念的模仿，因此也是"虚构"的。但是，中国的叙事则是按照另外一种规则进行的。浦安迪在对东西方关于"文"的概念进行界定时就指出，刘勰在《文心雕龙》中讨论文学形式的起源时，乍看之下，似乎其所主张的概念与西方"模仿说"有相同之处，但是"在更细致的探讨中，我们注意到，这个关于文学模仿的讨论，是用于对感官形象的空间排列与时间顺序的结构排列的说明，而不是指对作为一种类型化规范的人类现实的再现"①。也就是说，它是指向现实中固有的时间、空间之结构与排列的，而不是西方式的指向一种具有几层对应的超自然的抽象世界。就此而言，西方早期的"行动的模仿"的观念也是"无法用以清晰地界定中国文学用语中有关叙述的概念的"②。浦安迪所说的这种空间与时间排列顺序，也就是中国人认为的"道"之秩序，从历史的角度来看，则与"原道""征圣"和"宗经"的传统相关。

也正是基于这种观点，浦安迪后来从"原型批评"的角度指出，"中国古代文化传统中，史文与神话存在一种特殊的共生关系，恰如希腊神话之于荷马史诗"。中国古代叙事文体的发展遵循的一条"神话—史文—明清奇书文体"③的发展脉络，中国古代小说体叙事结构所传承的原初神话的空间化形态，实际上是"先秦重礼文化原型"和"殷商文化""把行礼的顺序空间化了，成为一种渗入时代精神各个角落的基本观念，因而也就影响到神话的特色"④。"中国神话倾向于把仪礼的形式范型，诸如阴阳的

---

①　Andrew H. Plaks(ed.), *Chinese Narrative: Critical and Theoretical Essays*. p.311.
②　Andrew H. Plaks(ed.), *Chinese Narrative: Critical and Theoretical Essays*, p.311.
③　[美]浦安迪：《中国叙事学》，30页。
④　[美]浦安迪：《中国叙事学》，43页。

更替循环、五行的周旋和四时的交替等，作为某种总体的原则。"①受此因素影响，后来产生的四大奇书所体现出来的叙事特点实质上也就成为"文人精致文化的伟大代表"②。总而言之，中国的叙述意识是根基于历史与现实的，不存在一个西方式的超历史与超自然的可加以"模仿"的前设范式。关于这方面的问题，也可参见浦安迪在《〈红楼梦〉的原型与隐寓》(Archetype and Allegory in "Dream of the Red Chamber")一书中借助对中国是否具有西方式"隐寓"这一话题所做的详细论述。

与浦安迪之论构成某种呼应，新生代华裔学者史亮也从对模仿的辨析出发，界定了中国叙事的范畴与边界。在《重构中国传统小说的历史话语》(Reconstruction the Historical Discourse of Traditional Chinese Fiction)一书中，史亮指出，中国的小说创作不追求对外在世界的绝对模仿，而是在无限的趋近于现实的基础上表现更深层次的含义。"中国古代并无模仿这一概念，所有的事实表述都和实用的语境相联系，西方模仿论所强调的那种'真理'是被间接地暗示而非直接加以表现的。至少在哲学的层面上，抽象的'真理'的概念并不存在古典中国认识论的框架之中。"③史亮认为，中国的文学批评受中国哲学的影响极为深刻，尤其是道家思想中"道"的观念，道存在于万物之中，强调文学创作中的缺失和不在场。也就是说，文学不是对现实的直接模仿，而是在缺失中留下空白，以待阅读者去理解和补充，并在补充的过程中达到对道的理解和对真理的把握，立足于现实并超越现实，从而达到"得意忘言"的效果。有如绘画，画面是对现实的模仿，但不是绝对完全的模仿，而是在逼真的前提下表达一种意境或情怀。他认为，中国文学中的"道"和西方所强调的"真"是不同的，中国的道并不产生超越与存在、主体与客体的区别，也并不拥有某种形式。恰因为如此，中国文学中没能形成一种类似于西方的模仿理论。文出于道，且一直是道的一部分，文和道的这种存在状

---

① ［美］浦安迪：《中国叙事学》，43 页。
② ［美］浦安迪：《中国叙事学》，25 页。
③ Shi Liang, *Reconstructing the Historical Discourse of Traditional Chinese Fiction*, New York, The Edwin Mellen Press, 2002, p.17.

态使中国的小说不可能像西方小说一样声称一种超越的或更高的现实,而只能贴近历史和现实的表层,甚或逼真地描述历史和现实本身。中国小说强调的是讲故事而非意义。① 中国文学中没能形成模仿理论,并不意味着中国文学本身拒绝模仿,中国小说评点中的"像极""活现""活画出""如闻如现"都传达着模仿的意涵,但是与西方的模仿论则完全不同。据此,史亮概括出一个"道"和"文"之间的演进模型:

$$\text{Dao} \to \text{Nature} \to \text{People} \to \text{Wen}$$

他认为,从道至文不是一个单向度的发展过程,虽然人文取自自然之文,但因二者都源于道,故性质上是完全平等的。因为缺乏类似西方的实存与超越、主体和客体以及视觉真实这样的二元化了的概念,中国文和道之间的这种自然关系并不利于产生模仿的观念。要想分析中国的叙事传统,就必须从文化和社会的角度入手。②

第二,在汉学家们看来,也就上面的逻辑来看,中国的叙事显示出偏重于讲"史"(historiography),偏重于"史"的记录的特征,而西方则偏重于"讲故事"(storytelling function)。浦安迪指出,在中国文学中,叙事与抒情是文人创作的两大类型,然而两者也常常同时出现在同一部作品中,骚、赋、小品文等即是。因此,早期的中国文论对文体没有清晰的界定,即在很大程度上叙事是包含很多文学类型的,但它一定是对当时社会文化的记载。随着时代的发展,文学的分支更为细密,"史传"从众多文体中脱颖而出,成为叙事的宠儿。这时,对中国叙事学的讨论就需要放在"史"这个概念上,把史传当作研究叙事学的一个起点。史传的写作不仅是中国叙事学的一个主要特点,而且还给阅读者带来了史实的价值。西方叙事学的中心功能是"讲故事","讲故事"与修辞有着某种联

---

① 参见 Shi Liang, *Reconstructing the Historical Discourse of Traditional Chinese Fiction*, pp. 8-10.

② 参见 Shi Liang, *Reconstructing the Historical Discourse of Traditional Chinese Fiction*, pp. 35-37.

系，后者在西方叙事学中占有非常重要的地位。近代西方叙事学，用讲述者和故事之间的修辞关系来区分叙事文学的功能。西方对史传文学的定位并不清晰，虽然可将它分为古典历史学和历史叙事学，但更重视叙事学中的修辞而非史实。中西方的叙事学因此而有了一个明显的区分，即西方以讲故事为主，中国则以传达史实为主。

另外，浦安迪还指出，中西方对于"事件"这个概念的定义和处理方式也不同。西方对事件的定义是将人类存在放到时间顺序中去把握，事件是一系列连续的社会存在，所以多以时间结构的方式描写事件。而中国则常在叙事时将多个事件叠加，强调此事件与彼事件时间上的关联。同时，片段的交织给人以厚实的空间感。因此可以说，中国叙事结构的功能单元更多的是整体的事件，单个事件与多个事件的单元就此而形成互补的关系，在时间和空间上都给阅读者强烈的纵深感。从某种意义上讲，虽然史传可以作为研究中国叙事理论的起点，但中国叙事学并不单纯指记录历史，几乎所有文学现象都可以称为叙事。依据浦安迪的观点，从文论的角度讲，无论是唐代的刘知远关于历史的文本讨论，还是清初毛宗岗对《三国演义》的批评，还是那些从叙事角度对以往文本评价的直接描述，都颇具中国传统叙事理论的价值与意义。

第三，中西方对于叙事真实和虚构的处理方式不同。东西方叙事理论都经历了漫长的演变和发展，其早期的叙事学与当代的叙事学都有很大的不同。鲁晓鹏在《从史实性到虚构性：中国叙事诗学》(*Reconstruction the Historical Discourse of Traditional Chinese Fiction*)中强调指出，中西方的文化不同，使双方关于历史和小说、事实和虚构、文学真实和想象真实的概念也都是不同的。他认为，我们可以将西方的"narrative"这一概念分为"历史叙述"(historical narrative)和"虚构叙述"(fictional narrative)。其中，历史叙事偏重于历史事件的表达，虚构叙事是更多的想象力的叠加。历史小说和虚构的关系，恰在于虚构给历史小说提供了相应的模式去理解一系列的历史事件。为了对历史有所了解，阅读者需要如同读虚构小说一样在开端、发展、冲突、高潮及结尾这样的模式中完整地了解一个事件。在中国，叙事和虚构往往是结合起来进行的，这一点在唐代传奇的写作中体现得十分明显。

对此，顾明栋在《中国小说理论》(*Chinese Theories of Fiction*)一书中认为，中国早期的小说以记录事件为主，而随着时代的发展，小说开始在记录大事件的基础上有所虚构。他给虚构下了一个定义，即虚构作为一种文学类型，是一种关于行为和事件的叙事。它可能不会有何重要的前瞻性，但是它一定会对生活有所启迪。它不仅传递信息，也追求娱乐和审美的功能。虚构所传递的信息并不一定是发生过的，但它是有可能发生的。虚构完全不会影响阅读者的认知和价值取向。[①] 顾明栋对小说演变的探讨，恰好说明了中国小说的发展从单纯的记言到叙事与虚构、虚实结合的发展脉络。浦安迪也有与顾明栋类似的看法，他认为中国叙事学可分为讲述真实与虚构两大类型，真实就是客观的描写，而虚构更多是想象。中国叙事学对待真实和虚构的态度往往是将两者结合起来，即虚实结合，真假结合。它追求的是一种更广泛的美学范畴，是具体和抽象的结合。中国的批评家强调的是艺术的多元共生，而不是一元性。例如，金圣叹在谈论中国叙事学中的真实和虚构问题时指出，与"因文生事"相比，他更推崇"以文运事"，因为他追求的是打破具体和抽象的界限，从而达到一种浑融的境界。浑融的境界一直是中国文学创作想要达到的情景相生、意味无穷的最高境界。[②]

(二)雅俗界限的模糊与消弭

雅俗观念是中国文化的重要观念，它的演进与中国文化的发展是同步的。以小说为代表的中国叙事文学，长期以来被视为俗文学传统的一个重要组成部分。英美汉学家非常清楚小说在中国文学史上的地位状况，十分熟悉小说在中国文学传统中这种由来已久的地位低下的事实，但他们在处理中国的小说文本时，并没有视小说为"小道"的先入之见，而是在历史形成的小说和诗文雅俗对立关系面前，最大可能地保持了一种开

[①] 参见 Gu Ming Dong, *Chinese Theories of Fiction*, pp. 2-8.
[②] 参见[美]浦安迪:《中国叙事学》，51页。

放的态度。他们不仅重视不同层次间的沟通,而且在某种程度上模糊甚至消弭了一直横亘于小说和诗文传统之间的雅俗界限。

倪豪士在《略论9世纪晚期的中国传统小说与社会》(Some Preliminary Remarks on Fiction, the Classical Tradition and Society in Late Ninth-century China)一文中明确指出,虽然从事中国传统小说写作的人多来自较低的社会和经济阶层,但类似柳宗元的《负贩传》《天对》,孙樵的《书褒城驿壁》、罗隐的《越妇言》、陆龟蒙的《招野龙对》等唐代的古文小说的产生,不仅满足了作者的需求和读者的口味,而且起到了弱化传统、刺激社会变革的作用。唐代的古文小说家以一种隐含的"述而作"的诉求变革了儒家"述而不作"的传统,对后继的宋代文学在许多方面都产生了影响。[①] 与中国文论传统中把小说界定为"引车卖浆者之流"的边缘文学形态不同,倪豪士把唐代传奇虚构风格的兴起提升到了中国文学史的高度,并将其和经学阐释的发展并置,本身就是对中国文论传统中雅俗观念的颠覆。

和倪豪士不同,阿德金斯(Curtis P. Adkins)借助荣格和弗莱的理论,从原型的角度分析了唐传奇及其早期叙事文学中的英雄形象。阿德金斯的逻辑是,因为英雄在生活中的作用不可忽视,所以描写英雄的小说的地位也就不可小视。他认为,传奇中原型英雄的形成和三方面的因素密切相关。首先,传奇文本中的英雄原型必然是作者所熟悉的,甚至就是其自身的写照,有时则来自具有相似的社会、经济和教育背景的群体。这样,传奇作品通过把一个学者描绘成杰出的人物,作者本人不仅可以展示自己的不凡身世,也可以使别人看到自己与众不同的命运形象。其次,阿德金斯认为,"个人"(individuals)是现代小说的特征,"类型"(types)是传统小说的特征,而唐代传奇中的英雄形象虽然不是为了塑造真人,但是也并非一些定型化了的或者象征性的人物形象。最后,阿德

[①] 参见 William H. Nienhauser, Jr., "Some Preliminary Remarks on Fiction, The Classical Tradition and Society in Late Ninth-century China", Winston L. Y. Yang and Curtis P. Adkins (eds.), *Critical Essays on Chinese Fiction*, Hong Kong, The Chinese University Press, 1980, pp. 1-16.

金斯认为,唐传奇英雄人物的一些附加特征直接源于受教育的士人阶层,特别是那些学者型英雄人物,不仅精通诗艺,而且都深受儒家忠孝仁义等观念的浸渍。① 阿德金斯所概括的这种唐传奇人物塑造方式本身就说明,唐传奇已经在创作动机、人物形象和价值取向等方面上超越了中国小说观念中的雅俗形态,并且在某种程度上已经具备了现代小说形态的雏形。

关于这一点,韩南和阿德金斯的观点十分接近。韩南在谈到"才华小说"(virtuoso story)时指出,才华小说里的每篇故事的主角都是诗人,并且大多是真有其人而非杜撰。不管是白话还是文言的"才华小说",其主角类型都是比较受重视的人物,通常都是文人。这类小说多限于描写文人的生活方式及价值观念。通过对文人生活方式及价值观念的表现,小说呈现出了某一社会阶层的"社会亲和关系"(social affinities)。② 由此观念出发,韩南在谈及李渔的小说创作时认为,李渔作品里的喜剧、幽默与严肃的目的并不矛盾。李渔的作品对快乐原则的信仰,与何心隐及李贽的思想有关,他对于文学个性化方面的关注则与李贽和袁宏道的思想有关。这两种关系的交互存在并非基于简单的思想转换,而且李渔写作的目的也不仅仅是取悦自身,使公众铭记其思想以名垂青史,亦在谋生。李渔作品的雅俗程度和基本格调,是与其作为一个职业作家的身份以及其所受思想影响密切相关的。③

顾明栋非常认可韩南关于"才华小说"的观念。只不过他从中国文论抒情主义角度入手,依据弗洛伊德精神分析理论,通过区分中国小说发展过程中的意识、潜意识和前意识三个层面,从理论角度极大地抬升了中国小说的审美价值和存在意义。顾明栋认为,类比于弗洛伊德的思想体系,中国小说的内部发展可以概括为小说意识(fictional conscious)、抒情潜意识或前意识(lyric preconscious)、历史潜意识(historical uncon-

---

① 参见 Curtis P. Adkins,"The Hero in Tang Chuan-ch'i Tales", Winston L. Y. Yang and Curtis P. Adkins (eds.), *Critical Essays on Chinese Fiction*, p. 21.
② 参见[美]韩南:《韩南中国小说论集》,21~23页,北京,北京大学出版社,2008。
③ 参见[美]韩南:《创造李渔》,2~3页,上海,上海教育出版社,2010。

scious）三种状态。小说意识是一种追求分开的独立的文学形式的审美驱动，竞争和仿效抒情诗歌与经典散文的欲求是一种抒情前意识，不停地对小说的审美形态施加塑型影响的是一种历史潜意识。抒情主义和历史主义处于中国小说创作理念中的超我地位。历史主义提供给小说的是一种必须遵守的现实实用原则，而由于抒情主义是一种伴随完美标准的自我理想，因此其为小说树立的是一种需要在小说中加以确认的理想模型。① 顾明栋认为，在小说中混杂诗歌和散文性叙事是中国小说的一个突出特征，类似曹雪芹这样的作家，在小说中大量掺杂诗歌并不单单是出于保存和流传自己诗文的目的；类似《李翠莲》和《成佛记》这些"才华小说"的作者，也并非是要故意在作品中炫耀自己的诗学知识和诗歌天赋，叙事中大量存在抒情诗歌的特征表明的恰恰是中国小说中存在抒情潜意识这一深层结构，存在一种抒情潜意识在深层结构里发挥作用的症候（symptomatic）。② 从其发现的这一"抒情潜意识"名词出发，顾明栋建立了一个用以说明小说和抒情诗之间关系的理论模型：

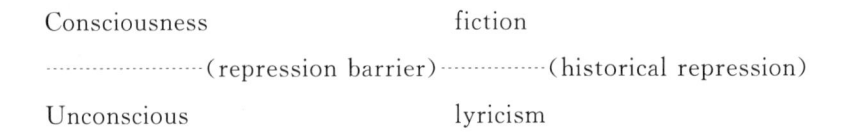

Consciousness   fiction
————————（repression barrier）————————（historical repression）
Unconscious   lyricism

　　顾明栋认为，由于历史的原因，中国小说中虚构这一表层结构和抒情这一深层结构是并存的。这种结构存在形式对中国小说产生了一种看不见的影响。恰如弗洛伊德所说的，被压抑的潜意识总是力图突破压抑而在意识中得到释放，作为深层结构存在的抒情诗，也可能通过超越历史压抑的藩篱和范型差异在小说话语中得以表现。理解中国小说，就一定要揭示出中国小说本质性的诗性特质。虽然浦安迪和高友工也都注意到了这一点，但是他们都没有像顾明栋一样加以深度发掘。顾明栋在他

---

① 参见 Gu Ming Dong, Chinese *Theories of Fiction*, p. 99.
② 参见 Gu Ming Dong, *Chinese Theories of Fiction*, p. 100.

的研究著作中，从概念和批评的视野着力要说明的，就是构成中国小说深层结构的抒情主义如何成为推动小说走向艺术成功的重要力量。这对于变革我们传统上关于诗与小说之间的雅俗关系，具有十分重要的价值。因为从小说的历史发展来看，小说中诗文的呈现经历了一个由表层叙述向深层性的隐含使用的过程，小说的结构特质、情节、场景描绘、人物性格塑造以及叙述等，都逐渐隐含了诗文的影子。这个演进是非常重要的，因为只有抒情主义被挤压进入小说意识的深层结构，才可能成为一种抒情潜意识并发挥其持续性的审美影响。

顾明栋认为，小说和《诗经》写作的源头相同，早期的出身也是十分高贵的，都是源于人们即兴的情感表达，并被朝廷官员采集起来观察民众的意见。但是由于孔子抬高了诗的地位而贬抑小说，小说逐渐被视为戏弄之作。小说虽然有着和诗歌同等的出身，但是并未如诗歌一样被视为严肃的写作形式。顾明栋认为，从权力话语的角度来讲，抒情的支配地位使小说在早期阶段并未发展起来，而是逐渐被视为一种不严肃的文学形式。小说必然要通过对诗文传统的抗争与模仿来提升自己的价值地位，在叙事冲动（narrative impulse）和抒情冲动（lyric impulse）的纠结中，最终形成一种独立自足的权力话语系统。叙事的快感最终克服了间歇的抒情冲动，在某种程度上淡化了抒情的支配地位，甚至在某些情况下操控了抒情。小说中这种被操控和驯化的抒情冲动被压制为一种创作意识而推向小说的后台，这种被压抑的抒情意识渐次沉化为中国小说创作的潜意识，并最终成为中国纯小说（pure fiction）深层结构的主要支柱之一。抒情主义是诗歌的核心，而诗歌在宽泛意义上讲又是中国文学的核心所在。抒情主义在诗歌和小说中占据着不同的位置，抒情主义是诗歌的意识和自我意识核心，在小说中则是处于无意识和潜意识的结构。根据顾明栋的分析，既然小说和诗歌同源，并且在形式和内容上都含有抒情的元素，那种简单地从雅俗的角度贬抑小说的做法自然就是不可取的了。①

----

① 参见 Gu Ming Dong, *Chinese Theories of Fiction*, pp. 101-102.

(三) 史实与虚构的辨析和思考

以史诗为源头的西方文学叙事，在本质上属于虚构叙事。西方小说更是把"虚构"作为根本原则，小说(fiction)概念本身的意思就是"虚构"。由虚构叙事传统构成的叙事，是西方叙事文体的主流甚至唯一的传统。因此在西方叙事传统中，历史的地位要远远低于文学的虚构。但是，中国的叙事文学产生于民间宗教、民间娱乐、诗歌、散文和史学写作等多种渊源的交汇融合，既秉承中国文学自身的固有特质，也接受了大量的外来影响。历史与虚构一直纠结在中国的叙事传统之中，恰如宇文所安所指出的，对于中国的读者而言，"诗不会是虚构的，而是历史时间中某种经验独一无二的事实性陈述，是人和世界遭遇时的知觉意识，借以诠释或回应这个世界。读者职责之所在，则是在后来的历史时刻面对这首诗时，予以诠释，予以回应"①。

北美的汉学家们在关注中国的叙事文学时，分别从各自的研究对象出发，对中国叙事传统的源头加以追溯和描述，并在这个过程中辨识了虚构和史实的区别与联系。

中国古代叙事是在实录和虚构、道德叙事和文学叙事的互进中演进的。浦安迪对中国叙事理论进行系统扒梳后指出："任何对中国叙事属质的理论探索，必须在出发点上便承认历史编纂学，也就是在总体的文化总量中'历史主义'的巨大重要性。事实上，怎样去界义中国文学中的叙事概念，可以归结为在中国的传统文明之中，是否的确存在两种主要的形式——历史编纂学与小说——的内在通约性。"②浦安迪认为，不同于希腊神话的"叙述性"，中国小说在思维方式上具有"非叙述、重本体、善图案"③的特征，中国叙事所追求的是意义的真实。"真实一词在中国则更带有主观的和相对的色彩……中国叙事传统的历史分支和虚构分支都

---

① Stephen Owen, *Traditional Chinese Poetry and Poetics*, p. 15.
② Andrew H. Plaks (ad.), *Chinese Narrative: Critical And Theoretical Essays*, p. 311.
③ [美]浦安迪：《中国叙事学》，43页。

是真实的——或是实事意义上的真实或是人情意义上的真实。"①"西人重'模仿',等于假定所讲述的一切都是出于虚构。中国人尚'传述',等于宣称所述的一切都出于真实。这就说明了为什么'传'或'传述'的观念始终是中国叙事传统的两大分支——史文和小说——的共同源泉。"②史传是中国叙事文学的重要源头,中国后世叙事文学的很多根都在史传里。

马幼垣在定义中国的讲史小说时,更是十分明确地指出,讲史小说是"以艺术之笔融合事实和想象,在人物及事件的描绘上尤有创新与发挥,不过并不违背众所皆知的事实",总体来讲是一种"以史实为核心的小说"。③ 史亮则认为,小说概念的形成本身就是一个历时性的文化概念。这不仅和孔子的正名观相关,而且体现出先秦时期老子、庄子、墨子和荀子等人在多样化的社会历史语境中产生的文化观点。虽然班固之后,伴随着"稗官"这一名称的出现,小说稗史和野史这样的同义名称已经把小说推向了不受人尊重的位置,但是后汉时期小说的表现内容还是发生了非常大的变化。史亮指出,后期的《隋书》《旧唐书》《新唐书》《宋史》中大量存在小说作品的事实,以及用《杂传》《列异传》《幽冥录》这种史书方式标示小说的方式本身,已经在很大程度上抬升了小说的地位及价值,而且从志怪以及传奇开始,中国小说已经演进成为一种独立的文学形式。到明代《四库全书总目》把小说按杂事、异闻和琐语编目,小说开始真正地被称为"文章家之一体"。④ 虽然中国小说中不乏奇、异、诞的描写,但这些和史家一直存在千思万缕的联系。左丘明是"千秋之荒祖","司马迁的著作中也多有奇异记述"。历史一直力图摆脱史实写作和故事写作的干系,因此创制出史余、外史和遗史这样的名称,却又恰恰说明了小说的材料主要来自历史的遗留。但是历史一直试图摆脱小说的消极

---

① [美]浦安迪:《中国叙事学》,32页。
② [美]浦安迪:《中国叙事学》,31页。
③ Yau-woon Ma, "The Chinese Historical Novel: An Outline of Themes and Contexts", *Journal of Asian studies*, 34/2, 1975, p.278.
④ 参见 Shi Liang, *Reconstructing the Historical Discourse of Traditional Chinese Fiction*, pp.40-64.

影响，小说也一直力图摆脱历史的影子而追求真正的独立。史亮从中国小说的历史话语建构性角度出发，认为中国的小说并没有完全遵循现实主义的原则，因为现实主义是一种跨文化、超历史的概念，而中国小说渗透着的却是一种文化和历史情怀。①

费维廉在辨识中西文学批评的差异时，认为："中国人再现的对象，是某时间点上的心境，以及心灵与周遭世界的对应关系。虚构性则与之不同。虽然幻或虚构的故事在中国文学中早有一席之地，但是一般而言，中国批评家都把文学作品视为个人的传记。"②夏志清在《中国古典小说史论》中认为："在中国的明清时代，如同西方之相应的时代一样，作者与读者对小说里的事实都比对小说本身更感兴趣。"这些提法与余宝琳的看法类似，后者曾从中西隐寓及文学批评理论的比较入手，指出中国文学多从儒家对道德伦理的观感出发，希望在历史中为道德觅得权威的语境。中国人往往"把文学视为过去的世界留给后代的生命教训"，文本意义唯有在史料和作者诗文的对照中才能解明，而且是最具关键性的解明。③

虽然以上观点在汉学界中非常具有代表性，但是《红楼梦》研究专家余国藩却不太同意在中国叙事文学的研究中，把"虚构"和"历史"混为一谈的做法，认为"在历史或自传性的强调占得上风之处，文学文本的文字与独立经验便会遭到斫害，盖此刻外证的寻觅必然会变成批评上的主宰。"④余国藩指出，因为在中国文学评点历史上并未真正发展出站在读者立场上的阅读理论，即便不能完全认同那种从文本孵育政治和世道美德的批评做法，也必须借助特殊的历史知识帮衬其对于"虚构"的理解。⑤

---

① 参见 Shi Liang, *Reconstructing the Historical Discourse of Traditional Chinese Fiction*, pp. 2-7.

② Graig Fisk, "Literary Criticism", William H. Nienhauser, Jr. (ed.), *The Indiana Companion to Traditional Chinese Literature*, Bloomington, Indiana University Press, 1986, p. 49.

③ Pauline Yu, *The Reading of Imagery in the Chinese Poetic Tradition*, pp. 80-81.

④ [美]余国藩：《〈红楼梦〉、〈西游记〉与其他：余国藩论学文选》，21页，北京，生活·读书·新知三联书店，2006。

⑤ 参见[美]余国藩：《〈红楼梦〉、〈西游记〉与其他：余国藩论学文选》，12页。

"如果从胭脂斋评语的角度来看,我们阅读《红楼梦》可能会局限重重,倘非认为'虚构'另涵深意,就是认为这不仅仅是本'幻构'而已。"①"因为在中国传统叙事文学这个学术领域,散体虚构每和历史混为一谈",这就必须"看看这种虚构和历史不分的现象如何让历史生命和想象艺术结为一体",就必须知道"历史和虚构的阅读有何歧义",即应该检视历史性的叙事与虚构性的叙事在形式上的共同点。

余国藩明确指出,他强调在叙事文学的研究中"忠于文本传达而出的讯息与特色",并不是要驳斥多数红学的历史倾向。他援引米勒(J. Hills Miller)的观点,称:"即使我们已经确认了文本和时代的关系,诠释活动其实也才开始。解读的实务不易,表出语言脉络中的历史情境更难,何况后者只能化约而出。凡此种种,所以就算考证已经成功,实际上都还有待完成。在做完这些事之前,我们除了发出微弱的'时代解释文本'这种声音外,其实任何事都没做。"②因此必须另辟蹊径,对《红楼梦》再做诠释,应该注意因读者的道德感不一所推动的阅读上的多元性。③ "野史"和"稗史"所呈现的,是融"事实"与"无稽之事"为一炉的虚构性叙事文学的一项特色。④ "不论出以口述或是出以书写,历史都是过去事件的言辞陈述,都是一种'叙述出来的故事',因而也会具有多数叙事文学所有的形式特征。"⑤余国藩认为,把阅读历史的过程认定为阅读虚构的过程,"并非因为历史真相和想象艺术毫无界限可资区分","而是因为阅读这两类文学作品时,读者肩挑的责任大抵不相上下"。⑥ 在这一点上,王德威认为:"在中国古典小说的世界里,只要能与历史情境扯上关联,皆'有其意义'。至于小说叙述中对语言、服饰、礼节举止及道德规范等的记

---

① [美]余国藩:《〈红楼梦〉、〈西游记〉与其他:余国藩论学文选》,15页。
② J. Hills Miller, *The Ethics of Reading : Kant, de Man, Eliot, Trollope, James and Benjamin*, Columbia University Press, 1987, p.7.
③ 参见[美]余国藩:《〈红楼梦〉、〈西游记〉与其他:余国藩论学文选》,22页。
④ 参见[美]余国藩:《〈红楼梦〉、〈西游记〉与其他:余国藩论学文选》,33页。
⑤ [美]余国藩:《〈红楼梦〉、〈西游记〉与其他:余国藩论学文选》,33页。
⑥ [美]余国藩:《〈红楼梦〉、〈西游记〉与其他:余国藩论学文选》,39页。

录,即使发生了时代错置的现象,也鲜为作者及读者所重视。因为大家都认为历史叙述最主要的贡献就是镜鉴的功能,可以提醒读者其中的道德运作的意义何在。这一意义其实已超乎时空的限制,聚照出的是中国传统史学的一个基本前提。"①

五、性别理论

在主流中国文学史著作中,虽然也存在女性创作的记录,但基本上处于被忽略的状态。虽然明代以后,李贽、钟惺、钱谦益、袁枚以及李汝珍等人试图通过结集出版、评述作品等方式,将"女性"从"中性/传统"话语中凸显出来,但并未能受到广泛的关注。与之相关,在中国批评文论中,也是男性的视角代替了一般性的叙述,很难寻觅到女性的声音。明清时期出现的一些有关性别的言述,甚至到 20 世纪晚期依然在批评史与文论史研究中处于失声状态。然而,从 20 世纪 80 年代后期,尤其是 90 年代开始,北美的一些汉学家基于自己的批评意识,并对应西方的性别理论,努力地发掘存在于中国古代诗文与诗话、序跋等作品中的女性意识,并形成了一个系统的话语序列。这些研究不仅含有明显的理论倾向,及试图从理论或文论的高度重构性别话语的企图与抱负,而且也通过整理与开掘,梳理了一批与性别观念相关的批评性资料。综合起来看,我们也可将之归入一种泛义的及重建式的文论范畴,故辟一专题加以绍介。

性别研究在北美汉学研究中的兴起,与社会阶层和阶级的变化及其引发的性别理论、女性修辞学、女性主义批评等理论的发展有密切的关系。随着女性话语在学界以愈益强势的声音传递出来,以女性学者为主的各种相关研究也逐渐被纳入正式的学术程序,并取得了丰硕成果。其

---

① David Der-wei Wang, "Fictional History/Historical Fiction", *Studies in Language and Literature* 1,1985,pp. 65-66.

中便有高彦颐对明清时期中国江南上流社会"女性文化"的研究①，魏爱莲对晚期帝制中女性作家的复杂社会背景的分析②，李惠仪和孙康宜对明清娼妓的自我塑造以及娼妓文化与男性文人之间各种关联的探讨③，罗溥洛(Paul S. Ropp)④和方秀洁⑤对男性文人对才女文本策略化处理的研究，伊维德对中国文本"男性幻想"和"女性现实"的研究⑥，费侠莉对中国阴阳合体之身模型的精彩概观⑦，李宝琳对女性写作中出现的儒学

---

① 参见 Dorothy Ko, *Teachers of the Inner Chambers: Women and Culture in Seventeenth-Century China*, Stanford University Press, 1994; Dorothy Ko, *Every Step a Lotus: Shoes for Bound Feet*, University of California Press, 2001; Dorothy Ko, *Cinderella's Sisters: A Revisionist History of Footbinding*, University of California Press, 2007; Dorothy Ko and Zheng Wang, *Translating Feminisms in China: A Special Issues of Gender and History*, Blackwell, 2007.

② 参见 Ellen Widmer, *Writing Women in Late Imperial China*, Stanford University Press, 1997; Ellen Widmer, *The Beauty and the Book: Women and Fiction in Nineteenth-Century China*, Harvard University Asia Center, 2006; Grace S. Fong and Ellen Widmer, *The Inner Quarters and Beyond: Women Writers from Ming Through Qing*, Leiden, Brill, 2010.

③ 参见 Wai-yee Li, *Enchantment and Disenchantment: Love and Illusion in Chinese Literature*, Princeton University Press, 1993; Kang-i Sun Chang, Haun Saussy and Charles Kwong, *Women Writers of Tradition: An Anthology of Poetry and Criticism*, Stanford University Press, 2000.

④ 参见 Paul S. Ropp, *Banished Immortal: Searching for Shuangqing, China's Peasant Woman Poet*, The University Michigan Press, 2001; Paul S. Ropp, Paola Zamperini and Harriet Thelma Zurndorfer(eds.), *Passionate Women: Female Suicide in Late Imperial China*, Leiden, Brill, 2001.

⑤ 参见 Grace S. Fong, *Herself an Author: Gender, Agency, and Writing in Late Imperial China*, University of Hawai'i Press, 2008; Grace S. Fong, Nanxiu Qian and Harriet Thelma Zurndorfer(eds.), *Beyond Tradition & Modernity: Gender, Genre, and Cosmopolitanism in Late Qing China*, Leiden, Brill, 2010.

⑥ 参见 Wilt L. Idema, *Heroines of Jiangyong: Chinese Narrative Ballads in Women's Script*, University of Washington Press, 2009; Wilt Idema and Beata Grant(eds.), *The Red Brush: Writing Women of Imperial China*, Harvard University East Asia Center, 2004.

⑦ 参见 Charlotte Furth, *A Flourishing Yin: Gender in China's Medical History(960-1665)*, California, University of California Press, 1999.

裂隙的思考①，曼素恩对18世纪及其前后中国妇女状况的分析②，罗吉伟（Paul F. Rouzer）对男性社会中女性声音的研究③，宇文所安对鱼玄机作品的原生态处理④，以及倪豪士对传奇女性性事及性别双重标准的考证⑤，都显示出独特的新意，并体现出比较强烈的理论建构意识。虽然诸人在对研究对象的选择、理论表述方式及理论援入的程度等方面均有差异，所涉及的范围也相当之广，使我们不可能对这一话题下的各个方面与所有成果做完整的描述与分析，然借助一些归纳与例证，我们也可窥探在此话题下展示的若干主要思想特征。

(一) 三个互系的维度

性别理论的发展与19世纪至21世纪西方的女权与女性主义思潮运动有着直接的关联。20世纪中叶以前，女性主义总是认为性别是女人个体天生具有的特性，因此更注意从生物学上的性别差异探讨女性受奴役的根源。20世纪40年代末，在波伏娃的影响下，"生物决定论"受到批判，女性主义者开始将生理性别和社会性别区分开来，认为性别的自然差异只是性别的社会差异的前提而已。20世纪70年代，一些西方女性主义者在马克思主义唯物史观与文化研究思潮的启发下创造出了"社会性别"（gender）的概念，并用以探讨女性的历史和现状。20世纪80年代后期以来，"社会性别研究"（Gender studies）开始受到学术界的重视，并逐渐成为西方性别理论的核心。北美的主要汉学家普遍受浸于西方后现代文化理论与女性主义文化研究思潮，大量理论话语的采用都源自其中，

---

① 参见 Pauline C. Lee, *Li Zhi, Confucianism, and the Virtue of Desire*, State University of New York Press, 2011.

② 参见 Susan Mann, *Precious Records: Women in China's Long Eighteenth Century*, Stanford University Press, 2005.

③ 参见 Paul F. Rouzer, *Articulated Ladies: Gender and the Male Community in Early Chinese Texts*, Harvard University Asia Center, 2001.

④ 参见 Stephen Owen, *An Anthology of Chinese Literature: Beginnings to 1911*, New York, W. W. Norton & Company Incorporated, 1996.

⑤ 这方面的考证，具体可参见倪豪士《传记与小说：唐代文学比较论集》一书。

以此而与后期的西方学术研究步伐保持某种同步。但另一方面，这些研究又不是简单的西方理论的翻版，而是在很大程度上，在探入中国传统性别问题时保留了独特的维度，对整个国际女性主义研究有自己特殊的贡献。就此而言，汉学领域中的中国文学、文论研究就与国际女性主义研究之间形成了一种互动互系的关系。按照孙康宜的理解，这种互动影响与互系关系在诗学方面主要集中在"差异""女性声音"和"身体"三个主要概念维度上。[①]

首先，是有关差异的问题。汉学家们对中国女性作家的研究不仅应承西方女性主义批评而来，而且更是在自己的研究中挑战了"差异"这一西方女性主义批评的核心概念。性别差异的主张是西方女性主义批评家为加强其理论基础所发明的最有力的策略之一。英美女性主义学派的女性主义批评家芭芭拉·琼森(Barbara Jonson)结合解构主义和女性主义的方法论撰写的《批评的差异》(*The Critical Difference：Essays in the Contemporary Rhetoric of Reading*，1980)、《差异的世界》(*A World of Difference*，1987)和《女性主义者的差异》(*The Feminist Difference：Literature，Psychoanalysis，Race and Gender*，1998)三部重要批评著作，都在书名中使用了"差异"一词，意指现实世界的背景中存在的性别差异问题。桑德拉·吉尔伯特(Sandra Gilbert)和苏珊·格巴(Susan Gubar)以性别差异作为基础，在解读19世纪的女性作家时，强调了英美传统之中女作者的"著作权焦虑"。这些女性主义者的"差异"概念是建立在西方女性先天受歧视的现实基础之上的，而西方女性一直受压制的事实被看作这种"差异"产生的根源。"差异"在某种意义上也类同于"歧视"。

但是在一些汉学家看来，因为中国女性的性别从来不是一种"他者"，相反，是互动于中国阴阳哲学之中的，就此而言，"植根于中国传统文化与思想的阴阳互补的哲学，恰恰可以用来解决当代西方女性主义关于'差

[①] 参见[美]孙康宜：《性别理论与美国汉学的互动研究》，载《清华大学学报(哲学社会科学版)》，2002(S1)。

异'概念的争议"①。北美的一些汉学家认为，女性主义者将男女两性视为完全对立关系的理论，对汉学研究并不适用。如果纯粹采取女性主义的"差异"研究方法，"这样的研究方式通常会产生对中国女性的不幸的误读，因为此类研究建立在理论假设上，这些理论假说并没有考虑实际的背景和古代中国女性的能量"②。高彦颐也认为，将中国古代男女两性的关系做对立化处理过于简单武断，儒家规范所言的"三从""男女有别"与生活实践之间存在莫大的距离。"'三从'这一规范，无疑剥夺了女性的法律人格和独立的社会身份，但她的个性或主观性并未被剥夺。"③因此，汉学家们并没有把社会性别理论中男女之间的社会性别的"差异"放大为他们进行诗学讨论的理论前提，他们注意的主要不是男女地位"差异"，而是更为关注女性写作的"边缘"和男性写作的"主流"这两种现象的"差异"。性别理论的"差异"是为了颠覆男权，汉学家们对于中国古代的女性文本主流与边缘"差异"的强调，则是为了诠释中国女性写作中"闺怨""儒雅化"和失夫女子写作等一系列文学和文化现象。比如，曼素恩的研究就修正了人们对18世纪清朝鼎盛时期中国妇女生活状态的认知。在《缀珍录》中，她从性别、生活、写作、娱乐、工作和信仰六个方面探讨了该时期妇女在时空结构中所展现的特殊的性别关系。

其次，女性主义者和北美汉学家都十分关注"女性声音"问题。按照女性主义批评家的观点，"女性语言"的特征在于一种非线性和流动，从而也有其殊异性。女性主义叙事学的主要创始人苏珊·S. 兰瑟（Susan S. Lancer）指出，女性的叙述声音是受到叙述"形式"的制约和压迫的，而这种"形式"又是和社会身份密切相关的，因此女性表达"观念"的"声音"实际上不仅局限于形式技巧问题，也是一个意识形态冲突和社会权力的

---

① [美]孙康宜：《性别理论与美国汉学的互动研究》，载《清华大学学报（哲学社会科学版）》，2002(S1)。

② [美]孙康宜：《性别理论与美国汉学的互动研究》，载《清华大学学报（哲学社会科学版）》，2002(S1)。

③ [美]高彦颐：《闺塾师：明末清初江南的才女文化》，7页，南京，江苏人民出版社，2005。

第十四章　中国文论研究话题类型

问题。由此可见，女性主义者对于女性声音的考察，是将女性的社会行为特征和文学修辞特点结合在一起的。受此影响，美国的汉学家也把对女性声音及其意义的揭示看作一个重要的研究方向，尤其是在对明清时代女性作者与当时"文人"文化的关系、文学中男性与女性声音的互动关系、诗歌中的主体"讲述自己"的方式等女性声音问题的探讨中，都贯穿了以上思想。例如，孙康宜即在分析中国诗中声音的流动性时，使用了"交互发声"(cross voicing)的概念；伊维德在讨论"男性幻想"和"女性现实"的论文中，也提出了男子作闺音的问题；宇文所安在编纂《诺顿中国文学选集：初始至1911年》(An anthology of Chinese literature：beginnings to 1911)一书时，对鱼玄机作品中所采用的女性原生态书写声音也十分关注，并对鱼玄机没有政治依附、坦率倾诉内心的女性声音表现出了特殊的兴趣。

最后，对女性身体的关注，同样也是汉学家们讨论的热点。女性主义运动的第三阶段发展出了对身体及性别的多元化共识，随着菲勒斯中心主义所设定的主体及性别标准被打破，这一时期的性别理论更加重视女性群体的性别构成、身体体验、身份认同以及女性的主体性。女性主义者认为，把女性客体化、肉体化是男性中心主义与逻各斯中心主义合谋的结果，因而她们更倾向于把身体及性别问题置于动态关系中加以考察，把女性身体看作女性主义发展的"根据地"，视其为艺术创作反抗菲勒斯中心主义最基本和最强大的媒介。露丝·伊利格瑞要求文学表现女性的身体，而埃莱娜·西苏(Hèléne Cixous)也提出了以身体为媒介的女性写作。女性写作必要关注本身的体验、情感、思想和欲求，挖掘淹没于过去社会文化中的、事关女性身体的最隐秘体验。除了女性身体体验，女性写作还应超越男性与女性的二元对立，在文本中挖掘身体中的"双性欲"(bisexuality)。

女性主义关于女性身体的这方面观点获得了来自汉学家的互动性呼应，如孙康宜对于女性文本"男女双性"(androgyny)，以及女作家"儒雅化"取向的背后所暗含的身体"性超越所指"的讨论。倪豪士在《唐人载籍中之女性性事及性别双重标准初探》①一文中，则采用性别理论中女性"身体"的视角对唐人小说及相关文献中的女性形象与性别双重标准进行解析，通过剖析针对女性身体及其性爱描写的细致差异，较好地辨析了唐代传奇作品中性事及性别双重标准的问题，得出的结论较为令人信服。

(二)"才女文化"

受西方学界普遍流行的性别理论和文化研究的影响，北美的汉学家在对中国古代女子书写的研究中侧重于一种文化上的再发现，重在凸显独特的"才女文化"（Women's culture）对女性作家诗歌创作和诗学旨趣的深刻影响。其中，高彦颐和方秀洁的观点较有代表性。

纽约哥伦比亚大学高彦颐教授是治明清时期妇女历史的专家，她立足于社会性别理论，对明末清初江南妇女尤为重视，其《闺塾师：明末清初江南的才女文化》《缠足："金莲崇拜"盛极而衰的演变》分别从女性创作的文本书写和身体实践两个角度，揭示出了明清"才女文化"的闺秀诗人与青楼伎师在政治与爱情方面的独特表现，并借由对她们生活空间和精神世界的探讨，完成了对中国古代女性抒写的独特体认。

高彦颐立足于社会性别理论，力求"通过了解女性是如何生活的"，来"更好地把握性别关系的互动；通过领会性别关系，掌握一种更真实、更复杂的知识。这种知识是有关中国的文化价值、它的社会功能和历史变化本质的"②。她摈弃了女性主义者二元对立的"上、下"或"尊、卑"的观点，创造性地运用"争执"和"通融"这样的措辞来形容中国古代，尤其是明清时期的两性关系。这样不仅打破了西方性别理论"差异"概念带来的局限，而且保持了考察古代男女两性关系时的某种客观性。高彦颐认为："尽管明末清初中国的闺秀，经常依靠男性出版她们的诗歌和扩大她

---

① [美]倪豪士：《传记与小说：唐代文学比较论集》，2页。
② [美]高彦颐：《闺塾师：明末清初江南的才女文化》，5页。

们的交际网，但这种依靠并不妨碍只属于女性私人所有的友谊纽带和情感。"①当时妇女的社交、情感和智力世界一方面受制于封建制度和儒家规范，另一方面也发展出了一种在理想化理念、生活实践和女性视角等方面都十分独特的"才女文化"。"无论是妻子、女儿或寡妇，都通过她们的作品，互相讲授着各自的人生际遇。通过一代一代对女性文学的传递，一如巡游的塾师，她们超越了闺阁的空间限制，从而经营出一种新的妇女文化和社会空间。"②

高彦颐在揭示儒家思想对明末清初江南上流妇女生活造成的实际影响的同时，力图通过分析女性在儒家体系范围内如何获得自我满足和拥有富有意义的生存状态，还原她们的内心世界和生活环境。她清楚地意识到："女性社团发展的范围愈广，它就愈变得支离破碎；女性从家庭生活束缚中解放出来，获取自由最大时，也正是其依靠公众领地的男性程度最高时。正是这些分合的调节机制，促使在社会经济剧变的情况下，社会性别体系得以重新整合，并得以延续。"③尽管两性在社会阶层上存在差异性，但是在独有的才女文化中，无论是青楼名妓还是良家闺秀，既都服从于同一特权男性集团，而两者之间也可以相互转换。

在《"空间"与"家"——论明末清初妇女的生活空间》中，高彦颐以女性的文学创作为中心，探讨了明清深闺之中和出外远游的江南名媛，如何在"动与静、游与息、未知的将来与具体的目前"的"空间"与"家"中追求"自由与安稳、冒险与安身之间的动态平衡"问题。高彦颐在《名妓与名山：男性社会中的妇女文化》一文中，从日本浮世绘对城市文化的引喻入手，认为"明末清初的名妓源于创造出坊刻印刷文化的相同社会经济环境"④。名妓与歌女这个独特的女性群体所处的"浮世"文化空间，对于她们心态和创作具有非常重要的影响。"货币的介入在江南创造了一个流动和易变的社会、一个浮世，在这一浮世中，身份定义、社会关系和社团，

---

① ［美］高彦颐：《闺塾师：明末清初江南的才女文化》，16页。
② ［美］高彦颐：《闺塾师：明末清初江南的才女文化》，4页。
③ ［美］高彦颐：《闺塾师：明末清初江南的才女文化》，28页。
④ ［美］高彦颐：《闺塾师：明末清初江南的才女文化》，267页。

都不再是预设的了，而是因情境关系而确定的，并在个人的一生中发生变化。"①她认为，社会动荡和流动的晚明商业化社会不仅动摇了儒家秩序，而且促成了大众文化与文人学士文化共存的现象，短暂的、世俗的愉悦催生了晚明名妓文化这一特殊社会文化现象。

高彦颐指出，在晚明的名妓文化中，出现了"士大夫应酬的场所、女性的表演艺术尤其是音乐和歌曲的发展、对家内生活界限的渗透"②三种特征，决定了晚明名妓可以游走于公众世界与士大夫私人空间，最终促使大众文化趣味与士大夫高雅的文学传统巧妙地融合在一起。

除此之外，高彦颐还突出强调了名妓对士大夫家内生活和家庭界限的渗透，提出"在官方的理想女性构成中，这些女性兼艺术家是最不稳妥的人，她们从身体和象征意义上，穿梭于男性的公众世界和女性的家内世界之间"③。名妓的词作较多展现了真挚浓烈的情感，直率自然，流露出浓厚的重情思想，直接关联晚明社会流行的"情迷"风气。"情迷"的风行，"见证了妓女、妓院文化和姬妾地位的提升"④。在高彦颐眼里，青楼伎师与闺阁诗人在情感表现上处于平等的位置，"置身于公众男性的世界里，作为女性，她能骑马、穿山和参与国家事务……她们不仅是最自由、最仰赖男性欢心的女性，也是与其他同性成员隔绝最深的女性"⑤。因此，她认为，青楼诗人内心的浪漫情怀、政治抱负和闺阁诗词一样都值得从文学角度进行分析和探讨，对名妓与闺秀诗文作品的情感认知不应依据社会观念和儒家道德而做截然对立的评判。

虽然高彦颐在对才女文化的分析中着意强调青楼伎师与闺秀诗人情感世界的接近性，但是她也强调闺秀诗人在文化上的独立属性。青楼伎师与闺秀诗人"构成女性是同一的（社会性别）和女性是差异的（阶层）二元

---

① ［美］高彦颐：《闺塾师：明末清初江南的才女文化》，35 页。
② ［美］高彦颐：《闺塾师：明末清初江南的才女文化》，269 页。
③ ［美］高彦颐：《闺塾师：明末清初江南的才女文化》，270 页。
④ ［美］高彦颐：《闺塾师：明末清初江南的才女文化》，118 页。
⑤ ［美］高彦颐：《闺塾师：明末清初江南的才女文化》，298 页。

原则，一方面赋予了部分妇女权力，一方面又将她们规范在分离领域内"①。因此，高彦颐在《"空间"与"家"——论明末清初妇女的生活空间》中，提出了闺秀所居闺房的内向性对于闺秀人格上的收敛性影响。她认为，"妇女＝内人"这一存在于古代社会的性别理想中，"内外"并不是单一的对立关系，而是包含复合的段落与层次。随着语境的变化，其内外的界限亦会明朗或晦暗。"明清时代的上层妇女即屡从这暧昧性中扩张自己的生活空间及活动范围而无损其'内人'的道德完美形象。"

高彦颐认为，无论是以明末闺秀王凤娴随夫赴任为代表的"从宦游"、以沈宜修与密友张倩倩外出游湖为代表的"赏心游"，以女画师黄媛介为代表的"谋生游"，还是清初女子吴柏等人通过书信、诗词及钻研学问了解家外世界的"卧游"，都表明闺秀超越空间限制的多种途径，因此才女文化的"空间"兼具现实生活局限与精神世界的自由与广阔，直接促成了闺阁女性诗文表现的多元向度。"良贱间的道德区分及相随而来的个体之人对家庭体系支配的征服，肯定是鲜有但又极富意义的例子，但它们却因某种共有的女子特征而变得黯然。黄媛介与沈宜修、商景兰或柳如是之间的共同之处，并不是其丈夫的社会身份，而是她们对文学的共同献身和作为女性的她们所感到的共鸣。"②在高彦颐看来，家内与家外的界限是流动与模糊的，"名妓在男性领地内的灵活性，是以依靠男性为代价的；其次，闺秀在女性领地内的自由和快乐，则承受着被排斥于众多公众活动之外的现实"③。正因为如此，"在一个大多数女性不能选择住在哪儿的社会里，文学和文本的传递使区域间女性文化的锻造成为可能"④。

高彦颐之外，加拿大汉学家方秀洁对女性文化的梳理也颇值得注意。方秀洁1984年毕业于加拿大不列颠哥伦比亚大学，获中国文学专业博士学位，现执教于加拿大麦吉尔大学，任东亚系教授、系主任。作为叶嘉

---

① [美]高彦颐：《闺塾师：明末清初江南的才女文化》，309页。
② [美]高彦颐：《闺塾师：明末清初江南的才女文化》，307～308页。
③ [美]高彦颐：《闺塾师：明末清初江南的才女文化》，289页。
④ [美]高彦颐：《闺塾师：明末清初江南的才女文化》，227页。

莹的学生，方秀洁将性别理论和词学研究结合在一起，取得了令人瞩目的成绩。除了她的《女性作者的自我：晚期帝制中国的性别、写作与主动力》(Herself an Author: Gender, Writing, and Agency in Late Imperial China)一书外，她还与钱南秀（Qian Nanxiu）、司马富（Richard J. Smith）合著了《不同的话语世界：晚清至民初性别与文体的转变》(Different Worlds of Discourse: Transformations of Gender and Genre in Late Qing and Early Republication China)[1]，与钱南秀和宋汉理（Harriet Thelma Zurndorfer）合作编辑了中国女性研究的专刊《男·女：中国的男性、女性与性别》(Nan Nu: Men, Women and Gender in China)。这本专刊从 2004 年发行至今，在汉学界的女性文学研究领域产生了十分重要的影响。方秀洁在文学研究中十分圆熟地借用了性别理论，从"主体性""主动力"和"女性话语"三个角度论证了"女性在争取权利、知识和权威时所采取的策略"。[2]

首先，方秀洁从性别理论出发，分析了中国女性本身的主体性问题。在《女性之手：中华帝国晚期及民国初期在妇女生活中作为学问的刺绣》(Female Hands: Embroidery as a knowledge Field in Women's Everyday Life in Late Imperial and Republican China)一文中，方秀洁从女性主体性的角度，对中国古代的女性刺绣实践中的女性心态进行了深入剖析。和其他汉学家直接研究女性文本不同，方秀洁借由和女性私人生活密切相关的文化现象，讨论了中国古代知识女性的主体性问题。方秀洁认为，女性整体上总是受"专制、保守的儒家观念"所局限，因此她提倡缩小视角，"从日常活动这一关键视角研究妇女的主体性，能够揭示妇女的经历

---

[1] Qian Nanxiu, Grace S. Fong and Richard J. Smith, *Different Worlds of Discourse: Transformations of Gender and Genre in Late Qing and Early Republication China*, Brill, 2008.

[2] ［美］方秀洁：《女性之手：中华帝国晚期及民国初期在妇女生活中作为学问的刺绣》，见国家清史编纂委员会：《清史译丛》（第六辑），27 页，北京，中国人民大学出版社，2007。

及能动性的模式"①，并可借此对女性自身感受与心态加以辨析。方秀洁认为，刺绣不仅仅是一种文化现象，也是中国古代女性的一种策略选择。刺绣使中国女性与艺术联系在一起。通过刺绣，她们拥有了一个属于自己的有限的空间。在这个空间中，女性以刺绣为媒介建立了与文学艺术等男性领域的联系。女性在刺绣领域展示的文学艺术方面的才华，表明了她们争取社会对其学识修养认同的"主体性"。

方秀洁十分强调女性视角、女性声音，但是也极力避免主观性的掺入。在研究中，她靠史料的钩沉来广泛征引女性诗词、评论、书信、传记这些直接材料，也考查了专业性较强的《绣谱》，力求弥补材料过于主观的缺憾，尽可能多方面展示女性的生存环境与际遇，揭示其遭遇的文化困境。

其次，方秀洁阐发了性别理论中的性别主动力(gender agency)问题。"主动力"的术语其实也是文化研究作为对普遍性压力的抵制而创建的一个重要概念。方秀洁认为，女性对自我形象的展示完全有可能是根据男性的欣赏角度来构建的。女词人首先必须要考虑的，是使自己的描述符合词中女性的传统形象。对于这种预期视野，方秀洁认为："在一个女性被界定为从属于男性的文化中和社会中，女性的自我形象是男性所期望的那种形象的反射。在文学中就像在生活中那样，女性已习惯于用男性看她们的眼光来看她们自身。"②

方秀洁依据女性主义的性别主动力观点，详细分析了中国古代女性绝命诗这一文化现象。方秀洁的论文《表意的身体：明清女性创作绝命诗的文化意义》(Signifying Bodies: The Cultural Significance of Suicide Writings by Women in Ming-Qing China)，集中探讨了社会性别制度和道德规范与女性的主动力之间的关系。明清时期，在士绅阶层的提倡支

---

① [美]方秀洁：《女性之手：中华帝国晚期及民国初期在妇女生活中作为学问的刺绣》，见国家清史编纂委员会：《清史译丛》(第六辑)，26～27页。
② [美]方秀洁：《论词的性别化》，见邓乔彬等：《词学》(第十四辑)，88页，上海，华东师范大学出版社，2003。

持下，女性的写作"发展了（她们）不断增长的与写作相关的自我意识"①。方秀洁认为，女性绝命诗是女性自我表达自信心的一种主动力体现，是对整个时代的意识形态水平的超越。因为绝命诗体现的不是女性对其愚昧不知的臣服，而是她们基于道德的选择而实施的行为。在《女性之手：中华帝国晚期及民国初期在妇女生活中作为学问的刺绣》中，方秀洁又以刺绣为例指明了女性如何在社会规定的性别角色之内找到属于自己的知识领域，并于有限的空间中发挥自己的主动力的问题。

最后，方秀洁从性别理论出发，阐明了中国古代才女的话语取向。方秀洁对女性作家作品的研究不是简单地局限于从女性作品分析女性的心态，而是以女性的文学话语为重点审视对象，力图通过分析女性在文学中的话语形态来反映女性在社会中的生存状貌。在《性别与经典的缺失：晚明女性诗选》(Gender and the Failure of Canonization: Anthologizing Women's Poetry in the Late Ming)中，方秀洁通过梳理女性姓名缺失—姓名留存—身份完备的变迁，说明了女性在当时文化中的话语身份变迁问题。她认为，在女性诗选中，女作者名字由"某氏"到全名记录甚或自标身世这种话语身份变迁，表明中国古代女性在话语选择上已经逐渐增强了自觉意识。②

但是，这仅仅是问题的一个方面。在方秀洁处，强调女性的主动力并不等于可以否认一种更为强大的结构力的存在。在《词的角色与面具》(Persona and Masks in the song Lyric)一文中，方秀洁细分出两种女性话语形态，一种是直接以女性的口吻表达爱与渴望的细腻敏锐的情感，

---

① Grace S. Fong, "Signifying Bodies: The Cultural Significance of Suicide Writings by Women in Ming-Qing China", Paul S. Ropp, Paola Zamperini and Harriet Thelma Zurndorfer (eds.), *Passionate Women: Female Suicide in Late Imperial China*, Leiden, Brill, 2001, p. 105.

② Grace S. Fong, "Gender and the Failure of Canonization: Anthologizing Women's Poetry in the Late Ming", *Chinese Literature: Essays, Articles, Reviews*, Vol. 26, 2004, pp. 129-149.

另一种是作为观察者来描摹窥视中的女性形象。① 在《论词的性别化——她的形象与口吻》(Engendering the Lyric：Her Image and Voice in Song)中，方秀洁认为，继宫体诗产生并流行之后，唐代诗歌中模仿女性口吻或表现女性形象的作品"基本上是建立在一个非性别化和'普遍化'的诗学观念之上的男性创作"②。这种阴柔明丽的女性风格的男性创作之所以成为词的正统，是因为"它代表了雅文学传统中被压抑的性欲冲动的强劲却短暂的释放"③，是在将女性风格引入诗、词文体中时对于女性的话语权的篡夺。这直接造成即使是女性作家的词作中的女性形象，也是以男性的欣赏品位来加以描写的普遍现象。"除了由无名氏创作、以第一人称女性口吻出现的民间歌曲，其作者性别尚难确定以外，词的演进大体上是按照男性词人的设想和实践来构造的。"④在男性话语的长期笼罩下，女性缺乏进行复杂感情书写的"自己的话语"，她们是"站在诗学以外的"⑤，是"在一个男性主宰的传统中处于边缘的位置，却缺乏她们自身的传统与社群"⑥。由此可见，方秀洁的立论与高彦颐对女性主体权力和女性诗人在文化上独立属性的过度强调，仍有路径上的区别。

(三)孙康宜的性别研究

作为汉学家，孙康宜在运用性别理论研究中国古代女性诗学思想方面独树一帜，取得了令人瞩目的成就。她不仅通过编纂《剑桥中国文学史》(Cambridge History of Chinese Literature)突出和强调了女性诗人与女性作品在中国文学史上的地位和影响，"希望通过考古与重新阐释文本

---

① 参见 Grace S. Fong, "Persona and Mask in the Song Lyric", *Harvard Journal of Asiatic Studies*, Vol. 50, No. 2, 1990, p. 460.
② [美]方秀洁：《论词的性别化》，见邓乔彬等：《词学》(第十四辑)，87 页。
③ [美]方秀洁：《论词的性别化》，见邓乔彬等：《词学》(第十四辑)，83 页。
④ [美]方秀洁：《论词的性别化》，见邓乔彬等：《词学》(第十四辑)，89 页。
⑤ [美]方秀洁：《论词的性别化》，见邓乔彬等：《词学》(第十四辑)，95 页。
⑥ [美]方秀洁：《论词的性别化》，见邓乔彬等：《词学》(第十四辑)，94 页。

的过程,把女性诗歌从'边缘'的地位提升(或还原)到文学中的'主流'地位"①,而且通过大量的研究著作和文章,阐明了中国古代社会独特的女性抒写群体所特有的诗学思想。她在这方面出版的主要著述有《陈子龙柳如是诗词情缘》(*The Late-Ming Poet Ch'en Tzu-lung*：*Crises of Love and Loyalism*)②和《耶鲁·性别与文化》等,论文有《从文学批评里的"经典论"看明清才女诗歌的经典化》《西方性别理论在汉学研究中的运用与创新》《传统读者阅读情诗的偏见》《何谓"男女双性"——试论明清文人与女性诗人的关系》《走向"男女双性"的理想——女诗人在明清文人中的地位》《寡妇诗人的文学"声音"》《末代才女的乱离诗》等,其中多引中国文论中的言述证明其持论。另外,其《六朝诗歌概论》对六朝诗歌中涉及女性文学的题材和艺术表现手法的方面也做出了有意味的阐发。概括来说,孙康宜的女性诗学思想主要体现在以下方面。

第一,孙康宜较为深入地探讨了"文人文化"与才女诗歌经典化之间的关系。在《从文学批评里的"经典论"看明清才女诗歌的经典化》一文中,孙康宜特意将中国明清才女写作与英国维多利亚时期的女作家写作做了比较。她发现,迥异于英国的女性抒写传统,历史上中国男性从不反对女性写作,明清时期更是对女性写作持支持的态度。这可以从当时各种批评言述中见出:"明清文人为了提拔女诗人采取的有趣策略是再三强调《诗经》中的许多篇章乃女子所作,以此证明孔子选诗三百特别重视女性,其目的在于'要把原来边缘化'的女诗人提升为'经典化的选集'(canonized anthologies)。"③

孙康宜从西方女性主义立场出发,以明清"文人文化"为具体语境,

---

① [美]孙康宜:《妇女诗歌的经典化》,见《古典与现代的女性阐释》,66页,台北,联合文学出版社有限公司,1998。

② Kang-i Sun Chang, *The Late-Ming Poet Ch'en Tzu-lung*：*Crises of Love and Loyalism*, Yale University press, 1991. 中译本参见[美]孙康宜:《陈子龙柳如是诗词情缘》,西安,陕西师范大学出版社,1998。

③ Kang-i Sun Chang, *The Late-Ming Poet Ch'en Tzu-lung*：*Crises of Love and Loyalism*, p. 69.

从"文人文化"重才、唯情和崇尚女性（或女性化的审美观）三个文化趣味特征出发，详细地分析了才女诗歌在文学批评中被经典化的问题。她认为："在明清时代，所谓的'文人文化'是代表'边缘文人'的新文化——它代表了一种对八股文和经学的厌倦以及对'非实用价值'的偏好。"①同处边缘的处境，同样的生逢遭际，使"文人文化"中的文人们对薄命女持有怀才不遇的认同感。他们重情，尚才，崇尚妇才，迷恋女性文本，把编选、品评和出版女性诗词的兴趣发展成一种对理想佳人的向往。她认为，因为"文人文化"本身就是一种"边缘文人"的新文化，代表着游离于主流明清文人八股文之外全新的审美取向，所以这种边缘的"文人文化"对处于更加边缘的女性群体采取了一种包容甚至推崇的批评策略，直接推动了才女诗歌经典化的进程。

在"文人文化"的影响之下，仅仅三百年间（从明末到晚清），才女诗歌就从湮没无闻发展出具有广泛影响的一个书写谱系，女性诗人的选集和专集多达三千余种。"明清文人在提拔女诗人方面所做的努力确实让人敬佩。他们为了促使女性作品成为'三百不朽'的经典之作，不惜倾注大半生的精力，到处考古采辑，可谓用心良苦。"②才女诗歌的经典化过程反映了明清社会变迁和文化价值取向的多元走向。明清"文人文化"中呈现的大量文论言述，之所以常把女性诗奉为理想诗境的象征，重要的是对才女崇尚自然情趣和求真的态度的赞赏，常常意味着文人个人超越实利，摆脱诗坛陈腐风气的一种努力。这些文人编纂大量女性诗选来推动才女诗歌经典化，也彰显了"文人文化"群体自身的审美趣味特点。在"文人文化"批评意识的影响下，才女开始编定自己的诗词集，而且很自觉地撰写序跋，进而发展为女性自己出版专集的风潮。随着女性作品表现"自我"的声音逐渐加强，一种重才、唯情和尚趣的价值观在才女和"文人文化"中形成，才女文学写作的合法化和经典化也就成为文化发展的必然。

---

① ［美］孙康宜：《古典与现代的女性阐释》，73页，台北，联合文学出版社有限公司，1998。

② ［美］孙康宜：《耶鲁·性别与文化》，211页。

第二，孙康宜点明了女性抒写"悲剧灵视"的独特"情观"——一种文学思想。孙康宜在《陈子龙柳如是诗词情缘》一书中，提出了晚明"情观"之说。从文学思想史来看，从王阳明的良知说到李贽的童心说，从袁宏道的性灵说到黄宗羲的性情说，中晚明时期的思想家都突出强调人性与生命的意义，并在文学创作与批评中有集中的体现。"任何一种文化现象都不会全是'外来'的；它必有其'内在'于传统本身的发展因素。例如，当前中国女性的情观不可能不受晚明以来情观的影响，自晚明以来，痴情不但被视为一种感性的浪漫之情，而且也成了一种新的道德力量。于是痴情的才女被描绘成文人最钟情的女性，也成为许多妇女模仿的对象。"①这种思想在女性的抒写方面呈现为一种将"爱凌驾于生死之上"的独特"情观"。

孙康宜认为，一方面这种"情观"实现了"才子佳人"的观念向"才子才女"观念的过渡。"美色"不再是文学作品描写的焦点，男女才学吟唱成为重心之所在。"'歌伎的典型'要为众人接受，变成情观的象征，却得俟诸17世纪初年，概略言之，重情思想可谓歌伎文化的产物"②，甚至化为时代文学思潮的主导力量。到了明晚时期，闺媛也好，歌女也好，身份已经不是强调的重点，感情成了衡量一切的标准。和以往的历史时期不同，晚明以后，"金陵、秦淮河畔酒楼舞榭的歌伎，地位尤其重要。这些歌女的生活本身就是小说，对情观的形成举足轻重"③。孙康宜通过对柳如是身世以及与陈子龙诗词情缘的分析，认为："事实上，在明清之际的许多作品里，歌伎常常是爱情与政治使命的基本联系点。"④

"情"对中晚明人的深刻影响，"就像王尔德所说的，'生命模仿艺术'的程度常常超过'艺术模仿生命'的程度，'伟大的艺术家创造出类型'之后，'生命每每就会依样画葫芦'。我相信这种说法正是晚明男女的写照。易言之，重情之风在晚明达到沸点，主因读者取法当代说曲，而其中所

---

① [美]孙康宜：《古典与现代的女性阐释》，15页。
② [美]孙康宜：《陈子龙柳如是诗词情缘》，37页。
③ [美]孙康宜：《陈子龙柳如是诗词情缘》，36页。
④ [美]孙康宜：《陈子龙柳如是诗词情缘》，79页。

写的角色类型都强调情爱,终使社会文化重新定位人类的感情"①。晚明的柳如是这样的女性作者,就是在以"生命模仿艺术",透过生命的艺术化去展现自身所独有的"悲剧灵视"。孙康宜认为,这种"悲剧灵视"渗透于柳如是和陈子龙共同的诗词情缘之中。"席沃(Richard Sewall)所谓'悲剧灵视'(tragic vision),显然具现在陈氏的忠君诗中。对席沃来讲,行动中的个人若具有悲剧灵视,必然敢于面对'无可换回的苦难与死亡',也必然敢于'和命运搏斗'。易言之,我们在卧子诗中所看到的,是苦难与高贵情操的如影随形。在他的诗中,诗人的悲剧英雄形象被重新定位:悲剧英雄主义已经转化成为美学原则。"②

孙康宜认为,晚明的女性抒写中并没有因为重情而简单否定政治的、道德的社会原则,而是将政治的、道德的阐说,融入她们审美的生命的富于女性气质的情感表现之中。柳如是这样的女子的"情观",因为和陈子龙这样的政治人物相连,自然就会流露出一种有关于政治视角的"悲剧灵视",因为"唯有在高度的抒情范畴中,诗人才能真正体验到'自我观照'的深层静谧"。柳如是这样的女性诗人的文字背后,是一种以文字镜像高贵的生命,是"通过与美学原则经过最后的融通后才能表现出来的灵见"。

第三,孙康宜提出了女性抒写"清"的批评学思想。孙康宜认为,中国诗学中"清"的范畴"十分接近于"Camille Paglia 所谓西方文化中的Apollonian 与 Chthonian 之分(即天地阴阳之分)"③。"清"在中国古代诗学中是与"浊"对立的范畴,在某种意义上可以和"阳刚"与"阴柔"互释。"清"是对人格气质和文体风格进行评定的重要诗学标准。魏晋时代,"清"成为品评人物的重要概念,具有"清"的意涵就意味着脱离尘俗、天性自然的人格本质,意味着一个人有着与生俱来的高贵、尊严、典雅。"清"的概念是十足阳刚或"男性化"的,唐宋以后逐渐成为文学艺术品评

---

① [美]孙康宜:《陈子龙柳如是诗词情缘》,35 页。
② [美]孙康宜:《陈子龙柳如是诗词情缘》,171~172 页。
③ [美]孙康宜:《古典与现代的女性阐释》,82 页。

中一个最常用的准则。

孙康宜认为，伴随着女性作家作品的正面评价，女性作家的创作自觉与文人化倾向日渐明显，而"女性文人化"最重要的表现就是"对男性文人所树立的'清'的理想模式产生了一种认同。无论是在生活上或是艺术上，这些女诗人都流露出真率、质朴、典雅、淡泊等'清'的特质。在写作上，她们特重自然流露与'去雕琢'的精神"①。当诗学中极具"男性化"的"清"的特质被逐渐用以评价女性诗人及其作品时，人们实际上发现了女性之"清"体现出的独有的美学风格，因为女性性别本身所赋予"清"的天然内涵是任何男性作家都无法企及的。"清"这一范畴一旦被用于表现阳刚兼及女性情感本身的诗性特征，女性也自然被认为是最富有诗人气质的性别，"女性成了诗性的象征"②。孙康宜认为，"清"的诗学对于明清诗媛的自我肯定产生了很大的影响。因为，文人和才女正是在"清"的诗学里才找到了最大的共识。"'清'可谓中国古典的 androgyny。"③

第四，孙康宜发现了女性写作的"男女双性"声音。孙康宜"把明清女诗人的空前繁荣置于明清文人文化的'上下文'（context）中做一个新的诠释"④。从性别理论出发，孙康宜发现了明清诗文写作中的"男女双性""女子单性"以及文人自我女性化三种倾向。在分析明清文人重视女性诗才的原因时，她认为，和西方不同，中国的女诗人不但没有受到男性的排斥，反而得到了更多男性的鼓励及表扬，这直接促成了女诗人的"文人化"倾向。这种倾向实际上就是一种生活艺术化的表现及对俗世的超越，追求与男性文人相同的价值观和文化趣味。例如，她们开始追求一种形象的儒雅化，在生活中类似柳如是这样女扮男装的"文化中的女英雄"很多。某些女诗人则刻意学习男性的诗风，显示出了以前只有男性作家才有的重才学的意味。社会生活中，女性书呆子普遍增多，许多女性开始追求用读书来诠释生命的价值。"这种写作的价值观原是十分地男性化

---

① ［美］孙康宜：《古典与现代的女性阐释》，82页。
② ［美］孙康宜：《古典与现代的女性阐释》，83页。
③ ［美］孙康宜：《古典与现代的女性阐释》，83页。
④ ［美］孙康宜：《古典与现代的女性阐释》，72页。

的，现在把其和女性联接在一起，等于创造了一种风格上的'男女双性'（androgyny）。"①这表现了女性在精神及心理上对于男性的文化认同意识，类似于柏拉图意义上的"超越性所指"（a kind of transcendental signified）。孙康宜认为，这种女性生活和抒写中出现的"男女双性"风格既是美学的，也是文化的。孙康宜注意到，除了对男性的模仿和追求，中国古代的女性还发展出一种拒绝出嫁的单性化"姊妹情意"。这种"姊妹情意"的选择几乎包括了美国女权主义者阿德里安娜·里奇（Adrienne Rich）所谓的"反异性恋"的因素，但中国才女之间的感情并不是一种同性恋心态，而是同性诗友间的认同感。

孙康宜的女性诗学在汉学界产生了较大的反响，一些汉学家也对此提出了许多商榷性意见。例如，柯丽德（Katherine Carlitz）就认为，在《陈子龙柳如是诗词情缘》一书中，孙康宜将"情"和"忠"结合在一起的看法是值得推敲的。在她看来，明代"情"的意涵要比孙康宜所界定的宽泛得多，哪怕是男女之"情"也不应仅仅理解为浪漫之爱。孙康宜把陈子龙与柳如是之间的爱情诗歌称赞为"不能从道德和政治角度予以解读的爱的象征"的说法并不严谨。因为陈子龙和柳如是的作品中，有着大量关于"爱"的隐喻式处理。在陈子龙的作品中，"情"与"忠"是缩合在晚明名妓的生活之中的。但孙康宜对于名妓的历史性描述中只突出了其男女私情，无疑是有些简单化了。柯丽德认为，出现这种问题的原因可能在于中西文化关注点的不同。她认为，欧美的学者在研究中国作品时可能更多关注的是风格和文本互涉问题，而处在中国文化观念中的学者则更加看重作品所表达的爱情本身。她认为这也是为什么"The Late-Ming Poet Ch'en Tzu-lung: Crises of Love and Loyalism"在台湾地区被翻译成"陈子龙柳如是诗词情缘"的真正原因。② 但是瑕不掩瑜，孙康宜从明中叶以来的文化和历史出发，对女性诗学问题进行的分析和讨论，不仅弥补了中国诗

---

① ［美］孙康宜：《古典与现代的女性阐释》，74页。

② 参见 Katherine Carlitz, "The Late-Ming Poet Ch'en Tzu-lung: Crises of Love and Loyal ism by Kang-i Sun Chang", *Harvard Journal of Asiatic Studies*, Vol.55, No.1, 1995, pp.225-237.

学这一领域的空白，而且在某种意义上有可能使中国古代女性主义诗学走出边缘的困境，甚或成为丰富和发展中国古代文论的一个全新理论维度。因为，在西方性别理论的观照下，重新发现思妇、弃妇、怨妇乃至寡妇的意象和抒情传统，并从"男代"和女性真实声音的对比出发，揭示一些诗作背后的真实声音，可以立体地复现诗学文本背后的文化与社会。这对诗学及其理论的发展具有不可小觑的意义。

第十五章　中国文论研究方法例说

英语国家的汉学研究始于19世纪，就文学研究领域而言，以英国汉学家德庇时、翟理斯为代表的一些外交人员、传教士和学者等，试图以较为系统的方式，梳理、介绍与研究中国文学及其批评思想。当然，这一时期汉学家们的梳理与研究是比较简单化的，方法论意识还十分淡薄。因为受到欧洲汉学的影响，总起来看，19世纪以来的英美汉学一直尊崇的仍然是欧洲汉学研究的传统。一方面，对中国传统文学与批评思想抱有某种歧视的态度；另一方面，在方法论上则"十分注重原始资料，所采取的方法是：熟悉语言——翻译史料——进行史料学分析——进行历史编纂学的分析——概括——总结：自发地摸索现象之间的联系把事情串连在编年的杆轴上"[①]。

这种求实的研究方法伴随美国政府为研究亚洲、研究中国、培养中国问题专家而设立哈佛燕京学社，与费正清中国研究中心的成立，一直延伸到20世纪六七十年代。此后，美国本土汉学家及一些华裔汉学家在学术思想上始趋成熟，不仅受到了新的科学主义研究范式的熔铸，而且也受到新兴的理论风气的影响，自觉地开始将新批评、结构主义、叙事学等流行的理论吸收与消化入自己的学术模式之中，其中也包括对心理分析、现象学等西学方法的借鉴。20世纪90年代初前后，英美汉学界的一部分学者开始受到当时盛行的解构主义、新历史主义与文化研究等

[①]　王景伦：《走进东方的梦：美国的中国观》，2页，北京，时事出版社，1994。

思潮的影响，不同程度地借鉴新的理论观念，并将这些移入文学与文论研究，进一步推进了美国当代汉学的范式转型。后一个阶段的方法论变化，也反映在由宇文所安和孙康宜主编，并于 2010 年出版的《剑桥中国文学史》中。从该书的编纂理念中可以看到，撰者十分偏向于从"文学文化"史维度出发的研究，注重引入文化产生与接受、文化政治等理论视角，论述了口传性、版本、印刷等对文学形构的作用，并且将女性主义等文论视角安置在自己的书写系统中。这显然已经与 20 世纪 70 年代后"文本中心主义"（包括形式主义）的研究大相异趣，甚至提出了反文本中心主义的观点。

总的来说，不同时期的汉学家在中国文学思想研究方面可谓各异其趣，使用的各种方法也令人耳目一新。从积极的角度来讲，因为汉学家们对于中国文学与文论问题的观照不存在本土学者积重难返的身份焦虑意识，或隔层借鉴的理论"套版反应"，所以能比较自如地将对西学方法的汲用与对中国文学思想的实证性研究结合在一起，并由此产生一些新的问题意识及对旧的结论的突破。正因于此，他们的研究往往暗含或明显透露出一些比较的尺度与对比较方法的使用，甚至是在实证性较为突出的研究里，也多能从中透现出方法与理论使用的痕迹，及在汉学视域下展开的自我文化指涉。为对这些研究方法有所展示，我们特选取了 20 世纪 60 年代至 90 年代之间在北美汉学界较为通行的若干类型加以例举式的介述，以望借此对这一区域的汉学研究特点有更深一层的认知。当然，例举性的解释绝非意味着可以以有限的例证来涵盖所有的研究面貌，而方法论的探讨也不是纯然孤立的，也常常会与问题、意义等探讨纠缠在一起。

一、对"文"的形式主义强调

"形式"（form）与"结构"（structure）是西方现代文论切入作品的两个重要的理论基点。西方某一阶段的学者习惯于把文学作品看作独立自主的、与作者和现实世界无关系的体系，进而采取一种非个人的、非历史的立场，着力于探索作品自身的形式特点和话语结构。虽然在亚里士多德的文论中就有对于形式的重视，但它仍然是与对作者和客观现实的重视相联系的。自俄国形式主义、英美新批评、结构主义文论兴起之后，这种西方传统固有的对"形式"以及"话语结构"的关注遂被推向了极致，并深刻地影响了20世纪60年代之后的整个北美的文学研究。

在美国，新批评发生较早，20世纪40年代后已始居于统治地位，而结构主义基本上在20世纪70年代后才有所传入。虽然存在时差，但对于美国汉学界的中国文学研究而言，一般认为，这两种思潮大致都是在20世纪六七十年代之后才真正流行起来的，因此可以将这一时期看作对西方新的文论方法的初尝期。至20世纪七八十年代，则又有新的跟进，并结合其他方法对中国文学思想研究做了富有成效的推动。其中，一个值得注意的现象是，许多汉学家在探讨中国文论思想时，将传统表述中的"文"和现代诗学意义上的"形式""结构"相对应，发掘出了一些带有启发性的命题。例如，部分研究者基于形式主义、新批评或者结构主义的视点，着力探索了中国文学作品内部，包括语言、结构、技巧、韵律、隐喻、悖论、矛盾、含混等在内的种种形式因素。尽管在中国传统文论中也有不少涉及文字、词采、结构、技巧，尤其是韵律等的讨论，但其未成为传统学者的关注重心，或将之与心灵的风格完全粘连在一起看待，甚至在一些时期中受到理论家们的贬抑。然而进入现代学术场域的西方汉学家则无此伦理意识形态的牵累，因此能以西方的理论为烛照，借用西学的范畴与方法等，对中国传统中比较抽象的"文"的概念，以及那些不太被看重的"形式"与"结构"等元素进行逻辑化和理论化的反思。这在很大程度上把中国文论中关于"文"的问题推向了理论的前台，对于重新理解中国文论中"文"及相关的诸如"辞""采"等重要范畴提供了有价值的启发。

"文"是中国古代文论"志"与"情"之外一个十分重要的范畴。许慎《说文解字》把"文"解释为"错画也"，意思是"对事物形象进行整体素描，笔画交错，相联相络，不可解构"。刘勰在《文心雕龙》中认为，"文之为德也大矣"，并且在该书的诗学体系中，单独使用"文"字共三百三十七处。

这些"文"被从刘勰总体上区别为"道之文"和"人之文",而"人之文"又可以依据刘勰《情采篇》的表述继续划分为"形""声"和"情"三个不同的类型。不同的"文"分别具有不同的功能和作用:"故立文之道,其理有三:一曰形文,五色是也;二曰声文,五音是也;三曰情文,五性是也。五色杂而成黼黻,五音比而成韶夏,五性发而为辞章,神理之数也。"

北美汉学家中,刘若愚较为系统地梳理了"文"这一概念的生成和演变轨迹,并将之置于中国传统文论思想重建的核心部分。他从甲骨文出发,分别考索了《说文解字》《尚书》《诗经》《易经》和《论语》等作品对于"文"字的意义表述,阐明了"文"在汉代之后的意义衍生和裂变轨迹。① 值得注意的是,刘若愚充分注意到了"文"在《文心雕龙》中的多义性。他认为,刘勰"文"的观念"取自《易经》与其他古籍,而演变出宇宙秩序与人类心灵之间、心灵与语言之间以及语言与文学之间的多重互应的理论"②。

刘勰说的"故形立则章成矣;声发则文生矣"与"人文之元,肇自太极。幽赞神明,易象惟先。庖羲画其始,仲尼翼其终,而乾坤两位,独制文言。言之文也,天地之心哉",已经突出强调了"文"的存在价值和意义。刘若愚借此认为:"在中国文学批评中,审美概念的起源可以追溯到'文'这个字的字源。"③无论是《左传》所记述的孔子的"言之无文,行而不远",还是《易传》中被释为"文饰之言"(embellished words)的"文言",都可以"作为圣人认为文饰是不可或缺的要素之证明"。在考察中国诗学"文"的问题时,应注意将观察与论述的重点从泛指的"文化"或"文饰"的"文"转移到对"文学"之"文"的意指,这样既突出强调了"文"本身所具有的层次性以及形式特点,又可将之作为审美理论的一个重要前提。总之,刘若愚已经通过化用艾布拉姆斯的文学"四要素"观点,变革了中国文论传统意义"文"的理解,而且在理论谱系中已经颇有些类似西方形式主义

---

① 参见[美]刘若愚:《中国文学理论》,8～12页。
② [美]刘若愚:《中国文学理论》,32页。
③ [美]刘若愚:《中国文学理论》,150页。

第十五章　中国文论研究方法例说

"form""system"和"structure"的意涵在里面了。

高友工的理论中偏重"文"本身所具有的形式特点。他在分析刘勰的"形文""声文"和"情文"三个概念时，认为："'形文''声文'是只举二者的媒介的物性（'五色''五音'），而在'情文'中突然转到媒介的象意性（文字或声韵所代表的语义，在此作为'五情'）。""辞章的声律和文字固然重要，但作为媒介，它的意义的层次（亦即'意'）是另一个可以独立的媒介。"高友工认为，刘勰所要强调的"正是这个'意'的内在存在，虽无形声为媒是无法外现的，但其为文学之最终本质却是无法否认的，换而言之，文学的内容正是此种'意'所表现的'五情'"①。"五情"是存在于内化的世界的，是存在于个人的经验之中的，但是"五情"所具有的内在结构对应于外在"五声"和"五音"的结构。换句话说，即内在的"情文"必须依靠外在的"声文"和"形文"来具体落实。"于是内化的'五色''五音'与内发的'五情'构成了一个象意语言。由代表指称转向了比喻、影射、联想、引申。"②

刘勰在谈及"为文而造情"这一创作流弊时，已经注意到在文学中运用象意语言的重要性。他引述《易》"鼓天下之动者存乎词"时，已经涉及了"声律"和"丽辞"等技巧层次，同时也涉及了更高的风格、体裁层次。因为刘勰"真正最关切的问题还是艺术家的内在生命如何在特定的时地限制下能化成外在的艺术"，因此，高友工认为，无论刘勰的"情以物迁，辞以情发"，还是"意授于思，言授于意"，实际上都表明了"情""辞"和"思""言"由"外"而"内"，而又由"内"而"外"的两层转换。可以见出，高友工在解释刘勰之"文"时已经超越了《文心雕龙》的原有范畴，从符码媒介的内外层次角度对之做出了全新的理解。虽然我们在其表述中看不到类似"能指""所指"的形式主义概念，但西学意义上的理论预设还是十分明显的。

宇文所安对于"文"的讨论较为深入和具体。在《中国文学思想读本》

---

① ［美］高友工：《美典：中国文学研究论集》，117页。
② ［美］高友工：《美典：中国文学研究论集》，117页。

以及《中国古典诗歌与诗学：世界的征兆》中，宇文所安都对"文"的意义内涵进行了较为细致的梳理，同时对应现代诗学理论做出了很有创见的阐发。其对于"文"这一概念的起源以及在中国诗学中发展流变轨迹梳理的意义在于，他有意地将中国古代文论中"文"这一重要范畴与西方的概念进行对比，并在对比中发现了"文"在中国传统诗学中的重要性和独特地位。

宇文所安发现《文心雕龙》谈及"文"的段落蕴含着内外模式上的危机。首先，"一个字词起源于一个单一的语义内核。它后来的各种用法都是这个语义内核的延伸、扩展、限制"①。宇文所安认为，无论是《诗大序》还是《文心雕龙》，都体现了写作者在文学创作与宇宙世界之间建立有机联系的强大愿望，所以无论是孔子谈论的教化和传统的彬彬有礼的"人之文"，还是《文心雕龙·原道》试图展示的对"文"如何诞生于宇宙的基本理解与所使用的"道之文"，都可以放在"文"与"与天地并生"这一前提下加以理解。《诗大序》所言的"诗者，志之所之也，在心为志，发言为诗"，实际上勾勒出的是一个以"之"字沟通内外的运动模式，这里所涉及的"言"与"志"的相互阐释活动与《文心雕龙·情采》中"情文""声文"与"形文"的相互转换，都旨在说明语言是"心"唯一和特有的显现形式。"文"不仅仅是修饰，而且是"表里必符"中的"表"，及"因内符外"中的"外"。

在描述了刘勰"文"之历史演进轨迹之后，宇文所安认为，当自然之"文"转变为人之"文"，"文"便进入了远离自然，远离其实质的阶段，在此之后，"'文'说不定真是纯粹的修饰，说不定只是某种外加的，可有可无的东西"②。因为一旦"文"被放在与质无关的角度加以理解，那么"文"自然就会从"文""质""理"这一有机整体中脱节。"情就是文学的媒体，犹如色是锦绣的媒体，声是音乐的媒体。""作家使用情感作文，犹如一个织

---

① Stephen Owen, *Reading in Chinese Literary Thought*, p. 4.
② Stephen Owen, *Reading in Chinese Literary Thought*, p. 196.

锦工人选择彩色丝线编织图案，或者一个作曲家用音符创作音乐。"①在《文心雕龙·情采》"昔诗人篇什，为情而造文；辞人赋颂，为文而造情"的表述中，刘勰肯定了"为情而造文"，贬抑"为文而造情"的技巧诗学，说明刘勰已经注意到了"文"之内外模式的危机。

鉴于辞人之"文"可能具有的欺骗性，刘勰推崇的是《诗大序》的理想，认为真正的好诗应该发自预先不自觉的真实情感，而非为了让读者迷恋其作品而颠倒内外地进行"自身具有价值的写作"。宇文所安认为，刘勰在理论上贬抑自觉地"为文造情"，显示出了其应有的价值关怀。但他同时指出："刘勰竭力将诗歌技巧与创作有机论结合起来，但两者往往不过只是处在不和谐的联结状态中。"②

亚里士多德在《形而上学》(Metaphsica)中认为，事物由"形式因""质料因""动力因""目的因"四部分组成。质料因所致力于解释的是为什么事物会在运动中继续存在的问题，而形式因所致力于解决的是事物为什么以某一方式运动的问题，解决的是事物的存在问题。亚里士多德此时所强调的还是关于事物的实体形式观念，这一观念后来为古典美学形式论的集大成者黑格尔纳入对艺术创造过程的解释之中，而"审美形式"更是在后来成为西方马克思主义代表人物马尔库塞的核心概念。形式因在后期的西方美学发展的过程中，逐渐演变为对内容诸要素之间相互联系和组织方式，以及外部表现形态等的解说。

相对于西方，中国很早就有关于"文质"的讨论。但"文质"观的最初提出者孔子并未如西方人一样把形式与内容看作内外对立性存在的二元，其所倡导的"文质彬彬"更多强调的是内外统一、质文相胜的观点，这和西方将形式单独抽取而加以讨论的思路有很大不同。虽然宇文所安对亚里士多德以来的西方传统十分熟悉，但可以看出，他对于"文"的阐释一直是围绕中国诗学的文化语境进行的。他一直自觉地将"文"是"质"或"理"的有机外在显现这一内外模式与西方文学传统中关于"模仿"与"再

---

① Stephen Owen, *Reading in Chinese Literary Thought*, p. 275.
② ［美］宇文所安：《中国"中世纪"的终结：中唐文学文化论集》，87页。

现"的二元模式加以对比，并力求指出两者差异。宇文所安从陆机《文赋》"理扶质以立干，文垂条而结繁"一句生发，认为"文"是外在的形状和特性；"理"是一种普遍结构，存在于一切活的构成过程之中；"质"则是被"理"所渗透的内在物质性。

"理""质""文"是一个由内到外逐步显现的过程，"理"和"质"只有在"文"中才能得以充分显现。在中国诗学中，对于这三个术语的理解是不能孤立完成的，因为它们本身已经构成了一个不可或缺的有机整体。虽然"文"可以从西方"文本"的概念出发，被理解为文学创作过程的最终阶段，看作文学之"内"的终极外在体现，但是陆机由内到外的生长比喻还是与西方二元理论之间存在根本性的区别："'内'可以通过'文'为我们所知，但'文'并非再现它，像一个人的面部表情'再现'他的内在状态那样……被模仿和被再现的东西可以独立于模仿/再现而存在……但'理'和'质'没有'文'就不能完成：'内'需要一个有机的'外'，否则它就是'空的'，不完整的。"①借此可以看到，宇文所安的确合适地处理了中西在对待"文"这一范畴上的差异，得出了"文""质""理"不能简单地对应为西方的"形式"与"内容"的结论。然而这一发现也与刘若愚等研究者一样，是通过新批评形式主义的视野获取的。

在这几位学者之后，关于"文"的阐释与论争日趋丰富，同时也采用了其他一些理论资源，有必要在进一步的梳理中揭示之。

二、新批评的解读路径

1941年，兰色姆在论述艾略特、理查兹等人的专著《新批评》中提出了"新批评"的概念。他指出，文学批评是专家教授的事业，它必须是科学的、精确的、系统的。文学批评不是伦理道德研究、历史研究或语言研究，而只是对于文学自身的研究。这种研究必然要探讨文学的内部规律，如语言、结构、技巧、韵律、隐喻、悖论、含混等种种形式因素。

---

① Stephen Owen, *Reading in Chinese Literary Thought*, p. 114.

第十五章　中国文论研究方法例说

新批评力将布鲁克斯说过："形式主义批评家主要关注的是作品本身。"①20世纪60年代的汉学家多是在现代西方学术背景中成长起来的，因此多少会受到现代西方从俄国形式主义到新批评，直至解构主义的语言论转向等理论主张的影响，进而从这些方法论出发，对中国文本投以深度的关注，并形成一套新的研究模式。

陈世骧、傅汉思、倪豪士、刘若愚、高友工、叶嘉莹、林顺夫、宇文所安等汉学家，都非常重视语言和文本形式的意义。他们对中国文学和文论的阐发有着十分明显的英美新批评理论的痕迹。例如，陈世骧在其中国古典诗词特质的分析中，体现出了较为明显的"新批评"的理论倾向。在《中国诗之分析与鉴赏示例》一文中，陈世骧运用比喻来指明诗歌内部研究的重要性："因为好诗是活生生的，有生命的个体，所以我们要了解它，也要和了解一个活生生的人一样。我们不但需要认识它外表的容貌、声音和懂得表面的意思，而且还要了解它内在的，隐含的，各部分的复杂相互关系。"②在该文中，陈世骧提出了类似于新批评主张的关于诗歌鉴赏的基本要求："第一，对诗的文字的娴熟；第二，对诗的形体和形式（form）的了解；第三，对诗的类别，所谓文类（literary genre）的历史发展，要有知识。"③叶维廉早期对西方理论的译介和研究也是从新批评开始的，《〈艾略特方法论〉序说》（1960）、《艾略特的批评》（1960）、《静止的中国花瓶——艾略特与中国诗的意象》（1960）和《诗的再认》（1961）等讨论并介绍了新批评的理论先驱艾略特的理论主张。刘若愚借鉴的也是新批评的语义分析方法。他细致梳理了中国诗歌语言字形、语义、声韵、语法的形式特点，并以此考证了纯形式的语言分析与诗学观念、文化观念之间的某种关联性。借助于新批评提供的概念资源，高友工发现了中国诗歌的"肌质"（texture）；叶嘉莹和林顺夫发现了作品文本中的"张力"（tension）；而宇文所安和高友工则运用新批评文本细读的方

---

① ［美］克林思·布鲁克斯：《形式主义批评家》，见赵毅衡：《"新批评"文集》，488页，北京，中国社会科学出版社，1988。
② 陈世骧：《中国诗之分析鉴赏示例》，载《文学杂志》，1958(4)。
③ 陈世骧：《中国诗之分析鉴赏示例》，载《文学杂志》，1958(4)。

法对唐诗进行了富有意趣与启发的解读。

如果不是限于一种成见，可以说，北美汉学家们用西方的文论概念去"提炼"中国文学作品中的文学观念、文学思想的做法是颇具成效的。这不仅表现在对一些作品的独到分析上，更重要的是，以新批评的方法对中国诗学的全面切入，不仅弥补了长期以来本土思维中对形式与结构重视不足的缺陷，而且以其清晰的逻辑分析和文本话语处理方式为中国的诗学的重建提供了新的研究路径，同时也支撑起了汉学关于中国古代文论现代性想象的框架。

（一）"细读"式文本分析法

文本细读法（close reading）是由新批评的先驱之一理查兹率先提出的，后成为英美新批评理论中最重要也是最基础的文本批评方法之一。文本细读法强调对文学作品形式、语言、语义等的"内部研究"，强调"通过认真地阅读原文，反复推敲，分析结构，多方面、多层次、多角度地研究语音、语法、语义、音位、节奏、格律等语言要素，关注比喻、张力、反讽、悖论、复义等诗歌要素，以全面把握和阐释作品意蕴"①。叶嘉莹曾在《对传统词学与王国维词论在西方理论之观照中的反思》一文中指出："我以为正是新批评的所谓细读的方式，才使我们能对作品的各方面做出精密的观察和分析，因此也才使我们能对作品中之意识形态得到更为正确和深入的体认。可见新批评一派所倡导的评诗方法，确有其值得重视之处。"②

举例而言，如宇文所安在其所撰《初唐诗》《盛唐诗》《追忆》《迷楼》《中国"中世纪"的终结》《他山的石头记》等著述中，都十分强调对文本从形式、语言、语义等角度进行"内部研究"的细读式分析，试图借此克服过去那种从文本中抽取观念的方法。关于这点，他在《中国文学理论读本》的导言中，也有明确表述。他认为自己所采用的"通过文本来讲述文学思

---

① 刘象愚：《外国文论简史》，308页，北京，北京大学出版社，2005。
② ［加］叶嘉莹：《清词丛论》，22页，石家庄，河北教育出版社，1997。

第十五章　中国文论研究方法例说　　523

想"的方式，可以使那些隐藏在"语文细节"中的确切意义得以呈现。①这种方法的效果也是明显的，一方面可避免脱离语境之后的过度阐释，另一方面也验证了新批评的解读手段在切入中国诗学文本中时所能获取的实践有效性。

宇文所安之所以采取文本细读的方法，除其深受一度流行于西方的新批评理论的浸渍和影响之外，还有两方面的原因。一方面，重视文本的立场是宇文所安对中西文论进行深入比较分析后的选择。宇文所安说："我相信，诗歌是有一定的自由度的，这就为比较文学提供了可能。在中国进入现代社会之前，中国和西方没有互相联系的历史语境，所以如果进行双方的文学比较，倘没有正确的方法，可能会'迷'。"②既然文本是唯一可靠的依据，同时"文本自身是一个'修补缝隙，缝合片段'的过程"③，因而就有必要从文本内部入手来理解传统文学及其批评的蕴义和用心，"使意义得以以新的生长点不断生成，或从文本所内涵的生命欲望结构中，把握生命意义的轨迹"④。

另一方面，采取文本细读的批评方法，也与其对以前的中国诗学"观念史"（history of ideas）治理模式的反思有关。宇文所安承认，对中国诗学研究采取观念史的研究方法自有其优势，但是同时也看到，观念史的方法虽然照顾了文学理论的体系性，却往往会形成"观念"对于"文本"的伤害，有时甚至出现观念史上某些核心观念挤压次要文本的负面影响。这样既不利于原生态地呈现事物对象本身，更不可能在文本中产生令人兴奋的新的发现。因为任何文本都不可能完全"弥缝莫见其隙"（《文心雕龙·论说》），文本中有很多部分可能会被观念史遗忘，但是这些被遗忘的部分一旦通过细读将之重新缀合，就会填补观念史的文本空隙。这样

---

①　参见[美]宇文所安：《中国文论：英译与评论》，12页。
②　张宏生：《"对传统加以再创造，同时又不让它失真"——访哈佛大学东亚语言与文明系斯蒂芬·欧文教授》，载《文学遗产》，1998（1）。
③　Stephen Owen, *Reading in Chinese Literary Thought*, p.108.
④　段俊晖：《叶维廉的中国文学思想研究》，见王晓路：《北美汉学界的中国文学思想》，213页。

一来，文本中那些看似多余的，以前无法被"观念史"的批评文选摘录的部分，也就变得有重要意义了。虽然这样的做法会让观念史的稳定性受到冲击，但是毕竟可使一度被稳定的观念僵化的文本重新显示其固有的活力。

关于细读法的作用，宇文所安也用这样一段话做过解释："'细读文本'不像有些人想象的那样是众多文学批评和理论立场之一种。它其实是一种话语形式，就像纯理论也是一种话语形式那样。虽然选择细读文本本身和选择纯理论不同，算不上一个立场，但还是有其理论内涵。而且，任何理论立场都可以通过细读文本实现（或者被挑战，或者产生细致入微的差别）。偏爱文本细读，是对我选择的这一特殊的人文学科的职业毫不羞愧地表示敬意。也就是说，做一个研究文学的学者，而不是假装做一个哲学家而又不受哲学学科严格规则的制约。无论我对一个文本所做的议论是好是坏，读者至少可以读到文本，对文本予以注意。"①在宇文所安眼中，任何理论立场都可以通过文本细读来实现。这种细读文本的习惯，不只是一种批评策略或理论立场，已然成为人文学者应有的基本训练。

宇文所安在《初唐诗》中对宫廷诗进行解读时，不仅指明了宫廷诗标准措辞的几个固定的程式，还着重强调了主题、描写式的展开和反应这种"三部式"的基本结构模式在宫廷诗创作中所起到的重要作用。在谈及咏物诗时，宇文所安认为："在初唐，各种咏物题以各种预定的方式加以表现。描写技巧最重要，其中最通用的有四种。一，列举事物特性，在对句中配成双，这是最简单的技巧。二，描写相似物，运用隐喻或表示相似的丰富词汇：如、似、若、类、同、疑（'疑非……'或'似……'）。三，描写事物的环境，从特定背景中寻找不平常的'奇'。四，描写事物的功用，在这种情况下通常隐去事物的名称。在对句中，这些描写技巧可划分为累积描写（甲及乙），和转折描写（甲，然后乙）。这两种形式在

---

① ［美］宇文所安：《他山的石头记——宇文所安自选集》，244~245页，南京，江苏人民出版社，2003。

大部分对句中是难以区别的，不过转折描写经常运用成对的现成语法虚词，如'乍……还……'（突然地似乎是甲，但其后还似乎是乙）。"①

除此之外，宇文所安用两页篇幅对隋炀帝和陈后主的两首《饮马长城窟行》诗进行比较。他从诗句辞藻和句式结构入手，细致入微地剖析了陈叔宝诗作精炼的辞藻、精巧的结构、优雅的形式以及衰靡的诗风，并借助对隋炀帝《春江花月夜》等诗的分析，指明隋炀帝在诗歌形式上具有散漫的特点。在对虞世南诗作的分析中，他认为虞世南的成功之处在于能够在诗中将各种陈旧的要素组织起来，产生新的效果。谈到骆宾王时，宇文所安则从骆宾王诗歌的结构、语言入手，分别通过对《晚泊江镇》《浮槎并序》《在狱咏蝉》等诗的分析，揭示了骆宾王诗歌善用对偶、双关语、典故、隐喻等表现手法上的特点。宇文所安还对陈子昂用来表现视线的三个动词加以细致讨论，不仅从结构、语言、旨趣等大的方面进行分析，甚至还具体入微到对动词用法的分析："陈子昂……还隐喻性地运用动词描写直观景象，表现了宫廷诗的一定影响。有趣的是，他所掌握的这类词汇甚少：'岩悬青壁断。树断白云隈。野树苍烟断。野戍荒烟断。'凡是表现视觉的延续被打断，不可避免地用'断'字。如果视觉的延续中断后又重新开始，这种中断就变成'分'。分的这种常见的空间用法，往往与其作为感知动词表示'看出'的用法无法区分。"②

在《盛唐诗》中，宇文所安对王维诗风中简朴的技巧、岑参边塞诗中奇异诗风的分析等，无不体现出他对英美新批评文本细读方法的运用。他以王维的《偶作六首·赠裴十迪》为例，指出王维诗中的许多词句、意象都是对陶潜诗歌的模仿。通过对岑参诗歌形式的分析，宇文所安认为岑参的边塞诗具有在措辞、意象与技巧上追求奇异的特点。宇文所安还从岑参诗歌的措辞用字入手，分析其文本中的布局、修辞等技巧，指出其对诗歌意象与内涵的重视，从而揭示出岑参边塞诗无处不标新立异、追求新奇的特征。总之，无论是宇文所安对唐诗字、词的朦胧性的发现，

---

① ［美］宇文所安：《初唐诗》，219页。
② ［美］宇文所安：《初唐诗》，125～126页。

还是他对唐诗文本多义性与隐喻性的把握与澄清，都显露出了新批评影响的痕迹，以及他在使用这种方法时的功力。

但是这种应用又不是机械式的，虽然宇文所安也如新批评的理论家一样以文本为旨归，然并不会刻意隔离文本与世界的关系，新批评仍然只是其谋以利用的诸多方法和手段之一种。在他看来，"文本是一个学者和世界及外因会面之处，是历史与思想的交界点"。仔细分析宇文所安对唐代诗歌的读解之后，我们会发现，宇文所安在应用"文本细读"时，并不只专注文本，而是将历史、文化、社会与文本本身并视为一种大的"文本"加以解读，力求在更广阔的知识背景中寻求文学背后的深层关系。文本本身、文本所在的文化语境、文本在流传过程中的位置、流传的物质条件以及随之而来的特性等，都是宇文所安思考的出发点。

从某种意义上看，宇文所安的文本细读法反倒有些接近孟子"以意逆志"的提法。孟子讲"不以文害辞，不以辞害意，以意逆志，是为得之"，而宇文所安实际上是力图通过析解文本具体之"文""辞"，最终接近作品的本初之意与作者的创作之"志"，并由此获知文学思想在文本之中运行的轨迹，了解"文章的关节点""语气吞吐或行文跳跃之处"等对文本意义生成的潜在影响。宇文所安采用的这些做法，使他既能关注到作品的形式，也能在古人行文的痕迹中发现他们真正之所想，即能在历史和文本之间自由出入，聆听中国诗学思想文本中"活生生的人的声音"。在宇文所安看来，无论对文学文本还是文论文本，知道它写了什么固然重要，但更紧要的还是应当努力去知道它是如何呈现与展开所述内容的。这种"直接通过文本讲述思想"的做法，在某种程度上也避免了"框架、方法及观念先行造成的剪裁弊病"①，部分地呈现出中国文学思想的本来面目。

宇文所安之外，倪豪士也较为成功地在其对唐代文学的研究中运用了文本细读的研究方法。他采用文本对照的方法，逐句细读并对比了《南柯太守传》和《永州八记》，进而发现了这两篇文章在"文法、内容、用词、风格和比喻"方面所具的类似点，并最终结合两部作品的问世时间，证明

---

① 韩军：《跨越中西与双向反观——海外中国文论研究反思》，载《文学评论》，2008(3)。

了柳宗元写作《永州八记》确实受到李公佐的影响。在研究史传作品的文体类型时，倪豪士借用了新批评的隐喻式文体（metaphoric）和换喻式文体（metonymic）的说法，认为这些修辞差异会给文本表述带来不同的效果。他认为，隐喻式文体主要基于语义上的相似（similarity），而换喻则要经由语词的毗邻性（contiguity）来完成。隐喻式作品的肌质易产生多义和讽喻，而换喻式文体则更倾向于直线性，甚或离题（digressive）和言穷意近（explicit）的描写。① 正是基于对史传性作品文体的这种新批评理解，倪豪士在运用结构主义的方法分析具体作品时，便能够参互文本细读的方法，并取得了较为明显的理论效果。

高友工和梅祖麟合著的《唐诗的魅力》，堪称运用新批评细读理论的典范。中国古代的诗歌批评鉴赏一直是一种印象式批评。高、梅二人熟练地运用西方语言学和新批评细读法解读唐诗，开启了运用西方现代文论解读唐诗的新路径。正如叶嘉莹在该书序言里所说，《唐诗的魅力》的出版，"使国内研读古典文学之青年对西方文评之理论与西方治学之方法有更多之了解，则不仅能使中国传统之诗文评论由此而拓一新境，而且也可使中国之古典文学由此而在世界文化之大坐标中觅得一正确之位置，此实为一极有意义之工作"②。高友工和梅祖麟也在书中直言："大体说来，我们将采用的是语言学批评的方法，这种方法是与燕卜逊和理查兹的名字联系在一起的。"

《唐诗的魅力》由《杜甫的〈秋兴〉》《唐诗的句法、用字与意象》和《唐诗的语意、隐喻和典故》三篇长论组成，语言学批评的实践贯穿全书。高、梅二人试图让诗歌回到诗歌本身，在直接面对纯粹文本时，关注诗歌本身的形式、用字、语法、音韵、格律、意象等内在因素，以"细读"为手段对诗语进行详尽的分析与诠释，通过细致扒梳诗歌语言形式意味而最终凸显唐诗的魅力之所在。例如，在《杜甫的〈秋兴〉》中，高友工和梅祖麟讨论的内容不仅涉及"音型、节奏的变化、句法的模拟、语法性歧义、

---

① 参见［美］倪豪士：《传记与小说：唐代文学比较论集》，30页。
② ［美］高友工、梅祖麟：《唐诗的魅力》，"序"，2页，上海，上海古籍出版社，1989。

复杂意象以及不和谐的措辞"①，而且注意到了杜诗一联中的两句诗是如何通过各自的语法结构互相影响这一语法功能。这一语法功能被高、梅二人称为"歧义的"和"假平行"(pseudo-parallel)结构，他们认为"歧义的"和"假平行"的对句在杜甫作品的对句结构中十分普遍。假平行一旦被平行力场转变成歧义性对偶，就能以一种令人瞩目的意象产生特殊的效果。

在《唐诗的句法、用字与意象》中，高友工和梅祖麟从"独立性句法""动作性句法""统一性句法"等角度讨论了句法和用字对于唐诗意象的影响。他们认为："如果一句诗中的句法作用极小，那么，它的节奏很可能是不连续的，而且它的意象作用也会相应地增强；如果一个推论要指出它所包含的各种构成部分之间的关系，它就不得不具备更复杂的句法组织，这就会立刻削弱具体语词构成意象的能力，并使句子充分保持一种更为连续的节奏。"②值得一提的是，高友工和梅祖麟参照新批评理论家韦姆塞特(William K. Wimsatt)关于事物形态的三种混合划分，建立起一个属于自己的分类结构。韦姆塞特的分类结构主要包括三种形态。

其一，抽象的或弱于特殊实体的形态，例如：工具。
其二，最低限度的具体性或特殊实体的形态，例如：铲子。
其三，特别具体的、强于特殊实体的形态，例如：生锈的园艺铲。③

高友工和梅祖麟认为，韦姆塞特使用的是"一种混合的分类模式：从'工具'到'铲子'，是沿着由属类向种类的顺序；从'铲子'到'生锈的园艺铲'，所循的则是由简单名词到复杂名词(被形容词或其他名词修饰的名词)的顺序"④。这三类词都不利于意象的生成。因此，他们在仿此的基础上，提出了一个新的分类结构。

---

① [美]高友工、梅祖麟：《唐诗的魅力》，2页。
② [美]高友工、梅祖麟：《唐诗的魅力》，40页。
③ [美]高友工、梅祖麟：《唐诗的魅力》，59～60页。
④ [美]高友工、梅祖麟：《唐诗的魅力》，61页。

其一，无修饰的名词：
A. 并列的：天地、江湖、江汉
B. 抽象的：声、色
C. 单音节的：月、天、云、山
D. 双音节的：鹦鹉、凤凰、芙蓉、葡萄

其二，加修饰的名词：
A. 被非限定形容词修饰：明月、黄金、白云
B. 被限定形容词修饰：热风、黄云、香稻
C. 被名词修饰：金殿、玉臂、云鬟、玉楼
D. 专用名词：蓝田、黄河、玉门关、蓝海①

高友工和梅祖麟认为，这些分类代表了与意象构成相关的主要类型，最终使近体诗充满了韦姆塞特所说的那种"模糊的抽象性"和"弥漫的朦胧"。

在《唐诗的语意、隐喻与典故》中，高友工和梅祖麟从新批评的角度探讨了唐诗中的多重意义现象。他们认为，多义性学说一直在新批评理论中占有主导地位，这是因为"奥登（Ogden）和理查兹的《意义的意义》（Meaning of meaning，1923），燕卜逊的《歧义七种》，通过不同的途径使批评的方向转到多义性原则上"②。可以说，高友工和梅祖麟对近体诗语言多层意义产生前提的探讨，也是在新批评框架指引下进行的。他们从"意义和对等原则""作为对等关系的隐喻和典故""隐喻和隐喻关系""典故和历史原型"以及"隐喻语言与分析语言"几个角度，对唐诗的语意、隐喻和典故所具的多义性功能进行了分析，均十分明显地显示出新批评理论方法的影响，并对美国汉学界的中国意象研究具有一定的启发意义。

(二)中国文本的"肌质"发现

高友工和梅祖麟在对唐诗的读解也很明显地借用了新批评的肌质说。他

---

① ［美］高友工、梅祖麟：《唐诗的魅力》，63 页。
② ［美］高友工、梅祖麟：《唐诗的魅力》，120 页。

们在谈到艺术作品的内部关系时,是从以下两个意义上来讨论的:"有主要部分之间规模较大的联系,也有次要部分之间规模较小的联系——或者换句话说,既有较大的、也许是较远的审美对象之间的联系,又有相邻的审美对象之间的联系。因此,我们要区分两种审美形态:'结构'(structure)和'肌质'(texture)。"①而"肌质"恰是新批评理论家兰色姆提出的一个重要观点。在兰色姆看来,"诗歌作为一种话语的根本特征是本体性的"②,即其作为"结构—肌质"的存在。诗歌的"结构"就是诗歌的散文释义,是一种逻辑话语,可以表达适合于逻辑表达的任何内容。而"肌质"是诗人可以随意想到的任何真实的内容,直接指向诗歌表现的情感层面,不仅体现了诗歌语言的丰富内蕴,而且反映出世界本身的丰富性,能够恢复世界的本质存在。肌质构建起了诗歌的细节,使诗歌文本充满了能够唤起情感和态度的个性细胞。兰色姆认为,诗歌的全部有机活动要在格律与意义的动态过程中完成,在这个过程中,诗歌既要搭建一个逻辑结构,又需要创造韵律。逻辑结构就是诗人最初的立意,需要合适的词语加以实现,同时为了合乎韵律,也要对表达意义的词进行处理和改变。在这个意义上说,诗歌中的意义和韵律的关系,就是结构和肌质的关系。

高友工和梅祖麟成功地应用肌质理论对唐代的律诗进行了解读。他们认为:"在近体诗中,'结构'的单位往往是'联'或联中的'句'。从某种意义上看,下面所提到的都是近体诗的结构原则:律诗的中间两联,就语言来说是意象的,就节奏而言是非连续的,而尾联则采用了推论语言和连续性节奏。近体诗的最后一句或一联,常常不是简单陈述的语气,而是疑问的、假设的、感叹的或祈使的语气,这些语气的作用是表达诗人的心声并使诗言有尽而意无穷。时间和地点常在诗的开头提及,并随着诗的推进,主观语气逐渐取代了客观语气。"③在诗中,"肌质是词语间局部的相互影响"。杜甫《江汉》"江汉思归客,乾坤一腐儒"和"片云天共

---

① [美]高友工、梅祖麟:《唐诗的魅力》,41~42页。
② [英]约翰·克罗·兰色姆:《新批评》,192页,南京,江苏教育出版社,2006。
③ [美]高友工、梅祖麟:《唐诗的魅力》,42页。

远，永夜月同孤"中的"一""孤"以及"远""永"之间，形成的就是一种肌质关系。和兰色姆的理论一样，高友工和梅祖麟也认为"肌质可以产生结构"①。唐代诗人张继《枫桥夜泊》中的"月落乌啼霜满天，江枫渔火对愁眠"，靠单个词产生联系，而这些单个词之间的联系又最终使其所处的诗句局部地组织起来。"'月落''乌啼''霜满天'，由黎明前的事件和独立的及物动词（或假及物动词句）确定了时间，而时间反过来又使这些事件确定了位置；'江枫''渔火'作为江边、江中的事物和并列名词，展开了虚幻的空间，这空间反过来又使'江枫'和'渔火'联系起来。"

当然，在文章中，高友工和梅祖麟更为注重的是肌质及其随带的关系。在他们看来，任何一首唐诗都存在这种肌质关系。这种肌质关系不只事实上存在于诗的结构之中，而且也与唐代近体诗的词汇分类有密切关系。例如，天文、地理、草木、禽兽、人伦、器用、颜色、数字等词类在唐诗中就呈现出"一种奇特的肌质，其中单个词之间的关系超出任何具体诗的范围，但就它体现了一联诗中词的相互作用而言，我们仍把它看作肌质"②。举例而言，"腐儒"和"思客"属于人物类，"月""云""天""日"属于天文类，"日""夜""秋"属于时间类，"江""汉"属于地理类。这些词类在一首诗中是构成诗的最小的组成部分，并通过结构和肌质的关系最终组合成为一首诗的有机整体形式。

除了类词具有肌质的组合功能以外，高、梅二人认为，近体诗中的大多数简单意象都可以放在肌质关系中予以理解。在他们看来，唐代近体诗中的这些简单意象的媒介绝大多数是以形容词—名词或名词—名词的形式出现的。"形容词代表性质，而大多数起修饰作用的名词也有强烈的性质倾向。""仅就简单意象的内在结构而言，性质和事物之间呈现为一种均衡关系。"从某种意义上看，唐诗语言的个性化是由句法关系的松散而造成的。"那些罗列细节或指明关系的语法手段，要么在汉语中根本没有，要么在从普通语言向诗歌语言转化的过程中被忽略了。当句法关系

---

① ［美］高友工、梅祖麟：《唐诗的魅力》，42页。
② ［美］高友工、梅祖麟：《唐诗的魅力》，43页。

薄弱时，肌质就成为主要因素。在各种肌质关系中，相似或相反对于简单意象具有特殊的重要性。"①

正是由对唐诗的肌质关系的理解出发，高友工和梅祖麟形成了他们对唐诗中的简单意象的概括性理解："唐诗中的简单意象有一种趋于性质而非事物的强烈倾向，它具有一种完全不同的具体性，在传达生动性质的意义上，简单意象是具体的；然而，它们并非根植于事物本身——这些事物的各个部分及与其他事物的关系是较为确定的——从这个意义上说，简单意象又是抽象的。"②高友工和梅祖麟认为，在新批评理论中，燕卜逊等人都认为文学批评应该关心词与词之间的向心关系。"词和词之间的向心关系原来是由两个分枝构成，即句法和肌质。"③"肌质是句法的倒装。"④肌质不仅与结构、语类相关，而且还受到句法的影响。"在'日落心犹壮'中，作为两个独立的词，当'落日'和'心'是同时出现时，至少存在三种肌质关系：心像落日；心不像落日；在落日的映照下，心（犹壮）。"⑤唐代近体诗遵循的是句法关系薄弱而肌质关系丰富的一般原则，这种弱于句法而强于肌质的特点是其有别于英语诗的一个主要方面。

实际上，中国古代的历代诗论中对于诗歌的肌质作用早有发现。例如，朱瀚在《杜诗解意》中评杜甫的《燕子来舟中作》"湖南为客动经春，燕子衔泥两度新。旧入故园尝识主，如今社日远看人。可怜处处巢居室，何异飘飘托此身。暂语船樯还起去，穿花贴水益沾巾"时，就明确指出："篇中曰衔、曰巢、曰起、曰去，俱就燕言，曰识、曰看、曰语、曰沾，皆与自己相关。分合错综，无不匠心入妙。"⑥朱瀚已经认识到了杜诗动词的重要综合能力，注意到了杜甫写诗时对于动词的讲究，以为"衔、巢、起、去"等动词群形成了相似又相异的肌质关系。类似的诗文评点在

---

① ［美］高友工、梅祖麟：《唐诗的魅力》，52 页。
② ［美］高友工、梅祖麟：《唐诗的魅力》，52～53 页。
③ ［美］高友工、梅祖麟：《唐诗的魅力》，75 页。
④ ［美］高友工、梅祖麟：《唐诗的魅力》，75 页。
⑤ ［美］高友工、梅祖麟：《唐诗的魅力》，75 页。
⑥ （清）仇兆鳌：《杜诗详解》，2064 页，北京，中华书局，1979。

第十五章　中国文论研究方法例说　　　　　　　　　　　　　　　　　533

中国古代是大量存在的，只是一直未能被加以系统化的梳理和概括罢了。高友工和梅祖麟对唐诗肌质的提炼，之于重塑我们对唐诗的阅读体验具有十分重要的价值。从文论的角度来讲，从肌质说的角度对唐诗所做的讨论也在很大程度上拓宽了中国古典诗学的阐释框架。

(三)文本意义的"张力"结构

除了文本细读的新批评方法之外，叶嘉莹和林顺夫等人还充分注意到了存在于中国文学文本的内在"张力"。在新批评家的理论著述中，"张力"(tension)是一个使用频率极高的术语。新批评理论家认为，张力"是通过去掉外延(extension)和内涵(intension)这两个逻辑术语的前缀得来的"，具有张力与否被看作一首诗是否是好诗的重要标准。"张力"理论的提出者艾伦·塔特(Allen Tate)甚至这样认为："诗的意思就是它的'张力'，即我们能在诗中发现的所有外延和内涵构成的那个完整结构。"①

据此，北美的许多汉学家也发现中国诗歌呈现出了多层次的空间结构，汉诗的字面指称意义与内在暗含意义两个平行的意义层面之间存在一种张力上的关系。理查兹在其《实用批评·意义的四大种类》中曾为一首诗设定了四种不同的意义层面：其一，意思，亦即文意；其二，感情，指作者对表达的问题的倾向、态度或者强调的兴趣；其三，语气，这里指音调或口气；其四，目的，指作者通过意思、感情、语气所表达出来的效果。意象派诗人庞德认为，一首诗有音乐、意象和"思理的舞跃"三个层次②，这三个层次被钱锺书在《谈艺录》中比拟于《文心雕龙》的"情文""声文"和"形文"。前面曾经谈到，高友工和宇文所安等人都已经注意到了"形""声"与"情"的内外对应性，从某种意义上说，他们已经从新批评的角度注意到了中国诗学文本自身的内外张力关系。以高友工为例，他也注意到了"形文"与"声文"的内在结构，并将二者和"情文"并立对照。他认

---

① [美]艾伦·塔特：《诗的张力》，见史亮：《新批评》，119页，成都，四川文艺出版社，1989。
② 参见[英]戴维·洛奇：《二十世纪文学评论》(上)，209页，上海，上海译文出版社，1987。

为"情文"是以辞章外的意义层次作为独立于形声而存在的象意媒介，而"声文"和"形文"则是利用这个性质系统建构起一个或重复或延伸的"同一结构"。象意媒介和"同一结构"之间的互为层次关系，本身就是"张力"的体现。

新批评的理论方法对叶嘉莹的影响也比较大，她习惯于在具体诗词的解读中对作品的结构、字句、意象进行细腻的分析。在她看来，"要欣赏批评一首词，每一句，每一个字，每一个结构，每一个组织，一定都有它的作用"①。用意象、章法、句法等分析陶渊明、杜甫、李商隐等人的诗作，用细读法解读李煜的《相见欢》《虞美人》等词作，都是其运用新批评理论的成功事例。叶嘉莹在《从"三种境界"与接受美学谈晏欧词欣赏》一文中，较好地化用了新批评的"张力"理论来分析欧阳修的《玉楼春》。她说："春光到底是怎么美好呢？欧阳修说是'北枝梅蕊犯寒开，南浦波纹如酒绿'。你们要注意他这两句里所包含的遣玩的意兴。在欧阳修的词里边有一种双重的张力，一层是他本身对忧患苦难的体认，一层是他要从这些忧患苦难之中挣扎出来的努力。"②虽然这里的张力表述并不一定是新批评的原意，但我们可以十分明确地由此获取对欧阳修诗作内涵和外延关系的深切体悟。叶嘉莹正是通过这种类似于新批评的"张力"阐发，发现了欧阳修文本语句和内藏深意之间的张力关系，由此清晰地呈现出了欧阳修沉着悲哀与豪放享乐交织的心灵世界。

林顺夫是另一个采用了新批评"张力"理论的汉学家。当然，无论是叶嘉莹还是林顺夫，他们在使用新批评方法时都对之做了一些调整或修改。在分析姜夔的《扬州慢》和《浣溪沙》时，林顺夫使用了"戏剧张力"这样的概念。林顺夫认为，诗歌创作具有单一性和合一性，"姜夔在创作时，以精确的细节刻画，着意描摹出了外部的环境，与他的内心体验形成了对比"③。这种对比首先体现在姜夔的词序和主词之间。词序本身具

---

① ［加］叶嘉莹：《唐宋词十七讲》，165 页，北京，北京大学出版社，2007。
② ［加］叶嘉莹：《古典诗词讲演集》，163~164 页，石家庄，河北教育出版社，1997。
③ ［美］林顺夫：《中国抒情传统的转变——姜夔与南宋词》，60 页。

有自足性，而主词又以词序作为情感展开的背景，序和主词之间的联系是靠一些"两种完全不同的表达方式和功能"的意象来完成的，这就使词序本身在结构上起到了一种参照和反观的作用。词序和主词之间意象的重复，"可以作为某一层面的印证，证明序与词彼此之间互相生发的关系。而从另一个层面来看，由于序中的意象构成了背景参照，作者就可以在词中专注描写审美客体的那些既体现其性质而又具有普遍意义的特性"①。这样一来，词和词序之间就形成了一种"张力"的关系，保持了词和词序结构模式的一致性。

这种"张力"同样存在于词作文本本身。"在《扬州慢》中，悲伤的意绪与毁颓城池的景象不时相叠；但在《浣溪沙》中，创作情境与创作行为并未呈现出这种直接的因果关系，二者所固有的戏剧张力互相分离了。'戏剧张力'用在这里，指的是两种包罗更为广泛的体验之间的冲突。这是愉快的郊游与痛苦的爱情之间的张力，而后者此刻仅存在于诗人的记忆之中。在提升词的表现力的同时，戏剧张力也在创作行为中得到释放，因为词唯一的重心所在即张力所引发的情感表述。"②

基于这样的理解，林顺夫在分析《小重山令》时，认为该词诸如缠绵、忧郁、悲愁、神秘、寒冷、孤独、断肠、悲啼和血泪等构成的是一个完整的人物感情系统。但是，"这些感情的排列，并不是简单地按照行为主体的看法而定其先后顺序的。它们主要围绕着物，即红梅，以多重比喻的方式结合在一起，并且分成若干层次，一层接着一层，直至所有与主题相关的感情都汇聚起来，形成一个紧凑的复合整体"③。姜夔对具有内在联系的比喻的运用，实际上在词作中形成了一种"张力"，因为"比喻关系就是对比关系"，这种对比而成的内在"张力"最终使姜夔的词作呈现出一个内涵十分丰富的结构。

值得指出的是，林顺夫认为姜夔词中存在的"张力"都是以感情为基

---

① ［美］林顺夫：《中国抒情传统的转变——姜夔与南宋词》，55页。
② ［美］林顺夫：《中国抒情传统的转变——姜夔与南宋词》，60页。
③ ［美］林顺夫：《中国抒情传统的转变——姜夔与南宋词》，120页。

调的。由此可见，他对于"张力"的理解和新批评有一些内在的区别。他认为："与新批评派的用法不同，它不是指诗中抽象与具体（或互相冲突、互相矛盾的）诸因素之间的关系，而是指主人公的许多行为中最富戏剧效果的矛盾冲突。"①在《浣溪沙》这首词中，富于戏剧效果的"张力"就产生于两种互相矛盾着的行为冲突中，交代了主人公感情活动的由来。"抒情诗必须有一个'感情中心'，即诗中语言、意象诸要素最关键的部分。"②林顺夫认为，姜夔所创作的每一首词，都意在表现一种感情活动。《浣溪沙》的中心内容，"并不是表达两种行为间的张力，而是表达主人公爱情经历给他带来的忧伤感"③。

（四）"影响谬误"与"意图谬误"

"影响谬误"（affective fallacy）与"意图谬误"（intentional fallacy）是新批评理论家韦姆塞特和比尔兹利提出的两个核心概念。他们认为作者的"意图"和读者的"感受"是根本无法把握的，任何试图从作者意图或者读者感受出发研究作品的努力都将归于失败。只有彻底抛开作者的意图或读者的感受，才能对文本本身进行最为客观、最为纯正的研究。北美的汉学家在运用新批评理论剖析中国文学作品时，无疑注意到了这两种理论的存在和潜在影响。

林顺夫指出，新批评"意图谬误"的理论在姜夔词这里是失效的。"姜夔有关自己创作意图的表述似乎与韦姆塞特和比尔兹利提出的'意图误置'理论相悖。"因为，"在姜夔的作品中，词与序的结合却使得诗意的表达更为充分了，从而构成了一个更大的整体。他关于创作意图的表述，无论真实与否，都是一首词的内在结构中不可分割的部分，因而不能纳入'意图误置'之列。"④林顺夫在否定"意图谬误"对于姜夔词解读的效用的同时，实际上还是从"意图谬误"理论的角度强调了姜夔词作本身的结

---

① ［美］林顺夫：《中国抒情传统的转变——姜夔与南宋词》，105页。
② ［美］林顺夫：《中国抒情传统的转变——姜夔与南宋词》，104页。
③ ［美］林顺夫：《中国抒情传统的转变——姜夔与南宋词》，104页。
④ ［美］林顺夫：《中国抒情传统的转变——姜夔与南宋词》，57页。

构特征。因为"意图谬误"理论强调摒弃对作家外在的创作意图的考索，在理解作品的意涵时会忽略掉可能对作家的创作产生影响的社会、历史、政治乃至作家个人因素。然而林顺夫的解释则循此做了新的补充，认为姜夔的词之所以不会产生"意图谬误"，是因为姜夔的词作完整的意义生成结构根本就没有给误读留下阐释的空间，故可以将其看作林顺夫从新批评的角度对此理论所做的一种反向肯定。

前文曾经谈及，宇文所安十分崇尚以文本细读的方法解读中国文学和诗学文本，并力图以此找到中国古代作家的思想活体。但是，仔细阅读宇文所安的作品，我们就会发现，虽然他很多时候高度重视中国诗歌作品字、词的丰富含义，读出了汉诗中回响、隐喻、转喻和换喻所着力渲染的文本因素，但在大多数时候，他并不仅仅局限于文本本身的自足性，有时反而呈现出十分明显的为新批评极力摒弃的外部研究视角，即传达出一种"意图谬误"的偏向。在《初唐诗》《盛唐诗》和《晚唐诗》中，宇文所安就更加倾向于使用故事化的散文叙述和"传记式"的解读方法。这也使得宇文所安的中国诗学读解始终在三个中心之间滑动：有时他纯粹地专注于文本中心，通过文本的细读法去发现文本缝隙间那些被遗落的思想；有时他又高度自信地以作者为中心来解读文本，过度迷恋于讲述一些与作者有关的故事，甚至如研究《红楼梦》的索引派一样动辄通过诗人的传记对作者的写作意图加以揣测；有时又完全跟随自己阅读作品时的感受轨迹，高度自信地以自己为中心读解创作者的心理。如果说宇文所安对于文本中心的推重体现出其中国诗歌研究的客观性、科学性和逻辑性，那么宇文所安对于另外两个中心的参互使用，则使宇文所安滑向了新批评所着力避免的"意图谬误"，同时也使他对中国诗歌过于强调自我的阅读感受和情感尺度的天马行空的"个人化"解读落入了无法化解的"感受谬误"陷阱。这或许也是其对新批评方法反向理解所产生的效果吧。

三、结构主义方法的措用

从 20 世纪 70 年代末开始，一直延续到 20 世纪 90 年代初，北美的汉学家在中国文学和文论的研究过程中呈现出较为明显的对结构主义理论的引述和借鉴。

高友工从经验架构和材料原则两个角度来看待中国诗歌的抒情性结构。他认为，中国抒情美典的经验架构表现为"抒情自我"和"抒情现时"这两个坐标的定位。这一时空坐标架构的表达灵感显然受到了索绪尔和雅各布森在文学研究中推广的共时态、历时态之说的影响。索绪尔认为，语言符号系统有着其自身的性质和功能，如图所示："（1）同时轴线（AB），它涉及同时存在的事物间的关系，一切时间的干都要从这里排除出去。（2）连续轴线（CD），在这条轴线上，人们一次只能考虑一样事物，但是第一轴线的一切事物及变化都位于这条轴线上。"①同时轴线和连续轴线最终形成了横的静态平面与纵的动态平面两个研究平面。"有关语言学的静态方面的一切都是共时的，有关演化的一切都是历时的。""共时语言学研究同一个集体意识感觉到的各项同时存在并构成系统的要素问题逻辑关系和心理关系。"②"历时语言学，相反地，研究各项不是同一个集体意识所感觉到的相连续要素间的关系，这些要素一个替代一个，彼此间不构成系统。"③高友工根据索绪尔的这种划分，确立了中国抒情美典的"时空定轴"和"同一关系"。他认为，在主观时空定轴上的"自我"（self）和"现时"（present）两个定点是经验世界的生长点，最终借助语言质料"外现"（externalize）于客观的时空轴上。这样一来，就可以逐渐生成一种主客综合的"同一关系"，达成外向的"分析语言"与内向的"象征语言"的完全相通，最终实现一种"综合"的心理过程，真正实现抒情。

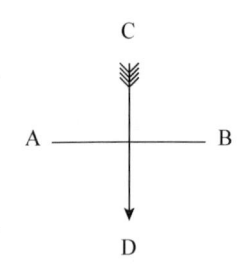

雅各布森认为，话语是依循两个基本结构模式——选择与组合——进行的。"选择轴建基于等值原则、相似与相异、同义与反义；而组合

---

① ［瑞士］费尔迪南·德·索绪尔：《普通语言学教程》，118 页，北京，商务印书馆，1980。
② ［瑞士］费尔迪南·德·索绪尔：《普通语言学教程》，119 页。
③ ［瑞士］费尔迪南·德·索绪尔：《普通语言学教程》，143 页。

第十五章　中国文论研究方法例说　　　　　　　　　　　　　　　　　　　539

轴，即延续的建立，则建基于相邻原则。诗歌功能把等值原则从选择轴投向组合轴。"①这同样可以被看作高友工构建中国抒情美学传统的一个重要的理论起点。高友工在谈及中国抒情美学的经验材料与解释时，认为："所谓'释义'功用其实即代表一种'等值'关系，在这里是指出'语料'中与'语典'中的相等成分：词的符号与它的'内涵'（connotation）及同义词。这在'语料'本身中出现则为'比喻关系''相等关系''文内解释'。但'语料'之外的解释过程则是不可须臾离此的，否则'语言'则不能了解。因此在'艺术'的解释中，'欣赏者'也必须要能控制、运用它有关的'典式'，在文学中自然包括了'语典'。雅各布森特别强调的是这种运用在语言的'选词择字'（selection）过程的'等值'性转而施之于'连词成句'（combination）的过程则是'诗'的语言的最大功用。我在此文要说明这种'等值'原则在文学及艺术结构中的重要性。可是我却不能同意雅氏以此为'诗'的基本原则。因为'等值'性固然重要，但它只是解释过程中的一个层次而已。"②"比喻的等值性"（metaphorical equivalence）和"代喻的延续性"（metonymical continuity）是雅各布森结构主义诗学的核心概念。高友工将之应用到了自己对抒情意象的理解上。他认为，所谓"比喻的等值性"和"代喻的延续性"，正是等值原则应用于选择轴和组合轴而形成的诗学后果。"雅各布森以'转喻性'来形容此种'延续'，自然是意识到了这种'延续'已与'等值同一'合一了。"③"由此'隐喻性'我们才能推到'转喻性'，也是从'并立'的'等值'进入'延续'的'等值'。"④高友工认为，"等值同一"实际上是对其所设置的时空定轴的一种回溯，是以表达情感和象征的意义为终极旨归的。因为在时空轴的坐标中，"在'时间间架'中'延续'（continuity）、'断绝'（discontinuity）之外，有的是'时序'（temporal sequence）的前后，而在'空间间架'中'邻接'（continuity）、'隔离'之外，

---

①　Roman Jakobson,"Linguistics and Poetics", David Lodge and Nigel Wood（eds.）, *Modern Criticism and Theory*, New York, Pearson Education, 2000, p.38.
②　［美］高友工：《美典：中国文学研究论集》，41页。
③　［美］高友工：《美典：中国文学研究论集》，68页。
④　［美］高友工：《美典：中国文学研究论集》，66页。

有的是'方位'(directionality)。"①"同一"原则与"延续"原则是一切结构原则的根本，其他原则都是它们的推衍和扩充。

除了时空定轴以及等值原则，高友工还将经验划分为"感性的""结构的"和"境界的"三个层次，由这三个层次出发，高友工将抒情美典的价值依次区分为感性的快感、形式结构的完美感和境界的悟感。形式结构层次是高友工利用结构主义方法的关键所在，也是高氏抒情美学体系得以建立的核心环节。高友工认为，第一层次所涉及的感性的快感是片段性、非独立的。"因为不能被清晰分辨的物象很难形成深刻的心象，而各自为政的心象又无法形成一个统一的结构。前者无法在经验界的感象层次予人快感，后者则进而涉及结构层次的内在价值了。"②感受是片段的，不能独立看待，只有当艺术品结构的独立性在内在经验中有所体现，才能成就一个自主而且有本身价值的美感经验。"因此结构上的对称、统一、张势、冲突种种特征也许是互相矛盾的条件，而其为结构之独立则是一致的。"正是在此意义上，高友工说："感官层次进入结构层次，也正是由快感转入美感的关键。"③他认为，在诗歌语词所表达的基本形象和最终生成的诗歌境界之间存在各种不同的"中介结构"(mediating structures)，这些"中介结构"是具有自身价值和意义的过渡性的"感象"，文本的诠释活动要依靠这些"中介结构"才能最终得以实现，但却不应以"中介结构"之"感象"作为诠释的终点。因为就"中介感象"而言，"'等值'原则所形成的是一种'构形'(pattern)或'节奏'(rhythm)，是以'形相构式'(formal design)来体现'通性'；'延续'原则所组成的是一种'表解'(diagram)或'模式'(model)，是以'模仿间架'(imitative structure)来代表'关系'"④。"中介结构"是以抒情的诗歌境界之最终达成为旨归的。高友工认为，抒情美典的目的是保存自我现时的美感经验，个人的经验也自有其内在架构。当在前述"抒情自我"与"抒情现时"的坐标定位中，内在经验架构和

---

① [美]高友工：《美典：中国文学研究论集》，69页。
② [美]高友工：《美典：中国文学研究论集》，96页。
③ [美]高友工：《美典：中国文学研究论集》，98页。
④ [美]高友工：《美典：中国文学研究论集》，60页。

第十五章　中国文论研究方法例说　　541

外在媒介形式呈现出共时历时（隐喻与转喻、等值与延续）的交错展开时，个人就能够对此结构感受到一种统一而完整的美感经验，抒情美典也最终得以在形式结构层次的基础上建立起来。

高友工比较成功地将上述结构主义的原则和方法应用到了唐诗研究之中，其《唐诗的语意、隐喻和典故》一文专门讨论了唐诗中的时间与空间、典故的结构以及作为组织原则的对等问题，并充分注意到了雅各布森的等值（对等）原则在唐代近体诗中的应用范围和应用效果，以及对于抒情审美的心理影响。总的来说，高友工借用了索绪尔和雅各布森等西方理论，成功地将"等值"等结构主义的组织原则转接到中国的抒情经验之上，而这些理论的运用，对其唐诗的意象和意境的研究产生了十分明显的影响。

宇文所安的唐诗研究也明显地参照了结构主义的理论方法。首先，宇文所安借用索绪尔的"语言/言语"这对概念来阐述宫廷诗所确立的惯例法则和结构生成关系。在《宫廷诗的"语法"》一文中，宇文所安宣称："宫廷诗的各种惯例、标准及法则组成了一个狭小的符号系统。这些可违犯的法则后来形成盛唐诗的基本'语言'。本书自始至终把宫廷诗作为一种'语言'来处理，试图从它的丰富多样的'言语'——个别的诗篇重建这一系统。阅读诗歌必须懂得它的'语言'，不仅指诗歌与其他口头的、书面的形式共用的广义语言，而且指它的结构语言。"①从宫廷诗到京城诗，再到其他唐代律诗创作，宇文所安对初、盛唐诗每一位诗人作品的描述都是在"语言"惯例的沿袭和偏离这一二元对立的结构主义思路下进行的。其次，宇文所安认为，宫廷诗可以归结为三部式整体结构："首先是开头部分，通常用两句诗介绍事件。接着是可延伸的中间部分，由描写对偶句组成。最后部分是诗篇的'旨意'。"②读者构造诗篇旨意的可能性只能通过三部式来实现。宇文所安认为，宫廷诗的三部式整体结构"先于律诗

---

① ［美］宇文所安：《初唐诗》，339页。
② 宇文所安：《初唐诗》，183～184页。

形成，并超越了律诗的范围"，"成为诗歌变化和发展趋向的标准"①，并在后来几乎发展为律诗的基本结构。律诗的形成过程就是"普通的八句诗、音调和谐的一定规律及三部式结构逐渐融合的过程"②。再次，在其三部式理论的基础之上，宇文所安提出了关于律诗的"主题阐释结构"。他认为："三部式本身就是根据汉语的句式构成：主题加上阐释，二者又一起形成第二阐释的主题。与汉语的句子一样，阐释对主题的逻辑关系通常是隐含的，不是表明的，而且在怎样确定这一关系及这一关系的开放程度上十分自由。"主题—阐释结构就是三部式的整体构造原则，或者说生成机制。最后，宇文所安把唐诗中的对偶看作"与主题—阐释结构对立的法则"。他认为，依照主题—阐释结构，唐诗两个对句之间的联系可以是公开而仍然暗示的，而对偶法则却使两个对句之间既不相互从属又非彼此暗示，情况尤为复杂。不管怎样，"主题—阐释结构和对偶都倾向于封闭诗篇及其各个部分，使得诗篇成为封闭的统一体，依靠内在的张力获得活力"③。由此可以看出，宇文所安在唐诗研究中注入了十分典型的结构主义特征。

倪豪士熟练而自信地运用了结构主义的理论体系，明确地将唐代的传奇文学看作对于结构主义理论的证明和补充。在《〈文苑英华〉中"传"的结构研究》一文中，倪豪士对《文苑英华》的33篇传，从结构主义叙事学的角度展开了研究。他认为，理想的传由五种"文类的基码"（generic code）组成，分别为叙述方式（narration）、文学模式（mode）、文体（style）、结构（structure）和涵意（meaning）。具体来看，倪豪士又从作品本身出发概括出三种叙事者的形态：研究者（a researcher）、目击者（a witness）和报导者（a reporter）。除此之外，倪豪士还依据罗勃·史勾斯（Robert Scholes）的区分方式提出了关于传的四种"文学模式"，即高模拟（high Mimetic）、历史（history）、低模拟（low mimetic）和讽刺（irony）。

---

① ［美］宇文所安：《初唐诗》，184 页。
② ［美］宇文所安：《初唐诗》，184 页。
③ ［美］宇文所安：《初唐诗》，325 页。

为了更好地研究作品的文体，倪豪士确定出两种基本类型："经由语意上的相似而发展进行的隐喻式文体和基于毗邻性而发展进行的换喻式。"在研究传的具体结构构成单位时，倪豪士则采取了欧尔伯西施特（Peter olbricht）所列的九种基本组件为范本，即姓名，祖籍，祖先，教育，言行（在长度和内容上有所不同——可能包括仕宦、官阶、轶事和文学等），致仕，谥号，儿子（后代）的名字并其小传，以跋的形式出现的作者评论。借此，倪豪士确立了传的两种涵意类型：再现型和阐述型。最后，倪豪士根据传的五种文类编码总结出了三种不同的传的理论类型，并对33篇传以图表的形式予以结构说明："第一类是规范性的，由研究者兼叙述者所述，属高模拟形式，具隐喻式文体，为传记事件式（biographical-episodic）的结构，结束于半再现式、半阐述式涵意。第二类由目击者兼叙述者所述，属低模拟形式，也是隐喻式文体，结构上围绕一独白或陈述构成，并发展出一阐述式涵意。第三类由报导者转述，属高模拟形式，使用换喻式文体及单一事件（single incident）结构，其目标在于一再现性的涵意。"①

为了系统分析《南柯太守传》，倪豪士采用了日本学者内山知也的划分法。② 在分析《南柯太守传》和《异梦录》对于《秦梦记》的影响时，倪豪士又运用了托多洛夫的"叙事句法"理论来印证之。托多洛夫从语言学角度把"叙事句法"的最小单位界定为"命题句"（proposition）。命题句既可以是一个主项（如人物）的表述，也可以是一个谓项（如一个行动）的表述，或者二者兼而有之。命题句构成"序列型片断"，序列型片断构成文本。倪豪士借助这种结构主义叙事学的手法提炼出了《南柯太守传》与《秦梦记》的七个共同事件③：

（1）故事以独身男子入睡始，他梦到了一个遥远陌生的国家；

---

① ［美］倪豪士：《传记与小说：唐代文学比较论集》，34页。
② 参见［美］倪豪士：《传记与小说：唐代文学比较论集》，94页。
③ 参见［美］倪豪士：《传记与小说：唐代文学比较论集》，228页。

(2) 主人公无缘无故地受到这个国家统治者的宠幸,并娶公主为妻;
(3) 公主才貌双全,他们夫妻也很恩爱;
(4) 年轻的公主婚后不久死去;
(5) 国王建议主人公返回自己的国度;
(6) 主人公梦醒并把故事告诉他的朋友;
(7) 他们在附近的地方搜索并发现主人公在睡梦中拜访过的,并不完全真实的地方。

运用结构主义方法,倪豪士对唐代传奇文本的研究甚显严谨,给人以十分系统与逻辑性较强的印象,但也因此导致了一些失误。他对借助西方理论来阐释中国文学文本的合法性过于自信,公允客观的结构主义论证的背后,隐现的是他对于中国传统文学批评中"气""象""境界"以及"自然"等传统范畴内涵的盲视。文风严谨的倪豪士和行文散漫的宇文所安似乎都想用西学的工具在中国的文学田地里有所收获,但如果化通不足,也容易产生过失。

以上例举的主要是20世纪60年代至20世纪80年代的文论研究方法。20世纪90年代前后,随着西方整个学术的转向,英美汉学研究界也深受其影响,文化研究、各种文化理论、解构主义等对汉学以及其下属的文论研究的渗透,不仅体现在立场、视角等方面,也开始体现在方法论的修正与重建上。先前盛行的形式主义、实证主义、文本主义研究等,尽管也还继续为学者们所使用,但却在文化研究等新方法的导向上,产生了新的变异。由于这一变化目前还处在进行时的状态,因此我们不易对之做出详细的描述。当然,我们也期待有新的研究能够对此进行比较全面的发掘,以补充我们在这一问题上的遗缺。

第四编

中国文论的英译

第十六章　中国文论英译概况

考察中国文论在海外汉学世界的英译，首先遇到的问题是中国文论的范围或界限问题。特别是先秦两汉时期文史哲不分，没有纯粹意义上的文学批评，所谓的文论材料散见于经书、子书及史书中。郭绍虞主编的《中国历代文论选》，在前言中讨论了选材的幅度问题，即博采还是精选的问题。该书坚持博采和求详的原则，同时也指出了各时代的差异："两汉以前，文学与其他学术著作的界线还不太明显，文学理论大都包含在哲学、政治及文学创作之中，选材不能不宽；魏晋以后，畛域分明，则选材相应求严。"①《中国历代文论选》在先秦部分选录了《尚书》《论语》《墨子》《孟子》《庄子》《荀子》等书的相关章节，两汉部分选录了《史记》《法言》《论衡》《汉书》等书的相关章节，即使在"畛域分明"的魏晋之后，选目也包括葛洪《抱朴子》、王通《中说》、周敦颐《通书》等书。但是，在考察中国文论的英译状况时，如果也用博采的标准来决定中国文论的范围，那么大量中国典籍的英译都要包括进来，这样一来，本章的内容便会过于庞杂。

考察中国文论的英译，面对的第二个问题是英译本身的范围问题。可以说，任何一本研究中国文论或中国文学的英文著作，只要在引用中国文论时，由著者自己动手翻译，那么这本著作就提供了关于中国文论材料的一种英译。在汉学著作中，引用和翻译原典，是一个基本的要求。如果用博采的标准，毫无遗漏地搜集所有的英译，那么任何汉学著作中涉及中国

---

① 郭绍虞：《中国历代文论选》，"前言"，上海，上海古籍出版社，1979。

文论的片段都会成为搜集的对象。这样会使本章的取材过于琐碎。

为了在有限的章节中,集中和深入地讨论有价值的材料,本章以选材求严为标准:中国文论的范围以《诗大序》至明清诗话为主,必要时才论及经书、子书和其他相关内容;英译取材以中国文论的整篇翻译为主,必要时才引用英文著作中的文论片段翻译或术语翻译。

在分析中国文论的各种英译之前,我们有必要对中国文论英译的概况做一个粗略的追溯。如果以孔子诗论作为中国文论的雏形,那么中国文论的英译最早可追溯到 16 世纪至 17 世纪欧洲耶稣会士对中国典籍的翻译。最早的《论语》西文译本,是 1593 年利玛窦(Matteo Ricci)的拉丁文译本,只是当时并未出版。① 在欧洲出版的最早的《论语》西文译本,是 1687 年拉丁文版的《中国哲学家孔子》(*Confucius Sinarum Philosophus*),中文题为《西文四书直解》,内有《大学》《中庸》《论语》的译文,由耶稣会士柏应理(Philippe Couplet)、殷铎泽(Prospero Intorcetta)、恩理格(Christiani Wolfgang Herdtrich)和鲁日满(Francisco de Rougemont)等人合作完成,在巴黎出版。② 四年之后,《论语》最早的英译本出现了,即 1691 年在伦敦出版的《中国哲学家孔子的道德箴言》(*The Morals of Confucius, A Chinese Philosopher*)③。但是这个英译本,只是从拉丁文译

---

① 参见[法]费赖之:《在华耶稣会士列传及书目》,46 页,北京,中华书局,1995。

② 参见 Prospero Intorcetta, Christiani Herdtrich, Francisco de Rougemont and Philippe Couplet, *Confucius Sinarum Philosophus, sive Scientia Sinensis Latine Exposita*, Parisiis, Apud Danielem Horthemels, 1687。对于此书的研究,可参见 Knud Lundbaek, "The Image of Neo-Confucianism in *Confucius Sinarum Philosophus*", *Discovering China: European Interpretations in the Enlightenment*, Julia Ching and Willard G. Oxtoby (eds.), Rochester, University of Rochester Press, 1992, pp. 27-38。另据 Knud Lundbaek 指出,在利玛窦之前已有罗明坚(Michel Ruggieri, 1543—1607)翻译《四书》,亦未出版,手稿现存于意大利国家图书馆;至于出版发行的西译本,在 *Confucius Sinarum Philosophus* 之前有殷铎泽于 1662 年在江西建昌印行的 *Sapoentia Sinica*,参见 Knud Lundbaek, "The First Translation of A Confucian Classic in Europe", *China Mission Studies (1550-1800) Bulletin* 1, 1979, pp. 2-11。

③ *The Morals of Confucius, A Chinese Philosopher, Who Flourished Above Five hundred Years Before the Coming of Our Lord and Saviour Jesus Christ, Being One of the Choicest Pieces of Learning Remaining of That Nation*, London, Randal Taylor, 1691。

本的《中国哲学家孔子》中抽出 80 条"箴言",拼凑而成的。

1861 年,理雅各在香港出版《论语》英译本。① 在传教士完成的《论语》英译本中,理雅各的译本影响最大。此后,《论语》的英译开始蓬勃发展,陆续出现了 1907 年的翟林奈英译本②、1938 年的韦利英译本③、1979 年的刘殿爵(Din Cheuk Lau)英译本④、1998 年的白牧之和白妙子夫妇的英译本⑤、1999 年安乐哲和罗思文(Henry Rosemont, Jr.)英译本的⑥、2003 年森舸澜(Edward Slingerland)的英译本⑦等各具特色的译本。一百多年间,《论语》英译本的数量已经超过 40 种。⑧

与《论语》英译本的数量相比,中国文论的英译数量显得单薄许多。即使是在英语世界流传甚广的《文赋》,其全译本也没有超过 10 种。可

---

① 参见 James Legge, *The Chinese Classics: with a Translation, Critical and Exegetical Notes, Prolegomena, and Copious Indexes*, Vol. I, *Confucian Analects, The Great Learning, and The Doctrine of the Mean*, Hong Kong, at the Author's; London, Trübner, 1861. 此后 1893 年至 1895 年,五卷本的《中国经典》在伦敦牛津大学发行第二版;1960 年,香港大学出版社重印了牛津大学第二版的《中国经典》,并根据理雅各的勘误表订正了中文原文的错字,增加了理雅各译本和其他西语译本的页码索引表。对于理雅各的详尽研究,参见 Norman J. Girardot, *The Victorian Translation of China: James Legge's Oriental Pilgrimage*, University of California Press, 2002. 中译本参见[美]吉瑞德:《朝觐东方:理雅各布评传》,桂林,广西师范大学出版社,2011。

② 参见 Lionel Giles, *The Sayings of Confucius, A Translation of the Greater Part of the Confucian Analects*, London, John Murray, 1907.

③ 参见 Arthur Waley, *The Analects of Confucius*, London, G. Allen & Unwin, 1938.

④ 参见 D. C. Lau, *The Analects*, Harmondsworth, Penguin Books, 1979.

⑤ 参见 E. Bruce Brooks and A. Taeko Brooks, *The Original Analects: Sayings of Confucius and His Successors*, Columbia University Press, 1998.

⑥ 参见 Roger T. Ames and Henry Rosemont, Jr., *The Analects of Confucius: A Philosophical Translation*, New York, Ballantine Books, 1999.

⑦ 参见 Edward Slingerland, *Confucius Analects, with Selections from Traditional Commentaries*, Indianapolis, Hackett Publishing Company, 2003.

⑧ 对于《论语》的英译概况,参见杨平:《〈论语〉的英译研究——总结与评价》,载《东方丛刊》,2008(2)。对于近三十年来重要《论语》英译本的评价,可以参见 Stephen W. Durrant(杜润德),"On Translating Lun yü", *Chinese Literature: Essays, Articles, Reviews*, 3.1, 1981, pp. 109-119; 以及 David Schaberg(史嘉柏)," 'Sell it! Sell it!': Recent Translations of the *Lunyu*", *Chinese Literature: Essays, Articles, and Reviews*, 23, 2001, pp. 115-139.

见，英美汉学界对中国典籍的翻译研究和对中国文论的翻译研究，一直存在不平衡的现象。

《诗大序》是中国"诗歌理论的第一篇专论，它概括了先秦以来儒家对于诗与乐的若干重要认识，同时在某些方面又有补充和发展，从而构成了较为完整的理论"①。1871 年，理雅各翻译的《中国经典》第四卷《诗经》出版，其绪论中就附有《毛诗序》的完整英译，并对重要的字句都提供了注释。② 但是，这并不是《诗大序》最早的英译本。理雅各之前的传教士，已经介绍并节译过《诗大序》。例如，与理雅各有类似经历的英国传教士基德(Samuel Kidd)，在 1841 年已译出《诗大序》的主要部分。③

19 世纪至 20 世纪，《诗经》出现多种英译本，但是一般的译本都不会翻译《诗大序》，只有研究《诗经》的专著才会提供《诗大序》的英译。理雅各在《诗经》译本中提供《诗大序》的英译，主要是为了更全面地提供中国经学的资料背景，而不是出于研究中国诗歌理论的需要。正如周发祥指出："很长一段时间，西方汉学界尚未形成真正的文学学术，中国文学理论只是作为经学研究或文化研究的附庸，断断续续、零零星星地传到西方。"④

《诗大序》之后的中国文论，最早的英译可能是 1901 年英国汉学家

---

① 顾易生、蒋凡：《先秦两汉文学批评史》，400 页，上海，上海古籍出版社，1990。

② 参见 James Legge, *The Chinese Classics: with a Translation, Critical and Exegetical Notes, Prolegomena, and Copious Indexes*, Vol. IV, *The She King*, Hong Kong, London Missionary Society's Printing Office, 1871; Oxford, Clarendon Press, 1895; Hong Kong University Press, 1960.

③ Samuel Kidd, *China, or Illustrations of the Symbols, Philosophy, Antiquities, Customs, Superstitions, Laws, Government, Education, and Literature of the Chinese: Derived from Original Sources, and Accompanied with Drawings from Native Works*, London, Taylor & Walton, 1841, pp. 354-356. 基德 1824 年在伦敦跟随马礼逊(Robert Morrison)学习中文，后被派往马六甲传教，跟随英国传教士高大卫(David Collie)继续学习，后接替高大卫成为英华书院的校长，1832 年返回英国，1837 年受聘为伦敦大学学院（创建于 1826 年）首任中文教授，1843 年因癫痫发作去世。

④ 周发祥：《中国古典文论研究在西方》，见阎纯德：《汉学研究》（第二集），403 页，北京，中国和平出版社，1997。

第十六章 中国文论英译概况　　　　　　　　　　　　　　　　　　551

翟理斯所著《中国文学史》中对《二十四诗品》的翻译。翟理斯在书中提供了《二十四诗品》的完整英译。① 到了1909年，克莱默-宾的英译中国诗集《玉琵琶》(*A Lute of Jade*: *Selections from The Classical Poets of China*)也将《二十四诗品》包含在内。不过，克莱默-宾只翻译了其中纤秾、精神、豪放、清奇、冲淡、典雅、悲慨、绮丽、沉着、流动这十品。② 翟理斯和克莱默-宾翻译《二十四诗品》，并不是将其当作中国文论的重要作品，而是将其当作体现道家神秘思想的哲学诗歌来看的。

　　1922年，华人张彭春在美国文学评论杂志《日晷》上，发表了《沧浪诗话》中"诗辨"和"诗法"两部分的节译。③ 美国当时的文学批评界权威斯宾加恩，撰写了一篇前言，认为这是中国文学批评著作的第一次英译。据斯宾加恩所说，这篇译文是张彭春应其迫切要求而完成的。之所以迫切，是因为《沧浪诗话》预示了"西方世界最现代的艺术观念"。④ 这可能是西方人第一次就文学理论本身来关注中国文论。这种关注，深受当时美国文学批评界论争的影响。斯宾加恩与白璧德分属论争的两端，前者

---

① 参见 Herbert Allen Giles, *A History of Chinese Literature*, London, William Heinemann, 1901. 后多次重印，其中纽约 D. Appleton and Company 的重印本最常见。此书所述文学史截至1900年，后由柳无忌(Wu-chi Liu)补足现代文学部分，1958年由纽约 Grove Press 出版。参见郭延礼：《19世纪末20世纪初东西洋〈中国文学史〉的撰写》(见《文学经典的翻译与解读——西方先哲的文化之旅》，159页，济南，山东教育出版社，2007)，载《中华读书报》，2001-9-26。他认为翟理斯此书出版于1897年，后得到陈才智的支持。参见陈才智：《西方〈昭明文选〉研究概述》，见阎纯德：《汉学研究》(第九集)，429～430页，北京，中华书局，2006。但是当时的书评，如 J. Dyer Ball 的"Dr. Giles's History of Chinese Literature"(*The China Review*, 25.4, 1901)，以及后来的中国文学史书目，如李田意(Tien-yi Li)的 *The History of Chinese Literature*: *A Selected Bibliography*(New Haven, Far Eastern Publications, Yale University, 1970)，都注明此书初版为1901年。

② 参见 Launcelot A. Cranmer-Byng, *A Lute of Jade*: *Selections from the Classical Poets of China*, London'John Murray, 1909. 第二版于1911年出版，后多次重印，包括纽约 E. P. Dutton 出版社的重印本。

③ 参见 Peng Chun Chang, "Tsang-lang Discourse on Poetry", *The Dial*: *A Semi-monthly Journal of Literary Criticism*, *Discussion*, *and Information*, 73.3, 1922, pp. 274-276.

④ 对于斯宾加恩与《沧浪诗话》英译的因缘，参见钟厚涛：《异域突围与本土反思：试析〈沧浪诗话〉的首次英译及其文化启示意义》，载《文化与诗学》，2009(1)。

提倡一种审美的形式主义，后者提倡一种新人文主义。① 而斯宾加恩正是在严羽的"别趣说"中找到了自己理论的支持，所以称《沧浪诗话》预示了"西方世界最现代的艺术观念"。正是由于这样的背景，到了1929年，这篇《沧浪诗话》的节译被单独抽出，与斯宾加恩的前言合在一起，在美国匹兹堡印刷发行②——而这篇英译，加上斯宾加恩的前言，总共才10页。

20世纪20至50年代，欧洲出现了陆机《文赋》、萧统《文选序》的法译和德译。俄裔法国学者马古礼（Georges Margouliès）在1926年出版了《〈文选〉辞赋译注》一书，其中有《文选序》和《文赋》的法译③，后于1948年出版修订本。④ 奥地利汉学家赞克（Erwin von Zach）在马古礼译本甫出的次年，于《通报》上发表文章，指出其翻译中的问题。⑤ 后来，赞克独立完成《文选》中大部分诗文的德译。⑥

这一时期的英语世界，则有伊丽莎白·哈夫（Elizabeth Huff）于1947年全文译注黄节的《诗学》⑦，戈登（Erwin Esiah Gordon）于1950年节译曹丕《典论·论文》、刘勰《文心雕龙·原道》、萧统《文选序》⑧。前者为

---

① 关于20世纪二三十年代美国文学批评界论争的背景，参见 Gerald Graff, *Professing Literature: An Institutional History*, University of Chicago Press, 1987, pp. 121-144.

② 参见 Peng Chun Chang, *Tsang-lang Discourse on Poetry*, Pittsburgh, Laboratory Press, 1929.

③ 参见 Georges Margouliès, *Le "Fou" dans le Wen siuan: Étude et texts*, Paris, Paul Geuthner, 1926. 其中，包括《文选序》《两都赋》《文赋》《别赋》。

④ 参见 Georges Margouliès, *Anthologie raisonnee de la litterature chinoise*, Paris, Payot, 1948.

⑤ 参见 Erwin von Zach, "Margouliès' Uebersetzung des Wên-fu", *T'oung Pao*, 25.1, 1927, pp. 360-364.

⑥ 其译文后被编入 Erwin von Zach, *Die Chinesische Anthologie: Übersetzungen am dem Wen hsüan*, Fang Ilse Martin(ed.), Harvard-Yenching Institute Studies, XVIII, Harvard University Press, 1958. 参见陈才智：《西方〈昭明文选〉研究概述》，见阎纯德：《汉学研究》（第九集），426页。

⑦ Elizabeth Huff, "*Shih-hsüeh*: Translation of A Study of Chinese Poetry by Huang Chieh", Doctoral Thesis, Radcliffe College, Harvard University, 1947.

⑧ 参见 Erwin Esiah Gordon, "Some Early Ideals in Chinese Literary Criticism", M. A. Thesis, University of California, 1950.

博士论文，后者为硕士论文，影响不算大。但是，相比之下，法语和德语世界关注的是作为文学作品的《文选》，英语世界则开始将关注的焦点转向中国文学理论本身，这与《沧浪诗话》的英译可谓桴鼓相应。

因此，20世纪50年代之后，英语世界对中国文论的翻译研究出现了突破性进展。汉学家开始深入研究中国文论，他们的目光首先投向了中国文学批评的自觉时期——魏晋六朝。

陆机的《文赋》是"中国文学批评史上是第一篇完整而系统的文学理论作品"[①]。在20世纪50年代，英语世界同时出现了三种《文赋》英译本：修中诚的1951年译本[②]、方志彤的1951年译本[③]、陈世骧的1953年译本。其实，从问世的实际时间来说，陈世骧的英译《文赋》最早，初版1948年作为《国立北京大学五十周年纪念论文集》第11种在北京面世，其时译者任职于美国加州大学伯克利分校。书的正题为"文学作为对抗黑暗之光"，副题为"陆机《文赋》与其生平、中古中国历史和现代批评观念关系之研究，附全文的韵体翻译"。全书分三部分，第一部分是对陆机生平及《文赋》创作年代的考证，第二部分是对《文赋》中重要概念及其翻译的讨论，第三部分是《文赋》的英译。[④] 陈世骧赴美后，因感到1948年的译本发行数量有限，学界难以见到，所以于1952年修订，1953年在美国重刊。但是，这个重刊本删去了副题，也删去了第一、二部分的内容（1948年版71页，1953年版35页），只在英译前面增加了一个简短的导论。

[①] 郭绍虞：《中国历代文论选》，185页。

[②] 参见 Ernest Richard Hughes, *The Art of Letters: Lu Chi's "Wen fu", A. D. 302: A Translation and Comparative Study*, New York, Pantheon Books, 1951.

[③] 参见 Achilles Fang, "Rhymeprose on Literature: The *Wen-fu* of Lu Chi", *Harvard Journal of Asiatic Studies*, 14.3-4, 1951, pp. 527-566. 也可参见 John L. Bishop (ed.), *Studies in Chinese Literature*, Harvard University Press, 1965, pp. 94-108.

[④] 参见 Shih-Hsiang Chen, "Literature as Light Against Darkness: Being a Study of Lu Chi's 'Essay on Literature'", *Relation to His Life, His Period in Medieval Chinese History, and Some Modern Critical Ideas, with a Translation of the Text in Verse*, National Peking Semi-Centennial Papers No. 11 Collage of Arts, National Peking University Press, 1948.

《文赋》的三个英译本，其影响都超出了汉学家的圈子，象征着英语世界——不仅仅是汉学世界——对中国文学理论本身的关注。修中诚的译本，由英国文学批评家理查兹撰写前言，呼吁西方世界从《文赋》中汲取有益的文学观念。方志彤研究过美国诗人庞德，并与庞德成为至交，其《文赋》英译影响过庞德与其他美国诗人。麦克雷什在其诗论《诗歌与经验》第一章中，就以方志彤翻译的《文赋》作为重要的理论参照。① 陈世骧是美国诗人斯奈德的中文老师，斯奈德在庞德与陈世骧的影响下，以《文赋》的"操斧伐柯"之说为喻，写成《斧柄》一诗，同名诗集于1983年出版，获得美国国家图书奖。相比之下，马古礼的法译与赞克的德译，其影响只局限于汉学界，如修中诚所说，马古礼法译的"开拓性成果并没有在汉学学术圈之外引起人们的任何兴趣"②。

　　修中诚的译本中，还附有曹植《典论·论文》和刘勰《文心雕龙·原道》的英译。此外，海陶玮在研究《文选》的论文中，翻译了萧统的《文选序》。③ 更宏伟的翻译计划，则是施友忠的英译《文心雕龙》(1959)。④ 这是《文心雕龙》的第一个英文全译本，虽然施友忠对一些术语的翻译受到了批评，但是这个译本毕竟标志着西方汉学界研究和翻译中国文论的突破性进展。英国汉学家霍克斯在此书出版第二年为其写了书评，认为："在汉学领域，对中国文学批评的研究起步相当晚……然而，一旦起步，它就被比较文学的发展所推动，到现在已经出现了繁荣的局面：陆机的《文赋》在最近几年就出现了至少三个译本，施友忠这本书则雄心勃勃地

---

① 参见 Archibald MacLeish, *Poetry and Experience*, Chapter 1 "Words as Sounds", Cambridge, Riverside Press; Boston, Houghton Mifflin, 1960.

② Ernest Richard Hughes, *The Art of Letters*, p. 12.

③ 参见 James Robert Hightower, "The *Wen Hsüan* and Genre Theory", *Harvard Journal of Asiatic Studies*, 20. 3-4, 1957, pp. 512-533. 译文后被收入 *Studies in Chinese Literature*.

④ 参见 Vincent Yu-chung Shih, *Literary Mind and the Carving of Dragons*: *A Study of Thought and Pattern in Chinese Literature*, Columbia University Press, 1959. 这个译本在1970年由台湾中华书局重印，并附上中文。后香港中文大学出版社在1983年出版了中英对照修订本。

尝试将《文心雕龙》介绍给西方读者。"①

　　用"繁荣的局面"来描述20世纪50年代英语世界的中国文论研究，还为时尚早。不过，霍克斯指出，中国文论研究一旦起步，"就被比较文学的发展所推动"，这确实揭示了英语世界中国文论研究的一个主要动力。在接下来的20多年间，从比较文学的角度来推动中国文论研究，应该首推刘若愚。他1962出版的《中国诗学》（*The Art of Chinese Poetry*）和1975年出版的《中国文学理论》（*Chinese Theories of Literature*）②，拓展了英语世界中国文论研究的深度和广度。虽然《中国诗学》主要是向西方世界介绍中国古典诗歌，但其中第二部分用了四章讨论古典诗论，是从整体上把握中国文论的一次可贵尝试，预兆了后来《中国文学理论》一书的主要构架。刘若愚在两本书中，都征引并翻译了大量的中国文论材料——虽然大多是节译，但大致译出了中国文论中最重要的论述。刘若愚在《中国文学理论》中，对于中国文论的翻译标准有清醒的认识。他在译文的注解中，经常指出自己的翻译与其他译文的不同之处及其理由。他提出《中国文学理论》的目的在于"引出基本的概念"，所以他的翻译"力求意义的准确与明了，不在于文字的优美"③。

　　刘若愚对于批评术语翻译中的复杂性有清醒的认识，他提出了自己的翻译原则："我们翻译一个用语时，该根据它在上下文中表示的主要概念，以及它可能也隐含的次要概念，必要时每次使用不同的英文字，并提供另一种可能的译文，但指明原来的用语。相反，当我们发现不同的中文用语表示基本上相同的概念时，我们该不犹疑地使用相同的英文字来翻译，但也注意指出原来的用语。"④因此，刘若愚在导论专列一节讨

---

① David Hawkes, Review of *Literary Mind and the Carving of Dragons* by Vincent Yu-chung Shih, *The Journal of Asian Studies*, 19.3, 1960, pp.331-332.

② Jame J. Y. Liu, *Chinese Theories of Literature*, University of Chicago Press, 1975. 中文版参见[美]刘若愚：《中国文学理论》，南京，江苏教育出版社，2006；[美]刘若愚：《中国的文学理论》，郑州，中州古籍出版社，1986；[美]刘若愚：《中国的文学理论》，成都，四川人民出版社，1987。

③ [美]刘若愚：《中国文学理论》，"原序"。

④ [美]刘若愚：《中国文学理论》，17页。

论"文"的不同含义，在翻译时也用不同词语标示其各种可能的含义。例如，把《文心雕龙·原道》"文之为德也大矣"中的"文"，译为 wen（configuration/ culture/ literature），一方面指出原来的用语，另一方面用不同的英文字来揭示其含义。到了"言之文也，天地之心哉"一句中的"文"，又译为 wen（pattern/ configuration/ embellishment），这是随上下文不同而提供不同的英文对应词汇。

20 世纪 60 年代的英语世界，中国文论的翻译不算多，有叶维廉节译的《二十四诗品》等。① 但是，此前中国文论翻译与研究的进展，在年轻的汉学硕士与博士中产生了深刻的影响，出现了一大批以中国文论为题的硕士与博士论文。有以特定文论家为研究对象，如研究王国维有涂经诒的博士论文《王国维文学批评研究》（A Study of Wang Kuo-Wei's Literary Criticism）②、李又安的博士论文《王国维〈人间词话〉：中国文学批评研究》（Wang Kuo-wei's Jen-chien Tz'u-hua: A Study in Chinese Literary Criticism）③，研究元好问有苏文光（Wen-kuan Su）的硕士论文④、奚如谷的硕士论文⑤；有以特定文论专著为研究对象，如研究《文心雕龙》有吉布斯的博士论文《〈文心雕龙〉中的文学理论》（Literary Theory in the Wen-hsin Tiao-lung）⑥；有以特定朝代的文论为研究对象，如刘渭平（Wei-ping Liu）的博士论文《清代诗歌理论发展研究》（A Study of

---

① 参见 Wai-Lim Yip, "Selections from 'The Twenty-four Orders of Poetry'", *Stony Brook* 3/4, 1969, pp. 280-287.

② Ching-I Tu, "A Study of Wang Kuo-Wei's Literary Criticism", Doctoral Thesis, University of Washington, 1967.

③ Adele Austin Richett, "Wang Kuo-wei's *Jen-chien Tz'u-hua*: A Study in Chinese Literary Criticism", Doctoral Thesis, University of Pennsylvania, 1967.

④ 参见 Wen-kuan Su, "Yuan Hao-wen, His Life and Literary Opinions", M. A. Thesis, University of Washington, 1969.

⑤ 参见 Stephen H. West, "Yüan Hao-wen (1190-1257), Scholar-Poet", M. A. Thesis, University of Arizona, 1969.

⑥ Donald Arthur Gibbs, "Literary Theory in the *Wen-hsin Tiao-lung*", Doctoral Thesis, University of Washington, 1970.

the Development of Chinese Poetic Theories in the Ching Dynasty)①；还有以中国文论的特定范畴为研究对象，如黄兆杰的《中国文学批评中的情》(Ch'ing in Chinese Literary Criticism)②。在这些论文中，都有相关的文论作品的节译或全译。

到了20世纪70年代，英语世界对中国文论的翻译和研究有了更全面的发展。如周发祥所说："自70年代至今，中国文论的西播，无论是翻译还是研究，均呈现出初步繁荣的景象。在中国古典文论向西传播的过程中，翻译占据着举足轻重的地位。"③

魏晋六朝文论依然是汉学家关注的重点。缪文杰（Ronald Clendinen Miao）和侯思孟分别撰写长文研究建安时代的文学批评。缪文杰主要讨论曹丕的《典论·论文》，并翻译了全文，在文章的附录中还提供了曹植《与杨德祖书》、曹丕《与吴质书》的完整英译。④ 侯思孟也翻译了这三篇文论的全文。⑤ 此外，马约翰（John Marney）研究和翻译了萧纲的《与湘东王书》。⑥

同时，汉学家也将目光转向其他时代的文论作品。王国维的《人间词话》出现了两个英译本：首先是涂经诒的英译本1970年在台湾地区出版⑦，接着是李又安的英译本1977年在香港地区出版⑧。这两个译本，

---

① Wei-Ping Liu, "A Study of the Development of Chinese Poetic Theories in the Ching Dynasty, 1644-1911", Doctoral Thesis, University of Sydney, 1967.

② Sui-kit Wong, "Ch'ing in Chinese Literary Criticism", Doctoral Thesis, University of Oxford, 1969.

③ 周发祥：《中国古典文论研究在西方》，见阎纯德：《汉学研究》（第九集），405页。

④ 参见 Ronald Clendinen Miao, "Literary Criticism in China at the End of the Eastern Han", *Literature East and West*, 16, 1972, pp.1013-1034.

⑤ 参见 Donald Holzman, "Literary Criticism in China in the Early Third Century A.D.", *Asiatische Studien*, 28.2, 1974, pp.113-137.

⑥ 参见 John Marney, *Liang Chien-wen Ti*, Boston, Twayne Publishers, 1976, pp.80-82. 此书的基础是马约翰的博士论文"Emperor Chien-wen of Liang (503-551): His Life and Literature", Doctoral Thesis, The University of Wisconsin-Madison, 1972.

⑦ 参见 Ching-I Tu, *Poetic Remarks in the Human World*, *Jen Chien Tz'u Hua*, Taipei, Chung-Hwa Book Company, 1970.

⑧ 参见 Adele Austin Richett, *Wang Kuo-wei's Jen-chien Tz'u-hua: A Study in Chinese Literary Criticism*, Hong Kong University Press, 1977.

都源自作者20世纪60年代完成的博士论文。可以说，20世纪60年代以中国文论研究获取学位的年轻汉学家，在20世纪70年代以后成为翻译和研究中国文论的中坚力量。到了1978年，出现了两本专门研究中国文论的论文集，分别由缪文杰和李又安编选①，提供了很多中国文论材料的节译。

20世纪70年代还出现了两篇非常扎实的博士论文，完整地译介了一些中国文论篇章。一篇是魏世德1976年完成的博士论文《元好问的文学批评》(The Literary Criticism of Yuan Hao-wen[1190-1257])②。魏世德在霍克斯的建议下，全面研究了元好问的《论诗三十首》，论文主体部分包括《论诗三十首》的全部英译、每一首诗的解说以及对重要词句的考证与辨析，提供了一个《论诗三十首》的英语详注本。论文长达七百多页，充分运用了当时所见的中文、日文和英文资料，广征博引，内容翔实，颇见汉学功力。这篇博士论文还在附录中提供了钟嵘《诗品》、杜甫《论诗绝句》、戴复古《论诗十绝》的译文。之前提到的苏文光与奚如谷研究元好问的硕士论文，也几乎全译了《论诗三十首》。魏世德在附录中提供了当时所能搜集到的《论诗三十首》的各种英译，材料主要来自这两篇硕士论文。

另一篇博士论文是包瑞车1978年在美国康奈尔大学完成的《文镜秘府论》的研究。③ 包瑞车除了提供《文镜秘府论》的英译之外，还在附录中提供了沈约《宋书·谢灵运传论》、陆厥《与沈约书》、沈约《答陆厥书》、王昌龄《诗格·论文意》、皎然《诗议·论文意》以及殷璠《河岳英灵集序》等文的英译。

---

① 参见 Ronald Clendinen Miao, *Studies in Chinese Poetry and Poetics*, San Francisco, Chinese Materials Center, 1978; Adele Austin Rickett, *Chinese Approaches to Literature from Confucius to Liang Ch'i-ch'ao*, Princeton University Press, 1978.

② John Timothy Wixted, "The Literary Criticism of Yuan Hao-wen[1190-1257]", Doctoral Thesis, Oxford University, 1976.

③ 参见 Richard W. Bodman, "Poetics and Prosody in Early Mediaeval China: A Study and Translation of Kūkai's *Bunkyō hifuron*", Doctoral Thesis, Cornell University, 1978.

第十六章　中国文论英译概况

　　20世纪八九十年代，此前出现的年轻汉学家，继续推动中国文论翻译与研究的发展，促成了英语世界中国文论研究真正的繁荣局面。例如，魏世德的博士论文，经过修改，以"论诗诗：元好问的文学批评"为题，作为"慕尼黑东亚研究丛书"的第33种，1982年在德国正式出版。① 修改后的版本，删去大部分附录，成为元好问《论诗三十首》的权威译本。1984年，魏世德又节选了戴复古《论诗十绝》第四、七、八、十，以及元好问《论诗三十首》的第四、五、十一、十二、十三、二十四、二十九、三十等诗的英译，交由香港中文大学翻译研究中心主办的《译丛》(Renditions)发表。② 这些译文，后来被收进著名翻译家宋淇主编的《知音集》(A Brotherhood in Song：Chinese Poetry and Poetics)③。

　　20世纪八九十年代英语世界中国文论研究的繁荣，标志之一就是两部英译中国文论选本的出版。这样有计划、有系统地翻译中国文论名篇，并辑成选本，在20世纪80年代之前是没有的。第一本中国文论选本，是香港学者黄兆杰编译的《早期中国文学批评》，此书出版于1983年，其翻译却始于1976年。这个选本包括了《诗大序》、王逸《离骚序》、曹丕《典论·论文》、曹植《与杨德祖书》、陆机《文赋》、挚虞《文章流别论》、李充《翰林论》、沈约《宋书·谢灵运传论》、钟嵘《诗品序》、刘勰《文心雕龙》的《神思篇》和《序志篇》、萧纲《与湘东王书》、萧统《文选序》十三篇文论的英译、注释及中文原文，翻译和注释工作全部由黄兆杰一人完成。④ 其后，黄兆杰又独自译出王夫之的《姜斋诗话》⑤，并与人合作翻译了刘

---

① 参见 John Timothy Wixted, *Poems on Poetry：Literary Criticism by Yuan Hao-wen [1190-1257]*, Wiesbaden, Franz Steiner, 1982; Taipei, Southern Materials Center, 1985.

② 参见 John Timothy Wixted, "Poems on Poetry by Tai Fu-ku and Yüan Hao-wen", *Renditions*, 21-22, 1984, pp. 360-370.

③ John Timothy Wixted, "Poems on Poetry by Tai Fu-ku and Yüan Hao-wen", Stephen C. Soong(ed.), *A Brotherhood in Song：Chinese Poetry and Poetics*, Hong Kong, Chinese University Press, 1985, pp. 360-370.

④ 参见 Sui-kit Wong, *Early Chinese Literary Criticism*, Hong Kong, Joint Publishing Company, 1983.

⑤ 参见 Sui-kit Wong, trans., *Notes on Poetry from the Ginger Studio*, Hong Kong, Chinese University Press, 1987.

勰的《文心雕龙》①。

第二本中国文论选本，则是美国汉学家宇文所安在1992年编译的《中国文学思想读本》，共十一章：第一章是早期文本部分，包括《论语·为政》《孟子·公孙丑》《孟子·万章》《尚书·舜典》《左传·襄公二十五年》《易经·系辞传》《庄子·天道》以及王弼《周易略例·明象》等篇的选段；第二章是《诗大序》（附《荀子·乐论》与《礼记·乐记》选段）；第三章是曹丕《典论·论文》；第四章是陆机《文赋》；第五章是刘勰《文心雕龙》中的《原道》《宗经》《神思》《体性》《风骨》《通变》《定势》《情采》《熔裁》《章句》《比兴》《隐秀》《附会》《总术》《物色》《知音》《序志》等篇；第六章是《二十四诗品》（附司空图《与李生论诗书》《与极浦书》）；第七章是诗话，节选了欧阳修的《六一诗话》；第八章是严羽《沧浪诗话》的诗辩和诗法部分；第九章是宋元通俗诗学，节选了周弼的《唐贤三体诗法》和杨载的《诗法家数》；第十章是王夫之《夕堂永日绪论》和《诗绎》（节选）；第十一章是叶燮《原诗》（节选）。全书不仅包括收录作品的中文原文和英文翻译，还有更为详细的解说和注释，并附有对重要术语的解释，以及相关的中、日、英文书目。②

黄兆杰和宇文所安的贡献，还在于他们对中国文论英译的重要性及方法论都有切身的反思。他们提出了两种完全相反的翻译方式，其译文也成为两种不同翻译风格的典范。黄兆杰指出，西方读者普遍感到"英语世界中国文论资料的缺乏"，这些资料只散见于"单篇的论文"，并且"常常湮没在专业的或早已脱销的期刊中"。所以，黄兆杰希望自己所编译的《早期中国文学批评》能将中国文论翻译成"可读性强的英文"，以满足西方读者的需要。③ 所谓"可读性强的英文"，就是一种符合西方读者阅读习惯的优雅的英文。

---

① 参见 Sui-kit Wong, Allan Lo Chung-hang and Kwong-tai Lam, trans., *The Book of Literary Design*, Hong Kong University Press, 1999.

② 参见 Stephen Owen, *Readings in Chinese Literary Thought*, Harvard University Press, 1992.

③ 参见 Sui-kit Wong, *Early Chinese Literary Criticism*, p. xiii.

宇文所安的翻译策略，则是"采取一种看似别扭的直译，以便英文读者能看出一些中文原文的端倪"。宇文所安指出，虽然"这种相对直译的译文读来无味，但是对于思想性文本，尤其是中国的思想性文本，优雅的译文常常意味着对译本读者思维习惯的极大迁就"。《中国文学思想读本》所选的大部分作品，已经存在各种优雅的英译，但是宇文所安认为："从这些译文中，只能得到关于中国理论的粗浅印象：那些本来深刻而精当的观点，一译成英文，就变成了空洞而杂乱的泛泛之论。唯一的补救就是注解，译文变成了必须要依靠注解才能存在的东西。"所以，宇文所安提出，他的翻译，"首要目标是帮助英语读者领悟中国思想，而非优雅的英文"①。

随着中国文论翻译与研究的发展，英语世界汉学家关注的范围从诗文批评扩展到小说评点和戏曲批评。小说评点的翻译，有陆大伟在1990年编成出版的《中国小说读法》(*How to Read Chinese Novel*)，开头是四篇概述中国小说批评起源、发展与术语的文章，全书主体部分则是对金圣叹、毛宗岗、张竹坡、闲斋老人、刘一明、张新之等人小说评点的译注，译者包括陆大伟等六位汉学家，是研究中国小说的美国汉学家的一次空前合作。戏曲批评的翻译方面，费春放(Faye Chunfang Fei)在1999年编译《中国自孔子至现代的戏剧与表演理论》(*Chinese Theories of Theater and Performance from Confucius to the Present*)②，选译了从《尚书》《礼记》以至现代的焦菊隐、魏明伦的戏剧理论，取材大多来自陈多、叶长海选注的《中国历代剧论选注》以及《中国古典戏曲论著集成》等书，几乎囊括了中国自古至今戏曲批评的所有重要篇章。

受到英语世界女性主义研究的影响，中国文论英译的范围也扩展到中国古人对女性作家的评论以及女性批评家的作品。孙康宜主编《中国历

---

① Stephen Owen, *Readings in Chinese Literary Thought*, pp. 15-16. 本节所引 *Readings in Chinese Literary Thought* 一书的中译，全部为笔者自译，曾参考中译本《中国文论：英译与评论》。

② Faye Chunfang Fei, *Chinese Theories of Theater and Performance from Confucius to the Present*, University of Michigan Press, 1999.

代女诗人选集》(Women Writers of Traditional China: An Anthology of Poetry and Criticism)①，第一部分为诗歌作品，第二部分为文学批评，后者收录了22篇女性批评家的文论篇章，以及28篇男性作家对女性作家的评论，包括武则天《织锦回文记》、朱淑真《璇玑图记》、李清照《词论》、袁枚《金纤纤女士墓志铭》，章学诚《文史通义·妇学》。其中很多篇章，都是第一次被译为英语。

这些中国文论翻译，不再是单篇的散译，而是相关文论资料的翻译与选编的齐头并进。这个趋势，是20世纪八九十年代英语世界中国文论研究发展的一个重要特征，说明中国文论开始成为中国文学研究中一个相对独立的领域，获得英语世界的关注。通过有影响力的英译，中国文论走出了汉学家的研究圈，影响到美国的本土文学团体。例如，托尼·巴恩斯通与周平(Ping Chou)于1996年编译的《写作的艺术：中国文学大师的教诲》(The Art of Writing: Teachings of the Chinese Masters)，收录了《文赋》《二十四诗品》《诗人玉屑》及诗话选段的英译，读者对象为美国一般的文学爱好者与创作者。其前言指出：中国的诗话，"对于今天的作家来说，尽管有着时空的暌隔，但仍然是实用与有趣的指南"②。其中所收的《二十四诗品》英译，曾发表于美国的《文学评论》杂志③；《诗人玉屑》的英译，曾发表于《美国诗歌评论》杂志。④

20世纪90年代以前的中国文学英译选集，一般不收录文论作品。白之编选的《中国文学选集》(Anthology of Chinese Literature)⑤，收有

---

① Kang-i Sun Chang and Haun Saussy, *Women Writers of Traditional China: An Anthology of Poetry and Criticism*, Stanford University Press, 1999.

② Tony Barnstone and Ping Chou, *The Art of Writing: Teachings of the Chinese Masters*, Boston, Shambhala, 1996, p. xii.

③ 参见Tony Barnstone and Ping Chou, "The Graceful Style / The Vital Spirit Style / The Transcendent Style / The Flowing Style, Sikong Tu", *Literary Review*, 38.3, 1995, pp. 326-327.

④ 参见Tony Barnstone and Ping Chou, "Wei Qingzhi: Poets' Jade Splinters", *The American Poetry Review*, 24.6, 1995, pp. 41-50.

⑤ Cyril Birch, *Anthology of Chinese Literature*, New York, Grove Press, 1965-1972.

第十六章　中国文论英译概况

陆机的《文赋》，那是因为它是一篇优美的文学作品。但是，到了1994年，梅维恒主编《哥伦比亚中国古典文学选集》(The Columbia Anthology of Traditional Chinese Literature)时，开始单列"批评和理论"部分，收录范佐仁译的《诗大序》、方志彤译的陆机《文赋》、海陶玮译的萧统《文选序》、卜寿珊和时学颜(Hsio-yen Shih)译的谢赫《古画品录序》①、林理彰译的严羽《沧浪诗话·诗辨》，以及魏世德译的元好问的《论诗绝句·其三十》。2000年，刘绍铭(shiu-ming Joseph Lau)、闵福德(John Minford)编《含英咀华集》(Classical Chinese Literature: An Anthology of Translations)②时，亦单列中国早期文学批评一章，收录宇文所安译的《诗大序》、黄兆杰译的《典论·论文》、方志彤译的《文赋》、黄兆杰译的《文心雕龙·神思》等译文。这些译文，不是译者专门为这两本选集而译，而是编者从各种汉学译著中节选而来的。但是，它们被选编在一起，体现了英语世界中国文论翻译从20世纪50年代至20世纪90年代数十年的发展。

近十年来，中国文论的英译，开始进入各种中国文化与中国文学的英文选本。例如，梅维恒等人编的《夏威夷中国古代文化读本》(Hawai'i Reader in Traditional Chinese Culture)③出版于2005年，此书介绍的中国文论，包括金鹏程(Paul R. Goldin)、梅维恒编译的"早期的音乐和文学理论"(Early Discussions of Music and Literature)一节收录的《庄子·齐物论》《吕氏春秋·大乐》《荀子·乐记》《诗大序》的节译；蔡宗齐编译的"纯文学地位的提高"(The Elevation of Belles Letters)一节收录的萧统《文选序》、萧纲《诫当阳公大心书》和《答张缵谢示集书》、萧绎《金楼子·

---

① 这篇译文选自 Susan Bush and Hsio-yen Shih, Early Chinese Texts on Painting, Harvard University Press, 1985.

② John Minford and Lau shiu-ming Joseph, Classical Chinese Literature: An Anthology of Translations, Volume 1: From Antiquity to the Tang Dynasty, chapter 15 "The Carving of Dragons: Early Literary Criticism", Columbia University Press, Hong Kong, Chinese University Press, 2000.

③ Victor H. Mair, Nancy S. Steinhardt and Paul R. Goldin(eds.), Hawai'i Reader in Traditional Chinese Culture, University of Hawai'i Press, 2005.

立言》的节译;梅丹理(Denis Mair)编译的"袁枚:个人趣味的倡导者"(Yuan Mei, Champion of Individual Taste)一节收录的《随园诗话》的节译,还有田晓菲翻译的《典论·论文》等篇章。田菱、陆扬等人编的《早期中古中国资料集》(Early Medieval China)①出版于2014年,收录有田菱译介的挚虞《文章流别论》、陈威(Jack W. Chen)译介的裴子野《雕虫论》、田晓菲译介的萧绎《金楼子》、宇文所安译介的钟嵘《诗品序》等。

从上述中国文论英译的发展历程可以看出,英译数量和质量的极大发展,使中国文论也在英语世界获得了相对独立的地位和更广泛的关注。同时,我们也应该看到,中国文论英译的成就,主要集中于诗论、文论,而小说和戏曲批评的翻译显得相对单薄。

---

① Wendy Swartz, Robert Ford Campany, Lu Yang and Jessey J. C. Choo, *Early Medieval China: A Sourcebook*, Columbia University Press, 2014.

第十七章　中国文论英译评析

本节将按照传统分期，将中国文论发展分为先秦两汉、魏晋南北朝、隋唐五代、宋金元、明清五个时期，然后对每个时期重要文论作品的英译做出介绍和评析。论述遵守选材从严的标准，一般只详细讨论重要文论作品的整篇英译。

一、先秦两汉时期的文论英译

先秦两汉是中国文论的萌芽时期，文论思想散见于诸子著作和经学著作。关于《论语》的英译，前面已有介绍。对于其他典籍的英译情况，读者可以参考相关研究。①

如前所述，《诗大序》一般被认为是中国"诗歌理论的第一篇专论"。不过，《诗大序》中的很多论述，直接源自《荀子·乐论》和《礼记·乐记》。所以，我们在讨论《诗大序》英译之前，不妨先简要回顾这两篇文字的英译。

（一）《荀子·乐论》和《礼记·乐记》的英译

《荀子·乐论》和《礼记·乐记》，不仅是《诗大序》最重要的理论来源，而且其中关于感物的描述，极大地影响了后来的刘勰、钟嵘等理论家，

---

① 参见马祖毅、任荣珍：《汉籍外译史》，武汉，湖北教育出版社，1997。

是中国文论感物言志传统的重要文献。《荀子·乐论》和《礼记·乐记》的基本思想以至具体字句，有着明显的承继关系。

《荀子》有德效骞的节译本、华兹生的节译本和王志民（John Henry Knoblock）的全译本。这些译本都含有《乐论》篇。德效骞英译《荀子》时指出，荀子主要是哲学家，他翻译该书的目的是让读者更好地理解荀子的思想，因此"译文准确，甚至用逐字直译法（literal translation），比措辞优美的译文更重要"。德效骞以王先谦《荀子集解》为底本，在每页译文的旁边都注明上海商务印书馆《荀子集解》的页码。但是他同时指出，英译主要是一种解释。为了不打断原文的思想，他也省略了各种版本与异文的注解。① 华兹生英译《荀子》1963年初版，1996年出修订版，被列入联合国教科文组织的中国书系，其中的专有名词采用韦氏拼音进行标注。2003年，此书出普通话拼音版。通过不断的重印，我们可以见出华兹生译本在西方的流行程度。华兹生的英译，主要根据王先谦的《荀子集解》，以及日本学者金谷治（Kanaya Osamu）的日语译本。金谷治充分利用了荻生徂徕（Ogyū Sorai）等人的注释，这是王先谦所未见的。②

但是，王志民指出，德效骞、华兹生等人的《荀子》译本不仅是节译，而且只提供译文，没有详细的注释和解说。王志民的英译则是一项更为雄心勃勃的计划，不仅译出《荀子》全书，而且更加全面地利用中、日、西文的荀子研究资料，充分参考了中国与西方在中国哲学研究方面的进展。虽然王志民的译文主要根据王先谦和日本学者久保爱（Kubo Ai）的解释，但是他的译本与之前译本相比，有几大特色。其一，全书导言近130页，详细描述了荀子的生平、思想、影响，还有荀子时代的各种争论及其所用的主要术语。其二，每一篇的前面都有导言，介绍该篇论点及与其他诸子的关系。其三，每一篇之后都有详尽的注解，解释重要的

---

① 参见 Homer Hasenflug Dubs, trans., *The Works of Hsüntze*, London, Arthur Probsthain, 1928, p. 5.

② 参见 Burton Watson, trans., *Hsün Tzu: Basic Writings*, Columbia University Press, 1963, 1996; *Xunzi: Basic Writings*, Columbia University Press, 2003.

术语、人物与事件，还评述了各种版本差异。王志民希望用"清晰流畅的英文"，传达出荀子哲学思想的全部意义。①

《荀子·乐论》的单篇英译，有顾史考(Scott Cook)的博士论文《战国时期音乐思想中的一致性与多样性》(Unity and Diversity in the Musical Thought of Warring States China)②第七章。此章论荀子，其中一节专论荀子的音乐思想，以《乐论》全文作为该节的开头，在每段译文之后都附有中文原文。《乐论》篇的节译，还见于梅维恒等人编的《夏威夷中国古代文化读本》(Hawai'i Reader in Traditional Chinese Culture)中的"早期的音乐和文学理论"一节。此书每一节前面都有简介，然后是一至数篇相关主题的文章选段。此节由金鹏程撰写简介，并翻译《乐论》。金鹏程在简介中指出了《荀子·乐论》在中国文学理论发展史中的重要地位。他说："在《乐论》中，荀子为中国文学批评奠定了基础。"③金鹏程翻译了《乐论》的两段，其一由"夫乐者，乐也"至"使夫邪污之气无由得接焉"，其二由"夫声乐之入人也深"至"太师之事也"。

《礼记》有理雅各的全译本，于 1885 年出版，为马克斯·缪勒(Friedrich Max Müller)主编的《东方圣典》(Sacred Books of the East)丛书中的第 27 和第 28 本，亦为该丛书中《中国圣典·儒家经典》(The Sacred Books of China: The Texts of Confucianism)分系的第 3 分册和第 4 分册，它是欧洲第一个《礼记》全译本。④ 理雅各在 1861 年《中国经典》(The Chinese Classics)第一卷出版时，已经接受儒莲(Stanislas Julien)的建议，考虑翻

---

① 参见 John Knoblock, trans., *Xunzi: A Translation and Study of the Complete Works*, Vol. 3, Stanford University Press, 1988.

② Scott Cook, "Unity and Diversity in the Musical Thought of Warring States China", Doctoral Thesis, University of Michigan, 1995.

③ Victor H. Mair, Nancy S. Steinhardt and Paul R. Goldin(eds.), *Hawai'i Reader in Traditional Chinese Culture*, p. 130.

④ 参见 James Legge, trans., *The Sacred Books of China: The Texts of Confucianism: Part III-IV The Li Ki*, Oxford, Clarendon Press, 1885; New York, Gordon Press, 1976. 另可参见 James Legge, trans., *Li Chi: Book of Rites: An Encyclopedia of Ancient Ceremonial Usages, Religious Creeds, and Social Institutions*, Chai Ch'u and Chai Winberg (eds.), New Hyde Park, University Books, 1967.

译《礼记》全书。在 20 多年的翻译过程中,王韬曾为理雅各广为搜集明清学者的注释本,理雅各还参考过伟烈亚力的《礼记》英译未刊稿。在《礼记》译本的导论中,理雅各特别指出《乐记》的意义,认为对一般读者而言,《乐记》比《礼记》其他篇章更有趣味。①

音乐史学者考夫曼(Walter Kaufmann)在他编的中国古代音乐资料集《乐经论》(*Musical References in the Chinese Classics*)中,全文翻译了《礼记·乐记》。考夫曼此书翻译了"四书五经"中与音乐相关的章节,他曾参考理雅各、韦利等人的翻译,并计划将其他译文与自己的译文并置,以"展示出解释文本的不同方法",最终因担心卷帙浩繁而作罢。考夫曼认为:"《乐记》主要记录了对音乐的哲学思考,有些地方非常有趣,有些地方则琐碎、陈腐、含混。"他在翻译《乐记》时提出,"《乐记》与古希腊的音乐教化观之间有非常奇妙的契合",所以他用"ethos"一词来翻译文中的"伦理"。②

《礼记·乐记》的单篇英译,还见于顾史考发表于《亚洲音乐》(*Asian Music*)的近 100 页的长文《〈乐记〉:导论、英译、注释与解说》。顾史考曾以研究先秦音乐思想获得博士学位,这篇《乐记》英译显示出他非常扎实的汉学功底。本文跟随传统注疏,将《乐记》分为十一节,主体部分是乐本、乐论、乐礼三节的英译,不仅有经文的全译,还有郑玄注的全译,译文之后是详尽的注释与解说。在全文主体部分之前,是对《乐记》的作者、时代以及基本内容的介绍,及对翻译原则的说明;在全文主体部分之后,则是《乐记》另外 8 节的英译和概述(这部分英译不再包括郑玄注以及译者的注释与解说),此外还附有对中国早期音乐理论的介绍,以及《四部备要》中乐本、乐论、乐礼三节的影印。顾史考以《四部备要》中的《礼记正义》为底本,并参考了孙希旦的《礼记集解》等书,但是他对文本的解释主要跟随郑玄。在翻译过程中,顾史考"为了消除翻译中的偏见与

---

① 参见 James Legge, trans., *The Sacred Books of China: The Texts of Confucianism: Part III*, p. 32.

② 参见 Walter Kaufmann, *Musical References in the Chinese Classics*, Detroit, Information Coordinators, 1976, pp. 31-33.

第十七章　中国文论英译评析

惰性",刻意避免参考理雅各、考夫曼的译文,只在译文完成之后才取理雅各的译文略做查照。顾史考指出,这篇翻译最大的困难就是区别声、音、乐三个术语,而在英语里没有一个对应词汇可以完全概括它们的意义。因为这三个术语都有两种不同层面的意义,一为狭义的音乐层面,一为广义的道德层面。此外还有性、情这一对术语,顾史考用"nature"译"性",用"nature"或"emotions"译"情",根据上下文而定。顾史考在解释翻译原则时说,他的翻译可能读起来没有理雅各的译文优美,那是因为他的"重点放在准确地翻译原文",所以"决定尽可能严格遵循原文的字句顺序,以至于原文中存在的任何含混之处也在译文中保留,这样读者可以确保译文隐含的东西也正是原文隐含的东西"①。

宇文所安的《中国文学思想读本》,在《诗大序》一章之后附录了《荀子·乐论》和《礼记·乐记》的节译,理由是:"在这两篇文字中,我们发现了构成《诗大序》的一些材料,还有《诗大序》心理学基础的更详尽的论述。"宇文所安特别指出《乐记》在中国文学思想史上的意义。他说:"《乐记》和《诗大序》有一个共同的关注点,那就是情感的自发表达与道德规范之间的调和。"在"乐由中出故情,礼自外作故文"一节之后,他说:"在这里,我们能清晰地看到礼、乐之间的平衡是和诗歌理论相对应的,诗歌也是发于情,并在'文'中找到限定的外在表达。"在"大乐与天地同和"一节之后,宇文所安进一步指出:"这个满堂喝彩的儒家社会观,通过礼乐达到人性与宇宙的和谐,它与文学本没有直接的联系,但是,它为真实情感与形式的一致提供了关键的基础。这种一致的观念贯穿整个中国文学思想史。"②

正如顾史考所指出的,《乐记》中最难翻译之处是对于声、音、乐的区分。以其中"情动于中,故形于声;声成文,谓之音"和"凡音者,生于人心者也;乐者,通伦理者也"两句为例,诸家英译见表17-1。

---

① Scott Cook, "Yue Ji-Record of Music: Introduction, Translation, Notes, and Commentary", *Asian Music*, 26.2, 1995, pp. 19-24.

② Stephen Owen, *Readings in Chinese Literary Thought*, pp. 50-56.

表 17-1 《乐记》例句英译对比

原文	情动于中，故形于声；声成文，谓之音……凡音者，生于人心者也；乐者，通伦理者也。
理雅各英译	When the feelings are moved within, they are manifested in the sounds of the voice; and when those sounds are combined so as to form compositions, we have what are called airs… All modulations of sound take their rise from the mind of man; and music is the intercommunication of them in their relations and differences. ①
考夫曼英译	The feelings within, when affected, express themselves in sounds. When the sounds are formed according to the law of order, music is created… All sounds originates from within. Music has close relation with the ethos of the time. ②
顾史考英译	Emotion is stirred within and thus takes shape in sound (*sheng*). Sound forms patterns, and this is called music (*yin*)… All music (*yin*) arises in the hearts of men. Music (*yue*) is that which connects with [ethical] human relationships and principles (*lunli*). ③
宇文所安英译	The affections (*ch'ing*) are moved within and take on form in sound. When theses sounds have patterning (*wen*), they are called "tones"… All tones are generated from the human mind. Music is that which communicates (*t'ung*, "carry through") human relations and natural principles (*li*). ④

理雅各本来用 voice (sound)、the modulations of voice (sound) 和 music 来翻译声、音、乐这三个术语，但是到了"声成文，谓之音"这一节，却改用"airs"来对译"音"。这个译法是受了法国汉学家加略利 (Joseph Marie Callery) 的影响。其实，《诗大序》中也有"情发于声，声成文，谓之音"的说法，理雅各翻译《乐记》之前译过《诗大序》，当时他将"音"译

---

① James Legge, trans., *The Sacred Books of China: The Texts of Confucianism: Part IV*, pp. 93-95.
② Walter Kaufmann, *Musical References in the Chinese Classics*, pp. 32-33.
③ Scott Cook, "Yue Ji-Record of Music: Introduction, Translation, Notes, and Commentary", *Asian Music*, 26.2, 1995, pp. 29-33.
④ Stephen Owen, *Readings in Chinese Literary Thought*, pp. 51-52.

为"musical pieces"。① 前后翻译的不同，可以看出理雅各在不同时期对这些术语有着不同看法。考夫曼似乎没有认真考虑声、音、乐的区别，"sound"有时用来译"声"，有时译"音"；"music"有时用来译"音"，有时译"乐"。宇文所安则用 sound、tones、music 来对应声、音、乐三个术语。他并没有专门讨论这三个术语的翻译，在《中国文学思想读本》附录的术语解释中也没有这三个术语。相比之下，顾史考花了大量笔墨来辨析这三个术语以及它们的英译。他用 sound 来翻译"声"，用"music"来翻译"音"，用第一个字母大写的"Music"来翻译"乐"。"音"和"乐"用同一个词来翻译，也许会导致混淆，不过顾史考在注释中进一步解释道："如果'音'是'music'，那么'乐'是什么呢？'乐'不仅仅是音乐，而是崇高的音乐（music ennobled）——是一种影响人类活动的意义重大的音乐。"②顾史考的译法，建立在他本人对于先秦音乐思想深入研究的基础之上，可能更有说服力。

我们在这里可以看到：中国古代文论的术语，大多具有模糊、交叉、多义等特性，在英译中如何既保持中国术语的特殊内涵又符合英语表达的习惯，一直是英语译者极力想解决的一个问题。

(二)《诗大序》的英译

《诗大序》既是中国文论史上的经典篇章，也是《诗经》研究史上的经典篇章，在中国文化史上享有重要地位。所以，《诗大序》在英语世界很早就受到重视，并且对它的翻译和研究一直在继续。

早期的传教士汉学家已经注意到《诗大序》。基德在 1841 年出版的《中国》(China)一书中，曾译出《诗大序》的主体部分。此书第八章探讨中国的教育、文学、医药等问题，基德在这一章引用《诗大序》，用以说明诗的本质与作用。但是，此书未注明文献来源，引用时也不尽准确。它

---

① 参见 James Legge, *The Chinese Classics*, Vol. IV, *The She King*, p. 34.
② Scott Cook, "Yue Ji-Record of Music: Introduction, Translation, Notes, and Commentary", *Asian Music*, 26.2, 1995, pp. 23-24.

先是全文译出朱熹的《诗集传序》，却认为这是孔子与弟子的对话，然后再译出《诗大序》的主要章节，将其与《诗集传序》当作同一本书的不同部分。①

相比之下，理雅各翻译的《诗大序》，体现出更为严谨的风格。理雅各在 1871 年出版《中国经典》第四卷《诗经》时，为了让欧洲读者更好地理解《诗经》的意义和背景，撰写了近 200 页的绪论。其中，第二章介绍《诗经》的来源、作者以及《毛诗序》。此章附录中有《毛诗序》的全译，包括《诗大序》和全部的《小序》，并对《诗大序》的重要字句做了详尽的注释。理雅各介绍了两种区分大序小序的看法，一是李樗以《关雎》序为大序、《葛覃》以下为小序，二是朱熹仅以《关雎》序中论诗的起源和功能的部分为大序。理雅各还介绍了《毛诗序》的作者和传承等问题，并引用朱熹的论述作结。可以说，朱熹的诗经观对理雅各的影响最大，所以理雅各将"诗者志之所之"至"是谓四始，诗之至也"抽出，标上"大序"，置于《毛诗序》的开头，然后将"《关雎》后妃之德也"等字句与其他诗的序放在一起，标为"小序"。在《诗大序》的翻译中，理雅各为"六义"，特别是赋、比、兴，写了一条近千字的注释，朱熹的解释再次成为理雅各注释的根据。②

黄兆杰的英译《诗大序》，比理雅各的英译晚了 100 多年。他没有做很长的注释或说明，也没有提供如何划分《诗大序》的背景知识，只是简单地说："《诗大序》的文字起于何处又终于何处，迄今未有定论。"这种笼统的论述，是由黄兆杰《早期中国文学批评》一书简易流畅的风格所决定的。黄兆杰翻译的《诗大序》，包括整篇《关雎》序。黄兆杰和理雅各最大的不同，是他跳出了经学的范围，强调了《诗大序》在中国文学批评史上的意义。他说："因为《诗经》经常被称为《诗》，和一般意义上的'诗'是同一个字，所以《诗大序》的观点可以很容易地运用到所有的诗上，并且一直是这么用的。《诗经》作为经典，赋予《诗大序》权威地位，这使后代

---

① 参见 Samuel Kidd, China, or Illustrations of the Symbols, Philosophy, Antiquities, Customs, Superstitions, Laws, Government, Education, and Literature of the Chinese, pp. 350-356.

② 参见 James Legge, The Chinese Classics, Vol. IV, The She King, pp. 34-35.

第十七章　中国文论英译评析　　　　　　　　　　　　　　　　　573

的批评家无法逃脱它的影响。"①

　　宇文所安的《中国文学思想读本》，专列《诗大序》作为全书的第二章。与黄兆杰一样，宇文所安突出了《诗大序》在中国文学批评史上的意义。他说："《诗经》的《诗大序》，是中国古代关于诗歌性质与功用的最权威论述。这不仅因为从东汉至宋的学《诗》者都是从《诗大序》入手，而且还因为《诗大序》的观念和术语变成了诗论和诗学的核心内容。"他介绍了《诗大序》的作者、起止等问题，但又接着说："《诗大序》的影响，比它的实际起源问题重要得多。"宇文所安译注中国文论时，非常强调其原本的上下文语境，所以倾向于将《诗大序》看成《关雎》小序中的组成部分。由此出发，他指出《诗大序》原本是为具体文本所做的注疏，这种论述风格代表了中国文论话语与西方文论话语一个很大的不同："西方文论传统的最高价值，体现在论文这种文体中（以亚里士多德的《诗学》为典范）……中国文论传统的权威模式，则是归纳式论述，从具体的诗歌出发，在阅读中自然过渡到理论问题。中国文论传统中也有'论文'，但是一直缺乏诗文评点的那种权威和魅力。"②

　　范佐伦在研究《诗经》诠释史的专著《诗与人格——中国传统中的阅读、注释与阐释学》(*Poetry and Personality: Reading, Exegesis, and Hermeneutics in Traditional China*)中，为《毛诗序》单列一章，全面介绍与《毛诗序》相关的所有重要问题，并全文翻译了《诗大序》。范佐伦和黄兆杰一样，都是将整篇《关雎》序作为《诗大序》译出，即从"《关雎》后妃之德也"到"是《关雎》之义也"。相比之下，宇文所安只译了从"《关雎》后妃之德也"到"是谓四始，诗之至也"的部分，省略了整篇序文的最后一段。译完《诗大序》，范佐伦称这篇文字"充满了不连贯的、隐射性的论述，总是突然从一个主题转到另一个主题"，会使读者一头雾水。他认为，其原因在于："《诗大序》是一个拼合、层积而成的文本，其组合原则

---

①　Sui-kit Wong, *Early Chinese Literary Criticism*, p. 4.
②　Stephen Owen, *Readings in Chinese Literary Thought*, pp. 37-38.

是注释修辞学,即围绕关键术语和权威观点形成一系列解释或引申。"①

苏源熙的专著《中国美学问题》(*The Problem of A Chinese Aesthetic*),也为《毛诗序》单列一章。他也是将整篇的《关雎》序作为《诗大序》译出,此外,他还在《诗大序》的每一段之后,穿插翻译了郑玄、陆德明、孔颖达、阮元等人的注释。苏源熙指出,虽然《诗大序》的作者问题一直众说纷纭,但是其"作为批评家与诗人必备参考的地位,从未受过影响"②。

梅维恒等人编的《夏威夷中国古代文化读本》有"早期的音乐和文学理论"一节,其中包括金鹏程翻译的《诗大序》,由"诗者志之所之也"至"《诗》之至也"。金鹏程将《诗大序》置于《荀子·乐论》之后,并在简介中说,《诗大序》的"理论基础是音乐与它的教化作用。这正是荀子的主要思想,解释了《诗经》为什么能达到'诗之至也'"③。

上述著作中,对于《诗大序》都有较完整的翻译,只不过每位译者对于《诗大序》的起止问题看法不同。除了这些著作以外,还有很多研究中国经典或诗歌的著作都有《诗大序》的节译。

对于《诗大序》的英译,最重要的问题可能是如何翻译"志"。《尚书·尧典》已有"诗言志"之说,但侧重于乐;《左传·襄公二十七年》有"诗以言志"之说,但说的是用诗;《庄子·天下》的"诗以道志"与《荀子·儒效》的"诗言是其志",都很简略。到了《诗大序》,"诗言志"被发展为一个成熟的诗歌理论。《诗大序》说:"诗者,志之所之也,在心为志,发言为诗。"各家的英译见表 17-2。

表 17-2 《诗大序》例句英译对比

原文	诗者,志之所之也,在心为志,发言为诗。
理雅各英译	Poetry is the product of earnest thought. Thought(cherished) in the mind becomes earnest; exhibited in words, it becomes poetry. ④

---

① Steven Van Zoeren, *Poetry and Personality: Reading, Exegesis, and Hermeneutics in Traditional China*, Stanford University Press, 1991, p. 97.
② Haun Saussy, *The Problem of A Chinese Aesthetic*, Stanford University Press, 1993, p. 75.
③ Victor H. Mair, Nancy S. Steinhardt and Paul R. Goldin(eds.), *Hawai'i Reader in Traditional Chinese Culture*, p. 130.
④ James Legge, *The Chinese Classics*, Vol. Ⅳ, *The She King*, p. 34.

第十七章　中国文论英译评析　　575

续表

周策纵英译	Poetry is where the [poet's] intention goes. Existing in the mind it is intention; expressed in words it is poetry. ①
刘若愚英译	Poetry is where the intent of the heart (or mind) goes. Lying in the heart (or mind), it is "intent"; when uttered in words, it is "poetry". ②
黄兆杰英译	Poetry is the forward movement of the activities of the mind: in other words the activities of the mind, once verbalized, becomes poetry. ③
范佐伦英译	The Ode is where the aim(*zhi*) goes. While in the heart (*xin*), it is the aim; manifested in words, it is an Ode. ④
宇文所安英译	The poem is that to which what is intently on the mind (*chih*) goes. In the mind (*hsin*) it is "being intent" (*chih*); coming out in language (*yen*), it is a poem. ⑤
苏源熙英译	Poetry is(that to which intent arrives;) the manifestation of intent. In the heart it is intent; sent forth as speech it is poetry. ⑥

　　理雅各将"志"译为"earnest thought"（真挚的思想），"在心为志"一句也译为"thought (cherished) in the mind becomes earnest"，再一次突出了"earnest"（真挚）之意。黄兆杰对理雅各的译文提出了质疑，他说："我认为理雅各将'志'译为'earnest thought'是错误的。要到非常后期的用法中，'志'才具有道学的意味，才用来表示崇高的志向、坚毅的决定。"⑦因此，黄兆杰采用了更中性的译法——the activities of the mind（各种思维活动）。另外，"志之所之"中的"之"字，理雅各译为"product"

---

① Chow Tse-tsung, "The Early History of the Chinese word *shi* (Poetry)", Tse-tsung Chow(ed.), *Wen-lin: Studise in the Chinese Humanities*, Vol. 1, p. 157.
② James J. Y. Liu, *Chinese Theories of Literature*, p. 69.
③ Sui-kit Wong, *Early Chinese Literary Criticism*, p. 1.
④ Steven Van Zoeren, *Poetry and Personality*, p. 95.
⑤ Stephen Owen, *Readings in Chinese Literary Thought*, p. 40.
⑥ Haun Saussy, *The Problem of A Chinese Aesthetic*, p. 77.
⑦ Sui-kit Wong, *Early Chinese Literary Criticism*, p. 5.

（产品），黄兆杰则译为"forward movement"（向前运动）。相比而言，黄兆杰的译法更突出了"之"字的动态意味。

刘若愚将"志"译为"the intent of the heart(or mind)"（心中的意图），宇文所安则将两处的"志"分别译为"what is intently on the mind"（心中专注的意念）和"being intent"（专注），都试图恢复"志"这一概念复杂的意义关联。然而，他们的翻译也都显得有些累赘。周策纵（Tse-tsung Chow）和苏源熙分别将"志"译为"intention"和"intent"，使译文更简洁。范佐伦将"志"简洁地译为"aim"（目标），这源自他对《诗经》阐释史和中国诗歌发展史的看法。他认为"志"是作者人格的体现，"揭示'志'就是揭示一个人最深的、最引人入胜的希望和梦想"。"揭示'志'就宣告了一个人总是有一些未被触碰的内心想法，一些未被实现的渴求，未被注意、欣赏的价值和能力。"①虽然范佐伦在具体论述中最充分地讨论了"志"的各种意义及其思想背景，但他的译法又似乎将"志"简单化了。

《诗大序》关于风、比、兴、雅、颂、赋的"六义"说，在翻译中亦显示出分歧。黄兆杰在翻译时径直将"六义"的顺序改为风、雅、颂、赋、比、兴，并说这是为了追求意思的清晰。② 但是，已有越来越多的学者不满以三体三用来解释《周礼》的"六诗"和《诗大序》的"六义"，并试图恢复风、赋、比、兴、雅、颂这种排列顺序的本来意义。所以，黄兆杰的翻译很明显是以后来的概念篡改了古代的文本。

在"六义"中，歧义最大的是"兴"，理雅各译为"allusive pieces"，黄兆杰译为"associative"，范佐伦译为"stimulus"，宇文所安译为"affective image"，苏源熙译为"allusion or evocation"。此外，余宝琳也将之译为"stimulus"③，金鹏程则译为"arousal"④。每一家的翻译都不同，但其共

---

① Steven Van Zoeren, *Poetry and Personality*, p. 13.
② 参见 Sui-kit Wong, *Early Chinese Literary Criticism*, p. 6.
③ 参见 Pauline Yu, *The Reading of Imagery in the Chinese Poetic Tradition*, Princeton University Press, 1987, p. 57.
④ 参见 Victor H. Mair, Nancy S. Steinhardt and Paul R. Goldin(eds.), *Hawai'i Reader in Traditional Chinese Culture*, p. 133.

通之处是都想区别"比"和"兴"。黄兆杰认为，他的译法"突出了'比'和'兴'之间的不同"，并且称这种译法是有依据的，即"郑玄和朱熹都用'兴'来指情和物之间的自由联想"①。宇文所安则强调说："'兴'是一种意象。它的基本功能不是指意，而是某种情感的兴发……因此，'兴'不是一种真正意义上的修辞手段。"②所以，每一家译法的不同，其实都源自他们对于特定概念，甚至整个中国诗学特质的不同看法。

（三）王逸《离骚经序》的英译

王逸的《楚辞章句序》和《离骚经序》都是中国文论史的重要篇章。因为《离骚经序》最后一段总结了《离骚》乃至屈赋的美学原则，所以在英语世界较受重视。

黄兆杰编译的《早期中国文学批评》，全文翻译了《离骚经序》。黄兆杰称，《离骚经序》的价值主要在于对屈原生平历史的描述，尽管如此，他还是将整篇序文收进了《早期中国文学批评》。这是因为，《离骚经序》"在几个方面体现了中国文学批评的特征"：一是它像《诗大序》以及很多中国文论一样，用序文的方式表达评论观点；二是其评论观点被置于作者生平之后，引导读者用作者的经历来解释作品；三是将《离骚》与《诗经》并举，后世的批评家也倾向于将特定文学作品与儒家经典相联系；四是《离骚经序》的最后一段是中国最早讨论诗歌譬喻技巧的文字之一。③

余宝琳节译了《离骚经序》的部分段落，也强调了《离骚经序》最后一段的重要性。"这一段非常重要。不仅因为它揭示了王逸本人注释屈赋的原则，也因为它是将《诗经》'六义'运用到其他作品的第一次尝试。"④

《离骚经序》最后一段中的"《离骚》之文，依《诗》取兴，引类譬喻"一句，二人英译见表 17-3。

---

① Sui-kit Wong, *Early Chinese Literary Criticism*, p. 6.
② Stephen Owen, *Readings in Chinese Literary Thought*, p. 46.
③ 参见 Sui-kit Wong, *Early Chinese Literary Criticism*, pp. 11-12.
④ Pauline Yu, *The Reading of Imagery in the Chinese Poetic Tradition*, p. 106.

表 17-3 《离骚经序》例句英译对比

原文	《离骚》之文，依《诗》取兴，引类譬喻。
黄兆杰英译	As a work of literature, the *Li sao* is like the *Shi jing* in its use of the "associative" technique. Metaphors and similes are employed in accordance with appropriate classes of comparison.①
余宝琳英译	The writing of "Encountering Sorrow" takes the method of *xing* from the Poetry and draws out categorical correspondences as comparisons.②

对于其中的"类"字，黄兆杰只是简单地翻译为"classes"，而余宝琳则译为"categorical correspondence"。这种译法建立在余宝琳对中国诗学的理解之上，突出了中国诗学中类感和感应的思想基础。余宝琳所用的"categorical correspondence"，源自李约瑟《中国科技史》(*History of Scientific Thought*)中描述的中国古代关于同类相动的世界观。③

二、魏晋南北朝时期的文论英译

魏晋南北朝是中国文学自觉的时期，也是中国文论前所未有的繁荣时期。所以，魏晋南北朝的文论，在英语世界受到的重视程度最高，英译的数量也最多。

（一）曹丕《典论·论文》的英译

《典论·论文》是建安时期文学创作和文学批评蓬勃发展的产物，是第一篇严格意义上的文学批评作品。20世纪80年代之前，已有修中诚、缪文杰、侯思孟等人在各自论著中全文译出《典论·论文》。修中诚将《典

---

① Sui-kit Wong, *Early Chinese Literary Criticism*, pp. 10-11.
② Pauline Yu, *The Reading of Imagery in the Chinese Poetic Tradition*, p. 105.
③ 参见 Joseph Needham and Wang Ling, "Science and Civilisation in China", *History of Scientific Thought*, Cambridge University Press, 1956, pp. 279-344; Pauline Yu, *The Reading of Imagery in the Chinese Poetic Tradition*, pp. 32-43.

论·论文》译文置于《文赋》英译一书附录之首，用以说明六朝时代文学批评风气的形成。缪文杰《东汉末期的文学批评》(Literary Criticism in China at the End of the Eastern Han)一文，对《典论·论文》进行了逐段翻译和讲解。缪文杰指出，在建安时期之前，文学的价值附属于儒家经典。"但是，216年至220年的五年之间，出现了三部非常重要的作品。它们修正了——虽然没有彻底改变——儒家的文学观，文学的内在价值第一次得到讨论，这引发了对作者特性和作品形式特征的研究。"缪文杰所说的三部作品，就是曹丕的《典论·论文》《与吴质书》以及曹植的《与杨德祖书》，其中《与吴质书》《与杨德祖书》的译文被收入文末附录。缪文杰在逐段译注《典论·论文》时，突出了其中文学自觉的精神。例如，对于"王粲长于辞赋"一段，他认为"是根据文学特长来区分作家的一次较早的尝试，也是汉末批评趣味的一份指引，从后者来说，曹丕是第一个比较同时代作家的批评家之一"①。

侯思孟的《中国3世纪早期的文学批评》(Literary Criticism in China in the Early Third Century A. D.)一文，更全面地讨论了曹丕和曹植的文学批评。侯思孟指出，建安时期文学自觉的表现之一，就是此时出现了"一种对文学批评的前所未有的兴趣，一种关注文学本身的兴趣，一种退后一步从整体上思考文学的尝试"。侯思孟认为，曹丕的文学批评"更加多变，更加复杂，也更重要。他可以被称为'中国文学批评之父'"。对于《典论·论文》，侯思孟认为它缺乏严密的逻辑结构。"如果想在整篇作品中找出一个贯穿始终的主题，那可能是曹丕对于批评家的全面能力的强调。"与曹植相比，这种看法"让曹丕在文学批评的领域中走得更远，触及更多的基本批评观念"②。侯思孟根据自己的理解，将《典论·论文》分为四部分，并分别标上小标题：第一部分从"文人相轻"至"免于斯累而作《论文》"，被标为"全面的批评家"；第二部分从"王粲长于辞赋"至"谓己

---

① Ronald Clendinen Miao, "Literary Criticism in China at the End of the Eastern Han", *Literature East and West*, 16, 1972, pp. 1013-1014, 1018.

② Donald Holzman, "Literary Criticism in China in the Early Third Century A. D.", *Asiatische Studien*, 28. 2, 1974, pp. 113-114, 121, 128.

为贤",被标为"实践批评";第三部分从"夫文本同而末异"至"不能以移子弟",被标为"批评理论";第四部分从"盖文章经国之大业"至结尾,被标为"文学的重要性"。

黄兆杰的《早期中国文学批评》,也全文翻译了《典论·论文》。黄兆杰指出,《典论·论文》被收进《文选》,这使得它在学者、诗人和批评家中,比《文心雕龙》及其他文论作品有更大的影响。黄兆杰将《典论·论文》视为"早期中国文学批评的样本",认为它之所以如此重要,是因为它可能是"中国最早的崇拜文学的尝试",是"最早的文类意识的表现"。并且,它提出的"气"是"中国文学批评中一再重现的主题"①。

宇文所安将《典论·论文》置于《中国文学思想读本》第三章,紧接《诗大序》之后。宇文所安认为,《典论·论文》与其他论说文体相比,其结构是"独一无二的"。因为它充斥着一种论述的力量,总是"在关键之处扭转思路,产生出一种更奇特的、更个人化的表达"。宇文所安指出,"《典论·论文》不是思想深刻的文学理论作品,它的历史意义主要在于其表达时代思潮的方式","曹丕自己对于自我价值的看法被深深卷入这篇文学批评中"。所以,"《典论·论文》的主要价值可能在于它本身就是一篇文学作品"②。

梅维恒等人编的《夏威夷中国古代文化读本》,专列"曹丕《典论·论文》"一节,由田晓菲翻译。田晓菲在译文前的简介中,指出了《典论·论文》的历史地位:"这篇文章最引人注目之处,是曹丕把'气'这个概念用于文学批评。这对中国古代文学思想有巨大的影响。"田晓菲接着说:"《典论·论文》本身就是一篇优美的文学作品,我们可以看到一个作家对于自己作品的价值和自己不朽名声的隐约的焦虑。这正是这篇文章动人之处。"③此外,高耀德在《先天生成? 中国早期中古文学思想中的先天之性与后天之学》(To the Manner Born? Nature and Nurture in Early Medieval Chinese Literary Thought)一文中,也全文翻译了《典论·论文》,并

---

① Sui-kit Wong, *Early Chinese Literary Criticism*, p. 22.
② Stephen Owen, *Readings in Chinese Literary Thought*, pp. 57-58.
③ Victor H. Mair, Nancy S. Steinhardt and Paul R. Goldin(eds.), *Hawai'i Reader in Traditional Chinese Culture*, p. 231.

第十七章　中国文论英译评析　　　　　　　　　　　　　　　　　　　　581

比较了《典论·论文》和《文心雕龙》在血气、情性等概念上的差异。①

《典论·论文》最重要的概念是"气"。至于"文以气为主，气之清浊有体，不可力强而致"一句，诸家英译见表 17-4。

表 17-4　《典论·论文》例句英译对比（一）

原文	文以气为主，气之清浊有体，不可力强而致。
修中诚英译	In literature esprit（ch'i）is of first importance, the cleanness or muddiness of (a man's) esprit has its own embodiment, and it is impossible to get anywhere by main force. ②
缪文杰英译	Literature takes ch'i "inspiration/spirit" as its governing principle. The pure or turbid quality of inspiration has its *form*; it may not be achieved by force. ③
侯思孟英译	Literature（wen）is ruled by temperament（ch'i）and if a writer's temperament is clear or turbid, his style（t'i）will be so too; this is not something that can be achieved by force. ④
黄兆杰英译	What is of the greatest importance in literature is the 'Great Vital Breath'（qi）, which is either pure or impure in character, and the purity or impurity cannot be attained by force. ⑤
宇文所安英译	In literature chi is the dominant factor. Chi has its normative forms（ti）— clear and murky. It is not be brought by force. ⑥

修中诚将"气"译为"esprit"（才气）。侯思孟将"气"译为"tempera-

---

① 参见 Robert Joe Cutter, "To the Manner Born? Nature and Nurture in Early Medieval Chinese Literary Thought", Scott Pearce, Audrey Spiro and Patricia Ebrey（eds.）, *Culture and Power in the Reconstitution of the Chinese Realm*, 200-600, Harvard University Asia Center, 2001, pp.53-71.
② Ernest Richard Hughes, *The Art of Letters*, p.232.
③ Ronald Clendinen Miao, "Literary Criticism in China at the End of the Eastern Han", *Literature East and West*, 16, 1972, p.1026.
④ Donald Holzman, "Literary Criticism in China in the Early Third Century A.D.", *Asiatische Studien*, 28.2, 1974, p.130.
⑤ Sui-kit Wong, *Early Chinese Literary Criticism*, p.21.
⑥ Stephen Owen, *Readings in Chinese Literary Thought*, p.65.

ment"(气质)。缪文杰则用"inspiration"(灵感)和"spirit"(精神)两个词来译"气",因为他认识到,曹丕并没有像孟子一样将"气"和哲学混在一起来谈,曹丕的"气"与道德无关,而是"个人的特殊才能的表现"。① 黄兆杰将"气"译为"Great Vital Breath"。他也注意到曹丕的"气"的独特之处,认为它没有道德的意义,"比其他学者所说的'气'更简单","仅仅表示'个人的才能'或'个人的特性'"。因此,黄兆杰甚至说,没有必要将其译为"Great Vital Breath",可能译为"personality"已经足够了。② 宇文所安在《中国文学思想读本》的导论中说过,中国文论的很多概念"都无法在西方诗学中找到真正的对应术语"③,所以他在处理"气"这个有着复杂思想背景的概念时,干脆只用拼音而不用任何翻译了。当然,宇文所安在随后的注解以及术语集解中,对于"气"有详细的讨论,并罗列了 breath、air、steam、vapor、humor、pneuma、vitality、material force、psycho-physical stuff 等英语中的对应词汇。④

《典论·论文》中另一个重要观念是文学地位的提高。文章结尾的"盖文章,经国之大业,不朽之盛事"一句,诸家英译见表 17-5。

表 17-5 《典论·论文》例句英译对比(二)

原文	盖文章,经国之大业,不朽之盛事。
修中诚英译	In making the warp of a country's institutions literature is the greatest of possessions, is a flourishing undertaking which never fades. ⑤
缪文杰英译	Literature is the great endeavor that imparts order to the state; it is an imperishable, magnificent enterprise. ⑥

---

① 参见 Ronald Clendinen Miao, "Literary Criticism in China at the End of the Eastern Han", *Literature East and West*, 16, 1972, p. 1027.
② 参见 Sui-kit Wong, *Early Chinese Literary Criticism*, p. 24.
③ 参见 Stephen Owen, *Readings in Chinese Literary Thought*, p. 16.
④ 参见 Stephen Owen, *Readings in Chinese Literary Thought*, p. 584.
⑤ Ernest Richard Hughes, *The Art of Letters*, p. 233.
⑥ Ronald Clendinen Miao, "Literary Criticism in China at the End of the Eastern Han", *Literature East and West*, 16, 1972, p. 1026.

续表

侯思孟英译	Literature(*wen-chang*) is, indeed, the great profession by which the state is governed, the magnificent action leading to immortality. ①
黄兆杰英译	Literature is no less noble an activity than the governing of a state; it is also a way to immortality. ②
宇文所安英译	I would say that literary works(*wen-chang*) are the supreme achievement in the business of state, a splendor that does not decay. ③

相比而言，修中诚的翻译比较拘泥于字面，如将"经国"译为"making the warp of a country's institution"，明显没有其他几家之简洁。宇文所安将其译为"the business of state"，则显得有些随意，不太符合他提出的译文尽量符合原文句法的理想。至于"不朽之盛事"一句，则以缪文杰的翻译为优，因为他突出了"enterprise"一义，与前面的"endeavor"对应，正好符合原文的"事"与"业"的对应；相反，黄兆杰的翻译则完全忽略了"盛事"之义。

(二)曹植《与杨德祖书》的英译

《与杨德祖书》是曹植写给杨修的信，表达了曹植对于文章写作与批评的看法。缪文杰的《东汉末期的文学批评》一文，高度评价了曹氏兄弟文学批评的意义，但此文主要是曹丕《典论·论文》的逐段翻译和讲解，至于曹植《与杨德祖书》的译文则被置于附录之中，基本上没有做任何讲解或讨论。侯思孟的《中国三世纪早期的文学批评》一文，更全面地讨论了曹丕和曹植的文学批评，对曹植的《与杨德祖书》有详细的论述。侯思孟认为，曹氏兄弟是令文学摆脱经学附庸传统的代表人物，他们的文学批评"开创了中国思想的一片新领域，但同时也阐发了传统的、'古代'的

---

① Donald Holzman, "Literary Criticism in China in the Early Third Century A.D.", *Asiatische Studien*, 28.2, 1974, p.131.
② Sui-kit Wong, *Early Chinese Literary Criticism*, p.21.
③ Stephen Owen, *Readings in Chinese Literary Thought*, p.68.

文学观念，他们并没有真正脱离这个传统"。对于《与杨德祖书》来说，尤其如此。侯思孟强调了这篇书信作品的价值，认为它"在文学史上的重要性，不仅是因为它提出的批评理论，而且是因为它第一次从文学——主要是诗——自身来讨论它"①。

黄兆杰在《早期中国文学批评》中，也全文翻译了《与杨德祖书》。他的翻译贯彻了"可读性强的英文"的原则。这封信本来是以"植白"开头的，但是译文中径直改为"Dear Dezu"，完全套用英语书信的格式。黄兆杰在尾注中也说："严肃的汉学家可能不赞成我这种自由的译法。"所以，他在译文之后的注释中，同时提供了原文的直译"Zhi has the following to make clear"。②

《与杨德祖书》的结尾有"辞赋小道"的说法，这种观点与曹丕"盖文章，经国之大业，不朽之盛事"的说法正好相反。因为这个原因，侯思孟认为曹植没有摆脱传统的文学观念。黄兆杰则对此提出了严厉的批评。曹植在后世被塑造为怀才不遇的天才，但是黄兆杰提出异议，认为曹丕的成就大于曹植，特别是曹植在《与杨德祖书》中表述的文学观，没有达到曹丕的思想高度，此信的"历史价值远大于其本身的价值"。黄兆杰的语气逐渐加重，他说《与杨德祖书》对文学的态度是"根本否定"而崇拜功业，"这种观点在我看来，是愚蠢和庸俗的"。黄兆杰称："这封信中的曹植，很明显是不快乐的。同情他的困境，是人道；但如果同意他的观点，则是愚蠢。"③

曹植的"辞赋小道"说，背后有复杂的原因，论者也有不同的解释。鲁迅早在《魏晋风度及文章与药及酒之关系》中就提出两个可能的原因："第一，子建的文章做得好，一个人大概总是不满意自己所做而羡慕他人所为的，他的文章已经做得好，于是他便敢说文章是小道；第二，子建活动的目标是在于政治方面，政治方面不甚得志，遂说文章是无用了。"相比之下，黄兆杰的批评显得有些轻率。不过，黄兆杰编译的《早期中国

---

① Donald Holzman, "Literary Criticism in China in the Early Third Century A. D. ", *Asiatische Studien*, 28.2, 1974, pp. 114-115, 120.
② 参见 Sui-kit Wong, *Early Chinese Literary Criticism*, p. 32.
③ Sui-kit Wong, *Early Chinese Literary Criticism*, p. 31.

文学批评》，是英语世界出现的第一本中国文论译文集。他希望这本译文集能帮助西方读者了解文学在古代中国的地位和价值。考虑到这一点，我们也就不难理解他对曹植的苛求了。

（三）陆机《文赋》的英译

《文赋》既是一篇文学批评，又是一篇优美的赋，记录了一个作家对于文学创作种种问题的看法。所以，《文赋》在英语世界中一直备受重视，英语全译本的数量最多。《文赋》的全译，至少有陈世骧、修中诚、方志彤、黄兆杰、哈米尔、宇文所安、康达维以及托尼·巴恩斯通与周平诸人所译的八种。此外，还有其他研究中国文论或中古文学的汉学家，曾在自己的专著中节译过《文赋》的重要部分。无论是在措辞上还是在论述上，《文赋》都比《诗大序》和《典论·论文》复杂，这对英译者提出了更高的要求。

如前所述，陈世骧所译《文赋》1948年初版于北京，是最早的《文赋》英译本，并在1953年于美国重刊。1948年版的英译《文赋》，共有三部分：第一部分题为"陆机生平及《文赋》创作时间考"，第二部分题为"译文中的概念及表达"，第三部分是"《文赋》英译"。1953年的重刊本，虽然译文有所修订，但是删去了第一、第二部分，另增加一个简短的导论。不过，重刊本制作颇为精美，译文前有张充和手书的《文赋》原文，字迹娟秀，封面是陈世骧题签的书名，古雅凝重。重刊本还增加了一个"附记"，补充了陈世骧与逯钦立关于《文赋》创作时间的书信讨论。[1]

在1948年版英译《文赋》的第二部分，陈世骧用24页的篇幅讨论了16个术语词句的翻译问题：情；意；中区；批评的角度；叹逝；六艺；古今须臾，四海一瞬；班；岨峿；形内；理；义；赋；姿；嘈囋而妖冶；课虚无以责有。陈世骧认为："《文赋》中的某些表述，被翻译成英文时，

---

[1] 关于陈世骧英译《文赋》的详细讨论，参见陈国球：《"抒情传统论"以前——陈世骧早期文学论初探》，载《淡江中文学报》，2008(18)；陈国球：《陈世骧论中国文学——通往"抒情传统论"之路》，载《汉学研究》，2011(2)。

需要另外的解释以说明其丰富的涵义。或者说，其中某些观念从文学史和哲学的角度来说很重要，需要特殊的注解。"他没有将这部分变成译文的附录或是译文下面的注脚，因为它们"可以作为具体的例子，来说明第一部分中论述的思想"。在这些术语词句翻译问题的讨论中，陈世骧一方面努力突出中国文论的精神特色，比如将"情"译为"ordeal"（试炼），而不是其他常见的译法。他认为"情"有双重意义，同时指向"主观体验"和"客观观察"，就像"情"常常有"情感"（feeling）和"情境"（situation）两种译法一样。因此，陆机文中的"情"，同时指作者处理的困难的情境和作者体会的强烈的感情。陈世骧进一步指出："有双重意义的'情'，几乎成为中国艺术和文学批评的专门术语，因此它是难以翻译的。也就是说，这个词的核心意义揭示出中国人的艺术观念，即艺术在本质上是一个主观与客观混沌不分的统一体，同时具有'再现'和'表现'的功能。"另一方面，陈世骧又尝试将中国文论观念与西方批评理论相对照。他认为中国主客一体的艺术观念，可以在卡西尔（Ernst Cassier）的《人论》中找到类似的表述。他还借用美国批评家布拉克墨尔（R. P. Blackmur）《语言作为姿势》一文，来解释《文赋》"其为物也多姿"中的"姿"。陈世骧希望在这种中西理论的对照和汇通中，找到中国古代文论观念的现代意义。①

　　陈世骧的英译《文赋》，以清人顾施祯《昭明文选六臣汇注疏解》中的文本为底本，并沿用顾本的做法，将《文赋》分为十二节。陈世骧为每一节都加上了小标题：第一节自"余每观才士之所作"至"其于此云尔"，题为"序论"；第二节自"伫中区以玄览"至"聊宣之乎斯文"，题为"动机"；第三节自"其始也"至"抚四海于一瞬"，题为"创作前的沉思"；第四节自"然后选义按部"至"或含毫而邈然"，题为"创作过程"；第五节自"伊兹事之可乐"至"郁云起乎翰林"，题为"写作的快乐"；第六节自"体有万殊"至"故无取乎冗长"，题为"论形式"；第七节自"其为物也多姿"至"吾亦济夫所伟"，题为"一篇文章的形成"；第八节自"或托言于短韵"至"固既雅而

---

① 参见 Shih-Hsiang Chen, *Literature as Light against Darkness*, pp. 22-24. 也可参见陈国球：《陈世骧论中国文学——通往"抒情传统论"之路》，载《汉学研究》，2011（2）。

第十七章　中国文论英译评析

不艳"，题为"五种缺陷"；第九节自"若夫丰约之裁"至"亦非华说之所能精"，题为"技艺的奥秘"；第十节自"普辞条与文律"至"顾取笑乎鸣玉"，题为"文学与规律的源头"；第十一节自"若夫应感之会"至"吾未识夫开塞之所由也"，题为"论灵感"；第十二节题为"文学的作用"。

在1953年重刊本的导论中，陈世骧回顾此译本时说："据我所知，拙译系最早出现的英文翻译。"他特别指出，其后出现的修中诚、方志彤的两种译文，在"精神和面貌"上，都与他自己的翻译"实不相同"。陈世骧特别重视《文赋》的形式，坚持用诗体翻译《文赋》。他说："我把《文赋》译成韵文，因为我相信陆机在公元300年是拿它当作诗来写的，虽然……它代表中国文学批评的滥觞，但是，唯有以诗之韵文翻译，才可能充分掌握并欣赏这篇作品的灼见、语言和理路。"陈世骧从诗人的体验来评价《文赋》，他引用雪莱诗中论柯勒律治的片段："雪莱的片段和陆机的《文赋》都是诗，也都是评价甚高的文学批评。诗人只要愿意，总可以成为最卓越、最恰如其分的批评家，这是古今不变的真理。"更重要的是，陈世骧将自己身处20世纪40年代中国动荡时期的切身体验也投射进了他对《文赋》的理解和翻译中。他认为，陆机身处十分黑暗的时代，而《文赋》"主张人类须释放心灵，并盈注光明，以对抗外在的黑暗"。因此，陈世骧多次引用马拉美"诗是危机状态下的语言"之说，来描述《文赋》的特质。①

对于陈世骧英译《文赋》在"精神和面貌"上的独特之处，陈国球教授有敏锐的观察。他指出，陈世骧的译文饱含浓烈的个人情感，他带着自己对动荡时局的思考和对文学价值的信念，去体验陆机是如何在痛苦中写出《文赋》的。这是"以特有的敏感触觉去体贴或远或近的诗心，彰显文学的创作力量，其实也有借此抒发己怀之意"。所以，陈世骧"翻译《文赋》可谓别具深义"，后来的研究者不应该仅仅追问"他的译本是否符合'信、达、雅'的要求"。从这种同情的理解出发，陈国球指出，陈世骧将

---

① 参见 Shih-Hsiang Chen, trans., *Essay on Literature*, pp. vi-vii, xiii-xiv. 此处中译引自陈世骧：《以光明对抗黑暗：〈文赋〉英译叙文》，载《中外文学》，1990(8)。

"每自属文，尤见其情"中的"情"译为"ordeal"（试炼），将"选义按部，考辞就班"中的"班"译为"order"（秩序），以及对于文中"秩序"之义的反复强调，等等，都可见出陈世骧本人对于现实世界和文学理想的切肤体验。尤其是以"ordeal"（试炼）来译"情"，虽然 1948 年版的第二部分从主观客观不可分割的角度来说明这种译法，但是陈国球指出："这是陈世骧尝试以学理来解释这个特殊的译法。"如果我们联系陈世骧当时对政治、文化和人生信念的思考，知道他也在经历一种"艰辛的历险"和"试炼"，那么，"沿用陈世骧理解陆机的逻辑，我们如能体会陈世骧的心灵，就可以明白'试炼'之译的真意"①。

  修中诚的英译《文赋》，附上注解文字和比较研究，被扩充为两百多页的专著，出版于 1951 年。该书第一章申辩《文赋》的现代意义与价值；第二章介绍陆机的时代与生平；第三章追溯了《文赋》产生之前先秦汉魏文学的发展；第四章是《文赋》全文的英译；第五章是英译注释；第六章标题为"读者与未解决的问题"，将《文赋》置于中西比较诗学的视野，比较《文赋》与浪漫主义以及古希腊诗学的异同，启发西方读者去理解陆机的文学思想。值得一提的是，此书由英国文学批评家理查兹作序。修中诚在前言中描述了赋在六朝时期的重要性，解释了他为何选择翻译《文赋》。修中诚曾于抗战时期到访中国，他对六朝赋的兴趣得到过陈寅恪的鼓励，在昆明时又接受闻一多、朱自清、浦江清等人的指导。1948 年，他在美国与陈世骧、陈受颐讨论过《文赋》英译的问题，并接受过他们的批评意见。修中诚认为，《文赋》的主题是文学写作艺术中最重要、最具争议性的问题，所以非常值得研究。

  修中诚的《文赋》英译，将《文赋》分为前言、正文、尾声三大部分。正文又分为两部分，第一部分从"伫中区以玄览"至"论达者唯旷"，修中诚加上标题"陆机论前代作家的非凡的写作技艺"，下再分为七小节；第二部分从"诗缘情而绮靡"至"吾未识夫开塞之所由"，标题为"论好作品与

---

① 陈国球：《"抒情传统论"以前——陈世骧早期文学论初探》，载《淡江中文学报》，2008(18)。

坏作品产生的原因",下再分为十二小节。不过,修中诚的译文颇多瑕疵。刘若愚曾指出一二,如将"夫何纷而不理"译为"where, then, is disorder and unreason"。其实,"理"是动词而不是名词。刘若愚认为,该句应译为"what confusion is there that will not be put in order"。又如,修中诚将"济文武于将坠"的"文武"译为"governors and generals",将整句译为"It gives aid to governors and generals when ruin is impending"。刘若愚指出,这其实是指周文王和周武王,源自《论语》的"文武之道未坠于地",所以应该译为"to save (the traditions of Kings) Wen and Wu from falling into ruin"。另外,修中诚还在注解中将"颐情志于典坟"的"坟"解释为"rich soil"(肥沃的土地),很明显是不了解中国古代"三坟五典"之说。①

方志彤的英译《文赋》,发表于1951年的《哈佛亚洲学报》,因译文典雅精确,后被多种文集收录。方志彤在解释他为何翻译《文赋》时说:"这篇结构紧凑的文章,是讨论中国诗学的最清晰的论文之一。它在中国文学史上的影响,只有6世纪刘勰的《文心雕龙》这本更全面的著作可与之匹敌。"方志彤在前言中统计了《文赋》的字句,指出它有1658个字,131个对句。其中,105个对句为六言,17个对句为四言。②

方志彤将《文赋》分为十六节,并为每一节加上小标题,大部分章节起止与陈世骧相同。第一节为"序言";第二节为"准备";第三节为"过程";第四节题为"词语、词语、词语";第五节为"美德";第六节为"多样性",下再分为两小节,一为"诗人的目标",二为"各种文类";第七节为"不同方面";第八节为"修改";第九节为"关键的段落";第十节为"抄袭";第十一节为"辞藻华丽的段落";随后的第十二节自"或托言于短韵"至"固既雅而不艳",与陈世骧一样题为"五种缺陷";第十三节为"变化无常";第十四节自"普辞条与文律"至"嗟不盈于予掬",题为"杰作";第十

---

① 参见 James J. Y. Liu, "Review of *The Art of Letters*: Lu Chi's '*Wen Fu*,'A. D. 302", *Philosophy*, 28. 104, 1953, p. 75.

② 参见 Achilles Fang, "Rhymeprose on Literature", *Harvard Journal of Asiatic Studies*, 14. 3-4, 1951, pp. 527-528.

五节自"患挈缾之屡空"至"顾取笑乎鸣玉",题为"诗人的绝望";第十六节与陈世骧一样题为"论灵感";第十七节题为"尾声:颂词"。

方志彤的译文之后,有附录五则,分别是押韵格式、注解、术语解释、版本说明、异文。和陈世骧不同的是,方志彤没有用韵体来翻译《文赋》。在附录的押韵格式中,方志彤解释说,他将《文赋》看作文而不是诗,所以用散体来翻译。不过,方志彤依据切韵系统,并参考沈兼士的《广韵声系》和于海晏的《汉魏六朝韵谱》,详细分析了《文赋》的韵。在附录的术语解释中,方志彤选取了《文赋》的一些重要词语,说明自己的译法和翻译原则,包括文、言、辞、理、心、志、情等术语。

黄兆杰在《早期中国文学批评》中也全文翻译了《文赋》。他说:"尽管受到沈约、刘勰以及其他人的批评,《文赋》仍然是早期中国文学批评的一篇光芒四射的杰作。"虽然已有陈世骧、修中诚、方志彤等人的全译本,黄兆杰还是坚持重新翻译此文,因为他认识到"任何人试图描述中国诗学的辉煌时,《文赋》都是不可或缺的"①。

哈米尔的英译《文赋》,曾于1986年发表于《美国诗歌评论》②,并于同年出版单行本③,后经修订又于1991年重版,即《〈文赋〉:写作的艺术》④。哈米尔在导论中指出,陆机在中国文论史中的地位,相当于西方的亚里士多德,又说《文赋》是中国的第一本《诗艺》。在谈到《文赋》长短不一的句式时,哈米尔还说它很像金斯堡(Allen Ginsberg)的《嚎叫》之类的诗,不过前者用韵,后者不用韵。可以看出,哈米尔的这个译本,读者对象不是汉学家,而是美国的一般读者以及诗歌创作者。哈米尔还进一步在西方文化背景中解读陆机以及中国文学的特殊之处。他认为,陆机所说的"心"是一个统一体,"情感和理性在完整的人格中合而为一",

---

① Sui-kit Wong, *Early Chinese Literary Criticism*, p. 50.
② Sam Hamill, *The Art of Writing*: *Lu Chi*: *Wen Fu*, *The American Poetry Review*, 15.3, 1986, pp. 23-27.
③ 参见 Sam Hamill, *The Wen Fu of Lu Chi*, Portland, Breitenbush Books, 1986.
④ Sam Hamill, *The Art of Writing*: *Lu Chi's* Wen fu, Minneapolis, Milkweed Editions, 1991.

并且中国文化"不会分辨诗歌与理性之间的不同",中国文学也"不会分辨理性与非理性之间的不同",因为儒家思想类似于西方的苏格拉底传统,陆机正是在这种思想传统中讨论艺术与文学的。对于《文赋》的翻译,哈米尔认为直译可能会让西方读者难以理解,所以他决定采用西方抒情诗的模式,按照他自己想象的"陆机在另一种语言和文化中重新创造自己"时可能用的方式来翻译《文赋》。所以,哈米尔在译文中做了一定程度的简化和重组。①

宇文所安《中国文学思想读本》的第四章是《文赋》,他也全译了此文。宇文所安联系中国文学批评史,强调了《文赋》的特殊地位。他说:"陆机真正提出了一些新问题,并且借用来源不同的各种术语来处理这些问题。这些术语在文学领域的运用一直有着种种争议。"相比之下,曹丕的《典论·论文》虽然在表述上很个人化,但它主要立足于传统的文学观念。"陆机偶尔会引用传统的文学思想,但是《文赋》主要讨论了与创作过程相关的种种问题,这是以前从未被认真讨论的问题。后来的文学思想,尤其是南朝,很多问题都是陆机首先提出来的。"宇文所安还特别讨论了《文赋》的文体形式。他认为,"赋"这种形式对《文赋》的主题及其独创性有很大的影响。它的"惯例式排比铺陈的修辞技巧","本身就有一种分析说理的冲力,会迫使陆机沿着某些特定的方向发展他的主题"。宇文所安甚至认为,《文赋》提出的新的理论问题,如新道家的心灵理论和理解心灵活动的宇宙论基础等,都部分来自"赋"这种文体的影响。他认为:"不讨论它的文体,就无法理解《文赋》。"因此,他总结了"赋"的四个基本结构原则:一是"论述的宏观结构经常是围绕一个事物或一件事情的传统分类法——即它的组成部分或阶段——来展开";二是"论证总是依靠二分法——即每个观点被分成一对相反的论题——和相反论题的不断推进";三是修辞结构的概括性铺陈,即反复论说一对相反论题;四是补充性的回头说明。宇文所安指出,因为这些原则的影响,"陆机经常论述一些相对连贯的论点。一旦出现相互矛盾的因素,细心的读者就会发现,它们

---

① 参见 Sam Hamill, *The Art of Writing: Lu Chi's Wen fu*, pp. 11, 16, 20.

总是被当作可以相互补充的"①。

康达维在 1996 年出版的《文选》英译第三卷中，翻译了《文赋》全文。康达维曾谈到自己英译《文选》的原则。他引用了俄裔美国小说家纳博科夫的话："最笨拙的逐字翻译，比最漂亮的意译要有用一千倍。"他还引用了美国汉学家薛爱华（Edward H. Schafer）的警告：不应该"用现代英文的衣衫来打扮中古汉语的诗篇"。康达维说："尽管可读性是一个极佳的理想，但要忠实地翻译古代及中古的作品，却需具备如米勒•罗伊•安德鲁（Roy Andrew Miller）所称的'字字斟酌的语言学的勇气'。面对保存原文内容的任务，我们不应该退却，应尽量在英译中保持那些新奇的比喻和罕见的措辞。"所以，他"选择为原文做大量的注解"，称自己的翻译为"绝对的准确"加"充分的注解"。② 在《文赋》的英译中，康达维也贯彻了这个原则。

托尼•巴恩斯通等编译的《写作的艺术：中国文学大师的教诲》一书，也有《文赋》的全译。编译者认为，《文赋》可与英国批评家蒲柏的《论批评》相媲美，它们都是用诗体写成的批评著作的典范，尤其是蒲柏的英雄双行体与陆机的骈偶句在修辞上可以互相对照。《文赋》中有很多难解之处，之前的许多译者都做了详细注解。巴恩斯通认为，这些长篇注释虽然很有价值，但是它们"分散了对诗本身的关注，每个词语都变成了一道门板，让你掉进批评与注释的层层转引中"。因此，他们决定尽量不用注解，而是"提供一个优雅流畅的文本，最重要的是，读起来就像一首英文诗"③。

《文赋》对构思过程的描述，在中国文论史上影响最大。其中"其始也，皆收视反听，耽思傍讯，精骛八极，心游万仞"一句，诸家英译见表 17-6。

---

① Stephen Owen, *Readings in Chinese Literary Thought*, pp. 73-74.

② 参见 David R. Knechtges, "Problems of Translation: The *Wen hsuan* in English", Eugene Chen Ouyang and Yao-fu Ling（eds.）, *Translating Chinese Literature*, Indiana University Press, 1995, pp. 47-48. 此处中译引自［美］康达维:《〈文选〉英译浅谈》，见赵福海:《文选学论集》，102～103 页，长春，时代文艺出版社，1992。

③ Tony Barnstone and Ping Chou, *The Art of Writing: Teachings of the Chinese Masters*, pp. 5-6.

第十七章 中国文论英译评析

表 17-6 《文赋》例句英译对比（一）

原文	其始也，皆收视反听，耽思傍讯，精骛八极，心游万仞。
修中诚英译	The beginning was in this fashion: oblivious to all sights, oblivious to all sound, both sunk in thought and questioning abroad, his spirit was away on a wild gallop to the Eight Poles, his mind thousands of cubits beneath the sod. ①
方志彤英译	At first he withholds his sight and turns his hearing inwards; he is lost in thought, questioning everywhere. His spirit gallops to the eight ends of the universe; his mind wanders along vast distances. ②
陈世骧英译	In the beginning, All external vision and sound are suspended, Perpetual thought itself gropes in time and space; Then, the spirit at full gallop reaches the eight limits of the cosmos, And the mind, self-buoyant, will ever soar to new insurmountable heights. ③
刘若愚英译	At the beginning, They all stop their seeing and hold in their hearing, To think deeply and search widely; Their quintessentialspirits [ching] gallop to the eight extremities of the earth, Their minds wander to the region thousands of feet above. ④
黄兆杰英译	At the beginning of the process of writing, The poet closes himself to sight and sound, Deeply he contemplates, widely he enquires in sprit; His spirit roams in the eight directions, His mind traverses a distance of thousands of ancient yards. ⑤

① Ernest Richard Hughes, *The Art of Letters*, p. 96.
② Achilles Fang, "Rhymeprose on Literature", *Harvard Journal of Asiatic Studies*, 14.3-4, 1951, p. 532.
③ Shih-Hsiang Chen, *Essay on Literature*, p. 20.
④ James J. Y. Liu, *Chinese Theories of Literature*, p. 33.
⑤ Sui-kit Wong, *Early Chinese Literary Criticism*, p. 40.

哈米尔英译	Eyes closed, we listen 　to inner music, lost in thought and question; our spirit ride 　to the eight corners of the universe, mind soaring a thousand miles away. ①
宇文所安英译	Thus it begins: retraction of vision, reversion of listening, Absorbed in thought, seeking all around, My essence galloping to the world's eight bounds, My mind roaming then thousand yards, up and down. ②
康达维英译	In the beginning he withdraws sight, suspends hearing, Deeply contemplates, seeks broadly, Letting his spirit race to the eight limits, Letting his mind roam ten thousands spans. ③
巴恩斯通与周平英译	At first I close my eyes. I hear nothing. In interior space I search everywhere. My spirit gallops to the earth's borders and wings to the top of the sky. ④

为了尽量反映出原文的骈俪之美，译者都采取了分行的形式。修中诚、方志彤以原文的两句为译文的一行，陈世骧、黄兆杰、宇文所安和巴恩斯通基本上以原文的一句为一行。哈米尔则采取了更简洁更富有诗意的译法，甚至不惜拆散原文的句式，但同时也掺入了译者个人的诠释，如"inner music"（内在的音乐）一词。从译文本身来看，在九家英译中，以康达维的译文最为精炼。以"收视反听"一句论之，修中诚、陈世骧、

---

① Sam Hamill, *The Art of Writing*: *Lu Chi's Wen fu*, p. 31.
② Stephen Owen, *Readings in Chinese Literary Thought*, p. 96.
③ David R. Knechtges, *Wen Xuan*, *or Selections of Refined Literature*, Vol. 3, Princeton University Press, 1996, p. 215.
④ Tony Barnstone and Ping Chou, *The Art of Writing*: *Teachings of the Chinese Masters*, p. 8.

第十七章　中国文论英译评析　　　　　　　　　　　　　　　　　　　　　　　595

黄兆杰、巴恩斯通、刘若愚等人将其译为不视、不听的并列结构，方志彤、哈米尔等人将其译为停止外视、返听内心。这些不同的译法，都显示出译者对于原文的不同理解。

《文赋》还提出了"诗缘情而绮靡，赋体物而浏亮"之说，诸家对于此句的英译见表17-7。

表 17-7　《文赋》例句英译对比（二）

原文	诗缘情而绮靡，赋体物而浏亮。
修中诚英译	Lyrical poems are the outcome of emotion and should be subtle elaborations; prose poems (*fu*) are each the embodiment of an object and so should be transparently clear. ①
方志彤英译	*Shih* (lyric poetry) traces emotions daintily; *Fu* (rhymeprose) embodies objects brightly. ②
陈世骧英译	The lyrics(*Shih*), born of pure emotion, is gossamer fibre woven into the finest fabric; The Exhibitory Essay(*Fu*), being true to the objects, is vividness incarnate. ③
刘若愚英译	Poetry [*shih*] traces emotions and should be exquisite as fine pattered silk; Exposition [*fu*] embody objects and should be clear as limpid water. ④
黄兆杰英译	Poetry(*shi*) ought to follow the poet's feelings and be ornate, Rhymed descriptions (*fu*) should be physical delineations of objects and be trippingly eloquent. ⑤
哈米尔英译	The lyric(*shih*) articulates speechless emotion, creating a fabric. Rhymed prose(*fu*) presents its objects clearly. ⑥

---

①　Ernest Richard Hughes，*The Art of Letters*，p.100.
②　Achilles Fang，"Rhymeprose on Literature"，*Harvard Journal of Asiatic Studies*，14.3-4，1951，p.536.
③　Hsih-Hsiang Chen，*Essay on Literature*，p.23.
④　James J. Y. Liu，*Chinese Theories of Literature*，p.28.
⑤　Sui-kit Wong，*Early Chinese Literary Criticism*，p43.
⑥　Sam Hamill，*The Art of Writing*，p.37.

续表

宇文所安英译	The poem(*shih*) follows the affection (*ch'ing*) and is sensuously intricate; Poetic exposition(*fu*) gives the normative forms of thins (*ti-wu*) and is clear and bright. ①
康达维英译	Lyric poetry springs from feelings and is exquisitely ornate; The rhapsody gives form to an object, and is limpid and clear. ②
巴恩斯通与周平英译	Poetry (*shi*) is a bright web of sensuous emotion; The rhymed essay (*fu*) is clear and coherent as an exposition. ③

方志彤的译文最为简练，他用了"daintily"（优美地）和"brightly"（鲜明地）这两个副词来翻译"绮靡"和"浏亮"，言简意赅，但缺点是遮蔽了原文的丰富内涵。刘若愚则用了"如丝织品一样"（as fine pattered silk）、"如清澈的水一样"（as limpid water）这两个比喻来翻译"绮"和"浏"，比方志彤更贴近原文。另外，巴恩斯通、陈世骧和哈米尔也用了丝织品来译述"绮靡"，和刘若愚一样充分保持了原文术语的文化意蕴。

（四）挚虞《文章流别论》的英译

《文章流别论》早佚，现存本为严可均所辑，收于《全上古三代秦汉三国六朝文》中。艾伦（Joseph Roe Allen）曾于1976年在王靖献（Ching-hsien Wang）的指导下，翻译了《文章流别论》。其译文的特别之处，是用拉丁文翻译了文中提到的"六诗"，即以Aria、Narratio、Comparatio、Elicio、Elegentia、Laudatio来翻译风、赋、比、兴、雅、颂。译者说，这种译法受到庞德用"Elegentia"翻译"雅"的启发。艾伦认为，采用这种译法的最终目的是保持这些术语本身的多义性，同时也可以令西方读者

---

① Stephen Owen, *Readings in Chinese Literary Thought*, p. 130.
② David R. Knechtges, *Wen Xuan*, Vol. 3, p. 215.
③ Tony Barnstone and Ping Chou, *The Art of Writing: Teachings of the Chinese Masters*, p. 11.

第十七章　中国文论英译评析　　597

更好地熟悉这些术语。①

　　黄兆杰、余宝琳等人也翻译了《文章流别论》中的部分章节。但是，黄兆杰对于此文的评价颇低。他认为，挚虞是一个"执迷不悟的批评家"（a wrong-headed critic），他和曹植一样，太执着于儒家的伦理思想，没有充分肯定文学本身的价值。黄兆杰称，之所以将此文收录于《早期中国文学批评》，只是因为挚虞本人"在历史上的重要性"。黄兆杰还说，挚虞既没有对文学的觉悟，也没有给后人以任何启发，所以他永远也不会将《文章流别论》的现存本完全翻译出来。②

　　此外，田菱、陆扬等人编的《早期中古中国资料集》，收录了田菱翻译的挚虞《文章流别论》。③

　　对于挚虞解释赋、比、兴，三家英译见表 17-8。

表 17-8　《文章流别论》例句英译对比

原文	赋者，敷陈之称也。比者，喻类之言也。兴者，有感之辞也。
艾伦英译	The Narratio was the term for description and display, while the Comparatio was the language for making comparisons. And the Elicio was the language for evoking sentiments. ④
黄兆杰英译	The "narrative-descriptive" is a name applied to the fully and elaborately informative kind of poetry. The "similaic" comprises the comparative style of expression-comparative each according to its appropriate kind. And the "associative" is made up of words inspired by particular situations. ⑤

---

①　参见 Joseph Roe Allen, "Chih Yu's Discussions of Different Types of Literature: A Translation and Brief Comment", Institute for Comparative and Foreign Area Studies, University of Washington, 1976, p. 17.

②　参见 Sui-kit Wong, *Early Chinese Literary Criticism*, p. 66.

③　参见 Wendy Swartz, Robert Ford Campany, Yang Lu and Jessey J. C. Choo(eds.), *Early Medieval China: A Sourcebook*, New York, Columbia University Press, 2014.

④　Joseph Roe Allen, "Chih Yu's Discussions of Different Types of Literature", p. 18.

⑤　Sui-kit Wong, *Early Chinese Literary Criticism*, pp. 61-62.

续表

余宝琳英译	An exposition is a statement that sets something forth. A comparison is a word that compares by categorical correspondence. A stimulus is a word in which there is response. ①

可以看出，艾伦的英文最为平易，而余宝琳的译文则建立在她自己对中国诗学的理解之上，如以"categorical correspondence"来翻译"类"，以"response"来翻译"感"，很明显和前两家不同。正如前面所说，余宝琳的这些译法，突出了中国诗学类感和感应的思想基础。

（五）沈约《宋书·谢灵运传论》的英译

沈约《宋书·谢灵运传论》结尾"史臣曰"一段专论，描述了先秦至刘宋的文学发展，以及当时兴起的声律论问题。因此，包瑞车在研究《文镜秘府论》的博士论文中，全文翻译了这段专论。同时，包瑞车还全文翻译了陆厥的《与沈约书》和沈约的《答陆厥书》，因为这两篇文章反映了当时围绕声律论所展开的论争。除了包瑞车之外，黄兆杰、马瑞志也翻译了《宋书·谢灵运传论》的这段专论。马瑞志还全译了陆厥的《与沈约书》和沈约的《答陆厥书》。黄兆杰特别强调了《谢灵运传论》的文体形式，因为它是正统史书中的章节，这在《早期中国文学批评》所选的篇章中是没有先例的。黄兆杰在此提醒西方读者注意，中国文学批评经常藏在很多意想不到的资料中，如果想要详细地重构中国文学批评史，史书是重要的资源之一。②

对于《宋书·谢灵运传论》中论述声律最重要的一段文字，三家英译见表17-9。

---

① Pauline Yu, *The Reading of Imagery in the Chinese Poetic Tradition*, pp. 163-164.
② 参见 Sui-kit Wong, *Early Chinese Literary Criticism*, pp. 79-80.

第十七章　中国文论英译评析

表 17-9　《宋书·谢灵运传论》例句英译对比

原文	欲使宫羽相变，低昂互节，若前有浮声，则后须切响。一简之内，音韵尽殊；两句之中，轻重悉异。
包瑞车英译	If you wish the notes *kung* and *yü* to alternate, and low and high tones to balance each other, then whenever there is a "floating sound" in front, it must be followed by a "cut-off sound". Within one line, all sounds must be different; and within a couplet, light and heavy sounds must be different in each place. ①
黄兆杰英译	It is imperative that there are contrasts in the use of musical notes, from the highest to the lowest in the Chinese, "qintonic" scale; the high and the low must be well regulated. In poetry a word in a light, empty tone must somewhere be followed by one in a resonant tone. Within a passage there should be as much variety as possible in auditory effects. Between any two lines, stressed and unstressed syllables ought to be contrastively mixed. ②
马瑞志英译	One would want to have the notes *kung* and *yü* alternating with each other or the lowered and raised (*ti-ang*) pitched tempering each other. Whenever there is a floating sound (*fu-sheng*) in the first line of a couplet, it must be followed by a cut-off echo (*ch'ieh-hsiang*) in the corresponding syllable of the second line. Within a single line (*chien*) the sounds and rhymes (*yin-yün*) should all be unique, and between the two lines of a couplet the patterns of light and heavy (*ch'ing-chung*) should be completely different. ③

　　在这里，我们再一次看到黄兆杰采用了归化(domestication)的译法。他在译文中尽量避免用到诸如宫羽、浮声、切响之类的中国术语，而是将中文术语溶解于流畅的英文论述中。包瑞车和马瑞志则尽量标示出这些特定的术语，或提供这些术语的拼音，这样可以提醒西方读者注意到

---

① Richard W. Bodman, "Poetics and Prosody in Early Mediaeval China: A Study and Translation of Kūkai's *Bunkyō hifuron*", pp. 485-486.
② Sui-kit Wong, *Early Chinese Literary Criticism*, p. 78.
③ Richard B. Mather, *The Poet Shen Yueh* (441-513), *The Reticent Marquis*, Princeton University Press, 1988, p. 43.

这些术语。黄兆杰将"浮声"译为"light empty tone"不尽准确,马瑞志将"音韵尽殊"的"殊"字译为"unique"(独一无二)也不符合原意。相比而言,包瑞车的译文显得更简练可信。

(六)刘勰《文心雕龙》的英译

刘勰的《文心雕龙》和陆机的《文赋》一样,在英语世界中很受重视。但是,因为《文心雕龙》长达五十章,所以目前只有三个全译本:一是施友忠1959年的全译本,后来经过修订,又有了1983年香港中文大学出版社的中英对照本;二是黄兆杰、卢仲衡(Allan Lo Chung-hang)等人1999年出版的全译本[1];三是杨国斌2003年出版的中英对照本[2]。其实,黄兆杰在1983年出版的《早期中国文学批评》中,已翻译过《神思篇》和《序志篇》。不过,在1999年的《文心雕龙》全译本中,黄兆杰并没有采用1983年《神思篇》《序志篇》的译文,而是与人合作,重新翻译。

除了全译本外,很多汉学家的论著中都有对《文心雕龙》重要篇章的翻译。以学位论文为例,较早者有吉布斯1970年在华盛顿大学完成的博士论文《〈文心雕龙〉中的文学理论》(Literary Theory in the Wen-hsin tiao-lung)[3],后又有邵耀成(Paul Youg-shing Shao)[4]、赵和平(Zhao Heping)[5]等人关于《文心雕龙》的博士论文。在专著方面,刘若愚、余宝琳等人的著作中都有《文心雕龙》的节译。刘若愚在《中国文学理论》一书中,对《文心雕龙》书名的各家英译做了细致的辨析,提出自己的译法"The

---

[1] 参见 Sui-kit Wong,Allan Lo Chung-hang and Kwong-tai Lam,*The Book of Literary Design*,Hong Kong University Press,1999.

[2] 参见(南朝)刘勰:《文心雕龙》,杨国斌英译,周振甫今译,北京,外语教学与研究出版社,2003。

[3] Donald Arthur Gibbs,"Literary Theory in the *Wen-hsin tiao-lung*",Doctoral Thesis,University of Washington,1970.

[4] 参见 Paul Youg-shing Shao (Nan Ye-ch'ün),"Liu Hsieh as Literary Theorist,Critic and Rhetorician",Doctoral Thesis,Stanford University,1982.

[5] 参见 Zhao Heping,"*Wen Xin Diao Long*:An Early Chinese Rhetoric of Written Discourse",Doctoral Thesis,Purdue University,1990.

Literary Mind: Elaboration",并说明了理由。① 在论文集方面,蔡宗齐在 2001 年编辑会议论文集《中国的文心:〈文心雕龙〉中的文化、创造性与修辞》(A Chinese Literary Mind: Culture, Creativity, and Rhetoric in Wenxin Diaolong)②,包含对《文心雕龙》很多篇章的翻译。其中,艾朗诺在讨论《神思篇》的论文中,全文重译了《神思篇》。另外,如前所述,宇文所安的《中国文学思想读本》对《文心雕龙》的翻译,多达十八篇。

在翻译的过程中,最困扰译者的问题之一就是术语的译法。以《定势篇》为例,黄兆杰等将篇名译为"Stylistic Force",宇文所安将其译为"Determination of Momentum",前者更符合英语读者的阅读习惯,后者则尽量保留了原文的字面意思。再如《风骨篇》,施友忠和宇文所安都将篇名译为"Wind and Bone",英语读者乍读时可能一头雾水,但这实属无奈之举,因为在英文中根本找不到对应的文学术语和概念。即使黄兆杰等人,也只是将其译为"The Affective Air and the Literary Bone",加了一些修饰语来进行说明。

还有《神思篇》,虽然大家都同意这一篇的主题是文学想象,但是"神思"完全对应"imagination"吗?施友忠译为"Spiritual Thought or Imagination",即用了两个词来翻译"神思"。刘若愚则认为将"神思"译为"imagination"会令人误解,理由有二:一是因为刘勰所说的直觉有主动的一面,也有被动的一面,而只有"神思"的主动方式才相当于"imagination";二是因为柯勒律治等人认为"imagination"是活的,而事物是死的,可是刘勰与其他中国批评家并不认为外物是死的,而是具有本身的神(spirit)。所以,他建议将"神思"译为"thinking with the spirit"或"intuitive thinking"。③黄兆杰在 1983 年的译本中将其译为"imagination",

---

① 参见 James J. Y. Liu, *Chinese Theories of Literature*, p. 21. 中译本参见[美]刘若愚:《中国文学理论》,29 页。

② Zong-qi Cai, *A Chinese Literary Mind: Culture, Creativity, and Rhetoric in Wenxin Diaolong*, Stanford University Press, 2001.

③ 参见 James J. Y. Liu, *Chinese Theories of Literature*, p. 33, 125. 中译本参见[美]刘若愚:《中国文学理论》,49、188 页。

又补充以直译"superhuman thinking";到了1999年与卢仲衡等人完成的合译本中,又改为"magical imagination"和"inspiration"。艾朗诺则将"神思"译为"daimonic thinking"。① 可见,这些译者在翻译时,都试图反映出原文术语的特殊背景和意蕴。②

各家对于"神思"一词的不同理解和不同处理,体现在全篇的译文中。其中,"文之思也,其神远矣"一句,各家英译见表17-10。

表 17-10 《文心雕龙》例句英译对比(一)

原文	文之思也,其神远矣。
施友忠英译	One who is engaged in literary thought travels far in spirit. ③
黄兆杰英译	The mysteries [shen] of the thinking [si] process involved in the act if writing go far indeed. ④
黄兆杰等英译	Literary thinking emphatically is magical, beyond analysis. ⑤
宇文所安英译	And spirit goes far indeed in the thought that occurs in writing (wen). ⑥
艾朗诺英译	How distant indeed does the daimon go in the thinking required in literature! ⑦

---

① 参见 Ronald Egan, "Poet, Mind, and World: A Reconsideration of the 'Shensi' Chapter of *Wenxin diaolong*", Zong-qi Cai(ed.), *A Chinese Literary Mind*, p. 104.

② 对于这个概念的辨析,可以参见 Zong-qi Cai, "The Polysemous Term of *Shen* in *Wenxin diaolong*", Olga Lomová(ed.), *Recarving the Dragon: Understanding Chinese Poetics*, Prague, Charles University, The Karolinum Press, 2003, pp. 27-72.

③ Vincent Yu-chung Shih, *The Literary Mind and the Carving of Dragons: A Study of Thought and Pattern in Chinese Literature*, Hong Kong, Chinese University Press, 1983, p. 299.

④ Sui-kit Wong, *Early Chinese Literary Criticism*, p. 115.

⑤ Sui-kit Wong, Allan Lo Chung-hang, and Kwong-tai Lam, *The Book of Literary Design*, p. 101.

⑥ Stephen Owen, *Readings in Chinese Literary Thought*, p. 202.

⑦ Ronald Egan, "Poet, Mind, and World: A Reconsideration of the 'Shensi' Chapter of *Wenxin Diaolong*", Zong-qi Cai(ed.), *A Chinese Literary Mind*, p. 104.

第十七章　中国文论英译评析

再看各家对于"然后使玄解之宰，寻声律而定墨；独照之匠，窥意象而运斤"一句的英译(见表17-11)。

表17-11　《文心雕龙》例句英译对比(二)

原文	然后使玄解之宰，寻声律而定墨；独照之匠，窥意象而运斤。
施友忠英译	It is only then that he commissions the "mysterious butcher" [who dwells within him] to write in accord with musical patterns; and it is then that he sets the incomparably brilliant "master wheelwright" [who dwells within him] to wield the ax in harmony with his intuitive insight. ①
黄兆杰等英译	Then with the perfect assurance of the master butcher can you apply to the literary execution the carpenter's inking-line, and with unrivalled craftsmanship sink the knife in the images of meaning. ②
宇文所安英译	Only then can the butcher, who cuts things apart mysteriously, set the pattern according to the rules of sound; and the uniquely discerning carpenter wield his ax with his eye to the concept-image (*yi-hsiang*). ③
艾朗诺英译	Thereafter, one is able to cause the craftsman who is freed from all bonds to affix the measurements by searching out the rules of sounds, and the uniquely discerning carpenter to wield his ax while looking at the image in his mind. ④

对于其中"意象"一词，钱锺书先生早已指出，这里指的是"意"而不是"象"，"意象"只是"意"的偶词。⑤ 施友忠将其意译为"intuitive insight"，虽然掺入了自己的理解，但是比较接近钱锺书先生的解释。艾朗诺将之译为"the image in his mind"，尽量突出其中"象"的意思。黄兆杰

---

① Vincent Yu-chung Shih, *The Literary Mind and the Carving of Dragons*, p. 299.
② Sui-kit Wong, Allan Lo Chung-hang and Kwong-tai Lam, *The Book of Literary Design*, pp. 101-102.
③ Stephen Owen, *Readings in Chinese Literary Thought*, p. 204.
④ Ronald Egan, "Poet, Mind, and World", Zong-qi Cai (ed.), *A Chinese Literary Mind*, p. 107.
⑤ 参见敏泽：《钱锺书先生谈"意象"》，载《文学遗产》，2000(2)。

等和宇文所安则将其分别译为"the images of meaning"和"concept-image"。其译文试图贴近字面，同时保留住"意"和"象"两个意思。

《文心雕龙》其他重要篇章，如《原道篇》，"道"字一般是用约定俗成的"Tao"或者"Way"来翻译，各家差别不大。但是在这一篇中，与"道"并列的另一重要概念是"文"，各家的翻译就很不一样了。以其中的"故知道沿圣以垂文，圣因文而明道"一句为例，各家英译见表17-12。

表17-12 《文心雕龙》例句英译对比（三）

原文	故知道沿圣以垂文，圣因文而明道。
施友忠英译	From these things we know that *Tao* is handed down in writing through sages, and that sages make *Tao* manifest in their writings. ①
黄兆杰等英译	Know then that as the Way bestows poetry in all its harmony on us through the sage, so the sage lights up the Way with the help of poetry. ②
宇文所安英译	Thus we know that the Way sent down its pattern (*wen*) through the Sages, and that the Sages made the Way manifest in their patterns (*wen*, writing). ③

施友忠将"文"译为"writing"，已局限了原文的意义；黄兆杰等人进一步局限其为"poetry"，可以说已经偏离了原文。宇文所安以"pattern"来翻译"文"，并附以原文的拼音和字面意义，也可以说是尽量照顾到了原文术语的含混和多义。

再如《物色》一篇，施友忠将篇名译为"The Physical World"，黄兆杰等则译为"The Beauty of Nature"，宇文所安译为"The Sensuous Colors of Physical Things"。在这里，我们再次看到宇文所安试图尽量保留原文特色的努力，但是这也造成了他的某些译文一定程度上的累赘。再看其中具体句子的翻译（见表17-13）。

---

① Vincent Yu-chung Shih, *The Literary Mind and the Carving of Dragons*, p. 19.
② Sui-kit Wong, Allan Lo Chung-hang and Kwong-tai Lam, *The Book of Literary Design*, p. 3.
③ Stephen Owen, *Readings in Chinese Literary Thought*, p. 193.

表 17-13　《文心雕龙》例句英译对比(四)

原文	是以诗人感物，联类不穷。
施友忠英译	In responding to things, the Ancient Poets operated on the principle of endless association of ideas. ①
黄兆杰等英译	As the poet responds to the things of nature there is no limit to the number of comparisons he can make… ②
宇文所安英译	When poets were stirred by physical things, the categorical associations were endless. ③
余宝琳英译	Thus poets in responding to things associate endless categorical correspondence with them. ④

对于"感物"一词，施友忠的译文和黄兆杰等的译文都是用主动语态，宇文所安则刻意用了被动语态。对于"类"字，施友忠的译文和黄兆杰等的译文都没有反映出这个字，而宇文所安用"categorical associations"、余宝琳用"categorical correspondence"强调了这个概念。这细微的差异，是基于宇文所安、余宝琳对于中国古代文论思想的理解的。他们都非常强调中国古代同类相动的思想；认为中国古代文本的意义都建立在同类对应的世界观上，是一种一元论的、非虚拟的诗学思想；而西方则相反，是一种二元论的诗学思想，建立在现象与本体、现实与虚拟的对立之上。

(七)钟嵘《诗品序》的英译

魏世德在其博士论文《元好问的文学批评》(The Literary Criticism of Yuan Hao-wen)附录中，几乎全文翻译了钟嵘的《诗品》，包括《诗品序》与正文(下品除外)。魏世德翻译《诗品》时，曾与方志彤讨论，并在很多地方接受了方志彤的意见。他的译文又经艾朗诺细读，并吸收了艾朗诺

---

① Vincent Yu-chung Shih, *The Literary Mind and the Carving of Dragons*, pp. 477-479.
② Sui-kit Wong, Allan Lo Chung-hang and Kwong-tai Lam, *The Book of Literary Design*, pp. 169-170.
③ Stephen Owen, *Readings in Chinese Literary Thought*, p. 279.
④ Pauline Yu, *The Reading of Imagery in the Chinese Poetic Tradition*, p. 162.

提出的大量修改意见。① 可以说，魏世德翻译的《诗品》，事实上凝聚了三位汉学家的心血。

除了魏世德之外，黄兆杰翻译了《诗品序》全文，卫德明、白牧之、余宝琳等人则翻译了《诗品序》的重要段落。黄兆杰认为，除其历史价值，《诗品序》值得我们注意的地方，在于它第一次肯定了五言诗是一种更灵活的表达方式。另外，钟嵘将诗歌的抒情性与诗歌的音乐性质进行区分，赋予了诗歌独特的地位。②

宇文所安的《中国文学思想读本》没有收录《诗品序》，不过他后来还是补译了这篇非常重要的文论作品。宇文所安的英译，收录在田菱、陆扬等人编的《早期中古中国资料集》中。

《诗品序》最重要之处，是提出了五言诗的"滋味"说。对于钟嵘的说法，诸家翻译见表17-14。

表17-14 《诗品序》例句英译对比（一）

原文	五言居文词之要，是众作之有滋味者也，故云会于流俗。
魏世德英译	Five-character verse has the strategic place in the world of letters. It is the most flavorful of all creative works and for this reason can be said to be the most popular. ③
黄兆杰英译	Verse in five-character lines is, on the other hand, the most important mode of literary expression. It is also the mode that promises the most of palatability. That is how it has come to be widely accepted even amongst the vulgar. ④
卫德明英译	The five word poem on the other hand accommodates the essentials of a verse, and thus all who practice it achieve a certain flavor; therefore it can be said to befit the [poetic] trend. ⑤

---

① 参见 John Timothy Wixted, "The Literary Criticism of Yuan Hao-wen[1190-1257]", p. vii.
② 参见 Sui-kit Wong, *Early Chinese Literary Criticism*, pp. 102-103.
③ John Timothy Wixted, "The Literary Criticism of Yuan Hao-wen[1190-1257]", p. 465.
④ Sui-kit Wong, *Early Chinese Literary Criticism*, p. 92.
⑤ Helmut Wilhelm, "A Note to Chung Rung and his *Shih-p'in*", Tse-tsung Chow (ed.), *Wen-lin: Studies in the Chinese Humanities*, Vol. 1, p. 117.

续表

余宝琳英译	Among literary forms the pentasyllabic meter is very important; it is the one composition of the lot that has flavor, and therefore it is said to suit the current taste. ①

诸家对于"滋味"的翻译，差别不大，一般都用"flavor"，只有黄兆杰用了"palatability"一词，更突出了口味、可口之意。

但是，在接下来论赋、比、兴的一段中，各家的译文却差别很大，见表17-15。

表17-15 《诗品序》例句英译对比（二）

原文	文已尽而意有余，兴也；因物喻志，比也；直书其事，寓言写物，赋也。
魏世德英译	When meaning lingers on, though writing has come to an end, this is an "image." When one's thought is likened to an object, this is "analogy." And when affairs are described directly, the objective world being put into words, this is "narration."②
黄兆杰英译	To me, the "associative" entails the use of language in such a way that when much has been said, more is left to be pondered over. The "similaic" is the employment of physical objects to convey one's deeper feelings. And the "narrative-descriptive" involves the direct reporting of a situation, with some of the hidden senses one wishes to convey lodged in one's description of objects of nature.③
卫德明英译	When, after the verse has come to an end, what it expresses still lingers on, this is due to an evocative image. To adduce phenomena in order to illustrate one's aspirations, this is an association. Straight writing about affairs and parabolic depiction of phenomena, this is description.④

---

① Pauline Yu, *The Reading of Imagery in the Chinese Poetic Tradition*, p. 164.
② John Timothy Wixted, "The Literary Criticism of Yuan Hao-wen [1190-1257]", p. 465.
③ Sui-kit Wong, *Early Chinese Literary Criticism*, p. 92.
④ Helmut Wilhelm, "A Note to Chung Rung and his *Shih-p'in*", p. 118.

续表

白牧之英译	When the rhetorical figure ceases but the conception continues [in other terms], we have an image (*sying*). When the intention is expressed [throughout] in terms of some external objects, we have an analogy (*bǐ*). When a matter is stated directly, or an outward manifestation described by way of metaphor, we have narration (*fù*). ①
余宝琳英译	When the words come to an end but the meaning lingers on, that is a stimulus. Relying on an object as a comparison to one's intent/will is a comparison. Writing about a situation directly and lodging description of objects in words is exposition. ②

在上面的五家英译中，首先是对于"兴"的理解不同。魏世德、白牧之都将其译为"image"（意象），这个译法虽然简洁，但同时也掩盖了"兴"在中国文论中的特殊意蕴。黄兆杰、卫德明、余宝琳则分别用了"associative"（联想）、"evocative"（感发）、"stimulus"（刺激）来描述"兴"，在一定程度上突出了"兴"的联类譬喻和兴发感动的特色。对于"比"的翻译，各家用词相差不大，只有卫德明用了"association"一词，有别于其他诸家。到了"寓言写物"，各家解释不同甚至完全相反，上面的译文可分为相反的两派，一派是将"寓言"一词解释为现代意义的寓言和隐喻，如卫德明译为"parabolic"（寓言），白牧之译为"metaphor"（隐喻）；另一派则将"寓言"直接解释为寓之于言，如魏世德、余宝琳的翻译。黄兆杰虽未明言寓言或隐喻，但是他将其译为"the hidden senses"（隐蔽的含义），应该可以归为第一派。当然，对于"寓言写物"一语，历来就有争论，不过从上下文来看，还是以第二派的翻译为胜。

（八）萧统《文选序》的英译

萧统的《文选序》，是现存最早的古代诗文总集《文选》的序言，反映了六朝时期文学自觉的时代潮流。海陶玮在研究六朝文类理论的文章中，全文翻

---

① E. Bruce Brooks, "A Geometry of the *Shih-p'in*", p. 136.
② Pauline Yu, *The Reading of Imagery in the Chinese Poetic Tradition*, p. 164.

译了《文选序》。不过，海陶玮发现，《文选序》中列举的文类，和《文选》本身所选的文类并不一致。① 康达维、黄兆杰也全文翻译了《文选序》。黄兆杰高度赞扬了海陶玮的译文。他说，自己重译《文选序》，很容易被别人批评为他不懂得欣赏海陶玮教授的优美译文。但是，对于如何评价《文选序》的理论价值，黄兆杰提出了自己的看法。他认为，海陶玮强调《文选序》在文类问题上的贡献，虽然有一定道理，但是其论述受弗莱理论影响颇深。黄兆杰指出："汉学研究当然不能思想狭隘，但是，在研究别国的文学中应该多大程度运用西方的流行理论，一直是个有争论的问题。"②

在梅维恒等人编的《夏威夷中国古代文化读本》中，蔡宗齐编译了"纯文学地位的提高"一节，收录并翻译了萧统的《文选序》。蔡宗齐强调了《文选序》在六朝文学自觉潮流中的地位，认为它展示了文学的"内在审美价值"，"将我们的注意力转到文学提供的艺术快感中"，为文学争得了合理地位。③

《文选序》像其他很多文论作品一样，重述了传统的"六义"说。值得注意的是，康达维如前面提到的艾伦一样，采用了拉丁语来翻译"六义"，分别用 Suasio、Correctio、Laudatio、Expositio、Comparatio、Exhortatio 来对应风、雅、颂、赋、比、兴。④

《文选序》中以"事出于沈思，义归乎翰藻"作为"能文"的本质特征，该句各家的英译见表 17-16。

表 17-16 《文选序》例句英译对比

原文	若其赞论之综辑辞采，序述之错比文华，事出于沈思，义归乎翰藻。
海陶玮英译	But their eulogies and essays concentrate verbal splendor, their prefaces and accounts are a succession of flowers of rhetoric; their matter derives from deep thought, and their purport places them among belles lettres. ⑤

---

① 参见 James Robert Hightower, "The *Wen Hsüan* and Genre Theory", p. 518.
② Sui-kit Wong, *Early Chinese Literary Criticism*, p. 155.
③ 参见 Victor H. Mair, Nancy S. Steinhardt and Paul R. Goldin(eds.), *Hawai'i Reader in Traditional Chinese Culture*, p. 282.
④ 参见 David R. Knechtges, *Wen Xuan, or Selections of Refined Literature*, Vol. 1, Princeton University Press, 1982, p. 75.
⑤ James Robert Hightower, "The *Wen Hsüan* and Genre Theory", p. 530.

续表

康达维 英译	As for: Their Judgment and Treatises with an intricate verbal eloquence, And their Postfaces and Evaluations interspersed with literary splendor, Their matter is the product of profound thought, And their principles belong to the realm of literary elegance. ①
黄兆杰 英译	In history it is only those appendages entitled "Commendations" and "Discourses" in which gorgeous language is used with controlled organization, and narrative is presented with a sense of proportion, one of contrast, in which allusions have surfaced from the depths of meditation, and sense is presented in a manner consonant with the requirements of literary elegance [literally, "foliage"]… ②
蔡宗齐 英译	Within them, however, there are commentaries (*zanlun*) strewn with elegant expressions and prefaces (*xu*) adorned with literary brilliance. [In these subgenres,] the depiction of events is born of deep contemplation, and the locus of principles lies in the domain of refined phrases. ③

相比而言,海陶玮的英译最为简练,康达维则用分行的译法来保持原文的诗意。黄兆杰在这里试图反映出原文术语的特定意涵。他用"literary elegance"来翻译"翰藻",同时又用"foliage"一词对"藻"进行了补充说明。

六朝时期的其他文论名篇,多有全译或节译。例如,萧纲的《与湘东王书》是南朝时代的重要文论作品。萧纲自比为曹丕,并且比其弟萧绎(湘东王)为曹植。马约翰在《梁简文帝》一书中全译了《与湘东王书》④,黄兆杰的《早期中国文学批评》也有这封书信的全译⑤。再如萧绎《金楼子·

---

① David R. Knechtges, *Wen Xuan*, pp. 89-91.
② Sui-kit Wong, *Early Chinese Literary Criticism*, p. 153.
③ Victor H. Mair, Nancy S. Steinhardt and Paul R. Goldin(eds.), *Hawai'i Reader in Traditional Chinese Culture*, p. 285.
④ 参见 John Marney, *Liang Chien-wen Ti*, Twayne Publishers, 1976, pp. 80-82.
⑤ 参见 Sui-kit Wong, *Early Chinese Literary Criticism*, pp. 137-140.

立言》，也提出了重要的文论观点。梅维恒等人编的《夏威夷中国古代文化读本》中有蔡宗齐译的"纯文学地位的提高"一节，收录了此篇的节译，田菱、陆扬等人编的《早期中古中国资料集》则收录了田晓菲的译文。还有裴子野的《雕虫论》。虽然贬抑文学的审美功能，但是它概括了自先秦至南朝的诗赋发展，并且代表了南朝时代对待文学的不同声音，所以也引起很多研究者的兴趣。马约翰专门写了一篇介绍裴子野的论文，其中有《雕虫论》的英译①；吴伏生的专著《堕落的诗学：南朝与晚唐的中国诗歌》中也有《雕虫论》的英译②；王平的博士论文《早期中古中国宫廷中的文化与文学：萧统的创作与文学思想》中也有《雕虫论》的英译③；田菱、陆扬等人编的《早期中古中国资料集》有陈威关于此文的译介。

三、隋唐五代时期的文论英译

隋唐五代是中国诗歌的黄金时代，但是在文论方面并没有产生魏晋六朝时期的鸿篇巨制。隋唐五代的文论，大多集中于讨论具体的诗歌创作技巧或创作经验。在英语世界中，对于隋唐五代文论的英译，在数量上也无法和魏晋六朝相媲美。

隋唐五代文论的英译，大多散见于汉学家的研究论著中，或是出于介绍唐代作家的文学思想，或是出于研究专题的需要。对于初盛唐阶段，何文汇（Richard Ho Man Wui）的《陈子昂：唐诗的革新者》（*Ch'en Tzu-ang: Innovator in T'ang Poetry*）④一书第二部分的第一章讨论了陈子昂

---

① 参见 John Marney, "P'ei Tzu-yeh: A Minor Literary Critic of the Liang Dynasty", *Selected Papers in Asian Studies*, 1976, pp. 161-171.

② 参见 Wu Fusheng, *The Poetics of Decadence: Chinese Poetry of the Southern Dynasties and Late Tang Periods*, Albany, State University of New York Press, 1998, pp. 30-33.

③ 参见 Wang Ping, "Culture and Literature in an Early Medieval Chinese Court: The Writings and Literary Thought of Xiao Tong (501—531)", Doctoral Thesis, University of Washington, 2006, pp. 62-64.

④ Richard Ho Man Wui, *Ch'en Tzu-ang: Innovator in T'ang Poetry*, Hong Kong, The Chinese University Press, 1993.

的诗学思想，其中有陈子昂《与东方左史虬修竹篇序》的英译。余宝琳的《中国诗歌传统的意象解读》(The Reading of Imagery in the Chinese Poetic Tradition)，也有《与东方左史虬修竹篇序》的节译。① 对于中晚唐的文论作品，英国汉学家韦利的《白居易的生平与时代》一书，第八章题为"白居易的《与元九书》"，其中有《与元九书》一文的英译。余宝琳的《中国诗歌传统中的意象》一书，也有对白居易《与元九书》的英译。荣之颖的《元稹》，第四章为"文学革新者"，介绍了元稹关于新乐府的思想，以及他对杜甫、李白的评论，其中有元稹的文论作品的英译。根兹勒(Jennings Mason Gentzler)在研究柳宗元的博士论文中，翻译了《答韦中立论师道书》。② 包瑞车在研究《文镜秘府论》的博士论文中，全文翻译了《文镜秘府论》所收的皎然《诗议》。③

当然也有专门针对特定文论作品的研究和翻译。柏夷(Stephen Bokenkamp)研究和翻译了唐抄本《赋谱》④，孙广仁研究了孟启《本事诗》并提供了主要部分的节译⑤。萨进德在香港《译丛》杂志发表的《理解历史：刘知几的叙事理论》(Understanding History: the Narration of Events of Liu Zhiji)，则是刘知几《史通·叙事》的英译。

此外，某些研究其他时期中国文学的专著，也附录了唐代的文论作品。例如，魏世德在博士论文《元好问的文学批评》(The Literary Criticism of Yuan Hao-wen[1190-1257])中，附录并全部翻译了杜甫的《戏为六绝句》。

---

① 参见 Pauline Yu, *The Reading of Imagery in the Chinese Poetic Tradition*, p.173.
② 参见 Jennings Mason Gentzler, "A Literary Biography of Liu Tsung-yuan, 773-819", Doctoral Thesis, Columbia University, 1966, pp.168-169.
③ 参见 Richard W. Bodman, "Poetics and Prosody in Early Mediaeval China", pp.404-424.
④ 参见 Stephen Bokenkamp, "The Ledger on the Rhapsody: Studies in the Art of the T'ang Fu", Doctoral Thesis, University of California, 1980.
⑤ 参见 Graham Martin Sanders, *Words Well Put: Visions of Poetic Competence in the Chinese Tradition*, Cambridge, Harvard University, Asia Center for the Harvard-Yenching Institute, 2006.

（一）王昌龄《诗格》的英译

王昌龄的《诗格》早佚，不过日本僧人遍照金刚的《文镜秘府论》载录了此书的内容。一般认为，《文镜秘府论》南卷中的《论文意》即录自王昌龄的《诗格》，是今人讨论《诗格》的依据。

因此，包瑞车在其研究《文镜秘府论》的博士论文中，第一章就讨论王昌龄的诗学，并在第五章研究《文镜秘府论》南卷时，全文翻译了《论文意》。在译文的注解中，包瑞车试图说明《诗格》在中国文学批评史上的创新与影响。他说，以南和北来区分中国诗歌传统在王昌龄之前已经出现，但是王昌龄的创新之处，在于借用了当时佛教的术语——宗，以南北二宗来区分不同的诗歌传统。这种说法在后来贾岛的《二南密旨》中得到进一步的发挥。包瑞车在讨论王昌龄诗学思想的章节中还指出，王昌龄与之前的批评家不同，他"几乎没有花时间去谈文学的道德作用、前辈诗人的审美特征、不同文类的区分"等问题。包瑞车发现，王昌龄认为诗歌是"意"的表达，他建议可以用 thought、meaning、intent、mind 等词来翻译"意"。不过在具体的译文中，包瑞车大多用"mind"一词。[①]

李珍华《王昌龄研究》的第三章，翻译并讨论了《诗格·论文意》，将其中的内容分为诗歌的演化、立思与生意、表达三类。第四章翻译并讨论了《诗格·十七势》，认为十七势中有六种是处理诗头的结构，七种是处理诗腹的结构，还有四种处理诗尾的结构以及多义结构。[②]

此外，宇文所安《中国"中世纪"的终结》（*The End of the Chinese 'Middle Ages': Essays in Mid-Tang Literary Culture*）的"九世纪初期诗歌与写作观念"一节，以及余宝琳的《中国诗歌传统中的意象》的"唐代及以后"一节[③]，在讨论唐代诗歌观念时，也提供了《诗格》片段的节译。

---

① 参见 Richard W. Bodman, "Poetics and Prosody in Early Mediaeval China", p. 58, 367.

② 参见 Joseph J. Lee, *Wang Ch'ang-ling*, Boston, Twayne Publishers, 1982. 中文修订版参见李珍华：《王昌龄研究》，西安，太白文艺出版社，1994。

③ 参见 Pauline Yu, *The Reading of Imagery in the Chinese Poetic Tradition*, pp. 185-186.

《诗格·论文意》提出"意高则格高，声辨则律清，格律全，然后始有调"的说法，包瑞车的英译见表17-17。

表17-17 《诗格·论文意》例句之包瑞车英译（一）

原文	凡作诗之体，意是格，声是律。意高则格高，声辨则律清，格律全，然后始有调。
包瑞车英译	In all forms of composing poetry, the meaning determines the style and the tones determine the prosody. When the meaning is lofty, the style is lofty; when the tones are distinguished, the prosody is clear. When style and prosody are complete, only then is there a melody. ①

这一句出现了声、律、格、调的区分。包瑞车将之分别译为 tone、prosody、style、melody，算是恰当的。

《诗格·论文意》还提出了很多关于选字用词的具体创作技巧，夹杂了很多的专门术语，给英译造成了一定的困难。以王昌龄论"作诗用字之法"为例，包瑞车英译见表17-18。

表17-18 《诗格·论文意》例句之包瑞车英译（二）

原文	一敌体用字，二同体用字，三释训用字，四直用字。
包瑞车英译	One is using words of opposing categories; two is using words of similar categories; three is using rhyming binomes such as found in the *Shih-hsun* section of the *Erh-ya*; four is directly using words. ②

对于"释训用字"一语，包瑞车为了让读者更好地理解原文意思，在翻译时指明"释训"来自《尔雅》。这是在译文中加入背景解释以做补充说明。③

（二）殷璠《河岳英灵集序》的英译

包瑞车研究《文镜秘府论》的博士论文中，第五章讨论《文镜秘府论》

---

① Richard W. Bodman, "Poetics and Prosody in Early Mediaeval China", p. 368.
② Richard W. Bodman, "Poetics and Prosody in Early Mediaeval China", p. 400.
③ 此处应为《广雅》，参见［日］遍照金刚：《文镜秘府论汇校汇考》，卢盛江校考，1382页，北京，中华书局，2006。

第十七章　中国文论英译评析　　　　　　　　　　　　　　　　　　　　615

南卷，全文翻译了殷璠的《河岳英灵集序》。余宝琳《中国诗歌传统中的意象》等著作中，也有这篇序文主要部分的节译。

　　这篇序文最引人注目之处就是提出了"兴象"的概念，包瑞车、余宝琳二人的英译见表17-19。

表17-19　《河岳英灵集序》例句英译对比

原文	理则不足，言常有余，都无兴象，但贵轻艳。
包瑞车英译	Though their reasons are insufficient, they have an excess of words. Although they entirely lack both allegory and images, they yet value trivial prettiness. ①
余宝琳英译	Thus their ideas are insufficient, yet their words are often excessive, completely lacking in comparison and stimulus and only valuing a trivial beauty. ②

　　包瑞车在翻译"兴象"时，选用"allegory and images"，显得太拘泥于原文的字面组合。余宝琳此处用"comparison and stimulus"来翻译，是根据《全唐文》版本中的"都无比兴"，与包瑞车所据的版本不同，所以译法也不同。余宝琳接下来也提到，《文镜秘府论》中所收的《河岳英灵集序》用词为"兴象"，她对"兴象"的翻译是"evocative imagery"，比包瑞车的译法更灵活。余宝琳进一步解释说，"兴象"暗示了"比兴与一般意义的意象的逐步融合"③。

　　殷璠《河岳英灵集》中的另一个重要概念是"风骨"。包瑞车翻译《河岳英灵序》中"声律风骨始备"为"the style of regulated verse was first completed"，并没有译出"风骨"一词。不过，在讨论王昌龄时，包瑞车曾引用殷璠《河岳英灵集》对王昌龄的评价，其中说到"四百年内，曹、刘、陆、谢，风骨顿尽"，包瑞车在这里将"风骨"译为"forceful style"，

---

①　Richard W. Bodman, "Poetics and Prosody in Early Mediaeval China", p. 451.
②　Pauline Yu, *The Reading of Imagery in the Chinese Poetic Tradition*, p. 174.
③　Pauline Yu, *The Reading of Imagery in the Chinese Poetic Tradition*, p. 174.

不是字面的直译，但是颇符合殷璠之意。①

(三)(旧题)司空图《二十四诗品》的英译

在隋唐五代的文论中，《二十四诗品》是最受汉学家关注的作品。自陈尚君和汪涌豪在 1994 年指出其为伪作以来，中国学界对于此书的真伪、成书年代、作者等问题有过很多讨论。经过十多年的争论，此书非司空图所作基本已成定论。② 不过，之前的研究界——包括英美汉学界——都以《二十四诗品》为晚唐司空图所作，所以为了讨论的方便，我们还是将《二十四诗品》的英译放在"隋唐五代文论"一节中。

《二十四诗品》和陆机的《文赋》一样，既是文论作品，又是优美的文学作品。这也给译者提出了更高的要求。正如宇文所安所说："当你直接用中文阅读这些诗时，你会发现它们呈现出各自的完美意义。但是，当你试图翻译它们，完美的意义就支离破碎了。"③

如前所述，早在 1901 年，翟理斯就在《中国文学史》中全译了《二十四诗品》。翟理斯称其为"哲理诗"，认为它"包含了二十四首显然不相关的诗，但是它们令人惊叹地组合在一起，展示出纯粹的道教是如何吸引士人心灵的"④。1909 年，克莱默-宾在其英译中国诗集《玉琵琶》中，也翻译了其中的纤秾、精神、豪放等十品。克莱默-宾指出，德理文（Marquis d'Hervey de Saint-Denys）的法译唐诗中完全没有提到司空图，欧洲人认识司空图是从翟理斯开始的。然而，司空图的重要性不可低估。克莱默-宾满怀崇拜之情，用非常有诗意的笔调介绍了司空图："他可能是我们讨论的诗人中最具中国特色的一位。当然，他也是最具哲理的一位。他运用微妙而简洁的手法，将崇高的主题包裹在美妙的诗歌外衣中……

---

① 参见 Richard W. Bodman, "Poetics and Prosody in Early Mediaeval China", pp. 49, 451.

② 关于相关的争论背景，参见陈尚君：《〈二十四诗品〉真伪之争评述》，见《陈尚君自选集》，76～87 页，桂林，广西师范大学出版社，2000。

③ Stephen Owen, *Readings in Chinese Literary Thought*, p. 302.

④ Herbert Allen Giles, *A History of Chinese Literature*, p. 179.

我们感受到的任何东西，都被用来帮助我们离开个性的牢笼，逃进无限自由的精神世界。"克莱默-宾认为，司空图是"一个最纯粹意义上的神秘主义者"。在《二十四诗品》中，"你可以感受到美外之美，就像一个先知在有形的世界中看到另外一个世界"①。可见，早期的西方汉学家都是将《二十四诗品》看作道家诗歌或者哲理诗，并未将其当作文学批评。

到了20世纪六七十年代，叶维廉发表《二十四诗品》的节译②，王润华在专著《司空图：唐代的诗人批评家》中也节译了《二十四诗品》中的"高古"等诗。他们开始从文学批评的角度看待《二十四诗品》。王润华说："这二十四首诗既表达了对于诗歌艺术本质和功能的看法，它们本身又是成功的想象力丰富的诗歌，是司空图最广为人知的作品。因此，他在今天更多是作为批评家或是《二十四诗品》的作者而为人所知。"③

王润华在20世纪90年代又出版了《二十四诗品》的全译本。王润华指出，找到司空图划分诗歌风格的理论基础并不是容易的事。他认为司空图凭借了两个基础，一是语言，二是人格。从这两个划分基础出发，司空图讨论的风格可以分为两类，一类建立在语言特征的基础上，另一类建立在人格的基础上。王润华随即又指出，因为诗歌内容的含混，有些诗的类别是难以确定的。例如，绮丽、飘逸、典雅、超诣就是两种类别的混合。"这种区分的困难，揭示出司空图以为写诗的技巧与诗人内在的天性是相联系的。对他来说，风格与作品或作者之间的关系不是机械的，而是有机的。"④

20世纪90年代出现的《二十四诗品》英译，还有托尼·巴恩斯通和周平的合译本。译者指出，这些诗歌"因其本身的晦涩难懂而出名，这种

---

① Launcelot A. Cranmer-Byng, *A Lute of Jade：Selections from the Classical Poets of China*, pp. 99-100.

② 参见 Wai-Lim Yip, "Selections from 'The Twenty-four Orders of Poetry'", *Stony Brook*, 11. 3-4, 1969, pp. 280-287.

③ Yoon-wah Wong, *Ssu-K'ung T'u：A Poet-critic of the T'ang*, The Chinese University of Hong Kong, 1976, p. 33.

④ Yoon Wah Wong, *Sikong Tu's Shi Pin：Translation with an Introduction*, National University of Singapore, 1994, p. 9.

晦涩大多来自司空图那不明确的道教思想（混合了佛教和儒家的因素）。它弥漫于这些诗中，把许多诗句转变成神秘的谜语，从而让注释者和翻译者陷入奇妙的困境"①。

宇文所安《中国文学思想读本》第六章是对《二十四诗品》的译注。宇文所安说，这些玄妙诗句所描述的二十四种风格，"可以指传统心理学中的'性格'或更飘忽的'情绪'，也可以指绘画、书法、音乐等艺术活动中的特征"。"它们运用了一套既适用于人格也适用于艺术的词汇。"宇文所安同时也指出："不是所有的中国美学术语都像翻译出来的那样含混与牵强，但是传统美学的术语中确实有一类是以朦胧模糊为最大价值，司空图正是被这种真正的'印象主义'方式吸引住了。"宇文所安认为，这种朦胧模糊的源头之一是东晋流行的四言玄言诗到了唐代依然在道士中流行。但是，它"满篇行话，常常只是一堆响亮的口号"，所以不被文人重视。"不幸的是，司空图非常迷恋道家这种肤浅而追求神秘深奥的修辞法，他著作中最好的东西都是由这种修辞法构成的；但是从最坏的一面来说，它们都是'巫师的诗学'(poetics of Oz)。"在英语世界对《二十四诗品》的介绍中，这个批评算是最严厉的。不过，宇文所安接着又退一步说："司空图关心我们感知经验边缘的东西，他那有意为之的神秘化表达方式在一定程度上是必要的，因为它与诗中表述的诗歌价值是一致的。"②

此外，茂林·罗伯森在《妙机其微：司空图的诗学与〈二十四诗品〉》(To Convey What is Precious：Ssu-K'ung T'u's Poetics and the Erh-shih-ssu Shih P'in)一文中，翻译了雄浑、自然、清奇、豪放、典雅、流动等诗。③ 余宝琳在《司空图的〈诗品〉：诗歌形式的诗歌理论》(Ssu-

---

① Tony Barnstone and Ping Chou, *The Art of Writing：Teachings of the Chinese Masters*, p. 23.

② Stephen Owen, *Readings in Chinese Literary Thought*, pp. 299, 301.

③ 参见 Maureen A. Robertson, "To Convey What is Precious：Ssu-K'ung T'u's Poetics and the *Erh-shih-ssu Shih P'in*", David C. Buxbaum and Frederic W. Mote(eds.), *Transition and Permanence：Chinese History and Culture：A Festschrift in Honor of Dr. Hsiao Kung-ch'Üan*, Hong Kong, Cathay Press, 1972, pp. 323-357.

第十七章 中国文论英译评析　　　　　　　　　　　　　　　　　　619

K'ung T'u's *Shih-P'in*：Poetic Theory in Poetic Form)一文中，翻译了自然、飘逸、雄浑、冲淡、形容、流动等诗。①

《二十四诗品》用词简约玄远，在英文里常常找不到对应的词汇。二十四种风格的名目，每个译者的译法几乎都不同。以"冲淡"一诗为例，翟理斯和克莱默-宾都译为"Tranquil Repose"，王润华译为"Purity and Simplicity"，宇文所安译为"Limpid and Calm"，余宝琳译为"Placidity"。此外，巴恩斯通和周平的译法与余宝琳近似，译为"The Placid Style"。此诗的前四句，各家的英译见表 17-20。

表 17-20　《二十四诗品》例句英译对比

原文	素处以默，妙机其微。饮之太和，独鹤与飞。
翟理斯英译	It dwells in quietude, speechless, Imperceptible in the cosmos, Watered by the eternal harmonies, Soaring with the lonely crane. ②
克莱默-宾英译	It dwells in the quite silence, Unseen upon hill and plain, 'Tis lapped by the tideless harmonies, It soars with the lonely crane. ③
宇文所安英译	Reside in plainness and quiet； How faint, the subtle impulses(*chi*). Infusing with perfect harmony, Join the solitary crane in flight. ④

---

① 参见 Pauline Yu, "Ssu-K'ung T'u's *Shih-P'in*：Poetic Theory in Poetic Form", Ronald Clendinen Miao(ed.), *Studies in Chinese Poetry and Poetics*, San Francisco, Chinese Materials Center, 1978, pp. 81-104.
② Herbert Allen Giles, *A History of Chinese Literature*, p. 179.
③ Launcelot A. Cranmer-Byng, *A Lute of Jade：Selections from the Classical Poets of China*, p. 103.
④ Stephen Owen, *Readings in Chinese Literary Thought*, p. 304.

王润华 英译	Living plainly and silence, the divine secrets will be unveiled. He drinks of the great Harmony, and flies with the lonely crane. ①
巴恩斯通 和周平 英译	Dwell plainly in calm silence, A delicate heart sensitive to small things. Drink from the harmony of yin and yang, Wing off with a solitary crane. ②
余宝琳 英译	By nature it dwells in silence, Its mysterious essence so subtle; It drinks of celestial harmony, And flies alone with the crane. ③

从"妙机其微"一句的译文中,我们就可看出各家的不同理解及此诗的难译。翟理斯和克莱默-宾完全没有从字面上译出"妙机",而是采用了意译的方法。宇文所安将其译为"the subtle impulses",王润华译为"the divine secrets",余宝琳译为"mysterious essence",巴恩斯通和周平则将"机"理解为一个动作,译为"sensitive to"(敏感)。

再如"纤秾",翟理斯将其译为"Slim and Stour",而克莱默-宾译为"Return of Spring",王润华将其译为"Delicacy and Splendor",宇文所安将其译为"Delicate-Fresh and Rich-lush",巴恩斯通和周平则译为"The Graceful Style"。可能因为这个词太难在英语里对译,所以克莱默-宾和巴恩斯通等人采用了意译法,而宇文所安则用了两个组合词。

---

① Yoon Wah Wong, *Sikong Tu's Shi Pin*: *Translation with an Introduction*, p. 17.

② Tony Barnstone and Ping Chou, *The Art of Writing*: *Teachings of the Chinese Masters*, p. 26.

③ Pauline Yu, "Ssu-K'ung T'u's *Shih-P'in*: Poetic Theory in Poetic Form", pp. 94-95.

四、宋金元时期的文论英译

宋金元文论大多散见于各类诗话以及序跋文章，少有系统的长文。所以，英语世界对于宋金元文论的英译，也是散见于各类论著以及博士论文。

诗话在宋代兴盛，成为这一时期文学批评中最引人注目的现象，所以英语世界出现了很多关于诗话的研究。黄维樑（Wai-leung Wong）的博士论文《中国的印象式批评：诗话词话研究》（Chinese Impressionistic Criticism: A Study of the Poetry-talk [shih-hua tz'u-hua] Tradition）①，费维廉的博士论文《中国中古与现代西方文学理论中的形式概念：摹仿、互文本性、比喻与前置》（Formal Themes in Medieval Chinese and Modern Western Literary Theory: Mimesis, Intertextuality, Figurativeness, and Foregrounding）②，徐晓静（Hsiao-Ching Hsu）的博士论文《诗话作为宋代文学批评的一种形式》（Talks on Poetry [shih-hua] as a Form of Sung Literary Criticism）③，都以宋代诗话为主要研究对象，其中有欧阳修《六一诗话》、张戒《岁寒堂诗话》、叶梦得《石林诗话》、曾季狸《艇斋诗话》、葛立方《韵语阳秋》、范晞文《对床夜语》等诗话的节译。再如齐皎瀚的《宋代的经验诗学》一文中，有《优古堂诗话》《桐江诗话》《潜溪诗眼》等诗话的节译。④ 齐皎瀚的《葛立方的诗歌批评》一文，则有葛立方《韵语阳秋》的节译。⑤

---

① Wai-leung Wong, "Chinese Impressionistic Criticism: A Study of the Poetry-talk [shih-hua tz'u-hua] Tradition", Doctoral Thesis, Ohio State University, 1976.

② Craig Fisk, "Formal Themes in Medieval Chinese and Modern Western Literary Theory: Mimesis, Intertextuality, Figurativeness, and Foregrounding", Doctoral Thesis, University of Wisconsin, 1976.

③ Hsiao-Ching Hsu, "Talks on Poetry [shih-hua] as a Form of Sung Literary Criticism", Doctoral Thesis, University of Wisconsin Madison, 1991.

④ 参见 Jonathan Chaves, "'Not the Way of Poetry': The Poetics of Experience in the Sung Dynasty", Chinese Literature: Essays, Articles, Reviews, 4.2, 1982, pp. 199-212.

⑤ 参见 Jonathan Chaves, "Ko Li-fang's Subtle Critiques on Poetry", Bulletin of Sung and Yuan Studies, 14, 1978, pp. 39-49.

黄庭坚的诗歌理论与诗歌创作，促成江西诗派的形成。在宋金元时期，江西诗派的影响非常大，超过其他诗人如苏轼的影响。因此，黄庭坚与江西诗派的诗歌理论，也得到英语世界的关注。李又安的论文《方法和直觉：黄庭坚的诗论》(Method and Intuition: The Poetic Theories of Huang T'ing-chien)①、丁善雄的论文《黄庭坚的诗歌理论》(Huang T'ing-chien's Theories of Poetry)②、刘大卫的专著《征用的诗学：黄庭坚的文学理论与实践》(The Poetics of Appropriation: The Literary Theory and Practice of Huang Tingjian)③、王宇根的专著《万卷：黄庭坚与北宋晚期诗学中的阅读与写作》(Ten Thousand Scrolls: Reading and Writing in the Poetics of Huang Tingjian and the Late Northern Song)④，都是对黄庭坚诗学思想的专题研究，文中一般都节译了《王直方诗话》《冷斋夜话》中记载的黄庭坚之语。其他，如施吉瑞《杨万里诗歌中的禅、幻象与顿悟》(Ch'an, Illusion, and Sudden Enlightenment in the Poetry of Yang Wan-li)一文中，有杨万里《江西宗派序》《诚斋荆溪集序》《颐庵诗稿序》等文的英译⑤。施吉瑞《杨万里的"活法"》(The 'Live Method' of Yang Wan-li)⑥及其他论文，也研究了黄庭坚之后的江西诗

---

　　① Adele Austin Richett, "Method and Intuition: The Poetic Theories of Huang T'ing-chien", Adele Austin Richett(ed.), Chinese Approaches to Literature from Confucius to Liang ch'i-chao, Princeton University Press, 1978, pp. 97-119. 参见[美]阿黛尔·里克特(李又安):《方法和直觉：黄庭坚的诗论》，见莫砺锋:《神女之探寻——英美学者论中国古典诗歌》，271～285页。(莫书译为"法则与直觉"，但"方法"更恰，故更正之。)

　　② Seng-yong Tiang, "Huang T'ing-chien's Theories of Poetry", Tamkang Review, 10.3&4, 1980, pp. 429-446.

　　③ David Palumbo Liu, The Poetics of Appropriation: The Literary Theory and Practice of Huang Tingjian, Stanford University Press, 1993.

　　④ Wang Yugen, Ten Thousand Scrolls: Reading and Writing in the Poetics of Huang Tingjian and the Late Northern Song, Harvard University Asia Center, 2011.

　　⑤ 参见 Jerry D. Schmidt, "Ch'an, Illusion, and Sudden Enlightenment in the Poetry of Yang Wan-li", T'oung Pao, 60.4-5, 1974, pp. 230-281; Boston, Twayne, 1976, pp. 40-49.

　　⑥ Jerry D. Schmidt, "The 'Live Method' of Yang Wan-li", Ronald Clendinen Miao (ed.), Studies in Chinese Poetry and Poetics, San Francisco, Chinese Materials Center, 1978, pp. 287-320.

派理论的发展，并翻译了江西诗派的主要诗学观点。

　　戏曲批评的兴起，是金元文学批评中的重要现象之一，也得到英语世界的关注。如费春放编译的《中国自孔子至现代的戏剧与表演理论》一书，专门翻译了钟嗣成的《录鬼簿序》(*The Register of Ghosts*)①。林理彰的论文《元代批评家对散曲的态度》(Some Attitudes of Yuan Critics Toward the San-ch'u)②，也介绍和翻译了元代批评家对散曲的评论。但是，与诗歌批评相比，英美汉学界对于戏曲批评的研究和翻译还是远远不够的。

（一）欧阳修《六一诗话》的英译

　　欧阳修的《六一诗话》是宋代诗话的发轫之作，其重要性显而易见。张舜英1984年完成的博士论文《欧阳修的〈六一诗话〉》(The *Liu-i shih-hua* of Ou-yang Hsiu)，专门以《六一诗话》为研究对象，讨论了诗话的定义、欧阳修之前的诗歌评论、《六一诗话》的特点，并于第四章全文翻译了《六一诗话》的28条诗话。张舜英的译文，以《历代诗话》本为底本，并对重要字句加以注解。张舜英指出，《六一诗话》评价诗歌的标准分为三层，一层比一层高：第一层为诗中之理，第二层为率意和造语，第三层为如在目前之景与不尽之意。③

　　宇文所安在《中国文学思想读本》第七章"诗话"中，翻译了《六一诗话》的18条诗话。宇文所安强调诗话"起初是一种口头与社交的话语方式，最后才采取书面的形式，或记录口头与社交的场景，或试图重现对这种场景的感觉"。因此，《六一诗话》"回忆和记录了对诗歌的口头评论"。但是，诗话这种文类成熟之后，"其形式上的口头性和社交性就越来越不重要"。

---

　　① Faye Chunfang Fei, trans., "The Register of Ghosts", *Chinese Theories of Theater and Performance from Confucius to the Present*, University of Michigan Press, 1999, pp. 37-38.

　　② Richard John Lynn, "Some Attitudes of Yuan Critics Toward the San-ch'u", *Literature East and West*, 18.3, 1972, pp. 950-960.

　　③ 参见 Shun-in Chang, "The *Liu-i Shih-hua* of Ou-yang Hsiu", Doctoral Thesis, University of Arizona, 1984, pp. 127-138.

到了南宋，"随着诗话文类越来越体系化，它原本的审美价值与本色就消失得越来越多"。最后，宇文所安认为，我们在《六一诗话》中发现的"不是精心安排的艺术造诣，而是一种思想风格"①。

其他汉学家也在论著中节译过《六一诗话》，如齐皎瀚在研究梅尧臣的专著《梅尧臣与宋初诗歌的发展》中，翻译过《六一诗话》的相关片段。

以《六一诗话》第十二条所引欧阳修和梅尧臣的讨论为例，来看各家的英译。在这一条诗话中，"意"一字出现在四个不同的上下文中。第一次是"诗家虽率意，而造语亦难"，各家英译见表17-21。

表 17-21 《六一诗话》例句英译对比

原文	诗家虽率意，而造语亦难……意新语工……含不尽之意……览者会以意。
齐皎瀚英译	Though the poet may emphasize meaning, it is also difficult to choose the proper diction… use words with a fresh skill… express inexhaustible meaning… the reader must comprehend his meaning. ②
张舜英英译	Although the poets tend to freely express their feelings, their attempts to create the suitable rhetoric poses a very difficult problem… the meanings are new and the rhetoric is skillful… contain the never-ending meanings… the reader can understand it through imagination. ③
宇文所安英译	Even if a poet follows the bent of his thoughts (yi), the formation of wording [for those thoughts] is still difficult… have new thoughts and well-crafted diction… hold inexhaustible thought in reserve (han)… the reader will comprehend it through the concept (yi). ④

齐皎瀚的翻译，是以华兹生英译吉川幸次郎《宋诗概说》中翻译的《六一诗话》片段为本。各家对于"意"字的理解不同，译法也不同。齐皎瀚强调宋代诗学对言外之意的追求，所以将"意"译为"meaning"，除了第二个

---

① Stephen Owen, *Readings in Chinese Literary Thought*, pp. 360, 362.
② Jonathan Chaves, *Mei Yao-ch'en and the Development of Early Sung Poetry*, Columbia University Press, 1976, pp. 110-111.
③ Shun-in Chang, "The *Liu-i Shih-hua* of Ou-yang Hsiu", pp. 83-84.
④ Stephen Owen, *Readings in Chinese Literary Thought*, pp. 375-376.

"意"字之外，其他三处都保持了英译词汇的一致。宇文所安强调第二个"意"字应该与第一个"意"字对应。他说："我们不应该忽视对称的词语，'率意'的结果应该是'意新'。"所以，宇文所安对于前三个"意"字都用"thought"，保持译文的一致。最后一个"意"字，宇文所安改用"concept"来对应。他接着解释道："梅尧臣用'意'字，可能是为了强调思想的整体性。'意'是一个意义宽泛的概念，在这里既可以指巴洛克意义上的'概念'（concept）或'巧喻'（conceit），也可以指'美学观念'（aesthetic idea）。"①张舜英的翻译，则只保持了中间两个"意"字的一致，第一个译为"feelings"，最后一个译为"imagination"。相比而言，这是三家英译中最缺少系统性的一种。

欧阳修的其他文论作品，也有节译或全译。陈幼石的论文《欧阳修的文学理论和实践》(The Literary Theory and Practice of Ou-yang Hsiu)和专著《韩柳欧苏古文论》(*Images and Ideas in Chinese Classical Prose*：*Studies of Four Masters*)，节译了《与张秀才第二书》《送徐无党南归序》《梅圣俞诗集序》等文。② 此外，孙康宜主编的《中国历代女诗人选集》，还收录了艾朗诺翻译的欧阳修《采蘋诗序》。这是欧阳修为谢希孟的诗集《采蘋诗》所写的序言。③

(二)严羽《沧浪诗话》的英译

如前所述，早在1922年，张彭春就在美国的文学评论杂志上发表了《沧浪诗话》中"诗辩"和"诗法"两部分的节译。后来，叶维廉在《严羽与宋

---

① Stephen Owen, *Readings in Chinese Literary Thought*, pp. 377-378.
② 参见 Yu-Shih Chen, "The Literary Theory and Practice of Ou-yang Hsiu", Adele Austin Richett(ed.), *Chinese Approaches to Literature from Confucius to Liang Ch'i-ch'ao*, pp. 67-96; Yu-Shih Chen, *Images and Ideas in Chinese Classical Prose*：*Studies of Four Masters*, chapter 3 "Ou-yang Hsiu：The Return to Universality", Stanford University Press, 1988. 中译本参见陈幼石：《韩柳欧苏古文论》，上海，上海文艺出版社，1983。
③ 参见 Ronald Egan, trans., "Ouyang Xiu, Preface to Xie Ximeng, Cai Pin Shi", Kang-i Sun Chang and Haun Saussy(eds.), *Women Writers of Traditional China*：*An Anthology of Poetry and Criticism*, Stanford University Press, 1999, pp. 725-727.

人诗论》一文中,进一步介绍严羽的诗话及其宋代的诗学背景,又节译了《沧浪诗话》的重要部分。刘若愚的专著《中国文学理论》,将严羽放在形而上诗学一章中,翻译了《沧浪诗话》论"妙悟"和"别趣"的两段文字。叶维廉在《严羽与宋人诗论》一文中认为,严羽将诗看作诗人心象(mind-picture)的反映。① 刘若愚提出了不同的看法。他在翻译了论诗有别趣的一段文字之后说,严羽"借自佛家的象喻——空中之音,相中之色,水中之月,镜中之象——似乎用以努力描述他认为是所有诗之理想的那种诗的、不可描述和难以捉摸的性质,而不是像有人提议的,在于表现诗是诗人的'心象'的反映这种意思。因为在严羽的著作中并没有与'心象'相对应的字。"②

刘若愚的弟子林理彰,在两宋以来诗学理论的研究上倾注了大量的精力,《沧浪诗话》是其长期关注的重要对象之一。林理彰在博士论文《传统与综合:诗人与批评家王士禛》(Wang Shih-chen as Critic and Poet)③中,以及后来的《正与悟:王士禛的诗歌理论及其来源》(Orthodoxy and Enlightenment: Wang Shih-chen's Theory of Poetry and Its Antecedents)④、《中国诗歌批评中的顿悟与渐悟》(Sudden and Gradual in Chinese Poetry Criticism)⑤、《中国诗学中的才学倾向:严羽与其后学》(The Talent Learning Polarity in Chinese Poetics: Yan Yu and the Later Tradition)⑥、《严羽〈沧浪诗话〉与以诗论禅》(Yan Yu's *Canglang Shihua*

---

① 参见 Wai-Lim Yip, "Yen Yü and the Poetic Theories in the Sung Dynasty", *Tamkang Review*, 1.2, 1970, pp. 183-200. 中译本参见叶维廉:《中国诗学》,99~113 页。

② [美]刘若愚:《中国文学理论》,60 页。

③ Richard John Lynn, "Wang Shih-chen as Critic and Poet", Doctoral Thesis, Stanford University, 1971.

④ Richard John Lynn, "Orthodoxy and Enlightenment: Wang Shih-chen's Theory of Poetry and Its Antecedents", Theodore de Bary(ed.), *The Unfolding of Neo-Confucianism*, Columbia University Press, 1975, pp. 217-269.

⑤ Richard John Lynn, "Sudden and Gradual in Chinese Poetry Criticism", Peter N. Gregory(ed.), *Sudden and Gradual: Approaches to Enlightenment in Chinese Thought*, University of Hawai'i Press, 1987, pp. 381-427.

⑥ Richard John Lynn, "The Talent Learning Polarity in Chinese Poetics: Yan Yu and the Later Tradition", *Chinese Literature: Essays, Articles, Reviews*, 5.1-2, 1983, pp. 157-184.

and the Chan-Poetry Analogy)①等论文中，都曾讨论和翻译《沧浪诗话》的重要观念和字句。后来，林理彰翻译的《沧浪诗话·诗辩》被收入梅维恒主编的《哥伦比亚中国古典文学选集》(*The Columbia Anthology of Traditional Chinese Literature*)。② 林理彰相信："严羽的《沧浪诗话》对于中国诗歌理论和创作实践的后期传统，有着不可估量的影响。"③

宇文所安的《中国文学思想读本》第八章是《沧浪诗话》。不过，他也只是翻译其中"诗辩"和"诗法"两章。宇文所安也指出："严羽的《沧浪诗话》，是诗话类中名声最响、影响最大的作品。虽然它的某些部分是真正的诗话，但在本质上是各种批评形式的混合。它的结构和语调成为元明时期诗法发展的模范样式。"不过，宇文所安对《沧浪诗话》也有严厉的批评，认为"诗辩"一章充满了"行话术语、拿腔作调和禅宗文字那种做作的口语风格"。他并不认同学界对于严羽以禅喻诗的研究和探讨，认为以禅喻诗"直到今天仍然是最多人讨论的话题，但也是《沧浪诗话》最折磨人和最乏味的一面"④。

到 1996 年，《沧浪诗话》的全译本终于出现了。陈瑞山（Ruey-shan Sandy Chen）的博士论文以"《沧浪诗话》英译与注解：中国十三世纪早期的诗歌指南"为题，是对《沧浪诗话》五章的翻译与注释。

《沧浪诗话》中有很多术语，其中最重要的就是"别趣"，以及与之相关的"兴趣"。对于"别趣"中的"趣"字，张彭春⑤、宇文所安、陈瑞山都将其译为"interest"，刘若愚与众不同，将其译为"meaning"⑥。林理彰在 1971 年的博士论文《传统与综合：诗人与批评家王士禛》中，追随其师，

---

① Richard John Lynn, "Yan Yu's *Canglang Shihua* and the Chan-Poetry Analogy", *Comparative Literature: East & West*, 2.2, 2002, pp.19-26.

② 参见 Richard John Lynn, trans., "Ts'ang-lang's Discussions of Poetry: 'An Analysis of Poetry'", Victor H. Mair(ed.), *The Columbia Anthology of Traditional Chinese Literature*, Columbia University Press, 1994, pp.139-144.

③ Richard John Lynn, "The Talent Learning Polarity in Chinese Poetics: Yan Yu and the Later Tradition", *Chinese Literature: Essays, Articles, Review*, 5.1-2, 1983, p.157.

④ Stephen Owen, *Readings in Chinese Literary Thought*, p.393.

⑤ 参见 Peng Chung Chang, trans., "Tsang-lang Discourse on Poetry", *The Dial*, 73.3, 1922, p.275.

⑥ 参见[美]刘若愚：《中国文学理论》，58 页。

亦译为"meaning"，但到了后来的论文中，又改译为"interest"。①

"兴趣"一词，更为难译。陈世骧在《中国诗学与禅学》(Chinese Poetics and Zenism)中，曾将其译为"animation"和"gusto"。② 刘若愚也曾随文将其译为"inspired gusto"，但在引述严羽原文之后的译文中，又将其译为"inspired feelings"。③ 林理彰则一时译为"inspired feeling"④，一时译为"inspired interest"⑤。张彭春将其译为"inspired moods"⑥，宇文所安译为"stirring and excitement"⑦。相比之下，宇文所安用"stirring"和"excitement"两个词的并置来翻译"兴趣"，过于追求贴近原文的字面意思，反显累赘。

《沧浪诗话》还夹杂了禅宗思想，其中一个相关的术语是"妙悟"。刘若愚、陈瑞山都将之译为"miraculous awakening"，林理彰译为"marvelous enlightenment"。《沧浪诗话》的"惟悟乃为当行，乃为本色"一句，各家英译见表17-22。

表17-22 《沧浪诗话》例句英译对比

原文	惟悟乃为当行，乃为本色。
刘若愚英译	Only through awakening can one "ply one's proper trade" and "show one's true colors."⑧

---

① 参见 Richard John Lynn, "The Talent Learning Polarity in Chinese Poetics: Yan Yu and the Later Tradition", *Chinese Literature: Essays, Articles, Review*, 5.1-2, 1983, p. 157.

② 参见 Shih-Hsiang Chen, "Chinese Poetics and Zenism", *Oriens*, 10.1, 1957, pp. 131-139. 参见陈世骧：《中国诗学与禅学》，见李达三、罗钢：《中外比较文学的里程碑》，169～177页，北京，人民文学出版社，1997；《陈世骧文存》，182～189页。

③ 参见[美]刘若愚：《中国文学理论》，58、121页。

④ 参见 Richard John Lynn, trans., "Ts'ang-lang's Discussions of Poetry: 'An Analysis of Poetry'", *The Columbia Anthology of Traditional Chinese Literature*, p. 143.

⑤ 参见 Richard Lynn, "Orthodoxy and Enlightenment", *The Unfolding of Neo-confuciaism*, p. 226.

⑥ 参见 Chang Peng Chun, trans., "Tsang-lang Discourse on Poetry", *The Dial*, 73.3, 1922, p. 275.

⑦ 参见 Stephen Owen, *Readings in Chinese Literary Thought*, p. 404.

⑧ James J. Y. Liu, *Chinese Theories of Literature*, p. 38.

续表

林理彰英译	Only when one is enlightened can he be a real expert and know his true color. ①
宇文所安英译	Enlightenment is, indeed, the necessary procedure, it is the "original color."②
陈瑞山英译	Only through awakening can one one's professional knowledge and genuine color be manifested. ③

(三)元好问《论诗三十首》的英译

对于元好问《论诗三十首》最透彻的研究，毫无疑问是魏世德的博士论文《元好问的文学批评》。这份长达一千多页的论文，后经删改，收入慕尼黑东亚研究丛书第33种。魏世德对于元好问《论诗三十首》的翻译与注释，包括原文、英译、词语、威妥玛拼音。如前所述，在魏世德之前，苏文光、奚如谷在20世纪60年代完成的硕士论文中翻译了《论诗三十首》的绝大部分。二人的英译也都被魏世德收入自己的论文附录，以资对照。

魏世德的译文，曾经洪业（William Hung）和艾朗诺的审阅和指正，并参考了清人施国祁的《元遗山诗集笺注》④，以及今人王韶生⑤、陈湛铨⑥、何三本⑦等人的注释。魏世德研究《论诗三十首》的词汇，精心检校了《诗经》《楚辞》《文选》《文心雕龙》和王维诗、李白诗、杜甫诗、韩愈诗、李贺诗等的语汇索引，以及《佩文韵府》、佐久节《汉诗大观》、诸桥辙次《大汉和辞

---

① Richard John Lynn, "The Talent Learning Polarity in Chinese Poetics: Yan Yu and the Later Tradition", *Chinese Literature: Essays, Articles, Reviews*, 5.1-2, 1983, p.159.
② Stephen Owen, *Readings in Chinese Literary Thought*, p.402.
③ Ruey-shan Sandy Chen, "An Annotated Translation of Yan Yu's Canglang Shihua: An Early Thirteenth-Century Chinese Poetry Manual", Doctoral Thesis, University of Texas at Austin, 1996, p.65.
④ (元)元好问：《元遗山诗集笺注》，施国祁注，北京，人民文学出版社，1958。
⑤ 参见王韶生：《元遗山论诗三十首笺释》，载《崇基学报》，1966(2)。
⑥ 参见陈湛铨：《元遗山论诗绝句讲疏(上)》，载《香港浸会学院学报》，1968(1)。
⑦ 参见何三本：《元好问论诗绝句三十首笺证》，载《中华文化复兴月刊》，1974(72)；1974(73)；1974(74)；1974(75)。

典》辞书，因此补充解释了前人注释中遗漏的典故，并为前人的注释提供了更丰富的引证资料。魏世德还通读了元好问的所有诗歌作品，并在其中找出与《论诗三十首》相关的词汇，编成索引，以期有助于理解《论诗三十首》。

以《论诗三十首》论陶渊明一首为例，诸家英译见表 17-23。

表 17-23 《论诗三十首》例句英译对比

原文	一语天然万古新，豪华落尽见真淳。 南窗白日羲皇上，未害渊明是晋人。
魏世德英译	A natural expression is fresh for all time; Trappings stripped away, true purity is revealed. Under his southern window in the bright sun, transported to a mythic age, It mattered not that T'ao Ch'ien was a man of the Chin. ①
苏文光英译	One phrase, in a natural way, expressing the freshness never expressed before. Ornament stripped, the genuine is displayed. Lounging beneath the southern window in broad daylight, as free as in the days of antiquity, This Yüan-ming enjoyed untrammeled by his living in the Chin period. ②
奚如谷英译	Each syllable natural each word eternally new, embellishment, extravagance fallen aside truth and purity revealed. Bright day beneath the southern window the age of antiquity, no hindering T'ao Yüan-ming this man of Chin. ③

---

① John Timothy Wixted, "The Literary Criticism of Yuan Hao-wen [1190-1257]", p. 108.
② Wen-kuan Su, "Yuan Hao-wen, His Life and Literary Opinions", p. 58.
③ Stephen West, "Yüan Hao-wen (1190-1257), Scholar-Poet", p. 71.

第十七章　中国文论英译评析　　　　　　　　　　　　　　　　631

通过三份译文的对照，我们可以看出魏世德对《论诗三十首》的翻译更为准确简洁。

（四）宋元其他诗话诗评的英译

宋元时期的诗话诗评数量颇多，整篇的英译也有几种。宇文所安《中国文学思想读本》第九章为"通俗诗学：南宋和元"，提供了周弼《三体诗》诗评和杨载《诗法家数》主要部分的英译。在南宋的诗话诗评中，周弼《三体诗》不算是重要的著作，其地位远不及张戒的《岁寒堂诗话》、葛立方的《韵语阳秋》、刘克庄的《后村诗话》等作品。宇文所安为什么要在有限的篇幅中，选取《三体诗》的诗评作为英译和讨论对象呢？他认为，《三体诗》"是一个为指导写作而编的唐诗选集。读了周弼的选诗和注解，一个精明的杭州商人的儿子也能作出像样的诗"。也就是说，《三体诗》能够代表南宋兴起的面对下层读者的通俗诗学。"通俗诗学的作者经常面对文学修养极低的读者，觉得不需要故弄玄虚。他们提供系统的指导，并附上大量的例子和分析（就像现代的《某某诗人作品指南》之类的著作，会毫不犹豫地告诉读者一首诗的意思是什么）。此类通俗诗学著作，揭示了传统诗学的基本原理，把大批评家点到即止的内容清楚地说出来。这弥补了它在精妙思想方面的缺陷。"[①]其实，此类通俗诗学著作，对于刚刚接触中国文论思想的西方读者来说，作用也极大。这正是宇文所安翻译《三体诗》的原因。翻译《诗法家数》，也是基于同样的原因。宇文所安说："诗歌创作手册，一般称之为诗法，是一种流行的文论形式，是一种真正'低级'的批评文类。"但是，"尽管有无数的缺点，诗学手册还是可以教我们很多研究诗歌的方法"，"还教给我们宋之后的古典诗学中的很多术语行话"。[②]

巴恩斯通等人曾翻译魏庆之《诗人玉屑》的部分内容，最先发表在《美国诗歌评论》杂志上[③]，后来收入《写作的艺术：中国文学大师的教诲》一

[①] Stephen Owen, *Readings in Chinese Literary Thought*, p. 422.
[②] Stephen Owen, *Readings in Chinese Literary Thought*, p. 435.
[③] 参见 Tony Barnstone and Ping Chou, "Wei Qingzhi: Poets' Jade Splinters", *The American Poetry Review*, 24.6, 1995, pp. 41-50.

书。巴恩斯通翻译此书的目的,是想给当代的诗人作家提供一些来自中国的诗学资料。所以他说:"《诗人玉屑》中收录的很多诗学建议,对于今天的创意写作老师来说,可能十分眼熟。"这些建议就像是"诗学之药","它们用故事、玩笑、迷人的隐喻或是贴切的例子包裹起来",让人很容易就能吃下去。巴恩斯通还指出,《诗人玉屑》中的诗话,就像"尼采、斯蒂文森的格言,王尔德的幽默,或是里尔克的书信和笔记"[1]。

五、明清时期的文论英译

明清时期文论的英译,大多集中于重要作家或批评家。例如,对明代袁氏兄弟的诗学思想,刘若愚早已在《中国文学理论》中译过袁宗道《论文》、袁宏道《叙陈正甫会心集》等文的主要观点[2];周质平在专著《袁宏道及公安派研究》(*Yuan Hung-tao and the Kung-an School*)[3]中也翻译了袁宗道《论文》以及袁宏道的很多诗学思想。此外,齐皎瀚的论文《意象纷呈:对公安派文论的再思考》(The Panoply of Images: A Reconsideration of the Literary Theory of the Kung-an School)[4]、洪铭水的专著《晚明诗人与批评家袁宏道的浪漫主义视野》(*The Romantic Vision of Yuan Hung-tao, Late Ming Poet and Critic*)[5],都讨论和翻译了袁氏兄弟的诗学著作。

---

[1] Tony Barnstone and Ping Chou, *The Art of Writing: Teachings of the Chinese Masters*, pp. 44-45.

[2] 参见[美]刘若愚:《中国文学理论》,118~121页。

[3] Chih-ping Chou, *Yuan Hung-tao and the Kung-an School*, Cambridge University Press, 1988. 参见周质平:《公安派的文学批评及其发展:兼论袁宏道的生平及其风格》,台北,台湾商务印书馆,1984。

[4] Jonathan Chaves, "The Panoply of Images: A Reconsideration of the Literary Theory of the Kung-an School", Susan Bush and Christian Murck(eds.), *Theories of the Arts in China*, Princeton University Press, 1983, pp. 341-364.

[5] Ming-shui Ming, *The Romantic Vision of Yuan Hung-tao, Late Ming Poet and Critic*, Taipei, Bookman Books, 1997.

对于清代的王士禛,刘若愚在《中国文学理论》中译过其主要观点。① 刘若愚的弟子林理彰在王士禛的研究上用力最多,他在博士论文《传统与综合:诗人与批评家王士禛》②,以及后来的《正与悟:王士禛的诗歌理论及其来源》③等文中,翻译了王士禛的《渔洋诗话》及其他诗学著作的大量内容。后来,林理彰还专门选出王士禛的《论诗绝句》,加以翻译并附以注解。④

再如清代的袁枚,韦利早在20世纪50年代就在专著《袁枚:18世纪的中国诗人》(Yuan Mei: Eighteenth Century Chinese Poet)中专列"诗话与食单"一章,讨论并翻译了《随园诗话》的部分内容。⑤ 施吉瑞在专著《随园:袁枚的生平、文学批评与诗歌》(Harmony Garden: The Life, Literary Criticism, and Poetry of Yuan Mei [1716-1798])的第二部分"袁枚的诗歌理论与实践"中,也分析和翻译了袁枚的诗学著作。⑥ 此外,还有人专门译出袁枚的《金纤纤墓志铭》⑦,作为袁枚对于女性写作态度的样本。也有人将袁枚看成是明清时期个人趣味的倡导者,从这个角度专门选译了《随园诗话》的相关片段。⑧

---

① 参见[美]刘若愚:《中国文学理论》,66~68页。

② Richard John Lynn, "Tradition and Synthesis: Wang Shih-Chen as Poet and Critic", Doctoral Thesis, Stanford University, 1971.

③ Richard John Lynn, "Orthodoxy and Enlightenment: Wang Shih-chen's Theory of Poetry and Its Antecedents", Theodore de Bary(ed.), *The Unfolding of Neo-Confucianism*, pp. 217-269.

④ 参见 Richard John Lynn, "Wang Shizhen's Poems on Poetry: A Translation and Annotation of the *Lunshi jueju*", John Ching-yu Wang(ed.), *Chinese Literary Criticism of the Ch'ing Period (1644-1911)*, University of Hong Kong Press, 1993, pp. 55-95.

⑤ 参见 Arthur Waley, *Yuan Mei: Eighteenth Century Chinese Poet*, chapter 7 "The Poetry Talks and the Cookery Book", London, George Allen and Unwin Ltd., 1956.

⑥ 参见 Jerry D. Schmidt, *Harmony Garden: The Life, Literary Criticism, and Poetry of Yuan Mei [1716-1798]*, Part II "Yuan Mei's Theory of Poetry and Practice", London, Routledge, 2003.

⑦ 参见 Mark A. Borer, trans., "Yuan Mei, Jin Xianxian Nüshi mu Zhiming (A Tomb Inscription for the Female Scholar Jin Xianxian)", *Women Writers of Traditional China: An Anthology of Poetry and Criticism*, pp. 777-781.

⑧ 参见 Denis Mair, "Yuan Mei, Champion of Individual Taste", *Hawai'i Reader in Traditional Chinese Culture*, pp. 567-573.

桐城派的古文理论，自然也有研究者关注。刘若愚在《中国文学理论》中曾译出姚鼐论阴阳刚柔的一段，并将其与西方理论加以对比。他认为，这种理论"使人想起黑兹利特（William Hazlitt）男性和女性风格乃两种趣味之表现的理论"，这种风格"使人想起佩特（Walter H. Pater）对蒙娜丽莎的描写"，"具有印象派审美主义的强烈倾向"。① 此外，菲伦（Timothy S. Phelan）还曾专门译出姚鼐的《古文辞类纂序》。②

明清时期的曲论和戏剧理论，虽然没有受到诗论文论那样的重视，但也得到了英美汉学界进一步的关注。对于徐渭的曲论，梁启昌（Kai-Cheong Leung）在博士论文《戏曲评论家徐渭、〈南词叙录〉注译与南曲概论》（Hsü Wei as Dramatic Critic: An Annotated Translation of Nan-tz'u hsü-lu: Account of Southern Drama）③中，以徐渭的《南词叙录》为对象，对其进行了翻译、注释和研究。其后，梁启昌将其修改后作为专著出版，题为"戏曲评论家徐渭及其〈南词叙录〉注译"④。费春放编译的《中国自孔子至现代的戏剧与表演理论》（Chinese Theories of Theater and Performance from Confucius to the Present）一书，节译了徐渭的《歌代啸》开场词与《题昆仑奴杂剧后》。⑤ 茅国权、柳存仁的专著《李渔》第六章为"李渔的戏剧理论"，介绍和翻译了李渔戏剧理论的主要内容。⑥ 费春放编译的《中国自孔子至现代的戏剧与表演理论》一书，还节译了《闲情偶记》的"词

---

① ［美］刘若愚：《中国文学理论》，70页。

② 参见 Timothy S. Phelan, "Yao Nai's Classes of *Ku-wen* Prose: A Translation of the Introduction", Institute for Comparative and Foreign Area Studies, University of Washington, 1976.

③ Kai-Cheong Leung, "Hsü Wei as Dramatic Critic: An Annotated Translation of Nan-tz'u hsü-lu: Account of Southern Drama", Doctoral Thesis, University of California, 1973.

④ 参见 Kai-Cheong Leung, *Hsü Wei as Drama Critic: An Annotated Translation of Nan-tz'u hsü-lu*, Eugene, University of Oregon, 1988.

⑤ 参见 Faye Chunfang Fei, "Xu Wei on Theater", *Chinese Theories of Theater and Performance from Confucius to the Present*, pp. 48-49.

⑥ 参见 Nathan K. Mao, Ts'un-yan Liu, *Li Yü*, chapter 6 "Li's Dramatic Theory", Boston, Twayne Publishers, 1977.

曲部"中的立主脑、重机趣、戒浮泛、语求肖似等节,"演习部"中的解明曲意、教白、脱套等节,以及"声容部"中的文艺、歌舞等节。①

(一)王夫之《姜斋诗话》的英译

黄兆杰曾专门研究王夫之的诗学理论。20 世纪 60 年代,他在牛津大学完成的博士论文以中国古代文论中的情景说为题,但其论述重心是王夫之。这篇博士论文翻译了王夫之的大量诗论。②刘若愚在《中国文学理论》中译过《姜斋诗话》的重要观点,并且针对黄兆杰的观点,强调王夫之有"与严羽和其他形上理论批评家的类似点,在于他对艺术过程第一阶段的全神贯注(这一阶段被认为能使人心灵与宇宙基本原理之直觉合一);在于他对灵感的提倡,以代替自觉的技巧;在于他对含有言外无穷意义的诗的赞赏"③。

黄兆杰在 20 年后,又译出王夫之《姜斋诗话》全书。他在前言中将王夫之与叶燮并称为中国两个最好的批评家,认为叶燮的《原诗》最有系统,而王夫之《姜斋诗话》则采用了传统的诗话方式。但是,黄兆杰认为,王夫之诗学思想中的"深度与原创性在中国文学批评中是无人可以超越的"。黄兆杰在前言的结尾说:"《姜斋诗话》绝对是一部读来令人惬意和受益的书,对于那些不太熟悉中国文学批评表达方式的人,这是最好的入门书。"④此外,黄兆杰还节译了《诗广传》。⑤

宇文所安《中国文学思想读本》的第十章,翻译了《姜斋诗话》的大部

---

① 参见 Faye Chunfang Fei, "Xu Wei on Theater", *Chinese Theories of Theater and Performance from Confucius to the Present*, pp. 77-87.
② 参见 Sui-kit Wong, "Ch'ing in Chinese Literary Criticism", Doctoral Thesis, University of Oxford, 1969.
③ [美]刘若愚:《中国文学理论》,62~65 页。
④ Siu-kit Wong, trans., *Notes on Poetry from the Ginger Studio*, Hong Kong, Chinese University Press, 1987, p. viii, xvi.
⑤ 参见 Sui-kit Wong, trans., "Three Excerpts from *Shi Guangzhuan*", *Renditions* 33-34, 1990, pp. 182-187.

分文字。宇文所安指出王夫之与严羽的差异，说："王夫之拿起武器反对那些源自《沧浪诗话》的美学价值，反对把诗歌看成脱离具体经验的玄思艺术。"宇文所安认为，王夫之在《姜斋诗话》中不断重复的主题是："审美效果不能离开具体事件，即不能离开诗人实际所知所感的东西。"①

《姜斋诗话》最重要的理论是情景说，其于情景"实不可离"的说法，各家英译见表 17-24。

表 17-24　《姜斋诗话》例句英译对比

原文	情景名为二，而实不可离。神于诗者，妙合无垠。
刘若愚英译	Ch'ing (emotion/ inner experience) and ching (scene/ external world) are called by two different names but are in fact inseparable. Those who can work miracles in poetry fuse the two naturally and leave no boundary line…②
黄兆杰英译	The visual experience and the emotional experience are separate entities only in name; in reality they are inseparable. In inspired poetry they amalgamate and lose their separate identities. ③
宇文所安英译	Affection and scene have two distinct names, but in substance they cannot be separated. Spirit in poetry compounds them limitlessly and with wondrous subtlety. ④

刘若愚秉持他的翻译原则，分别用了两个词汇翻译"情"和"景"，黄兆杰则用"emotional experience"和"visual experience"，宇文所安用"affection"和"scene"。对于"神于诗者"一词，三人的翻译和解释也不相同。宇文所安译为"spirit in poetry"，变成了"诗中之神"，似与原文不符。黄兆杰译为"inspired poetry"，即"入神之诗"，也不尽合于原意。相比起

---

①　Stephen Owen, *Readings in Chinese Literary Thought*, p. 452.
②　[美]刘若愚：《中国文学理论》，63 页。
③　Sui-kit Wong, trans., *Notes on Poetry from the Ginger Studio*, p. 85.
④　Stephen Owen, *Readings in Chinese Literary Thought*, p. 472.

第十七章　中国文论英译评析

来，刘若愚的译法虽然有点长，但是更接近原文的意思。

(二)叶燮《原诗》的英译

叶燮《原诗》是继《文心雕龙》之后最系统的文论著作。刘若愚在《中国文学理论》中也译过《原诗》的重要观点。宇文所安《中国文学思想读本》的第十一章，几乎全译了《原诗》的内篇。他还翻译了外篇的部分段落。宇文所安指出，与同时代的诗话类作品相比，叶燮的《原诗》"没有影响力"。随着20世纪以来西方诗学的引进，学者才开始关注《原诗》这样非常有系统的作品。宇文所安说自己翻译《原诗》，是因为"它为西方读者提供了一个非常有用的导引，帮助读者认识中国古典诗学最后的、最复杂的阶段，并向大家展示，如果古典诗学将诗歌的理论基础作为自己的主要兴趣，那么它最关注的问题和它的术语会如何达到协调"①。此外，德国汉学家卜松山(Karl-Heinz Pohl)也英译了《原诗》的大部分重要章节。

《原诗》中最重要的一组概念是理、事、情，刘若愚译为 principle、event、manner。他说："叶燮所用的'理'这个词与理学中的用法一样，在理学中，'理'(principle 或 reason)和'气'(在此类文脉中时常译为 ether)相当于希腊哲学中的 form 和 matter，可是他并没有将'理'和'气'对比，而是将'理'和'事'(event，指事物之'原理'的实现)、'情'(在此并非指'情感'，而是指事物发生的情形)对比，同时将这三者附属于'气'。这个'气'似乎不是意指 matter，而是指《管子》中的宇宙生命力。"②宇文所安将其译为 principle、event、circumstance，卜松山译为 principle、fact、manner。

叶燮认为，理、事、情"三者缺一，则不成物"，他接着又说："文章者，所以表天地万物之情状也；然具是三者，又有总而持之、条而贯之者，曰气。"这一句，各家英译见表17-25。

---

① Stephen Owen, *Readings in Chinese Literary Thought*, p. 494.
② ［美］刘若愚：《中国文学理论》，127 页。

表 17-25 《原诗》例句英译对比(一)

原文	文章者，所以表天地万物之情状也；然具是三者，又有总而持之、条而贯之者，曰气。
宇文所安英译	Literary works (*wen-chang*) are the means by which the circumstances and the manner (*ch'ing-chuang*) of Heaven and Earth, and all things are manifested (*piao*, "externalized"). To complete these three, however, there is something else which unites and sustains, which orders and threads through them: this is *ch'i*. ①
卜松山英译	Now, literature (*wenzhang*) is that through which the manners (*qingzhuang*) of Heaven and Earth and the ten thousand things are expressed. Yet, even when these three [essentials] are there, there must be something which controls and holds, orders and connects them. This is the vital force (*qi*). ②

叶燮还将理、事、情与孔子所说的"辞达"联系起来，这一节各家英译见表 17-26。

表 17-26 《原诗》例句英译对比(二)

原文	惟理、事、情三语，无处不然。三者得，则胸中通达无阻，出而敷为辞，则夫子所云"辞达"。
宇文所安英译	These three words—principle, event, circumstance—are the same everywhere. If these three can be grasped, then what is in one's heart can be communicated (*t'ung-ta*) without obstruction. If, as they emerge, they unfold in words (*tz'u*), then we have what Confucius meant by "language attaining its ends (*ta*)." ③

---

① Stephen Owen, *Readings in Chinese Literary Thought*, p. 505.
② Karl Heinz Pohl, "Ye Xie's 'On the Origin of Poetry' (Yuan Shi): A Poetic of the Early Qing", *T'oung Pao*, 78.1/3, 1992, p. 11.
③ Stephen Owen, *Readings in Chinese Literary Thought*, p. 505.

| 卜松山英译 | "Principle", "fact", and "manner" are universal categories. If all three are there [in a piece of writing] then they will pass unobstructedly through one's heart and emerge as ordered words. That is what the master [Confucius] meant when he said that "words communicate."① |

宇文所安以"communicate"翻译叶燮自己所说的"通达",以"language attaining its ends"翻译孔子所说的"辞达"。卜松山则以"pass through"翻译前者,以"words communicate"翻译后者。两人都没有将叶燮自己的说法和孔子的说法联系起来进行翻译。

至于叶燮所说的才、胆、识、力,宇文所安和卜松山的译法基本一样。二人都将前三项译为 talent、courage、judgment;最后一项,宇文所安译为 force,卜松山译为 vigor。有趣的是,在前面翻译"气"这个概念时,卜松山用的却是"the vital force"。

(三)明清小说评点的英译

小说评点在明清时期蓬勃发展,研究中国古典小说的汉学家们也关注到这个现象,并尝试集中地翻译重要的小说评点。陆大伟1990年编辑出版的《中国小说读法》,是明清小说评点英译的集大成之作,对明清小说评点的注译最集中、最全面。一方面,它集中于六部中国古典小说,即《三国演义》《水浒传》《西游记》《金瓶梅》《儒林外史》《红楼梦》,介绍并翻译了金圣叹、毛宗岗、张竹坡、闲斋老人、刘一明、张新之等人对这六部小说的评点;另一方面,全书的译者包括陆大伟、浦安迪、芮效卫、王靖宇、余国藩、林顺夫等人。同时,何谷理等人通读书稿并提出修正意见。这次合作几乎囊括了美国当时最优秀的一批研究中国小说的中青年汉学家。选择这六部中国古典小说的评点,是因为夏志清的《中国古典

---

① Karl Heinz Pohl, "Ye Xie's 'On the Origin of Poetry' (Yuan Shi)", *T'oung Pao*, 78.1/3, 1992, p.12.

小说导论》(The Classic Chinese Novel: A Critical Introduction)①只向西方读者详细介绍了这六部古典小说。夏志清的著作是当时唯一一本全面介绍中国古典小说的英文著作，也是海外研究中国古典小说领域的通用课本。这六部小说确实代表了中国古典小说的最高成就。它们的评点者大多是一流的批评家，对它们的评点也代表了中国古典小说评点的最高成就。

《中国小说读法》中的翻译计划，最早于1974年普林斯顿大学中国叙事学会议上提出，到最终编成出版，历时16年。陆大伟在前言中解释了书名的来历。所谓"如何阅读"(How to Read)，是中文"读法"一词的英译。他指出，这种小说评点方式起源于金圣叹的《〈水浒传〉读法》。陆大伟对六部中国古典小说评点资料的前后排列，不是按照其面世时间编次，而是按照这些"读法"本身出现的时间编序。这样做是为了让读者把握这种批评文类的历史演进，以及前期的"读法"如何影响后期的"读法"。陆大伟还提出，翻译这些小说评点资料的原因，一方面是它们深刻地影响了后来的小说创作与出版，另一方面则是它们可以帮助西方的研究者避免"将外来的文学理论与框架强加在一个完全不同的传统之上"②。

《中国小说读法》的开头，是概述中国小说评点的四篇文章。第一篇《中国古典小说批评的源头》，介绍了评点的基本含义、评点在传统注疏中的源头以及诗文评点的发展；第二篇《金圣叹之前中国小说批评的历史发展》，介绍了刘辰翁、李贽、叶昼、钟惺、陈继儒、汤显祖、冯梦龙等人的评点；第三篇《中国小说批评与评点的形式特征》，介绍了评点的各种形式、使用符号、所处位置等，皆为陆大伟所撰。第四篇《术语与核心概念》，系统介绍和解释了小说评点中的各类术语概念，为浦安迪所撰。全书的最后，有一份小说评点术语的中英文对照表。

---

① Hsia Chih-ching, *The Classic Chinese Novel: A Critical Introduction*, Columbia University, 1968.

② David L. Rolston, *How to Read the Chinese Novel*, p. xv, xvi.

《中国小说读法》所选六部中国古典小说的评点中,《水浒传》评点选的是金圣叹的《读第五才子书法》,由王靖宇翻译,陆大伟提供导论与译文注解。①《三国演义》评点选的是毛宗岗的《读〈三国志〉法》,由芮效卫译注,陆大伟提供导论并补充注解。②《金瓶梅》评点选的是张竹坡的《〈金瓶梅〉读法》,由芮效卫译注,陆大伟提供导论并补充注解。③《儒林外史》评点选的是卧闲草堂本《儒林外史》闲斋老人序(由陆大伟译注),以及卧闲草堂本《儒林外史》评点(由林顺夫译注,陆大伟补充注解)。④《西游记》评点选的是刘一明的《〈西游原旨〉读法》,由余国藩译注,陆大伟提供导论并补充注解。⑤《红楼梦》评点选的是张新之的《〈红楼梦〉读法》,由浦安迪译注,陆大伟提供导论并补充注解。⑥

　　在明清小说评点中,金圣叹的成就最引人注目。王靖宇研究金圣叹多年,其专著《金圣叹》译介了金圣叹小说评点的很多重要内容。⑦ 丘奇的博士论文《金圣叹的〈西厢记〉评点》,则集中于《西厢记》评点,提供了大量的英译。⑧

(四)王国维《人间词话》的英译

　　王国维《人间词话》的境界说,是刘若愚中西比较诗学思想的重要支柱之一。他在 1962 年的《中国诗学》中,已翻译了《人间词话》的重要论点。但是他并没有在《中国文学理论》中讨论和翻译王国维的理论,因为他认为王国维曾受叔本华与尼采的影响,"他的观念并不完全属于

---

① 参见 David L. Rolston, *How to Read the Chinese Novel*, pp. 124-145.
② 参见 David L. Rolston, *How to Read the Chinese Novel*, pp. 146-195.
③ 参见 David L. Rolston, *How to Read the Chinese Novel*, pp. 196-243.
④ 参见 David L. Rolston, *How to Read the Chinese Novel*, pp. 244-294.
⑤ 参见 David L. Rolston, *How to Read the Chinese Novel*, pp. 295-315.
⑥ 参见 David L. Rolston, *How to Read the Chinese Novel*, pp. 316-340.
⑦ 参见 John Ching-yu Wang, *Chin Sheng-t'an*, New York, Twayne, 1972. 中译本参见[美]王靖宇:《金圣叹的生平及其文学批评》。
⑧ 参见 Sally Kathryn Church, "Jin Shengtan's Commentary on the *Xixiang Ji* (The Romance of the Western Chamber)", Doctoral Thesis, Harvard University, 1993.

中国固有传统"①。

《人间词话》的全译，分别有涂经诒和李又安二人的译本。刘若愚曾将"境界"译为"world"，涂经诒的英译《人间词话》接受了刘若愚的译法。但是，李又安不同意这种译法。她基本用拼音来表示"境界"，而不是译出该词。因为她认为"境界"这个词是不可译的，如果一定要译，"一些蹩脚的词语如'被描述的现实的范围'（sphere of reality delineated）也许能最好地传达出它的意思"。李又安又说，如果是单独的"境"字，她会译成"状态"（state）或"诗歌状态"（poetic state）。②

李又安曾于 1949 年进清华大学进修，后来翻译与研究《人间词话》，正是因为在清华接受了浦江清的指导和建议。1950 年至 1951 年，李又安将她的译文交给钱锺书夫妇、周汝昌等人看过，回美国之后又征询过周策纵和傅汉思的意见。③

对于"造境""写境"，涂经诒和李又安二人的英译见表 17-27。

17-27 《人间词话》例句英译对比

原文	有造境，有写境。
涂经诒英译	There are some (poets) who create *worlds*, and others describe *worlds*.④
李又安英译	There is a creative state (*tsao-ching*) and there is a descriptive state (*hsieh-ching*).⑤

涂经诒如刘若愚一样，将"境"译为"world"，李又安则译为"state"，

---

① ［美］刘若愚：《中国文学理论》，70 页。
② 参见 Adele Austin Richett, *Wang Kuo-wei's Jen-chien Tz'u-hua: A Study in Chinese Literary Criticism*, p. 23.
③ 参见 Adele Austin Richett, *Wang Kuo-wei's Jen-chien Tz'u-hua: A Study in Chinese Literary Criticism*, pp. x-xi.
④ Ching-I Tu, *Poetic Remarks in the Human World, Jen Chien Tz'u Hua*, p. 2.
⑤ Adele Austin Richett, *Wang Kuo-wei's Jen-chien Tz'u-hua: A Study in Chinese Literary Criticism*, p. 39.

第十七章　中国文论英译评析

并且涂经诒将"造"和"写"译为动词,李又安将其译为形容词,都有各自的考量。

从上述历代中国文论的译文举例和分析来看,中国文论的英译者对于关键词语的译法、文论观念的注解,时常带有自己的思考,也时常隐含着他们对其他译法的不认同。在这些译文差异的背后,一方面可以看出译者对翻译原则的不同理解,另一方面更可看出译者对于中国诗学传统的不同理解。这正是研究中国文论英译的意义所在。

中西文人名对照表

A

阿德金斯 Curtis P. Adkins
艾尔曼 Benjamin A. Elman
艾朗诺 Ronald Egan
艾伦 Joseph Roe Allen
艾斯珂 Florence Wheelock Ayscough
艾约瑟 Joseph Edkins
安乐哲 Roger T. Ames
安敏成 Marston Anderson

B

白璧德 Irving Babbitt
白馥兰 Francesca Bray
白恺思 Chtherine M. Bell
白妙子 A. Taeko Brooks
白牧之 E. Bruce Brooks
白瑞华 Roswell S. Britton
白瑞旭 Kenneth E. Brashier
白润德 Daniel Bryant
白之 Cyril Birch
包弼德 Peter K. Bol
包筠雅 Cynthia Joanne Brokaw
包瑞车 Richard W. Bodman
鲍瑟尔 V. W. W. S. Purcell
鲍则岳 William G. Boltz
毕熙燕 Bi Xiyan
毕晓普 John L. Bishop
裨治文 Elijah Coleman Bridgman
柏夷 Stephen Bokenkamp
柏应理 Philippe Couplet
卜弼德 Peter A. Boodberg
布莱克 Alison Harley Black
卜寿珊 Susan Bush
卜松山 Karl-Heinz Pohl
卜正民 Timothy Brook
巴恩斯通，托尼 Tony Barnstone
巴雷特，蒂莫西 Timothy Hugh Barrett

C

蔡涵墨 Charles Hartman
蔡宗齐 Zong-qi Cai
陈瑞山 Ruey-shan Sandy Chen
陈世骧 Shih-Hsiang Chen
陈威 Jack W. Chen

陈学霖　Hok-lam Chan
陈幼石　Yu-Shih Chen

D

戴梅可　Michael Nylan
道格斯　Robert Kennaway Douglas
道森，雷蒙德　Raymond Dawson
德庇时　John Francis Davis
德范克　John DeFrancis
德理文　Marquis d'Hervey de Saint-Denys
德效骞　Homer Hasenflug Dubs
狄金森，艾米莉　Emily Dickinson
丁乃通　Nai-tung Ting
丁善雄　Seng-yong Tiang
丁韪良　William Martin
杜邦索　Peter S. Du Ponceau
杜德桥　Glen Dudbridge
杜克义　Ferenc Tökei
杜润德　Stephen W. Durrant
杜维明　Wei-ming Tu
杜志豪　Kenneth J. Dewoskin

E

恩理格　Christiani Wolfgang Herdtrich

F

范佐伦　Steven Van Zoeren
方秀洁　Grace S. Fong
方志彤　Achilles Fang
菲伦　Timothy S. Phelan
费春放　Faye Chunfang Fei
费诺罗萨　Ernest Fenollosa
费维廉　Craig Fisk

费侠莉　Charlotte Furth
费正清　John Fairbank
傅海波　Herbert Franke
傅汉思　Hans Frankel
傅君劢　Michael A. Fuller
富路特　Luther Carrington Goodrich

G

高大卫　David Collie
高德耀　Robert Joe Cutter
高彦颐　Dorothy Ko
高友工　Yu-kung Kao
高辛勇　Karl S. Y. Kao
戈登　Erwin Esiah Gordon
葛瑞汉　Angus Charles Graham
根茨　Joachim Gentz
根兹勒　Jennings Mason Gentzler
顾明栋　Gu Ming Dong
顾史考　Scott Cook
管佩达　Beata Grant

H

哈夫，伊丽莎白　Elizabeth Huff
哈米尔　Sam Hamill
海陶玮　James Robert Hightower
韩大伟　David B. Heney
韩德森　John B. Henderson
韩南　Patrick Dewes Hannan
郝大维　David L. Hall
何谷理　Robert E. Hegel
何文汇　Richard Ho Man Wui
贺巧治　Gorge C. Hatch, Jr.
贺萧　Gail Hershatter

亨利，埃里克 Eric P. Henry
洪铭水 Ming-shui Hung
洪业 William Hung
侯思孟 Donald Holzman
华兹生 Burton Watson
黄维梁 Wai-leung Wong
黄运特 Huang Yunte
黄兆杰 Sui-kit Wong
霍克斯 David Hawkes

J

吉布斯 Donald Arthur Gibbs
吉德炜 David N. Keightley
基德 Samuel Kidd
季家珍 Joan Judge
贾晋珠 Lucille Chia
加略利 Joseph Marie Callery
江亢虎 Kang-hu Kiang
金谷治 Kanaya Osamu
金鹏程 Paul R. Goldin
金斯密 Thomas William Kingsmill
久保爱 Kubo Ai

K

卡特 Thomas Francis Carter
康达维 David R. Knechtges
康奈利 Christopher Leigh Connery
考夫曼 Walter Kaufmann
克莱默-宾 Launcelot A. Cranmer-Byng
柯丽德 Katherine Carlitz
柯律格 Craig Clunas
柯马丁 Martin Kern
柯润璞 James I. Crump

柯文 Paul A. Cohen
科恩，罗伯特 Robert Kern

L

雷克斯洛思（王红公）Kenneth Rexroth
李宝琳 Pauline C. Lee
李峰 Li Feng
李高洁 Cyril Drummond Le Gros Clark
李惠仪 Wai-yee Li
李欧梵 Leo Ou-fan Lee
李田意 Tien-yi Li
李又安 Adele Austin Richett
李约瑟 Joseph Needham
理查兹 I. A. Richards
理雅各 James Legge
利玛窦 Matteo Ricci
梁启昌 Kai-Cheong Leung
林理彰 Richard John Lynn
林顺夫 Shuen-fu Lin
刘大卫 David Palumbo-Liu
刘殿爵 Din Cheuk Lau
刘若愚 James J. Y. Liu
刘绍铭 shiu-ming Joseph Lau
刘子健 James T. C. Liu
柳存仁 Ts'un-yan Liu
卢仲衡 Allan Lo Chung-hang
鲁日满 Francisco de Rougemont
鲁晓鹏 Sheldon Hsiao-peng Lu
陆大伟 David L. Rolston
陆威仪 Mark Edward Lewis
露密士 Augustus Ward Loomis
罗伯森，茂林 Maureen Robertson
罗吉伟 Paul F. Rouzer

中西文人名对照表

罗溥洛 Paul S. Ropp
罗思文 Henry Rosemont, Jr.
罗斯, 罗伯特 Bishop Robert Lowth
罗泰 Lothar von Falkenhausen
罗梧伟 Ove Lorentz
罗郁正 Irving Yucheng Lo
洛威尔, 艾米 Amy Lowell

M

马古礼 Georges Margouliès
马克梦 Keith McMahon
马兰安 Anne Mclaren
马礼逊 Robert Morrison
马瑞志 Richard B. Mather
马士 Hoses Ballou Morse
马什曼 Joshua Marshman
马幼垣 Yau-woon Ma
马约翰 John Marney
麦大维 David L. McMullen
麦都思 Walter Henry Medhurst
麦迪 Dirk Meyer
麦克雷什 Archibald Macleish
麦克诺顿 William McNaughton
迈纳 Earl R. Miner
曼素恩 Susan Mann
毛国权 Nathan K. Mao
梅丹理 Denis Mair
梅尔清 Tobie Meyer-Fong
梅维恒 Victor H. Mair
梅祖麟 Tsu-Lin Mei
孟克文 Christian Murck
米勒, 希利斯 J. Hills Miller
米乐山 Lucin Miller
米列娜 Milena Doležlová-Velingerová
闵福德 John Minford
缪勒, 马克斯 Friedrich Max Müller
缪文杰 Miao Ronald Clendinen

N

倪豪士 William H. Nienhauser, Jr.
倪健 Christopher M. B. Nugent
诺爱尔 Sister Mary Gregory Knoerle

O

欧德理 Ernest John Eitel
欧阳祯 Eugene Chen Ouyang

P

庞德 Ezra Pound
浦安迪 Andrew H. Plaks

Q

齐皎瀚 Jonathan Chaves
齐思敏 Mark Csikszentmihalyi
钱存训 Tsien Tsuen-hsuin
钱南秀 Qian Nanxiu
钱兆明 Qian Zhaoming
切尔尼雅克, 苏珊 Susan Cherniack

R

儒莲 Stanislas Julien
芮效卫 David T. Roy
芮哲非 Christopher A. Reed

S

萨进德 Stuart H. Sargent
森舸澜 Edward Slingerland

森槐南 Kainan Mori
邵耀成 Paul Youg-shing Shao
施吉瑞 Jerry D. Schmidt
施文林 Wayne Schlepp
施友忠 Vincent Yu-chung Shih
时学颜 Shih Hsio-yen
史华兹 Benjamin I. Schwartz
史嘉柏 Daivd Schaberg
史亮 Shi Liang
司马富 Richard J. Smith
斯宾加恩 Joel Elias Spingarn
斯当东（小）George Thomas Staunton
斯奈德 Gary Snyder
宋汉理 Harriet Thelma Zurndorfer
苏慧廉 William Edward Soothill
苏文光 Wen-kuan Su
苏源熙 Haun Saussy
孙广仁 Graham Martin Sanders
孙康宜 Kang-i Sun Chang
孙立哲 Jay Sailey
孙筑谨 Cecile Chu-chin Sun

T

唐凯琳 Kathleen Tomlonovic
汤普森，威廉 William F. Touponce
陶友白（宾纳）Witter Bynner
田安 Anna M. Shields
田晓菲 Tian Xiaofei
涂经诒 Tu Ching-I

W

王庚武 Wang Gungwu
王靖献 Ching-hsien Wang

王靖宇 John Ching-yu Wang
王宇根 Wang Yugen
王志民 John Henry Knoblock
威廉斯，威廉·卡洛斯 William Carlo Williams
威妥玛 Thomas Wade
韦伯斯特 Charles K. Webster
韦利，阿瑟 Arthur Waley
卫德明 Hellmut Wilhelm
卫三畏 Samuel Wells Williams
伟烈亚力 Alexander Wylie
魏爱莲 Ellen Widmer
魏世德 John Timothy Wixted
沃克曼，迈克 Michael Workmen

X

奚如谷 Stephen H. West
夏蒂埃，罗杰 Roger Chartier
夏含夷 Edward L. Shaughnessy
夏志清 Hsia Chih-ching
萧丽玲 Hsiao Li-ling
小烟薰良 Shigeyoshi Obata
谢迪克 Harold Shadick
修中诚 Ernest Richard Hughes
徐晓静 Hsiao-Ching Hsu
薛爱华 Edward H. Schafer

Y

燕卜逊 William Empson
叶嘉莹 Florence Chia-ying Yeh
叶凯蒂 Catherine Vance Yeh
叶维廉 Wai-Lim Yip
伊沛霞 Patricia Ebrey

伊维德 Wilt Idema
殷铎泽 Prospero Intorcetta
余宝琳 Pauline Yu
余国藩 Anthony-C. Yu
宇文所安 Stephen Owen

Z
赞克 Erwin von Zach
翟理斯 Herbert Allen Giles
翟林奈 Lionel Giles

张彭春 Peng Chung Chang
张舜英 Shun-in Chang
赵和平 Zhao Heping
郑文君 Alice W. Cheang
周策纵 Tse-tsung Chow
周平 Ping Chou
周启荣 Kai-wing Chow
周绍明 Joseph P. Mcdermott
周质平 Chih-ping Chou
庄延龄 Edward Harper Parker

图书在版编目(CIP)数据

海外汉学与中国文论. 英美卷 / 黄卓越主编. —北京：北京师范大学出版社，2018.7
ISBN 978-7-303-22893-5

Ⅰ.①海… Ⅱ.①黄… Ⅲ.①汉学－研究－英国 ②汉学－研究－美国 ③中国文学－古代文论－研究 Ⅳ.①K207.8 ②I206.2

中国版本图书馆 CIP 数据核字(2017)第 235419 号

营销中心电话 010-58802181 58805532
北师大出版社高等教育与学术著作分社 http://xueda.bnup.com

HAIWAI HANXUE YU ZHONGGUO WENLUN YINGMEIJUAN

出版发行：北京师范大学出版社　www.bnup.com
　　　　　北京市海淀区新街口外大街 19 号
　　　　　邮政编码：100875

印　　　刷：	北京盛通印刷股份有限公司
经　　　销：	全国新华书店
开　　　本：	730 mm×980 mm　1/16
印　　　张：	42
字　　　数：	586 千字
版　　　次：	2018 年 7 月第 1 版
印　　　次：	2018 年 7 月第 1 次印刷
定　　　价：	128.00 元

策划编辑：周　粟	责任编辑：梁宏宇
美术编辑：李向昕	装帧设计：周伟伟
责任校对：李云虎	责任印制：马　洁

版权所有　侵权必究
反盗版、侵权举报电话：010-58800697
北京读者服务部电话：010-58808104
外埠邮购电话：010-58808083
本书如有印装质量问题，请与印制管理部联系调换。
印制管理部电话：010-58805079